KB087749

（補增）

朝鮮文學

四卷

自一九三九年四月
至一九三九年七月

韓國學資料院

朝鮮文學

第十七輯（四月号）

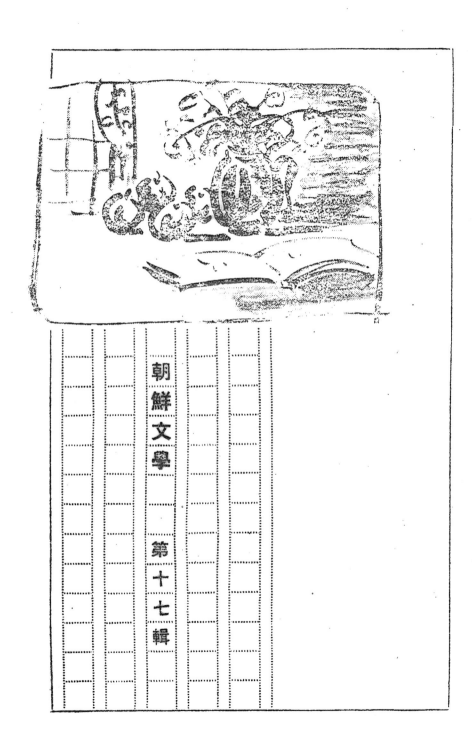

朝鮮文學

第十七輯

斷髮 (遺稿)

故 李 箱

그는 쓸데없이 自己가 愛情의 遍在者인것을 자랑하려들었고 또

그렇지않고 그는 그냥있을수가 없었다.

공연히 그는 서먹서먹하게 굴었다. 이렇게함으로 自己의 不幸

에 高貴한 탈을 씨워놓고 늘 人生에 한눈을 팔자는 것이었다.

이런 그가 한少女와 川邊을 걸어가다가 그만 잘못해서 그

의 少女에게대한 愛慾을 지꺼려 버리고말았다.

여기는 분명히 그의 淫亂한 術數外에 다른 아모런理由도없다.

그렇나 少女는, 그의 強烈한 倦怠와 惡慈의 意慾에 逆說的인興味를

느끼느라고 그냥 그저 호리멍텅하게 그의 愛情을 용납하였다는

자네를 取하야두었다. 이것을본 그는 곧 後悔하였다. 그래서 그

는 二重의 역얼을 驅使하야 動物的인 애정의말을 거침없이 少

女앞에 쏟고쏟고 하였다. 그렇면서도 그의 육체와 그부속품은

이상스러울만치게 얼렀다.

少女는 조끔왔다가 이 드믄 愛情의 형식에 그만 갈팡질팡하

기 시작하였다. 그러고는 버심. 이 남자를 어디까지든지 천하게 대

접했다. 그랬드니 또 그는 울치하고 카멜레온처럼 태도를 바꾸어

서

少女에게 하로라도 얼른愛人이 생기기를 히망한다는둥 하야가면서 스스로히 구는것이었다.

少女의 눈은 이런虛僞가 그대로 무사히 지내갈수가없었다。透視한少女의 눈이 傲慢을裝置하기 시작하였다。그렇기 위한 세상의 「瞞心한女人」으로서의 구실을 찾어노코 少女는 빙그레 웃었다。

「세상사람들이 모두 衛氏를 육허니까 어디 제가 고처다리지요。衛氏는 정말惡人인지두 모르니까요。」

이런少女의 말버릇에 그는 가슴이 뜩금했다。그냥 코우슴으로 대접힐일이 못됨다。왜? 사실그는 무슨 그렇에 세상사람들에게 육을먹고 있는것도 아닐뿐만 아니라 惡人일것도없었다。말하자면 愛好하는假面을 도적을맞는우에 그 가면을 뒤집어 利川 당하면서 놀님ㅅ감이되고 말것밖에없다。

그렇나 그라고해서 少女에게 자그만한 慾求가 없는바는아니었다。아니 차라리 이것은 한 無敵「에고이스트」가 할수있는 最大의 慾求이었는든지도 모른다。

그는 결코 고독가운데서 제법 下手할수있는 진짜 염세주의자는 아니었다。그의 假면처럼 그의 몸둥이에 부터다니는 염세주의라는것은 어디까지든지 게움ㅅ性格이오 게다가 남의염세주의를 어느때가 우습게알러드는 참고 약한 我利我慾의 염세주의었다。

죽엄은 食前의 담배 한목음보다도 쉽다。그렇것만 죽엄은 결코 그의 戀戶를 뚜드릴리가 없으리라고 미리 넘겨집고있는 그었다。그렇나 라만 하나 이 例外가 있는것을 認定한다。

Adouble Suleide

그것은 그렇나 결코 愛情의防毒를 받아서는 안된다는 條件이붙는다。다만 아모것도 理解하지말고 서로서로「스푸렁보―드」노릇만 하는것으로 충분히 이용힐것을 히망한다。그들은 또 유서를쓰겠지。그것은 아마 힘써 華麗한 애정과 염세의文字로 가득차도록 하는것인가보다。

이렇게 세상을속이러 자기를 속임으로하야 本然의 자기를 얼는보기에 高貴하게 꾸미는것이다。그렇나 가득이나 愛情이라는것에 서먹서먹하게굴며 생활하야오고 또 오는 그에게 그런 마침機會가 울가싶지도않다。

당연히 오지 않을것인데 그가 少女에게 갖이는 감정가운데 좀 세속적인 애정에 가까운 요소가 긴것을 알아채리자 그때문에 몹시 자존심이 상하지나 않었나하고 危懼하고 또 절절매었다。이것이 엔간ㅎ지않우험으로 그의 정신생활을 서뿔리건드리기전에 다른 가장 有效한 결과를 예기하는 처벌을 감행하지않으면 안될것을 생각하고 좀 무리인줄은알면서 노름하는세음치고 少女에게 Double Suicide를 「푸로포-스」하야본것이었다。

되여도그만 안되여도그만 편리한賭賻이오。되면 食前에 담배한복음이오、안되면 少女를 회피하는구실을 내외에

선고할수있지 않으냐는 것이다.

거기는 좀 너무 어둔 그런속에서 그것은 調印된일이라 少女가 어떤표정을 하나 자세히 볼수는있으나 그의

이런 도박적심리는 그의앞에서 늘 태연한 이 少女를 어디한번。마음人것 놀려먹을수있었대서 속으로 시원하

있다。그런때 나온牌는 역시 「노-」였다。그는 後-한번。한숨을 쉬여보고 말음없이 몬짓으로만

「혼자 죽을수있는 수양을허지」

이렇게 한번 배를 투겨보았다。그렇나 이것역시 빨간 그짓인것은 물론이다.

荒凉한 防風林가운데 저녁노을을 멀건히 바라보고섰는 少女의 모양이 펴 앉았다。

늦은가을이락가보다 첫겨을 저물게 江을건너서 符騰과같은 검은빛 새들이 떼를지어 날랐다。그렇나 낙

염속에서 거이 生物이랄만한 生物을 찾어볼수 좋아없는 참 寂滅의 人外境이었다.

「상人읍니다。불행을 질머지고 살아가는것이。 저지는 더없는 魅力입니다。그렇게 너여버러구싶은 생명이거든 제게

좀 빌려주시지요」

戀愛보다도 한侶 윗터씀을 더 좋아하는그였다。그런 그가 이때만을 풍경에 자칭하면 패북할것갈가만해서 갈팡

少女는 그대부터 그를 경멸하였다는이보다는 차라리 염오하는편이었다。그의 틈사구니루성이의 접잔으려는才能

질황 그자리를 피해보았다.

少女는 그의 침착한 才能의枌끝이 견집하면 傀略하야왔다.

연결핍하면 향하야 少女의 침착한 才能의枌끝이 견집하면 傀略하야왔다.

五月이되여서 한 突發事件이 이들에게 있었다。少女의 탄 하나의同志。少女의오빠가 少女로부터 離反 하였다는것

이다。오빠에게 少女보다 世俗的으로 훨신 아름다운 愛人이 생긴것이다。이 새少女는 그 오빠를 위하야 애정에

붙나는 눈동자를 갖었다。이少女는 少女의 가까운 동무였다.

오빠에게 하로라도 빨리 애인이생겼으면하고 바랬고 그래서 동무가 오빠를사랑하였다一 오빠가 동생과의 愛을

약속을 저버려야 되나?

少女는 비로서 「歲月」이라는 것을 느꼈다. 少女의 放心을 어느결에 通過해버린「歲月」의 少女로서는 차라리 자신에게 고소하였다.

少女는 자기의 語彙로 說明할수없었다.

孤獨—— 그런 어느날밤 少女는 孤獨가운데서 그만 별안간 혼자 울었다. 깜짝놀라 얼른 울음을끊었으나 이것을

이튿날 少女는 그가 하자는대로 郊外조용한방에 그와 對坐하야 보았다. 그는 또 그의 그「윗티씀」과 「아이로니」틀 아모렇게나 휘두르며 酸鼻할煙幕을 펴는 것이었다. 또 가장 이少女가 싫여하는 몸맵시로 넘적 드러누어서 그 냉장정없이 지꺼매는 것이다. 이런 그앞에서 少女도 인제는 어지간히 피곤하였든지 이런 소용없는 感情의 試合은 여기쯤서 그만두어야 겠다고 절실히 생각하는 모양같었다. 그렇나 이런경우에 少女는 그에게보다도 자기자신에게 이기고싶었다.

「인제 또 만나뵙기어려워요 저는 내일E하구같히 동경으루가요」

이렇게 아주 순량하게 排戰하야 보았다. 그때 그는 아마 이排戰의상대가 분명히 그자신인줄만 잘못알고 얼른목아지털을 불끈 이르키고 맞선다.

「그래? 그건섭섭허군. 그럼 내 오늘밤에 기렴스람프를하나 찍기루허지」

少女는 가벼히 흥분하였고 고개틀 아래 우후로 흔틀어 보이기만 하였다. 얼굴이 少女가 상기한탓도 있었겠지만 암만보아도 이것은 가장動物的인 動物以外의 아모것도 아니었다.

맞으막 勝負를 가릴때가 되었나보다. 少女는 도리혀 초조하면서 기다렸다. 즉 도박적인 「성미」로!

(도박은 睡棄와 僥薦! 뿐이려나보다)

「그가 과연 그의 훈련된 동물성을 갖이고 小女몸에 스람프를 찍거든 山女는 그가 보는데의 그 스람프와 얼골

용에 춤을 뱃는다.

그가 초조하면서도 결백한체하고 말거든 女少는 그의 비겁한정도와 추악한가면율 알알히 폭로한후에 少人으
로 천대해준다.)

그렇나 아마 그가 좀더 웃길가는 배우 였으면지 혹 가련한 不感症이었든지 午前한시가 휠신 지난 山길을 달빛
을받으며 그들은 나려왔다. 나려오면서

어느날 그는 이길을 이렇게 나려오면서 少女의 三越우표처럼 얄팍한 입술에 그의입술을 건드려본일이 있었건
만 생각하여보면 그것은 그저 입술이 서로다았었다 뿐하지——아니 역시 서로 음보물 內包한 암중모색이었다. 두
사람은 서로 그리 부드럽지도않은 피부를느끼고 공기와 입술과의 딱근한맛은 이렇게 나르고 나를 시험한매 지
나지 않었었다.

이방 少女는 그의 거츠른 행동이 몹시 기다려졌다. 이것은 거의 역설적이었다. 約만나기는 누가않만나——하
고 조심조심 걸든사이에 그만 山길은 시가에끝나고 시가로 그의 이럴행동에 과히 적당흥지않다.

少女는 끌목밖으로 지나가는 자동차의 「헤드라이트」를 보고 경찰 나쪽에서 서둘러 불가까지 생각하야도보았
으나 그는 그렇게 초조한듯한데 그대만은 웬일인지 바늘귀만한 틈은 少女에게 섭보이지 않었었다. 그렇느라고 그
됐는지 걸어오면서 그는 참 잔소리를 퍽 하고있다.

「가량 자기가 제일 싫여하는 음식물을 상써꾸리지않고 먹어보는거 그래서 거기두었는「맛」은 찾어내구야
마는거, 이게 말하자면 「파라독스」지. 요컨댄 우리들은 숙망적으로 사상, 즉 중심이있는 사상생활을 한수가없도
록 되먹었거든. 知性—흥 지성의 힘으로 세상을 조롱할수야 얼마든지었지, 있지만 그게 그사람의 생활을 「리
—드」할수있는 근본에있을힘이 되지않는걸 어떻거나? 그렇니까 仙이나 내나 른소리는 말아야해 일체 맹세하지
말자—하는게 즉 우리가 해야할 맹세지.」

少女는 그만속이 빨근 뒤집혔다. 이씨름은 결코 여기서 그만둘것이 않이라고 내심 분연하었다. 이따위 煙幕
에대항 하기위하야는 새롭고 효과적인 엔간흥지않은 武器를 작만하지 않을수없다. 생각해두었다.

또 그이튼날밤은 질척질척 비가나렸다. 그 비스속을 그는 少女의 오빠와 건고있었다.

衍—인젠 내힘으로는 손을 대일수가 없게되구 말았으니까 자넨 뒤스갈망이나 좀 잘해주게 仙이가 대단히 흥분한 모양인데—」

「그건 왜 또」

「그건 왜 딴천을 허는거냐」

「딴천을 허다니 내가 어떻게딴천을 했단말인가?」

「정말 모르나?」

「뭐 뭘?」

「내가 E허구 거치 동정 간다는걸—」

「그걸 자네입에서 듣기전에 내가 어떻게 안단말인가?」

「仙이는 그렇니까 갈수가 없게된거지。仙이허구 E허구헌 약속이 나때문에 깨여졌으니까。」

「그래서」

「게서버텀은 자네 책임이지」

「흥」

「내가 동생버덤 애인을 더 사랑했다구 그렇게 仙이가 생각헐가봐서 걱정이야。」

「내가 오빠에게서 모든 이야기를듯고 나는 참 깜짝 놀랐소。오빠도 그립다마—운명에 억찌로 거역하려 들어서는 못쓴다고。나도 그렇기 생각하오。

나는 오랫동안「歲月」이라는 觀念을 忘却해왔오 이번에 참 한참만에 느끼는「歲月」이 퍽 弇였오。모든일의「歲月」의 마음으로 부터의 接待에 늘 우리들은 다 조신하게 제部署에 나아가야 하지않나 생각하오。흥분하지 말어요

아모쪼록 이제붙어는 내게 括目하면서 나를 미더주기바라오 그 맨처음 선물로 우리같이 동정가기를 내가「푸로

11

「포—쓰」할가? 아니 약속하지。仙이 안 기뻐하야춘다면 나는 나혼자 힘으로 이것을 實現해 보이려다。

「그럼 仙이의 承諾할를 기다려기로하오」

그는 좀 겸연적은것을 참스고 어쨌든 이편지를 포스트에넣었다。저로서도 이러 俠氣 우스꽝스러웠다。이少女를전에게 받악을 하려들지 않을만 하거든 그는 少女를 한마리「자나려아」를 좋아주듯이 그의「윗티슴」의 地獄에서 석방—아니 제풀에나가나? 어쨌든 少女는 길게 그의길에같이 있을것은 아니니까당。답장이왔다。

처음부허 이렇게되었어야하지 않았나요? 저는 지금 조금도 흥분하거나 하지는 않았읍니다。이런제가 衍에게 감사하다고 말슴드린다면 衍께서는 역정을 내이시나요? 그럼 감사한다는 기문만은 제기분에서 삭제하기로 하지요。

衍을 마음에드는 좋은敎授로하고 저는 衍의 유쾌한 강의를 듯기로 하렵니다。이교실에서는 한 폭독한敎授가 사나운목소리로 무었인가를 강의하고 있다는것을 안지는 오래지만 그문간에서 머웃머웃하면서 때때로 恐름으로 새여나오는 敎授의「윗티슴」을 귀스결에 들었다뿐이지 참아 숙 드러가지 못하고 오늘까지 왔읍니다。그렁지만 지금은 벌시 드러와 앉았읍니다。자—무서운 講義를 어서 시작해주시지요。講義의 제복은 愛情의 問題ㄴ가요。그렇지 않으면「知性의極致를 흘끼다려다보는 이야기」를 하야주시나요。

엇그제 衍을 속였다고 너무 꾸지람은 말아주세요。오빠의 悲壯한出發을 가치 축복하야 주어야겟지요。저는 코 오빠를 야속하게역인다거나 하지않아요。愛情을計算하는 버릇은 언제든지 미움받을 버릇이라고 생각하니까요。「歲月」이요? 衍께서 가르쳐주셔서 참 비로소 이「歲月」을 느꼈읍니다。「歲月」— 좋군요—敎授—、제가

제맘대로 敎授를 사랑해도 좋지요? 않되나요? 괜찮지요? 괜찮겠지요 뭐?

斷髮했음니다。이렇게도 흥분하지않는 제자신이 그냥 미워서 그랬음니다.」

斷髮? 그는 또한번 가슴이 뜨끔했다。이편지는 필시 少女의패북은 의미하는것인데 그애게 외논없이 少女는 머리를 짤렀으니。이것은 새로워진 少女의 새로운힘을 상중하는 것일것이라고 看破하았다。그렇면서도 그는 눈물났이다。왜?

머리를 잡을때의 少女의 마음이 필시 제마음가운데 제손으로 제애인을하나 만드러놓고 그애인으로 하야금 저에게 머리를 잘르도록 명령하게한、말하자면 少女의 끝없는 고독이 少女에게 一人二役을 식힌게에 틀님없었다。

少女의 孤獨!

흥은 이시합은 승부없이 언제까지라도 계속하려나—이렇게도 생각이들었고……그것보다도 머리를 싹둑 잘느고난 少女의 얼굴……몸 전체에서오는 인상은 어떻할까 하는것이 차라리 더 그에게는 흥미깊은 위선 誘或이었다。

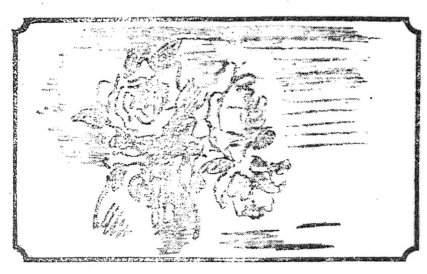

幻夢

金承久

旽化는 벌서 三十분가량이나 아파-트문앞에서 그여자가 나오길 기다렸당 어느새 W강당(講堂)의시계탑은 벌서 발열한시를 가르치 고있었당.

거기서춤잔도 잠사리를 찾엇는지 조용하였당 그대신에 그리심하게 나리지도않는 비ㅅ소리가 더한층 요란하게 들여왔다 旽化는 하로종 일 비를맞고 돌아단인탓인지 전신에 되로와오한을느꼇나 그러나 너무 나 의외한 오늘일에대한 홍분이 그런 피로움슨 능히 익여벌수 무 였었당.

점점 홍분하여 질수록 그는 더 참운수업시 마음이 초조해저서 단숨 에문운열고안으로 뛰여들어가고싶운 충동슨느꼇당 그러다가 그는 른 결심이나한듯이 문ㅅ고리를 붙잔었다 그순간 그는무었을 생각했는 지손재비를 노아버리고 (아갸 그여자와 갈여줄어간 웬남자! 건누 굴가?) 그렇게 중얼거리며 다시문멸으로 비켜섯다 이상한일에는 그가 그대까지 거기서있으면서도 그남자가 누굴가? 하는생각은 조곰도 하지않은것이었당 그남자가 않여었으면 벌서 자기는 그여자 를 맞나서 얘기를했을것인데—— 旽化는 그제야 자기가 그사나히때문에 근 三十분동안이나 그집으로 둘러가지못하고 있었다는것을깨달았다。 그러나 束化는G町 지하도(地下道)에서 거기까지 그여자를 따라오는동안 자기는 그남자때문에 敬順이呢으로가서 말음부치지 못했다고는 도모지생각지않었다。 그러치만 그것은 의외에 敬順이를 발견한흥분으로인한탓이고 역시 자기와 그여자의 사이를 가라막고있든것은 그남자였라고생각했다。 그순간 束化는 그남자가 혹시 敬順이의 남편이 않인가하는 생각이 불같이 일어났다。 그러고 敬順이가자기를 단념한것은 그남자와 결혼을하였기 때문이않인가 하였다。 그러나 그남녀가 맞나든순간의거동으로는 그들이 부부사이라고 도저히 생각할수없었다。 사실 束化는 그들이맞나든 때의거동을 그리주의하야 보지는않었는데 지금에야이상하게 그인상이 확연히 머리에 떠올랐다。

束化는 출옥한지석달동안을 매일같이 거리로나댕겼다。 요새는 거리를 싸단기는것이 생활의 전부인것같었다。 그러나 무었을 하려 자기가 날이면날마다 거리로 돌아단기는지―― 그것은 束化자신도몰랐다。 五六동안의음을 한생활이 그를 전연 딴사람으로 만든든고말었다。 제일 완전한 현상으로는 그가그전에없었든 강열한 편집성(偏執性)을 갖게된것이있다。 그는 눈앞에에서 어른거리는 모든것에대하야 한없이 충오를느꼈다。 때로는 자기를 욿지나 가는사람이 하도밉게뵈서 침뱉드려주고 싶은충동을 느끼는적도있었다。 그러고그가 제일싫은것은 거리의소음(噪音)이였다。 그런것들이모다 생명의정기를 빼내가는것같이 어지럽게들었다。 그래서그는 될수있으면 사람의 통행이잦은 뒤ㅅ골목을 끌러댕기갓기때문이었다。 그날 G町지하도(地下道)에서 敬順이를 발견하게된것도 로상의한구석에서 이런생각을하고있었다。(사람은 왜 모두들밝은지상(地上)을두고 이렇게어두운 곳으로모여들을가? 하고―― 사실 束化는 로상과法번하야 정축을기대하고 들어간지하도는 지상보다。 더한층 소란하였다。 번잡은피하고 소음을싫여하는것은 자기뿐이 아니었다。 그러나 또한편 사실 그들이 소음까번집을 피할목적으로 지하도로 네려온것이라고 도저히 생각할수없었다。 왜냐하면 지하도는 로상보다더한층번잡하고 게다가 공기의소통이 잘않되는관게로 그들이 내뿜는 아니꼬운냄새가 정신을 어지럽게 하기때문이다。(이런번잡,냄새, 그러고 침울한 지하도의분우기를――이모든것은 간접, 측접으로 그들의생활의 육울도움는것이 않일가? 이사람들은 그런것은 싫여하는것이않이고 이같은분우기를맨들고 거기서 자기들의 환락을 구하랴는것이 않일가? 그러고 이사람들은。 그것이없고는 한시라도 살수없는인간들이 않일가? 그중거로는 여기에는 토상에서는 불수없는 이상한우

슬환락에 넘치는 발소리가 들리지안는가?)— 그는 이런쓸떼없는생각에잠겨서 자기도 어느새에 그분위기에취한듯이

완작짓결하는군중을 자미잇게쳐다보고있었다。 그러면서 그는 자기도무슨 환락을 느꼈는지 터문이없는 우슴을웃고

있었다。 그러나 그우슴은 전연뜻하지않은 은무의식적 우슴이었다。 그러고섰다가 그는 언듯무엇에 피집힌

듯이 놀랜게 자기주위를도라봤다。 우슨것은무의 아니고 단사람이 않어있나? 하고—그는자기가우슨것이 퍼신

기하게 생각됐다。 그러고 한편 자기가 우슨것이 진신인가앓인가하는 의문도떠올랐다。 우섰으면무엇때문에 우섰은

가?—물론 그것도알수없었다。 아무러생각해도 역시자기가우슨것은 분명한일이였다。 그는 자기가 우섰다는것이 목숨을

상하다는이보다도 그우슴에 대하야 큰중오를느꼈다。 그러고 만일자기를웃게한자가 누군가를알수만있었다면 요

바치라트라도 복수를뜷하겠다는 격분이붙일이 타울랐다。 사실그는 五년전부터 그난까지 한번도웃어본적이없었다。

새그에게는 사람들이웃는얼꿀이 퍽이상하게보이는것이였다。 그러고 각금다다가는 인생파우슴이 대체무슨상관이있는

깃일인가? 하는 의문도 갖어적이있었다。 그만치그는 생환의위안이우슴이라는것은 잊고있었다。 그런가 아무런위안

도없이 우섰다는것은 퍽이상한일였다。 그러나 한편으로는 자기가자기우슴에대하야 격분은 느낀것이퍼이상하고우

수웠다。 東化가 徵順이를 발견한것은 바로그때였다。 그는 정신없이서서 무슴환상에잠겨있다가 언듯정신을차려본즉

확작지결하는 로중의시선이모두 초라한의복에 이상한품정으로서 있는자기게로 모여드는듯이 생각돼서 얼굴이붉

고 밖으로통하는 충충대로올나가랴할지음 자기의엷을 스치고 나려가는 女子가있었다。 東化는그여자의얼굴이

유심이 낫익게보여서 다시돌아서서 밑으로 따라 나려왔다。 그러나 낮만익다뿐이지 그여자가 누군지 도모지생각

자—지금 M아파-트에 같이들어가있는가—누구를 알려고하지않었다。 다만 자기엷을 시치고나려간 그여

자가 누군지를 알려고애썼다。

그런떼 이상하게도 지금서야 아까는 그다지주의하야보지않은 徵順이와 그남자가 맞날떼의 광경이 완연히기억

에 올랐다。 그대거동으로 추축하면 徵順이와 그남자는 부부가않인것이사실이였다。(만일 · 그렇다면)東化는 별안간

어느날밤에한 예감에 앓이 앗질하야지며 전신에 피가 흘러 나가는듯한 이상한충동을 느꼈다。사실 敬順이가 지

금여 속과같이 그런음탕한생활에 빠저서 술을하기二년전까지 자기에게보내주든 그정열의편지를 끔어버렸다면 그

것은 도저히 용서할수없는일이었다。사실 東化는三년동안이나 자기의음울한생활을 한줄기광명과같이 빛여주든 敬順이

와 편지가 끔어지자 여간 큰 절망을 느끼지않었다。아니 절망이라가보다 큰 공포를느꼈다。그러고 자기의앞길이벌안

간캄캄해 버린것같었다。東化는 그때붙어 비로소 피가달러버리는듯한 감옥의고통을 깨닫았었다。그러고 사랑은일은 그는

죽엄에가까운 절망속에서살았다。그러다가그는 어느날밤에 이상한환상에부대끼고 난뒤로붙어는 敬順이에대한생각을

전연잊고 말겄다。그환상이란 다음과같은것이었다。

東化는 敬順이의소식이 끔어지자 형언치못할 불안한마음으로 그날〈--을지냇다。그리고 밤이면 잠을이루지못하고

고민했다、왜敬順이가 일절편지를 도저히 아러볼도리가없었다。東化는힘을쓸수록 敬順이에대한생각을

있으려고 애썼다。그렇지않고는 결국자기가 미처버리지나 않을가하는 공포를느꼈다。그러나 잊으랴고애쓸수록그

여자의환영이 눈앞에어른거리며 그를피롭게하는것이었다。얼마동안을 그뒤을고민속에 지내는새에 그의의식은점점몽

몽해가고 무엇을 사색(思索)할 힘조차없어졌다。어느날밤엔 확실이잠은들지않았는데、누가 요란하게 문을누드리며

자기일홈을 불르는것같어서 문을으로달려갔다。문을두드린사람은 몇넘전에서 로갈라진친 한동무였다。그동무는 힘상

소련금정으로 마치 목상(木像)같이서서 무슨급한일이있었으니 얼른저를따나오바고하든이 다시아무말도없이 그대로설

렁렁이가버리는것이었다。그러나 문은갔닥도하지않었고。東化는 문을열어 달라고 고합치고 아무인사도없이 가버리고 욕을

신화밀었다。그러나 문은갔닥도하지않었고。東化는 문을열어달라고 고합치고 아무인사도없이 가버리고 욕을

마음껏 펴부었다。東化의고함소리에 놀랬는지 아까부터도 더형상스런얼골로 한참동안이나 東化를

돈아보고섰다가 그대로가버렸다。그순간 아까와는 딸리 또문은 두드리는소리가 들렸다。東化는

은 차렸다。그게야 그는 지금이 현실이아니고 터문이없는 환상과영이었다는것은 알었다。東化는 깜작놀래서 정신

문을두드리며 고함을치는바람에 다시정신을차려가지고 자리에누었다。그건 너머도이상한현상이있었다。그래도 그는 간수가

는그런일이 있지않은가하고 여관조심을하지않었다。그러나 그런환상。환영은 그것만으로 끔이지않고 각금그를 피

롭히는것이었다。제일심한래는 어느날낮에 일특한고있었는데 이상한 환상에 잠겨서도 한시간동안이나 각금그를 모

두 허실이되고만것이었다。그런일이 거듭되는새에 그는 점점敬淑이에대한 생각을잊고 만것이었다。그러고 그런환상이

17

敬淑이 일과 무슨 관련이 있는지 어쩐지 그런것은 한번도 생각해 보지않았었다.

그러든 것이 그로부터 二년후인 오늘 전연듯하지않은 시간 장소에서 그여자를 발견하자 잊어지라든 과거의일이 한

꺼번에 머리에 떠올르며 형언치못할 흥에싸여 M아파ー트까지 쫓아온것이었다.

W대강당시게탑(時計塔)에서는 자정을고하는 종소리가 들여왔다. 그러나 東化는

나오는 사람도 드러가는 사람도 없었다. 비는끊임없이 내렸다. 東化는 점점 피로와 오한을 느꼈다. 그러

식도없이 갈여저 잇는 여자를 맞나려고 비를맞으며 한시간동안이나 기다리고서 잇는 자기가 퍽어리석게생각되었다. 근三년동안이나 소

그렇나 東化는 마치 무엇에게 봇잽힌듯이 그곳을 움직이 · 지못하고서 잇었다. 그곳에서서 잇는것이 자기의무인것갈이

얼마동안을 그러고서 잇든 그는 그여자가 자기와는 아무관게도없는 하지않은 것으로 생각되었다. 그렇고 영원이 잊

어지라든 그여자가 오늘다시 눈앞에낱아난것이 한없이불쾌했다. 그러면서 오늘일에대한 기억이 점점흐미한꿈갈이

생각되었다.

東化는 형언할수없든 공허한기분으로 숙소로돌아와서 자리에누어다. 피로의 도움인지 다른때보다는 의외에쉽게잠

이들었다. 술욱한뒤로분이 분민중으로 고통하든고가 그렇게쉽게 잠이들기는 그날의처음이었다. 다음날그는 열한시

가될신녀서야 잠이깨었다. 웬일인지 전신이욱신거리고 앞었다. 그는 무슨병이나 듯지않었나하는 불안을 느끼다

그러나 다른때갈이 골치는앉으지않고 정신이 산뜻하였다. 보통때갈으면 골치가띵하니앉으고 정신이뒤숭숭한것는데

그날은 웬일인지 사나운꿈도꾸지않고 기분이 상쾌하였다. 사실 그갈이 편하게잠을자게된것은 기적에가까운일이었다

그는 오래동안 자기를 피롭히는 분민중이 아주 나삐진줄알고 잇고있었든것은 · 순간이었다. 그러고 또하나이상한일은 그가어

제저녁 敬順이를맞난일을 전혀잊고있었든것이다. 그러나 잊고있었든것은 잠이깨서한참동안 자리가누어

잇는새에 어제저녁일이 점점 확연하게 기억에떠올르며 산뜻하든정신이 별안간 뒤숭하여저기시작했다. 그는어제

저녁일이 생각나자 별안간미친듯이 자리에서 뒤여일어났다. 그에게는 어제저녁에자기가 敬順이를발견하고 M아파ー

트문깐에서 근한시간동안이나 그여자를맞나라고 기다리든그일이 꿈갈이밖에생각되지않었다. 얼마동안을 생각한뒤에

야 겨우그는 그것이역시꿈이않이고 현실이었다는것을 판단했다. 편한잠으로 안정되었든정신은 또다시 헤트러지고

전신이 떨러기시작했다. 물론 자기가와 敬順이매문에 그리흥분하는지 는자기자신도 알수가없었다. 그러고 敬順이

라는 빛자가 자기에게 얼마나 떨요한 존잽지, 어쩐지도 생각해 보지 않었었다。 하여튼 그는 敬順이로하여끔 그같이마음의

흥등은 바든것만유사신이었다。 그는 흥분을 참지듯하고 미친듯이 방을뛰여나와 거리로나갔다。 그렇나 이상한일에는

그같이 마음만흥분됐을뿐이지 웬일인고 역자를 · 다시 찾어가보겠다는 생각은 조금 · 도나지않었었다。 그는 그저정신을 가다

듬으려고 지향없이발걸음 옮겼다。

어제밤엔 그렇게개음이발길은 옴기다가 언듯발을멈추고 무한이닭에개인 구름자취도없었지고 날은맑게개여있었다。 瞰化가 출옥한지석달동안 그같이맑게

개인날은 단 멫일이였었다。 각금보는 찬란한태양이란 말할수있이반가 운것이다、 맑은하날! 찬란한태양! 거기에

는밝우사상과 새로운 인생의힘이 갓득 차있는것같었다。 사실 음을하고 아무런낙(樂)도 위안도없는 生化의 생활

에는 맑게개인 하늘을처다 보는것만이라도 여간흔거운일이 않어있었다。

그는 정신없이발길을 옴기다가 언듯발을멈추고 무한이닭에개인 창공을바라봤다。 창백한그의얼골에는 자기도몰르

는새에 미소가 떠올랐다。 괴롭든몸 그려고 정신을어지럽게하든 敬順이의생각, 그모든것이 자기가바라보는 무한이

멀고 맑은 허공으로 씨도없이사라저가고 찬란한태양 맑은하날에서는 위대한사상과새로운생명의 정기(精氣)가 몰

려와서 자기에게 새로운생활의힘과 희망을주는것같었다。 그는 그순간 지금까지자기가 증오하든 세상모든것을 무

한이사랑하고 싶음을충동을느꼈다。 그러나 그감흥、 그감격은영원이 그를 행복스럽게함에는 너무나 순간적인것이었

그가 정신없이 허공을바라보고있을때 별안간한기증이이러났다。 그것은 출옥하든당시분어 그를괴롭히든증세였다。 병

의원인은 그니년전부터생긴불민중과 축분한영양을 섭취하지못한탓이었다。 그러나 그것의惠化가 늘경험하는중세이므로

별로놀맥지는않었다。 그는 전신주(電信柱)에 몰음의지하고 그증세가 사라지길기다렸다。 그러나 현기증은 점점심하

여질뿐이었다。 한참동안이나 그러고서있는동안 드디어 서있는기운까지 잃고말었다。 그는 넘어지지않으려고 전

신주를힘껏역안었다。 그순간 웬일인지 전신주가 한쪽으로 기우러지는것같었다。 그는놀래서 눈을떳다。 그렇나 기

우려지는것은 전신주뿐이않었다。 온갖것이 한쪽으로 내려쏠리면서 무서운속력으로 나락(奈落)을향하야 졸러버

리는것같었다。 질주하는 자동차가 모다 자기를향하야 땅쪽으로무처버리는것같었다。 몰여있는집들이 한쪽으로기우러지며자

중이 심해갈스록 눈앞에보이는모든것이 더무섭게변해가는 것이었다。 그는 드디어 전신주를껴역안고 있을기운까지

잃고 쓰러저버렸다。 그순간 또딴이 한쪽으로기우러지며 자기는 무한한 나락으로떠러저 내려가는것같었다。 그것은

마치 무슨이상한 마력(魔力)이 자기를 지구밖으로 내어던진듯한느낌이었다. 그는 영영지구에서 내쫓기는것이아닌가하는 공포를 느꼈다. 그리면서도 그는 왜 자기만이 그런나락으로 쫓겨떨어지는가 하는것을 알려고 애를썼다. 그러나 무엇하나 붙잡고 매달릴것이 없었다. 몸뗑이는 무서운속력으로 돌려내려갔다. 나중엔 땅뗑이까지 자기와같이 무한한 굴속으로 떠러져가는것일것이었다.(세계의 파멸일가? 그러치않으면 나만이 이렇게 굴러떠러지는것일가? 그렇다면 왜나에게는 지구에서 살어갈권리가 없단말인가? 그것은 분공편한일이다. 모순된저분야! 너머나잔인하지않은가?...어지러운중에서도 어떤생각이 번개불같이 머리에떠올랐다. 그러는새에 드디시건연 정신을 잃고말었다.

몇시간동안이나 잠이들어있었는지 그가눈을떴을때는 벌서 석양에비친 건다란그림자가 유리창을 덥고있었다. 사위는 죽은듯이고요하였다. 단지 전차소리와자동차소리만이 가마득히 들려올뿐이었다. 東化전후사연이도모지생각나지않었다. 물론 자기가어느새에 집으로왔는지도 알수없었다. 한참후에야 겨우 자기가 걸거리에서 현기증이 일어나서 전신때에의지하고서있었든 생각만이 어름푸시기억에 떠올를뿐이었다. 누가갖다놓은것인지 책상우에 모도주병과 유리컵에는 ××食堂이라는 글자가사겨있었다. 그식당은 東化가 끼니마다 가서식사를하는곳이고 또그리컵이노여있었다. 그근처에서 단지하나 말을주고 받고하는 사람이있다. 그식당은 東化식당손님들의 편허진다음에야 식사를하추인은 束化가 그근처에서 그가 사람을싫여하고 와작작결하는분위기를 싫어하는 東化는 매개 성질때문이었다. 그렇나 쓸쓸하게사는려갔다. 그것도역시 그가그네를 위로하여 굴무는의무가있는것같이 생각되여 무슨애기라도해서 그들을위하여주어야겠다는 책임감을 느끼는것이었다. 자기도 의식하지않은 여러가지 이야기를하고나서는 아니하는중에도〈내가늙은그부부를 보면 자기가그네를 위로하여 굴무는의무가있는것같이 생각되여 무슨목적으로 이늙은사람들을 상대로 중요한시간을 허비하고 있을가?〉하는 의문과 허무감을 갖는것이었다. 사실그는 별로하는일이없었으나 그시간이 떡아까웠다. 그러고자기가하는애기가 하나도쓸데없는것이 아닌가?하는 허무한감회를갖는적도있었다. 그러고자기기가하는 애기를 들어준것이 무슨손해되는 동안에 식당부부는 자기들의 생활에 한광명과같이 생각하였었다. 사실 束化도 너머나 쓸쓸한겨지내는 그늘은부부가 보기에 하도딱해서 하고싶지도않은 얘기를 밤늦도록 벌려놓고있었는지도몰른다. 그러고그러는동안에 식당부부는 그늘은부부가 보기에 하도딱해서 하고싶지도않은 얘기를 밤늦도록 벌려놓고있었는지도몰른다. 그러고

20

어느새에 그것이 자기의 의무관념이되고 말었는지도—— 그렇나 來化는 자기가 그食堂에 적지않은 식대를지고있

는것이 퍼괴로웠다. 그것은 그가 출옥한후 아무 런생산이없었기때문이었다. 한편으로는 그식비를 받지않을터고고한그식

당주인이 한없이 밉게생각되었다. 그러고 길거리서 졸도한 자기를위해서 포도주까지사다가 맥여준것이 고맙다는것

보다도 무슨모욕을당한듯이 생각되었다. 만일자기가 의식을잃은중에 그포도주를 받어먹었다면 그것을당장에 토해

버리고싶은 충동까지느꼈다. 한편으로 또자기자신이 한없이미웠다. 그몸부바쳐울리는 격분을참지못하고 옆에노인포

도주병을들어 동댕이처랴할때 누가문옆에는바람에 그대로병을 노아버렸다. 문을여언것은 식당주인이었다. 그는 한참

동안이나 밖에서귀를기우려고있다가 안으로들어와서 방문을열었다. 그는來化가 별로틀린기색도없이 이러나 앉어있

는것이 이상한지 한참동안이나 말이없이 서있다가야 입을열었다.

「좀 어떳음니까?」

「네——」

來化는 그의시선을피하듯이 고개를숙이며 반갑지않은말로대답했다. 식당주인은 아까來化가 넘어졌을적 광경을주변

없는 언변으로 낯낯이얘기했다. 그의말에의하면 상당히 근방이떠들석하였든모양이었다. 그렇나 그것은 來化에게는

별로흥미있는얘기는않이있나. 식당주인은 지금곧 밥을보내줄테니 남은 포도주를마저미시고 편히누어있으라고 하고

가버렸다.

그내가 아까 격분을하고 포도주병을 동댕이치랴든것은 사실저사람때문였을가?

來化는 그의친절한말에. 별로치사도하시않고 그의뒤人모양을 물고레미바라보며 이렇게중얼거렸다. 그러고 그사람

이들어올때 혹시 자기가 병을동댕이치랴는 거동을 보지않었는 얼굴을붉겼다.

그는 한참동안이나 우둑허니 앉어서환상에 잠겨있다가 다소 생기나는듯해서 거리로나갔다. 그는마치무슨 바쁜일이

나있는듯이 G町지하도를향하야 걸음을옮겼다. 그렇나 그는 G町에다달을때까지 자기가 무슨목적으로 그곳으로왔

는지를몰랐다. G町에다달어서야 자기는 敏順이를 맞나려고 이곳으로온것이 않일가하 생각이났다. 그러고

보통때는 음울한기분에 잠겨서 뒤人골목으로 사람의눈을되하며 목적도 방향도없이 거리를돌ㄴ단겼는데 그날은집

늘나서자 곳장 그곳으로 발길이옴겨진것이었다. 그뿐아니라 마치무슨 숙제나 풀은듯이 머리가겹분하여진것 같었

다. 《그럼 내가 오늘까지 거리를돌아단ㄴ진목적은 역시敏順이를 찾을여고 한것이었을가?》來化는 언듯이런생각을

했다. 그렇나 그는 자기가 날마다 거리로 돌아단이는 敬順이를 찾음목적이라고는 조금도 생각지않었다. 오히려 그

가매일같이 돌아단이는목적은 그의말을빌리면 한로바비 무슨직업을구해서 안정된생활을해야 겠다는것이겠다. 그러

나 이상한일에는 그런생각을하면서도 직업은구하려고 노력한적은 한번도없었다. 사실 바른데로 말하자면 그는 아무

런목적도없었다. 그저거리를 방황하고있었다는것이 제일 적당한 표현일것이다. 허기야 敬順이생각을 전연하지않

은것이않다. 때로는 그저거리를 돌아단기다가 혹시 敬順이를맞나지나 않을가?)하는 생각을 한적이 도있었다.

서 그것이 자기가 거리도 돌아단이는 목적의전부라고는 생각하지않을까?)하는 생각을 한적도있었다. 그러하고해

상당히깊이 麻化의기억의한구석을 접령하고있는것만은 사실이있었다. 그증거로는 어느날인가는 하로종일 敬順이가눈

에떠이지나 않을가하는 막연한 기대를가지고, 오는사람, 가는사람은 낯낯이살피며 돌아 단긴적이있었다. 허나 그것은

탄한번밖에없든 일이고 매일 이어니였다. 그러든것이 어제저녁에 외예 敬順이를 발결하자부터는 무슨充요한문제나해

결한깃처럼 뒤숭숭한생각이 없어지고 머리속이 접분해진소이있었다. 그래서는 자기가 거리로돌아단긴것은 역시 敬

順이를맞날목적이 않이었나하고 생각했다. 그렇나 자기는 敬順이를 맞나서 어떻할가? 아니 만일 그여자라면 敬

기의 출옥을알고 찾어오는경우라도, 그렇나 자기는 敬順이를 맞나라는것이 아무 근거도없는 공상이고쓸

데없는 정열인것같았다. 그러면서도 웬일인지 敬順이를 생각이들길이 일어나는것이었다. 그는 불이나

곽, 어제敬順이를 발견한 지하도로나려갔다. 한참동안이나 敬順이는 보이지않었다. 그는 얼마후에

야 敬順이를 맞날라면 왜 M아파―트를 찾어가지않고 G삐으로왔을사하면 자기가지금까지 M아파―트를 깜박잊고있었

든것이 퍽이상하였다. 그것으로보면 자기가 G삐으로한것은 역시 敬順이를맞날 목적이않이고 딴때와같이 그저

지향없이 걸어온것이라고 생각했다. 그렇나 그생각은 벌서 敬順이를 맞나야겠다는 격연한 그의심정을 가라안철

거리가못되었다.

麻化는, 다시 무섰에 잡어끌리우들이 M아파―트로 바뿌게발길을옴겼다. 그는 한참동안이나 불이나케 걸어가다가 언

듯발을 멈추고생각했다. 아니 M아파―트에있는것은 敬順이가아니고 어제저녁 그남자가아닐가? 어떠면 그남자는하

로밤의 음탕한꿈을위하야 敬順이를 자기숙소로 끌고간것인지도 몰랐다. 그러나 그예측도 역시 그롤주저케 할수

있었다. 결과가 어떻게되든지간에 M아파―트에가서 일절사연을 시원히 알지않고는 못배길것같았다.

그는 조곰도서슴지않고 문을열고 자긴도놀래만치큰목소리로 안내를청했다. 맘가슴이 두군거리고 마치 귀신이나 잡

22

으러들어간것같이 이긴장되여 사람나오길 기다렸다。 한참후에야 하녀가나왔다。 그여자는 흥분하야서있는 束化의안

색에놀렸는지 미처나오지도못하고,

「무어는분을 찾으시는지요?。」

곱시 집이나서한는말소리였다。 그말을듯자束化는 가슴이득금하여지며 敬順이가 아파ー트에서 무슨일홈을쓰고있는

지물알수가 없어서 당황했다。 물론敬順이란 일홈을 쓰고있지않을것란는 사실이었다。 敬順이가 束化의관계하든단

체의 일을 도아줄때는 호시(牛)라는 일홈을쓰고있었는데 아직것그일홈을 쓰고있는지 어쩐지알수없었다。 束化는 자

가의당황하고있는거동을 그여자에게 보이지않으려고 애썼다。 그런체 의외에 자기는 호시라는녀자를 찾어왔다는말

이 마치 순비나하고있는것들이 뤼여나왔다。 뜻하지않은 그말을테버리자 그는마치 무거운짐을내려논것처럼 몸이것든해

진것같었다。 그렇나 한편 그하녀의떠답이 어떻게나올가 하는거정에 마음은 더한층 초초해지는것이었다。

「호시상요?。」

「네!。」

束化의말소리는 더한층 자신있는어조로 나왔다。

「호시상을 찾으세요?。」

그여자는 호시라는 여자를찾는束化가 이상하다는듯이 괴상한눈초리로 두려지게束化를바라보며 재차물었다。束

化는 그말을듯자 마치무슨흔발견이나 한듯하반가운표정으로 어자에게 미천듯이 댐벼들며 그린녀자가 분명히여기

있느냐고 두변이나 급하게물었다。하녀는 束化의거동이 너머나이상해선지 얼든대답을못하고 한참동안 얼이빠진듯

이서었다가 束化가 재촉해묻는바람에 고개만끗덕어리고 안으로들어갔다。

한녀가 敬順이의방이라고하덕 안내해 준방은 아무도없고 텅비여있었다。 오래동안 사람이들어온적이없는것같이 찬바

람이돌고 방구석엔 호지와몬지가 씨여서 도저히 사람이 사는방갓이 않었다。 그렇고 왼편구석에노인 해ー불과의자우

에는 살림세간이라군아무것도없었다。 그리 허른집은 않인데 웬일인지 동굴과같이 음을하고 아니꼬운냄새가 코를찌를듯

이가득차있었다。 나만 증면벽에걸린 서양옷한벌의 찬란한빛은 방안의분위기로보아 그여자ー얼

마나 철서없고 란잡한생활을하고 있는지를 능히알수있었다。 그렇나束化는 그런방안 분위기에 대하야는 별로 관심을하지

않있다。 열마후에. 束化는방안을휘ー돌아보고 敬順이가 역시 결혼은하지않고 자기예측대로 음탕한생활을하고있다는

것은아니었다。 그렇면서도 敬順이가 없는것이 그에게가벼운 실망을주었다。 그렇고 그여자가현재 이런 울울한방에서 거침

하며 자기기물은 값싼상품으로 내던지고있는 것을 생각하면 모든것이 꿈같고 미듭수없는 허실신것같었다、 來化는넋을잃

고서서 마치 敬順이의 그런 음탕한생활과 목적한듯이 인간의사상과정에에대하야 회의와환멸을 느꼈다。

작헌스북 방안은 접접 암울하게비고 이상한요기(妖氣)가 떠도는것같었다。 그렇고 그방안에들어와서 순간의쾌락을

느끼고나갔을사나이들이 얼굴이 눈앞에서 어른거리는것도같었다。 그렇나 . 來化는 그저도라가고싶어는않었다。 敬順이

가 어떤한환경에서 살고있는지간에 한번맞나보지안코는 불탄마음이 영원이가라앉지않을것같었다。 기다리고있는 한

순간순간이 무한이길고멀미가났다。 그는 분주하게 방안을 왔다갔다하며 흥분을억제했다。 그렇스록 마음은 더경敬

초초해졌다。 얼굴에는 살기가 떠올랐다。 자기발자욱소리를 문여눈소리로 알어듯고는 몇번식 문쪽을도라봤다。 신경

이 극도로긴장되여서 다리까지 휘둘거렸다。 자기의자에앉어서 레―불우에단지한권있는 책을 집어들었다。 때데는

도 드려다보고있느면 초초한기분이 얼마간 진정될것같었다。 그책은 불란서의 유명한작가의 소설이었다。 딴때는

몬지가 가득싸혀있는데 그책만은 그렇치않었다。 손때가 잔둑 무든것으로보아 상당히 읽고있는모양이었다。 만일 그여자가

順이는 그소설의 주인공의 운명에 공감(共感)을 느끼고 몇번식 되푸리하야 읽고있는모양이었다。 될경敬

자기의 예측대무음탕한생활에 빠져있다면 그소설에서 자기의 비애를발견하고 그소설의 주인공같이 눈물을흘렸을

것이라고 생각했다。

來化는듯없이 한장 두장 책장을 넹겼다。 그렇나 책을 읽고싶은 도무지나지않었다。 언듯 그는 책속에

서 무었을 발견했는지 얼굴이 이상히 긴장되었나。 그는 책갈피에서 무슨 조히쪽을 내들었다。 그것은 신문에서

오려낸 사진이었다。 그가놀랜것은 그사진이 이상하게도 자기얼굴 모습과 같었기때문이였다。 그렇나 來化는 그

힘상스면 사진이 자기의것이라고는 도저히 믿을수없었다。 그는 몇번식 눈을 씻고나서보았다。 암만 보아도 그것

은 틀림없이 자기의사진이었다。 그한편에는 "一九三X써X月」이라는 철필글씨가씨여있었다。 그깃은 경순이의 필적이

었다。 五년선의사진! 그는 었해것 사진이라곤 백혁본적이없었다。 경순이가 오려둔 그사진은 XXX사건때에 의무적

으로 백힌사진이였다。 그는 경순이가 왜그사진을 오려서 지금까지 가지고있는지 그것을 생각할여가도없이 눈

앞이 캄캄해졌다。그때였다。 별안간 소려없이 문이열렸다。 와외한것을 발견하고 놀랜순간이라 동화는 지금 문이

열렸다는 그진실을 진실로 믿을수가 없었다。 그는 별반 놀랜 기색도없이 문쪽을 바라봤다。 문안에 들어슨·女

子는 듯하지않은 人物의존재에 놀래서 너머질랴는 몸을 벽에 의지하였다. 束化는 그때 그여자의 뒤를 딸아들

어오랴든 남자가 문밖에서 한참동안이나 자기를 처다보다가 무었을 중얼거리고 가버리는듯하였다. 그렇나 그것

이 어떠한 사나히고 또 무었을 중얼거리고·갔는지는 몰랐다. 사실 束化는 그남자가 상당히 오랫동안 서있는것

같었는데도 돌아볼여가가 없었다. 女子는 마치 목상(木像)같이서서 束化에게서 눈을 때지않었다. 束化는 한참후에

야 의자에서 일어났다. 그렇나 두사람은 서로 보고있었을뿐 아무말도없었다. 그짓은 멀미나게 기인 침묵이었다. 여

둘이는 맞이 영원히 동작(動作)과 말을잊은것같었다. 束化는겨우무슨생각을했는지 여자게로 가까히 걸어갔다. 그

자는 역시 시선(視線)을 그에게서 때지않고가가히 오는 그를 피하야 뒤결음치며 물러섰다. 그짓은 맞이 두사람

이서로 약속하고있든 예정된 동작인것같었다.

「정순씨!」

얼마후에 束化는 그여자의 일홈을 불렀다. 그것은 조금도 흥분되지않은 조용한 말소리었다. 어느사이에 극도의

흥분이 사라지고 그는 평온한 기분으로 도라가있었다.

「미안합니다. 주인도 없는 방에 이렇게……」

여자는 그의 말을듯기싫타는듯이 고개를 숙이고 돌아선다. 음울한 침묵은또 두사람을 둘러쌌다.

「얼른나가세요! 뭐허러 이런멜 들어왔어요!」

정열이 식은 차되찬 말소리었다. 束化에게는 그말소리가 비애와 절망을 담지못하고 왜치는 무리들의 아우성

보다도 더 가슴이 쓰리게 들렸다. 그러나 束化의 안색은 조금도 변하지않었다.

「네! 별로 불일이 있어서 온것은 않임니다. 그저 잠간 지나가는 길에 들렸을뿐임니다.」

여자는 그말이 의외라는듯이 놀래 돌아섰다. 그러나 벌서 사나히는 문밖으로 나가버리고 문이 소리없이 다

첬다. 束化는 밖앗 문을 나갈때 무엇인 너머지는듯한 소리와함께 신음(呻吟)에 가까운 울음소리가 들리는것같

엇으나 그것은 자기의 착각인줄알고 그대로 나가버렸다. 한참동안이나 걸어가다 언뜻 발을 멈추고 자

기가 경순이방에서 나올때 그여자에게 무어라 하고나 왔는지 그말을 다시 생각하랴했다. 그러나 웬일인지 금방

한 그말이 이상하게도 완전히 기억에서 사라지고말었다. 그말은 자기가 전연 뜻하지 않은사이에서나 온말이라는것

만은 어렴푸시 생각나는데 그말이 무슨말이었는지 도모지 생각나지않었다. 한참동안 생각하는동안에 그는 자기

가 너일다시 오겠다는 약속을하고 보지않었다하는 생각이낫다. 그럼내가 어느때가 겠을가? 그것도 도모

지 생각나지않었다. 그러치않으면 자기의 주소를 일러주든지 하여튼 그는 뜻허지않은 그말이 나온순간에 가

슬을 묵죄게하든 복잡한 감정이 살아지고 펵 경쾌한 마음으로 그방을나왔다는 것만은 확실이 되였다. 물론그말

이 진실한 심정에서 나오고 않나온것은 별문제였다.

집에 다다룰때까지 그말은 생각나지않었다. 그는 자리로앉고 그대로 자리에누었다. 주인부부는 벌서 잠이드렀

는지 아무기척도없었다. 자리에누어서도 정순이에게하고온 말을 생각해빌나고 애썼다. 그러나 아무리생각해도 그

자기가 그여자에게 아무말도하지않은것같었다. 무슨 말을 한것같이 생각되는것은 자기가 정순이를 맞나서할

고하든 여러가지 말을 한마디도 못하고 그대로 도라온탓이 아닐가 하고생각했다.

그는 이런 때문이없은 공상을하고있는데 어름푸시 잠이르는듯하며 늘 있는현상으로 또이상한 환영이 눈앞에

떠올랐다. 그여러가지 환영중에서 제일 확실하게 보이는것은 아까 정순이의 책속에서 발견한 자기의 사진이였

다. 來化는 왜자기가 그것을 써저버리지않었나 하고 후회했다. 그러나 아무리생각해도 그사진을 써저버리지않으

면 맘이 가라앉을것이않었다. 그는 그것을 써저버릴작정으로 사진을 집으라했다. 그러나 눈앞에있는 그사진은

정순이가 손빨리 집어들었다. 그는 그것을 뺏스라했으나 정순이는 잔틀 물켜쥐고 노치않었다. 그는 한참동안애

를써서 겨우 사진을 뺐섯다. 그순간 정순이는 폭 어푸러지며 목을 놓고 울었다.

來化는 그소리에 언듯 정신을 차리고본즉 그것은 역시 터문이없은 화상이엿다. 그런데 이번엔 그환상과는 달

라알까 정순이 책속에서 발견한 그사진에대한 인상이 물살이 머리에 떠올랐다. 二十년전의 그사진을 여력까지

멋허러 가지고 있을가? 그러면 정순이는 지금까지 나를 잊이않고 그사진을보고 나를생각하고 무슨 위로를늑

기고 잇허않을가? 그러면 그여자는 왜나를 보니도 반가워 하는기색이없었을가?—이런생각이 다시 머리를 뒤

흔들었다. 그러고 자기가 아까 M아파-트를 나올때 드른 哖昑에 가까운 울음소리가 다시생각낫다. 그것은 자

기의 착작이 않일라 그여자가 오래ㅅ동안 품고있든 자기에대한 애정을 고백하지못하는 자신의 고민때문에 고

만 울어버리고 만것이아닐라 그렇게생각할쪽 지금이라도 곧 M아판! 트로 달려가서 정순이를 다시포

웅하고 자기가 가지고있든 모든것을 고백하고싶은 생각이 불같이 타올랐다. 그러나 웬일인지 전신의 맥이타플

리고 마치 무엇으로 잔독 쩌거 눌린듯한 고롱으로 꼼작하기가 싫였다.

그는 날이 훤하니 새일때까지 한심도잠을 이루지못했다.

주인 부부가 일을 나간 담에 그는 잠을 드려볼랴고 곤 한시간동안이나 자리에 누어있었으나 웬일인지 영 잠이 오지않었다. 그는 할수없이 일어나서 거리로 나갔다. 그런데 뜻하시않음 절망과 비역과 그의 주위를 둘러쌌다. 그것은 별안간 머리가 헝하니 아프기 시작하든이 모든 기억이 머리에서 사라지고 자기가 二十七년간 경험한 모든것이 하나도 생각나지않었든것이었다. 심지어 자기가 무어라는 일홈을 가진사람이고 또 어느새에 이런 문에 왔은지 그러고 자기는 수분전까지 어데서 무었을하고 있었든것까지 잊고말었었다. 그는 모든 기억을 잊게된원인이 무었인지조차 몰랏다. 다만 그는 그이상한 험상에대하야 절망을느끼고 한로종일 거리로돌아단엿다. 그러면서 작금 과거의 모든것을 다시 회상하야 보고싶은 충동을느것다. 그러나 무엇하나 과거의 일이생각나는것이 있었다. 그는 영영사기가 기억을읽고 말지않었나하는 절망을 느꼇다. 이니. 절망이라기보다도 죽엄에가까운 공포였다. 그러나 모든것은 헛격정이었다. 저녁때가 가까왔을대 정신은 다시 맑가젓다. 캄캄하든 주위가 별안간 밝아진것같었다. 그는 일생을 롱하야 그순간보나 더 즐거움을 느낀지이없었다. 五년동안의 감옥생활에서 해방될 그때에도 이갈이 반갑지는않었다. 사람의 생활을위하야 절대로 필요 고 거의기억 그것을 영원이 잃음은듯하였다가 다시 찾어낸 즐거움! 전인류중에 이갈이 숭고하고 기이한 경험을 한자가있었을가? 그것을 새로운생명 새로운 세계의 발견이앤이고 무엇이랴! 그는 별안간 누구보다 봇한고 숭고한 획격슨 이아기한고 였었다. 그기적에가까운상! 자기가 五년동안이나 존사서만생각하든 모든일! 그러고 요새 자기가 눈만감으면 로 나라나는 사람의공상을가지고 능히 생각할수없은 이상한절영! 그는 한시바도 바닥 그생기를 누구에게든지 징 겨주지않는 못견델것같었다. 그러나 자기주위에는 아무도없었다. 그는 어느새에 자기도몰르게 그렇게 움덕어리든 사람떼가 하나도 눈에띄지않었다. 그는 어느새에 자기도몰르게 그같이 쓸쓸한곳에 와잇든것이었다. 그는 자기가 그같이 쓸쓸한곳으로 손것을 후회했다. 그는 초,한 기분으로 누가 자기옆을지나갈때를 기다렸다. 그러는동안에 山에대한 가진히망은 점점커지며 가슴이 두근거렸다. 그뿐아니라 머리는 다한상 선명해지며 몇백명이 한꺼번에 자기에게 말을걸어도 그것을 하나빼지않고 알어드를것같고 수만권의 서적을 읽어도 글자하나 빼지않고 능히 뇌일것같었다. 그려고 조곰아까까지 처다보기 싫은 거리의모든것이지금은 다갈이 미소를 띄우고 자기을 마자주는것같었다. 통트러말하면 그는 생애에대한 커ㅡ다란자신을 어든것이었당.

　그러나 모든것은 그의 屈설에대한 최후의 투쟁이있다. 생활에대한 위대한공상이었다. 그러고 그가 최후로 단지한번느낀인생의 감격이었다. 그는 드디어 그감격에 대한 흥분으로 그자리에 즐도하고말었다.

　좀도한지 수분후 구급자동차(救急自動車)로 丫구제병원으로 실어다가 응급치료를했으나 도저히 여망이없었었다. 의사는 경찰관의 명령으로 그에게 강열(强烈)한 흥분제를 주사했다. 그것은 束化의 신분을 알기위하여었다.

　주사를한지 수분후에야 束化는 겨우 눈을 어렴푸시뜨고, 정관의 재촉하야 묻는말에 대답을했다.

　「X面XX番地XX食堂. 그루인은 침절한 사람입니다」고그는 겨우 이말만하고 더한기운이없는지 벽쪽으로 고개를 도리켯다.

　식당주인 부부가 자동차로 달려왔을때는 벌서 束化가 눈을 감어버린때였다. 의사는 그의 사망진단서에 다음과 같이 기입했다.

　「신경계통의 이상과 영양부족으로 기인한 중증(重證)되빈혈」이라고…

　그런데 누구하나 그가 깊이 사랑하고있는 저순이들아는 사람이없었었다. 그러고 五년동안이나 신문에서서쩌져넘 束化의 사진을 간직하고잇는 敬願이에게 그의죽엄을 알려줄 사람도──(끗)

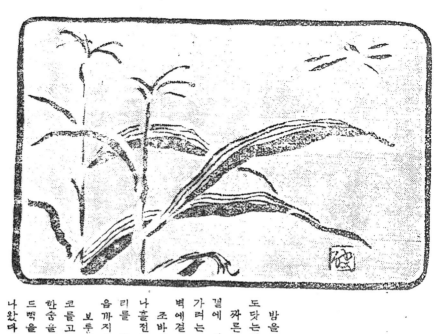

南風

李孝俊

一

밤을. 꼬박이 새운 눈은 샛벽같으나 눈꺼풀은 뻣뻣하다。 헛바눌이

도닷는지 입속이 화끈대고 목구녕이 뿌듯해서 침을 삼킬수가없다。

짜른 여름밤이나 왜그리 겨울밤 보다도 길은지 모르겠다。 더구나

걸에 사람들을 산직하기란 남의 집에서。 도적질이나 도망

가려는 사람의 심리와 흡사해진다。자리에서 바시시 일어나、먼저

벽에걸인 시계를 쳐다보니 오전네시가 지낫다。

조바심속에서도 너무 느러지지 안엇나싶어、가슴이 내려안는다。

나흘전부터 꾸려서 감추어둔, 반침문을 살그먼이열고 조고만 행

리를 끄집어 내여든 현옥(玄玉)의 손은 부지중 떨었고、그의 마

음까지설네였다。

보퉁이를 엾구러에낀 현옥은 아랫목에 나란히누어 세상모르고、

코를고는 어머니와 동생들을 다른날보다도 유심히 바라보며 가늘게

한숨을쉬고 넉없이 섰다가、벼란간 정신이난듯、바른손에 들엇든 핸

드뺙을 왼편 겨드랑이에 끼고 미다지를 조심 조심히 열고 마루로

나왔다。

장독 저편 담장가에 얼비슷하게빛인 달빛만 새벽녘, 어둠이 거처가는 뜰가운데서 조을고 있었다.

현욱은 뜰가운데 서서 안방 미다지를 다시 한번더 바라보다가 대문을 열고 나섰다.

새벽녘이라 오고가는 사람조차 하나없는 인적 끈어진 큰길가에나슨 현욱은 죄지은 사람모양으로 앞뒤를 도

라보고 발길을 재빠르게 띠여 노았다.

현욱은 남산정으로 빠저 나와서야 한숨을 쉬고 마음을 조금 노았으나 그래도 뒷일을 믿을수없어, 레온만이 번득

이는 중앙통으로 빠저나왔을때 정거장으로 향하는 촌사람인듯한 주제사나운 동행을 맛났다. 그러나 다행이 알

만한사람은 맛나지 안었으나 행순경관에게라도 주시를 밧지나 않을가하는 두려운 마음이 앞을손다.

새벽녘에 여자의몸으로 홀로나온것을 의심하는지 멋번식이나 우아래를 훑어보듯지 얼굴이 화끈 달어올으며 머

리가 저절로 숙여지나 그래도 고개를 반듯하게들고 뚜벅뚜벅 발길을 숨겼다. 행결 마음이 갓분해진다.

역 대합실에는 승객이 그리만치안었다. 삼등대합실로 들어가려다가 곳 일이등 대합실로 들어섰다. 한복을 입

지않은 때문인지 대합실 안에서는 주시해보는 사람이없었었다. 다행으로 생각했다.

도착시간을 십분이나 앞세우고나온 그는 춤이라도 추고 싶으리만치 기뻤다. 출찰구로나슨 현욱은 프랫홈으로

나갔다.

차는 방금 와 다섯는지 수증기를 내뿜고 밤새도록 달여온 피로한몸을 네루우에 느러트리고있다. 새벽녘이되

여서 그런지 승객도 몇사람되 않었고, 차에서 내리는 사람도 없었다.

안개가 끼기 시작한다. 햠을 스치는 바람결이 맥우 쌀쌀한다. 등골에 홀은 땀이 말으는지 몸서리가 처진다.

현욱은 승강대로 올라서 면서도 두려번거렸다. 혹여 아는 사람이나 맛나지 안을가하는 초조에쌓인 생각때문에ㅣ

차만에 둘어스니 담배연기가 눈을 뜰수없이 자욱하다. 입을 헤ㅣ버리고 맛창에 기대역 어린애 루레질하듯, 프

ㅣ프ㅣ하고 세상모르고 잡들어있는 사람이 태반이나되고 저편쪽 변소모롱이에서는 무슨이야긴지 지절대고 있다.

현욱은 이편쪽 구룽이에 다행히 자리를잡었었다. 드나드는사람도 잘 보이지안는 차창실 걸이었다. 무거운몸을 자

리에 내역 먼지듯 털석 주저앉으며 머리를차창에 기대고 눈을감엇다. 한숨이 저절로나온다.

차는 기적도 울리지안코 슬며시 밋그러저 나간다.

집안식구들 오르게 집을빠저나온 그의 머리속에는 어머녀나. 동생이나, 누구나 할것없이 친부치들의 생각은 요

30

만큼도 떠올으지 안었다.

꿈속에서 본듯 만듯한 김동혁(金東赫)—인사 한번도 해보지 못한사람을 ·마음속으로 은근히 그리워하고 그이의

꿈속에서 영원히 보금자리를잡고 한평생을 행복하게 살어가고싶은 생각뿐으로 머리속에 욕망이 가득하게 쌓였다

작면가을에 처음으로 그이의 편지를 바더 읽었을때, 두근거리는 가슴을 진정치못하고 당황이 자기방으로 뛰여

들어가 피봉을 뜯는순간 현옥의손은 저도 모르게 바르르 떨었다.

생각지도 않었던 그이의 사진한장과 서너장되는 글월이 들어있었다. 그때 현옥은 단숨에 내려읽었다. 또읽었다

그리고 또 읽었다. 두번 세번 읽고난 ·그는 사진과 글월을 가슴에깃어다 꼭 부여안고 (오·동혁씨!)하고 은근

히 기뻐하든. 남어지 싶오리갈은. 한숨을 몇번이나 쉬었든고——。

편지의 사연은 간단하였다. 누이없는 몸이되여 그대의 옵바가 될가하니 의향이 있더냐는것이 편지의 촌점이었

고 요명이었다. 그러나 현옥은 남매의 인연을 맺기보다 좀더 다른사랑의 인연· 아지못하는 있글임에 한숨을 거

듭쉬었다.

이성(異性)의 사랑보다 숭고(崇高)하고도 고결한 남매의 인연을맺는것이 그얼마나 두터운 사랑일가 하고 늿가려

중얼거며 보았다. 남매로서의 인연을 맺는다기에는 너무나 정열의 거리가멀고 미적지근한 인연의 매듭이 됨을 스

스로· 한란하지 않을수없었다. 현옥은 저혼자、 그이가 바래는 그대로 머리를 끝떨었다. 그후부터 오고가는 소식

만 있었을뿐으로 삼년이 흘러갔다.

삼년동안 현옥의 가슴속에서 자라난 그이 에대한 미련이 날로날로 커저감을따라 분시로 상경하여 가슴에

맺치고맺친 안타가운 정회를 풀허헤치고 호소하고싶었다. 그러나 그러게까지 할수없는 사정을 뒤집어쓰고있는 현

옥의 가슴은 비수로 어여내는듯、 쓰리고 앞었다.

현옥의 어지러운 머리속에는 지긋 지긋하든 녯추억이 다시금 기름먹은 장명등에 깜박이는 분빛처럼 까물거

러고 아련히 떠올은다.

현욱은 열여섯 나든 해 봄에 지구덩이를 쪼개일쌔릴듯한 포부와 욕망을 좁은가슴에 한아름안고 현해탄을 건너 유

학의 길을 떠나라고 결심했다。그러나 아버지는 중학교에 입학하려 할때에도 게집애년이 난봉니나서 집안망치겠

다고 호통 토통하며 그러캐도 금지옥엽가치 귀여워하든 딸의몸에 매까지 내린적이 한두번이 아니었다。

나쌀먹은면 때문에 나어린 게집애년이 노라난다고 어머니와 부디처 싸우기도 했지만 터주에서 튀머지가 났다

고 미친이와가처 날뛰며 터주가리에 불을질렀다。

그러케까지 극성을부리든 아버지가 지금에 또 딸자식의청을 선선히 들어 줄리없다。향학열에 불타는 육식을어

르싸이지못하는 현욱은 단지 어머니에게만 알리고 어린홈품으로 현해란을건너갔다。

그때、어머니와 아버지는 보행객주를 벌리고 한참 드나들판이었는대 아버지는 선대쩍부터 흘러나린 방종한 혈

통을 바몃슴인지 적은집을어머 멀쩍한끝에다 단살임을 배치하고 도색에서 헤여날줄을 몰랐다。

어머니와 동이지고 크나큰 살임을 잔약하고 어머석은 어머니에게만 맞겨두고 사람아닌 사람의 생활을 했다。

동리사람들은 아버지를 가르처 팔난봉의 대수석이라고 손까락질을 하였다。

파란속에서도 어머니는 딸자식의 학비나마 대여주랴고 가진고통과 피름을 무릅쓰고 일을하랴고 애를썼으나 팔

난봉의 그남편이 한번 집에 나라날때마다 시재돈을 힘쓸어가는때에는 으레히 아귀다툼의 싸흠이 벌어지고 울고

불고하는 나머지 가세는 차츰차츰 곤궁에 빠저들어가고말었다。

근심걱정없이 보내주는 돈으로 편안히 동경류학의길을 떠났든 현욱은 역광의 학업을마치고 귀국할때까지도 궁

핍에빠진 가세를 꿈속에서라도 상상치 못했다。

집에돌아온 현욱은 입윤버리고 질식한 사람모양으로 화석같이 변하야 버렸다。그러케 조튼 기와집이 어더로

가고 한간초옥의 오닥사리속에서 주림과 허구품에 시달이고있는 어머니와동생들을 바라본 그의얼굴의 근육은부

들부들 떨었다。

그해 열아홉살을맛는 현욱은 어린두동생과 어머님을 위해서는 소같이 일을하야 둘터진마음을 안위 시켜주리라

고 결심하였었다。

처음으로 사회에나슨 현욱에게는 손쉽게 잡힌직업이 다행히 동경에서 수학한 그대로의 사진업이였다。

한해 두해를 지나가는동안 생각지도 안헛든일 —곤궁에 쪼들이여가는생활에 —아버지가 방종한생활에 허비한부

책가 나라났다。 현옥도 떨어지지안는 입을열어 주인 백창수(白昌洙)에게 막대한 거액을 대용하야 부채를 청산하여버렸다。

백창수가 부채를 청산해줄때 현옥에게 부탁한말이있었다。 그것은 자기(백창수)는 본처와 이상이·맞지않을뿐의나 모든일이 뜻과갖지않어 이혼을하고 오늘날까지 독신생활을 하고있는데 부채를 청산해준 호의에서가 아니라 전부터 마음을 꼭 먹고있었든 것이어늬와 어느때든지 할말이겠지만 결혼해주지 못하겠느냐는 간절하고 애걸에갖가운 부락이있었다。

사춘기의 언덕을 막 넘어슨 현옥이라 더구나 백창수에게대한 인상이 나쁘지도 않었섯지' 호감을 갖고있는 현옥은 어머니에게도、 의논하지않고 선선히 승락하였다。 ──(以下十行略)──

방종한생활──부계의 혈통은 현옥에게까지 미쳤든가 하리많치 순정해 보이든 현옥의 생활뿐아니라 태도까지 일변하고 말었다。

사업조차 돌보지않는 그들의 생활은、 파멸상태에 빠지고말어 때는 만주사변 죽후이라 그들은 남부여대로 이역(만주)으로 떠났다。 그때 현옥의 뱃속에는 백창수의 정충이 자리를잡고 피물피물、자라나고 있었다。 아버지에게 버림을바든 어머니와 불상한 두어린동생을 돌아보지도안코 자기가 아니면 집안식구들의 입에 풀칠하기 극난하다는것을 번연히 알면서도 현옥은 백창수의걸을 떨어질새라 멀니멀니 떠나고 말었다。 현옥은 한사람의 안해요 어머니가된후의 신접살임은 꿀맛갖치 구미에 담겼다。 그러나 박복한 현옥에게도 행복이 있었든가 하려만을 크나큰 불행이 울습하였다。

그해가을、 백창수의 본처가 난데없이 나타나 야료를하며 가진 폭악과 발악을 부리었다。 비수를 품은듯한 매서운눈을 흡뜨고 추태를 부리는듯、 몸부림을 치는듯、세간사리를 들부시어내는둥、어수선한 가운대서 해여나지못한 현옥은 수리에채인 병아리와같았다。

「이년놈들아、 너이들이 이러피해오문 내 못딸어울줄알구、 네년놈들 발뒤굼치를 따라다니며 극성을 부리겠다。」

현옥은 백창수의 소행을 그의 본처가 푸넘할때에야 자세히 알었다。

「이년아、 세상에 어듸 서방이없어 내서방을 빼서가니、 웅 이년아 꾀리가 멋개나 닭억서 호렀니、이 구미호같은

33

년아 너죽고 나죽자——」

김기려 뛰며 딸여드는 백가의 본처는 현옥의 머리채를 휘여잡고 하늘이 얏마고 날뛴다. 두여인이 쓸어저 없

외락 뒤처락 뎅굴면서 왼몸이 눈신해젓는지 ,백가의 본처는 방바닥을 두두려가며 대성통곡 한다. 현옥은 구석

색 끼역없어 담벼락에 얼굴을 비비면서 울었다。 백가의 본처는 새힘을 어덧는지 기승이나서 목청을 독구어

악을쓴다。

「이년아, 네 애비뻘이나... 되는놈을 메리구살어 이년아 가랑머리를 쩌저놀 이개갈은년아, 이년아」

백가의 본처는 입에 담지 도못할 악담을 퍼부어가며 나중에는 사람의 귀로서는 듯지 도 못할 욕까지

퍼부었다。 ——(以下四行略)——

백가의 본처가 지절대는 욕은 현옥의 신경을 날카롭게하였다。 그러나 그는 상대자가 그망치 추잡한것을알고

더 거리도않고 · 분함을 색이기에 애를썼다。 그보다 오늘날까지 백가에게 속아온것이 원통하고 분했다。

그날밤 현옥은 어린것을 끈어않고 밤을새여 목을노아 울었다。 출장갓다가 돌아온 백창수는 죄지은사람처럼 현

옥의 거동만 살피고 덤덤히 앉었다가 분푸리를 바덧다。

「당신도 사람이였소 에이……천하에……퇴、퇴……」

현옥은 분함을 참다참다 못하야 남편의 얼굴에 침을배텃다。 현옥은 그후 삽게월동을 눈물로보내다가 고향으

로도 도라가 못하고 돌두맛지않은 어린것을안고 남편의벗 박선생이 살고있는 서울도 떠났다。

三

서울 한복판 종로뒷골목 박선생의집에서 유숙하고 무묘헌날을 보냈지도 벌써 한달이지났다。

한달동나을 지나가는동안 박선생 부인이나 식모 순분어머니에게 페를끼친것이 퍽으나 송구스러웟고 미안했다。

그반면에 박선생의 처측하되는 동혁을 한번 두번 맛나보는동안 알지못하게 동혁의 인상이 머리속에 자리를

잡고 뿌리를 박게되니、 그러나 참아 그이를、 사랑할수없는 몸이매 미여지는듯하는 가슴을 부여않은채 한심헌날

을 보냈다。 그러다가 고사리갈은 도룸한손을 음으려쥐고 색—색— 잠들어있는 어린것을 나려다볼때 원수같음을

분이 치밀다가도 죄없는 어린것에게까지 미움을 끼칠것이 무엇이랴할때 혓바닥을 깨물어、 피를흘리어도 시언치

않게 안라가왔다.

한번 보넌 불스욱· 두번보면 두번볼수록 동혁에게대한 연정의불꽃이 고히고히 자라낫서 움이터지고 있었다.

(나같은 넌에게 저런어와같은 오빠라도 있었드면·)

싶으리만큼 숭배심이, 나중에는 동혁에게 의탁하고 영원히…… 그러나 번연히 하로밤의 꿈과같은 생각을 하는줄 알건마는 다시 돌아오지못할 처녀시절을 도리켜 생각할때에는 눈앞이 아득아득 해진다.

또 한달이 지나갔다. 두달동안 박선생집에서 신세를끼친 현욱은 어린것을않고 마음속에 사모처있는 동혁에데 한 미련을 품은채도 서울을 떠나 고향으로 내려갔다.

현욱은 고향으로 도라가 어머니의 품에않키여 오늘날까지 격거온 풍상과 서리고서린 비애와서름을 마음껏풀었다. 자식이 아니고, 어머니가 아니면 물길이 바이없는 서름은 한없이 풀리고 또풀리었다. 그러나 가슴속의 상처는 지워지지 않었다. 현욱은 가면을 쓰지않코는 살어 갈수가 없게되었다. 동텩사람들이 어린것이 누구의자식 이냐고 물을맥, 제자식이 아니오 외삼춘댁의 어린것인데 그 어머니가 세상을 떠나버려 불상해서 다려다가 길은다 고하야 그는 어린것이 타고난 것을 물려 주지도않고 우유로서 히기진 창자를 붙어주었다.

닥처오는 불행의 거미줄같은 끈끈한 실오리는 현욱의 머리속을 억기설기 뒤얽기 시작했다. 어린것은 사오일 전부터 감기로 앓다가 폐염으로 변하야, 드디어 십여일만에 어미의 품에서 귀여운을 바더 보지못한채 한많은 세상의꿈을 등에지고 다시도라 오지못할길에 영원히 잠들어버렸다.

현욱은 삼천마디의 혈맥이 끈어진 어린것을 그러않고 밋인사람같이, 헛소리를 처가며 어린것의 일홈을 불러보 았으나 저세상으로 가버린 어린것은 목메여 부르짓는 어미의목쉰소리에도 대답할길조차 없다는듯이 눈을 굿게 굿게감고 아무대답이 없다.

「아가 이몸쓸 어미를 용서해라 인정없는 어미를—어미의 따뜻한품에 않겨 네가아니면 빨어 보지못할 첫뿍지 조차 마음대로…… 아—아가 네가 죽다니 참말이냐〈 아가 아……오—신이여 창천으로간· 어린것을 돌여보내 주옵소서—」

35

현옥은 어린것의 뺨에다가 얼굴을 비비며, 남이 듯는가 못듯는가, 헛소리같이 부르짓는 흥부 소리는 영혼을 동진

방속에, 휘〇하니 도는 찬바람과 함께 헤여날줄 모른다.

어미의 뺨에서 흘러떠러지는 뜨거운 눈물은 어름같이 차디찬 해맑은 어린애의 뺨에 물들인다.

무질서한 생활속에서 정신병자와같이 무료헌날을보내는 현옥은 히스테리컬해젓다. 마음에 맛지않는 조고만일이있

어도 등명을 부리고, 암상을 내었다. 어떤때는 정신빠진 사람모양으로 머언히 높은허공을 바라보고 바라보다가는

한숨을 땅이꺼지게 쉬면 그뒤에 오는것은 눈물이었다.

현옥은 그이듯해 봄까지 암흑한 생활속에서 헤여나지 못하다가, 헤여나랴고도 않었지만, 꿈속에서 깨여난듯, 어

린동생이 피로움을 있고 하도 진종일 고역속에서 벌어다 주는것으로 뱃속을 불일수없다고 다시금 직업전선으로

나섯다.

현옥의 마음이 명랑해짐을본 그의어머니는 춤이라도 출듯이 반가워하며 이기회를 노칠세라 현옥의 혼처를듯

보기 시작했다.

현옥은 그해가을, 어머니의 간곡한 권유로 대전(大田)에서 청년실업가로 명망이높은 김영식 (金永

植)의 재취로 들어가게 되었다.

전실자식이 남매나되고 그러나 그가정에서는 행복된 이상의 가정생활을 하기에는 꿈속에서라도 차즐수가 없었

다. 더구나 김영식은 무식할뿐아니라, 게집의 고기덩이와 돈만알고, 심지어 인색하기 짝이없었다. 마음에 담기지안

는 생활을 하느니보다 차라리 죽어 버리는것이 나흘것만 같어진다.

현옥은 신경과민한탓으로 · 신병이 자졌다. 그해 느진가을 수양차로 친가로나려온 그는 급작시러 서울로 올라

가고싶은 마음이 간절했다.

오래동안 마음속으로 그려워하든 동혁을맛나 그이의결에가서 '비럭질을 하여 가면서라도, 가난한 살임을 하는

편이 오히려 나흘것만 같어진다.

동생의 책고비에 끼여있는 알밤을 고집어버여 동혁의사진을 찾어냈다. 움푹하게 들어간눈, 그리고 열정적인 두툼한

임술, 길죽한 얼굴에 웃둑한코, 번듯한 이마는 시원스럽게 터었다. 어디로 뜨더보나 미듬성 있어보인다. 보연불수

독 마음에담기는 그이의 모습, 동혁의 인격과 이상을 생각할 여염도없다. 조바심이 처진다.

현욱은 불시로 집을 떠나고싶은 생각이 간절했으나 만약에 동혁이 삼년전 그대로의 총각이라면 모르되, 안해가

있는 남의 남편이라면 었더캐 하는가? 주저해지다가도 대담해지는 마음은 동혁에게 안해가 있든자 식이 있든간에

아랑곳이 있는가 싶어진다. 그이의 곁에서 날마다 그의 얼굴만이라도 보고살면 만족하다. 진실 자식들의 어미

보다도 이기주이자인 인색한 남편의 안해가 되기보다는 마음편하고 물편한 생활이 아닌가 싶어진다.

현욱은 그길로 결혼반지를 전당포에 집어넣코 이십원을 변통하야 노자를 작만하였다.

四

눈을감고 추억을 되푸리한 현욱은 땅이 꺼지게 한숨을 후유 쉬고 가만히 눈을 뜬다.

차는 북으로 북으로 달음질친다. 지껄대는 승객들의 우슴소리와 충얼대는 이야기소리가 저편에서 들인다. 아

마 대전도 지낫나부다. 황급히 집을빠저 나오기때문에 잇어버리고 나온것이 적지안타. 스스로 제팔을 내려다보아

도 우습기 짝이없다.

현욱은 다시 눈을감고 장차 닥처올 압일을 곰곰히 생각해본다. 지금 조곰이 떠나가는길을 뉘우처 보기도한다.

그러타고 후회하지는 않었다.

동혁이가 결혼을 했는가? 안했는가? 그것뿐이 굼굼하다. 결혼을 안했다면? 가슴속까지 뿌듯해오는 기쁜감

정은 억제할수없다. 반면으로 결혼을 했다면? 하고 추측할때에는 온몸의 맥시 탁 풀어진다. 삼천마디로 넘나드든

피가 머리속으로 기여드는것 같다.

그러다가도 설베이는 마음을 안춘히 가라안치고 부처님같이 고결하고 숭고한 그이를 눈앞에——그리고 무릎

을 꿀코 가슴속에 쌓이고쌓인 연모의정을 털어노코 싶어진다.

(당신의 곁에서 이 더러운몸을 젓결히 씻어, 수도하겠나이다.)

하고 애결하면 참아탄들 거절하지는 않으리라. 대답없이 머리를 꼿떡이거든 모름직이 생활의 기초가 잡월때까

지 독신생활을 하리라. 하고 현욱은 갱생한 허망을 부억안고 밤일곱시가 지나서야 경성역 플렛홈에 나렸다.

하토충일 시달인 피곤한몸을 잇끌고 경성역 광장으로 나온 현욱은 갔가운 여관에 행려를 풀고, 택시에 몸

을실어 박선생집으로 달려왔다.

37

현욱은 대뜰을 박차고 안마당으로 뛰어갔다.

「아이구 봉이엄마가 오시네―。」

마두끔에서 이야기를 하고있든 순분어머니가 제일먼저 알어보고 내다러 손목을 잡는다.

「네! 그동안 안녕아섰어요。」

현욱은 오래간만에 맛나는 반가움을 금치못하고 입모습에 미소를 띤다.

「이게 원일유, 소식두없이, 어서울라와요 언제왔우。」

언제튼지 상양하고 싹싹한 박선생부인이 반색을 하며 마루로 끌어올인당、

「지금 막 왔에요。」

「저럼?」

「그런데 집은 었겠수。」

「여관에요?」

「여관에요。」

부인은 깜작놀라며,

「왜 여관에들었우 바루 오잔쿠, 여관에는 밤값이 비싸다는데 내일은 우리집으로 오우。」

마음에 당기지를 안는지 입을 빗쭉인다.

「참 었었저다, 어린것을 일었우 가엾어라 그러케두 잘생겼든 애기가, 봉이엄마두 얼굴이 아주반쪽이 됏서요。」

애절한듯이 순분어머니는 한거정을하며 현욱을 유심히 바라본다.

「죽울때가 됏으닛가, 죽었죠。」

남이 듯기에는 명범했으나 암을어가는 상처를 쥐여 뜻는듯, 앉음은 살점을 어여내는것같이 쓰리었다.

「지금 오는길이라니 시장하겠구려 저녁은 었머께했우 식혜울가。」

박선생부인은 현욱이가 언짢어하는 눈치를 아라차리고 말머리를 딴끈으로 돌인당 현욱의 형상이 척은했기때문이다.

「아네요 마악 먹고 왔는데요。」

현옥은 상그래 우스며 가볍게 거절했다。

현옥은 열한시가 지나서야 박선생집에서 나왔다。여관으로 도라온 현옥은 빈방안에 아담하게 깔여있는 이부 자리우에 옷을 입은채로 누었다。온몸이 구들으로 짜고드는 것같다。피곤한 중에서도 동혁에게 대한생각은 머리속에서 떠나지안었다。

(네가 왔다는 말을듯고 지금이라도 찾어와 주었으면!)

하는 안타가움이 복바처오른다。

(그이를 맛나면 무어라고 인사를 하나?)

부고러움이 양볼에 떠오른다。

(옵바라고. 부를가?)

(싫여, 그러케하기는 싫여!)

(그러면?)

(선생님이라고 불을까?)

(그건 너무 점잔치!)

(그렇면?)

(씨자를부처 부틀가?)

(그건 너무 서먹서먹 하잖흔가!)

(그러면?)

(촌대두말구 반말두말구 그중간엣것으루 불으문 조치 무슨거정이야。)

천정을 처다보며 생각하는 현옥은 빙그래히 남모를 미소를 입모슐에 떤다。현옥은 또 생각한다。제일먼저 취직을하고 삭월세방을 어더 자취를하면서 마음대로 동혁을 맛나보리라고 작정해본다。그이의집에도 날마다 차저 갈수도 없거닝와 생긴보지도 못한 그의부모네가, 어머니는 알지만, 마음에고리고, 그이의 고모집에서도 역시 옷사람들이 꺼리거니, 마음노코 자유대로 맛날수있으니 삭월세방이 안전지대라 취직을하고 작정하리라 생각했다。안질에서 새로 두시를 치는 소리가 들이건만 잡은 천리 만리로 달어난듯 눈은 샛별같어진다。

39

五

잍은날 아침, 일직이 일어난 현욱은 간단히 화장을하고 조반도、 뜨는둥 마는둥 집어치우고 부산히 여관을나

섰다.

여관을나슨 현욱의 걸음새는 빠르면서도 무거웠다. 저금쯤은 동혁이가 고모집에 와서잇는지도 모트러라 생각

하니 한없이 반가웁고 기쁜마음에 벅찬 기분은 날개라도 도처 날고싶게 왼몸이 가벼워진다. 그러다가도 코우

슴을치고 대건치안케 생각하고 맛나보려고도안는 동혁의 환상을 그려볼때 조급히 걸어가든 걸음새의 도수가둘

여질뿐아니라, 신발이 따에가 꽉 부러버리는것같다.

(그이는 그런사람이 아닌데、 내가 팬시려?)

쓸데없는 생각을하는 자기자신이 너무나 동혁에게 대한 애착심이 컷음을 다시금 깨닷는당

현욱은 전차 안건지때에 올라서서 동대문행 전차가 오기를 기다렸다. 그렇나 재분참 황금정행 차가 울때에

는화가 비럭낫다.

북작어리는 거리의 소음은 갓득이나 너수선한 현욱의 머리속을 어지컵게한당. 내번째인가 와 다은차가 동대문

행이었다. 현욱은 승객이 부끤차속으로 몰을 감추었다.

현욱은 박선생집 대문을 들이 스면서도 속으론 엄투현 생각에 쌓여. 중문을 들어섰다.

수채안에서 집네를 빨고있든 박선생부인이 반가히 내다르며 보롱이를 바더든다. 박선생부인은 자상한이라 무

슨일에든지 곳잘우섯다.

중문을 들어슬때 현욱이가 깜작놀란것은 아니나다틀가 수채앞、 수롱길에 세비로틀입고 얼굴에 우슴을 띠우는

동혁이와 시선이 마주첫을때 한발자국을 뒤로 추슴물러섯다.

현욱의 부고러워 주저하는 수지붐은 지나간 처녀시절의 태도 그대로었다. 말을 할듯 할듯 하면서도 떨어지지

않는 입술은 플로 부처논듯、 무거워지고 얼굴에는 상기된듯、 모닥불일듯 화근화끈 달어올랐다.

박선생부인이 마루앞으로 오면서 현욱이를 바라본다.

「조반 었드케햇우?」

현옥은 박선생부인에게 대답 조차못하고 얼떨떨 해진듯 잠잠히있다。 현옥은 너무나 의외라고 생각했다。 뜻밖에 동혁

이틀 맛나니 기쁘면서도 몸둘곳을 몰났다。 으레히 먼저 찾어가 맛나려고 했든 그이가 먼저와서 기다리고 있음에서야。

맛나 보니 하고싶은말은 어더토 꼬리를 사러고 하고싶은말은 만컨만 벙어리 모양으로 가슴이。 답답하야 할말이

없다。 현옥은 무슨생각을 했는지마음을 여무지게 다거먹고,

「웃댁에좀 같으면요?」

누구에게다. 청하는말인지. 제귀에도 들이지 않을만치 가는목소리로, 이제서야 입을열었다。

현옥이가 웃댁에좀 가겟다는것은 가부간 동혁에대한 신분조사에 불과했다。 그러나 현옥에게는 중대한 문제,

풍망을맛난 선박의 타심판과같었다。

「앵 봉이엄마가 네집에좀 가겠단다。」

박선생부인이 뒤를 도라보며 쪽하에게 말을하니,

「네、가시지요。」

하고 동혁은 선선히 대답하고 중문으로 나간다。

현옥은 주저하다가 동혁의 뒤를따라 대문을 나섰다。 큰길거리로 나슨 두사람은 나란히서서 말없이 것는다。

현옥은 동혁이와 나란히 억게를겨우고 걸어보는것이 오늘이 처음인동시에、친숙하게 사귀인사람과 걸어가는감

정이 속구친다。

느긋한 마음속에 조바심을치고 뛰놀든 심정은 앙춘해지면서 차츰차츰 명온해진다。 처음으로 체험되는 이성에

대한 감각은 지금에야 늦겨진듯했다。

(이것이 이성에대한 애착이며 심리에서, 울어나는 사랑의 싹일가?)

하리만큼, 마음을 부여않은 현옥은 행복감을 순간이나마 늑겨볼수 있었다。 깨닷는동시에 과거의 불행했든 울분

이 스스로 녹아버린는 것도같었다。

침침한 음달속에서 괴려다가 피여나지못하고 시들어버린 청춘의 꽃봉오리가 잇에 다시 재봉춘을맛나 양지쪽 다

양한분으로 옴겨가서 활작핀 꽃송이와같은, 재몸을 도라볼때 동혁이가 미혼이었으면하는 안타가움이 그의가슴을

뒤설네인다。 궁굼하다고 처음 대면한 지금에 염책불구하고 불쑥,

「(당신 결혼 하셨소。)

하고 묻기에는 너무나 쑥스러웠다。

「어제 올러오셨다는 말씀은 자세히 들었읍니다만, 왜 알리지 않으셨나요。」

말없이 걸어가든 동혁은 불먹은소리로 채근하듯 묻는다。

현옥은 묻는말에 대답할수없어 잠자코 입을 열지못했다。

「그동안 서신왕래도 뜨엄하다가 불시에 올라오시면서도……。」

두번째 쇄근하는 말속에는 섭섭하다는 말투가 알시 되여있으니 댓구하지 않을수없는 입장을 괴롭게 생각하면

「알리지않고 와서 맞나뵈는것이 더 반갑지 않을가요。 그리구 또……」

현옥의 말끝을 호리는 소리까지 약간 떨었었다。

현옥의 말끝을 동혁은 었며 왜 알어 들었는지 입모습에 빙그레히 미소를 띠운다。

「그러튼가요。」

하고 동혁은 머리를 숙이고 발끝만 구버보고거는 현옥의 열열굴을 바라본다。

현옥의 얼굴빛은 주홍빛으로 물이들고 가슴에는 두방망질을 친다。

「참, 깜빡있었군요。 었저시다가 귀여운 애기를 잊으셨음인가, 운명이라곤 하지만」

동혁의 반잡지않은 인사는 현옥의가슴에 바늘도 못을박듯이 않었었다。 그런말은 입박게 내여 못지 말어달라고

할수도 없는 일이매, 댓구도 하지않었다。

「역기가 제집입니다。」

동혁이가 가르치는집은 서실대문에 북향으로안진 기와접이다。

현옥은 대문을 지치고 동혁의 뒤를 따라드러가니 대문안에는 행랑이 들어있고 장방형으로된 독인은 조강하

기 이룰매없다。 콩크리를한 수채에는 물익끼가안저 검푸를게, 퍽으나 깨긋하다。 댓돌밑에 방금 피여낫는지 붉은다

러아가 머리를 숙이고 걸가지에서나온 봉우리도 반쯤 피었다。 우네말 부연아래로 헌판이 나란히 부텃는데 누

구의 글씨쳰지 모르겠다。

뜰가운데로 들어선 현옥의 잠간이나마 명온햇든 가슴은 두방망이질 하기 시작한다。마루에서 내닷는 변덕않

코 심술스러운 동혁이 모친이 반색하며 맞어준다。

현옥은 마루로 올라서서 동혁이가 들어간 건년방을 들여다본, 순간 어머니나 하고 부르지를만치 입을 딱 버

리지 않을수없었다。방 웃묵에 나란히 아담하게 서있는 의장들이 너무나、찰난하다。

삼층장결에 자게게박은 의거리가 노였고 그결에는 양복장이 육중하게 서있고。양복장결에는 체경만한 경대가 신

부갈이 않었것고 그우에는 가진 화장구가 벌이여있다。아직도 신혼의꿈이 살어지지않은 방속에서 그윽히 풍겨나

는 향기에 취한 현옥의 전신은 목석같이 변해버렸다。

(이미 때는 느젓구나 누구를 바라고 이곳까지 왔든가?)

절망뒤에 오는것은 한숨이었다。

현옥은 방속을 드려다 보지않으랴고 시선을 딴곳으로 보냈다。

앗찔하여지는 몸을 마루 뒷문설주에 의지하고 주저안젓다。히미하나마 자세히、너무나 또렷하게 보이는 웃옷을벗

는 동혁의자태와 두껍따지에절인 주련경속으로 반사된 금침장속의 색동을 노흔듯·차곡차곡이 쌓인 값진비단을

씀이 우리우리해보인다。

(이럴줄 알었드면?)

울고 심으리만치 서름이 가슴속으로 복바처 올은다。

「언제울타왔수。」

동혁어머니의 뭇는말도 잘 들리지않는다。

「며느님은 어듸가셨나요。」

현옥은 뭇는말에도 대답지않코 저도 모르는결에 입에서흘러나오는대로 물었다。입속의침이 마른다。

「친정에갓다우、새달이 순산달이되여、그래 어린애 나러갓지!」

하는말은 동혁이와 그 시어머니에게는 반가운말이겟으나、현옥에게는 외 그런지 청천의 벽력같었다。그러면서도 태연히

「퍽 기뿌시겠군요。」

억지로 나마 우서보였다。

43

동혁어머니는 뭇지도 .않는말까지 떠버려노흐며 세상맛난듯이 조와한다.

현욱은 머없어있을 기력조차없어, 자리에서 일어났다. 머 놀다가라는 말류함도 듯지않고 동혁의집에서 축소로 도라왔다.

六

현욱은 평온한 자리에 누어서 지금까지 지나온일을 곰곰히 생각하매 모든게 꿈과같었다.

한바탕의 꿈속에서 허굴은 자취를 머듬다가 허공에 뜬 구름같이 영혼만을 남겨두고 무상으로 도라가는것이 인생의 말로인가 싶어진다.

그러캐까지 믿고 바랬든 동혁에게 안해가있고 장착 어린애기의 아버지가 될사람이라는것은 으례히 그러해야 하겠지만, 너무나 꿈밖에 일이라 눈물만이 양볼위로 흘러 나릴뿐이었다. 세상사리가 꿈과같을진대 인생에게서랴 현욱은 울어나는 설음을 억제하랴고 애를썼다. 그러나 애를쓰면 쓸스록 육체로 움행하는 고통은 날로 커갈 뿐이었다.

동혁의 신혼생활이 눈앞에 완연히 나타날때 몸서리가 처지며 너가갈러고 몸이떨었다. 눈같이 힌 오물같고 구름같이 두류한 금침을덥고, 원앙침을비고 나란히 누어있는 동혁의 부부가 날아난다.

그여자(동혁의안해)는 곱기야는 동혁의 팔벼개를 베고 살냄새가 풍기는 젓가슴을 쌔근 쌔근 물아쉬는 형상까지 나타난다.

현욱은. 진저리물치며 앉니물 빠드득 빠드득 갈며 눈앞에 날아나는 띨임같은 환상을 지워버리랴고 두손을허 공으로 내저어보았으나 머욱 또렷하게 떠오른다.

잠에 취햇든 동혁의 정신은 차츰차츰 깨여나기 시작하며 은근하게 끼여안는 안해의 몸집은 남작 하게 으스러질듯이 포응해줄때 방글방글 우스며 동혁의 입술을 쪽쪽빠는 음향까지들은 현욱은 부사견으로만

든 침의만 걸친채로 벌먹 일어나 고함을치며 부르짓는다.

(었더커나, 분하다 내가 왜 잇에왔든가 좀더 일직이 왔드면!)

간얄픈 비명까지 부르지즈며 어름같이 차디찬 두손으로 얼굴을싸고 늑기여운다.

지금 당장에라도 동혁의품으로 뛰여들어 그여자를 내여쫓고 그자리를 차지하고싶었다. 만약에 물러나지 않으

면 젖가슴에 비수를 꼬자 뿌그르 살대가치 소사올으는 붉은피를 흘러는것을·보고 통쾌한 우슴을웃고도 싶어진다.

그러다가 어렴풋이 옛날에 백가의품에서 단꿈을꾸든 그때의 꿀갈든맛을 생각할때 머리에서·발끝까지 매지근

해지는 순간 왼몸이 뒤물리고 아랫배에서부터 옴찔거리는 그무었은 명치끝으로 치밀었다가는 후미진끝으로 내

려갈때 두다리가 장작개비로 변하야 비비꼬인다.

마음을 악착하게먹고 동혁의 안해를 물리처내고 그자리를 찾이하고싶은 어리석은생각이도 없지않어 있었다.

그러나 만약에 마음먹은대로 그러케된다면 그들의 가정생활은 피멸에 이르고, 그여인은 불행한 구렁에 빠지고

말것이다.

현옥은 도덕과 인정을 불살러버린 파문에 떨어지는 제자신을 도라볼때 위선 양심이 오래오래 생존할수없다

고 생각해본다. 그타격으로 밧는 일생동안의 생활은 암흑속에서 헤여나지 못하리라고도 밋고싶어진다.

그여인을 물리처내고 그자리를 햇는다면 동혁을 참으로 사랑 한다기보다 성육에·주린 계집이 다만 육체만을육

심내여 그의품안을 빼아스려는것은 소이 음랑한 매춘부나 상상할일이 아닌가 하고 생각할때, 동혁이가 돌아보

지안흐면 연모의 감정만을 부여안고 그이의곁에서 한평생 수도자의사랑, 노총이 부처님앞에 무릎을꿀코·염주들세

여가며 두눈을 구지닷고 참회와 인생의 무상함을 뉘우처 과거의 죄상을 닥그려는이와같이 동혁의 곁에서 참된사

랑을 맛보며 그여인을 내여쫓고 품안을 그리워 하느니보다는 몇천배 멋만배 이상으로 성스러운 정신적 사랑이

냐. 이러케도 생각해본다. 그러나 사람이 이세상에 생겨나고 만물의, 성장해가는 오늘의 생활의과정은 반쪽과반

쪽이 결합하야 한쪽이되는 그속의 달큼한, 구미로서 세기(世紀)를 승전(承傳)해가고 반면에 문화를 건설하고 역

사를 창조하는 인생의 생활일진대 외로움을 택할가보냐——위험성을 농후하게띄면 반쪽과반쪽의 결합, 그사

이의 간격은 목석이라도 제아모리 막어벌도리가 없지않으냐. 고대(古代)로부터 영웅이 그러했고·성자가 그러했

을진저, 명상한 인생의 심리를 품고 태여났음에랴——。

현옥의 육체와 정신은 허소무처한끝에서 끝없이끝없이 헤매고 있었다.

밤마다 밤마다 늑겨지는 피로움은 도수를 거듭해갈수록 번민을 실고오는 애달픔이 커젓다 적어젓다할때 파

며 동안 전 현정을 처다보며 한숨짓는 안타가움이 너풀너풀 춤을 춘다.

현욱은 구미까지 일코 수면부족으로 뜬눈으로 밤을 새었다。 몸은 점점 피려해갓땅。

七

현욱은 오늘도 진종일 싸단인 피로한몸을 있끌고 숙소로 도라완다。 웃웃을 훨훨벗어서진채 침외하나만 걸처

입고 뜰아래 화단앞에 쪼구리고앉어 저녁빛에 시둘어가는 채송화꽃을 넉없이 바라보고있었다。 시둘어가는 꽃잎

알을 만저보라는 그의 앙상이 뼈만남운 손은 가늘게 떨었다。

현욱은 여러날 동안이나 밤을 새워가며 생각한나머지 서울을 떠나 버리러라고 결심하였다。 동혁에게대한 미련

파그여인을 물리처 버리려든 악착한 생각은 멀리멀리 달어나고 말었다。 아기자기한 신접살임을 깨물어 꽃밭에

불을질으고 혜갈을 더기에는 죄악이라기보다, 과거에 체험한 생각을 있굴어오는 현욱의 십경으로는 참아 못할

일이라고——박복한 제신세를 뉘우처 그러나 동혁에게 대한 미련은 있굴수없다고 생각했다。

현욱은 아직도 만주에서 생활하고있는 백창수에게로 아침에부친 전보 회답을 기다리고 자리에 누었다。 초조

한 마음은 날개가도처 허공으로 날어 날어 갈곧 모르고 총마저 괴흐르는 죽지를 푸먹이고있었다。 초조

저녁밥을 먹고난 현욱의 손에는 백창수의 회답전보가 쥐여젓다。 함께보낸 팔십원의 전보환이 머욱 초조했든

그의 가슴을 흔들어 노았다。

——○(マ가)オクル ハ가クキタレ アトタノム——현욱은 한번 내려읽고 두번 읽을때 조소에 갓가운 우습이 입

모습에 떠돌앗다。

八

그후 일주일이 지나간 어느날 밤어었다。 현욱은 만주로 떠나갈 행리를 다 꾸려노코 한번머 동혁을 맛나보

고 가리라 생각했을때 그이가 언제 부터인지 여러날동안 발그림자도 안했시만 병들어 누었다는말을 순분어머

니의 입으로 전하는 말을듯고 그밤으로 동혁의 집으로 갓다。

46

해벌어진 방속에 푹꺼진 눈을 멀뚱거리고 외로히 누었는 동혁을 바라볼때 현옥의 가슴은 천조각 만조각으로

미여지는 것 같었다.

현옥은 동혁의곁에 조심히 안는다. 그이의 얼굴에서 떠나지안는 현옥의 시선은 반응적으로. 움직여 지지도안

는다. 상카로운 코밀과 턱밑에 꺼칠게 듬성 듬성 자란 수염은 며칠이나 두엇는지 끔크게 잘앗다. 그이의 이

맛볼겁쓰고 뼈만남은 손끼라도 만저보고 싶은마음은 간절했으나 수집음은 현옥의 마음을 괴롭게한다.

「현옥씨!」

동혁은 두름하'고도 무거운입을연다.

「네!」

현옥은 제귀에도 안들일만치 떨이는 목소리로 대답한다.

「현옥씨! 만주로 가신다지요?」

「글세요?」

동혁은 천정을 바라보며 한숨짓는다.

현옥은 내일이면 떠나갈 몸이엿만 참아 입을버려 말못하고 동혁의 눈치를살핀다.

「현옥씨가 내곁에 영원히 있어준다면 얼마나 행복할가요. 현옥씨가 내곁을 떠나신 그후에는!」

「그러케 할수만 있다면!」

현옥의 억개가 축처지며 무릎아래로 떨어진다.

「현옥씨, 꼭 가서야 하겠읍넛가?」

동혁은 현옥의 무릎에언친 손을힘있게 잡는다.

현옥은 너무나 기뿌고 순간에 녹기는 행복의 감정에 사로자핀다. 울분은 눈물과 서름으로 변해버린다. 가늘

게 떨먹이는 억개는 물결을치고 귀밑으로 떨어진 머리카락은 나풀거린다.

「현옥씨! 인간의 생활이란 이다지두 괴로운가요.」

현욱은 말없이 머리만 꾸떡인다.

『현욱씨, 말허구싶은 감정을 가슴속에 파무머두구 입박게 내여 말못허는 줄이나 알어주신다면──』

현욱아도 에야 동혁의 피토워하는 감정을 엿볼수있었다. 그러나 이미 만사가 그르쳐진 오늘에있어 다시 뜨

더 고칠수없는 정상을 생각하고 한숨짓는다.

지금 이것이 마지막 맛나본다는 녹김을 깨달울때 것잡을수없는 눈물이 앞흘가련다. 눈물속에 히미허게 보이

는 동혁의 얼굴은 원망도 실망도없이 머언히 천정을 바라보며 한숨을 연거며 헐뿐이다.

『저는 내일 떠남니다』

현욱의 혓바닥은 구머진듯이 말끝을 맺지못하고 입을 담을었다. 순간 동혁의 눈동자는 둥굴어젔다가 차츰차츰

가늘어지며 두껍게 다머진다.

『내일?』

동혁은 입속으로 뇟가려 중얼뗀다.

『아무때라도 떠날사람은 떠나야 헐테닛가요.』

현옥의 얼굴의 근육은 실눅실눅 경련을 일으킨다. 현욱은 말을 내여 노았으면서도 후회하지 안할수가없었다.

『그러치요! 현욱씨 가는당신을 내 무슨힘으로 자부릿가마는 누어있는 나는 현욱씨의 행복을 빌지요』

동혁은 눈을감은채로 다시한번 현욱의 손을 힘있게거린다. 현욱도 동혁의 손등위에 한손을 갖다가며 꼭 힘있

게 누른다. 현욱은 동혁의 가슴에 얼굴을 파뭇고 끈철줄을으고 흐늑겨운다. 현욱은 자정이 험신 지나서야 자리에

서 일어낫다. 동혁의집을 나슨 그는 몇번이나 뒤를돌아보며 눈물을 써섰는고──。

서편하늘에 기울어진 얼네빗달같은 초생달빛이 마지막으로 바르르떨고 ── 길가에 늘어선 포푸라의 잎사귀는바

람결이 스처갈적마다 우수수 소리틀내며 현욱의 머리와 억게에 떨어진다.

(가자 아무때라도 떠날사람인 내몸이 아나냥)

현욱은 뭐틀 돌아보고 또 돌아보며 발끝에 채이는 제 그림자를 밟으면서 골목길을 빠저나왔다.

──(成寅重陽)──

그 女子의 日記

李 地 用

발송게에 있는 허군이 내가 있는 사업부로 옮겨왔다는 말을 듣고서 나는 몹시 반가웠다. 누구나 자기가 목적으로 한 길을 향하고 나갈적에 온갖 지장이 첩첩히 쌓이고 누어 있다면은 나가기를 한두번 주저함이 인정일것이나 허군은 그러치를 안타.

허군은 도모지 말이없고 성격이 순박했으며 자기가 러상한머로 꾸준하게 실행을게속하는 사나이였다. 그가 문학을하기에는 첫재로 공부할시간이 적었다. 그는 밤이늦도록 일을하고 도라가서 잠시간을 두어시간씩 쪼개여가지고 책장을 뒤졌다.

허군이 가슴을 알케된동기는 섭생이 좋이도못한데마가 술이 과하기도했지만 역시 큰동기를 찾는다면 그의 과도한 정신과육체의 고력인가싶당. 그는 틈틈이 한편두편 작품을쓰는대로 나에게 보혀주었다. 바지 뒤스주머니에서 외곽마진 원고뭉치를 끄내가지고 나의손에다가 쥐역주고.

『었네 자네나 또 읽어보구서 평이나 해주게』.

49

이렇게 말을하고 밤은기침을 해가면서 자기의 자리로도라가는 그의모양을 볼때마다 나도 역시 우울을늦기고

마는때가 한두번이 안녓엇다。 따를쏘드면서도 약한봉지 제대로 으며먹어 보지못하고 자리에누운 그가 다시 사머나

떠나고는 믿지 않았고 그러타고 이러케까지 심사리 죽을줄야 몰났다。

어제밤에 허군이 숭을것다는 전화를 그집주인에게서 받은때는 허군이 몸저누은지 한달하고 나흘쌘가되뜬 날

이엇다。 남의집 셋방구석에서 코와입으로 검붉은 덩어리피를 흘니고죽엄까지 외로히지은 그의모양은 너무도처참

한 정경이엇다。 임이 차고 구머진 그의열손가락을 한베 열러쥐고 나는 목을노코 통곡을햇다。 저녁때에 상회에

있는 친구들이 물여왔다。 한참동안은 장사에대하야 의론을하는라고 어수선햇으나 내일 화장을하기로 결정을짓은

뒤에 그들은 각기기도라가고 김군과 나와 두사람이 오늘밤을 허군과같이 지나기로하고 남어있섰다。

밤이。 깊어갈수록 적막은심해가고 밧게서는 가을의 바람소리가 나무잎을 우수수하고 울닌다。 나

는 허군의세간을 정리하려고 모든것을 뒤지고나서 책상서랍을 여럿다。 그속에서 나는 허군이 새로히쓴듯한 그

女子의日記!라고 제를부친 원고와 황군에게ㅡ하고적은 나에게 보내는듯한 편지한장을 발견하자 나는 급히 편지를

퍼 보았다。

『황군 죽엄이란 그러무서운것도 아닌듯 지금은 오히려 심신이 편해짐을 늦기네 죽을때까지도 자네에게 신세

를끼치며는 나는 미안스러워이

황군 이것은 내가 마지막으로 적은것이니 나의몸을 불살르기전에 자네가 내앞헤서 읽어준다면은 임자없는나

의외로운은 군의 목소리를 드르며 아무도 불수없는 길목을 편안히 거러가리。

그동안에 나도역시 남과마찬가지로 생존했든 인간이었든가 하고 생각을해보니 야릇한감상이 깊은산중에서 조고

만샘물이 졸능거리듯 소사나베그며。

황군 기리 곤건하게 그리고 자도가 보내여준「레쓰」는 재미있게 읽었네!

이것이 허군이 나에게남겨눗코간 마즈막정담이었다。 이편지를 읽고나서 나도 새로운슬픔에 목메여울고 안탁가

운 마음에 몸둘곳을 몰났다。 그가 나를 얼만큼이나 생각하여 주었든가하니 가슴이재릿다。

나는 허군의 손목을 다시 잡어진었다。 그리고 포대기를처들고 납덩이가치 변하여진 그의 얼골을 바라보았다

가슴이 답답하다 콧둥이 짤머질것같이 매콤하드니 눈물이 쏘다젓다。 나는 그에게 가만히대답을 해주었다。

「허군 자네의 말대로 이끝에서 읽으리! 읽고읽고 되읽을떼니 편안히 쉬시게 또 군이 사랐을적에 자네에게 보내는 나의정은 너머도 미지근했음이 원한이 되네그려」

쓸쓸한 우슴속에 나는 인생의 무상함을 새삼스러히 한탄하면서 원고를 손에들고 첫장을 멩겨다. 밤은 고요하고 바람도산듯 옆에잇는 군군을보니 벽에 비스듬이기대여 잠이 드른듯싶다.

×　　×　　×

「그女子의日記」

九月六日

하숙주인 어머니를 대할때마다 나의어머니생각이 나를 울인다. 어머니를 불러보고 아버지를 소리처보아도 역시 나에게는 남의 거느방 한칸밧게는 아무것도없다. 나는 될수있는대로 주인어머니와 마조스지안겠다. 고아로서의 고독! 그것은 애정에대한 질투로변하야 고맙게 구러주는로따의 진정도 미워만 보히기때문입니다.

九月九日

회사에서 도라와보니 외할머니가 조카를데리고와서 기다리고있다.

「나이가 수물이나된년이 철딱지도없지 그래 제헐미 집을두고도 남의 집으로 도라다니니 이게글세 무슨짓이냐」

나는 아모런대답도 하지물않었다 그리고 외가로 드러가기를 단번에 거절했다. 오늘까지 나의준제에 동한하든 그들이 남의 육과 시비를 겁내역 인제는 무슨큰 사업이나 하는듯이 얼넝대는 모양이 나를 한충며 의틈게했고 삶을 구찬케 할뿐이다.

九月十五日

모두들 나의게 말하기를 기분을 전환 식히라한다 그중에서도 화메를보는 그가제일 말을 많이한다.

「정주씨는 아모리보아도 우슴이없으니 그러다가는 자살이라도 하지않겟오」

그가 말하며 우슬적에 나는

「글세요 그럴지도 모르죠」

하였다. 실상인죽 었든때는 내가 나를 생각하기에도 나의 압길이 무서워진다. 세상에서 아모것도 어들수없는 나다 그야 죽을지두로뭉당 때로는 죽고 싶은생각도 없는것이 아니다。

51

九月二十六日

오늘은 회게보는 그와 차를먹으러갓다가 그가 수없이 기침을 하는것을본 나는

「감기 드셋세요?」

하고 무럿다.

「감기요?」

「한하하 네 감기에요 감기중에서도 아주 몹쓸 지독한감기랍니다 나의 감거는 폐를 씹어먹는 감기넛가요」

그의 얼골에는 벼란간 기운이 없다. 나는 웬일인지 가슴이 두근거려서

「그런래 왜 이러케 다니세요 가망이 누셋지안구」

그를 빤히 건너다보다가 이러케 무럿다. 그는 나를 한참동안이나 처다보드니 두눈을 담배갑우로 돌니고

병드른 알망이 근강한 말고릿트를 차저 단이 느라고── 하하하

하고 우스며 나를 다시 처다본다. 그의우슴은 자연스런 우슴이 아니었다 나도 그를따라 우서보였다 그리고병드러 슬퍼하는듯한 그가 가여워졋다.

十月五日

나의 우울함은 날이갈사록 끔어가다. 사에를 나가도 멋본식 수짜를 뜯인다. 회사가 끝이나도 하숙에로 도라오고 싶은마음이 조금도 생기지를안는다 령비인방을 차저드러가려니 울고싶도록 짜증이 일어난다 거리를 쏘다니는것이 헐신 나를 유쾌하게 해준다 나의게 기적이없는 까닭인지 멋범테 보이든 인간들이 신기해 보이며 신기하게보히든 달빛우 평범해보인다. 나의일생이 지금같이 아모런 변화가없이 계속된다면은 차라리 죽고도싶다. 웬일인지 그와가처 차를마시든때부터 그가불상하고 가엾은마음이 나의게서 떠나지를 안는다.

十一月十日

그와 교제가 자저지고 네가 그릅기다리게 되는밤이 느러갓다 나는 그의 병을동정했고 그의 외로워함을 위로했다 슬픔에대한 동정이 변하야 사랑이나 되지를않을가해서 나는 걱정이 되었다. 그러면서도 나는 한편으로는그러케 되여지기를 스스로 원하고 기다리는지도 모르겠다.

十一月十三日

아모리 침착을 꾸며도 보고 냉정도 표서해보았으나 이러케 외롭고야 견딜수가있이냐 아모것이냐 나는 나들있
끝고 나갈수있는 애정이 있다면은 서슴지안코 붓들고싶다 매일가치 판에 쩍은듯한 고적속에서는 암만 노력을해도 허
망이 가저지지를 안는다 나는 사랑을바더도보고 싶으며 사랑을 마음껏해보고도싶다. 나는 진실한 애정속에서 진정
한삶의 진리를 깨어 보고싶어 마음이 초조해 견딜수없고나.

十二月十九日

그의게 분별없이 쓸여드려가는 나의마음을 나의힘으로 억제하기에는 너머도 어려웠다. 엇던날이든가 그가 나
의빙에서,
「이러다가 우정의 험웃음 버서버리는 색다른 접촉이되면 엇더케 허겠소. 정주에게 멸시를 바들지는 모르겠으나 나
의마음은 아마 징게를 넘어슨지 오래인것 싶은데」
할지에 나는 고만 그의 무릎에 쓰러서 하나트면 우를번하지 않었든가!--그뒤부터 나에게는 새로운히망이 흘
너나리는 것갈엇고 자나 깨나 그의환영이 나를 우슴지게한다. 이것이 행복인가? 행복이라면은 그말이 너무도 허
순한듯하고 어되인지 그행용함이 모자라는것만 갈고나 ----

十二月二十八日

「정주 역시 정주는 나와 갓가히하지 안는것이 좋을껏갓소.」
변안간 나는 역문을모르고 그를 빤히 바라볼뿐 한참은 엇절줄을 모르다가
「왜요?」
억지로 이러케 무렀다. 생후로 처음 애정을 아렀고 죽고싶든 마음도 버리기한 그의 입에서 이런말이 떠러질
줄야 어찌 내가 꿈엔들 뜯한 일이랴.
「내병은 암만해두 회생될것 갓시두 안후--또--」
내답을 기다리기에 묵안이 밧싹 말나들었서든 나는 대번에 기뿐우슴이 터졌당 그러고 그의두 손을불들고
「아니 어찌 쓸데없이 남의손을 왜 그렇게 태워주난 무슨일인가고 감악 눈났세요 그러구 병환은걱정마세요 지가어
뭐기해서라두 고치 놀레니--」
이렇게 반기었다.

「정주는 나를 그렇게까지 생각허우?」

「그럼요 헌 오늘까지 수무해를 아모몰에도 의지할곳도없이 천대와 어둠속에서 커왔어요 그리구 나의희망이라

구는 하도따도 애정속에서 사러보았으면 하는것 뿐이었는데요 뭐!」

「나도 참된애정으로 뭉처놓은 사랑을가저보려고 피로워하든 사나히요 그리고 나두 그진정을 정주에게서 으덧

소。 그러나 정주나에게는 그사랑을 있끝고 나갈 힘이없고 남을 사랑은 할수있어도 남의 사랑을받기에는 자격

을잃은 두능한 존재요。」

「골새 인젠 고만두어요 당신이 아무리해도 나의맘은 인제 고칠수없으니깐요。」

그가 나를 부서지도록 끼여안고 더운열을 품겨주지 안는것이 섭섭했다。 그리고 그의태도가 차되찬것을보는

「사람이 어째서 저렇게 찰까——」

원망도 스러웠다。

「정주 니애기를 끝까지 좀 드러보 그러면은 정주도 나의게 환멸을 느끼고 생각도 달너지리다。

「그러세요 그럼허세요 버드틀레니...」

나는방곳이웃고 그를 보았다 그의게 아모런 허물이 있었다해도 나는 모든것을 용서하리라했다。

「말하고싶지는 않으나 나는 기혼자요。」

너모도 날카로운 칼끝에 나는 나의귀를의심하고 머리속이 단번에 뀅해지면서 아모말도 한참동안을 할수가없

었다。

「증말요?」

나는 눈물이 쏘다졌다。

「증말예요?」

「증말요 나는 열네살적에 네살우인 안해를 마지하였었오。내가 애정을알고 안해라는것을 리해하게되었을때는

나는벌서 남의아버지였고 멋인간의 책임자였오。나는 봉건사상에 공식적 결혼관에 히생된 한개의 노예일뿐이

었오。나는 그들에게방을 발악도했으나 그들은 가정에서 나를 추방하였을뿐이오 나의 방랑은 그때

부러었고 내가 가슴을 알케되기도 그때였오。어머니는 내가나간뒤에 십화로 도라갔고 아버지는 울화가더서페

객이되다싶이 되었단말요 이런 모든것의 원인을 가정에만 붙이려고함이 자기 기만에씨어펀 정신이라고 말하

는 인간도 있겠으나 가정에 대한 애착과 부부의 애정여하로 생기는 문제가 얼마나 큰것인지 그 안도 는 아마 그들이 모를게요. 그렇다고 내가 자중을 하지 못했음은 나의 개성을 자각하고 본능을 순치(馴致)시킬한 리론과 행동을 많이하자는 인간도 세상에는 없었단말이요. 인제야 세상에서 이십오년 살은몸이 몇해일지 모를 앞날을 애정없는곳에서 살것이 나에게는 큰 어둠이오 내가 시내에 집을두고도 하숙을하코 있음도 이러한 까닭이라우.」

기다란 그의 고백을 나는 듯고있은 근지 어쩌는지 나도 모르겠다. 그가 도라간것도 나는 기억에 밝지않었다. 그는 흥분이되었든 까닭인지 수없이하든 기침소리만이 귀ㅅ속에 남었다.

十二月二十九日

나는 그에게서 사랑을 아렀다 내가 차지한 사랑을위하야 나는 이십년동안이나 참어온 온갓 열정을 다했다 그에게서도 나의 진정만 못하지않은 애정을받었다 나의 지난날에 울을울든 고독이있었든가하고 의심이 생길만큼 나는 행복을 느끼지 않었든가 그러나 남몇배 슬픔과 외로움을 밝어온 나의게 오늘이있음은 너머도심한운명이 아니고 무엇이랴 어째서 나에게는 사막을 거가듯 아모런 거침새도없이 거러갈수있는 사랑이없고 처음으로 주슨행복이 이갈이도 복잡하고 알구짐일까? 남의남편! 남의 아버지! 그를 사랑해야만 되게된 나 너머도 심각한 운명의 작란이아니고야 어찌 평범한 일이라고 할것인가. 어제밤도 새웠건만 오늘역시 자질것 가않다.

十二月末日

세상에서 나의것이라고는 죽엄밖에는 없는것같고 전에없이 외로와 공허가 나를 사로잡는고나 어떻게해야 좋을지 도무지 나의마음을 거둘곳을 모르겠다. 그를 보지못한지가 사흘이되나본메 나는 며칠것만같어 견딜수없다 그래도 그를 있지못한지 나다 나를 이토록 만드른것도 한잔숙명이니 그를끝내 사랑함도 나의운명에 한줄기가 아닌가하는 생각도든다. 그러나 이것은 내가 그들 있지못하고 번민함에대한 나의 자기변명이리라.

이듬해 正月 첫잿날

오늘도 자리에서 이러날생?이 없어서종일을 누었다. 주인 어머니의 정다운 말도 못지않고 나의 불행해만을 었다. 눈을감고 누었으니 웬일인지 그의 근강이 근심이되여 마음이 불안했다.

「류는 돌이인다 해도 불행에 떠한 고민야 그나 나나 다름이 없을것이다. 그러면 나의 정없는 해도에 그가 실망

을 했을것은 사실인데 술이나먹고 무리를 하지나 안나」

나는 별안간 가슴이 치바처 자리에서 뛰여나왔다 그와같이 회게과에 있는 혜환이를 찾어가서 ○의 안부를 물

썰이었다. 혜환이게서 의심을 받을줄도 아렀으나 그런거까처 생각할 역유가없다. 그는 어제까지 사흘을 계속

해서 결근이라는 말을듣고 따저보니 그도 나와마찬가지로 그이튼날부터 결근한셈이다. 나는 참을수가없어서 기

어코 그의 지숙을 찾어갔다 그는 집에없다 한편으로는 다행한듯도했으나 한편으로는 섭섭함도 했다 혹시 나의

거나 가지않었을가하는 덕없는 생각도 드러서 거롬을 재촉하야 도라와보니 기다림은 역시 공혀 박게없어 나는

고만 자리에 쓰러저 그의 오지않음을 시비하며 느끼다 참이드렀다.

正月二日

해환이가 놀다갔으나 흥취없는 시간뿐이었다, 그가 찾어주기를 아츰부터 기다리든 나는 방에있기가 싫여 밤

의거리로 나갔다. 아까까지도 오지안튼눈은 어느새에 나렸는지 길에는 재법많이 쌓였다. 나의 오뇌는 갈수록심

「내가 정한것은 그의사랑이지 그의 가족이 될요한것은 아님이 아니냐?」

「그건 그러러」

「그러면 번민할것없이 네가 • 었고자하는것만 얻었으면 되지안느냐」

「그러자니 히생됨이 만치안은가」

「자기가 만족하려면 으레히 히생을보아야 한다는것이 세측이아니냐」

「그러나 인정은인——」

「인정? 그러면 주저할것없이 네자신을히 생사킴이 어떤가?」

「나를?」

「나를?」

그를 있을만하면 내가 왜이렇게 울고있겠는가 나는 그대로 쓰터처 몸부림을치고 싶었다. 그가 지금 옆에있

다면은 나는 그를붓들고서 마음껏 울어보고싶었다.

正月三日

고독은 애정을 요구한다 애정은 순란한 도덕과 질서우에 있어야 할것이다. 그러나 나의가진애정은 도덕이따

는것을마쳐 떠머진 양말깔이 경멸한다. 그만한 지장을 쌓어놓고도 내가 그를 사랑함을보면 아마 사랑이따는 원

것은마치 모라가는 · 피대(皮帶)와도 같은가보라. 거기에는 무엇이고 스치기만하면 아모것도 생각하여지도없이 원

은 한꺼번에 쌓여서 도라가고 말지안는가. 나의몸도 그속에 쌓였음을 넘어도 · 심각히 알게되니 그들 기다

틴는 마음은 시간으로 커가노라.

正月五日

애태우고 기다리든 그가 찾어왔을적에 나는 기쁨보다는 너머도 놀나움에 눈앞이 아찔했다.

「원일이세요 이게」

무서웁게 여원얼굴은 나를 울렸다. 또 그병을가지고 술이 취한것을보고 나도 모르게 나의 목소리는 놀나움

「오래간만이구려」

에 크거나왔다.

「네 그런데 술은 왜 잡수섰어요」

「기분이 먹게만듭되다 그래서 나도 나의불구조에서 생기려는 기적을 보려고 메칠동안술을먹 어보았오. 그랬드

니 역시 기적을보았오 나의게서 고적을가저갔고 다른한개는 이것이었드라우」

그가 내여보이는 손수건은 빨갓케 피에저저있다 나는 아모것도 눈에 보히지를않고 눈물이 확끈하고 쏘다젔다

「그건 비겁한짓에요. 소용없는곳에 의지를 부려고——」

가슴이 터지는듯 말을게속지도 못하고 그의 무릎에 쓰면저 오랫동안 쌓였든슬픔까지 물을작정이었든지 나는

히 두안 느끼고마렀다. 그의눈에서도 눈물을 보았다.

正月十日

새벽 한시——。

「나 여기서 죽고가두 펀찬소?」

「실혀 뭐——」

「왜?」

「관게야 없어두말야 이집사람들한데 붓그러우니까 그러치」

「평거가 조쿠려」

옆에누은 그는 샐쭉해진다 그는 철없이 보채우는 어린아히 같었다。

「당신이 왜 싫여서 그리는줄아루?」

「중말은 그러치 뭐요」

「아이 이런 남의속은 쪼금두 몰나주지」

　　　　　　　　　　　　　×

　　　　　　　　　　　　　×

한채밧게없는 이불을 그와같이멉고두으니 처음당하는 야릇한 심사에 가슴이 뿌듯하고 숨쉬기도 어려울마。 매일아렴까지는 그들몇에두고 불수있다는 마음에 나는 기쁨을 늣겼다 그의「안해」를 생각할때는 우울도 했으나 그런생과은 하지 말기로 결심운했다 그래야 나의사랑이 영구한것이 될것갔고 나의마음에 불안을 떼일것같어서 그가 아모말도없이 나의 허러를 지근하게 품안으로 끄러갈적에 나의 원몸은 오소소 해지고 눈앞히 캄캄해지며 사지가 노그라저 땅속으로 꺼저 드러가는것만 같었다。 얼마가 지난뒤인지 그는 나의 귀에속삭엿다。

「전주는 나의게 무었을 요구하겠오?」

나는 그외가슴에 눈을감고 안긴채

「버리지만 마러줘요」

하엿다。

「나를 아직두 못밀는 모향이구려?」

「믿도록 해줘요 그러치않으면 난 죽을지두 몰나――」

正月十一日

일기에다가 그이를 말할적에는 언제든지 그타고 써나려오든것이 오늘부터는 그이라고 이짜한개가 더 저어진 다 오늘처음으로 그이라고 써놋코서 나는한참동안을 혼자 우셨다。

二月六日

혜환이가 차저왔을적에 나는 그를보기가 었전지 게면쩍었다。 그는 나의마음을 넘으뫗다。 나는 혜환이가 마치 우리의 사랑을 정멸하는것같어서 그와 싸우고 마렀다.

「애인에게 정조를 바치는것이 절대로 부자연한것은 아니지만말야 늬가 그사람에게 대한것은 좀 지나친 경솔이라구 생각되지안나?」

「언제든지 귀결될것인데 일느구 늣구가 어듸스써서 경솔을찾는지 모르겠다·헐연」

「너 만일 만일말이다· 그이가 너를 버린다면 었더케·헐연」

인심은 고정된것이 아니닛깐 변하는것이 사실일겐데 거기까지 생각할 여지가 어딧서 그럼 넌 연모하는 상대자에게 정조를 제공하는것이 부도덕하다는 말이냐?」

「나는 배 사랑을 낫부다군 하잔는다. 왜 그러냐하면 고독은 비극이닛가말야. 고독을 으며야 하고 정에는 운명까지도 같이헐각 오를 갓어야 헐텐데 육체의부분이고 생명외의 그인정조를 우리로서 최대한것이라고 하진 안는다. 그것은 정조소유관렴이지. 알겠니? 그렇치만말야 남의남편을 사랑한다는것은 결국 자기의 순정을 박멸하는것이고 또 그여자에게 대해서는 부도덕한일이며 사회에 대하야 죄악이 아니냐? 그러타구 벌 육하는건 아니다.」

「나에게는 그것이 부도덕도 죄악도 아니다. 불행에서 자퍼난 인간이 었더한 동기로서든지 처음으로 행복을 차젔을때의 심리란 안락한 네 정신으론 알수없으리라. 죄를쓰고 싶어서 쓰는인간이 어느물에 있댔든」

「질투와 육속에서 사러나갈 자신이 있거든 싀러보지만말야 한번더 생각해보는것두 좋안나?」

염에두지말자 하면서도 해환이가 하든말이 몇일을두고 가시같이 가슴을쏜다. 나의게는 한가지 피로움이 새로 히생겼다. 혜환이의말은 오셜이 아니다.

「그이는 가정이 있으니 어느때이고 융합될때가 있겠지 그러면 나의 존재는 그야말로 소동에 따려가 아닐까 자식을 생각트라도 그이가 가정에 드러갈것은 필연이다. 그러면 그는 행복되지 안껬는강 역시 그이를 위해서는 나의 몸을 희생함이 순서적일것이다. 나는 불행했다. 그러나 이만큼이라도 행복을 바덧으니 먼저떡로 다시 도라간댓자 나에게 폐해젊은 없지않음가.」

나는 그이에게서 떠나기를 생각도했으나 그럴때마다 눈물이 넘친다.

二月十八日

59

二月十九日

「정주 당신때도가 전보다 달너진것같은데 그렇치안우?」

나는 선뜻말했다. 그동안 내가 괴로원하는새에 나의태도가 그에게 눈치채지도록 달녔던가 하고 나는 슬펐당. 이

날 우리가 한때화는 너머도 비참한대화였다.

「여보 내가 만약 당신을 떠난다면 당신은 행복될것 갔지안우?」

「뭐?」

「아버지를찾는 어린아히들두있구ㅡ」

나는 눈물이 끝 쏘다질것만갈다.

「그소리는 별안간 웻재서 하는게요?」

「글세 말에요ㅡ」

「정주 암만해도, 나에게서 부족과 불만을갖는 모양이구려 내가 당신에게서 사랑을 받겠다는것도 무린슐도아

우 만은 당신이 나의가정을 생각해서 그리는듯하나 정주가 나의게있어갓이고 나의가정이지 정주가 나를떠난

다면은 나는 중말로 파멸이요. 다시말하면 정주가 있어가지고 나의행복이지 당신없다면은 나는 벌서 죽

은몸일지도 모르리당. 그러나 나는 처자가있는 몸이나 정주에게 큰소리는 할수없오. 정주가 다른곳에 행복됨

이있다면은 나는 언제든지 몸을떼일, 순비를하리다.

그이의 말은들을소록 그이말이 퍼도 고마웁고 울고싶으나 웬일인지 오늘은 별단리도 마음이 산란해서 그의

마음을 실컨좀 상하게 해주고싶다 그리고 이러캐까지 이야기가 심각하게 되는길에 아주. 그의마음을 두러노코

싶어저서. 나는 내자신이 듯기에도 무서운말을 그의게 면젔다.

「그런데 었재서 별안간 번했닪달말요?」

나는 서슴지안코

「그러넛깐 첩이라는건 소용없는것 안에요? 그러찬어요?」

그의게 안락가운 마음으로 짜증비슷한 어린맘으로 쑥나온 이말이 나는 고만 견틸수없이 슬픈말이되야. 나를

울게한고 마렀다 그이가 ··· 아모말도 하지안코 이러나 나갈적에 나는 참을수없는 비애에 불을 획 죽여버리고는 쓰

二月二十四日
그뒤로 그이는 나에게 얼골을보이지 안는다。그이를 기다리는마음은 나의게 죽기를 재촉하는듯하다。
「이것도 나에게남은 불행의 여음이라면 무었을 더 원하고 삶을게속하랴」·
나의마음은 나날이 어두어진다 회사도 가지지를안코 생에 실증이 구름같이 일는롱에집 에누은 나의게는 죽
엄에대한 애착밖게는 생기지를안는다。나의게는 역시 죽는것이 적절한 행복인가도싶다。·

二月二十七日
그래도 오겠지 하든 그이는 일주일이 지나도록 오지를안는다 그이의 하숙으로 차저가보고 싶은생각이 마음
을뒤집어 놋는다 고요한마음에도 멋칠듯하거늘 밤은 왜또 이리조용한가。
「래일은 무슨 소식이있겠지」

三月二日
사흘이 다시 지나도 그이는 오지안었다 삼밭같이 설네이든 마음이 있전일로 이렇케 침착해지는지 알수없
다 그리고 나의 앞은 한충더 어두진다 주인없은 락타가 목을길게 흔들며 달밤에 사막을것는듯한 을적한 밤
만이 나의게 게속되는듯하다。나의 이만한 괴로움으로써 그를 영구히 행복되게 할수있다면은 나는 삶의종결을
지어도 았가움이 없을것갔다。

三月八日
또 일주일갔가히 지났다。내가 사서한 일이니 괴로워말고 생기를 내자해도 오히려 가슴이 답답해지고 머머
가 어둘뿐 사람이 믿인다는것은 아마 이럴때부터인가싶다。·

三月十四日
이러타할 병세 도없이 나는 기동을 못하게된지 사흘째다。내가 아모리 그런말을했기도 진정한 마음을 알어보
려고 와주지안는 그이가 원수갈처 미워진다 래일 래일을 기다리다못해 인재는 지치고 마렀다 나는 쓸데없이
나의 행복을 차버러고 서러워함이 우수워젔다 이것이 나라면은 나는 나를 원치안흐려니——
三月二十一日

오늘아침에 그이의 편지를받고서 나는정신없이 없드러어 이불자락을 웅켜쥐고 미친듯이 우렀다. 아모러 우러

또 마음의기쁨은 물리지를않는다. 편지를 뜻기가 왔구려.

나에게 행복은 다시차저왔다. 이번에는 무슨일이있드떼도 노아주지 안흐러막 세상이 이러케 좋은 것이든가]

나는 그이의 일홈을 다시한번 읽고나서 것봉을 뜨드려다가 또 우름이터젓다. 헤환이가 마침 처저왔기에 나

편지를 내여노코 자랑삽었다. 헤환이는 별안간 눈물을 쓰드며 나를붓들고 우럿다. 나는 역문을 물났다 나

의 기뻐하는모양을 그도 반가여 우는출만 아럿드니 헤환이는 회사에서 그이의 죽엄을알고 왔든모양이다.

일기를 마즈막쓰는 날의글.

[여보 나는 당신에게 자살을 요구하지 안었거늘 무슨 짓이섰우. 이럴줄 아럿다면 나는 나의 앉가 운사탕을 버

리고 무렀때문에 우렀으릿가. 건전치못한 괴로움은 파뗴에 시작이라드니나도 인제는 완전한 파멸을 가젓소와

당. 여보 여보라고 불은다고 꾸짓지마루 웅? 그렁케 불러보구 싶어서 견딜수가없구려. 여보. 내가 죽으면 당신은

와서 우러주겠지 했드니 있어는 그히망도 나의게는 없어젓구려. 나는 당신을 만나보았으면하고 양랄도 만히

했다우 여보 혼자서 거러온세상도 원한이었는데 죽엄까지도 이처럼 고적할출야 내어이 아랐으릿가. 당신의게

하고 싶은 말이퍽도 많었으나 죽엄의재촉은 그것마저 뺴서간다누. 그끝에서도 만날수가 있는끝이라면은 나의

가는끝에 마음이나 나와주 응 여보 내가 당신을 생각할수있는 시간도 이것이 따즈막인가보우 가슴속이뒤틀니고

두눈은 껌껌커지는데도 왜이러케 눈앞이 흐리여진다우? 당신의 우슴 나의울음 아——나의밝어온 세상은 너머

도 거치렀구려——]

끝

한 過程

李龍雨

철이는 때때로―― 자기는 그만 요대로 미처 버리는 것이나 않을가?
하는 불안에 시달이는 것이었다. 여러가지로 쓸데없는 잡념에 피로
피는 나머지, 이내 가슴이 답답해지며, 일종의 발작(發作)에 사로
잡히는 것이다. 그러고선 왼 하로人밤을 잠 한잠 이루지못하고 아지
못할불안과 공포속에서 몸부림 친당.

그는 자기가 거러온 지나간 오년동안의 거치른 방종생활을 도
라다불때、그것이 얼마만치 자기에게 모진 타격이엿든가를 의식(意
識)하지 않는바는 아니나、그렇다고 자기스사로를 뉘우치기 까지의
십사는 나지않었다. 도리어 그보다도 그는 자기가 이렇게까지 되
여온 그 허물을 오로지 사회환경의 죄라든가、시대정세의 탓으로
돌려버림으로서 자기 자신을 위토하는 것이었다. 그나마 그의 목표
를 잃어버린 생활의 권태(倦怠)는 그로하여곰 더한층 허무의구렁
속으로 흠씬머넣는것이었다.

그는 매일처럼 삶의 자격을구하여 서울장안을 헤매었다. 그러하
야 결국 그가 마지막 다다르는 골목은 으래히 회숙이가 있는 「빠
―, 태양」이었다.

회숙이들 뭐이 철이가 마음가운데 기피사랑하고 있다는것은 아니다. 그여자는 몸집이 유난히도 코고마하고 몸 전체가 몽개몽개 뭉쳐어 도리빵빵한 체격이었다. 퍽 따고차게 보이는 반면에 그언제나 윤택있게 보이는, 눈물에 스천 깜장눈똥자에는 무엇인지를 동경하는듯한 정열을 간직하고 있다.

철이는——그의 공허한 마음은 어느떼나마 어떠한 이성(異性)의 대상을 지니고 있지않고는 견데나지 못하는 어이었다. 그의 회숙이와의 관게는 이러한, 말하자면 철이의 한때 마음의 불만에서 우러난 작난으로하야 관게매 저진것이다. 그러나 철이는 회숙이와 더부러 두사이의 관게는 일층 눈에 뵈지않는 숙명의 힘에 이끌며 가는것이었다. 이사실은 그러나 어떻철수도없었다. 이렇게 까지된 지금에 이르며 새삼스러 철이가 회숙이와의 끊줄(絆)을 끊으랴한다 하되, 그가 이 타락에서 빠저나울려고 몸부림치면 칠수록 보다 더 두사이는 헤여질수 없는 지경에 빠지는것이다. ——이것은 그의 결단성없는 연약한 마음이 이렇게 만드는것이겠지만 그러나 그것 뿐의 이유라고는 철이는 생각지않었다.

그것은 말하자면 시대의 중압이 그가가진 사랑을 일율(一律)로 받어드릴만한 관대한 시기에 이르기 전에 는 그는 이 우울한 부진(腐陳)으로부터 발을 건질수는 없는것이며, 또한 그렇할필요도 없는것이라고 믿는어이 었다.

그날도 철이가 「빠—, 태양」에 간것은 뭐이 별로 오래있을려고 간것은 아니었다. 그러나 그는 회숙이가 자 기를 눈앞에두고, 딴 사나히들과 함게 히롱거리며 아양떠는 꼴에 그만배人장이 틀렸다.

철이는 거트로는 될수있는대로 냉정(冷靜)한 태도를 가질려면서도 그렇나 배人속으로부터 불덩어리 같은게 왈각 와락 치밀친다. 그는 이베 격분(激憤)되는 자기스사로의 심정을 어이할바 몰랐망. 그기에 더군다나 철이 니는 그 사내까지 불행이 와있었으면 것이다. 철이는 앙칼을 품은 매서운 눈초리로 회숙이의 신변을 조차 그여 자의 거동을 남김없이 감시한다. 그의 충혈된 눈동자에는 차침 광중(狂症)이 떠돌았다.

그것이 마침, 회숙이가 박—의 떼불에 가앉었을 때다. 인조(人造)의 야자나무 큰넓사귀에 가티어 이쪽 철이쪽

으로 부러는 뚝뚝허는 되려다 뒤지않으나 그러나 철이는 분명히 희숙이가 등뒤로부터 박ー의 말둑에안겨 얼굴

음 그의 가슴에 파묻고있는 자태를 엿보았다。 순간, 철이는 자기도 아시못한 새에, 희숙이! 하고 고함을 지르

고는 앗차 했다。

철이는 그의 신변에 접충하는 호ー른전체의 시선(視線)을 의식하고는 그럼나 도리어 이상하게도 그는 자꾸

자기적인 용기가 생겼다。 그는 자기 소사로도 것잡을수없는 사나운 감정에 훙썰려 그만 전후의 생각조차를 잃

어버렸다。 그는 또한번 정체 모를 훙분에 왼몸을 와들 와들 떨면서 회숙이쪽을 노리었다、

「일루! 와! 빨리……」

「어떻커란 말요, 여보!」

하고 회숙이는 얼는 자리에서 이렇나 철이에게로 허둥지둥 달려와서는 상을 찡그린다。

「늘 이레 혜방칫을 놀면 내가 어떻게 여기 있을수 있단 말애요, 좀 생각을 해주어야쿄……」

회숙이는 자우의 손님들에게 알리지 않토록 하느라고 속을테며 소리를 죽여 짜징을핀다。

「이까짓대 있잖어두 좋아, 오늘 붙어라두 여길 관 두ー…。」

「그럼 어떻커란 말애요……、 곳 이당장붙어라두……」

「어떻커라구?」

하고서 철이는 얼핏 다음말이 머리에 떠오르지않어. 그만 파르르허는 김에 마시다둔 컵의 비ー루를 훌쩍드러

키고서

「너같은것을 두번다시 이집에 있지못하게 해줄테다!」

하고 소리를지르자마자, 취었던 칩을 스탠드를 향해 집어던졌다。 유리그릇들이 깨지는 요란한소리와함게, 왁작하

니 무슨 영문인가하고 이러서는 호ー른 전체의 손님과 여급들을 회 도라다보며 철이도 벌적이며섰다。

「자ー 가자, 이길로 함께 여관으로 가……、 아무리한늘 너하나쯤의 여관비를 치투어가지 못하겠니……」

「싫어요! 그런 영터리없는 짓은 아어요。」

희숙이는 너무나 허무너가 없다는듯이 한참 철이를 바라다본다。 그는 철이가 가이 없다는듯이 또 멸시하는눈

이 하여튼 확실히 분간할수없는 복잡하게 엉크러진 불안한 표정으로 다시한번 철이를 쳐다보았다. 그러다가 백이 탁 풀려들이 기운없이 고개를 숙이고서 철이의 옆으로 닥어와 합게 위자에 앉기를편하며, 조용한 어조로——

「그야 왜 전들 이런판에서 당신에게 속을 써주어가며 천한 여급짓을 하 ...있기가 좋을까마는 있어요? 그야 여관에서 편안이 지내는게 전멀 오죽이나 좋겠어요 ...., 건 허나 어떻게 당신이 다달이 여관비니 용돈이니 하는 그걸 어떻게 감당해 나간단 말요? ....전에 지난 일을 좀 생각해봐요 ...」

회숙이는, 철이가 아직 현재의 그의처—욱히—와 결혼하기전, 한 육개월전의 철이와의 동서(同棲)생활때의 기억을 역역히 머리가운데 그려냈다. 그 기억은 회숙이에게 있어 입생을 두고 이처지지 못할것이었다.

철이 역시 그당시의 일을 ·이저버리고 있는것은 아니다. 아니 이저버리기커녕 그때의 그라격으로하여 그는 오늘 이매까지 생활에 쪼들리고 있는형편이 아닌가 ...。 쭈카만 잇七+수원에 지나지 못하는 박급으로써 그들의 여관생활은 너무나 쪼치웠다. 빗에다 빗을 쌓아가며, 그 십로(心勞)란 이루 말할수 있었던게 아니였으면가, 아니 그보다도 현재 그의 자력(孜力)으로서는 다달이 여관비커녕 술집에서 노상 마시는 술값이나마 번번이 가지지 못하는 터이매 ...。

그런나 이사실들은 도리여 철이로 하여곰 회숙이에 대한 집차은 더욱더욱 부축해주는 역효과(逆效果)를 나타내는것이었다, (회숙이를 독점(獨占)해 둘수없는 츠러로 하여곰 ...。) 그리하여 철이는 회숙이의 말끝마다에 참을수없는 질투와 쇠기를 느끼는것이며 회숙이의 행동의 가지가지를 자기의 의욕대로 구속할려드는 마음의 고초는 때로있어 그로·하여곰 광태(狂態)의 지경에 까지 빠트리는결과를 지여놓는 것이다.

「뭐 그까진 펜창어 ...., 내 어뭑커던 해나갈레니까 ...。」

하고, 철이는 가장 자신있는 태도로,

「--자— 어서 가 ...., 하여간 여관으로가서 조용히 얘기 하기로 해 ...。」

이렇게 말하며· 그럼나 철이의·의욕은 벌서, 희숙이로하여곰 이 「暗—」을·그만 두게할려는 것보다도 그의 술에 마치된 뇌리(腦裡)는 오직 회숙이의 부드러운 육체를 람내여 헤매고 있었었다. 그에겐 벌서 리성을 분별할 여유도없었다.

「아서요、안돼요。 ……지금 **영업중**에 어떻게 나간단말요…… 뿐 아니라 이 아닌밤중에 어메 문여러놓은 여관이
있단말요……」

탈래다 못해 이윽고 회숙이도 철이의 지긋지긋한 억지소리에 그만 진저리를내며 히스테릭칼한 때때소리로 화
를 불끈낸다。그와동시에 아까붙어 그들의 경과를 엿듣고있든 빠ー헨과 뽀ー이가 함께 뛰여내려오며──

「먹 취하신 모양이니 어서 도라가 주무시지요。」
하고서 철이에게 몸부듬칠 겨를도 주기전에 양쪽으로붙어 그의 팔목을 뀌여안고는 두말없이 옆집자동차부앞가지
다리고나갔다。술에 지친 철이는 반항할 나위도 없었다。그냥 자동차속에 실리웠던것이다。

「이와요、그만침 맹서 하셨거든 그만두실거지 뭐이그리 잊지못해서 끝 그이한테 다니는거요……。어제人밤도그
년한테 간게지 뭐요。」
드려놓은 조반상을 철이의 앞으로 왈각밀치며 그의안해 옥히는 떼人둠 앙살을피운다。그바람에 철이는 어제
저녁 술에 여혜끝 머리속이 어리둥절 해있던것이 단박에 정신이 펄적났다。그는 가슴이 덜컥 네려안지며 심장
이 다디미질을 시작했다。

「뭐、뭐요? 게 어떻게 하는 소리요!……」
그는 황당한 기색으로 변하며、그렇나 ─간신이 체면을 지켰다。

「ー아니 누가 희숙이 한테 다닌단 말요?」

「시치미를 띠지말아요、숨기실것없이 바른대로 말해주세요。……저는 벌서 다 집작을 하고있으니깐요、당신 입
으로부러 무슨 말슴이 나오시면간에 놀라지않겠어요。」

하며 우히는 안색이 과력해진다。그리고는 입술은 앙승거려물고 샐쭉한 얼굴로、
「저는 아무러케되던 팬찮으니 정 당신이 그이를 잊을수없으시거면 저를 이혼하고 그이를 메려다 사세요 네?」
하다가、내가 이런 말자가 될줄이야 우리부모인들 어이알았으랴 하고 목을놓고 느껴울기 시작한다。

철이는 이게 매체 어떻게된 영문인지를 모르고 한참 머ー。하니 있을따름이었다。욱히를 무슨 수단으로 말

태야 옳을것인가 생각하니 끌머티가 묵묵 아프기 시작한다。

「아니 여보 다 함말이라구 하우……。무슨일을 그렇게 고깝게- 생각한단말요 응?」

하고 철이는 너무도 애매한 소리를 듣는다는듯이 제 머리채를 불근움켜 쥐었었다。

「그래 내 요새 언제 회속이한택 다보단 말요ㅇ……정말인지 난 그거 지금 어떻있는지두 물으고 자냈두우ㅇ」

그는 다시 능청스럽게 이렇게 시처미를 떼고서, 그러나 양심에 절리는바 있어 감히 욱히를 바로 볼수없었다。

그는마치 제 가슴속을 예리한 칼날로 싹싹 글거내는것같은 쓰라림을 느꼈다。

그러나 욱히는 남편의 이러한 말들에 그만 소곳이 너머가는것이었다。

「당신은 그렇게 말하지지만 게 정말인지 누가 알우?」

하고 욱히는 우름을 멈추고, 착금한 제경솔한 행동이 수접다는듯이 빙그래하었다。그러고서 한참 잠자

코 있다가ー

「여보 정말이지 다음부터는 반외축에 좀 빨리 드러와 꾸세요、……전 혼자있기 돼 쓸쓸해요。」

하고 이내 달따붙을들이 정답게 말한다。

「응……、정말 미안했어……、내 퍽 나뿐 남편이었지?」

하고 철이는 갑작이 눈꺼풀이 뜨거워지며, 몹시 안해가 가여워졌다。

나를 용서하오、나를용서하오ー천이는 마음속으로 비렀다。내가 나뿐놈은 아니다。번멸 회숙이와 혜역질려고

고민 했대토는 고민해온 거이당。그러나 나의 연약한 성격을 내자신인들 이것을 어떻커라……。말하자면 나의결

단성없는 약한마음이 결국은 이 두여자를ー욱히와 회숙ー을 농락하고 짓밥는 결과를지은것에 불과하다。

ー철이는 이내 미철들이 속으로 중얼거렸다。

……그러나 네가 아무리 네자신을 번명 하라해도、다시말하자면 너의추잡한 「푸티、부르죠아」적 근성(根性)이

아무리 네자신의 행동을 정당화(正當化)하랴하더래도 네 행동의 결과를 어떻게 숨길수 있다는거냐? 너같은인

문은 가장 중오해야 옳을 이기자(利己者)이다。그렇다 너는、말하자면 양심적 고민을타는걸 간판글고 그속에숨

어서 자기를 변호할라는 가장 흉악한 악덕한이다。

철이는 마치 가슴속을 쥐어뜯기는 것같었다. 그는 조반을 마친다음 다시금 이불속으로 기어드러가았다. 피곤함을 이

길수없어 그는 오늘 하로의 출근을 그만두기로 작정했다. 그 눈치를 알어채고 안해도 아무말않는다.

철이는 머리우로 이불을 푹 덮어쓴채 눈을 질끔 감었다. 그러나 짓눌머덮는듯한 납덩이와같은 목직한

붙안속에서 그는 어이할바를 모르고 발버둥이를 쳤다. 철이는 그의 아직술에활작 깨이지않은 머리에 어제저녁

기억의 토막토막이 떠오를때마다 아―ㄱ하고 자칫하면 소리 지를번하고는 모질스런 자기혐오에 시달피는것이다.

그는 꼭 자기가 무슨 죄나 저지러놓고 쫓겨다니고 있는것갈은 위협을 느낀다.

철이는 몇번이나 어제 저녁때 그가한 추행을 꼼꼼이 뒤푸리 해보았다. 어떻게서 그런짓을 했단말일가? 그때그

고비만참고 넘기면 될것을…… 자기가 저지른 그행동이 얼마나 회숙이에게 장해가 될것인가? 여급이라는 직업

의 성질로보아…… 이렇한 생각에 그만 철이는 두주먹으로 제머리통을 콕콕 쥐어 박어도 보았다. 그러나 그는 조

곰도 마음을 갈아안칠수 없었다. 뼈 매디매디가 팍팍 저리며 왼몸이 녹신하니 고달피진다.

얼마간 있었다가 참! 하고 옥히가 갑작스리 생각난듯이―

「참 어제人밤에 당신이 나간뒤 바로 어떤분이 차저오서서 이걸 두구 갔어요」

하고 명함을 철이에게 내민다.

철이는 다 귀찮다는듯이 부시시 고개를들며 물그림이 명함을 바라보다가 깜작놀라 펄떡 이러나앉었다. 그는

팬스리 가슴이 울렁해젓다.

「아니 강세봉이가? 무슨일로……」

철이는 혼자人말로 중얼거렸다. 강형이……왜? 무슨일일가……、생각하며, 이셋동무를 차저보지 못한것도 벌서 석

달이나 되는구나하는 뉘우침을느꼇다. 그는 자기의 이추저분한 생활의 얼룩으로 말미아마 세봉이를 한번 차저볼

겨를조차 가지지 못했다는 사실에 부끄러운 정이 드렀다. 그러나 사실인속 시대가 그들의 정열을 빼앗아간뒤

모 그들사이의 우정에도 차차 거리(距離)가 생기는것같었다.

허나 하여른 철이는 이제 그의 명함을 눈에 보고 갑작이 그가 그리워젓다. 그를 꼭 한번 맛나바야할 필요가

왔다는 흥분을 느꼈다.

──그렇다 그를 만나서 다시한번 굳게손을 맞잡음으로서、 비로소 나는 이부진한 패례속으로 부혀 밭을 때

별수 있을것이다。 철이는 저녁때를 기다려 세봉이가 일에서 도라왔을때를 마추어 그를차저 현저동으로 나갔다

갈팡진 고개를 울라가 굽은길목으로 산비탈 좁은 골목을 요리조리 가다가 이욱고 어떤 더 써머저가는 초가

집앞에 다다렀다。세봉이는 철이를 발견하자 깜짝놀라 반기며 그를 앉음으로 청했다。아직 흙애비몸의 사립학교

교원의 방안은 어쩐지 쓸쓸한 냉기가 돈다。

「어제ㅅ밤에 우리집에 나왔더라구?……마춤 내가 막 외출한뒤라……」

하고 철이는 무슨일로 나왔더냐 뭇듯이 유심코 그를 처다본다。

「응、…… 오래보지못해 궁금도 하구해서……」

세봉은 방석을 권하며、

「……그래자네 요세 와이프 자미가 어떠지……、어제 첨 자네 와이프 존안(尊顏)을 뵈었지」

하고 그는 허허허 너털우슴을 터트린다。

「아니 첨 보다니……、왜 결혼식때……」

「그땐 어메 자세 볼수 있었나……」

하고 그는 여전히 유순한·얼굴에 빙글 빙글 우슴을 띠우며、「헌대 그 S──철이의 친구간에선 으래 회숙이돌S

라는 약호로 부르는 버릇이다──와는 어떻게 되었다?」

「뭐 것두·여전히……」

이렇게 말하면 어쩐지 철이는 마음이 절렀다。감추고 있는 마음의 상처를 쑥 찔린것같은 쓰라림이었다。

「자네두 원、인간한거믄 결혼두 하구했으니 건 그만단렴할께지……」

하고 세봉이는 다시한번 허허허 너털우슴을 짓는다。철이는 괜스리 가슴이 불안해갔다。세봉이가 장담비듯이

이렇게 말하논것이 그에겐 어쩐지 핀잔이나 당한것같은 느낌을 받는다。그는 잠시 침울한 안색으로 자기가뉘우

처진다。그러다가 무엇을 생각하고 머리를 처들며──

「자네、네、시(詩)를 뭃을테니 어데 드러볼려나?……이런걸세……」

하고 철이는 잠시 눈을감고 마음을 가다듬었다.

姑婦의 한 젖통을 한쪽손에 움켜쥐고,

나는 나마음껏 울었다.

철없은 눈물만은 꿈임없이 흘렀다.

눈물이마르기까지 나는 우름을 꿍질줄몰랐다.

잃어버린 옛 情熱을 차저서,
나는 지향없이 헤매었다.
思索에 굼주린 나의 頭腦든,
할랑없는 虛無의구름속으로 가러앉었다.

逆流의 흐름이……,
그것은 모든것을 破壞하는것이었다.
우리들의힘이 이만치나쌓아온 思想의塔을
밑뿌리로부터 드러엎고야 말었다.

우리들의 날(日)이 惡魔의日曜日로 變해버렸다.

「그래 어떤가?……데 내가 말하고자 하는것은, 자넨 나와 S와의 관계를 다만 내자신의 타락으로만 보는 듯한데, 허나 이 데카단적 생활에서 내자신을 바로잡기엔 시대가 그것을 방해헌다는 걸세. ……미 알기쉽게말 하자면 나룰 데카단에서 구해줄 아량(雅量)이 있거던 내게 그 이상가는 정열의 대상(對象)을 달라는걸세.

……게 가능할것인가?」

75

「흥, 자미있는 역설이긴 하이……。」

하고 세봉은 눈을 끔벅 끔벅하며 한참 생각에 잠기었다。 그러다가, 이 딱한 패북주의자야! 하고 몸짓을 움츠하
며—

「그대 자네말대루 한다면 시대에 패북함도 하는수없다、 메카닫적 생활도 이런 시대에 있어선 뻥연히 용납 할수밖
·에없다——이런 말이겠지……。이게 그리고보니 끼카만 자네자신의 변명일세그려……。」

세봉은 어떤 만정을 내리듯이 자신 있게 말한다。 철이는 그만 다시 며 딸대꾸할 나위도 없었다。 쌀쌀한러
지(理쳄)가 그모하여끔 자기스사로를 뱅정히 반성시킨다。

「그렇닷、 나는 결국 관렴 유휘자이다。 사상을 육체화 시키기전에 나는 그기세 딸콤한 자격(刺戟)과 기분을
구한 배먹한(肖德漢)이다。 나에 있어선 사상도 한갓 딸콤한 「앨콜」에 지나지 못하는것이다 자— 이제는 가면을
버서라、 그리고 내자신을 똑바로 살펴 보라。 철이는 마음 한구석에서 부르짓는 소리를 들었다。

그는 세봉이와 해여저 그집을 나온마음 고개를 넘어 오며 몹시 실망당한 공허(空虛)를 느꼈다。

(사상을 육체화 하지못한 어리석은 히토이스트!)

그는 미친 사람처럼 입속으로 중얼거리며 여러가지 망상에 엉크러진 머리속을 몇번이나 힘끝 내혼들었다。 그
러니 갑작이 끝이 피——ㅇ 돌리며 일시에 귀밑에서 여러가지 부르지즘이 한데 뭉키어 떠오른다。

——위선자! 악마! 패북자!

불끈 쥔 두주먹을 무의식적으로 쥐헌들며 그는 거지반 다름박질을 하듯이 부리났게 거렀다。 두시간 뒤에는 그는 술에 의식을 전연

철이는 「빠—、 태양」의 방향을 마음에 가르치며 부리났게 거렀다。

잃고 있었다。

十四、一、六日(了)

72

한 사람의 觀客

李 周 洪

早春。

새파란 보리밭 아직도 물결이 일기에는 일다。 신작노의 포푸라 並木은 물 오른듯 윤택하다。 언덕밑에 老人 앞으로는 엿말직이 보리밭。 金을 「짐」이라 발음한다。

「짐노인!」

떰불밑에 거름짐을 고여놓고 뒷집朴도령은 소리친다。 노인은 언 먹을 기맨채 눈만 뜬다。

「예끼 호로자식!」

노인은 다시 눈을 감는다。

「용ㅡ 용ㅡ」

「용ㅡ 용ㅡ」

「뭐 할메ㅡ?」

박도령은 옷자락으로 이마를 훔치면서 그냥 놀닌다。 다리를 뗏고 누는 노인은 눈에 말을들어엇고 했살을 피한다。 눈을 감으니 천 지가 붉다。 북두칠성같은 聯珠、 그것은 삼삼이다。 삼삼이를잡을려고 눈동자를움직이면 움즉이는 그방향으로 삼삼이는 더욱 다러난당。

73

피곤해서 눈살을 도려키면 삼삼이는 다시따러온다。 삼삼이란 성가신놈이라고 노인은 생각한다。 건너산밑에서채금

(草笛) 소리 꿈결처럼 흘너온다。

집노인은 몸이 쇼타드는듯 슬퍼졌다。 누군지없이 보고싶고 무엔지없이 찾고싶펐다。 이 유구한 세월가운데 이

넓은 공간 가운데 무엔지없이 자긔에게 도라와야할 무었이 있을것을 믿는다。 엱구리밑으로 무었이 섬섬거린다。

노인은 하품을하고 일어앉었다。 저고리를 벗어서 뒤집었으나 아모것도 보이지않는다。 목덜미는 코기터 피부처럼 무

수한 龜裂이 젔다。

가슴뼈는 해콜강이 들어나고 살빛은 엿밤같이 히고 누르댕 울해가 환갑, 아직도 수염은 검은날이 많다。

「집노인!」

「응ㅣ?」

「아들 편지오는교?」

「안오네ㅣ」

「나많은 부모는 이래납두고 그놈 안뒤렀놈이다」

「몰타ㅣ」

옷마을 최서방이 장댐이할 쇼곰집을 치고가면서 고개만 이쪽으로 두는것이다。 조그만 草笠童이 막대기끝에다

두루막이를 절처메고 신작노롤 나려간다。

「응ㅣ 용ㅣ」

건너산에서 같키극는 아이들소리 뒫인다。 최서방은 고개넘어로 사라저 버린다。 집노인은 자신을 생각했다。 또

자식의 어미물 생각했다。

「원수같은 친구 자식소리는 뭐할려고 버고간담」

노인은 자식을 생각하는것이 몹시도 괴로운것이다。

애꼬로운 체금소리가 가까운데서도 들인다。 아지랑이가 먼산을 흐리게했다。 집노인도 젊을적엔 안해가 있었

다。 조별감네집 머슴으로 있을저에 그집 종 三月이와 배가 마젔다。 그몸에 난것이 지금의 鶴洙다。 기운이 럭사

라고해서 그시절엔 「집장군」이라고 불렸다。 집장군은 세살먹은 학수를다리고 날품을 팔었다。 어미가 없어진까

닭이다。 어린것때문에 머슴사리는 할수없었다。 집에버려두면 학수는 진종일 울었다。 동리 애들한테 두들겨맞기도하

고 애비를 찾어나오다 개천에 떠러지기도했다。

그뒤붙어는 학수에게 행운이 도라왔다。 애비가 논두렁에 엎어다놓고 일을하는 까닭이었다。 일주인 집여편네가 함

지에다 점심을 이고오면 학수는 남몬저드러앉는것이 즐거웠다。

「아백 호 흥―」

제차지는 발서 다지버치고서 학수는 남의손에 든 죽어공지를 겨누고 트집을부린다。

「원수놈의 차식 그만 뒤저라」

애비는 숫가락까지 맥서먼지면서 눈구역에다 내던진다。 그러구러 학수는 여덟살이 되었다。

「저거 하나만은 눈을 까질야 할텐데」

모든것을 학수에게 미든 애비는 아들을 학교에다 넣었다。

「오늘은 뭘배웠나?」

집장군은 주인집에서 저녁만 먹고나면 집으로 도라오는것이었다。

「아백 선상님이 날 잘한다코더라」

「오냐 공부만 잘해라」

학수는 재조가 있었다。 졸업할동안까지 꼭 일이등으로만 돌았다。 학수는 교장이 군청급사로 추천해주는것도 불

고하고 돈상십원만 달라고 애비를 졸랐다。

「아모쪼록 큰사람이 돼라 인제는 애비도, 남의집사려를 좀 면해봐야지」

다시 한해의 돌 새경을 받어가지고 집장군은 아들을 東京으로 띄웠다。 그러나 아들은 반생각이 있었땅 집

장군을 자긔의아버지로 밀지안는까닭이었다。 소견머리가 돌고나니 학수도 남의딸귀에 눈치가 생겼다。

「저놈애는 이가의자식이지 집가의자식은 아닌걸」

듯고보니 학수는 그럴듯도 했당 어쩐지 아버지를 보기도 버성버성 해지고 사람들을보기도 쩨부듯해서 그는

고향에서 살기가 싫었다。

집장군도 동리의 풍설을 모르는배가 아니었당 그러나 아모리 생각해봐도 자긔의 씨앗이지 이가의 씨는 아니

때라고 생각했다。 釜月까지의 봇수를 몇번이나 손꼽아도 봇든것이다。

이가란 역시 이웃사람이든 얼골고본 충각이었었다。 열네해해만에 학수의 소식이 있었당。

집노인은 아들이 죽은줄로만 알고있었든것이 그동안 공부를잘해가지고 도라와서 장가도들고 처가덕으로 지금

釜山에서 여관업을 한다는것이었다。

집노인은 아들을 원망하지는 않었다。 도리혀 그의 수수꺽기같은 인간성에 주먹에버는 경학을 느꼈다。

「이사람 우리그놈의 주모가 무면하거든, 아모리 재생! 별명정 글세 열네해동안이나 소식을 딱 끊고 백여별때는

그놈 결심도 보통은 아니지」

학수를 만나봤다는 오동장사한사람한메서 주소를 적어가지고 노인은 부산으로 나려갔다。 쭈구렁 차 머머전망

헌누덱이 감발 하야 십봉사팔로 드머가노타니 자식은 며누리란 사람과 인사도 식히지않었다。

전룡산모통이로 물아나가든 초고만할적의 그와 수염이 검실검실한 지금의 그를 전루어볼때이

게 내자식이면가 할만큼 노인은 눈물을 흘렀었다。

그러나 아들은 별반 반가워하는 표정이없었다。 가까이도안이오는것이 슬펐다。 몇일을 그집에서 묵었다。 손님이들

때마다 노인은 이방저방으로 쫓겨단녔다。 진종일 드러앉어서 콩나물이나 다듬고 북어를뜯엇다。

「내가 애 집으로 올러가십노?」

「아부지 집으로 가십시오 생활비는 붙혀드리다。」

「그래도 본시있었든데로 가십시오 자식한메서 생활비는커녕 엄청난 편지만왔다。」

집노인은 다시 감발을치고서 부산을떠났다。

「나는 이세상에 아모도 없오, 나를 믿지마시오, 나를 믿지는 마시오」

노인은 지게만 겨머지고 다시 방탕의길을떠났다。

「내딸이 이래도 귀운이 없다하오? 젊은놈하고 씨름이라도 부처보소 그린」

척뿌리같은 밭을 아모리 네혼돌었으나 아모도 노인의힘을믿고 일을시키는 사람은 없었당。 노인은 읍내 어느

음식점 중넘이질로 드러갔다。

남몰내 떠먹는술이며 남은밥 고기쁘다귀도 혼하다。 한잔먹으면 아모메서나 춤을추고 노래를 불렀다。 세상에

76

아모것도없다。 술과 자긔뿐이었다。명예나·위신도없었다。희망과 리상도 없었다。

「영감 노래한번 부룰매 내 술한잔 줄께。」

노인은 혁을 떨면서 노래를 부른다。 그리고 제신에 맞어서·자라목같이 억개를쑥거들고 빙— 돌면서 활개를 버린다。 노래가 서투룰사록 노인의 인긔는 좋았다。노래가 서투룬 거긔에 흥미가 있는것이다。

「영감 엉뎅이춤은 또 어쩌구?」

풍악을 즐기는 印度의 毒蛇이기나 한듯 대가리에 쇠똥도 안벗겨진 아이놈들까지 술잔을보이면서 노인을 꾀우는것이다。 사람들은 노인을 「반미치기」라했다。 노인이 미춘게아니라 사람들아 그렇게 부르는것이다。 노인은 밋는것이 이세상에 살어있을 뿐재였다。 만일「미치지않은집노인」이있다면 세상은 아모맨 흥미도 느끼지 않는것이다。 이왕 모진구지람을 듯게되는바에는 발악을하여 울면서도 은근히 더한층 심각한 꾸지람이 쏱아지기를 긔머하는 일종의 殘虐性을 아이들은 맛는다。

축켜울니면 울닐사록 흥분하는 심사와도같이 사람이란 또한편 천대하면 할사록 더욱 즐기는 일면의 타락 꽤감이 있지않을까。그러나 사람들이 아모리 집노인을 천먹구렉이로 대우한다 하드마도 발서 그사람한테 유별난관심을 갖는다는것부텀이 일종의 애착관염으로서 숨발하는것이 아닌가。집노인은 그 「애착」을 애한다。그들의 흥미를 제공하기위해서는 그는 참말로까지 및고시푼것이다。 그것이 또한 허잘것없은 자긔의 인생의 한가닥의 자괴흥미이기도했다。

「용— 용!」

음식점에서 역국을먹고 이 마실토 드러오게된뛰또는 노인을 놀녀는 새로운 형용사가 생겼다。

「호로 자식!」

바지게를 절머진 집노인은 따에떠러진 紙鳶처럼 풍문이들 훈들면서 말머온다。그 억살마른 팔을 사람들은글기는것이다。집노인은 박참봉네집 끝머슴으로 드러갔다。소를먹이고 잔심부림을 하는것이며。새경또없고 웃값도없다。그 좋든힘은 오줌장군하나도 만만히 못지게되었고 집단같은 팔다리는 막대기처럼 말러붙었다。오랬동안의고

「밥값이나·되는가배 저절 머슴이라고。」

생사리가 그에게서 힘을 빼서간것이다。

참봉마누라는 불상해서 다리고있다는 참봉의 한짓을 원망했다。

「벅꾸러저 죽지도않고 지랄하는것보지.」

밤눈이 어둔덧으로 밥상을 뚤앞에다 메여친것이 시초가되여 참봉마누라는 처음불어 짐노인을미워했다。그런것

이삼년이나 젊어있게되니 질색하고도 남을것이 아닌가。박참봉은 고을에서도 들난 양반이었다。소비쟁기나 짐자

는것만 못한다뿐이지 모를십거나 밭을매거나 장정 지잖게 일은합으로 짐노인을 두는것은 푸인으로서

도 적지않은 이익이다。

그러나 박참봉은 인심좋고 동정심많은 사람으로서 소문이 노픈터이다。짐노인 역시 그것만으로 해서 불어있

는줄만 믿는다。

「며누리한테나 가지 와 저러꾸.」

알궁덩이를 까놓고 동잔불밑에서 옷떠러진것을 꾸매고 앉었노라면 초군들은 짐노인의 달랑달랑한 알

구진것을 뇌(釣)으려고 영둥한 소리룰낸다。

「에이구 나는 이래나는게 편허라컨이.」

짐노인은 일부러 자귀가 즐겨서 있는것처럼 넘겨버린다。

「원수눔의 자식.」

속으로는 아들을 원망하면서도 일상 남듯기로는 아들자랑룸했다。그것이 텡 빈 그외마음속에 다만 한구석이

나마 따신바람을 일으켜주는 것이었다。또한편으로는 자귀의 무능을 방어하러라는 일종의 무긔이긔도 했다

그래서 마을사람들은 미츤사람처럼 방랑성이있어서 이렇게 떠도라다니기를 즐긴다고하고 또 어떤이는 자식

한레가면 잘먹고 편하게 지벌성미라기도 했다。

한번은 정말 자식한레서 편지가 왔다。아직까지 혼인신고를 못했으니 도장을 좀 나려보내달라는것이었다。노

인은 편지피봉만 지니고 다니면서 아들이 나려오라한다고 떠벌렸다。

「그럼 가지 왜 저러고 있을꼬?.」

「행 잘먹고 잘입는것도 나는 귀찮데、벗없이 혼자 물밥만 어머먹고 있을라니 각급해서 견딜수가있나、그저

이게 홓지.」

천생으로 비터먹을팔짜라고 사람들은 혀를 끌끌 찼다.

「이루나 조쿠」

「으 으」

초군들이 놀니는데로 집노인은 억개춤읖춘다. 낫을갈어 지게춤에꽃고 머슴들은 타작마당에서 한바탕썩놀니고

「담배! 담배!」

집노인은 춤값으로 조그만 애들한레도 손바닥을 쑥쑥 내민다. 누나없이 맞담배질이다.

「지금 해가 얼마나됬을알고 이래 잣버저있노 ·엥이·와 잣버젔서어?」

손차달을 앞세우고 나물캐러 나오든 주인마누라가 보았든것이다. 노인은 少眠뒤의 개고리처럼 굼실굼실 말없이 일어났다. 따뜻한 볓살에 정신은 노곤하고 사지는 힘이 풀어졌다. 호미들고 밭고랑으로 드러갔다.

노탕개 두마러가 러비하듯 헌신짝을물고 보리밭에서 작난을친다. 이리쫓어갔다 처리쫓어갔다 개들이 물고쓰러지는곧엔 연괴처럼 몬지가 인다.

「부럽다 너의들이 부럽다.」

眞空球같이 마음이 텅비고 느러진듯 몸이 괴로운데 비하야 즘생이란놈은 사람보다 행복된 물건이러고 생각했다. 끝없는 벌판에서 풀을뜯는 소를 생각한다. 뙤약볓에 새깜아케 고실려가지고 보타단을 묶으는 양지짝의사람을 생각한다. 하얀 쪽을 좃아먹는 빛좋은 닭이며 마루밑에서 코를골고 어엽분 강아지를 생각한다.

축군차 못끄리고 빈그릇만 울니고앉으 장마때의 품파리꾼이며 벼룩빈대에 불기를 치고 뒹구르는 모충방의머슴둘을 생각한다.

즘생을 부러워 해야할 인간이 이 地上에는 무수한것이다 먹고 자고 뛰고 작난치는 개가 훨신 행복스러운게라고 노인은 다시금 생각했다.

「그나마 매가 없고나.」

노인은 한숨이 나왔다. 어쩌녁 모충방에서 하로밤 자고간 어떤 과객의 하든소러가 떠올렀다.

「올해가 환잡이라요? 에이구·당신도 앉이 멀잖구료」

섭쩍 말해도 그 작자의말이 사람을울니는 소리였다. 정말 자긔의앞에는 젊은 놈도없고 육뛰인 하늘도없었다.
오직 차맥힌 산이 있을뿐이오 절망의 구렁이 있을뿐이다. 희망도 없고 육구도없다. 젊을적엔 무슨을 고을때고

애쓰든것이 지금은 목숨에 끌어기를 만족하지않으면 안되는 것이다.

「우리를 말오소」

그렇게 생각하면 지금은 없어진 마실 청년들의 이말이 미상분 그럴법도했다. 어린놈은 잘어 노라고 못하고 늙은놈은 힘이없어 못하고 세상에 일할놈은 청년밖에 없다고 생각했다. 노인은 젊은사람을 귀중한것이라고 생각했다.

「내나이 느그만큼만 했으면」

만일 새로 젊어질수만 있다면 노인은 무었이던지 해볼것같았다. 土地와 空氣에서 살지못하고 寄生蟲과같이 일평생을 사람에서 사람으로 붙어다닌 자긔의일생 수염에 가지가벌도록 몽도터 총각으로 있다가 게절맛이라고는 삼년을 못채워서 다시 홀애비로 이날이때까지 모풍방으로만 굴러다닌 자긔의 한평생이 울고싶도록 고적한것이당 자식도 갔고싶고 살님도 자존심도 갔고시펏다.

「분내ー!」

술단지를 이고 신작노를 나뎌오는 술집안주인을 발견한까닭이다.

「뭐할랑개?」

고개를 듣너면 술이 없질러진다는듯이 빨랑빨랑 앞만보고 거러간다.

「이번엔 꼭 한잔 취야지?」

「사람 없을때」

「오늘밤에 갈까이?」

「밤에 봐ー서」

으루나 조루, 절시구, 조루,
버릇에 익어 노인은 어개틀들고 입어나야할 경우었으나 ㅇㅇ 참었다.

「총 너도 병드렀너니라」

노인은 속으로 꼭 우섰다. 분네는 참봉네 뒷집에서 살었다. 채수는 적어도 얼굴은 어엽브다. 굼기를 밥먹듯 하
살님사리가 작년붙어 이꼴작에 砂防일이 생긴덕분에 밥술이나 먹게되었다. 내가 돌뽀술메니 안해를 술장사
나도 시키라고 砂防工事 사이상은 宋서방에게 권했다. 사이상은 뒷집 구장네집에서 괴숙하고있는 판게로 송서방과
잘아는 사이었다. 송서방은 길까집으로 이사를 해가지고 남부고럽다면서 뿌득뿌득 버릐는 안해를 말유해가지고
정말 술장사를 벌였다.

새술집이라그런지 딿만데 헌술집은 뒷전이다. 사방인부 감독 사무원들은 밤마다 와글와글 그렀다.
송서방은 몇번이나 사이상한테 그가 즐긴다는 게란과 피문어를 선사했다. 자긔집에서도 안파는 정종을 언제
든지 따로 준비해놓았다. 누리팅팅하든 아이들의 얼굴도 본색이 도라오고 안해의 종아리에도 생기가 났다. 그
러나 분내도 計算에는 멍텅구리다. 세사람만 한자리술을 벌여도 주먹구구에 쩔쩔맨다.
한번은 돈이 꾀였다고 아닌밤에 남편과 싸움을 했다. 젊은가속을 비놓아 술장사시키는것이 내가 잘한짓이냐고 여편
네는 쩔쩔울고 야단이었다. 그러든것이 몇달가니 분내는 차차토 사람人살에 달거저서 술장사게집이란 맛을 알게
되었다.

술파는것보담도 사람을대하는데 흥미를느꼈다. 손님들이 무릎을 꾀집으면 견딀맛도있고 모냥도 내고시퍼 더먹머
덕 언덕이 지도록 값헐한 덩이분을 발렀다.
「저놈이 아무때도 일은 내고말걸」
노인은 명서로도 사이상을 예사로 보지않는다. 술밑전은 전부. 그사람이 대인셈이라고 그를 은인같이 섬기고
싸지만 실상은 더른것을 이저버릴것이라고 노인은 송서방을 가련하게 생각했다.
「그런메는 나만못하이」
내가 운이 터저서 저런사람을 만났다고 말끝마다 사이상을 축겨울니는 송서방을보고 노인은 일상 속으로선
ᆻ슴을 치는것이었다. 노인은 자긔에게 귀중한 경력이있는것을믿는다.
세상의 어느 人間事에던지 노인은 그 자긔체험으로서 尺度하려는 고집이있는것이당. 남의집 머숨사리보다는날
싹닷냥식받는 품파리생활이 낮지안느냐는 구실토 철리라항에 다녀다가 철없는 게집과 도망질을친 원수놈의 최도
감독을·생각한다.

세살먹어 학수돌엎고 애비는 구걸을 하면서 도라왔다. 행여나 도라올까하고 노인은 반년동안을 고향에서, 머물

었다. 그러나 봄바람이 불어도 가을달이 밝어도 게집은 영영 도라오지 않었다. 주인굴뚝내, 고기료막을 나를속에

다 물어다가지고 오든 처녀시절의 三月이를 생각하였다.

감빨한 물방아깐을 무서운줄도 모르고 차저드러오든 죽어버리고싶도록 고마운 三月이의 순정을 생각하였다.

「에구 늬가 어쩌다가 그렇게 미쳤드린말고」

두다리를 뻣고 그는 三月이를 불으면서 울었다.

「오냐 너를 이저버리고 살마」

그는 또 마음을 돌여먹었다. 자려나는 학수만이 그의 생명이었든것이다.

「놈도 불상하지만 게집이 아깝다」

노인은 아모래도 송서방이 게집을 뺴앗기고야 말것처럼 생각이드럿다. 노인은 분내를 좋아한다.

이마실에 붙어있는 근종이 순전히 그때문이라해도 과언이 아닐만했다. 분내는 얼골이 완연코 학수어미와 흡

사했다. 쌍굿 웃으면 왼편 입너 드러나는것까지가 어찌 그러도 三月이를 닮었는지 모른다. 묵은 哀愁가 되살어

와서 처음은 그를 보기가 피로웠다. 그러나 나중엔 그를 가버린 三月이로 錯覺해버렸다. 그를 三月이로 믿고

그물 偶像의 三月이로 잔정해버렸다. 마음속으로는 三月이를삼고 현실로는 자식같이 사랑했다. 그를 三月이로

하로마도. 그 얼골을 못보면 노인의 가슴은 굴속같이 어두웠다. 그것은 사는동안까지의 의지할 동사붙이요 정

신에 기름치는 향기였든 것이다.

「나도 당신같은 친정부모가 있는데……」

울넘어와서 기웃거리면 분내는 종종 공술을 먹었다. 술 그것이 전부 인정이기나한듯이 노인은 웃는듯이 굴

걱굴커 드리웠다. 열두시 자동차가 내려간다. 노인은 다시 언덕에도라와 담배를 꼬벗다.

나물캐는 아이들소리가 나머니 언덕을 넘는 粉이가 보인다.

사내애들은 집노인의 얼골과 마조치자 겁나는듯 둥넘어로 다러나 버린다.

「용ー 용ー」

「분아ー」

「얘?」

「이리 온나 내 준것줄베」

「뭐?」

「글깨 와 보렴」

분이는 언덕을 타고 나물을 캐면서 거러온다…

「뭐 줄라캤능기요?」

「이거 보렴어나」

분이는 노인의 옆에 안는다. 아무것도없는 거짓말이다

「뭣뭣 뜨멋노 보자성이」

노인은 광주리를 드러다본다. 쑥. 나생이. 쓴나물 까지복달· 가시덤불에 참새 두마리가 안는다. 팔팔 날더니 두놈이 꽁지를마친다. 그리고는 훨 날러가버린다.

「어헝늬 손 꼽구나」

「와이루쿠노」

분이는 노인의손을 뿌리치면서 눈을흘기고 도라안는다. 야들야들한 귀. 열두살이었만 보삭보삭 털을 벗아겄이 재법 게집애갈은 냄새가난다.

「귀엽다 귀엽다」

노인은 마음속으로 작구 감탄했다. 오늘 점도록 옆에있어 추었으면 시펐다. 노인은 귀를 만저볼까도 시펐다.

무듸게 늙은 손은 오래간만에 진실로 오래간만에 사람의 살의감촉이 그리웠다.

노인은 이상한흥분에 팔목이 떨렸다.

「내 준것하나 만들어 줄까?」

「뭐?」

「이것 보레―」

노인은 거럼가운데서 성한 짚을 끌타가지고 노를비벗다. 머리가있고 벗 팔다리가 있는 사람하나를 만들었다

「아이그 그거참 朴메이」

「가만있어 또 박따」

이번엔 성냥알개비로 비녀를찔는 명색이 여자하나를 만들었다. 분이는 밧삭닥어앉으면서 호긔심을낸다.

「너 이것보메 뭐신고」

노인은 한놈을 들어다가 한놈의우에다 밧삭 걸친다.

「문둥이 지랄 안하나 영감 그거참 얄굿메이」

분이는 얼굴이 빨개가지고 욕을하면서 다러나버린다. 노인은 일어서면서 흐흐흐 우서버렸다.

밤.

여름처럼 푸운하다. 노인은 슬적 지나치면서 분네집을 드려다본다. 마루끝에달넌 동人불에 齡業木牌가 또렷하다.

부엌에서 연긔가 난다. 분네는 닭장에서 닭한마리를 잡어내가지고 날개쭉지속에 피브러넣고는 사롱문 구뭉에다. 두서너번법다 때린다. 피흐르는 닭을 겨구러 되두어가지고 큰방쪽을 흘기면서 부엌으로 드러간다.

「날개나 좀 안뜨더주고 뭐하는겡고」

안해의 소리들니자 문을펄석여는것은 얼굴이벌건 송서방이다.

「술한잔 머돌라겠머니 뭐하는 겡고」

「그래가지고 장사잘하겠다. 만날 묵어조진다 묵어조저」

「지랄말고 얼는 가저오라잉깨」

송서방은 문을 닫고 쓰러진다.

「어무이―!」

닭의털을 거름자리에다 먼지고 드러가는 분네는 자근방쪽을 바라보고 소리첫다.

「나와서 불이나 좀 넝소잉이」

「에이구무시타 하로밤도 날 안붙리먹으면 못사는갑다」

천만기침을·쿨룩어리면서 자근방에서 피브라진 노파가 나온다.

「오늠의 가시내는 어듸가고 안올꼬」

노파가 부엌에 드러오는것을보고 분내는 물동이를 이고 나간다.

「이사람 있었나」

「누고?」

구장이 큰방으로 드러간다.

「춘비는 나 됐는가?」

「지금 안주 작만늬요」

——間——

「노름맘이 버러젔는데」

「어듸서?」

「굼력집액서」

「나도가서 분전이나 차몰까」

「가보게 성춘이가 이십원 땃다고 야단이데」

송서방는 담배를 재면서 입맛만 다신다.

「자네 뒷날 사이상 한잔 먹이게」

「와요?」

「자네질에만 사용하도록 사무실에서 人夫들傳票를 내기로 했네」

「참말로요?」

「그럼, 내가그전붙어 부력한결세, 드러보게 그렇게되면 인부들이 倍나 술을먹게될께고 또 그런돈이야 간조마

다 착착 녀여주니, 떼일염여없고 그런간두두 그러구러하면 자네형면도 훨신 며일타」

「아 그렇다뿐이겠소, 참 그분이 나를 어째봤는지」

「가만있게 내가 그사람하고 친하다고 하는말이 아니라 사람은 참 존사람이너니」

「어 무얼할것 있는기요、 낸들 모르는기요」

코끝에 따내리는 물방울을 뿌리면서 분내가 물동이를 이고 드러온다.

「술상이나 봐놓게」

구장은 엉이탈을 축기면서 양반거름으로 나간다.

「돈일원만 도라」

송서방은 부엌앞에가서 손을 해민다.

「돈이 어릿는기요、 또 노름할낭 가베?」

「안탄다 일원만 내애라」

분내는 치마를 걷어올니면서 빨간 도래춤치속에서 지전한장을 끄내준다. 송서방은 급하게 나간다. 노파는치마

에 붙은 불의틀을럴면서 자근방으로 드러간다.

「분에미 있나 술한잔 주게」

돌방아집 홍첨지가 낯선 손님한분과 뜰밑에 올라선다.

「아이구 상동어툰 왔는기, 자근방으로 드러갑시면, 어무이! 좀 나오소 엉이」

불불은 부지깽이를든채 분내는 부엌간에서 나온다.

「에고 망할눔의팔짜두、 밤으로 잡한숨도 울케 못잔다컨이」

노파는 얼골이 질녀도록 줄기침을 하면서 이웃집으로 나간다.

「오늘밤엔 뭐한다고 등스불을 달어놓고?」

「마실사람들한테 페를마니 지쳤다고 사람들 불러서 공수사 이상이 한잔 낸다느요」

「아 그거참、 어째떤 괴룩한 사람이라 허 그거참」

상동 어룬은 (술잔을 재키고나서 손바닥으로 립석부리 수염을닥는다.

마실사람 세사람 팔장을끼고 뜰앞에서 어정거린다.

개짓는소리 요란하다.

끝목이 떠들석하며니 구장을따러 사이상一行이 드러온다. 흙빛양복에 로이드안경을버틘 사이상뒤에 얼골이검은

「자 이리로 앉으이소」

구장이 아랫목으로 사이상을 인도한다. 그중에 눈이 길고 차프링수염단 사람이 사이상이다.

「아 그 사람들 전부다 왔으면 좋건메」

「글세요 모두들 겸사만하고」

「자! 그럼 우리까지 먹으면 더 오붓시것지」

구장은 손수 나가서 김이 무럭 무럭나는 닭국냄비를 들고드러온다. 물행주로 주전자밑을 닦으면서 분네도드러간다.

「사이상이 그전부럼 말심허시든건데 참 우리동네에 오신지도 벌써 반년이 다됏지만 그런안드루 일상 말심하시기를…」

구장의 뜸직뜸직한 소개말슴이 들닌다.

「누고?」

담넘어 석류나무밑에 서있는 허연것을보고 송서방은 주적주적 거러간다.

「이게 뉘라?」

「내라」

「내라니 거기서 뭐하노?」

「똥눌란다」

「에그 지랄이야 와 하필 거기서 똥을누어」

노인인것을알고 송서방은 집으로 도라드러간다, 틈을 엿보아서 술한잔 어더먹으려던것이 노인은 담넘어에서 분네를 넘어다 보는것이 더 즐거웠든것이다. 젊은사람들의 노는양도 부러웠다. 남이 먹는것이나마 보는것만으로 일종의 식욕본능을 만족케한것이다. 그냥 섰다.

「일원만 더 도고!」

「돈이 어뤘는교 글시」

「어서 내라잉깨 그래도」

「벗어 놓는것은 쥐꼬리만한데 만날 노름해서 이저버리면 으찌 되는깅꼬?」

「잔딸마다 또 따면 그만아닌가」

송서방은 살몃이 불러내가지고 기어코 안해한데서 돈일원을 빼서갔다. 주전자가 들망날랑 한다.

「인자 이래면 세주전자책지요?」

회계가 끼일까 시퍼서 분내는 발서누어 걱정이당. 그소리는 부철색없이 노래소리 저개닭으로 소반치는소리 시

고러떰벙하당. 얼골 시뻘건 친구들이 건드렁 건드렁 반채토나와서 아모데나 오줌을 갈기고 드러간당. 발서부터

최도 안꾜브라지는놈이 있다.

이이사람 그사람술만 이더먹어 되겠는가 우리도 한잔해세 그리

한놈이 말한당. 연방 오줌을누면서도 한쪽팔로 역시 오줌누는놈 억개를 턱 지프면서 입을 궈에다 갔다대고 그

볃엣놈이 하는말이당.

「이사람 허풍선이같은 소리말게, 우리가 술내봤나 남은 우리가 그놈은 우리가 그놈술 어더먹었다 할께너

계무슨 생색인고, 괜찮네 그놈술 실컨 뜨더먹어도 일없네 안그런가 영? 호호호!」

오줌을 다누머니 고개를 절절 흔들면서 드러간당.

「오대 어느방에가서 잘꾜?」

분이가 대이를 엽고 드러온당.

「조맥만 더있다가 오너라 모도 방이찼다」

「다 그든데 뉘집에 가란말고, 잠온다 후흥」

「오냐 뒷집사랑에가서 놀아라 난제 너 닭꾀기 좀 줄께」

「싫다 뒷집사랑에 그놈의 영감랑구 만날 내 불알 깔타고 달러드러싸서 싫더라 흐응」

「오냐 그럼 이거가지고 가거라 에 우리개이는 참 장골이지」

분내는 닭의 뼉다기 한개를 물여주면서 아이들을 뜻어낸당. 자근방문이 열니머니 흥청지 낯이빨개가지고 손

님과 나온당. 모구들에 머리를 쑥쑥 드러바드면서 사람들이 나온당.

사이상은 벌겋게 취해서 쓰러졌다. 양복이 허리밑으로 구겨지고 카라가 벗겨저서 뒤토넘어갔당.

「안주인 벼개좀 베여드리소, 자ー 사이상은 곤하신데 좀 누었다가오소 내 금방 모시러올테니」

「응응? 가 가타잡시다 아모도 없는듸 누었다가 겨 경치게」

「하하하 걱정마소 그런판두루 내 노름완에가서 송서방 꼭 부뜰고 있을거노 엉?」

구장은 큰우슴을치면서 사람분을 찌그려놓고 나가버린다.

「안주인 무릎좀 빕시다요」

「아이구 와이루는파 아무나 보늬요 아이구참」

「보긴 누가봐요 압다 자ー」

사이상은 분녀의 무릎을 고려다니면서 문을왈칵 닫었다.

「저눔이! 저눔이」

짐노인을 워덜워덜 떨녀는손으로 담브탕을 짚으면서 황새처럼 고개를내밀고 귀끝을 세웠다.

한참동안 밀치락 닥치락 무슨소리인지 안들닌다.

「객지로 도라다니는사람 적션하는 셈치구 자ー글세 한마듸만 드러봐요」

「아이구 놓소 놓소 점잖은양반이 와이루는교 사이상!」

문고림자가 모든것을 다말한다. 울듯한 목소리로 분녀는 문쪽으로 몸을뺀다.

「안주인 이러면 말을냈든 내낯이 없잔겠수, 안주인 안주인!」

사내의 말소리는 떨었었다. 문고리를 쥔 손그림자가 보인다.

「내가 당신을 사모한지가 언제부럼인줄 아슈 말하기는 좀뭣하지만 이것좀보시구료 당 당신 소원하는것이라면」

「아이구봐요 놓소 놓소」

분녀는 목안소리로 솔녀나브랜다. 룩닥어리는 바람에 누군지 문에 덜컥 부댁치고 그와동시에 불이딱꺼저버린다. 짐노인은 충분한 남저지 담을넘어서 뒤여들까도 시펏다. 손바닥에 땀이 찼다.

어둠속에서 날새게도 새스문으로 빠저 부엌간으로 드러간다. 사이상은 영겁결에 담이라도 뒤여넘랴는둠이 부엌대문으로 고개를 내밀어보다가 마당가운데 송서방이 드러오는것을 보고어쩔줄을 모르고 되려 고개를 자라처럼 당겨드린다.

「모도 갔나?」

「……」

「손님들 모도 갔나 와 벌서 잔다고 야단잉구.」

「잘라고 인자 막 불껐더니…」

문이 열닌당. 머리카락이 우수수한 분내는 불빛에 얼골이루르다 송서방유 발끝에 채이는 하얀운동화에 눈이 간다

「사이상은 안가섰구나 신었는걸보니」

자근방 쪽을 본다.

「술이 많이 취했구먼 당신 한신하고 밨쉬신고 갔는가배」

분내눈머덕를 새로 쪽저울니면서 나온다.

「아 조런 앙큼한것이!」

헌신이란게 어떻게생긴것인지는 모르지만 그것마저 발견되면 어쩔작청으로 저러는겐지 집노인은격정이되여못견댓다

「불하나 안쓰나, 그래 오늘밤 간조는 멫냥이나 되든고?」

루전판에서 돈냥이나땃는지 송서방은 벙글벙글 웃는괴색으로 명상을 올라서다가 머리로등ㅅ불을받어떠러트린다.

「억쿠 이거 와이루루노, 석냥어딧노?」

「부섞에 보소, 아이구참 자자 자근방에 있는가 모르겠다」

분내는 잡작이 허둥거린다. 사이상은 고개를 배끔 내였다가 드렀다가 생쥐처럼 나브랜다. 석냥을가질러가든

송서방은 부엌앞으로 드러설까말까 할순간에 꽉! 하고 무엇한테 가슴을 쥐질려서넘어졌다. 비호같이 담을 뛰

넘어가는놈이 있다.

「아이고마ー」

번개같이 일어서선 송서방은 「이놈ー」소리를치면서 담을뛰어넘는다.

「이놈ー 이놈ー」

뽕나무언덕까지 쫓어가서 놈을부뜰고 죽도록 두들겼다. 그것은 집노인이었다. 명살을쥐인 노인은 히히히히

女처럼 우섰당. 실상 다러난놈은 자긔가 아니라는것을 변명할 필요는 없었당. 엉겁결에 멋모르고 다러나기는햇

지만 정작이 멱살을 쥐여지고보니 또 견딜만한 한패감이 있는것이다。 싸운다면지 맞는다면지 그것은 발서흥용한生

活의資料人인것이다。 생활에서 除外된지 오래인 집노인은 맞든때든 생활의 자극이 그리웠다。

「이놈의자식 부뚝에 뭐 하러 드러 드러갔더노?」

「히히히 **놀러** 드러갔지」

「이놈이 참 미쳤다요?」

「이자식아 대판절 믿기는 어느놈이미쳤노?」
집노인은 이런말이하고 시뿔경우헷으나 노인은 입을다물었다。

「가자 이놈의자식 뭘흠첫노 바로말해라!」
(이놈아 흠친놈은 발서다러났다)
노인은 또 이런말이 입속에 돌았다。집노인은 개갈이 질질 끌려갔다。

「좋아라 이놈아 하하하 숨을 못쉬겠다 멱살좀 놔라 글세 하하하하」

끌여가면서도 노인은 웃기만 했다。

ー(끝)ー

陣痛期 (第三回)

李 箕 永

三、자녀(子女)

가회동 안유경의집 안人방벽에 건넌시계가 아홉시를치도록 정거장
에나간 아해들은 돌아오지았는다.

「얘들이 웬일인가 마중나간 애들도안오고 온다는이도 않오니……」
유경이는 시계를 처다보고 다시한번 뇌여보았다. 전등불이 빤안간
희미해젓다가 차차 차차 광력(光力)을 독균다. 그는엇전지 빈방에혼
저앉었기가 실혓다.──삼남매가 모두 마중을나갔다.

「정학생! 뭐한우?」
그는 돌아래人방으로 고개를 도리키고 무렀다.

「아무것도 않해요」
유경이는 정원택을 조아하였다. 그는 제일 말성이없고 순직하고 아

「그럼 좀드러오」
원택이는 방으로 드러서자

답하였다.

「웨 유?」

「멀 웨여, 놀너오란말이지」

「네—」

원택이는 호인(好人)으로생긴 우슴을 싱긋 우스며 저녁에온 신문을 들고본다.

「액들이 잇젯 않온다우?」

「글세요……오시다가, 무엇을 사시는게지요」

「참 그런게로군— 난 웬일인가 했더니……」

유정이는 원택이의 의사가 밝은것을 으근히 놀내엿다.

「그래 아씨는 보고싶지않소 집에는 도무지 안가니?」

「그까지께 뭐보고심허요」

「그럼 장가는 웨드럿소」

「누가 들고심허 드럿나요—철모를적에 부모가 강제로 식힌게지요」

「그래도 하여찬 장가를 든이상에야 그대로 사는것이 올치않소. 만일학생이 버리게되면 그색시는 너무도 불상하지 않소?」

유정이는 그의속을 보기위해서 이런말을 일부러 무러보앗다.

「그사람도 불상하긴 하겟지요. 그러나 그것은 이사회제도로 말미암아 그러케된것이넛가 자기도 희생할수박게없지요」

「희생은하다니? 이혼을 하잔말이야」

「아니 꼭 이혼을 한란말은 아니지요 그대로살기가 실커든 이혼을 하란말이지요」

「그대로 잇더게…… 생과부로 살난말이야 하난」

「그러넛가 그게실커나、 이혼을 하란말이지요」

「그러니 그사람은 무슨죄냐 말이야」

「나는 또 무슨죄인가요——먹기싫은 음식을 작구만 먹으라는것은 무리하지않어요」

「그러나 그건 음식과는 다르지」

93

「무엇이 딸녀요 둠물쩌본능이긴 다마찬가지지요」

유정이는 잠간 무엇을생각하는 것처럼 한곳을 우두커니 바라보고 잇섯다.

「그럼 이세상에 울고 그뜬것이업게 ─사람마다 제욕심만 채우러들면─」

「그래도 어느지경만콤 경제선이 잇겟지요」

「글세 그경계를 엇머케 따지느냐말이요──서로제것이 울라너」

「시대를딸어서 변하는 새것이 울켓지요」

「그런가난 참으로 엇머케 사머야 울훈건지모르겟습니다 ──그래서 예수도 미덧지만……」

「예수 믿는사람이 낫분짓은 더많이하는것 갓습되다」

「그게야·예수가낫분게 아니라·낫분짓을한 그사람이 낫부겟지」

「그러닛가 믿을보담이 무에낫말이지요· 않믿은사람도 믿는사람이상으로 착한사람이잇는메요」

「그래도 미더야만 구원을엇엇고· 천당에 간다는게아녀요·아무리 착한 사람이라도 하나님압에서는 죄인이라구」

원택이는 코우숨을치며

「그러타면 더구나 미들게못되지요 암만해도 죄인인메 형식적으로 믿는다고 구원을 엇는다니 그야말로 미신 이지요」

유정이는 별안간 자리를 고처안지며 참착한태도로

「학생이 그런말을 하니말이지 참 안인게안이라 나두 요새는 그런의심이 각금납듸다. 나두 처음에 예수를미들 대에는 퍽 열심이엇머라우 처음에 세상에 그보다더 착한말이 어듸잇고 울훈일이 어듸 있어야지 그래서 참 애들문자로 미치고 동싸게반햇는데…… 그런데 가만아 한해두해 단역보닛가 그저말뿐으로 만 그러지 행실은 아주 낫분사람이 않탄말이야 말은잘하고 도는잘하지만은 소리만큰 쾡가리가 속은 비듯 이 실행이잇서야지· 그래서 나도참 전같이 메배당에 단이고싶은 마음이 적어젓서……그런데 목사나 전도부인은 남의속은모르고 나보고 락심만 했다고 그리겟지 허허─내 참 우수워서──」

원택이는 싱글 벙글하면서

「마귀들렷다고는 않음닛가? 하하──」

「왜 않그래。 마귀한테 시험받는다구 그러지。 아니 우리집에 자금 오는 김신성(金信誠)이라는 전도부인이 있지 않소——。 쌍둥한이말이야——」

. 녜 그 대부영말이지요」

「남보고 웨멘부웅이래——그래 그이가 나하구 시골서 예배당에 같이단녔는데 지금은 서울와서 성경학원에꽁 부틀하고 잇지 그이가 요새도 오면 그저 딥혀노코 나더러 낙심만했다는구먼——」。

「하하——아주머니도 그럼 큰일나섯슴니다 마귀한테 단단히 붓들녓스니」

「아니여 사실 큰일은낫서——그래도 여태까지는 예수를 밋는것이 이세상에서 가장 올흔일인줄 아럿는데 만일 이신앙이 깨저버린다면 어듸가 마음을 의지할곳이 있서야지。——참 학생도 인제는 무역한집안식구갈이 우리집 내력을 잘아니말이지 내가 무슨 재미가있으니 거기다 마음을 부치겟소。지식이 않으니 그것을 락으로 삼겠소……그러라면 이세상 에서 가장올흔일이 무엇인가 그게나 알고사럿스면 조켓는데 그게 있는지? 없는 지?——있다해도 그게무었인지 누가아러야지……」

「울흔일이야 얼마든지 있지않어요─

「그런 조고만 울흔일은말고 아주 위대한——울흔일——진리(眞理)말이야 」

유정이는 말을그치고 하하 우섯다——

시계가 거의 열시를 치거되자 그제서야 비로소 대문여는 소리가 삐드득나며。 마중나간 아이들이 참새떼 지저 귀듯하며 도라온다。

「어머니—!」

혜순이가 압서서 드러오며 열싸게 부른다。

「아니 웨 인제들어오는게냐——아버지도 오시늬?」

「그럼」

해순이는 구두를벗고 마두위로 올나서는데 원럭이는 그와마주처서 신을신고 나려갈다。

「그럼」「왜 :인제오는게냐」

「진고개를 완통 한바탕을 헤맷스넛가 그러채——아이 다퍼 왔어——」

혜운이는 방으로 드러가자 그자리에 털석 주저앉는다.

「아니 무얼사러 진ㅁ개를 허맷서?」

뒤미처 드러오는 세학이와 세춘이는 한뭉텡이썩 무엇을 들고온다.

「아니 무얼사기에 인제오시유?」

「양복!——」

유정이가 뭇는말에 동호는 이러케 대답하고 방으로 드러와않는다.「저녁은어떡하엿수?」

「먹었서」

「양복은 웬양복이야?」

「아하——엇떠케 도라단엿는지 다리러섯다.」

「세춘이 양복이라우」

「그따메 왼진고개를 다 허맷다우」

「양복은 안사주면 엇떼여!——」

동호가 대답할새도없시 삼남매는 한마듸식 불평을 토한다.

「못된것들! 도라단녓스면 뇌동성울건삿지 남의 물건삿늬! 사람이 그래서는 못쓴다」

동호는 가지수염을 씨다듬으며 아버지로서의 위엄을 보이러든다.

「아니 그래 세춘이 양복을 사러 일부러왓는수?」

「그럼——남의에 입힌것을보고 불시로 사오라니 엇떠케해……원체 다른때와는 다르고해서」

「여보 맙시사! 이담에는 못사주어서 그까지것때문에 일부러 서울까지와요 안팟노자 드려서」

유정이는 눈ㅁ 홱 도타가며 혀가 채여첫다.……계집에 저러케도 미첫나 상루곳까지 계집에 빠진다는말이 저런

「이담은 이담이고 지금은 지금이지 어듹보자——빗갈이 맛는지 모르겟다」

동호는 세학이가주는 조희로 싸서묵근것을 부시럭 부시럭끌는다.

「어머니 또이것보시 어듹서 빗갈은 하필 그런것을 끌낫는지——흰바탕에 붉은문의 노코 쓰봉은 남빛세투를 사

96

라니 그런것이 어듸있어야지」

「그래서 원진고개은 여적 허맷지며......」

「아니 다른빗을 사면 엇떼서 그보다 더 조흔빗도 있을 텐데」

「꼭— 그런빗을 사오랫거든! 자 이건 그빗마 젓지?」

동호는 양복상사를 고르고 웃슬고내서 펼처보며 빙글 빙글웃는다. 유경이는 하도 우수워서 한동안을 뻔—히

산에실골만 처다보았다.

「이집에서 세 출이만 잭일인가?」

「아버지는 ......세출이단 아는데」

「아이구 세상에원......하하하

「그래 이게 얼마라늬?」

「오원이라우」

「하하하 ......」

「아비지 나두 양복한벌 사주서요 여바 궁둥이가 이러케 뚜러젓수」

새하이는 동호압으로 양복궁둥이를 돌너때며 룽명스럽게 부르짓는다.

뭐—? 아즉 말쌍하구언 그래」

「뭐 말장해여......사줘요......」

「나두 구두 하나 사주— 구두가 창이 낫는데」

「나두 구두 창만더 신으럼!」

「구두는 심여 새구두 사줘요 다 떠러젓는데......」

「아버지! 나는 세루치마 하나 해주—」

「뭐? 학생이 세루치마는 해서뭐해」

「돈없는데 모도 무엇들을 사달나구 그리느냐 그놈들이 애비꼽대기를 뱃기려드네」

「돈이 왜없어요 누구는 척척 해주면서……」

혜순이는 발버둥이를치며 징— 징— 우는 소리를 한다.

「세출이는 어린내가 그렇치야—」

별안간 동호는 소리를 버럭 지른다.

「하하하…… 늬들만 해입을내 괴왕이면 나두 웃감줌 "꾼어다쿠며— 내가 서울은뭐로 당신이 저고리한감을 끈 어다주었소?」

「무얼 해달나고 야단이여—— 가만있거라 이담에 해줄께니……」

동호는 사면에서 총공격을 하는바람에 우슬수도 성낼수도없는 감정에 허매다가 과자 봉지를 끌너노코 한개 를 먼저집으며

「자— 과자들이나 먹으다구—」

「싱여 그까짓 과자—」

혜순이는 쌜쭉해서 모로 도라않는당.

「조년이……」

동호는 성이나서 말피롭이 노려보다가

이같이 암상구젔당. 그는 술을안먹거대문에 주전부리를 아이들처럼 하였다 ——그는 참으로 팽 이갈이 과자를 집어먹는당. 아이들이 팽이잣더니말이지 그는 이세상에서 주전부리와 제집을 제일조아하는것갓닸다…… 남자들이란 식성이 한곳으로쏠리는가부다. 그러케생각하니 유경이는 부지중 우수운 생 자이나서 혼저우섰당.

「원선생이 지금어되있소?」

동호는 과자를먹다가 별안간 화제를 돌리었당. 원선생은 사립학교시절에 시굴에서 동호와 동창생(同窓生)인 그중친하게 지나든—원동유(元同有)였다. 그는 동호와 동창일뿐아니라 일본을 가기전까지는 안유경이와 함께열렬 한 독신자로서 테배당에도 같이단었다. ——그는 지난달까지 유경의집에 기숙을하고 있었다.

「그래 살림을하는가?」

「아마 하나봄의다」

유정이는 과자한개를 다시집으며

「웨?……」

「글세 말이야——그사람도 미쳤지」

「웨 미처?……」

이만쯤 운율맞스니 유정이도 눈치를챗것지만 그가 무에라고 말하는가 풀을보고싶허서 집짓 모르는채하고 무렀다.

「웨가 무에야……시굴본집에서는 그부인이 아들하나를다리고 먹을것도없이 분성모양인데……」

「먹을것이 왜없어요 시아주버니와 농사를짓고 친정도 잘산다는데——」

「청정이 잘사는게야 소용있나 그럼 그사람두 잘못이지」

「아니 당신도 남의말할 입이있수?」

이말에 고만 유정이는 열이 벌컥났다.

「완천한 벙어리가 다말을해두 당신으로는 그런말을 못하겠소」

그는 본능적으로 사지가떨리고 뭉치고싸혓든 분한이 일시에 폭발되었다.

「누가 뭐랬기에——그래 내가 었쟀다구——」

급소를찔린 동호는 었절수없이 어색한 우슴만 빙글 빙글 웃고 있을수밖에었었다. 그는 그말을 공연히 고내였다

고 후회하였다.

——밤낮 쩔! 쩔! 매기만하든 어머니가 오늘저녁은 제법이타고 세아이들은 고소해서 망신의 얼굴을번가며 처다본다.

「무얼 었겠다구…당신은 원선생만도 못한셈이야」

유정이는 고개를 외로 돌린다.

「나는 그때두 이력을 버러지는 안었지 허허」

「그런소리를 어듸토하우? 차라리 버러는게 났지」

「그럼 원대로 하라구」

「아이구 처언……인제 다ー늦게……지금두 내가 간다면 당신이 노아주겠소 당신아 나를 위해서 이렇게 못잡고있구

면ー 자식들 뒤받타지할사람이 없으닛가 부―둑이처럼 부려먹자는 심뽀를가지고서……지금이라두 가랴기만해

용 그러면 아이구 한라버지하고 나는 갈레야ー」

「하렴하ー……어머니가 또약이 울녔군ー!」

「저 비러 먹을놈은 밤낫 약울넛다는 소리는ー그리면서 남의말을 어듸로하우ー흙! 흙ー」

유정이는 언으듯 우름이 나와서 말못은 못다마추고 치마끈으로 눈물을 씻는다.

「공연히 찍찍울고 그리네 ·· 누가 머맷기에 ·!」

「지금 머맷다는것이 안이랴 당신하는짓을 생각하니 새삼스레 우수워서 그러우ー커가는 저액들이 북그럽지

안수?」

유정이는 세아이들의 얼골을 다시금 처다보었다……삼남매는 얼골이 다각각다ー나만큼 그의어머니가 모다이복(異

腹)이었당.

그러나남편은 없더케했는지 그들을 헤순이와같이 자기압호로 민적은 해노앗기때문에 세학이와 세순이는 끌적

띠 속고있다.

「헌뺀도하지 자기는 그따위짓은하며 그래도 남을 흥보는것좀보아ー」

유정이는 속으로 다시한번 뇌까리며 한바탕드집이들 하고시흔것을 끌걱 참었다.

동호는 안해의삼사가 심상치않은 눈치를보자 아이들의 비위를 마추라고 어릭손을첫다ー만일 참으로 안해가

야물물하여서 아이들앞헤 자기의 지나간 비행을 폭로식히면 큰일인까닭에ー

「자ー과자들 먹어라……돈안준다고 실죽해서 참 못생긴것들갓트니 학생시대에는 오즉 공부하는데만 전심해야하

는게야 공부를 다하고나서ー그때에 호사도하고 돈도쓰고……그때해도 넝덕할러인데 무얼ー」

동호는 과자집든 손을널고 아사히(朝日)를 끄내서 한개를 부처문다.

「그럼 공부하는놈은 모다굶어죽고 거ー지가 되여도 펜찬켓네ー」

세학이가, 뭍뭍을거린당.

「암ー 그러기에 예전말에도 문장출어곤궁(文章出於困窮)이맷지 배부른놈은 공부할생각이 없는법이거든 너의들

·산양하는 매를 못보앗늬? 매탄놈。 배가곱허야 꿩을잡지 배가부르면 안잡는다 ::하하하

동호는 좀처럼불수있든 파안일소(破顔一笑)를 별안간 방안이 진동하게 큰소리를 처서웃는다。그것이——참으로

우수워서 방안사람은 모두 따러우섯다。

「자—그럼……돈이업는데——있지됏든지 내 십원만줄테니 늬들이 조토록 놈아서 쓰랴구— 지금은 이밖에없어」

동호는 양복주머니를 뒤저서 악어피로만든 지갑을끄내더니 십원짜리 지전한장을 꼬내놋는다。

「하나 압해 삼원식 그까지껄로 무얼해」

세학이는 여전히 물 물 거린다。

유경이는 세학이의 하는팔이 속으로 우수웟다。그는 부러 심사로 그리는지 천성이 그런지 저의아버지를 만나

면 언제든지——다른애들보다도——심청을 머부렷다。

「고놈이 그래도 그래……글세 양복은 이담에 사준다는메두……」

동호는 눈을 딱 부르떳다。

「그럼 이담에 오실때는 꽉 사주어야해요」

「그때 에—그것들……졸타다 어서 고만들 가자거라」

다른때같으면 생벽락이 나릴덴에 이번에는 었제그리 고분고분한지 모르겠다。참으로 사람이란 너무죽어만지내

도 못쓰는줄을 깨다럿다。유경이의 이런생각은 흥몽둥이라는 별명을듣는 흥목사의 이야기가 생각낫다。

다갈은사람으로서 인력거군이라고 하대를하는것이 올치못하다는 생각이나서 그언제 자기는 「인력거 고는량반!

이리곰읍시요」하고 불넛드니 의외에도 그인력거군은 코가 세게 「왜 불넛소? 인력거랄메요?」하고 도리혀 불쾌한

대답을 하드락고。——그래그후에 다시 그인력거를 탐때에는 거침없이「인력거—이리와!」하고 꿀실거

리고와서 「어듸들 가시랴넛가?」하고 공손하게 절을하더라고——

동호는 그잇든날 새벽에 세수도 하지안코 세출이 양복꾸럼을 집어들자 꽁지가빠지게 정거장으로 다러낫다。

「이편끝」

——(계속)—

文藝雜誌論

— 朝鮮雜誌史의一側面 —

林 利

「創造」라든가 「白潮」같은 雜誌들이 文壇의 王者
와같이 君臨했든 時代는 지금 우리들에겐 한낫 지
나간 靑春일지 모른다。「白潮」의 廢刊과 더부러 大
體로 우리네의 文化生活에 있어 純文藝雜誌가 流
하는바 役割은 顯著히 減退하였다。

「朝鮮之光」이나 「開闢」같은 雜誌의 文藝欄이 主要
한 役割을 하기시작한 時代로부터 朝鮮은 政治雜
誌의 時代 或은 新聞의 時代가 된 感이 있었다。
이런 時代에 雜誌「朝鮮文壇」의 地位는 여러가지로 特
異한 바가 있었다。時代의 風潮가 政治에로 옮아
가면서 오히려 雜誌가 마치 純文
學의 瘟疫처럼 一方에 鼎立하여 있었다는것은 그
當時의 政治熱에 對한 文學의 한낫 自己隔
離라고도 생각되며 或은 그대까지 消長해오든 各

流派의 綜合型態라고도 볼수가 있다。或은 다음에올
새潮流가 生誕키爲한 歷史的인 混成과 交流의 表現
이라 할수도 있다。
이 雜誌엔 그當時의 모든 流派 例하면 泰西같은
理想主義的 啓蒙派나 自然主義 頹廢主義 或은 新
傾向派의 指導者들까지가 이 雜誌와 協同하고 있었다。
左右間 이 雜誌가 文壇의 一般意思를 代表할資格
을 喪失하면서 부터 新傾向派의 新文學으로 부러의
激烈한 分離의 運動이 시작된것, 만은 事實이다。
「開闢」과 「朝鮮之光」의 文藝欄이 그때文壇의 創作上
의 새潮流와 더구나 批評的인 覇權을 掌握하면서 純文
藝雜誌의 生命은 文學史우에서 스러졌다고 볼수가있다
이事實은 政治雜誌의 時代가 와서 文學雜誌의 坐
席을뺴어섰다 느니보다 「쩌―널리즘」의 見地에서 보

朝鮮에 있어 綜合雜誌의 文藝欄이 文壇의 主
潮를 代表하는 새 時代의 시작 이라고 봄이 더 便宜
하고 妥當할거이다。이것은 「쩌ー널리즘」의 成長된

그러나 도리켜서 「朝鮮文壇」의 性質을 回顧한다
면 그 以前의 「劇造」라든가 「廢墟」「白潮」等의 여
러 雜誌가 純同人誌 或은 그의 準하는 主潮와 性格
을 가젔든대신 「朝鮮文壇」은 그러한것을 가지지 아
니 하였었다라는 긔이 即 어느 流派가 文
壇우에 제 主張을 建立하기 爲한 機關도 아니오
그 雜誌 自身이 무슨 創作上의 個性이나 理論上의
主張을 表現하고 도 있지 아니 하였다。
다만 一般的인 文藝雜誌 그 일홈이 意味하듯이 朝
鮮文壇의 公器란 程度로 凡朴한 것이었다。이實質
은 마토히 보면 먼저도 말한바와같이 各流派의 綜
合型態라고도 볼수있으며 또한 各流派가 그 個性을 次
次聚失하기 시작한 結果의 表現이라고도 할수있다
여기에 여러가지 다른 文學潮流를 얻으면 平均水
準에다 中和시키는 「쩌ー널리즘」의 誕生이 可能하
거되고 그것을 具體的으로 媒介하는 文藝雜誌의 隆
盛이 可能케된다。

「朝鮮文壇」은 바로 이 文藝「쩌ー널리즘」의 最初

의 「모뉴ー멘트」가 아닐까?
이러한매 이러한 條件을 背景으로 하지 않고는
文壇에 大資本의 運動이 없이 「文藝쩌ー널리즘」刊
行物은 不可能하다。

對立된 流派의 激烈한 相爭의 時代엔 文藝「쩌ー
널리즘」은 一般으로 不可能한것이 原則이다。
그러한 時代라도 두流派의 共同한 發言의 機會
를・均等하게 주는 刊行物은 自由主義가 傳統으로
서・사라오는 社會에서만 可能하다。

그럼으로 新傾向派가 「라듸칼」한 戰鬪的姿勢를 取
하면서 부터 朝鮮文壇에는 이런 出版物은 자취를
감추었다。그러나 그 結果로 綜合雜誌의 文藝欄의 比
重이 벼란간에 묵어워진것은 一方으론 新傾向같은 것
이 自己의 獨自한出版物을 갖기어려웠든 事情도있
었으나 또 新文學便에서 獨自의刊行物을 갖지아니
했든것은 엇던・意味에서 文學하는 情熱이 그 以前
의 時代에、比하야 減退한結果라고도 할수있다。그
理由로는 「文藝運動」같은 機關雜誌의 出現을생각할
수도있다 그런데 이곳에서 우리가 머 생각할 必
要가있는것은 그때 朝鮮의 文壇에 莫大한 誌面을提
供한 綜合雜의 性質이다

(계속)

遠方의 벗에게

李燦

「自身에聞하야 이얘기하지안는것은 가장접잔은 欺瞞이다。」니 체—

몃해 배혼덕에 避暑라는 語意는 解得하고 또한 三十男의 見聞으로 우리 生活圈에 避暑事가 盛히 行하여지고 잇는줄은 잘알고 잇는바이나 아즉 몸소 이몸소 實踐에 옴겨보지못한 選拔된 處地의 나같은것에 어느해 여름 어느 여름 三伏이 지터고 단한잔으라만 遠方의 벗이여 울같이 몸마음피로 워본적은 내記憶하는限 내過去에 도 일즉 例年이래야 糊口의 난은 별 으면 別 를 쓰다몸으며 주물느며 말노九 曲肝腸을 녹이는 呻吟속에서 轉 身倒水大小便一切에까지 六尺長軀 를 무거히 操縱하야 밤새우눈네 뜰을 벗이여 한번 想像이라도해

시마당한모둥이에 명석일망정 펼 치고 감자넝쿨 제스쓰럭 뜯々한 모기人불가에 가랄데나가리고 도 러누어 八月養空 총총한星群에맘 끝 空想의 무지개나 풍겨보는서 루 귀人속말노 約束한듯이醫 師마다 無可奈何라 쑤시고저리 老母病側에 侍하야 臥不安席하는 그 皮骨相接의 形容도 猶不足한 다리

여름三伏이 지터고 단한잔으라만 遠 方의 벗이여 울같이 몸마음피로 워본적은 내記憶하는限 내過去에 도 일즉 例年이래야 糊口의 난은 별 으면 別 를 쓰다몸으며 주물느며 말노九 수었을이없시만 그래도 밤저녁엔 집신작이나 걸친 맨발을 一條스 뤽에 맴께 개꿀이우는 논두렁수양 느러진 방천언덕을 逍遙하거나수

海外文藝通信

編輯室

◇앙드레、마루로—가 近作「希望」을 映畵化해서 스페인에서 撮影中에잇다 空襲이잇슬때에는 電流가絶斷되기때문에 進行中의場面이 낫버진다고한다 그러고 材料亦是困難해잇다 二月中旬에 映畵를完成해서 그自身이「네가」를가지고 米國을訪問하리라고。그러고 NRF에서「藝術雜考」가 出版되어 나왔다고한다。

◇뻴뻭이十二月十日 스토쿠홈무에서 노벨文學賞 受賞式에出席되 기爲에서 同地에出發했다 헤이에서 刊行될「愛國者」를 旅行中에 完成할豫定이라고 傳한다。

◇米國의文藝出版 뉴·요크의 BW 휴프슈가 多數의 版權을 獲得하야 歐羅巴에서 歸米했다 其中에 보라

견듸다못하야 넝쿨 마무아래 뒤
여내려 隣近이야 옷든말든 눈딱감고
고ー 으아ー 소리라도 한번치고
동이고 무어고 뒤집어쓰고라 도원을 충
러로부터 뒤집어쓰고라 도원을 충
동이 불일못이러 나는때가 非一
非再나 長々夏日 수어임도 못하고
잔것씨인한것조차 한치 코앞에도
못대보는 肉親의 可憐한 情狀을
눈앞에 농고서야 이를 斷
임은 明若觀火다 하매 그대는 마
아 그대는 응당 달갑잖은 憂鬱
이나 몇아름 난위가지고 北方구
아수하니 도로다뿐또 했을것
치 그놈의 罪나되는싫게 책이
렇게 방한귀통에 집어던저 버렸든
簡單한 『來新부호』의 내葉背를 手
苦론매로 다시 찾어내여 一大敬
意를 表함이 至當할것이다 그러
나 못처럼 途中探勝하려든 赴戰
于마 둘너눈것 보이눈것 모다超
高原의 宿望조차 나로하야 ○於來
年한 그대나 百尺竿頭에殘一步로西
非常時에 爽快치못한 消息과 風
景뿐이었으나 벗아 其實 을여름
湖津까지擧勤하여든 夏汫行云々으로 氣勢萬丈으로 來
坐地獄이였다 안한것가 만일고
은살어살어있는 듯싶잖은 地獄도
덕가 그대의 풀맨을 固執처야 그
여나를 찾었더라면 나야 물새 아

는 스레팡, 츠와잍이 倫敦에서 脫
稿한 最初의 長篇 『헐은世紀』 죠이스의二十一歲맛
이의自傳 『교잉 모크맨스』의完稿 스왈ー트,
ー토 와ー
길바ー 두譯 로체말단 뒤유, 칼의
『뒤이쁜』等이라고ー

◇도마스、맨의 直筆原稿 三八種
이米國、옐大學圖書館에 蒐集되었
다 그중에「魔山」중에 未發表된七
章이 있고 匿名民으로부터 寄贈된「죠
一셥三部作中의 二部分도 있다고
한다 出版社 알푸레드놉에서 도마
스맨의 初版本과 新聞雜誌에 發表
되었든것이 寄贈되었다고, 其他
폰 大學總長에게學位를 返却한有名
한公開狀의 原稿도 保存되어 있다고
한다.
◇장ー록트等의 仲間에 헉톨、유
고의 甥男되는 畵家잔、유고의 挿
畵에魅惑된 米國오ー바ー황、푸레스
의 루랭크 알드율이 스레이반손의
『內國의 旅行』의 揷畵冊을 着手、五
十州、一五〇部의 限定版을 내었다.

가의 씨늘한 벌네ㅅ소리 마저쓸

겨주매 於是乎 精神드려 眞心未

安의 念을 不禁하는바이다。

어느듯반남어 가버렸구나 아니반

精神드렀다니말이지 벗아 울도

남어갓다하기보다도 北國의 性急한겨

울은 크게 自身 反省한바이없는限

으레 예에버릇으로 彷徨하는 달

역도無觀하고 忽然 가을허리를얼

사안고 느러저버릴것임에 몸넘앞으

으니 病目羸傑 秋風落葉의 배고

와하는 季節도 日前의 한睡間驚

夜吹馬 滿月馬原의 敢冬이 벌서

헉밑에닦어오든듯 말노 남어지 今

月이 오든가든 그무슨 火材備物

이나 一世經論을 所懷한

기는 歲月오는歲月을 焦心慨嘆하랴

만은 그래도 내판은 을엔 울엔

하고 · 마음하였든몇가지 計畫이있

었는지라 어연편에 광문이 바라보듯이

는 제여편에 언빠신너시 서방마저가

멀─이○하니 입버리고 그래도 一

場感慨없이 余歲를 想望할수없는

바이다 計畫이라니 뭐 끄리 크

게 놀날건없고 나自身에조차 들

되여 陳腐한바나 그 말하자면 어

떻게 좀 工夫해보고 生活方途까지

도 何含한 嚴汎한意味의 내生의

今后코ー스를 確定해보겠다는것과

또 이왕 말이났으니 그 말이지 그

렁다고 아여 다른親舊께 옴겨서

쓰다하는 戀愛라는것 그도 熱

히할수있으면 한번 해보겠다는

것동 국히 抽象的이나 그저 大略

이라 한計畫을 세우느라하였고 爾

來 決코 醉生夢死로서 감어 떠

러지기를기다리는 格으로 가아니

라내딴은 눈알이 뒤여나게 精神밧

작 차리고 덤벼드러 이計畫과의

交戰에 기어 制勝의 榮을 德得해

보려한바였으나 막상 시금와보매

할목에 경연이라도이러 제무레나

◆ 히틀러─의 「나의 鬪爭」에는 從

來完全한 英譯物이없었는데 이번

에 米國 스택豐社에서 二月에 完譯

되여 出版되다。

◆ 칼─포벤텔카ー記念賞牌가 마

ー번南部에서 出生한作家의 處女作

에 나리였다。이 賞牌는 二年만에한

번 카벤트밑벨의小說」바람과함께가다」

나리게되었다 同賞의出版社마코미

란에서는 初版以來一七八千部를

寶濟、貨車一 四輛分의 用紙를使

川하였다고。

◆ 롱그맨社(米)에서 알프레트、

멘렐의 監修로「롱그만版」(生長할

思想叢書)를刊行、로마스맨、쇼펜

하와르、트라사가 『쓰토름、즈와읽

이」돌스토이「戰」、로맨로랑이「못소

를執筆하기로되었다고。

◇ 「人造人間」

은 이미邦譯되여 일축인、알려진

첵、코의劇作家 카렐、짜벡의十二

月二十五日 푸라ー하에서 제무레나

ㅡ一八九○年에 出生하야 享年

한번 써보지도 못하고 말하자면 不
可抗力의 突發事件에 그만 完全
한 敗北을 自認치않을수없는心襟
을 원통타하랴、안타가움다하랴。

남 웃잡을 晉讐이나 所有하엿든들
이런때 누군가의 悲愴曲의 一節이
나·목을느끼여 哀唱하지않으랴突
發事件 비록三四年來의 宿患이라

드래도 몸저누어 朝夕을 저울질
하는 重態에이른것은 突發事件임

에틀님없고 또한 사람의子息된 秤
누구나 한번은 當할일이요 나같

옷為人間에 有史以來의 奇蹟이나
기前엔 半年두고 삿삿치뒤저야 그

의 幹線한余生을 찾어낼수있을이萬
無인즉 그다지 그렇게 그의 고단

한生을 붓잡어두려 조바슴必要없
을것이나 그러나 이런 그럴법한

생각과는 딴판으로 懿齊토머리속은
못대본것은 貫憤中造憾이 아니랄

全혀 그에對한걱정만으로도 좁어
넘을至境이니 또한 不可抗力이아

니랄수없는것이 아니겠는가。

夫좀한답시곤 無理에無理를거듭
한 冊子들이 發賣不足한끝같이
이몸을느끼려 그리되기 念願
을 突發할 大作家가 되여질이도
무슨 偉大한 學春아 世界的水準
이염불하듯 되푸리해야 해진다고 그
찬 한잎일다。벗아工夫工夫하고 中
시시로 울화만 북도터주니 가
려대는 어린놈의 파댁이같이 한
대갈기나 잡어 동댕이칠수도없고
벽높이에 반이나닷게 부푸러오른
産母처럼 그무슨大作이나 배인듯
수히없드린 팔이라든지 막달에마지

四十八歲로맞는 그라 쪼셉、코메
이저니「Nㅅ테이」(一二月七日號)에
이 어느듯 가장자리가 빗바래여覽
(十二月三十日號)에 追憶을執筆
「우ー벨러、메렐」

그의功績은 써ー코文學에서獨
逸的인 具體的 實際的思想을 잡
어넣어 「歐雜巴」로向한 窓門을열었
다.이에있다 포드릴、란보、아쁘리벨
等의 影響에끼처 出發한 그가英
文學에 가차이한것은 思想家로서
의 散文사덕火統領의 리알리즘의
感化를바든때문에、거기에依當해서
묵코、밀휘무、스펜사ー册를等의影
響을밧게되엇다고 코메이책은執筆
했다。

學的研究、美學的論文 旅行記政
治論文等、著書三十餘册을 남기엇
다. 그의功績은 써ー코文學에서獨

無인즉 그다지 그렇게 그의 고단
의 옷개대구리 되밀듯 빈집
하는 바도아니나 무섰보다
에 이옷개대구리 되밀듯 밤낫없
이 五臟六腑에 侵入하야 못살게
구든 그憂鬱이나 悲哀란 매쳐무
엇인것인가 이놈의解明에 조차손
못대본것은 貫憤中造憾이 아니랄
수없다。살는이째비려야 음식맛나
듯 기실 이놈들부터 撃退해야알
어질것이 아니지고해
보려는일亦 뜻대로 해보아질걸만

한것엔 되편 미련이나없지만 그
날것엔 되便 미련이나없지만。

再版
李箕永著
新開地
(價)二、五〇

갈아게무끌의 「憂鬱의哲理」니 도버
ㅡ드、 반의「憂鬱症의解剖」니 岡田
愼輔의 「悲哀의心理」니 훔겔드의
「悲劇美의美學」이니 또 무엇무엇
이 부즈런히 추어드던 冊子들의
어마어마한 등대기의 도려 자기가
提示한 수수격기를 理解못하면단
입에 잡어먹어버리고 스핑스같이
교다란입을버리고 때로 아시질하
게 肉迫해움엔罪寶 질색이 아니랄
수없니 두더쥐 땅두지듯 지나온
날과달을 남김없이 두저바야 머
러人속에 쩌겨지갈이 들어있는건
사로소 캄본이니 캄프리진이나안
헤르이이므니 아드와널이니 렁게룽
로디농갈슘藥의 射藥各과 또大略의 格에도안맞는 注
射藥各과 또大略의 그效能과 또
한加味무어니 加味무어니히는 一枚
에 未定한 漢藥名等뿐이다 그대
는 이나의 새로운智識에 驚嘆할
論이나 감돌다 사려지고말 語意
그대로의 한개 食虫임을 나는아
무런 주저도없이 萬人앞에 公言
할수있는 類例없는 現世의大天
痴이기도 한것이다。
ㅡ아아 벗아! 昭和一三、八、未定稿

이런괴憂롤나 갖어질뿐이다。

遠方의벗 水陸千里遠方의벗아나
는 지금 예까지 一氣에 끈적이
따가 가장 悲壯한 老情으로 蒼天
의一角을 우러려보고 있는거이나 內
心엔 悲壯한것도 하무것도없고
不得已할일이지 不得已할일
이지를 되무리하고 있음에지나지않
으니 항상 무엇으로든 苦悶한다 苦
悶한다하는것이 언제나 終局엔이
憫한다하는것이 理由를 비
저내여 現在의 自己心境을 合理
化하고마는 이狹猾! 이같이 淺
薄한 人間을干今 그대의 하개벗
으로 迎接해주는 그대는 너무나
지나치게 寬厚하다。
永遠한 人生의準論派!
보나 같은것은 一步도 生의核
心에 接近해보지못하고 一生그대

變이나 當하지않을가하는 익근해야
아는체 서뿔이 利用하다 뜻찹을遂
지모르나 「야부이사」로 方向轉換
신통할것있고 되려 후일 이를어되
할 意思까지는 아즉없는버겐 그리

208

『쟨틀맨』과 『敎養』

洪 曉 民

어느때부터 이社會에서 貨幣에
對하야 所重하게 여기엇는지 그
는 나의알바아니다。最近같이 「마
모니스트」(拜金宗)가 顯著히느는
것은 숙일수없는 事實에하나이다

「君子는 不飮盜泉水」라는 말마처
「옛날의 「黃金은 黑土心」이라든가
는 한신작같이 된모양이다 그저
두사람만모여도 의「黃金」에對한이
야기로 누구는 鑛山을하여 돈百萬
圓이나 잡엇고 누구는 株式으로
섭이 피었고 누구는 土地부러커
틀하여 돈西圓이나 잡엇고 누구
는 甚至於「빌딍야드」라「茶房」이
라 雜貨商이라 무었하여 그럿듯
이 돈모은 이야기와 돈번이야기다

그래서 그여러사람의 입초사에
오르내리는 사람을보면 아닌게아
니라 그전보다가
아니타 全然 딴사람이된 程度로
훌늉한「쟨틀맨」이다。
이런 急成 또는 速成된「쟨틀맨」
이 나보기에만도 百貨店食堂안에서
車안에서 百貨店食堂안에서 茶房
안에서 「카페」안에서 「바―」안에
서 혼히發見한다。그런데 어디인
지몰르게 그들의行動은 疑心할
눈것친일을 많이본다。그
것은 言語에서부러 一擧手一投足
의 細瑣한動作에이르기까지 어
느곳이든지 어울리지 안는곳의있
다。잇에 어느곳이 어떠하고 꼭
잡어말할수는없으나 何如間 구석

진곳이있다 要컨대 이것은 돈은
어떠한 方法과手段 으로 成就하엿
는지 몰르나 禮儀作法이 아주를
력ㅡ은것이다。西洋俚諺에 그혼한
「禮義와 돈은紳士를 만든다」
이것은 이곳 朝鮮文壇에도 通
해지는 理論으로 「文壇政治」를잘
運用해서 일건되나 그地
位는 얻엇다고 할수있는데 실상
敎養이 없는지라 이곳저곳에서 醜
態만演出하는 그所謂 大家然하는
사람,이라든가 또는 中堅인체하는
사람과 新人될뻔댁들이 않읍으것이
○여기도 亦是 陳腐한소리같으
나 「行有餘力이어면 即以學問이
라」는 말과같이 敎養먼저닥고 글
을쓰면、또는行世를 하려하는게낫
지않을가? 敎養없는 紳士의遍滿
한거리에 또는 敎養없는 朝鮮의
文士여! 文學이여! 하고 싶은
것이 요사이 나의直感된心理의一
端이다
（끝）

절제·막서리·其他

═大河 執筆日記에서═

金 南 天

달前에 發表된 拙著「大河」에 對한 讀後感想中에 方言에 對하야 言及한이가 人端히 많었다. 俞鎭午氏와 林和氏等은 方言濫用이라 主張하는 편이었고 蔡萬植氏는 「博文」에서나 林氏의 편에 나도 置頭고 方言濫用을 主張하는者라고 말하였는데, 이 쉬인게 오히려 文章이 거칠고 新鮮해서 自己에겐 好感이었다고 말하였다. 그러나 濫해서 仇甫나 尙虛의 글을 읽듯이 容易치않은것만은 不平하는이가 퍽 많었다. 허기는 洪

命意氏나 洪起文氏같은분은 리를 活用했다는 것을 小說이 가장 좋은 特徵으로 간주하는 모양이여서 이것을 내깐으로 말해야는 미리부터 하나의 意見비슷한것을 갖고있기는하였다. 「大河」執筆直前, 朝鮮日報에「陽德瑣記」의 一節로써 나는 그것을 文壇에물 었고, 이제 單機俗에 다시 나의 意見의 一端을 말해보려고 하므로 이자리에선 言及치 않으려하거니와 「大河」가운데서 地方語라고 指摘되는것 가운데는 어떻게 할수도 없는 獨特한 社會性을면

牛氏와 林和氏等은 方言濫川이作 양이여서 이것을 내깐으로 말해 客에게 不利할것을 主張하는편이 보면 京城서 자라난분들은 俞氏 있고 蔡萬植氏는 「博文」에서나 林氏의 편에 加擔할것이오 南 또두고 方言濫用을 主張하는者라 道에나서 그곳서 자란분들은 林 고 말하였는데, 方言 或은 蔡氏편에 그리고 사투리를 廳 이 쉬인게 오히려 文章이 거칠 汎히 知悉하고 있는 분들은 어찌 고 新鮮해서 自己에겐 好感이었 면 洪氏意見에 加擔할런지도 모 다고 말하였다. 그러나 르겠다는 생각을 갖어 보았다. 그 濫해서 仇甫나 尙虛의 글을 읽 러나 이것은 表面的인, 皮相을할 듯이 容易치않은것만은 不平인 어본 내個人의 생각일뿐으로, 勿 양이어서 知人中에 그것을 不平 論諸氏의 意見에는 各々 사투 하는이가 퍽 많었다. 허기는 洪 어彙가 많다고 생각하는데, 이런 리와 文學語에 對한 一定한 主

張이 있어 「大河」讀後感에 나라난 것이 亦是 그의 反映이라고 생각 되어진다. 假令 洪起文氏같은분은 言語學硏究家로서 우리文學語에 對 한 獨自의 意見을 갖고 있는것을 筆者自身 얻어들은일조차 있다. 남들이 地方語에 對하야 定見 운갖고 있듯이 나도 言 語改革에 參與할 地方語에 對하 야는 미리부터 하나의 意見비슷 한것을 갖고있기는하였다. 「大河」 執筆直前, 朝鮮日報에「陽德瑣記」의 一節로써 나는 그것을 文壇에물 었고, 이제 單機俗에 다시 나의 意見의 一端을 말해보려고 하므 로 이자리에선 言及치 않으려하 거니와 「大河」가운데서 地方語라 고 指摘되는것 가운데는 어떻게 할수도 없는 獨特한 社會性을면 語彙가 많다고 생각하는데, 이런 것은 簡單한 사투리가 아니라는

것을「나의 地方語에 對한 意見」과는 別個로 이자리에서 몇마디 闡明해 두려고 한다.

우리가 맞는 文藝作品가운데서 語의「林巨正」을 드는데 바로 그 洪命慈氏가 洪起文氏에게「절게」와「막서리」를 물었다고 한다. 洪起文氏는 사투리를 硏究하는 분일뿐外라 社會史나 土地問題에 對하야도 造詣가 깊은분이니까 勿論 그말을 잘 알고있었지만 大部分의 讀者는 이것이 어이된 語彙인지를모를런지도 알수없다. 印貞植氏著인「朝鮮의農村機構分析」에는 小作農을分析을 하는마당에서 簡單히 이렇게만 말하고 있다.

── 最後로「머슴」의 實數는 統計上 全然表示되어있지 아니하나, 人凡 三十萬을 넘으리라고 推定된

다. 實로 이「머슴」은 平南順川地方에 殘存하는 慕人制度와 함께 낡은 奴隸制의 最後의 遺物로써 이미 衰亡해 버린 過土社會의 暗示를 주고 있는 물건이지만 이點은 그것은 今日의 質錄勞働者와는 勿論, 封建的 小作農!!과 半農奴와도 範疇的으로 嚴密히 別되지않으면 안될 性質의 것이다
(二〇九頁)──

이引用中에서 慕人制度라고 印氏가 指稱하는것이 아마도「막서리」인 모양인데 氏의 意見에依하면 이것은「머슴」과 같은것으로 平南順川地方에 現在殘好한다고 한다. 이밖에 나의 알기엔 그리고 十年前의 나의 본 記憶에있어 이없다면 光宇氏著의 一朝鮮에있어 서의 土地問題」라는 冊子에서도 印氏와 비슷한 意見을 본것같다. 그러나 이것과는 네가 아는바가

多少다르다. 어떻게 다른가? 그것을 지금 적어 보겠다.「머슴」과「절게」는 같은것은「慕人」이아니고「절게」다. 平安道에 固有한 라고 말하니까「慕人制度」라고 보는수는 있을지 모르나 南道에서 이런것이 順川地方에 殘存해 있다는말도 正確지는 아니하다. 平南에서는 順川까지를 平地로 간주하고 成川으로부터 陽德、孟山 德川・寧遠等을 山間으로 치는데 順川에 그것이 남었다면、으례히 山間地方에 더 많이 남어있을것이아닌가 나의 알기엔 그것이 남었다면, 으례히 順川에서 는 지금 그러한것을 구경할수가 없지만 ── 數年前과도 달러서 交通의 要衝地로된 現今에는 더구나 없을것이다. ──成川서 부러는 아직 흔허지는 않어도 간혹 눈에

그것은 어쨌던「절게」는「머슴」과 비슷하다.「大河」第一部의 時代는 約三十年前인데 그當時「절게」는 完全히 地主나 地主兼高利貸 金業者에게 매우 둠으로「婢僕」과 같이 팔려온 身分은 아니지만、「절게사리」一年에 그가 받는 報酬는 대충 이러하였다.

떠이게 남어있다.

──돈 서른랑(三四)을 받는외에 세때의 끼니와 두루막이와 이 우사리한벌 이른봄에、푸중의적삼 단오 대목해서 흰중의적삼、여름에 삐둥지개、가을에 솜바지저고리、밭에 둘르는 감발두감에、머러에 동여매일 수건 두셋。

어떠턴 사람이 무슨 까닭으로 이런「절게」사리를 하게되는가는 가 廣告같지만 不得己「大河」의 金와 七君의 生涯를 보랄수 밖에없겠는데 그러면「막간사람」或은「막서리」라고 부룸이나 하고── 그러니까 막서리인 이「절게」와 어떻게 다른가.

「막서리」가 農業耕作을 爲한 制度의 産物인것은「절게」와 같으나 그는 爲先 大部分이 獨身者가 아니고 시체말로 世帶를 갖흔者가 맞는때로 上典에게 매워있다. 爲先 그는「절게」처럼 一年間의 報酬를 받는것이 아니다. 身分關係에 完全히 얽매였지만 外形上으로나마 獨自의 生活을 自主的 經營에 依하야 然爲하고있다. 上典의 행랑채같은 房(平安道에서는 그것을 막간방、或은 막간이라한다。)을 하나 그대로 얻어서 그곳서 살림을 하는것이다。比較的 간단한 役事를 말아 보는것이 막간의 집賢인 셈이다.

러의 안해가 上典宅에가서 일을 보아둔날은 밥을 얻어먹고 또 옷 가지도 얻어입는다. 그렇게 하면서「막서리」個人과 上典의 록스로 혐에 맞는때로 上典의 小作을 하기도 하고 또 主人의 步行(그밧시의 警信配達夫 或은 償金督促員)도 간다。

「막서리」는 그러므로 장차 小作人이 될수있는 幻想을갖는 그러한 程度로 매워있는 身分의 사람이다. 그러나「大河」의 金와 ㅅ이는 朴性橫宅女婢있든 쌍녜와 結婚하야「절게」로부터「막서리」가 되었으나 小作人이 되지않고 그當時 처음 불수있든 近代的勞働者의 崩芽인 道路工夫가 될려고하였다.

이러한「막간」制度의 變貌된遺物은 아직 成川邑內에도 六·七處에 보는것이 아직「막간」의 집賢이다 그것은 서울의「행랑」과도 恰似하다. 그러나「절게」와

함께 沒近勞働力의 鑛山 或은 土
木方面에의 動員으로 그것은 急
激히 없어질것이 아닌가하고 推
想되었다.

나는 이러한 土地問類에 對한
珀末非를 調査해갓고 나의 「사루
리 活川」을 擁護할 意思는 조금치
도 없으나, (아까도 말한바 같이
사투리 活用에는 내깐으론 이것과
別個로 一定한 意見을 갓고있다。)
대책 「막서리」나 「절게」같은 말을
어떻게 서울말로 고치라는것일까
「절게」를 「머슴」이라고 고친다
고 하는것도 를련수작이지만 「막
서리」나 막간같은 말은 本是 딴고
장의 없는 制度를 表示하는 말
이므로 「행랑사리」라고 할수도없
고 不得已 모르는이는 自己의 知
識을 넓힐뿐에 別途가 없을것이
다。蔡萬植氏와같이 이런말이 標
準語로 査定이 되었는가고 朝鮮
語學會나 李克魯氏를 붙들어갓고
묻는다던가 또는 물어보니까 李
氏는 自己도 잘 모른다고 했다
던가——이런 시끄럽고 쓸데없는
準備는 本是 나의 取할바 行動이
아니라고 생각하고있었다。都大體 言
語의 整備時期에 있어서 좋은 말
을 地方語에서 文學語로 끌어올
리는것을 反對하는 偏頗한 京城
中心의 地方主義도 讚釁기 困難하
거니와 文學者가 語學者의 뒷밀
을싯처줘야 할어떠한 自己贬下가
있어야하는지 나는 到底히 알수
없는일이다。言語를 創造(쑥然한 造
作을말함이아니다。活川하는
것은 語學者가아니고 文學者인것
은 잊을必要는 없을가한다。

(己卯三月十七日)

金剛山遊記

韓雪野

나는 일즉 避暑가 본일이없다 내 性格때문이리라. 瑕境탔도 있겠지만 그보다 아마

十五歲에 처음 서울留學을 간 다고 鄕關을 떠난以後 二十餘歲 동안 거진 여름마다 京元線을지 나지않은때가없으되 그처럼 사람 의입에 膾炙된 三防과釋王寺를 昨年에야 처음으로 잠시 둘너보았 다.

그러나 三防은 사람부처 터전 이 너무 웅充해서 맙당하있고釋 王寺는 때마춤 雨나이여서 오히 려 寂寂하였다. 아니 그보다도차 라리 나는 避暑地의 自然이나 藥

水나 바다에、마음을 부치지못하 는것보다、그곳에 모여드는 人間 들이 아무리해도 맘에 싸히지않은 것이다. 하도 심심해서 新派演劇 을 보러갔다가 그이른바 新派나 는 新派調보다도 오히려 그新派 調에 感激歎呼하는 觀衆에게 더 나지않은때가없으되 그처럼 사람 憎惡가 생기는것같이 여기서도우 쭐거리고 避暑라 遊山이라하고떠 드는 人間 그것에게 정이 떠 러지는것이다.

이 거룩한 사랑이라는 感情을 살리기爲해서 보는것 가는곳을삼 간데야 누가 나물할것이랴. 모든것 을 사랑한다는 이른바 너른사랑을 나는 알지못한다 사람들은 나를 가 르처 辟世人이요 逸民이라고 불 러도 조타。조흘뿐아니라 차라리 儒號로 생각하리라。무엇이어쩻면 보는것 듣는것에 憎惡와嫉忌가大 幅으로 늘고있는것은 事實이다。 그와反對로 가장 밉성인것도 人間 들인가싶다。그러나 여기서 지레 때로는 이感情이 불타기도하는 것

약은 淺薄한 재조군같이 남의幸 福과獨樂을 嫉忌하는 一面의心理만 을 發見할것이 아닐것이다。나 는 人間을憎惡하는 한개의作家 가 그누구보다도 훌륭한人間을 創造해내는것을 잘안다 美를創 家는 醜를 題材로하야 美물 寶 造하는 것이다。憎惡라는 感情이 모 우는 가장 強烈한 사랑일런지도 모 르는 것이다。

今年도 나는 例年과같이 避暑같은것은 꿈에도 생각지안엇다。 더위가 내게 問題될것은 하나도 업섯다。 그러나 偶然히 邂逅의 境遇가왓다。 滿洲로부터 七八年만에 親한 동무C君이 온것이다。 勿論 반가운일이다。 旅窓에 하롯밤 消興을 찾는것쯤은 사람의 人情이려니와 그보다 그가 한개의 官吏가 되엿다는데에 나의 興味의 焦點이잇섯다。 그는 한때 着實히 學問을 닥근 知識靑年이엇고 또한때는 實業으로 뜻을 이루어 보랴든 사람이다。 그러나 그어느것에서도 맘싼 成果와希望을 얻지못하고 隱然히 滿洲로 떠나갓다。 그것이 발서 七八年前일이오 그後 인차 한번 年賀를 박군以後 오늘까지 오랫동안 한장의 文通도업시 지나왓다。 그는 十年이

하두같이 아무 이튼일업시 끌끌히 지나는 나와는 反對로 그사이 滿洲國의 高官顯職에까지 昇進하엿다。

偶然히 職業이 바꼇다하여 友情까지도 조리 뒤바꿔질까닭은 업는것이로되 그리면서도 어쩐지 彼此 頃族이 다르다고 생각은 고집스런 버릇이잇서서 그런지 나는 積懷를 말하는사이에도 은근히 官吏로서의 그의 사람됨을 吟味하고 模索하려하였다。

한때 職業에 따라서 사람도 미상불 變하는것이니 나와 距離가 頗히 멀어진 그가 文人인 나를 理解해 준다거나 한개 文人인 내가 官吏인 그를 理解한다는것을 意味하는말은아니다 그보다 첫재緊要한것은「人間」그것이다。

은 않으나 적으나 그 職業가 머리에 化石되는것이며 또 이른바 그職의 規格寸法이 그리여지는것이다 吏道도 理는 한가지나 다른職業보다 오히려 더 體臭가 强하다。 그것은 아마 權力에 가까운때문이려니 거게 가까운사람은 職業的으로나 日常的으로나 가장無忌憚無反省하게 自己를 드러내기 때문이리라。

그러나 여기 당행한일은 C君이 첫재 나에게 그런印象을 주지않는 것이다。 그렇다고 勿論 한개官吏인 그가 文人인 나를 理解해 준다거나 한개 文人인 내가 官吏인 그를 理解한다는것을 意味하는말은아니다 그보다 첫재緊要한것은「人間」그것이다。

내가 이때까지 經驗한바로는 이런境遇에는 반드시 이러한尺度가 盡更的을 하면서 金剛山으로 가고 오래 어느 한職業에 있어온사람 십다고하였다。 그는 밤이 집허서 그야말로 洗

「金剛山도 勿論 조흐나 그보다
도 종용한 山中에 하룻밤을 보내
며 내가 생각하는 바를말하고십다」

그는 이렇게 말을 달았다.

그리고 또 同席한 K君이 곧 同
意를 表해서 翌日 낫車로 一行三人
이 同道하기로하였다

金剛山이 初行이라서 天下絶勝을
처음으로 볼 그것이 무엇보다장
하였으나 두번째인 K君은 그보
다라고난 異色趣味가 더 움지겨
나서 盛히·自然과美人 二元論을
主張하였다。

뿐이었다。 늘 보는 單調한 咸鏡線
沿線은 또 事實 K君의 精力
的인 美人論보다 우리의 興味를 끌
지못하였고 C君의 官吏로서의 종
은 나올 겨를이 없었다。 K君의 美人論이 原論으로
부터 名論으로 떠젔다가 낭중結
論에 들어가 實戰論 戰略戰術
에 이르는동안 어느새 汽車는 元
山驛에 다앗다。

K君이 元山驛에내려 長距離電
話를 걷다하기에 우리는 그의 秘
策을 여볼 작정으로 그를 잠시
만 淡然한 웃음으로 그를 기다
려 外金剛行列車를 타기로하였다
K君은 元山驛에서 安邊驛에서
내려보내고

「이사람 함아트면 못올번했네」
K君은 다음車로 왔다。

「보게 담벌 피지않나。」

「올……」

나도 끈 그렇게 생각했으나何
如間 사람들문 車內이고보니하
는 저윽히 K君의 敏腕을 바랄
에 한참 刑事에게. 말성들면顚末
고이찬혼 異色風景이라 할수밖에。

翌日은 時間關係로 총총히 車
에 올랐는데 그때까지도 K君우持
論을 버리지않고 各方面으로 떤
지를 쓴다 電報를 친다하였다.

을 이야기하였다。

「못오게됐더면 어절번했나」
遠來의 C君은 누구보다도 이 期
會를 아끼였다。

「온 못올理가 있나 電報로電話
로 時間約束을 해논 에로핀헤
론의 百戰老將이 그만데 걸려
서 못빠지겠다구」

나는 누구보다도 K君의 機智를
잘아는 것이다。

車에 오르니 行裝으로보아 蕭
家인듯한 二三人의 青年과 함께清
楚한 京美人이 있지않은가 무던
내눈에는 다만 그렇게만보였으나
초끼빠른 K君은 발서 그職業까
지를 마처내는 것이다.

하물며 그中一美人이 畫帖을 들어 同行의 얼굴을 寫生함에랴。다만 慾을 말하자면 잘열리지않는 하이힐이나 파마빈트보다 열다섯새 北方이나 韓山세모시쯤으로 端麗한 조선차림을 차리는게 더운치 있지않을지……

東海北部沿線의 山과물의 높고 깊고 맑고 씨원한맛은 대번에 俗塵을 떨치게하기에 넉넉하다。刻々으로 轉變하는 神祕飄逸한風物景相을 다만 一幅의 油畵로 보기에는 너무도 東方의傳說이 우리의 가슴을 단단히 붓들고있는것이다。仙人이 산다는 蓬萊 方丈 瀛洲를 想像함이 어찌 우리의 妄想이라고하랴 그리고보니 옛사람이 입결에 「蓬萊山을 올라서니 千峯萬壑 芙蓉들은 하눌우에 솟아있고……」따고 부르면 詩興을 足히 짐작할수있는것이다。自然은 가끔 詩를 모르는 사람에게 詩를 부르게하는것이다。柴扉이 끈허진 곳에 東海푸른물이 늘실거리고 아득한 먼하눌에 구름이 點點히 떠 窅然한 平野가 멀처저 江原道의 穀倉을 聯想케한다。

여기서부터의 海岸線의 너그러운 屈曲이 庫底 좋은港口를 이루어주고있는데 또 그뒤에는 隘

「어듸보다도 흘등한 別莊地帶여 小淵庭湖 앞으로 하나 세워야겠어」 K君의感激。別莊같은것은 꿈에도 생각해본일이 없는 나보다 그런것과 將次 인연이 가까울수있는 K君의感想은 훨씬 寫實的일것이다 하기는 우리같은 人間도 저만 약으면 얼마동안의 行樂이 올것같은 誘惑을 오늘의世上이 주고있으나 그러나 生活의 理想이 오로지 安樂에있다면 나는 구타여 오래살기를 바라지않으리라。

慈東驛을 조금지나서 小淵庭湖가있고 게서 얼마아니가서 松田이있다。당장 車에서뛰여내려 白砂海邊에 삑삑이 줄느러선 어깨버러진 倭松아래로 거닐어보고는 東海푸른물에 몸을 잠궈보고싶흔지경이다 松田은 모르면물라도 아마 朝鮮海水浴場中의 絶勝이리라。그러나 나는 여태까지 松田이란 元山松濤園에 隣接한地名인줄로만알고있었다 아직 그만치 이름으리라。

갑작이 흐리기시작한 하늘은 一行이 溫井里에 내렸을때에는 어느새 이슬비가되였다。비도 비려

너와 靈籤가 잠겨서 山봉오리의
奇와 勝을 찾을길이없다.
勝客들이 이모저모로 남김없이
剛을 紹介했으나 다시 머흘말이없으
려니하고. 돈판이라 차라리 비의 金
剛이나 보고가리라하며 一行은 溫
非里最古의 旅舍 溫陽舘으로들어갔다
親切히 마저주는 下女와 향긋이
味覺을 도다주는 燃料運 旅情을
놀더오는 炊氣에
거 夕飯後에 마츰내 이슬비틀무
틈쓰고 거리토나서 어떤料亭으
들어갔다. 그곳의 美妓가 한層더
이뻐보였을것은 勿論이다.

翌日 비는개고 날은 엿게호리
었다. 이른아츰에 미적지근한 溫
泉탕을 하고나니 氣分은 사못
颯爽하다 안개와구름이 或은호르
고 或은사라지고. 또 뜨고덮이고
하야 山客은 時々刻々으로 變한

여름 매아미소리 극성스럽다.
비개일징조타는 C君의말을 듣고
보니 트이가시작한 氣分이해결더
개가워진다. 朝飯後에 바투 神溪
寺를 올라갔다 釋王寺를 보면눈
에는 아무 놀라울것이없다 않다
락에 마츰 佛敎講座가 열러어
餘名의學生이 或은 眞擊히或은졸
며講義틀 듣고있었다. 그압헤서K君
외손을 빌어 記念撮影을하고그길
로 九龍淵가는길을 잡아들었다.

다 대체 이고 장구틈같이 작난구
러기구름은 없을상싶다 그대지높
지않은 山牽력에 내려와 허리를
얼사안고 이맛백이를 연해감돈다
우리가 늘보는구름같이 사람을敬
遠하지않는 것이다.

[布瀑]
「어느게 안해요?.」
하고 내가물었더니 茶店主人은헤

「저 물 많은게죠?」
「그러면 이원편 골재기에있는
瀑布라이름은 뭐요?」
「홀래비瀑布?! 그리지말고 홀에
미瀑布라하우 보매 당신이 홀
애빈듯헌데 하하하....」
茶店主人은 그말對答은않고 夫
婦瀑布가 떠러저 소틀이튼 船潭
全部 神仙투성인데 별로 신룡한
소리가 없다.

「차라리 案內者없이 우리끼리구
경하는게 났겠어 입심종
은 茶店主人이 新來의客을爲하야
때매 되며 되지않은 先入見이
생겨서 제맘대루 吟味하고 瓢

「저기 저 두瀑布가. 바루 內外瀑
賞할수없어.」

C君의 이말에 나도 完全히 同感이었다. 말쑥 좋고나쁜 差異는 있으되 案內者의 說明內容은 結局 同音異曲이다 우리는 첨부터 福받을 명당집터를 求하는 一風水도 아니려니와 여기서도 完全히 한개의 自由로운 나그네로 제맘내키는대로 구경하고 생각하고 즐기며하였다.

여기서 바투 九龍淵을 거처 毘盧峰으로 올타가는것이 路順이나 그리되면 그발도 內金剛을 넘어서게되니 세부득까히 일케된다. 그런데 머구나 우리와 같은 宿舍에 묵고 있는 젊은 구름이끼였으니 金剛山最高峯인 毘盧峯에 올라선다하더라도 萬二千峯 구경은 틀렀으니 차라리 이길은 來日 것기로하고 오늘은 海金剛으로 나가기로 意見이 一致되었다.

그리하여 一旦 旅舍에 돌아오니 敏腕 K君의 活動한 보람이 있어 기다머면 回電이왔다. R은 못오고 A군만이 온다는것이다. 溫泉에 땀을 씻고 點心을 먹은다음 우리는 사이 배는 滄波를 갈르며 驛에나가 南行車를 탔다. 高城驛에 내리고 定期乘合버쓰가 나오지않어머니 K君이 驛員과 말성을 부러머니 이윽고 大型의 貸切車가 달려왔다.

海金剛으로 가는사람이 모다 十餘名인데 高城바닥에는 지금 공교히 우리가부른 自動車한 臺뿐이라 모다 우리의 人心을 바랄수밖게 없게되었다. 그손中에는 우리와 같은 宿舍에 묵고있는 젊은것이 오히려 景觀이다.

一行全員이 함께 發動船을 탔다. 여기서 Y라는 젊은 夫婦와 첫人 섬을 가타치며, 「이것은 범바우 저것은 코끼리 바우……」 하고 연해 說明한다 그러나 그런소리를 고지곳대로 들을 必要는 없다. 보는사람과 바라는 視角을 따라서 形形色色으로 形象이 變하는 것이 오히려 景觀이다 내가 범으로 본것은 C君이 獅子로 으로본것은 C君이 獅子로 본들 무슨험이랴 또 내가 弱勤菩薩로 본것을 K君의 一철學이 美人으로 풀어볼댓자 누가 難하랴

섬도 奇異하거니와 푸른물이며 욱좋다 이東海와같이 푸르고 맑은물은 다시없을것같다 얼마後

때부러 날은 점차 개이기시작하였다. 奇岩怪石의 섬들이 點點히 浦 □앞에 떠있다. 自動車에서 내린 은물은 다시없을것같다 얼마後

다시 立石에도라와 바위를 背景으로 Y氏와 K君의 寫眞搜로 各各한장씩 찍었다.

「그만해도 K君의 寫眞術은 돌수업서」

내가 이러케 웃으니까 C君이

하고 亦是 의아해한다.

「글세 대체 寫眞은 언제부허배윗든가」

언제 배우고말나. 녀석은 무슨 일이든지 하로에배워서 하루로 능동하려고드너가.

우리는 언제 다시만날지모르는 C君과의 紀念寫眞을 좀더 잘만 들어주기를 바라는맘으로 이러케 가끔 K君을 시까슬려주는것이다.

「하지만 오날 寫眞은 잘됏슬거야 점은女人 더구나 어여뿐女子가 겨테서好男寫眞師 K君의 寫眞術에 못내 感歎하고있었으니까」

나는 이러케 前言을 修正하였다

立石에서 自動車로 高城驛에돌아왔으나 車時間이 아즉많이남어서 그사이에 三日浦구경하고도 녁녁하므로 一行은 바로 自動車를 달려 三日浦로 向하였다.

그러나 지난번 洪水로 길이끈어저途中에서 自動車를 돌려보내고 鐵橋를 건너 三日浦가는 구비진 길을 허유허유 걸어울나갔다.

K君은 이때부허 C君과 나를 이저버린듯이 젊은夫婦의틈에끼여 그들의 어린애돌 손잡아引導해주고 안어서 내틀건너주곤하였다 그도 그런일이 못생긴 親한 사람보다 잘난 未知의 女人이힐신더 사괼맛이 있는법이니까 그리하야 君의 어린애 보살핌이마즘내눈 제몸을 이저비러는지경에 이르렀든지 鐵橋上에서 창황내고 K君은 勿論이라를 찡기리랴. 그

바탕愉快한 우숨판이 버러젓다.

K君은 옛날中學生時代에 돌아간듯이 머워도 숨찬출도모르고 鐵橋아래로 대숭에 달려갓다오는동안 C君과 나는 어슬렁어슬렁앞서 걸어갔다.

「萬一 어린애여머니가 늙고 못생겼으며 K君이 저다지 親切할理없이 어린앨안어줄 까닭도 없구……」

C君이 곳 이러케 맛장구를때

우리는 곳 도라다보니 好人K君에게 제절로 爆笑가 쏘다진다 심술구즌 노릇갓지만 지금 바로 여긔에 못생기고 헐구진 夫婦가 나서서 兼하야 어린애까지 가정다면 나는 서슴지않고 K君앞에 신더 사괼맛이 있는법이니까 그 리하야 K君은 勿論 이라를 찡기리랴. 그 K君은 안아보리라 그러면 이르럿든지 鐵橋上에서 창황내고 그힐구진애틀 안아보리라 그러면 그K君은 勿論 汽車와 쓰를 떨구어 한 것이 얼마나 자미나는 人間과 人

間性格과 性格의 콘트러스트랴.

느린 구비구비를 감돌아 三日浦 고흔 湖水에 이르니 때마츰 夕陽이막 물은 明鏡같이 잔잔한에 開圖의 山파峰오리가 그늘진 얼굴을 물아래에 느리고 있다. 周圍가 二十里타나 패 큰 湖水다. 복판쯤에 綠島하나가있고 그원편에 조고만 돌섬돌이 侍女같이 모시고 있다. 우리가 선 湖水畔 납혼岩石으로부러 그섭에까지 吊橋를 노핫스면 하는 空想을하며 우리는 말과글이 끈어지는 三日浦의 絶景을 默默히 구버보고 있었다. 水面에 바람이 오면 반반한물길이 생기고 미염미염 물고기 뛰여올라 고운 波紋을 그려준다.

어느學者는 海金剛이 돌이라하 있거니와 그말뿐으로하면 대낮의 三日浦와 또하나 周圍의 風物이 물속에거꾸로서는 夕陽의 三日浦를 갈라생각하는것도 고 이찬을 것이다.

C君이 地圖를펴들고 이러케말하나 둥이 方向을가리지못하는 나에게는 어머가 어딘지 알길이 없다. 다만 來日 그 未知의 납혼峰을 踏破생각을하니、가슴이 壯快해질뿐이다.

「嶺東八景을 고나낸 古人의 눈에도 여간 골치를 알치 않었을거야」

「그러나 이르는곳마다 絶勝인 嶺東一帶에서 애오타지 八景만을 곱타내기에 여간 골치를 알치 않었을거야」

우리는 이번의 金剛山探勝을 못었다. 紀念撮影을하고 너旦석바위에 들어누어 車時間이되기를 기다렸다 인제 金剛山을 떠너보지않어도、유감이 있을것같이 四仙이에게 호뭇한滿足을 주었다. 三日을 놀앗다는 三日浦는 우리에게 호뭇한滿足을 주었다.

K君이 Y氏의어린애를 안고왓다 Y夫妻도 왔다。모두 한동안말을이즌듯이 잔잔한 湖水를 구버볼뿐 도타가기를 이즌사람같이해 점으는줄도 알지못하였다.

西北쪽 하늘을 수다스레 굴러다니는 작난구러기 구름우으로 쪽근듯 속한峰오리가 저녁놀을바더 寶施中이타 어두운 防空電球아때 서 기다리고있다。마츰 警戒管制 한時間前에와 宿舍에 돌아온것은 밤九時頃이 었다。사군이 발서 한時間前에와 宿舍에 돌아온것은 밤九時頃이었다.

槍劍같이 빗난다. 눈에 드는 峰음 베란다에 나와 어둠속에잠긴 거리를 내려다보며 바람울드며 노타니 기뻐야할 이밤이 뜻하지

「저게 아마 昆盧峰이지.」

않고 가느란 哀傷을 가저다 주는 것은 무슨 까닭일가. 다시 紅塵에 부럭길 時間이 刻一刻 가까워오는 것이다. 정말 성가신 世事에 부개여서 죽을 것 갓당.

이튼날은 어뇌때보다 일적 일어낫다. 쓰다지는듯 요란한 매아미 소리 속에 먼동이 트시작하니 오래간만에 날은 快晴滂爽한 氣分은 하늘을 날머보고 십다.

「오늘은 아마 萬二千峰을 구버보나 보다」

하는 생각으로 총총히 朝飯을 마치고 自働車를 불렀다. 오늘의 코ㅡ스는 萬物相을 거처 毘盧絳頂까지다. 그리고 하룻밤을 그곳 山莊에서 쉬고 來日은 九龍淵을 들머 다시 溫井里로 몰아오자는 것이당. 그러면 內金剛은 못보게 될것이나 이번은 時間關係로 어쩔수 없다.

별허 더운곳이다. 돌山이기 때문에 돌이 머워에 달아서 그런것이리당. 그래도 맨弱質인 A군까지 용이 걸어왔담. 당행한일이다. 萬一 中途에 써러지는 사람이 있으면 길 잘것는 내가 없어주어야 할판이다.

五里마音색 茶店이 있어 땀을 드리고 다리를 쉬여가며 午後一時頃에 舊萬物相에 이르럿다. 하늘을 바치는 새기둥같이 우뚝 솟은 三仙岩을 돌아 鬼面岩에 이르니 羅漢岩 天壯峰 玉女峰 五峰山이 形色을 달리하여 前後左右로 버머서 있다.

山이 마치 칼죽칼죽한 六片의 花辨같이 머저저 있다. 그래서 六花岩이란 이름이 생겨나부다. 그러나 茶店主人의 말은 山에 흰돌이 백여서 마치 눈(六花)이 온것같다 는 것이다.

이近傍의 山容은 線으로 보면지 으로 보던지 完全히 한幅의 墨畵다. 이山을 보는때처럼 朝鮮墨畵가 實感을 가지고 우리의 머리를 肉迫한일은 아직없다. 洋畫는 勿論 南畫로도 이山의 實感을 表現할수 없으리라.

그러나 한가지 아까운 것은 이 山을 이루는 바위돌이 틈이 나고 난 감히 덧붓고 겸싸여서 未久에 風에 문허질것같은 그것이다.

날은 몹씨 덥고 사람은 발서 상당히 疲困해진데다가 배가 곱하서 더 行步할수가 없다. 그리하

나무욱어진 기름길 돌길은 쩌는 듯 더웁다. 大體로 金剛山은 유하서

야 昨年에 昆盧峰을 踏破한 君

으로부터 오늘 코-스를 고처溫

井里로 돌아가자는 異論이나오고

A군도 더 올라 갈수있다고 K君說

에 同意하는것이다 하기는 新萬

物相이라야 舊萬物相을 보면 足

히 미루어 생각할수 있는것이다.

昆盧峰上에서 내려다보는 萬二千

峰이나 東海의 해뜨는 光景이 조

의않을배아니나 그것은 來月九

龍淵을 거처올라 갈수 있는것이오

또 그러면 그길로 內金剛에 넘

어가 楡柏寺 長安寺까지 보게된다

는것이 K君의 說이다.

그러하야 結局 오든길도 되돌

아서는수박게 없게되었다 내리막

길은 수월하고빨랏다.

溫井里에 돌아오니 이솝까지도

그러케 조하보이면 山들이 卒地

에 어떻게 탑지해보이고 平凡해

보이는지 알수없다.

「萬物相이 조흔줄은 예와서서

알겠군.」

C君이 이러케 嗟嘆하고 앞山

을 가르치며 웃는다.

서. 그러커던 昆盧峰까지 갓다오

면 故鄕山들이 미워서 어떻게맘

부치고 살것이냐.

點心을 먹고나서 九龍淵을 단

여오랴하였으나 발서 時間이 느

젓고 또 그보다는 차라리 通川

叢石亭을 외려 나으리라는 意兒

이나고 이어서 그보다는 아주오

늘밤으로 釋王寺가서 이모진 머

위를 써원히 써서 버리는게 났겠

다는 說이 나왔다. 미상불 金剛

山은 아직너무 더웁고 또 金剛

의景觀은 아무려나 가을에 있섬직

하야 오는가을을 기약하고 溫井

里를 떠났다.

車에 오르고보니 탐탐히 안저서

C君의 抱負도 들어보지 못하고떠

난것이 못내 섭섭하였다 그러나우

리같이 오랫동안 이땅의 쑈氣불러

吸하였으면서도 오래간만에 셋땅

에 돌아와서 우리들이 역직것부呼

吸하는 이쑈氣속에서 아무런 新

鮮味도 느끼지못하고 돌아가는 그

의心思를 나는 은근히 사

주랴한다.

그의머리는 아직 化石化하지않

었다 한개의 寸法을 가지고 人

間과事物을 자이라는 장인이 아닌

것이다 그를 對할때에 官吏라는

特殊한職人을 對하는感보다 人間

을對한다는感이 如前히 앞서고

있다 그러기에 딱딱한 理論도

있거니와 루ー즈한것도 亦是있다

그것이 人間이 아니라 바라건데

人間으로 죽어지이다.

安邊에서 釋王寺行 列車를 박

과 타라고 下車하였노.

×

×

金　龍　濟

종 달 새

저것! 하고 들이는 종달새의 노래야
너를 들으면 깃붐에 지처 울듯하고나!
가슴이 선뜻한 氣分에 爽快하다

종달새를 들으매
故鄉생각이 무득 떠오른다
푸른 故鄉의 보리밭에는
父母와 女便네들이
銃後의 괭이를 元氣차게 번적이고
사랑스러운 村색씨들이
배추씨 꽃밭에 나비를 쫓아 날뛸것이다

그우에도 종달새는 노래하리니
食後의 談笑가 언뜻 끝이고
너의 노래에 귓뿌리를 세운다
다태운 卷煙의 불꽃에
춘가락 끝이 메이는것도 있고
너의 노래에 恍惚해 버린다

支那大陸의 結團한 凍土가
太陽과 地熱로 무녹어 왔다。
地上에 뿌리드는 누르고 푸른싹
하늘에 불타는 金色의 아지랭이
山그늘의 積雪까지 바람을 타고 살아지고
골작에 흐르는 새로운 시내가 바다로 간다

征馬의 녀소리 勇敢스럽고
防寒外套를 버슨 輕快한 억개
山櫻을 發見하는 즐거운 깃붐
大氣를 울비고 나르는 彈丸의 管響까지
웃전지 피리소리와 갈기도하다

戰鬪가 끝나고 쉬이는 겨울에

맑에하 가인 하늘의 꾸튼비노ㅓ도

힘신머 明朗한 珠玉을 굴이는

그自然의 아름다운 音律에

砲壁은 귀가 시원이 터고

너의 사랑스러운 가벼운 날개가

높으게 얕으게 춤추는 탓일게다

兵隊들은 너의 그림자를 찾으랴고

눈을 종지와 같이 크게뜨고

空中을 向하야 한눈만 짜고있다

敵機의 爆音보다도

너의 노래는 참으로 偉大한 힘이

저것 보아라!

그것을 생각하면 더욱 아련하고나

江南의 종달새야

뭇노니 훨어는 아마도

故鄕의 使者냐 아니머냐?

제비와 같이 바다를 건너 돌아가

戰勝의 消息도 傳하야 다고!

너의 노래가 멀었다 작가웠다 하는것은

점은 將校가 望遠鏡을 번쩍인다

너의 偵察이 始作되었챠

그러나 너머 근심은 하지말아

나는 너의 편이니

無線電信으로 가만이 일너주마ー

高射砲가 참으로 쓰기前에

可憐한 종달새야

兵隊옆으로 삼분 내려 앉으라ー!

꽃

上海에서 南京에로

南京에서 漢口에로

漢口로서 다시 支那奧地로!ーー

軍旗는

蕭蕭히 烈烈히

連勝의 바람에 휘날이고

大陸의 地圖에는

無數한

日章旗를 樹立해 왔다

오오 萬里征路의
벌판을 넘고
江건느
싸흠의 자최는
三冬을 넘어 進行해 왔다。

戰의 가슴에는
두번째 봄바람이골어 오고
生命의 꽃이 자랑스럽게 빛난다
光明은 東方에서 와서
봄은 혀울처게 天地에 가득하다

破壞된 古城의 그늘에
일홈도 없는 꽃이 아름답게 핀다
新綠에 퍼오르는 숲을 그늘에
새외무리가 즐겁게운다
오오 華麗한 봄이여!
自然의 世界에는
참으로 奇蹟이 나타났고나!

「봄이 왔다
봄이 왔다
嶄嫁의 꽃기 봄이 왔다

나의 코에도 봄이 왔다」
진말내 香氣를 맡으면서
步兵은 노래하듯 군소리한다

壯大한 戰爭의 想念속에서
死를 두려워 않고
生을 믿는
銅鐵같은 가슴속에
한떨기의 꽃을 사랑하는
상약한 마음이 있으랴고는!
그것은 自然의 꽃보다도
힐신 아름다운 마음의 꽃이다

꽃과 새를 질겨하면서
아련한 故鄕을 꿈꾸는 것은
어찌 갑산 感傷뿐이랴
그러고 殺伐한
戰塵을 써치는 慰安은 좋다

꽃에다 뜻을맺기여
봄消息을 쓰는 사람도 있을게당。
詩를쓰고 노래를짓는 사람도 있을게다
사랑하는이 片紙속에

꽃을 사랑하는 상양한 마음은
꽃과 같이 피고
꽃과 같이 떨치는
武士道의 마음이기도 하다
그것은 또——
이 亞細亞大陸의
花園을 荒廢시키는
亂黍하 者를 휘껶는
正義의 士의 마음이기도 하다

菲麗한 自然의
꽃에 超하야
戰城의 봄을 높이 讚美하랴!
그리고 戰士의 頭上에
最後의 花冠을 보내여라!

青春

싸홈의 막다른 마당
나는 묘수 익은 보리밭에 엎대고 있다

銃身을 닦는
血盟의 彈子를 쓰고있다

鋼鐵의 破片이 亂飛하고
無氣味한 死의 暴風이 휘날여 온다
한個의 彈丸이
한個의 生命을 노리고
하아의 瞬間이
한아의 運命을 飜弄하고있다.

우리편을 狙擊하는
橫恣한 敵彈이
悲壯한 吹雪을 덮써워
보릿대 鏃林을 빗질하듯 태워 뉘킨다
익은 보리알이
銃火에 복기여서 地上에 허퍼진다

나의 눈앞에 掩護物은
平和스럽게 耕作하든 날
農夫의 괭이에 찍혀 패내킨
一塊의 褐色한 돌이 있을뿐
이 나의 조고만 城壁에
벌서 몇개의 彈丸이 부닥처서

불要과 함께 紛碎되는 돌의 煙氣가
나의 눈을 송도리 빼스라한다

나의 다음 瞬間이

저 한줄기 보리의 運命과같이

이 보리밭 한구석에

虛妄에 살어저 잊지도 모른다

그러나 靑春의 불꽃이 모든다

燦然히 빛나는 瞬間의 輪讀이다

저곳의 無心한 雯과같이

나는 아직 明日의 生命을 믿고있다

나는 只今 아모것도 생각할 餘地는없다

그런 必要가 또한 어듸있으랴

그러나·나의것은 안인듯한

어떤 神聖한 목소리가

아렴풋이 이같이 숙삭이고 있다——

「生命이란 모든것의 全部일까

生命의 저쪽에

生命의 모든 價值를 보라」

「生命이란 最後의 것일까

그의 아름다운 歸依의 彼岸에
永遠의 소리를 들으라」

「破滅과 慕標의 가운데서
生命을 믿는것은 참으로 굿센일이다

또는 創業의 土臺가 되여
死에 瞑目함은 더욱아름답다」

「죽어서 가죽을 남기는 호랭이는 대견하다

그러나 美名조차 超越한

無念한 生과 死의 態度는

싸홈의 神의 마음인걸 생각하라」

이같은 숙색임을 듯는 瞬間에도

나는 이같이 싸호고 있다

現實의 나를 직히고 있다

나는 다만 無念하게 銃을 쓰며

벌서 銃끝에 같을 꼽고

肉彈의 覺悟는 되고있다

突擊의 命令을 기대할 뿐이다

敵彈의 吹雪은 아직도 억세고

나는 靑春의 彈子를 쓰고있다。

彈丸은 흘어서 얼마 남잔었다

앞 뒤의 戰友가

넘어지고 傷해여간다

우리 部隊는 只今 苦戰中이다

나는 말끈친 戰友의
彈丸을 모아서 銃에 재인다.
사랑하는 ·戰友의 冥福을
그의 復讐가운데 盟誓한다

내가 쏘는 彈丸은
한아씩 한아씩이
반듯이 敵에 命中할것을 믿는다
나의 生命을 노리는 敵彈을
한아씩 한아씩
반듯이 맞춰 떠러트릴 것을믿는다

나는 이 숨차는 瞬間
生死를 不顧하고
다만、靑春의 불꽃을 헛트리면서
싸울 뿐이다!
싸울 뿐이다ー

揚子江

萬里長城은
東洋最大의 建築이나
그것은 一時의 榮華를 이야기 할뿐

오오 揚子江이란ー
무어라할 巨大한 佳人의 일홈일까
彼女의 가슴의 깊이를 모르고
彼女의 두손의 넓피를 모르고
어듸로 와서 어듸로 가는지
그의 목음을 모르고
그이 점음을 모르고
오늘도 悠悠히 大陸에 脈치고있다

揚子江은
三千年 支那學의 어미
그의 文化는

流域인 沃野에 絢爛히 꽃피여 있었다
그곳에 奉秋時代의 太平이 謳歌되었고
通鑑十五卷의 歷史가 째있었으며
許多한 王朝가 興亡하고
幾百의 英雄才士가 日月을 닷투었었다

그傳統의 언덕에서
幾十億의 生이 産湯을 걸고
幾十億의 死가 輓歌를 불렀던가
只今또 幾億의 民衆이
苦力의 運命에 呻吟하고 있는가
揚子江아
너의 無智는 넘어도 恨嘆스럽다
全東洋의 幸福을 爲하야
支那自體의 未來를 爲하야
如何튼 오날은 넘어도 無智하다
너의 묵음과 흠음은 알수없으나
不幸한 佳人의 運命이여
너는 아직도 放浪의 悲哀를 모르는가
사랑스런 故鄕을 생각치 안는가
그러나 揚子江아
너에게는 아직도 歷史의 記憶이 있을것이다
堯舜이 愛賞하든 저 별 그림자는
아직도 너의 거울속에 아름답건만
그리고 이것은 넘어도 쓰아린 追憶이다——
유니웅작크의 西方의 族가
너의 處女性을 犯하고

阿片戰爭의 毒藥을 注射받은 以後
너의 純潔한 血液은 汚濁해 버렷다
東洋의 佳人아 可憐한 일홈아
阿片注射에 中毒되어
汚濁된 너의 피는 다시 狂亂해 갔다
모든 碧眼紅毛의 뭇放蕩兒에게
속눈 술도 뺏기는 술도 물으고
領土를 주고 鹽稅를 주고
鐵道를 주고 鑛山을 주고
입술도 乳房도 다뺏처 버렸다
오오 滿身創痍한 揚子江아
너는 무어라할 무서운 賣笑婦냐
너의 運命의 末路를 생각해 보아라
스스로 歐米의 植民地가 되랴고 한다
四百餘州를 그들에게 割與하고
四億의 民衆을 奴隷로 맡야고 한다
神經이 腐爛한 너에게는
揚子江에 빠저서 呻吟하는
無數한 生靈의 눈물 맛도 모르냐
너는 支那事變의 砲聲에도 잠깨지 못하느냐

醉해서 석었느냐 귀먹었느냐

그러나 너의 自然과 傳統의 흐름은

西方의 高原으로 湖流치는 못할게다

自古 그대로 東方으로 흐르고 있다

그곳에 새토운 亞細亞삿의 코―스가 있고

너의 故鄕에의 永遠한 길이 있는것이다

少女의 嘆息

支那의 어미인 揚子江아

同文同種의 友邦은

亞細亞의 大同圓結을 부르짓고 있다

四億의 民衆은 그의 握手를 바라고 있다

母性愛의 옛노래를 다시 부르라!

只今야 말로 깨여서 끝어 오르라!

只今야 말로 束洋의 建設을 부르짖으라!

길도 없고 집도먼 깊은 山속

錦繡色나는 바위 그늘 밑에서

白樺나무를 부둥켜 안고

可憐한 十六七먹은 支那少女가

어린 토기와 같이떨며 혼자 울고있다

여원 볼과

깜마른 입술과

이마를 휘덮은 머리같에는

少女의 모든것을 일코

물낯과 같이 푸르게 떨고만 있다

絶望의 잠긴 눈은

하늘 저편만 물그럼이 怨望코있다

鄕愁의 눈물은 밤에

시드른 佛桑花를 적시고 있다

사흘이나 못먹고

사흘이나 못자고

낮에는 砲聲에 몸을 조리고

밤에는 눅대 울음에 솔음 지치면서……

다만 嘆息하고 다만 우는 少女야

이곳이 어디일까

他國의 나보다도

너는 모히력 모를것이다

너의 嘆息만에도

적은 가슴은 터질것 같으리라

너의 일홈이 무었이냐

말도 모르는 내가

可憐한 少女야

그러나 너의 그고혼 입성은

너갈은 避難민의 채림으로는

넘어도 동떠러지게 훌륭하지 않으냐

或은 이상하게도 運이 不吉하야

祝福스러운 結婚하는 날

戰爭의 颱風에 휩쓸여서

新郞과 그냥 갈여 버린채

이곳까지 내때와 숨어있는게냐

아니다 그런것도 안일게다

臙脂와 粉티 없는

홍냄새 나는 너의 얼골이 말하고있당.

너의 그고혼 옷은 아마도 이렇겠지

出嫁할때의 유렴으로

죽은 어머니가 해두고 간

그 罪한벌을 愛惜하는 마음으로

匪賊의 掠奪를 두려워 하야

奔走히 벽장에서 차저내여

떨이는 몸에 입고 주슴거릴 적에

너는 어느듯 避亂하는 사람에게 뮈처저

혼자 떠러저서 이갈이 우는게 안일까

무어라할可憐한 少女의 마음이랴

안탁가운 少女야

너갈은 낮세의 處女를 보면

나에게는 故鄕의 누이 동생이 생각난다

고만 울음을 끈치고 安心하여라

나의 이日本軍服을

조곰도 무서워할 必要는 없다

너의 少女의 嘆息이

더구나 그의 꿈이 슬음이

國家나 民族이나 政治이나의

그러한 큰意味의 嘆息이 안인줄을 나는안다

다만 죽엄 앞에서

戰爭을 무서워하는 너며

너의 집안 食口의 安否를 몰나서

그갈이 嘆息 悲哀하는 것을 나는 잔안다

그러할사록 너의 마음이 더 애처럽다 (繼·續)

嗚呼! 沈熏

金文輯

金裕貞의 생각도 간절하나 沈熏의 생각 또한 간절합니다 君과 술잔을주고 받고했을때 나는여기사내자식이 하나있구나!」했읍니다 정말沈熏이야말로사내녀석이었습니다 그君을 大學病院屍體室에두고 밤을새웠던 일을생각하면 웬일인지 나는憤함을 느낍니다. 日前靑瓷茶婉이 沈君의 合夫人을맞나 茶卓을 같이했을때 나는 잘말이 나오지 않았읍니다 沈君이 사라있었으면 우리文壇은 좀며肉體的으로

活潑했을것입니다 顯은傑男이었습니다 人間的으로 可分離의 存在라는것을 몸是 그것을通하여 그네가 소認識한 「覺醒」이라하겠다 그러면 或者는이를 도박굴수없는 사내었읍니다.

知性의 擁護

鄭飛石

一知性의 擁護」의 後代로 「素質의 受理」란 새命題가 繼承하였다는것을 各其時의社會情勢와 對照해볼때 우리는 새로운 興味와教訓을느끼지 않을수없다. 「知性의 擁護」를 부르지즌 것이 바루山雨敲來風滿樓的의情勢때의 일이라면 其後峻嚴한事實이 우리앞에 威壓的으로 切迫해왔을때 「素質의 受理」를 絶叫치아니치못한것도 오직當然한

「運命」이란 文仰로써 擬裝하려한다 그러나 우리는 「運命」이 文藝觀도社命觀도 人生觀도 乃至歷史觀도 아님을잘알고 있다.

이後에 相當한 作家的成長을 보여줄 素質은 「運命」이란 文仰로써 擬裝하려한다 그러나 우리이는게 있을지언정 決코 그네가·自矜하는바와 같이 그렇게 높은 水準의 것은 事實로 되지못한다.

正當한 評價

蔡萬植

오지음 新進文學人들은 자칭하면 自己의 文學的 力量과 作品水準을 過大評價하는 品潮가 盛한듯싶은때 決코處世上 所謂 美德으로써의 謙遜이라는 것을 强勸하는게아니라 自己發展의 한個 有利한武器로써 自己 力量과水準의가장正當한 評價가 그네에게 緊要하지 아니한가한다.

現在 新進文學人들의 고男이었습니다 人間的으로 現實(政治)과 不可分離의 存在라는것을 呂是 그것을通하여 그네가 소認識한 「覺醒」이라하는 現存文人의 누구와 學者도 現實(政治)과 不만한 水準의 作品들은 或

責任을다하고저

李石薰

朝鮮文學이 다시나올절 衷心悅賀하고 있으면 次입니다. 前에쓴다쓴다하고 責任을 履行치못한결이번은 곡啓겠읍니다 무엇이던 씨어지는대로 곳보내드리겠습니다、여러분의 努力을張하게、여기오며앞으로의 健實한發展을 빌어마지않습니다.

로서 自己 力量과水準가 己發展의 한個 有利한武器 장正當한 評價를 絶叫치아니치못한것도 오직當然한로서 이는知性의 敗北이아니라 오히려 文學乃至文

青丘永言抄

(編輯部選)

○ 楚山에 우는 범과 沛澤에 潛긴 龍이 吐雲生風하니 氣勢도 壯할시고 秦나라 외로온사슴은 갈곳몰나하더라。 　李之蘭

○ 雷霆이 破山하여도 聾者는 못듯나니 우리는 耳目聰明男子로 귀먹은갓치하리라。 　李退溪

○ 이려도 太平聖代 저러하여도 聖代로다 堯之日月이요 舜之乾坤이라 우리도 太平聖代에 늘고 놀가하노라。 　成守琛

○ 내마음 허러내여 저달을 맨들고저 九萬里長天에 번드시 걸녀이서 고은님 계신곳에 비쵀여 볼가하노라。 　鄭松江

○ 綠楊이 千萬絲ㄴ들 가는春風매여 두며 探花蜂蝶인들 지는꽃 어이하리 아모리 사랑이 重한들 가는님을 어이허리。 　李元翼

○ 鐵嶺 높흔峰에 쉬여넘는 저구름아 孤臣怨淚를 비삼아 띄여다가 님계신 九重深處에 뿌려볼가하노라。 　李恒福

○ 靑草욱어진곳에 자난다 누엇난다 紅顔을 어듸두고 白骨만 뭇처난다 盞잡고 勸하리업스니 그를 슬허하노랑。 　林白湖

○ 사랑이 거즛말이 님날사랑 거즛말이 꿈에와 뵈단말이 긔더욱 거즛말이 날갓치 잠아니오면 어늬꿈에 뵈오리。 　金尙容

○가노라 三角山아 다시보자 漢江水야 古國山川을 떠나고자하랴마는 時節이 하殊常하니 올동말동 하여랑.

金 尙 憲

○風波에놀난沙工 배파라 말을사니 九折羊腸이 물도곤 어려웨라 이後란배도 말고 밧갈기만하리랴.

晩
張

○꿈에단이는길이 자최 곳날작시면 님의집 窓밧기石路ㅣ라도 닳흘노다 꿈길이 자최업스매 그를슬허하 노라.

李 明 漢

○활지여 팔에걸고 칼가라 녑희차고 鐵瓮城邊에 筒箇베고 잠을드니 보완다 보왜라 소리에 가슴 금즉 하여랑.

○山은 녯山이로되 물은 녯물 아니로다 鲞夜로흐르니 녯물이 잇슬소냐 人傑도물과 갓도다 가고아니오 더랴.

林 晋

○말하면 雜類ㅣ라하고 말아니면 어이다하네 貧寒을 남이웃고 富貴를 새오는듸 아마도 이하늘아릭 사

黃 眞 伊

○말은 가려 울고 님은잡고 아니놋네 夕陽은 재를 넘고 갈길은 千里로다 저님아 가는날잡지말고 지는해를 잡아라.

無 名 氏

○主辱臣死ㅣ라하니 내죽엄즉하건마는 큰칼 녑픠차고 이제도록 사랏기는 聖主의 萬德中興을 다시 보려 하노랴.

獜 平 大 君

運命

丁來東

運命이 決定的이냐 開拓할俗也
가 있는것이냐 하는問題는 現今
까지 解決되지않은問題요 今後에
도 決定되기 어려운問題일것이다
왜 그러냐하면 運命이 先天的이
라고 생각하면 그에도 充分한理
由가있고 實例가많으며 後天的
이라고 보아도 亦是 確實한證據
가 있고 人生이라는것이 希望이
있게되는것이다.

運命이 決定的이냐 開拓할俗也
까하고 豫防의策은 講求도 하여
보며 또 나라는사람은 벌서 이
렇게 運命이 決定되어있으니 그
와反對되는것이냐 그以上을 바래
는것은 無謀한일이니 쓸데없는焦
燥나 努力을 할必要가 없는것이
라고 自慰하며 安心도 하는것이다
그와反對로 運命은 先天的이아
니고 自己努力如何와 苦心如何에
따라 어떻게라도 開拓할수가 있
다고생각하면 自己라는 一個人이
이宇宙에서 얼마나 强하며 有意
義한것을 自認한만큼 마음이 活
潑하여지고 힘에 피가 뒤끌코
김이 세여질것이다 近世의歐米人은
많이 이런傾向을 가지고 二十世
紀文明을 創作하여왔다 그러나束

運命이 있다고생각하면 滋味스
런點과 安心되는點이 없지않다.
觀相家나 點치는者가 今年
에는 어떠한不幸이있고 어떠한
假令 어떠한不幸이있고
橫財가 있다고하면 自然 그런것
을 期待하는데 그不幸을 彼兇
끼고 그 또 어떻게 그不幸을 彼兇

世界作家紹介
露西亞篇

푸-슈킨(Ahek-samdn Serg o
ich Pushkin)

그는 一七九九年 露西亞名門의
貴族으로 모스크바에서 出生했다
그의曾祖父는「彼得大帝의黑人」이
라고 일홈를는 아푸리가出生의「아
부라함」한니바-ㄹ」이다. 푸-슈킨
은 그가十五才때 學習院卒業式에
서 自作의詩를 朗讀하여 天才의
일홈을 돌었든바이다. 爾來二十年
間 詩에 혹은散文(小說)으로 豊
富한 天分을發揮하여 當時의露西
亞文學을 世界文學의水準에까지올
린第一人者이다. 그렇나 不幸히一
八三七年 佛國外交官「단테스」에 決
鬪를 挑戰하여 敵手의彈丸에 넘
어졌다. 그는 世界的詩魂과 露西
亞國民精神의體得과 完璧의極致인
表現의美에 있어 오늘날까지 그를

洋에서는 運命論을 믿어오다가 結局 退嬰하여지고 마랐다.

運命論은 믿는 東洋에도 運命을 過信하는 傾向을 警戒하는 이야기가 적지않다. 어떤者는 天子가 된다고하니 배만 탱기며 每日豪飮하다가 죽는날을 當하여서는 天子도 되지못하고 아무런官類도 없이죽으면서 「朕은 崩한다」고하였다는 笑話도 있다. 또 어떤處女는 貴한男便을 얻겠다고 觀相家가말한것을 너무 지나치게 믿고있다가 老處女가되고 神經質로 變하여졌다가 끝내는 狂人이 되고 마렷다는 悔說도 있다. 이런例는 運命만믿고 努力을 하지안는것을 警戒하며 諷刺한것이지만은 徹底한運命論者는 努力을하게되는것도 運命에 決定되어 있다는것이다.

우에말한 두例는 結局 觀相家나 점치는 사람이 잘보지못한까닭으로 그와같이 結果되었지만은 萬若첨으로 天子가 될사람이나 먼지 貴한相對者를 만날處女라면 어떻게 지냇드래도 그와相副한結果를 내일것이라고 主張하는것이다.

勿論하고 過去를 지내고보면 그 길을 밝는것이요 이렇게도 되고 저머케도 되고 한期間에 여러가지經歷을 가질수가없는데 이 길을 밟는것이 한길이요 저 한길은 結局 한길이요 그사람은 「變更할수가없는 要點이 다시는 過去가 한길밖에없는 點이 運命論이고 開拓論이 서로 그論據를 가지고있으며 그새에 서 많은男女가 彷徨하는 것이다.

昭和十四年版
朝鮮作品年鑑
附 朝鮮文藝年鑑
人文社 發行
1.50
15

凌駕할만한 아무도없을만치의 不出世의 大天才임에 틀임없다 代表作은 韻文小說 「에부게—니 1. 킨」 散文小說 「大尉의 딸」等이다

레우몬도푸(一八一四—一八四一)

그는 「스코트렌드」系의 露西亞人으로서 「모스크바에서났다 그는일즉이 生活上에있어 「바이론」의 影響을 많이받어왔다 一八三〇年에 모스크바大學에 入學當時의 學生들의 文學 哲學等에關心을둔 一連의 「크럽」에는 參加치않고 오모지 華麗한 上流社交界에 질겨出入하였다. 그後 패테루푸르구 大學에 轉학하고 近衛騎兵士官學校로옮겨 二十才때 陸軍騎兵士官에 任命되었다. 그와前後하여 그의詩作은 始作되어 질겨 當時의 交際社會의 모든 「뉴안스」를 描寫하였다 一八三七年에 푸—슈킨」의別世에當해서는 그를哀痛하는 詩를써서 識者間에 贊意를받었으나 當軸의 上唇階級의 憎惡를 사

咸興風物帖
—日記中에서—
嚴興燮

三月X日

午前九時十五分 咸興驛에 나리다

지난밤 京城에서부터 痼盜에누어 자면서 왔음으로 別로 疲困하지 않다。出口에는 벌서 雪野兄이 빙그레 웃으며 나와섯다。雪野와 나는 自動車를타고 市街를 달리었다。二府三府의 高層建物이 左右머-ㄴ곳에 빛나고 뒤로는 하늘끝 라바다가 整頓된 地方都市라고 없으이역일게 아니로 櫛比하고 朝鮮의 六大都市의 하나로서

自動車는 큰거리에서 휘여저 꼬불꼬불 어느골목으로 들어가드니 「XX旅館」앞에 스럼을한다 XX旅舘에 投宿 아침을먹은뒤에 雪野

와 私談을 마치고플뛰여 咸興全體를한눈에 나려대보려고 盤龍山에 오르다。盤龍山은 白頭山脈의 落脈이라는데 山의나라 朝鮮에서는 보기드문 野山이다。

앞으로 루-기허친 大平野、그 平野 끝엔 안개가 어리었는데 멀리바다가 빛나고 뒤로는 하늘끝 머-ㄴ곳에 蛇蜒重疊한 白頭山脈이 아슴아슴눈앞을 접흐리게한다。視線을 나추어 발아래 나려보니 西로는 城川江 東에는 珊瑚連川南으로는 工場地帶 興南全市가 한눈에 잡힌든다。

城川江은 그다지 깨끗한 情緖를주는 江이아니다。첫봄이라 그

게되어 드디어 高架索로 조께었다 그後 다시 首都로 도라오게 되었으나 그後 決鬪事件을이르키어 시 그곳으로 귀양을 當하야또한 거기서 決鬪事件의 짬을이르키어 침絶命하였다。그의生涯는 二十七年間이라는 짧은것이었으나 「現代의英雄」其他의 많은佳作을 남기었다。

고ー고리 (Nikotai Uasiteuioh Gogol) (一八〇九ー一八五二)「푸ー슈킨」과함께 近代露西亞文學의父라고까지 얼러커며지는, 또한 그의後輩 톨스토이 도스토엡스키ー等에 적지않은 精神的糧食된「고ー고리」는 우쿠라이나(小露西亞)地方에서 出生하였다。「니ー진」의「김나ー쟈」를卒業後 「페테루부루구」에나와 小官吏에 就職한經驗이 있었다。他晚年露西亞正敎에 人

生의眞義를 發見할려고 藝術과宗致의 杆格에 苦悶하다가말고 結局悶死하였다。 代表作은「죽은靈魂」檢

먼지 물이잇다.

이당. 廣遠한大平野를 흘러나리는 江이매 오밀조밀한 韻律이라거나 惜調를 이江에서 찾는다는것은 矛盾일뿐인지 모든다.

雪野는 손가락을 들어 여긔저긔 가르키며 이땅의 史蹟부터 가르처준다. 咸興은 近代工業의 中心地이나 沃沮種族의 部落에서부터 高句麗、渤海、女眞、高麗、李朝에 이르기까지 波瀾많은 傳統과 로맴쓰를 가진곳이라한다.

即 太祖 潛龍時代와 讓位後의 史蹟이잇는 곳이니 穆·翼共·度·桓祖及后妃의 位牌를 配祀하고 太祖의 冠飾弓箭을 保存하고잇는 太祖께서 親히 重修하신 雲峰山歸州寺와 桓祖와同妃懿惠王后의 陵 定和陵 度祖와 同妃敬順王后의 陵인 義陵純陵과 太祖即位前의 邸宅인 慶興殿과 太祖가 龍馬를 얼으신 祭星壇이「天의 뜻」이 手植松과 묵은 蓮池 本宮이며

을 품고 그龍馬를 馳驅하시엇다는 馳馬臺와 太祖께서 일즉 麗末葉에 元兵을 邀擊大勝한 紀念物인 韃靼洞 戰勝紀績碑와 그外尹瓘九城과 新羅眞興王巡狩碑와 同北狩時代의 殘骸인 中嶺鎭과 新羅高僧元曉가 創建한 白雲山 龍興寺等이 있다한다.

이러한 古蹟들을 一一히차저보고싶다. 그러나 다보자면 여러날 걸린다한다. 雪野는다시 赴戰江水電長津江水電 興南窒素工場 本宮工場 咸興內汽動車等 近代的文明都市로서의 咸興을 說明해준다.

盤龍山에서 나려오니 배가몹으다. 雪野는 咸興에왓으니 한번쯤은 咸興名物을 먹어보라고 어떤 서울로치면 설넝탕집같은 곳으로 나를 끌고 들어간다.

恰似히 설넝탕집이다 그러나鳳趣가全然다르다 방바닥이로방인데

「가러국 주오」

三)그의先祖는 欽察汗國에서 나온 露西亞의貴族이다. 트루게ー네푸는 一八一八年「오료ール」縣에서났으며 그는 女地主의典型 그대로인冷酷한 母親의 슬하에서 자라나기때문에 일즉부터 農奴制度에對한 反感을 自然히 가지게되었다. 거긔에서 그는 外國人의 家庭敎師 等의 게되고 그後 모스크바 페떼루부루구 베루린等의 大學에서 工夫하게되매 漸漸當時의 露西亞에 있어서의 여러ㅏ지惡制度를批判憎惡하게까지 이르러 自由主義的 見解를 가지게되었다. 그는 最初에 文學으로서는 詩人으로 出發하얏으나 後에 散文에 붓을 대기 始作했다. 그의代作은 그의 人道主義的인「獵人日記」와「處女地」「아버지와아들」(leu Nikotaonich Tostt)이다.

世界寫實主義文學의 最高峰인 察官)「外套」等이다.

유달리 甚한 사투리로 雪野가
例의 名物을 注文한다。이윽고 가
리국 이나온다。一見서울의 장국
밥이당。

「이게 이 名物야?」

「맛만보우!」

나는 먼저 가리국물을 떠먹어
밧다。기름진 고기국물이당。이가
리국은 서울서 장국밥먹닷해서는
참맛을 물으는 장국밥아닌장국밥
이다 말자면 가리국 特有의먹는
式이따로있다 먼저장국국물을 후
루루 마신뒤에 남어있는 건덕이
는 상우에 노여있는 사귀병에들
어있는 고초장을 두세숫갈 떠너
어서 비벼서 먹는다。이렇게 먹
는式이다 있으면서도 雪野는시
침을떼고 가르쳐주지안드니 내가
式으로 먹는것을보고서 깔깔
웃고 「食血し」를 主張한다。
한참에 가리국을 두그릇이나 먹
고거리에나오니 배ㅅ가죽이 맹맹
하다。近來初有의 大食이당。그러

고도 한그릇에 十二錢이라너 기
막히게싸당。
거리우에나서서 오고가는 사람들
의 表情을 삷히나 男子는 別로
特色이없는데 女子만은 確實이 표
가난다。老少를勿論하고 女子의體
格이라거나 血色이 一般的으로매
우좋다 朝鮮女子의 體質들이 모
다 이咸鏡道女子만만했으면 싶은
생각이든다。그런데 한가지 내눈
을 놀래게한것은 女子들의 목도
리使用法이 形形色色이란것이다。
二十前後의 新女性型의 女子들은
그러치도 안치만 三四十以上의 女
子들이라거나 或은 二十年後따라
더라도 家庭婦人들은 목도리를 목
에다 둘르지않고 허리에다 둘르
고 단이는사람이많다。목두리라고
나 허리두티라고 하
는게 조흘것같다 게다가 어떤女
人들은 울긋불긋한 담요 때기를
창옷처럼 둘러쓰기도했고 또는 허
리에 둘르기도했고 또는 만또처

둘수로이는 一八二八年에 世襲의領
地야ー스나야 포랴ー나에서났다。
가잔大學을中退하고 一八五二年에
士官候補生으로써 高架索等地에勤
務中 「幻年時代」를 發表하여 文
壇의視聽를모우고 이어서 少年時代
青年時代、고산우等을 脫稿하여 第
一流의作家地位를 어덧다
一八六二年에結婚하여 自己領地
에隱樓하여 「戰爭과平和」안나카
래니나 等의 巨篇을 비롯하여 않
은傑作을 남겼다。그러나一八七五
年以後로 그는 精神的危機에 빠
저 原始基督敎에 自己의敎授을發
見하고 爾後의 生涯를 이眞理의闡
明과 普及에바쳤다 一九一0年그
는 家庭을 버리고放浪의길을 떠
나 旬日後發病하야 스다ー포후
에서 逝去하였다 享年八十二才

안론 체호부(Aauton Pautoucr
Chelou) (一八六0ー一九0四年)
南露라간토ー구의 사람、모스크바
醫科大學卒業醫師로서의 經驗豊富

로루스토이 터스토엪스키-드르
게터푸와 함께 近代露西亞文學의
至寶 그러고 佛國의「모판산」과 더
부러 世界二大短篇作家로 불리운
다。一八八○年부터 一九○四年肺
患으로 축기까지의 僅二十餘年동안
에 五百餘篇의 短篇과 十數篇의 戲
曲을남긴 驚嘆할만한 精力家이다
그는 樺太旅行을 한일이있다
(Vseuotod Mihaitouich Gar.bon)
(續續)

쪽으로 西쪽으로 거름을빨리한다
이날은 아침부터 밤중까지 萬
歲橋附近은 人山人海를 일우어가
지고 大混雜을 演出한다고한다。
택시한대를 잡어타고 萬歲橋를
가며間에서 나렸다。사람
이밀려 到底히 그附近도 못간다
는것이다。

거리는 사람들의 (七八割은 女
子다)…발길에 몬지가 일어나 숨
을쉴수없다 마치 昌慶苑夜櫻때 밀
리는 人波와같다 먼빛에서 萬歲
橋附近과 萬歲橋를 바라보니 아
넌게아니라 굉장하다。正月보름날
이「萬歲橋」를밟으면 그해 一年내
을 아모런 凶運도없이 無事泰平
하게 보낼수있다는 것이라한다。
地方에따러 正月보름날 이런
類의 民俗이다있지만 宋然萬歲橋
의 踏橋光景은 大規模의것이있었다。

女學生도 많다。조금식 책은 떠
들어보드니 카운더—로 가저와서
는 돈둘을내고 헉헉사간다。大槪
文藝書籍들이다 밤에 몇몇親友들
의 好意로 ××間에가다。술이몸시
醉해 旅館에 도타오니 새로한시
반 그러나 잠이오지않어서 에
게편지를쓴다。
음력 正月보름날이당。이날은「萬
C·C·K三兄이 일부러 오섰다。
밤에 또다시 자리가 어울려 R·H
U·K여러벗들과 ××團에서 合席
흥허물없는 이야기를주고 받으며
또다시 술에醉하다。丁卯三月晚

림 어깨에 절치기도했다。確實이
氣候關係로 생긴 一種의變態的防
寒法이라고나 해둘가。
거리를 求景하다가 이地方의文
化程度를 엿보기위하야 書店 新營
間에 들어가다 서울서보지 못하
는営店 분위기가 느껴진다 책을
보고섰는 사람들가운데에 工場服
을 입은분들이 많다。
萬歲橋踏橋라는 一年에 한번있는이
地方特有의 年中行事가 시작되는
날이다 아침을먹고 거리에나서니
男女老少가 人道가 터저나하고 西

三月×日

보리

權

煥

山골에서 흘러오는 시내人물소리가
유달히 맑게 또크게 들리고
바위틈에 남은눈도 흔적없이 다 녹어버리니
겨울동안 눈에 덥혔든 보리 이삭도
이제는 눈이불(衾)을 활작 차버리고 푸른머리를 들엇다。
원들은 시퍼런 출(繻) 문의(紋)가 박힌
여러쪼각 비단폭이다

금년 보리는 오래간만에 필만치되었다
지낸겨을 하눌이 맑은먹백으로
그리고 한마지기에 二圓어치나 소금비료깃거름을 한턱인지
땅전기를 핥것 마음대로 빨어댕겨서
보리싹이 송곳같이 곳곳하고 쪽(藍)같이 검푸르다。
날시만 이앞으로 잘헤기만하면
금년은 몇해만에 처음 보리흉년은 면(免)하련만
나는대로 우리입에 들어가는것은 이것뿐이니 ∴

아모쪼록 하늘서 잘보살펴주었으면

아! 몇해로 여름 가을 철마다

보리양식때문에 지긋 지긋하게 헤매었더니

壽福아 고무래를 자주 자주 들어서

이쪽저쪽 힘껏처라

그래서 흙거름이 끌고루 한껏 보리를덮게

아측도 한배미가 잔득 남어있는데

해는벌서 「먹골」뒤ㅅ산에 걸러려한다

오늘은 이논 보리를 다덮어주고

내일은 「소징개」들 밭보리에 똥오좀을주어야겠다

거름을 아무래도 똥오줌이 제일인니라

보리한텐 갈빗찜, 꿈국이상이다

그리고 여보! 어린애어머니는

고무래질 그만두고 집으로가서.

어린애젓먹이고 ·지으랴니까

어린것도 접두툭굶어서 배고프겠지마는

解盡때도 아직 못벗은당신이

종일숨을 힐먹이며 고무래질하느라고

얼마나 몸이 피롭고 고단하겠소.

올 빼 미

尹 崑 崗

울뒤 밤나무그늘인가,
안산말 늙은 모가나무 가진가

밤마다 어둠을 타고와서
찬비에 젖인 가지우에
흠축스런 검은목청으로

우워, 우워, 이밤을 깊이깊이 우는것은
애비 어미를 잡어먹은 탓이라는데,

어둠속에 쩌든마음
그소리 귀에 배여,

두손뭉처 없시 손구락에 입을대고
늙은상제마냥 우워, 우워, 울어보당.

—— 詩集「氷河」에서

暗流

趙東源

침침한 沈默이
방속을 싸안었고

探索의 두눈같이
소라속같은 呼吸에 가슴을 쥐뜨덧다

暗流의 무덤이여!

고래등모양 넙죽이 이러스고

날마다 날마다
하나 둘 끕튼 손구라이 흙처럼지안나

칼날보담° 매서운
어린애 울음소리

번차문을 쥐여듯고

沈澱된 空間이
沈默되지 안는다

물결 보담 거칠은 보챔이
따겁게 괴롭구나

아하! 、거리로
벌서 오늘도 해를 지워보냈고

暗流의 무덤은
거리에도 펼처저 있나니

끝

껄밭가는 소

                                  金　容　浩

껄밭가는 소처럼 그날그날을 허덕이고
밤엔 하늘을 우러러 慟哭하는데다

나에겐 꿈을 어루만질 자장가 가없고
따뜻한 보금자리가 있을리도없다

나의 푸른信念의 깃발의 信號는무어냐

헐벗고도 오히려 굿세고
굶주리고도 오히려 씩씩 하려하는
진땀저진 苦惱의 아름다움이 내게있다

하로하로에 쪼들니고
그날그날이 무거울제

城門처럼 닷친 나의 巨大한슬음이
었지 빛나는地域을 람내지않으랴

동트는 새벽한울이

이제 太陽을 준비할때
성성하고 향긋한 공기를 풀기면서
묵어진 넓은 大地로나간다

오직 나는 껄밭가는 소

새 生命이 躍動할
명일의地邊를 나는 간(耕)다

嘆　息

네 령혼이 孤獨에 문친밤

마시는 「코코아」의 구수ー한 향내에
문득 石川啄木이 그리워

순간 쵸태보담 더쓴 코코아 ·
아하ー 나는 이땅의 詩人의 運命을 마섰다

                                  146

生活探求와 人間探求

性格의 構成과 性格發展性

李 曉 植

우리가 生活을 말하고 人間을 말하게될때 흔히 그 生活의 環境을 一環한 社會的 構造를 結付해가지고 말하게되는데 人間이란 本來 本質的인 人間性을 가지고 있으면, 그 人間性이 그 生活環境속에서 後天的인 能動的 行爲에 나스면서 多分히 客觀的 條件에서 버서나는 高揚的 精神으로 그 人間性이 그 生活環境속에서 이때 비로소 人間은 特定의 人間型을 發揮하게된다. 이때 비로소 人間은 特定의 人間型으로서 生活의 環境을 가지고 特異한 生理的場까지도 련하게 되는것은 人間이 特定의 人間型으로서의 生活環境을 探求하는 態度때문이라 할것이다. 따라서 한社會를 構成하는 人間뿐이아니라 그 構成된 社會的 本質性까지 지도 究明하면서、人間의 態度를 規定할려고하면서 規定된 社會的 大生活環境속에 自己의 存在性을 高揚的으로 解明시키는 人間型이야말로 우리가 今日要求하는 性格 構造的 人間型이 아닌가.

勿論 能動的 人間이란 오늘날被動된 合理的 科學精神의 思考的 形式이 아님을 말할것도없다. 그러므로 能動的 人間이란 合理的 人間型이 生活環境에서 客體에對한 悟性的 活動과 아울러 生活環境에對한 感性的 活動까지도 包攝시켜 生活과 人間性을 全體的으로 把持한 時代的 歷史的 에스프리에 燃燒되는 瞬間에있어서 形成될것이다. 만약 아직까지 世界觀을 말하고 다시、世界觀의 再把握을 말한데도 世界觀의 把握이나 世界觀的 精神속에는 恒常客體의 暗黑을 말할뿐이요 客體속에 움직이는 性格構成的 人物이 나타나지않을것은 旣明된 事實일것이다. 웨냐하면 世界觀이란 世界를 理解하는 學的研究에서 規定되는 世界像임으로 여기에 어떤 作家가 世界觀的 理解밋헤서 小說을 쓴다해도 그 小說앓에있는 人間는 恒常 世界觀的 理解의 人物이고 客體에投

影된 觀念의 造成이라는 것은 贅言할 必要도없다. 例컨대 李箱의「날개」의 나라는 主人公의 人物이다. 이 나라는 主人 公은 生活環境과 人間的 生活行爲를 못가지고 恒常 이거세인 메칸이즘의 巨物앞에 굴복하고 또 굴복감에서 맛보 나라나는 人間의 分裂으로 드디여 知性의 分裂으로써 맛보 면서 나는 恒常知性의 極致에서만 살아가는 것이다. 이즘의 結合物로 이처럼 知性은 現代모든이즘과 따다 이즘의 結合物로

서 비저진것은 두말할 필요가 없다.

언젠가 崔載瑞氏가 李箱의 날개를 리알의 探度라고 한 것도 知性이 分裂하는 最後의 自己苦悶相을 엿보아한 말값 다. 知性의 分裂과 肉體性의 潰滅! 이性質의 露出은 人間 의 知性面과 그 知性面으로 차지한 온갖 觀念의 造成을 人 間의 全體的象徵에서 抽出할때 비로서 나라나는 人間性의 遊離라고도할것이다. 이것은 마치 바레리—가 「詩의 本 質」에서 「主智的인詩는 모멘타리즘의 詩에있어서 그思考를

直觀把握에 두는것이아니라 意識的, 作意的임으로 普通 散文的이며 小說의 領域에까지 侵入하고있다」하는 말처럼 現代主智主義的文學精神은 거이 윗트와 유모러스와 파라 독쓰를 準備해가지고 廣範한文學의 장루에 나타나는 것이 당. 그리하야 人間型에 探求性이라든지 生活의 探求的態度 다는것은 조고만치라도 介入시키지못할것이라는 것은 自 明한일이다.

여기서 우리는 人間의主體的, 直觀的, 能動的 象面을 생

각한다.

먼저 人間主體의 喪失은 知性의 植致로서 純粹知的인 惡魔主義的 色彩를 띠게된다. 知性이 人間性을 잃어버리 고 따라서 人間觀的 直觀的 把握, 人間自覺으로因한 生의自 的 姿勢를 自失하게된다는 것은 直觀的 把握에依한 肉體性의 揚 己立場을 못가진때문이라 할것이다. 이처럼 肉體性의 인心臟性을 갖 棄로서 나타나야할 精神의 健全性은 肉體的인心臟性을 갖 지못하고 항상 知의自己陶醉的 夢幻境에 사로잡히게되 는것이다.

그리하야 自己의 立場을 지킬려든 약간의 知性이 洞洶한 다 손치면 그때의 知性은 惡魔主義나 野性主義로 轉進하 거나 또는 따다이즘으로 後退하게될것이라고 집작하게 된다. 이러한생각은 다만생각이아니라 오늘날文化意識을 보아 알수있는 事實이다. 西歐의文化는 네노코라도 內地 文壇은 過去二三年間 안타, 모랄이즘의 擡頭로부터 모 단이즘과에로 코로티즘의 色彩가 橫照한때가있었다. 그것 은 모랄의 價値制斷에있어서 主觀的인 價 値를 客觀的價値에 包攝시킬려든 藝術的美의感情일뿐이 러 知性의 本質的인 批判인 人間自覺的 表情은 表明되지않았 다고, 생각된다. 요즘 이러한 모랄의 客親的觀照把握에서 止揚된 포—즈로서 하나의 過然的聯想은 아닐것이다. 만일 우리가 文化에對한 良識的인實踐을 美的制斷과 美的構造

移入에 範疇되는 온갖美的 概念과 客觀價値에 一規시킨
다면 美의道德的 價値性을 不動케는 道德概念에 素頭하라
는 暗礁에 부닷치게되지않을런지?

一身上에限한 「性格不可致」의 主觀的調子에 떨어지면 안
된다는것은 모랄 價値 基準的 止揚이 普遍的個性으로써익
自覺的人間象面의 表出이되ᄁ때문이라 할것이다。이러한
에스프리의 自己表出이라는것은 모랄이 그價値를 形態하는
을 理念의高揚에 두기때문에 恒常 새로운性格을 顯出
시키게 되는데 因據한다고믿어진다。

가령 島木健作氏의 小說인 「生活의探求」를 보드래도
主人公 駿介가 個性偏重的으로 새로운人間을보였으면
차라리 그러한個性을 우리는 새로운人間型으로 불수없
게될런지몰은다。

그것은 個人이個人인 一身上의모랄를 질머지고 나
오면 나올수록 無批判的이고 無反省的이기때문에 그어떤
人間型이 새로워서 우리에게 보담크고 偉人한感銘을 주
는것은아니다。새롭다는것은 그人間이 未知의體驗과 未開
地의天地에 듦어가서 새로운 動作을開示하는데 있는것
이아니고 그人間의內容、即人間意識의 表出이 얼마나 偉
大한道德價値基準을 세울수있는가에 달렸다고해도 過言
은아닐게다。

다시 駿介가 都市에서 農村으로 돌아가 흙과 自然

에 벗하는것은 얼마만치 既前에實踐하던 都市的 意識體
에比하야 얼마만치 모랄의高揚的인것을 배워주는가? 即
主體的인 自覺的 實踐性을 內包한人間으로서의 意識表出
이 얼마한 時代的 歷史的運動에 歸與하는가? 우리가 가
령 傾向文學의 無性格性을 들어 意識上層의 無意識性을
어말하는때에 느끼는것처럼 「새로운內容」은 客體가 主
進就的인批判的 精神을 前提하게되는것이다。이러케
는것이아니고 恒常 모랄의實體가 主體的으로 把握하야
만 된다는것을 斷言컷는 性格에까지 나아가게될것이아
일가。

그러므로 文學하는일은 文學하는技術인 손과頭腦로서
構造되는것이아니라、生活을營爲하는 主體로서의 心臟과
理念을高揚하는 道德實踐者인心位에依하야 決定된다는것
은 歷史와文化가 말하여주는 거특한意志일것이다。따라
서 意志의善行은 不安한 기운데 歷史性과時代性을把握
할수있고 또 그不安를 超克할려는 可能의
自己超克을 나타낼수밖에야만할것이다。우리는 여기서想
起한다。

個性의偏重과 性格者들! 그리고 純粹知의苦憫과 自
己分裂을!

自己分裂은 어떠한人間形態的 位階를 지을수있었는가?
또 「自己分裂」이 果然 眞實된時代的 歷史的苦憫이될수있
었는가?우리는 여기서「함렛트」를 생각하자。悲劇的性

149

格者나 苦悶的 性格者는 「함렡트」처럼 恒常 모랄을 實踐하는길에서 깨어지고 歸着되는 時代的 前面의 積極的 行爲者가 아니었든가?

實로 偉大한苦悶이나 偉大한性格의 破産은 그性格者가 時代에뒤떠러진 人物이아니고 恒常時代앞에 나서면서 衡突하고 苦悶하였다는 것을 여러女豪들에게서 찾어볼수있는 證據인것이다.

어떠한 人間型이든지 그性格이時代앞에 나서기때문에 또한歷史性삶에 나섯기때문에 휴맨이타-는 그의心臟을 흔들고 그의 人間的 自覺象은 苦悶과 悲慘속에 허덕거리지않았었든가.

그러나 그의現實 認識은 現實 認識이아니고 未來를通하야 現實을보았고 未來가 있기때문에 現實의主體性은 生活的體속에 燃燒되지않을가.

現實認識은 나에게 있지않을것이마. 現實認識은 별서心臟問題다. 그뿐이懷疑에서 未來의可能的世界를 希求할수있는 能動的人間이기때문에 그러한世界에 나의存在의樣式을 建設할수있고 또한 그存在樣式의內容인 意識性까지도 表出하지않을가.

우리가 새로운人間型이 될수있다는것도 未來의 可能的世界를 希求할수있는 能動的人間이기때문에 그러한世 界에 나의存在의樣式을 建設할수있고 또한 그存在樣 式의內容인 意識性까지도 表出하지않을가. 自覺아인 自覺性 나란별서 個性的 偏重的人物이아니다. 自覺아인 自覺性

을 誇張한다면 모르거니와 人間의暗黑을 脫出할려는 인렌트가 모나 그自身의 觀念性을 버서났다면 그는 時代와 歷史앞에 설수있는 性格의統一者가 버서되여졌어야 할것 이다.

完全을 바랄수있는마음은 不完全한自我의內容을 存在的樣式으로 헤아렸기때문에 人間의普遍的自覺者인 辨證 法的人間樣態까지 올러가는거요 그을떠러가는길이 個性의偏重性이 떨어지는 모멘트라면 그는自己分裂속에 發見할 날근一切의殘渣를 비웃을것이아닐가. 비웃는다는瞬間 그는過去의一切의存在를 버리고야마는 性格者가될것이다.

이性格者는 抽象的理論의觀念體가아니다. 抽象的觀念體는 날근一切의殘渣를 비웃는瞬間 그는人間의立體面속에 숨어지고말었다. 巧妙히放散된 人間의立體面은 人間의平面인 모노토노우스한觀念을 버리기때문에 平面性을 배울수는 데이나머익한 生活의모립이라. 人間의立體面은 모노토노우스한 人間의平面을 버리였다 人間의平面에 設置되는것이아니라 그모노토노우스한 人間의平面을 자覺한意識의內容을 어떠케 보아야 할것일가.

「푸로스트」의 無意識의邦現도 생각한問題이리라 하나 自覺한意識의內容을 어떠케 보아야 할것일가. 모노로노우스한觀念은 그것을 自覺的意識의變動이 서기前엔 勿論 모노토노우스한觀念이 아니엿고 따라서 意識의全部라는것이아니라 두말할必要가없게된다. 그마음의 唯一한意識의全部! 對有한個性도 있을법한意識의全體性은

果然 意識의 全體的把握이 있었든가? 리아리티 라는 眞實

性의 問題가 하나의 意識性의 全部이기도하리랴 하나 眞

實의 問題는 客體의 산人生의 眞實을 描寫하고 虛僞없는 어

듬의 眞實을 또한 人間의 生活을! 하고 말한지나 이것

이야말로 人間을 정말 한技術者나 文學者를 機械의 모ー

터로 생각하였지 人間의 理念의 能動性은 沒却한 紙型的

人間의 소리가 아닐런지.

人間의 意識이란 본래 能動的이고 自主的이기때문에 그

意識의 沒出을 檢閱하고 또는 濾過시키는 性能을 갖고 있

다고 할것이다. 이性能이야말로 意識性을 全體的으로도

沒出시킬수있고 部分的으로도 沒出시킬수있는 能動性을

가젓다할것이다. 單只 그部分과 端初에있어서 달을망정

意識性은 恒常 檢閱하고 濾過하는데서 그의意識性은 다

든 모ー든 意識性을 抑壓할수있다. 가령意識全體를 主觀,

客觀, 主客統一體로 본다면 그어떤時代的 歷史의 앞에서

지이는 意識이 純粹客觀的이여야만 할때는 意識全體에서

客觀이 意識上層을 沒出하고 다른모든 意識性은 意識下層에

檢閱을당하야 抑壓된狀態에서 無意識이 되고만것이다.

따라서 能動的人間은 그意識性을 自主的으로 調和하면

서 能히文學을 오리지날 하게 組成하게될것이라믿는다

意識이란 본래 客體에서 規定되는 受

動的 性能體는 안일것이다. 그래서 現實앞에서 規定되는意

識이고 時代와歷史앞에 노여있는 것이 意識體가 아닐가 보

담 앞서는것이 心臟이고 보답높는것이 意識이라면 人間이能

動的人間인 이상 그心臟과 그意識으로서 社會와歷史와

밋現實 보담 具體的인 精神과肉體속에 批判하여야만할

것이 아닐가? 따라서 意識이濾過밋沒出의 完全不足에서

그의能動性은 文學에있어서 「眞과實」를 決定하는 크나

큰 에레멘트를 만들기도할것이다.

우리는 過去의 리얼리즘作家로 有名한 「꼴키ー」를생

각해도 足하다.

「꼴ー키」는 그의作「どん底」에서 人間의暗黑面을 社會

的暗黑面에 파뭍히게하야 純粹客觀的의手法을 보여줌으로

서 그는 純粹리얼리즘作家가 되지안헛든가. 朝鮮만 치드

래도「남생이」이나 「답사리」같은 作品도 있는것이나 또

「城隍堂」과「소금」그他수많은作品도 있다. 여기에 注意해야할것

은 文學하는人間이 보는態度로서 그의良心의 態度인것이

다. 얼마만치 그의良心이 文學作品에 담어있는가 하는

問題는 얼마만치 現實의 生活을 探索하며 그속에늘어가

서 움즉이여 보앗는가 하는 積極性을 細帶할런지 몰

은다. 即리알리즘作家에 있어서도 그作家가 훌륭하냐

는作品을 만들기前에 그는 보는눈의 眞實 또는 눈이活

動하고 눈이實踐한 眞實을 가젓다고 하면 어떨가. 이

러케 생각하면 리얼리즘文學도 역시 文學의根本精神은

눈이 道德을 實踐했다고도 할수있을것이다.

「모랄」의 實踐은 여기서 判異한性格者로 나타나게된

다。以前 階級性이나 社會의 激動이 없을때는 作家의 道德性이 多分이 主體性의 環境을 받었드래도 亦是 한 生活者로서 따라서 그生活를 높이 할수있는 良心的인 人間이여야만 될수있다는 條件에서 人間은(文學人間)보다 熱情的이고 ᄇ람 理想的이되여야만 하겠다는것은 正義와 義憤을 갈려 해아리는 批判者의 자리를 가친듯이고 도 하겠다。만약 늦길수있는 그것이 一身의 問題라할지라도 그에게 良識이라는 그 實踐的 모랄의 음직임없이 그냥 小說을 쓸수있는가?

그것이 一身上의 問題가아니고 넓이 普遍的實體的人間의 理念에 있어서라!

늦긴다는 것은 頭腦의 批判에서 오는性質의것이 아니다 늦김이 벌서 實體的인데는 恒常 時代와歷史앞에 展開될수있는 可能과能動性에서 實踐되는 肉體의화살이고 生活의實踐者인것은 두말할필요가없으리랑。

그러면 能動性으로 歷史를보고 時代를보면서 自主的意識體의 浸出를 敢行하지않고는 行爲나道德의 實踐性우 無意性탄것이아닐가?

우리는 行爲에앞서는 能動人間으로서의 意識下層에 抑壓되있든 모랄의 放射를 생각하면서 그모랄의 志向을 생각하고 있다。

이제야 無意識은 活素가되여 우리의心臟을 흔들고온 肉體와함께 實踐의피를 吸收하고있지 않는가? 넘으나

希望할수있는 事實은 그 觀念體의 體位를 股毅하여야만할 것이다。

우리의 肉體는 生의意向을 無意識의 復活과함께 함껏散射하는것이다。

따라서 時間的의인 너무나 時間的인 그 無空間的 性格의 時間은 肉體가生活의肢體를 못잡고있는동안 하나의 性格을 마련하여야만할것이다。

「生」의內容이 即身體性없는 觀念의世界에서 蟬脫할때 그는비로서 生의性格者가 되면서 모랄의 性格者도 될수있지않는가。

이에 主體即肉體와能動的主體로서의 意識性은 못가젓다면 그는 生活의性格者가 될수도없고 딸아서 모랄의 性格者라고도 할수없을것이다。우리가 보는 現實 機構에이 肉體가아니고 딸아서 生의性格者가 아니면서 能動的人間이아니었다라는것이 바로主體性의 沒却이 아니었든가。

既刊

朝鮮文學集 全十卷

第一回 時調集　第二回 上說集(一)
第三回 歌集　第四回 小說集(二)

定價一回二十錢
續續 刊行

中央印書館 發行

評壇志士의 妄斷

K O 生

지금 잘 回想되지는 않으나 數年前 朝鮮日報의 「錬金機子」는 一文壇志士란 말을 맨드러갖이고 一部文人? 들의 態度를 非難한 일이 있었다 志士란 本來 社會의 來期에 나서서 그 社會에 對하야 몸소 行動할수는없는 사람들이 그래도 志士風은 지금 우리文壇에도 생겨저서 直接文壇의 前面에 나서서 活動할 能力이 缺如된 一部의 사람들에게 주어지는 名稱이다. 이러한 志士들을 錬金機子에 擬倣하야 「評壇志士」라 尊稱(?)하련다.

이러한 好條件의 德澤으로 文壇을 몇번들어 보았든 一部의 所謂 評家들은 그러나 한번 時勢가 變動되여 그들은 自然의 勢로밀니 이러케되자 그들은 自然의 地位를 찾어버린 뒷골목의 서방님 身勢가 되게 되었으니 그렇드래도 背着의 꿈을 잃어버린 젊은 寡婦와같지 지난날 녀었든 文壇行勢를 斷念할수는 없어 決局 評壇志士노릇을 하게되는 것이다.

이땅에있어 文壇에出世(?)하기는 그리힘든 일이 아니였다. 더욱이 倜同 文學의 初創期에 있어는 글이야 되였거나 말거나 또는 文學的 敎養이야 갖었거나 말었거나 그저公式的인 이메오로기의 片鱗이라도 번뜩였보혀주면 讀者들은 拍手를 보냇고 또 文壇에서는 그를文士 또는 評家로歡迎(?)하게 되었든것이다.

이評壇志士流는 이땅에서 생겨질 만한 充分한 現實的 條件이 있었다 우리 自體의 文化的 傳統을 갖지못하고 그우에 일우바 文化輸入의 歷史를 기껏 三十年밖에 갖이못한 이 表皮的 機會좋아 갖어 보지못하든 그 文壇情勢의 轉換과함께 才能에빛이여 評論다운 評論한 構發

들 評壇志士는 어떻게 탈락지않우 機

어나마 오기만하면「勿失好機」라하야 例의 志士的 言說을吐한다 曰 今月의 文壇은「白潮」時代에도 밎지못할만 치 退化되있느니 日 지금 文壇에從 事한다는 者들은 卑劣한 新聞雜誌 編輯員들의 食客에 지내지 못한다드 니 또 日 이땅의 評家이란 全體로 東京의것을 서투른 솜씨로 直輸入 한것에 지내지 안느니 이러한 志士 的인 慨嘆을먼지는 그自身이 文壇 을 살일 妙案을 갖었느냐 이런것 도 없다. 朝鮮文學은 언제나 生 理的으로 깨우칠것인가? 라고 거듭 慨嘆한다. 病理를잘알고 있는 이文 壞醫士가 어째 그治療法을 몰으는 고, 하기야 그러기에 우리는 그들 을가르처 評壇醫士란 하고 評壇 志士라 하는것이지만。

志士諸位여! 어째서 지금 사람들 이「白潮」時代만치도 文壇에 眞實하지 못하단 말인가? 文學을文學的으로 살 力으로 보나 文學을理解하는能 이다。 志士諸位여。

너려는 努力으로 보아서도 文學靑年 처럼 神經質的 憤怒를 느끼지말고 冷然히 그대들의 글과 지금 文壇에 從事하는 사람들의 그것과를 比較 해볼理없이 갖이마다. 그리고 才能과 實力에 비치면 그저 혼자않어 編德 房 老人들처럼 身勢打鈴이나 할이어 그리고 이름의 休맨이즘이나 知性論이 東京것의 直輸入이란말은 그쉘말인고 그대들은 정말 東京것과 이땅의것을 對照해서 한번 읽어불誠 意나. 갖어보앗느냐? 아마도 그대 들이 前日 傾向의이라하야 行勢할때 끼마시하든 그것에比하야 今日의 評論흔 아주 獨創的이라하야 을을것이 다. 勿論 이땅의 評論이 달은 땅의 影 響말에서 있음을 否認하시는 안는다 하나 그것은 勢不得已다 우리獨自 의 文化的傳統이 그社會的 發展의 度에 의 文化의 發展이 그社會的 發展다 化의發展이 그社會的 發展다 곽해있는 關係上. 여러가지 敎養의 機 그렇다고 지금 글쓰는 몸들은 모다 新聞. 雜誌 編輯員의 食客이라고함 會가 뒤떠러저있는 이땅의 評論이問 부로辱說을 떠부였자 별수없는 노릇 題의 提起에있으나 또는 그問題등解 이다. 志士諸位여. 情勢의 變換에 그 決하는 不版이있어 先進國의 影響

1754

을 免할수없음을 어찌할수없는 事情
이다。 그러나 그렇다고 우리는 남의
영향을 斷切하고 오직우리의 몸은 傳
統만 따돌수는것이 올으냐하면 決코
그렇지않다 우리는 孤立된 文化現
實에서가 아니라 文化의 連鎖속에서
살고있으며 그러므로서 今日이란 時
代的 文化的 事象을 共通的으로 받고
있으며 또 그것의 解決에있어서도 共
通된 方法을 꽃일수밖에 없는것이다。

오즉 우리는 그것을 이땅의 特殊
現實에依해서 갖어야 할것이며 또남
의것을 追說하기보담 우리의 實力에
依해서 創造해야될 그것뿐이다 近來
의 휴맨이즘 또는 創性論등이 束
京의 그것과 制異한것임은 注意깊
은 讀者들은 잘 알수있을것이니 그
問題의 提起가 먼저 東京에서 되었
다고 그것의 直輸入이라고 보는것
은 情勢네 어두운 白眼生의 참고

대에서내지 못한것이다。
그렇다고 나는 今日의 文壇現實이
決코아니다 그러나 評論的 現象에
나 또는 評論的 現象에 滿足함은
決코아니다 그러나 文壇 乃至 評論에
對한 앞날의 打開는 評壇志士들에게
서가 아니고 그때도 活動하고있는
그리고 그가운데서도 才能과 實力
을 갖고 있는사람들을 信賴하는 대
서만 可能하리라믿는다。

編輯後記

▼오래간만에 내여노는 三月號가 시언치않게 誤字투성인것을 보니 얼굴에모닥불을 끼얹은듯 머리가 저절로 숙여진다.

▼原稿에서 校正에 이르기까지 紙에서 印刷에, 表말성이많은 境界線을 너머서 苦役을 치르고 겨우 이러하고 내여논 三月號가 그모양이 되고보니 編輯子는 모름직이 먼저 鎭者諸先生과 讀者諸彼께 合掌하야 謝罪를伏望

▼四月特輯 亦是 三月號보다 別달리힘을 써본雪野氏의 紀行文「金剛山遊記」를 실게된것은 더욱 눈앞에 바라보며 筆者諸先生과 讀者諸氏의 健康을

▼評論에 林和氏의「文藝雜誌」와 KO生의」評增志빈다.

다는 것이 이모양이다. 언제든지 제자랑만 늘어노키만했으니 豪言을 避하야앞날의 誠意와 努力을 살며

주시 길별뿐이다.

▼朝鮮文壇에 처음으로 人評論에 李曉植氏의「生活出現된 戰爭文學 金龍濟探求와 人間探求」를 실었다氏의「亞細亞詩集」을 다.臨爭欄에 洪曉民氏의 펜」를맨」과 教養 과 丁來東氏의

▼創作特輯欄에 先頭로 의「運命」과「破興娑의成與求하기어려운 故李箱氏의 氏의「遠方의벗에게」를 실遺稿를 林和氏의 厚意로 氏의「遠方의벗에게」를 실게되었다.

記載케된것을 이번달의 큰자랑으로 생각한다.

▼新人作家의作品 六篇 默을 직히시든 沈미」를 실게되었고 新人의 「보리」와 가昆崙氏의「울뻐作品을二篇을 실게되었다

▼詩欄에 오래동안 沈橫煥氏

▼얼마나훌융한 陣容이냐 編輯室子봄은 完然히 얼마나훌융한 陣容이냐

▼봄은 完然히 차저왔건만 석방에도

石床에 三月號의 誤植만을 잡고 三月號의 誤植만罪를 謝하고자 冊末헷든 罪를 謝하고자 冊床엎드려 花園으로 날雙雙의 黃蝶白蝶을 눈앞에 바라보며

定價表

一個月	三十錢
三個月	八十五錢
六個月	一圓六十五錢
一個年	三圓十錢

◉注文은 반듯이 先金

注文方法

◉振替로
◉郵票는 一割增

昭和十四年三月二十七日 印刷
昭和十四年四月一日 發行

編輯兼 發行人 池奉文
京城府光熙町二丁目九九

印刷人 高應敏
京城府西大門町二丁目一三九

印刷所 彰文印刷株式會社
京城府西大門町二丁目一三九

發行所 朝鮮文學社
京城府光熙町二丁目九九

總販賣 三文社
金顯鐸
京城府寬勳町一二一
電光三五五一番
振替京城九七五六番

朝鮮文學

第十八輯（五月号）

朝鮮文學　五月一日發行（第十八輯）目次

★表紙……
★★扉繪……
裝幀繪……

編輯　李周洪
發行部　玄忠燮

朝鮮文學

第十八輯

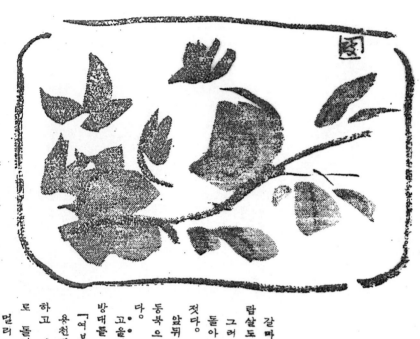

오 마 리

玄 卿 駿

一

갈마반도(葛麻半島)를 버서지니 물결은 제법 굼실거리고 바람살도 거칠다.

그러나 정히 마 바람(南風)이다。

돌아다보니 원산(元山)항구는 벌서 아득하니 시야에서 멀어젓다。

앞뒤 돛폭은 활등처럼 휘여저서 튀기면 허줄듯이 배불러있고 동북으로 곳추 향한 뱃머리는 둘었다 놓았다 잘도 움썻거린다。

고울사공 형보는 둘어잡은 타리(舵)채에다가 한쪽손으로 곰방대를 탁탁 턴후、 아뒷사공 용칠이를 내다보며

「여보게 바람쌀이 너머 센것갓지.

용천질이나 좀 허게(앞돗으로 바람을 털란말)」

하고 마러체를 지그시 당기며 뱃머리를 얼마쯤 노뒤(北)쪽으로 돌려놋는다。

멀리 점점 아수룸해가는 항구를 하염없이 바라보면 용칠이

6

는 ─아ㆍ모대답도 없이, 손아귀에 감아쥔 돛줄을 횟척 잡아챈다.

만코된 바람이 슬멋이 풀려나가자 뱃머리는 움칫 숙어지며 멋그러지듯 오동없이 나간다.

그러나 얼마쯤 나가면 돛쭉은 다시금 불러지며 배는 머리를 쳐든다.

그러면 그럴때마다 용칠이는 돛줄을 잡아채서 바람을 털어버린다.

형보는 한동안 그모양을 내다보다가 당겨잡은 따라채를 다시금 기웃이 밀며뱃머리를 노앞(南)으로 돌려놋는다.

그러고는 따비채를 겨드랑에 끼고 곰방대에다가 장수연을 눌러담아 성냥을 그어 붓처물고 인제는 아주 시야에서 머러진 항구쪽을 들여다보며 간밤의 달콤한 추회에 잠겼다.

항구마다 모구마다. 들기만하면 의례히 노릴수있는 게집들이었만 간밤의 게집은 어된지 물으게 정이붓는 게집이었다.

싸늘한 고 눈초리에 서리는 새츔한 우숨은 이상스레도 사내의 가슴을 녹여주는것이었다.

만약에 겨사람들만 없다면 그러고 주머니만 불룩하다면 그는 오늘도 래일도 일은봄 참불까에 선 버들가지같은 밝는날이 원망스럽긴 하나 북으로 북으로 흘으는 조류(潮流)는 하로는 고사하고 반날도 유예를 주지안는다

그러나 물결에 흘으든 고기떼를 따라댕기는 신세라 하는수가 없다.

흐리려분이 취한 머리속이 개이기도전에 배는 다시금 부두를 떠낫다.

영흥만(永興灣) 끝구비를 버서지니 끝없이 바라다보이는 바다는 더한청 망맛해 보이고 왼편에 드려다 보이

는 머언 산들은 바다보다도 더 풀으러 보인다.

바다에는 수반혼 배들이 떠있다.

그리고 강원도바다에서 곳게 들어오는 그것들은 거진 「오마리」배들이다.

형보는 갓가운 거리라면 불러보며 무슨수작이던지 걸어보고 싶었다.

만은 배들사이의 거리는 五리도 며된다.

7

고향을 떠난후 벌서 달이 찬다.

라도 바다에 들어서서 그런지는 몰라도 고양「오마리」들을 보니 이상스에도 그리운 생각이 사모쳐든다. 무었보다도 애색기들이 보고싶어진다. 평소에는 귀찬케만 역여지든것이 이러케 파도바다에 떠보니 짜장 그워나는 깜둥이들이다.

형보는 한엽 더 따라채를 밀어서 노앞쪽에 떠가는 「오마리」의 겔으로 배를몰앗다.

그러고는 거친것같으면서도 부두러운 말씨로 용칠에게 일렀다.

「용천출을 좀 늦추게」

용칠이는 여전 아모대답도 없이 그러나 형보의속은 알어채인듯 그도 바다쪽에 떠가는 「오마리」들 내다본다

「오마티」의 고향.

그것은 대개가 강원도나 경상도 경상도중에도 북도가 만라.

어째서 「오마리」라고 불러워지는지는 그들자신도 물은다.

그들이 고향을 떠나는것은 거개가 五월중순으로부터 하순경에까지 이르는것으로서 난류(暖流)의 흐름에 따라 밀려오는 정어머가 북동으로 밀려가면 그뒤를 따라 돗폭을 다는것이니 귀향은 빨터 처도 十월하순 十一월초 순경 다시 난류가 돌아질떠인것이다.

그동안 「오마리」들은 난류를 따라 북동으로 작구만 떠가며 정어러를 잡어서는 근방포구에 들어가서 이세가 돌아지는대로 팔고는 다시금 돗폭을 달고 떠들어가는것으로서 그들의 최종목적지는 정흥서수라(慶興西水羅) 끝 이다.

해는 벌서 한낮이 겨윗다.

바다에 돗폭은 점점 늘어가고 뱃머리가 이리저리 돌아지는것을 보니 벌서부터 물결을 골루는 모양이다.

그러나 향하는편은 모도다 지지난밤부터 흘렀다는(잡혔다는) 마양도(馬養島) 앞말기(지경)다.

형보는 갑작이 정신을 차린듯 사품을 치며홀으는 물살을 역여보았다.

부글부글 끌으며 순조롭게 흐르지못하는것이 틀림없는 역류(遊流)다.

형보는 한동안 앞뒤바다를 번갈아 둘러보다가 큰돗출을 두어고비 더감아 빨려놓며 따러채를 틀익 노뒤쪽으

로 놓았다。

배는 갑작이 기웃둥거리며 노앞으로 위태롭게 돌아지며나 빗두름이 누은채 바다를 향해 곳게 내달린다。

그러는데 있물(前方)칸에서 언쇠가 나오더니

「여보게 점심이 됏네」

하며 형보의 앞에 와서 따리채를 잡는다。

「물길을 차저야겟네。 한동안 내몰게」

하고 형보는 웃줄 일어나서 허리를 쭈욱 편다음 있물쪽으로 간당。

一一

고울사공이면 배에서는 선장격이다。

있물칸에서는 형보가 나려서는것을 보고 보도더 한쪽으로 비키며 자리를 냄다、

형모는 비켜주는대로 털석 주저앉으며 여렷을 둘러보앗다。

원편으로부터 경덕이、병호、종삽이、순동이、모도다 억세게 생긴 몸집에 부리부리한 얼골들이다。

그러나 순동의 얼골에는 아직 애티가 그냥 서려있다。

하긴 그럴것이 배는 탓다지만 아직 스물밖에 안되는 그가 아닌가?

새로 지은 밥은 언제나 제자랑을 잊지안는 종삽의 솜씨라 알맞추 물을 맞어 맛스럽게 되엇고 생선으로

지진 가재미맛도 입맛을 당긴다。

더구나 생채에다가 복근 정어리의 생회는 못견듸게끔 술생각을 도두어준다。

그모양을 보고 종삽이는 형보의 속을 엿볼대로 엿본지라。

「형님 생각이 나지요?」

하며 썩 우서보힌다。

형보는 아모소리도 없이 마주 씽글 우스며 한저까락 듬석 집어먹는다。

한동안 말없이 식사가 게속뒤 후

「그런때 오늘밤은 어듸가서 물작정인가」

하고 형보를 건너다보는것은 경먹이다。

「마양도 말그두 가야지」

「벌서 해가 기우럿는데 그렇게 갈수잇을까?」

「없으면 되는대두 가다가 아무데서나 풀지」

형보는 표정도 없이 무뚝하게 대답한후 가제미뼈를 비밧는다。

「대체 마양도맛기 원산서 멋리나 되나」

하고 이번에는 충살이가 말끝을 있는다。

「二백리는 실칠걸」

하고 받는것은 경덕이다。

「二백리문 이바람에 못갈께 뭐인가?」

「아 그야 갈수있지만 물을 잣자니 심든단 말이지」

「심들문 아무데나 잡어놓지 이 널은바다에 고기가 없겠는가? 그저 물人길만 잘 찾게」

충살이는 차신있는듯이 웃숙거리며 형보를 흘낏 건너다보다。

형보는 여전히 말없이 식사만 계속하다가 수까락을 집어던지는 순동이를 보고 넌지시 명한다。

「다 먹었으문 용철이와 춤 밧퀴라」

순동이가 나가자 뒤밧기워 용철은 이내 들어온다。

그는 들어오기가 밥부게 여럿의 앞에서 빼았다싶이 밥통을 끄어당기여다가 수까락이 부러저라 퍼먹으며

「제-길 반찬은 죄다먹구 쩌꺼기만 남겻나?」-

하고 두멀거리면서도 그래두 맛스레 퍼먹는다。

「여보게 잔소리 말게。 그래두 알짜만 남겨뒀네」

하고 양치질을 하며 나안는것은 병호다。

「알짜만 남겨뒀다니 고맙에 자네 언제부턈 고영이가 쥐생자듯 그렇게 심뤘가 좋와젓나」

용철이는 한방 뚝 쏘아준다음 열적게 썩웃는다.

「이놈이자식 오답부터 어듸 꽁대기두 안남긴다」

「안남기구 먹다가 뻑다구가 목구멍에 가르 질리문 너×을 ×례냐?」

「네에머리가 ××거문 ×아주지」

어느듯 그들의 육담은 례에 의해 음탕하게 벌어진다.

형보는 한동안 둘의육담에 귀를 기우리다가 그만 웃줄 일어나며

「얼른 거더를 치우구 그물손질이나 허게」

하고는 밖으로 나왔다.

배는 퍽이나 나왔다.

그는 고물쪽에 가서 억쇠와 밧구어앉으며 문살을 나려다 보았다.

앞뒤로 갈려지는 물살을 보니 인제는 들림없이 제길로 잡어든듯하다.

형보는 따리채에 감아논 돗줄을 한고비 풀어노며 키스자투를 기웃이 돌려밀었다.

동시에 배는 슬머ー시 머리를 노뒤편으로 돌린다.

바다쪽에 배는 그동안에 거진안쪽으로 잡아들었다.

「미친놈들 이게 어느땐가? 번서부터 도시긔(都時期)ㄴ가?」

하고 형보는 저혼자 죽얼거리며 있물쪽 순동이를 내다보니 그는 멀ー리 상원도바다쪽을 바라보며 무엇지 생각는뜻 하다.

「제ー길 어미생각이 나나!」

형보는 또한번 중얼거리고 나서

「야 순동아ー」

하고 갑작이 불러본다.

마치 기다리기나 한것처럼 순동의 고개는 획 돌아진다.

「너 무슨생각을 그러케 하구있나? 엄마젓생각이냐?」

순동의 임가에는 어설픈 우숨이 힘없이 떠올은다.

그 우숨을 보고 형보는 문득 그 언제인가 고향을 떠날때 경덕이게서 어더들은 순동의 이야기들 생각해내고

혀를 끌끌 차며 입속말로 중얼거럿다.

「아서라 어린놈에게 게집이 다 뭐냐?」

그러나 순동이는 눈치빨으게 형보의 입속말을 알어채고 이내 얼굴을 붉힌다.

그모양을 보니 형보는 공연한 수작을 한것같아 싱겁이 가슴속이 언짢헛다.

그때 그는 다시 우숨을 지으며

「엄마 젓생각이 나문 맥일쯤 신포(新浦)가서 막걸리나 한사발 들이켜라.」

하고 부두러운 표정으로 눈을 껌벅엇다. 순동의 얼골에는 다시금 힘없는 우숨이 떠올은다.

그러는데 있물간에서 떠들어대던 패거리들이 나오더니 뱃전에 널어논 그물앞으로 제각기 갈려저 가서 배ㆍ때

(그물술)돌 가누기도 하며 방돌(錘石)을 둘처넣기도 한다.

해는 훨신 서쪽에 기우럿다.

형보는 황혼이 지터드는 바다를 이리저리 살펴보며 말을 찾기에 애를 쓴다. 그러나 마양도 말근 아직도

멀다.

「여보게 병호, 마양도말근 아직두 멀었지. 자넨 여러해째 돼서 잘 알겠네그려」

형보의 질문에 병호는 그럴듯한 자세로 멀ー니 동북산들을 바라보면서

「글세말이네. 아직 멀었나보네. 헌데 너머 나오지않었는가?」

하고 다시 근심스런양을 하며 이번에는 바다쪽으로 시선을 돌린다.

「좀 나온것갈거는 하메. 그러치만 물길을 찾지않구야 고기떼를 어떠케 따르는가?」

「그건 그렇지만 다들 안쪽으로 쏠리는것‥같은데」

「쓸리는놈들이 철이 없지. 이게 어느땐가? 도시긔냐?」

「어듸 폭풍경보나 나지않었는가?」

「미친소리 말게. 오늘아츰 원산서 잘보잔헛은가?」

바로 그때다。

갑작이 병호의 앞에서 그물삐대를 가누던 정덕이가

「아 고기떼다 고기떼다。」

하며 넉없이 잇물쪽으로 내달린다。그바람에 사공들은 일제히 앞을 내다보았다。

「아 저것봐라。정어리떼다。물쌀을 봐라」

사실 그의말과같이 배앞에서 얼마 멀지않는 몸에서는 이상스레도 물쌀이 설레며 원형으로 둥구라니 물결이 부풀어올으는것이었다。틀림없는 정어리의 싹이다。

「올타 고기떼다」

「그렇다。틀림없다」

사공들은 정신없이 서둔다。그리고 그들의 얼굴에는 한결같이 생긔가 떠돈다。

형보는 돛줄을 힘스레 들어당쳤다。그러고는 따리채를 삐익 노뒤쪽으로 틀었다。만은 다음순간 고기떼의 싹은 흔적도 없이 사라저버리고 굼실거리는 좌도만이 이랑을 지으며 흘러가고 있다。

사공들은 닷치면 터질듯한 긴장을 띄고 물결에서 시선을 때지않는다。한동안이 지나고 두동안이 지나도 소식은 없다。그들의 얼굴에는 차츰 실망의 빛이 떠돌기 시작한다。그러나 형보는 조금도 실망하는양없이 긔세를 올리며 소리를 질른다。

「다들 뭘하구 섰서? 어서 차비를 안할텐가?」

「아니 고기떼가 어듸루 빠졌을가?」

병호는 진정을 못하며 앞뒤로 돌아댕긴다。

「어되루 빠진건 안문 어쩔텐가? 이건 아주 긴차꾸(小滌船)루 아는모양인가? 잔소리말구 어서 차비들이나 하게 자 돛줄을 풀어라。오늘밤우 이바다에 떳다。」

형보의 말에 여럿은 비로소 잇었던것을 깨달은듯 서둘며 차비를 시작한다。줄을 풀기가 무섭게 큰 돛은 와르르 쓸려나리고 헌뜻 들린다。돛폭은 거둔다음 억쇠는 형보의 몸에와서 한노(後方櫓)를 넣고 달은사공들은 잇물앞뒤에

별려서서 젓노(左右便櫓)를 넌다음 물결이 흐르는대로 한동안 흘른다。둘림없이 북동으로 죽 그들의 말을 빌

면 뱃새(北東)로 흐르는 난류다。한동안 흐르는대로 떠가다가 형보는 잡작이 키를 거머울리며

「자 인젠 아쉬우며(한노로 조종하며) 노왔쪽이다」

형보의 명령이 떠러지기가 밥부게 배는 기웃둥 머리를 바다쪽으로 돌려 나가고 사공들은 솜씨빨리 그물을 풀어넣는다。그물을 죄다 풀어넣고는 다음에는 다시 되돌아지며 그물배대속다가 번석유등으로 맨돈 알기

(標)를 뜨물로문 달아논다음 배는 그물끝에다가 단단히 달아맨다。

일은 끝났다。인제는 한밤을 그물에 달린채 물결이 흘으는데로 떠가며 천행을 기다릴수밖에 없다。

「자 인젠 뫼(海神)을 위한 (치성밥)불 지어라」

형보의 분부가 나리자 종삼이는 벙글우수며 팔소매를 거머울린다。

「아 등대불이다。마양도 등대구나」

하고 경멀이가 잡작이 놀란듯이 떠들어대는바람에 그의 손끝이 갈으키는끝을 보니 멀리 보락빛으로 어두어는。뭍(陸)쪽에서는 샛별같은 불빛이 깜박인다。

위치로 보아서 틀림없은 마양도등대불인것을 알고 사공들은 더한칭 마음을 놓았다。

三

•알기(標)로 달아맨 번석유통들이 뗑뗑 울리기는 한밤둥이었으나 그러나 그것은 얼마동안에 지나지못했고 그뒤는 동살이 회연이 틀때까지 애를 태우며 기다렸것만 원용 소식이 없다。날이 밝으면 볼장은 다본다。

사공들은 다시금 쩔우밤은 원망했다。그러나 좀더 오래 두어두면 큰고기(鯨)가 무섭다。번연이 틀린줄은 집작하면서도 할수없이 그물을 켜울리기 시작했다。가물에 씨왔나듯 드문드문 그물코에서 번쩍이는것을 볼때마다

도리혀 화가 치민다。만은 그래도 다 거더울리고 보니 열통(洌)은 넘을컷같다。한동안 사공들은 우두머니 먼바다를 내다보며 것잡을수없은 생각에 잠겼다。

배는 흘을대로 흘러간다。잡작이 동쪽바다가 뻘거케 물들며 햇살이 뻗처울은다。사공들은 비로소 정신을 차리고 물쪽을 돌아다 보았다。하로밤동안 그물에 매달려 흘으고나니 바로 정면으로 마양도가 되려다 보인다。

I4

마양도가 보이자 형보는 갑작이 귀운을 얻은듯 소리를 질른다.

「돛을 단장。 신포(新浦)들어가서 점심전에 풀구나오면 오늘밤은 차호(遮湖)말게 가서 풀수가 있다.」

그 소리에 여렷은 일제히 돛대밑으로 몰켜가며 돛옥을 가누기 시작한다。이윽한후 쌍돛은 다시금 달리고 밤

새로 돌아진 새시바람(來風)에 배는 쏜살같이 마양도를 향해 달린다。한시간도 못걸려 마양모엿개를 스처들면

서 포구를 듸려다보니 듯밖에도 부두는 한적하당.

지난해에 왔을때는 그렇게도 흥성거리던 바다ㅅ가에는 개색기도 어튼기는 것이없다。그머나 아래편을 듸려다보

너 첫머리에 재치없이 성거주춤하게 앉아있는 공장거ㅅ대에는 얼룩멀룩한 괴폭이 초라하게 나부끼고 있당.

오늘의 락찰(落札)을 알외여주는 괴폭이다。배는 어김없이 괴폭달린 공장을 향해들어가며 큰돛을 거둔다。배

가 들어가는것을 보고 먼저 사람의 그림자를 나타내는곳은 그래도 락찰된 공장마당이다。다음 부두모롱이에도

듯멋 그림자가 어른기더니 기다린듯여 공장쪽으로 줄을이어 나서는것은 이문윢유의 여자일군들이다。흰수건으로

머리를 싸고 손에는 저바다 함동박을 들었다。병호의 입가에는 부지중에 듯몰을 수상스런 우숨이 벙긋 떠을

은다.

「뭘 보구 웃는가?」

정덕이는 나물허는 어조로 뭇시만 그의입가에도 부지중에 떠을우는 우숨은 금할수가 없다.

「함경도 아주마니야!」

「함경도 아주마니가 어쨌단 말인가?」

「조―치」

「뭐이 좋단말인가?」

「이자식 시침을 따지말아」

「저런 오라질 자식이라구。내가 뭘시침을 딴단말이냐?」

「흥 어듸 보자。수박씨는 제가 다까면서。그러치만 오늘은 안되 내차례다」

병호는 주먹으로 제가슴을 질어보며 모로 돌아진다.

「개수작말구 어서 닷줄이나 풀어라」

15

경덕이는 열없이 뱃구불 한다음 잇물쏙으로 나간다. 그러나 닷(錨)은 벌서 용환의 손에서 풍덩 물속에 저진떠다. 앞둣까지.거두자 배는 아주 힘업는 걸음으로 닷줄을 풀며 들어간다. 가에서는 이끌 여자들의 축색인 헌소(喧騷)가 시작된다.

무슨수작을 무었이라고 짓거리는지는 몰라도 하여컨 남자들이상으로 광장히들 떠들어떤다. 하기야 어촌처고 여자들이 떠들어메지안는 곳이 어듸 있으랴만 이지방은 특별히. 더한다. 배가 가에 닷겠되자 형보는 먼저 대금부터 물었다.

「오늘락찰은 얼마에. 뱃수?」

「四원七十전이우」

하고 선뜻 대답해 주는것은 공장서긔인듯. 골덴양복쟁이다.

「제—길」

형보뿐만 않이라 사공들은 약속이나 한듯이 모도다 투멀거린다. 골덴양복쟁이는 여자들을 보고 무에라고 말하더니

「멋롱이나 잡았소?」

하고 뭇는다.

「얼마 안돼요.」

하고 불멘소리로 대답하는 것은 경덕이다.

「어느말게서 잡았소?」

「이왓말게서 잡었수다」

이번에는 득쇠가 대답한다. 서긔는 저혼자 무에랴고 중얼거리는것갓으나 여자들의 떠들어대는 소리에 들리지 않은다. 모로 가로 붙인 뱃전에 널다리가 놓이자 여자들은 재빨으게도 서토 앞을 닺우어 올은다.

병호의 입에서는 첨이 흘을지경이다. 그모양을 보고 경덕이는 팔굽으로 그의 옆구리를 꾹 찔으며

「이자식아 입좀 담으려라. 똥파리가 날아들어간다.」

하고 성글 웃는다.

16

「에이자식、네입이나 담으러라」

병호는 입술에까지 나온침을 슬쩍 마시며 그물코에 걸린 정어리를 털기시작한다。

「아 즈 마 니 참말 오래간만이구려」

하며 비윗성 좋게 알은체하고 수작을 거는것은 종삼이다。

「정말 오랫만이옵메」

여자는 대답히도 응수한다。그바람에 용긔를 어더가지고 병호도 한풍 걸어보았다。

「아아주머니는 작년보다 더 고와젓구려」

그러나 병호의 배깐은 만만하게 걸려들지안는다。

「밋친소리를 마오。당신같은 사람은 초하루장에두 본일이 없오」

딱 잡아떼는 여자의 모양에 병호는 어듸다가 얼골을 돌렸으면 좋을찌 몰랐다。갑작이 배우에는 우슴보가 터젓다。병호는 얼골빛이 수수떡처럼 되여서

「제ㅣ길」

한마듸 비밧고는 저쪽으로 돌아앉은다。그바람에 우슴소리는 더한칭 소란해진다。

그물코에서 털어낸 정어리는 여자들의 함지박에 담겨서 공장까지 가면 거기서는 다시 다루(樽ㅣ)통에다가 되질한다음 공장가마까지 가저간다。그런데 다루에다가 될때면 사공과 공장측은 언제나 말성이 있었는데 금년은 그것이 없다。

밀대로 쭉쭉 밀어되는바람에 더달란말도 멀추겟다논말도 아모겄도 없이 쉽사리 매매가 되여간다。매매는 이내 끝났다。얼마안될술 알었던것이 끝장을 보니 그래도 열여떨룽이나 됨다。공장서긔에게서 표지를 받아가지고 형보는 어업조합(漁業組合)으로 돈받으러갈다。그동안에 사공들은 륙지에올라가서 막걸리따도 한잔식 하며 죄다 배에서 나렸다。그렇나 정덕이만은 먼저들 나리라고하며 뒤떨어젓다。사공들이 나려는것을 보고 어느모통이에 직혀있었면지 앉가 병호에게 판잔을 주면 게집은 생글거리며 배열으로 오더니 조곰도 주처함이 없이

「이봄시오。생선꺼러물 좀 못주겠오?」

하고는 정덕의 얼골을 빤ㅣ이 처다본다。너머나 더담한 게집의 행동에 정덕이는 잠시 멍ㅣ하니 나려다 보기

안뺐다。 그렇나 그에게 거절이 있을터는 만무하다。

「생선꺼리요? 아 둘이지요」

한다음 그는 여자가 울려보내는 함지박에다가 거진 차게 반찬꺼리로 남겨둔 정어려를 담어주었다。

「고맙소」

여자는 눈으로 우서보인다。정덕이는 가슴이 울렁거려 견딜수가없다。그렇나 계집을 다루는때는 익을때로 익은 솜씨를 가젓는지라

「정어리만 달라우? 고등어는 일없우?」

하고 벌쭉 우서보인다。

「고등어둘? 에그 그렇나 어떠케 그것까지 밋겠읍에?」

계집은 사양하는체하나 그의 눈은 탐스럽게 봇난다。

「뭐 이까짓거야」

정덕이는 싱싱한 고등어 두마리를, 덥석 집어 함지박에 담아주었다。그렇고는 또 두마리를 더집어주며

「아주머니 앉가는 아주 맵머니 그러치두 안수다그면」

하고 페의솜씨를 꺼내며 낙그려한다。계집은 조금 얼골을 붉히는것갈머니

「그나그네 너무 염치없이 덤베니 그렜읍지」

제법으로 얄구진 표정까지 지으며 도리혀 사내를 낙그려든다。정덕이는 대구입갈은 입을 벌쭉 열었다。

「아주머니 생선꺼리말구 담을건 실수?」

「생선꺼리말구 무스게 또 있오?」

정덕이는 다시한번 벌쭉 우수며 엄지손까락과 식지를 한대 맛추어서 뚱그래미를 맨들어 보인다。

「돈을 실수?」

「에그 그나그내 벨소리를 다하네」

계집의 얼골은 이내 샐쭉하니 실그러진다。

「벨소리라니요? 거짓말인줄 알구? 사내대장부가 준다묜 젓지」

「듯기 실소° 그런소리는 당신이 무슨일루 나를 돈까지 주겠오?」

「그야 일이 있어야 주나요?」

「그러챙이쿠° 일이없이 어째 주겠소?」

「펴―니 그러지말구 있소° 조용한때 오시우°」

「흥, 빌일이 다잇네!」

하며 게집은 핵 돌아서 버린다° 그러나 정덕이는 벌서 게집의속을 엿볼때로 엿보았다°

「아주마니 정말이우° 있다 조용한짬을 봐가지구 와야해요 기다릴께°」

아니나 달을까 게집은 살짝 돌아다보며

는있다가라니 어느때란 말이오?」

하고 눈자우를 뿜한다°

「초저녁이 지날때쯤해서 오문 되지요° 그때문 결엣놈들은 죄다 술집으투... 갈레니까°」

게집은 다시한번 생글° 우서보이며 도망질치듯 언덕으로 올라간당° 정덕이는 다시한번 따저일렀다°

「기다릴레니 꼭 와야허우°」

언덕을 다올라간 게집은 골목으로 들어가기전에 다시한번 이쪽을 돌아다보고 하얀 이빨을 보혀준다음 사라 저버린다°

정덕이는 가슴속이 흐뭇해나서 진정할수가 없다° 그래 그는 앞뒤로 왔다갔다 서성거리다가 갑작이 생각난듯

여럿의뒤를 따라 륙지로 올라갔다° 그렇나, 배는 정덕의 혼잣배가 아니다°

배에서는 형보의 권력가 일절을 지배한다° 사공들은 그의명령에 따라 이윽한후 다시금 바다로 나갈 차비들

했다°

「정덕..는 가진구실을 죄다 달며 하로 사밤만 묵기를 주장이 아니라 애원을 했다°

「여보게 형보° 샛바람이 부는게 어째 재미없을것같네° 날이 굿치면 어떠케 하겠는가?」

그러나 정덕의 그속을 헹..가 알리는없다°

「알지두 못하는 소릴달게° 어업조합에 롱지가 왓는데° 멫을간은 날세가 조겠다네° 지금 멪천(明川)바다에 기

수없이 흔들우다네.」

할수가 없다.

더구나 닮은사공들까지 말도 못하게 떠드는바람에 경덕이는 그만 입술을 악물고 바다쪽으로 돌아서 버렸다

四

돛은 돛대에 달린채로 추욱 처져있다. 잔물결하나 일지않는 해면은 거울같이 맑고 평탄한다.

모리 돌려보아야 언덕만한 섬(島)하나 보이지안는다.

사공들은 물대로 되라듯이 젓면 노를 집어던지고 뱃장에 나가 잡바젓다. 신포를 떠난지가 벌서 보름이나

지났것만 아직도 명천바다에는 접어들지 못하고 여해진(汝海津)바다에서 헤맨다. 그동안에 그들은 몇번이나 생

소한 포구를 드나들며 조금식되는 고기를 팔았다. 그렇나 그것은 때로는 그날의 정비도 되나마나 했다. 론고

기에게 그물이나 닷치우는때면 도리혀 결손이 되고는 하였던것이다. 그래 그들은 여해진에 들러서 사흘동안이

나 찌저진 그물을 기워가지고는 충도에서는 성진(城津)에도 들지말고 곳곳. 명천 무수끝(舞水端)바라를 향해들

어갈것을 결정하고 돛을 달었다. 그렇나 바다에 바람은 어린애기의 숨결만도 일지안는다. 접심때가 지나도 바

람은 여전 없고 해볕만 나려쪼인다.

사공들은 죄다 기진해서 쓸어지고 다만 형보만이 키스자루를 그래도 틀어잡고 고울사공의 직무를 직혀간다

그리고 잇물쪽에서는 여전히 순동이가 오두머니 앉아서 바다쪽을 내다보며 무슨생각엔지 잠겨있다.

형보는 웬일인지 순동의 그모양이 가련해 뵈며 무슨말이던지 수작을 걸어서 그의맘을 위로해주고싶은 충동

을 늣겼다.

「애 순동아」

순동이는 여전히 대답없이 고개만돌린다.

「이리 좀 오너라」

순동이는 한동안 빤ー히 건너다보다가 슬퍼시 일어나더니 형보의 앞으로 힘없이··· 걸어온다.

형보는 부두러운 우슴으로 처다보며

「그리 앉어땅 때 없지.」

하고 제앞에 깔린 초석자리를 권했다.

순동이는, 조용히 형보가 권하는대로 그의앞 초석우에 모로 안는다. 형보는 순동의 옆모습을 이윽히 드려다

보았다. 七년전에 바다에서 잃어버린 아우의 생각이 문득 치민다.

「순동아 너는 무슨생각을 그러케 하구잇냐?」

그렇나 순동의 입에서는 나직한 한숨만 흘을뿐이다.

「너의 고향은. 경덕이와 한꼬장이라지?」

「예.」

「그럼 바루 삼척(三陟)이겠구나」

「예 나기는 강능(江陵)서 나구요」

「그럼 삼척에는 언제 갔냐?」

「여섯살때 의사해 갔지요」

「아버지가 안게시다지?」

「내가 열한살때 바다에 나갔다가 돌아갔어요」

순동의 얼굴에는 이내 그늘이 든다.

「그래 지금 어머니만 게시냐?」

「예」

「동생들은 없냐?」

「누의가 있었는데 싀집을 갔어요」

「그럼 지금 어머니는 혼자 게시겠구나」

「예」

「너 배는 언제부터 탓느냐?」

「작년부터 탓서요」

「그럼 아직 멀려는 못가 봤겠구나」

「이번에는 어째 이렇게 멀리루 떠나게 됐느냐?」

「함경도두 들어 오문 돈만히 벌수가 있다는 바람에 이렇게 떠나왔어요」

「돈맘이 벌다?……만약 그랗다가 못벌문 어떠커느냐?」

「할수없지요 명년에 또 오자요」

형보는 순동의 한노에서 자기의 어렸을때를 발견하고 적잖히 믿부게 생각했다. 만은 그와동시에 그의 일생도 숨안에쥐고 보는듯이 빤-히 내다보릭 한숨이 저절로 나온다. 그는 한동안 추연한 빛으로 바다를 내다보다가

「그런데 경덕이게서 둘겄느메 너 돈두돈이지만 누구를 찾어 떠났다구?」

하고 슬쩍 발끝을 둘며보았다. 그순간 순동의 얼골은 갑작이 붉어지며 모로 숙어진다. 형보는 한칭더 목소리를 부두터히 하면서 뒤를 이었다.

「누구놀 어째서 찾어가는사는 물우겠다만 경덕이게서 둘으니까 찾는사람이 어듸 있는지 끝두 확실히 물은다니 사람을 그렇게 찾어서 어떻게 찾니? 형면에 따라서는 되는한도까지는 도아주기래두 할메니까 어듸감추지맘구 쇽시언히 애기타두 둘녀주렴

그렇나 순동이는 그말에는 때답을 안주고. 한동안 바다만 내다보다가 갑작이 형보의쪽으로 돌아지며

「그런데 이배가 서수라(西水羅)란 끝까지는 어김없이 가지요?」

하고 다소 긴장된 빛으로 뭇는다.

「글세 어떠케 될런지 가봐야지」

하고 미지근한 대답을 하다가 상대편의 실망되는 빛을 엿보고 형보는 이내 돌력 말했다.

「하기야 목적한끝이 서수라까지니까 어김없이 가겠지만 찰수가 늦어지면 충로에서 도타설밖에 어떠케 하는수가있니? 그렇지만 이달말이문 넉넉히 서수라까지 갈메니까 그러구 또 순동이까지 부탁한다면야 달은일은

좌다. 집어 치더래두 서수라는 가야지」

형보의 이말에 순동이는 얼마간 화색을 띄우며 나즉히 한숨을 돌려쉰다. 그것을 보고 형보는 빙긋으사 우

수머

「순동아 나이먹은것이 철없이 웃는다구 잘못생각지는 말구 어떠냐? 좀 얘기해줄수가 없니? 누구를 찾어가

는지?」

하고는 옆채기에서 곰방대와 잣수연봉지를 꺼낸다.

순동이는 오래동안 말없이 무엔지 생각하다가 그만 형보의 쪽으로 돌아안는다.

「말하지요. ......

내가 지금 찾어가는 사람은 어려서부터 한동리에서 살던 사람인데 나와는 약혼까지 했던 사이우.

그맨 우리아버지가 살아게실때지요. 그러다가 우리집이 차츰 살림사리가 구차해지자 여자의집편에서는 마음이

달러저 가자구 마지막에는 우리를 피해 울진(蔚珍)으로 이사해 갔어요. 그러치만 나는 가끔 찾어가서는 복순

이를 맛나보군 했어요. 복순이란 약혼했던 그애의 일음이랴우. 우리둘은 갈라질때문 언제던지 울었어요 그러

다가 지난해 봄에 애비놈이 노름빗때문에 나안테는 아무말두없이 그애를 갈보루 팔었답니다.

여기까지 말한후 순동이는 후ー하고 긴한숨을 내뿜는다. 형보의 입에서도 무의식중에 한숨이 흘러나온다.

「그럼 그다음에는 한번두 못맛나봤겠구나ー」

「三년째 못맛났지요」

「그런데 그역자가 서수라에 가있다는건ᆞ어떠케 알었느냐?」

우리 고향배가 작년에 응기까지 갔더가 어떤 술집에서 우연히 고향게집ᆞ 맛났는데 그게집말이 복순이가

이야기를 끝 났었는데 서수라란 곧으루 옮겨갔다구 하드래요」

두 달전까지 자기와같이 있었는데 다시금 긴한숨을 뽑는다.

형보는 맛처 구름을 잡으려 가는 것과도 같은 순동의 정경에 얼굴을 돌려버리지 않을수가 없다.

세상은 좁옥것갈으면ᆞ도 넓다. 더구나 정처없이 떠댕기는 그러한 게집을 찾아간다는 것은 거이 무모에 갓가

유ᆞ 일이다.

지난해에는 서수라에 있었었다지만 지금쯤은 어느바람에 어디로 불려 가는지 어떻게 알것인가? 그리고 계절은 몸값이 있을겠인 아닌가?

「그런데 맛나문 어떠케 할 작정이냐? 여자는 몸값이 있을렌게—

「맛나면 따져 보겠어요. 지금두 마음이 변찬헛는지。변찬헛다면 어떻게 해서던지 몸값을 벌작정이우。十년이 걸린대두 일생이 걸린대두 벌어볼 작정이우!」

순동의 얼굴에는 처연한 결심의 빛이 력력히 떠올으다。

「그러다가 여자의 맘이 만약에 변했다문 어떠케 할 작정이냐?」

형보의 이말에 순동의 얼굴빛은 새파라케 질리며 앉은자리에 화석처럼 되여버린다。

(앗차)

형보는 이내 뉘우쳤다。그래 그는 이내 속없는 우슴을 우스며

「인제 한말은 농담이야。그럴리가 있니? 지성이면 감천이라구 여자는 너만보면 너무 반가워서 발광이라두 할꺼다」

하고 슬쩍 마음을 쓰다듬어 주었다。그렇나 순동의 응결된 표정은 헐끝만큼도 풀리지 안는다。그는 오랫동안 입술을 악물고 공간을 노려보다가 괴로운듯이 씩은거리며

「그런데 이배가 서수라까지 가기야 틀림없이 가겠지요?」

하고 신음소리와 도같은 어조로 다시뭇는다。

「가구말구。백사를 불고하구서래두 서수라는 갈레당자 겨정말구 기운을 내라。인젠 바람이 좀 돌아안진듯 하다。」

형보는 믿음성있는 우슴을 벙숙우수며 순동의 었개를 정답게 툭친다。

五

형보네가 명천바다에 접어들어서 양도(洋島)에 다닫기는 그이튿날 아츰이었다。고율쪽 큰돗뒤에서는 넓언때

렵기(犬獵旗)가 기세좋게 펄럭거린다. 그것을보고 섬에서는 부두에 몰켜나와서 모도들 떠들어댄다. 부두의 안쪽에는 고기배들의 돛대가 밀림(密林)처럼 솟나있다. 짜장 양도다. 동해안을 드나드는 어선치고·명천바다를 몰우는 까가 없을것이고 명천바다치고 양도를 몰우는 배는 없으리라. 부두안에는「오마리」들도 만라. 형보네는지난밤 오는도중에서 잡아낸고기도 고기려니와 고한「오마리」들을 맛나니 진정 반가웠다.저쪽에서도 반가운듯 백가 부두에 닫기전부터 소리를 질른다.

「여ー 어듸뱃가?」

「강릉배로세」

「얼마나 잡었는가?」

「한 五十동 잡었는네」

형보는 다리를 거더올리며

「어떤가? 요즘 잘 흐르는가?」,

하고 마춘편「오마리」에서 수작을 거는 텁석부리에게 물었다.

「호르긴 잘 흐른다지만 큰놈때문에 잘안되네.」

「큰놈이라니? 큰고기떼 말인가?」

「그렇다네」

「제ー길… 얼마나 멀리 흐르는가」

「알섬(卵島)말게서 흐르네」

「알섬말기면 양도서 한三十리 가량밖에 안된다. 큰고기떼란말에 근심은 일지만 그렇나 형보는 그런것쯤여 마음은 썩힐 찾달가운 쫌무래기는 아니다.

그는 얼룬 고기를 풀어버린후 나갈작정을하고 사공들을 독촉헸다. 세시간도 머걸려서 겨우 다풀고나니 해는 벌서 점십때가 휠신 지났다. 형보네는 간단히 점심을 요기하고 불야불야 떠날차비들했다. 그것을보고 다른「오마리」들도 차비들을한다.

「오마리」의 정과(鉦果)는 요때에 울려야한다° 다른 사시아미(鯷綱)배들이 고기들이 잘아서 그물코로 새울때

형보네가 바토닻을 거두려할때 갑작이 고동소리가 바다쪽에서 울려더니 운반발동선(運搬發動船)이 세척이나만

선을 해가지고 들어온다° 섬안은 물끝톳 웅성거린다° 모도들 겐차꾸(巾着船)운반선들이다°

형보는 무수끝(舞水端)에서 흘렀다는 운반선의말을 듣고 예정길운 밧구어서 닻은 거두자 뱃머리를 동으로돌

렸다°

「五十里라니 어둡기전으로 가겠지」

알맛추 바람은 남풍이다° 바라다보니 웃둑하니 멀―리 내민 무수끝은 어서딸리오라고 손짓하며 불으는것같다,

형보의 입에서는 저절로 흥에겨운 노래가 흘러나왔다°

「휠휠나―는 저백구야

만정창파 길을뭇자」

사공들은 일제히 뒤룰 받아 넘긴다°

「에―라 칭칭 나―네」

인생칠십 고때히에

사공일생 몇해련가

에―라 칭칭 나―네

벽해창공 푸루른데

수궁길은 어듸멘고

에―라 칭칭° 나―네°

어야디야 이승저승
널 한쪽이 사이로다
에ー바 청청 나ー네

바람팡풍 붗지말라
명사십리 꽃닢진다
여ー라 청청 나ー네

노래소리에 흥에나서 사공들은 어느틈에 강구리(江口里)바다까지 나왔는지 몰랐다。

「자 돗을 올려라。」

형보의 외치는 소리에 큰 돛은 저절로 기여올으듯이 슬슬 올라간다。 五十里 수로(水路)는 잠깐이다。 두어시간

도절리나 마나해서 무수끝바다에 다닿으니 동폭을 처처에떠서 헤맨다。 모도다 자리를 잡으렴이다。

멀리 바다쪽은 내다보니 바로 긴챠꾸(巾着船)한척이 고기무리를 휩싸느라고 분주히 원(圓)을 그리며 돌아가

고있다。 드문게보는 팡경이라 사공들은 넋을잃고 내다본다。 긴챠꾸의 원은 점점 좁아저 들어간다。 갑작이 돗대

끝에서 기폭이 펄럭하더니 꽁무니쪽에서는 그물이 와르르 풀려나려 간다。 순식간에 그물은 둘러싸이고 배는 천천

히 속력은 늦추며 한숨 돌려쉬는것 같다。 꼬리는 되는것 같은데 그물이 조여집을따라 그안에서 뛰노는 고기떼는

바로 눈앞에서 보는듯이 뚝뚝이 보인다。

멀리서 따루던 운반선들이 분주히 모혀든다。어느듯 해는 서신에 기울려한다。형보는 갑작이 정신을 차려고

사공들을 독촉했다。

「남은 잡는것만 볼텐가? 어서 우리두 차비를 해야지。」

돛을 거두고 물결은 살핀다음 그물을 풀어넛는데 바다쪽 긴챠꾸는 벌서 그물을 거더가지고、동쪽으로 되려

매기 시작하고 운반선들은 양도쪽으로 룩락거리며 나간다。

형보는 새삼스레 자신의 초라함을 늑겻다。분과 반시간에 수백여통을 머가지고 달아나는데、자긔네는 그야말

로 한바다에 낙시질격으로、붕을 놓고 밤을새며 허행을 기다려야 한당。이얼마나 허황한 노릇인가? 바다에

27

고기는 수없이 많다。그러나 그많은 고기를 어떻게하면 즉 제길을 찾듯이、자기네의 그물을 찾어 올것인가

아모리 생각해도 허무한 노릇이 아닐수없다。

그것은 향보뿐만 아니라 긴차꾸를본 사공들의 생각은 전부 그러했다。할수없이 그물은 풀어넣면서도 보낼곳 엽는 역정은 자꾸만 치밀어 올은다。

바로 그런때에 웬 고기잡이배 한척이 안쪽에서 나오더니、바로 향보네 우에 나서 돛을 거두며 앉을차비를 한다。『오마리』사공들의 얼골에 대번에 살기가 떠올은다。그러나 마른편 배는 태연하게 앉어서 그물을 풀려든다。

『야이 개색기들아』

맨 먼저 있물쪽에 버쩍 나서며 육설을 퍼붓는것은 경덕이다。다음에는 득쇠、병호 형보까지 나온다。

『이 염병三년에 땀못내구 죽을자식들아』

『청어떼X두 못X자식들아』

마른편에서는 이 뜻밖에 육설에 한참동안은 구경만 하고있다』그러다가 이쪽 육설이 한바탕 끝나고 수머줏해 진것을 보자、

『무스거 어째! 이개색기들아』

하며 썩 나서는것은 더벙머리 청년이다。

『뭐야? 이 도둑놈들아』

『저자식이 수궁맛 보구싶은가?』

『이 함경도 뚝백이놈들아。어듸다가 배를 띄우는거냐?』

다시금 육설이 터지자 상대편도 지지안는다。

『이 강원도 오마리 개색기들아』

『무수끝 물앗을 보구싶으냐?』

『함경도까지 와서 괴기를 잡느라구말구 베여미네 XXX이나 잡아못먹넹야?』

『뭐?』

「오마리」에서는 썩은거 머거만 하며 말을못한다. 그것을보고 저쪽에서는 더한층 기세를 울린다.

「야 이 종간나 색기들아, 살겟거면 얼는 그물을 거더가지구 달아나거라.」

[고기가 그렇게 먹구십거던 내X이나 XX라]

바로 그순간이다. 잇물끝에서 썩은거리던 경덕이는 첨벙 물속에 뛰여들더니, 마치 육지를 달려 가기나 하는

것처럼 좌우팔을 뽑아친다.

그것을 본 앞뒤 배에서는 서로 욕설을 딱 끈치고 마주보기만한다. 경덕이는 해염처 가면서도 무에라고 욕

지거리를 한다. 그가 얼마간 헤염처 나갓을때,

「앗 새알(鰱)이다!」

하고 마즌편배에서 소리를 질르는 바람에 사공들은 일제히 바다쪽을 내다보았다.

새알 큰고기다. —얼마 멀지않은 바다쪽을 내다보니 수업는 큰고기떼가 물우에 벌컥벌컥 뛰여울으며 이쪽을

향해 달려오고 있다.

「앗 경덕이! 큰고기야 큰고기, 어서빨리 돌아서게」

「새알이다.」

그 소리에 경덕이는 비로소 바다쪽을 내다보았다.

「앗」

그는 정신없이 되돌아서 헤염을 친다.

「빨리 오게!」

「로—푸(繩)를 던저라」

배에서는 로—부를 던젓다. 고기떼는 점점 갓가히 화살같이 들어온다. 경덕이는 죽을힘을 다해 헤염친다. 배에서는 모도다 사색이 되여 경덕이의 쪽과 고기쪽만 번갈아본다. 고기떼는 벌서 복전에 임박했다.

먹을것을 노림인지 선두엇놈이 물우에 벌벌 솟사올으자 모도다 물우에 밋처날뛴다. 바로 그때, 경덕이는 정

신없이 출에 매달렸다. 사공들은 죽을 힘을 다해 끄러올렷다. 뒤미처 뱃전에서 철석 소리가 나쟝.

「앗」

여럿은 녁없이 한거믈 뒤로 물러섰다。 배밑에서는 길이가 한발도 더되는 고기무리들이 바다를 뛰잦을듯이 가로세로 쌓한기며 날편다。 그제야 여럿은 거절한 정떼어를 둘러쌓고 서로 마주보았다。 수떼은 감수된것같다。

건너다보니 마춘편배에서도 넋이 나간듯 이쪽만 건너다본다。

六

명천바다에서 七월은 다보내고 八월을 잡어서야 청진(清津)에 다달었다。 언제나 푸성거리는 항구다。 부두에 어항(漁港)에는 날마다 수마롱의 고기가 들어오고 공중에는 정어리의 싹을보는 비행긔의 폭음소리가 끓일새가 없다。 배는 쉴사이없이 들어왔다가는 나가고 나갔다가는 들어오고 그바람에 항구의 윤긔(潤氣)는 점점 빛난다

형보에는 몇일동안 네활개를 쭉욱 뻗어버리고 놀았다。 명천바다에서 주머니가 불룩해진 것이다。 사흘동안이나 항구에 울라서 두두려먹고 나서도 마저보니 팔백원은 훨신 넘는다。 이모양으로 서수라까지 돌아나온다면 적게 잡아도 二천원에는 단탄할것같다。 그들의 눈앞에는 고향의 처자들의 반가워날뛰는 그모양이 사뭇 떠울랐다。 청진서 사흘을 묵으며 저반춘비를 빠짐없이 한다음 배는 다시 바다로 떠났다。

해는 벌서 셔산에 기우럿지만 목적한 곤이 고말반도(高抹半島) 등대ㅅ말긴이 관게치않다。 샛바람이 다소 순조롭지 못하긴 하지만 수달된 솜씨로 회치는데는 아모일없다。 약 한시간 내모니 등대끝은 벌서 아수룸하다。 말글 잡아 자리를 잡고 그물을 푼어넣으니 어전지 일이 또 다된것같이 생각된다。 그물배대에 달아맨 석유롱들이 땡땡 울리기는 밤중부러었다。 배우에는 형용할수없는 희열이 넘친다。 흘럿다。 어둠속이지만 고기무게에 자꾸만 그물이 처지는것은 둑뚝이 보인다。 그바람에 사공들은 짜꾸 울린다。 날이 밝기만 고대한다。 시간으로 따치면 세시는 지났을까? 동쪽하늘이 우수러하게 러오며 수명선금이 약간 알리는것같다。 형보는 기세좋게 외쳤다。

「자 인젠 그물을 쳐울려라」

사공들은 우롱을 버서던지고 뱃전에 나섰다。 바로 그때다。 형보는 어두운 바다에서 무었인지 벌컥 뛰노는것

을 보았다。깜짝놀라 제눈을 부빌틈도없이 뒤이어 배밑에서 철썩 뛰는것은 퍼덕이는 큰고기다。

「앗!」

사공들은 넋없이 그물줄을 들어 잡았다마음 수없이 달려든 큰고기 무리는 사정이없다。그물을 질르고 앉뉘는 넘나들때마다 석유통은 요란하게 울린다。사공들은 죽을힘을 다하야 첫대(籤)를 켜올렸다。그러나 그물은 간

곧이없고 배대뿐이다。형보는 입술이 꺼저저라고 악물며

「얼른 켜올려라」

하고 자기도 · 그물줄에 매달렸다。그러나 그다음 그물도 배대뿐이다。

「아 ──!」

형보는 하마트면 뒤로나가 잡바질뻔했다。그라고 사공들은 마치 실신한 사람처럼 맥처날뛰는 고기무리들만

내다보았다。그동안에 바다는 훤연히 밝어왔다。그러나 사공들의 가슴속은 어두운 구름짱으로 새깜아케 흐려젓

당。동쪽 수평선우가 벌어케 불들기 시작한때 그들은 전부 거더올렸다。만을 그것은 전부 폐망(廢網)들뿐이

었다。그물을 · 거두자 고기들은 간곧이없다。아침바다는 햇빛에 아름답기 비길때없지만 그것을 바라보는 사공들

의 가슴속은 너무도 어둡다。흐르는 눈물은 자꾸 두볼을 적신다。고향을 떠난지 석달만에 길수를따

진다면 수로二천리 라향바다에 뜨기도 섧어하거든,도라갈 긔약조차 잃어버렸다는것은 이얼마

나 참담한 일이랴? 바로 전날까지 그들의 눈앞에 사뭇떠울우면 가족들의 반가움에 빛나는 그얼굴은 흔적도

없이 사라저버려고 그대신 그 무서운 채귀(債鬼)들의 얼굴이 밀처도 밀처도 가슴속을 자꾸 파고든다。사공들

은 근한시간동안이나 우두머니 넋을읽고앉었어 배가 흘으는대로 내버려두었다。그러다가 형보는 문득 二,백十

일을 생각하고 깜짝 놀랐다。어떻게 해서던지 二백十일전으로 서수라바다까지 가야한다。二백十일만 지나면 난

류는 되돌아지고 그에따라 고기무리도 되돌아지는것이 아닌가?

난류가 되돌아지면 고기는 가으로 흘으면 긴챠꾸의 독점이다。형보는 꿈에서 깨여난

듯 벌떡일어나서 물끄럼이 앉아있는 사공들에게 외쳤다。

「뭣들 하구있는가? 함경도 뚝사공과는 달르다。오마리사공이 요만일에 라망하구 어되다 쓰느냐?。어서 그

물들을 둘처봐라 틀인것 김구、그러구 두때는 새루 작만할수있다。자 어서들 정신차려

이 날부터 그들은 항구에 다시 들어가서 껏가운 그물을 집기시작하고 그리고 두떠는 새로 작만했다. 그리하
야 일주일후. 그들은 다시금 귀세를 울리며 항구를 떠낫다.

七

최종목저지 서수라에 달한것은 사흘후다. 예기한바와같이 흥성거려는 항구다. 부두안에는 고기배들이 비인홈없
이 들어찼고, 언덕에는 공장들이 수없이 줄을이어 앉아있다. 형보는 종로에서 잡은고기를 틀기가 무섭게 경력
이와함께 순동을 다리고 술집을 찾어 헤맷다. 그러나 집집마다 뒤지다싶이 하며 삿삿치 캐여물었것만 찾는사
람은 흔적도 잡어낼수가없다.

형보는 어리석기가 비걸떼없는줄은 알면서도 순동의 낙망된 얼굴을 보고는 어쩌하는수가없다. 버기안는 절
움을 옴겨 놓으며 골목을 헤매다가 마지막에는 하도 피곤하여 어떤 국수집으로 들어갓다. 국수 세그릇을 식
혀놓고 요기를 하면서 형보가 국수집 주인에게 물었더니 뜻밖에도 그 주인에게서 소식을 알게되었
다.

「그여자가 복순인지는 자세히 알수없지만 작년가을까지 여기 바루 부두人거리에 강원옥(江原屋)이라는 술집에
있었는데. 그때의 일음은 금옥이라구요. 얼굴이 갸룸하구, 강원도 울진서 왓지만 본고향은 삼척이
라구 하는데, 나두 고향이 삼척이기에 우연한 긔회에 물어봤지요.」

삼척이란말에 정득이와 순동이도 귀가 번쩍 열렸다.

「삼척이요?」

「아이구 떠나기는 세살때 떠낫다는데. 원산와서 三十여년을 살았지요.」

「그데 그 금옥이란 여자가 지금 어듸가 있나요?」

「작년가을에 강원옥이 어대진으루 이사해 나가는 바람에... 그리루같이 나갓지요.」

「그럼 지금 어대진에 있을까요?」

「있읍겝니다, 지난 四月에 일이 좀 생겨서 어때진 갓다왔는데 강원욱두 있구、그애투 있드군요.」

순동의 입에서는 까닭몰을 한숨이 후하고 흘러나온다.

이날뿐어 순동의 머리속에는 어때진(漁大津)뒤에 없었다。 그는 하로를 삼추같이 역이며 二三白十일,이 지나기만 고대했다。 그러나 사공들은 그와는 반대로 불원이면 닥처올 二三白十일,을 원수같이역었었다。

좀더 철수가 깊어졌으면 그얼마나 좋을가? 바라고 바타면 서수락끝에는 날마다 수없이 배들이 떠서 헤매것만 고기는귀냥 고기그림자도 어른거리지 안는다。 각금 만선을 해가지고 들어오는 배들은 전부 국경말게서 잠을 보아가지고 밀어(密漁)를 해오는 배들이다。 깠닥하면 복숭을 바치게되는 밀어、처마다。 참은 흘러면서도 넘더서지는 못한다。

행보네는 날마다 바다로 나갔것만 헛물만 켰다。 초조한 날마다 '괴롭게..지났다。 그머는 동안에도 二三白十일,은 자꾸갖가워진다。

밤바다 밀어를 떠나는 배들이 붙어간다。 바로 바로마치기만하면 배가 갈안즐지경 만선을하고 돌아온다, 그것도단 하로밤새다。 그러나 하로밤새로 돌아못오는 배는 다시는 소식조차 알길없다。

형보는 날마다 바다를 헤매다못해 끝내 사공들을 모려안치고 밀어의 상담을했다。 물론 사공들에게 이의(異議)가 있을러없다。 다만 병호가 좌석에 없는것이 미안하다。 그래 경덕이는 그를 찾어、그가 자조 댕기는 막걸리집으로 찾어갔다 여긔에 어그러짐없이 병호는 막걸러사발을 앞에다 놓고 문력에 걸러앉어서 술집주모와 군수작을 느러놓며 잇다。

경덕이는 그가 권하는대로 막걸리 한사발을 단숨에 들이켜고나서, 배에서 결정된 사실을 이얘기했다。

「실라 나는 그렇축에는 안든다」

병호의 대답은 너머도 뜻밖이었다。 경덕이는 제귀를 의심했다。

「뭐?」

「난 그런축에는 안들겠다」

병호는 딱 잡아떼여 말한다。 경덕이는 한동안 벌인입을 담을지 못한채 머ー니 마주보기만 하다가

「너 그게 정말이냐?」

하고 아직도 제귀를 의심하며 물었다.

[정말이 않니문 농담인줄 아냐?.]

말도 맺기전에

[액 개자식!]

하는 소리와 동시에 정덕이의 주먹은 번개같이 휘날렸다.

[안.]

병호는 두손으로 코를 붓잡고 대번에 나가 쓸어진다. 손까락새로는 시뻘언 피가 이내 와르르 쏟아져 나온다

[뭣이 어쩌구 어째? 이개같은놈아 고향을 떠날때 뭐랄구 약수하구 떠낫냐? 죽어두 같이죽구 살어두 같이

산다구 했지.]

정덕이는 욕설을 퍼부으며 침을 탁뱉었다.

[오마리 사공이문 오마리 사공답게 행동을해라. 머리운 자식!]

하며 경덕이가 돌아서랴할때, 병호는 벌떡 일어난다.

[이자식 누구한테 손쩨거리냐? 너, 아직 세상맛을 잘 물으는 모양이구나]

[뭐?.]

[이자식]

병호의 이마스백이가 총알같이 날려든다. 정덕이는 미처 피할새없이 턱을 받겼으나 쓸어지지도않고 이내 떡

맛선다. 둘사이에는 보기에도 끔쩍한 쌍올이 벌어졌다. 서로 물고, 차고받고, 닥치는대로 집어서는 후려갈기는 바

람에 술집에서는 말일생각도 못두고 그저 떨기만하다가 마츰내 형보네배로 달려갔다. 사공들이 소식을 접하고

달려왔을때는 병호는 어듸로 갔는지없고, 경득이만 싸우던 자리에 정신을잃고 쓸어저있다. 얼굴이며 머리전체가

성한곧이없다. 이빨도 두대나 붙어젔다. 형보는 입술을 악물고 술집주모를 노려보았다.

[한놈은 어듸 갔냐?.]

오돌오돌 떨고섰던 주모는 가까스로 대답한다.

[물라요. 어듸루 갔는지?.]

34

「왜들 쌈이 낫냐?」

독이 울는 형보의 모양에 게집은 선후를 잘 이어놓지못하며 대강 사건전말을 이야기한당。 게집의 이야기를

듯고。 형보는 더한칭 살귀를 띄우며 사공들을 돌아본다。

「병호를 찾어랑 그러구 이자식은 병원으로 끌구 가라」

사공들은 정먹이를 병원으로 업어가고 한편으로는 병호를 찾었다。 그러나 병호의 행방은, 도모지 묘연했다。

정먹이는 병원에가서도 약 두시간후에야 겨우 정신을 차렸다。 그가 정신을 차린것을보고 형보는 의사에게

단단히 부탁한후, 사공들을 독촉하여 다러고 배로 돌아왔다。

「얼든 떠날 차비들을 해라」

누구하나 입을 여는사람이 없다。 그저 묵묵히 제각기 떠날 차비를 시작한다。

차비가 다 되여 닷을 거두려할때 불야불야 병호가 돌아왔땅。 그도 전신이 피투성이가 되여 볼모양이없당。

사공들은 형보의 쪽을 돌아다보았다。 형보도 돗대를 등지고 서서 병호의 얼골을 잡아삼킬듯이 노려본다 배우에

는 숨막힐것같은 침묵이 흐른다 잡작이 형보의 입이 열여졋다

「웾하게 돌아왔느냐?」

「정먹의 대신왔다。」

병호의 태도에는 조곰도 귀출해함이없당。 어듸까지던지 태연자약하당。

「국정을 넘어가두 좋으냐?」

「지옥에까지 갈 작정이다」

형보노 일찍로 입을담을고 오래동안 노려보다가

「좋다 그럼 정먹의대신 용천출을 잡어라」

한대음 뒤에 선 순동이를 돌아본다。

「너는 내려서 병원에 가, 정먹의 시중이나 들어줘라」

순동이는 한동안 선자리에서 마주보기만하며 말을못한당。 형보는 다시 이번에는 엽채기에서 지갑을 끄내 순

동이게 맛기며,

「三百五十원이다。」 너안테 맛길레니 잘 뒷다 다구。 만약에 내일아침으루 돌아안오면 병원에 치룰걸 치러주고

하고는 의젓이 고개를 돌려 바다를 내다본다。

「실혀요。 나두 바다두 나갈레요」

순동의말이 끝나기가 무섭게、

「두번말하면 잔소리다」

형보는 추상같은 호령을 한다음 고을쭉으로 천천히 걸어간다。 (끗)

──己卯三月於廈門──

36

木 馬

洪

九

집세를 열달치나 못내고도 배심을 부리여서 끝장엔 삼십원의 이전비를 바더들고는 집이라고 어더온것이 한울안에 여섯채가 있는 출행랑같은 대가 걸리였다. 여섯채가 않이라 열채가 들었다 하드래도 보통 임살림하는 사람만들었으면 좋았스련만 걸린다는것이 옹이배기로 웃채에는 기생이들고 뒤채는 무당이 들고 뜰아래에는 녀급들이 들었고 영식이는 뜰뙤 잇칸방을 어든것이다.

이사를 오든날붙어 영식이는 어머니와 뉘동생에게 잡년들이사는 집을어뎃다고 핀잔을 맛고 저도 미안하고 구중중한 것갓해서 여간 마음이 께름찍한것이 않이였다.

「뭐 별말 마러요 집없는놈이 찬방 더운방 가릴수있수」하고. 저의심사를 꾹눌러 보았시만 도모지 마음은 가라안지를 않었다. 청철것 한달에 십원자리 취직이라도하면 곳 집을옴기여각직하고 부 한숨을쉬고 마렀다 않이나 다를 가임이 자정은 살이 넘었는데 웃책가 더들넉한.드니 이주식 저자석 소리

37

가 들린다° 영식이는 그때까지 쨋을른다고 않겠다가 떠드는 바람에 바라지를 열고 내다보니 앗가 ㅣ세간집을 가져올

때 어수선한 인사를 버려여놓는 기생어미가 검누역석 들을 붓잡고 푸념을 하는것이였다° 어쩌된 영문은 몰라도,

젊은녀석들은 암말도 못하고 빗둘거리며 뷰으로 나가는 것이 보였다°

「저꼴에· 기생외입은 하니 싶어서」하면서 헛웃음을 치는것이다°

「아주· 재수가없나 절런다는것이 요모양야」

하고는 영식이는 바라지를 닷고 또다시 철필에 잉크를 뜸뻑 적어 두어줄 휙휙써버려 가려니깐 첫소리같는 게

집의· 소리가 난다°

「왜, 이모양야 집이가요」

「집이가라구· 허허허」 하는 놈쟁이의소리다° 이번엔 영식이는 모든버릇을 알었다는 도시 코웃음만처보았다°

「글세 왜 이래요 남의방문은 열우」하고는 게집이 좀 뻔뜨롱해진소리당° 바투뒤밋처 구두 소리를 콩콩배고 누

가뛰여드러오드니

좀 동안이따서 지금 뛰여 온게집이

「너 지금왔니 이양반은, 댁에 가시라지 밤도 느졌는데」 두게집의 수작은 분명이 지금 따러온 놈팽이들 싸리

말을 태는것이다°

「그럼 내일 또 오세요」 놈팽이는 헛물을키고 가는모양이다°

「저런 숫백이는 밋천이나 있거든 홈빡삼어나 버려°, 너는 일상 헛다리만집두라」

하고는 둘이 깔깔웃는 것이당°

이따위에말은 그들에게있서는 입버릇같는 소리였지만 영식이로써는 귀에 거실리는 소리다°

「예이 바보자식 뭐지리 저런게집을 따러와서 망신하고 가는건구」하고 혀를 채처보았다°

미상불 알고보면 사내놈이 검측스러워서 게집을 쫓처왔다는것보다도 술김에게집년이 꼬리를 둘르니깐 밋천않

드려는 오입이나 해볼가 하는 지극히 우둔한 생각에서 나오는일도 만키는하당 마는 여하간 사내놈이 더러운

것이지 이러커 저러커 영식이는 남의일을 생각하다가 것전에서 누가 속싹이는듯 또렷이 들려지 않은말이 들릴

38

때 이번에는 슬며시 호기심이 일어서 방싯이 문을 조금 열고 내다보니 분명히 사내놈과 게집년의 뒷인지만

부터서 소군거리는 것이다. 한참 속싹기드니 다——방으로 드러가버리고 만다. 영식이는 아무도없은 뜰을

문틈으로 넘겼는듯 ·내려다보다가 내일 일즉 이러나봐야지 어느놈인가 아무 없은일에 좀 흥분이되여서 이러

께 층얼거리었다. 꼭 그놈보다 일즉 이러나서 놈의얼굴을 보려고하든것이 연접이나 넘어서 이러나고보니 좀서

운한듯해서 제녁머니를 보고 오늘 아침에· 저방에서 사내놈이 않나갑디까 하고 음흉하게 남의게집에게 ? 사내

가 나녀는것은 아러서 뭐하느냐고 핀잔만 맞고 물러서 버리었다. 멋슥한김에 아무책이나 한권손에 잡히는대로

둘고는 밖으로 나왔다. 나오는길에 아랫채를 힐끔보니 어제 사내놈을 달고 끝방의 게집이 세수를 하는

것이당. 별로 잘생기지도못한것이 하고 최정회정 행길로 나와버리었다. 막·동구를 나서랴고 하는대(?)웃채 기생어미

가 조그만게집애에게 바구니를 들리고 아츰 찬거리를 사가지고 오는모양이다.

「인제 출사하십니까」 하는 인사에 영식이는 좀 추춤하다가 얼는,

「네—」 하고 대답을 해버리었다.

「어느 신문사이십니까」 하고 마부처 부전부전 뭇는말에 영식이는

「요기울시다」

「아—동아일보요」하는 말·에는 그대로 고개만 꾸덕하고 말었다.

영식이는 어머를 갈지향도 없이 것다가 동아일보앞 게시판의 신문을 일상하는 버릇으로 드려다보다가 앗가,

기생어미가 「동아일보요」 하든소리가· 생각이나서 그만 회적회적 태명롱을 향하야 걸었다. 어쩐지 기생어미의말

이 작구만 이지랴도 깨처저서 마음이 않노히는것같고 무슨 최록지운것갓태서 마음이 께름찍하였다.

「정칠년이 별참견을 다하네—」

영식이는 그날 일즉이 집엘 드러오려다 또 기생어미의말이 생각이나서 늣게야 집일드러갓다.

×

×

×

「옴바 이집은 창피해서 못살겠소 집세를 차처서 다른대로 갑시다. 영숙이 어머니가 다 무당집을 오는구묘

오늘 굿도 영숙이네 굿인가보든대 지금 영숙이도 왔어」매제가 눈쌀을 찌푸리고 앙탈을 하는것을 보고는

「엿대 철드러밥을 말랫나」

39

「누가 밥을 어더먹어서 창피하다나 기생집도 잇고 녀금들도 사는대로 왓다고 충불것아냐 옴바는 남자인깐
무관하지만 녀자들은 그런것이 아니라우」

「그러치만 지금 어떠케해」 하고 영식이는 제 매제의말에 꽁문이를 빼고 마렷다。영국내들이 않왓다면 어머나나 매제는 구경을갈것인대 숨을죽이고 방
에 앉엇는것이 영식이토써는 여간 미안적은일이 않이었다。

「마냄! 구정 앉하시요 지금 「사실」을 탄다우하고 또 기생어미는 영식이 어머나와 매제를 후려 내려는것이다

「먼저가보쉬 나도 나가쵸」 영식어머니는 슬머시 뒤를 빼는것이다。

「서방님 오셋쉬ㅡ」하고는 영식이 방문을 여드니

「저서방님「사실」라는것봤소 참 용쏘 가봅시다 너무 책만보면 골생원이돼요 금향이넌이 아랫방 젊은양반은 군자탐이다
자ㅡ나오소」하고 영식이 소매를 잡버다닌다 무당이「사실」을 탄다니깐 제흥에 넘처서 영식이를 다 추겨내는것이다

「나、요것 다 보고 가쵸」 하고 영식이는 금향어미의 허둥갑 떠는것을 쪼차 버려라고 했다。그러나 금향어미는
신이나서

「글세 접은양반이 왜 그런구경안소 책은 잇다보고 갑시다。백제 넘이실라는 구경을앉한다고 시비를 할지경이
다 영식이는 하다 어처구니가 없어서 주춤주춤 하는데

「어머너」 하는 금향이의 소리가 난다。

「왜 그래」

「지금 시작하는대 않보료」 금향이의 말은 바루 영식이방문앞에서 나는것이다。

「이양반허구 갈이 가려고」 금향어미는 흘금 금향이를 처다보는눈이 무슨 의미인지 있는듯하었다。

「어머너가 그리말슴하시니 책은 좀있다 보시고 구경하시죠」 이번에 금향어년이 깨웃둥 고개를 더밀고 말을하
는것이다。금향이가 영식이에게 말을 거는것도 처음이요 얼골을 독바로 본것도 첨이다。깍달막한 게집이 상큼한

곳날과 개슬치려한 눈을 가진것을보니 수월치않은 것이라는 것이 첫눈에 띠운다 영식이도 영욱이네 굿이라는 바
람에 선듯못이러 섯든것이 젊은 기생년에게 숫백이라는 말이 듯기싫여서 빙룸어러서 나왔다。

「마냄도 오수」 하고는 영식이앞을 서서 불이나게 뒷채로갓다。

「저런것보셋서요」 금향이가 옆에서 무당、 작도우에서 이궁뒤춤을 추는것을 허한한듯이 바라다보다 영식이에게 말을건다。

「어려서 한번인가 봤습니다」 하고 금향이의 얼굴을 보니깐 빵긋웃다가 고개를 쌀작돌린다 영식이는 아무흥없이 담담이서서 있으랴니깐 영숙이가 어디서 나왔는지 긴치않게 인사를 하는것이다。

「엇쩨 여기를 오셋서요」

「이앞에 이사를왔읍니다」 하고 됏구를하니깐 금향이가 엿태까지 옆에섯다가 영숙이 비켜서는것을 보드니

「저녀자 아세요」 하고 뭇는다。

「제동생 동무올시다」

「부자라지요」

「네 부자래요」

「여긴 자조오든대요 아버지가 병이낫다고요」

「글세요 아심니까」

「저는올탁요」 하드니 머뭇머뭇 하다가

「들어가시죠」 한다。

「고만 구경 하시렴니까」

「별로 자미없군요」 하고 영식이는 도라선다。영식이는 영숙이를 맞난것과. 집을 알린것이 지극히 창피하 하였지만 엇절수없었다 영식이가 두어발 띠여 노력니까?

「맥이 어디예요」 하고 영숙이가 쪼차온다。

「저방에요」 영식이는 무색하게 대답을하니깐 앞서서 영숙이는 영식이네로 가는것이다。

「꽉 친하시군요」 금향이는 영식이얼골을 바라다보는것이다。

「동생하고는 친하죠ー

「네ーー」

영숙이는 벌서 가서 영식이 매제와 어머니를 대리고 나오다가 금향이하고 영식이가 나타니 거려오는것을 보드

41

내 발을 멈추고 힐끔치여다 보고는 뒷체로 가버려는것이다。

「제방에서 노다가시죠」 금향이는 영식의 소매를 약간 잡누라말을 한다。

「천만에 안이올시다」 영식이는 군게 사양을 해버려있다。

「그럼 또 책이나 보세요」 하고 해해웃어보인다。

영식이는 방에드러와 책을보며니 · 뒷켯서는 떠드러대、앉가 금향이가 영숙이하고 자기하고 인사하는걸보고 구

정을 말고드러오자、한것이 퍽 이상하였다 가거에 금향이하고 영숙이는 서로하는터이든가 그러치않으면 그집

과 무슨판게를 가진것일가 하고 생각 하는바람에 책도 읽이싫려 벌덕 방에 누어 담배를 피우고 있었다。

「주무세요」 하고 방문이 열리드니 금향이가

「이러케 떠드는대 놀러 나가시죠」 한다。

사실인측 영식이도 머리가 어수선해서 나가고 싶이나 돈이 한푼이없어 못가는데 금향이가 가치나가자는것

은 치욕이다。

「몸이곤해 일측 자렴니다」 하고 거절을하너니깐 무슨 눈치나 채런드시

「제가 초대권 가졌서요」 한다。

영식이는 속으로 너도 인제 · 연장이없이 인피는 못벗길지언정 되기는 다되었구나 그런너에게 끌리여 나간다

는것은 사내자식의 크다란 붓그럼이다。

「밤에 구경을갔다가 어디서 불르면 없재시자고 누치하지만 우리 이야기나 하십시다。하고 슬며사 뒤를배니깐」

「어수선 한대서 무슨 이야기야요 나가십시다」구시 나가기를청하는 금향의게 안나가면 오히려 제약점이 잡힐가

봐서 벌덕 이러나 와이샤스를 떼임는것이 얼떨결에 등이나간것도 잊고 도라서 넥타이를 매다가정신이나。

금향이쪽으로 · 도라스며 · 승거운우슴을 띠이너니깐 금향이도 따라 멋없이 · 우서보이드니

「내 넥타이매드릴까 그것은 구식야요」하고는 방안으로 드러와 넥타이 곳을 잡는것이다。영식이는 뭐래고부

리치지도 싫다는말한대도 못하고 금향이가 매주는대로 가만이있을수 밖에없었다 일측이 격어보지못하든 게집의

나실한손이 골음질때 틱밑에 와닺는것이 가치 ...도 마배암을 잡어서 가랑이속에느으면 살살:기는것이 간

렴엽기도하고 잔시 그놈이뭄가봐 겁이나면서도 었쩟지 도도 꺼러내기싫든 그때와가태서 금향이손이 닷지안쾌덕

42

윤 번쩍들고 있었다。 영식이는 지금 금향이에게 끌리여 나가는것이 모면할수없는 치욕인건가 태서、몇번인지、

빈호주머니에 손을 느어보고 지내가는자동차마다 흘금흘금 바라보는바람에 금향이의말이 자세 들리지를않었다

그런중에도 영식이는 또 이런여려틀 하고있었다。누가 기생하고 가치가는것을 본다면 이녀석 고생은해도 기생

오입을 할줄아네하고 비웃을 생각을하니 금향이가 더욱더 밧짝밧짝붙어서 오는것 갈기도했다。

×

×

×

자정이 훤신넘어 영식이는 금향이와 얼건이취해서 집으로오게 되였든것이다 나갈제 금향에게 대한 거북한맘

은 다사라지고 지금은 극히 익숙한사이가 되여버리고 말었다。

「자ー 그럼 래일맛날가」

「래일맛나면 뭘해」하고 금향이는 입을 빙긋하고 우스며 영식이뺨을 하얀 장가락으로 꼭 눌르니깐 영식이는

날새게 금향의 손목을 잡어 손등에입을 대이려할때 영숙이가 사랑쪽에서 쑥나옴으로 금향이는 손을 획잡아다

니고 말었스나 영숙이는 한끔 본척만척하고 무당집으로 드러가버리는것이다。

「뭐야 창피하게」금향이는 얼골이 쌓아캐되여서 짜층을내는듯 간들간들안으로 드러가버리는것이다 영식이는어

쭘은듯 금향의뒷모양만 바라보다 제방으로 가는길 안채를힐금보고는 제방문을여러보니 금향이가 뒤다리를세우

고 담배를빡빡빨고 앉어있는것이다。

「집으로가우ー」 영식이는 놀란사람모양 말을하는것이나 금향이는 손끝치나 옴씨락어리지않고 길다라케 한숨을

쉬여버리며 발먹일어나드니 다시 펄삭 주저앉어、그만 늣기여 우느것이다、술기운도 다소있기는하지만 영식이는

앗가술집에서 금향이가 「나가치 천한몸이」,당신을 사모했다는것을 룸릴줄 알지만 말이나 별느고 별느것

이 오늘이럼니다」하든 벼락같이 놀날말을한 그것이었다。

「왜 그래그기분이 좋지 않는모양이군 집에가 자구료」하고 영식이는손으로 금향의등을 지긋이 흔들었다 금향

이는、 앉어서자자고 몸을 흔들어보히며 잘 일어나지 않은것이다

「참 윤석 하세요 제가 왜 영식씨 방에서 울벌요가 뭐있겠읍니까」하고는 수건으로 눈물을씻드니「핸드빽」을

열고 편지 한장을 꺼내여

「용서 하세요 선생님 책상에 지금 놓었든것을 선생님에게 보이기싫여 제가 감첬읍니다 아마 앉가 그여자인건가

43

봐요」 하고는 나가버리는 것이다 영식이는 영숙이의 편지를들고 어리둥절하야 우두머니 한참앉었으며니 따시

금향이가 와서는

「그속은 않봤서요」 하고 다시 가버리는것이다 영식이는 그때야 겨우붓끠를 찟고 내용을 읽어보았다

「일상、 저는 선생님이 얌전하신줄로만 믿었드니 왜 그런 여자를 동무로 하십니까 저는 쓰々쓰군 그여자와 야기하고 거르시는것을 보고 공연이 마음이 섭섭했읍니다 만약에 동무가 없으시여 그러신다면 제가 어느때나

동무 해드리겠읍니다」 하는 짤막한 편지었다

막 편지를 읽고나니 영숙이가 고개를 드리밀면서

「편지 도로 주세요」 하고 손을 내미는것이다 영식이는 무슨 도깨비에나 홀린듯 갈피를 차질수없어 한참이

나 영숙의 손을 보다가 보고난 편지를 영숙이 손바닥에 흰주고멀거니 벽을 처다불뿐이었다

오늘 이밤일은 도모지 생각지도 못한 일인것에 정신을 가다듬지를못했다 어째서 금향이는 나틀걸고 나가서

술을 먹이고 마치 밋친년같은 짓을 했나 자기는 어째서 유혹을 당했나 이것은 유혹이 않이타치

육인지도 모른다 게집이 생각이나면 유곽을 가지 왜 금향이에게 욕은 당했나 이것은 분명한 욕이다、 자기는자

기의 만족을 채기위한것보다는 금향의 향낙이나 만족이나 유히에 허룽된것이라고 할때 전신에 땀이쭉흘로

.는것을 깨달잇스며 여숙의 쑥스러운 편지와 행동은 더욱머 자기의. 마음의갈피를 못찾게하는 것이다. 영식이는

뒷채에 굿이 끝나고매제와 어머니가 드러와 깊이 잠들때까지도 이리저리 궁리하느라고 새벽까지 잠을 못이루

었다.

                    X

있던날 영식이는 날마다 나가는 그시간에 또한 손에 책을 들고 나섰다. 문밖을 막나스더니까만 뒤에서 금향이

가 쪼차나오면서 가치나가자고 한다. 어제같이 긴치마에 낭자쭉도 않쓰고 뚝 학생과같이 구두틀신고 머리는 틀고

손에는 하얀 핸드백을 드럿다.

                    X

영식이는 어제와 아주딴사람 같이 점잔케 「어데를 이지 일직나가십니까」하고 말부터고첬다 금향이는 방긋이우

스며

「선생님께 할말이 있어서요」

                                                                    44

「여기서 하시죠」 영식이는 지배치게 쌀쌀한기품을 보히려고한다마는 금향이는 그럴수록 웃읍다는듯

「왜 사람이 그래」 하고 반 통을 거러버리는 것이당.

「싫이 울시다 말슴하실것이 있으면 이댁문깐에서라도 하시죠」

「할대가 없어서 가십시다」 하고 앞을서는 것이다. 영식이는 그만 뒤로 새버릴까하다가는 그것은 너무비겁한짓

이다 생각하고 뒤떠러저 거러가기도 쑥으럽고해서 나란이서서 가기는 하지만 둘이다. 아무말도 못하고 찻길까지

나왔당. 찻길로나와서는

「봉원사로 가십시다」 하고 랙씨를 불러타자는것이다 어제의 경험으로봐서 또 어제같은 일을버리자는것이구나

하면서 속으로 어디쯤을 보자는듯 영식이는 금향이가 하자는대로 「랙씨」를 탔다 그러케 잘 쏘군거리는 금향

이는 아주딴사람 모양같이 아무말이없어 시외로나와서야 가끔가다가 저 나무는 모양이 좋다는둥 산이 어떠타

는둥 몇마디말을 할뿐이오 얼굴에는 어디인지 슬픈빛이 끼인듯도했다 일상자기가 다니돈곳도있었스련만 초면인듯

한 산막으로 드러가서 맥주를 가저오래서 멎멍 먹고나드니

「오늘 저는 선생님께 이말음을 할려고 이곳까지 왔슴니다」하고 온연유를말하려고 하는것이다 영식이는 공연

히 금향의 태도가 은소년 스러워 어제밤 손목을 쥐듯 팔을당기여 안어보았다 영식이는 어제밤일을 잊인것같이

모란빛 팔같은 금향의 입술에 몇번인지 제입술을 갔다대보았다 왜 그러한지 가련해 보히여 왜 그런지 애처러워

보히여 영식이는 금향의 왼몸을 어루만저보고했다. 울적할때는 게집이라도 푼이 안어보고시픈것이 외새 영식

이의 심정이었는대 이러케 가차웁게 이러케 훌릴듯한게집이 노히여있스니 흠벅 마음을 풀고도 시퍼지는 것이

다. 금향이는 영식의 품에 안기여

「저의 독 한가지 원을 드러주시겠서요」

「뭐!」

「드러주신다면!」

「드러주지!」 헛소리 같이 영식이는 서너번 뇌이여보았다.

「정말」

「정말이지 거즛말할까」

45

「그럼 저— 말이 안나와요」금향이는 참으로 말이않나오는듯 얼굴을 찡그린다.

「저— 영숙이 하고만 결혼을 마려주세요」하고는 영식의 품으로 드러갈듯 고개를 더떠며는것이다. 영식이는 금향의 그말을 듯고는 방맹이로 어머마진것같이 머리가 띙하야 아무말도 못하고 말었다.

×

영숙이는 지금 금향이와 형제라고 한다. 금향의 어머니가 영숙 아버지의 첩사리를할때 나우딸이따한다. 번연한 자매간이면서도 금향이는 영숙이더러 형이란 말을 못하고 영숙이는 금향이를 동생이라고 못불렷다. 서로어려 깨못부르는것은 둘재처놋코 서로자매간을 모르고 같은 보통학교를다니엿다고한다. 한교마닐때 영숙이가 금향이를보고 무슨 딸끝에 가생의딸이타고해서 서로 싸웟다고한다. 이기생의 딸이란말이 어릴적에도 슬프고 어굴해서 몇일을 울엇다고한다. 이철천지한인 기생의딸인 금향이가 영숙이와 자매라는것은 그후 기생이되여 어느날 름판에서 어느건달에게를은 말을깨고개고 어머니를심이구려 알고는 낳으나 꿈에들잇을수 없었든 기생의 딸이라고 누구보다먼저 놀리든 영숙이가 한아버지 딸인줄 알때 금향이는 어느구석에서든지 그부고러움을 푸러보며고했었다 ㄴ것이 우연한기회로 영숙이가서로 아는것을 분때 금향이는 불같은 그런모욕을 영식이로써 푸러볼여고 하든것이다.

×

「사람이란 일상 그런것이야」영식이는 금향이와 저녁놀이 비기는 강변을 거르면서 할닥어리는 그의가슴을 유해주었다.

×

「갑은 사람일진대 남에게 우러러보히고 존경을받는것이 좋지않어요 공연이 남에게 손가락질을 당하고 엽은넉임을 받어서 찟하러살어갑니까」하고 영식의 손목을 고히 잡어 본다.

「왜 그런소터들 때」

「그러치만 ——어쩐지——」

영식이와 금향이 소리없이 나란이 강변돌우에 앉어 만것춘되여 강문을 바라다본다 뒷채에서는 오늘도굿을할거고 명체 며급류은 오도눌짓흔 회장을하고 나갈것인데 금향이는 영식이와 더부러 술품을 풀려고한다. 보함을갚흐려 하다 넘않은 사람같은 영식이 머리에실새없이 어머니 매제의 츠러한 꼴과 금향시뫼에 있는 제끝이 우음고눈물겨웠다

용 섭 이

尹 世 重

만삼년을 대목수밑으로 따러단여야 그저 그력이다.

대패 손날한번 세워보기는 새로에 지금까지 자귀한번을 드러본일이 없다. 그저 한가지 능숙해진것이 있다면 집에서 집짓는꿈 까지 주인 선생님의 연창궤를 지고 단이는것이 첫해보다는 묵엽지않은것이다.

허기야 아죽 나이가 어려서 그렇다할수도 있겠지만 암만 나이라 해도 설 하나만 더넘으면 열여덜이 안인가!

대목수가 처음 이눔을 메려오기는 어떤 친구의 권고로 그랬으나 사실은 어떻게 몇년 끌고단이며 가르키여 밥이나 먹이고 거친일을 부려먹을 백심이 없었든것도 안이었다.

헌데 정작 메려다놓고보니 녀석 된품이 목수는 커녕 목수 발바닥도 못될바탕이었다. 못먹어서 몸이 푸들지못했다는것보담 너무 약고 바라지느라고 밧작마른 살에 좀맹이키가 더못큰것이 첫눈에 알여것 든것이다. 말을 시켜보아도 액며석답시를 않고 적고뾰죽한 죠동이로 옴줄옴줄 하는게 아모데를 뜯어보아도 마음에 그럼직한데라고는 한 곳도 없었다.

그러나 친구가 어떻게 해서라도 공부도 못시킬놈이나 십년이고이 십년이고 메려고 단이며 제가 착실히 함수있도록 복수일이나 가르켜주게 해달나는 그의 간절한 청원과 또 그녀석 애비를 모르는처

47.

지도 안이요 하고보니 거절할수가 없어 그럼 두고보지 한것이 벌써 삼년이 지났다.

삼년을 두고보아야 장단 그키에 그얼굴에 그주둥이다. 호래비 자식으로 금전판에서 따뜻한 손한번없이 되는때

모 굴러온놈이나 아모리 애비가 있다한들 무엇을 그리먹이었거나 하는 가엾은 마음이드는때도 있어 밥도 많이먹

으라고 남겨 물이게 펴주고 반찬도 집안식구가 먹는대로 똑그대로 맥였건만 원악 요놈은 그래서 커질놈은 안

인것이다.

일을 시키면 옆에서서 지키고있을동안은 허는채 꿈자락꿈지락 하지만 눈만 떴으로 돌여도 선일이면 선채로

않은일이면 않은채로 고대로 부처가되여 눈한번 안팔고 언제까지든지 그대로있었다. 나무자식 일이지만 회가치미

러 그런때는 대목수가 멫번식 갈겨도 주지만 우는일도없고 매도 안란다. 심부름을 시키면 어쩔수없는듯이 그대

로 드는다. 느리기는 하지만 심부름은 무엇이든지 잘한다. 물건을 사러보내보아도 혹 돈심부름을 시켜보아도 들

이는일이없다. 그러기는 하지만 이런것을 본다면 놈은 응당 반편으로만 볼것도 안인것이다.

「애 용섭아 너 목수일이 하기가 싫으냐?」

「………」

「그럼 너 무엇을 하고싶으냐?」

「………」

「그럼 너 아버지 한테로 갈여나!」

간혹 한가탄 틈을타서 조용히 녀석을 불러놓고 무릎나치면 금새로 그는 이렇게 벙어리가 된다.

대목수는 어듸까지든지 근실하고 착한사람이었다. 그역시 적수공권으로 몸을 이르키여 지금은 한다헌 두목 목

수토 각처에 집을 마터짓고 수하목수를 세사람이나 데려고 있고 그래 이근방에서는 대목수란이름이 떠르릉할

뿐안이라 돈양간이나 착실이 모인사람이다.

사실 그에게는 용섭이녀석이 여간 두룽거리가 안이었다. 기끝 차기를 믿고 장래에 한기대를 갖이고 고대를

할 그의 아범이나 또 그친구일을 생각하면 이대로 언제까지든지 될대로 내버려 둘수는 없는일이었다. 그것은

그들 용섭이나, 용섭아버지를 생각해도 그들의 미래가 불상하고 딱하지만 또 제 명예에도 불미스럽기매문이다

공연히 나무자식을 마터갓이고 이대로 죽도밥도 맨드러러주지못한다면 그들 당자들에겐 물론 여러사람들에게 나

충에 얼마나 원망과 청연을 드를가? 그것이 대목수에겐 짐짓 마음에 걸이는것이었다. 하로는

「애 이녀석아 넌 장차 무었이될여고 그러니? 누구를 몰살게굴여고—? 이놈아 내가 너를 꼭 목수를 시
킴여고 그러니? 목수가 시르면 네 마음대로 무었이든지 시켜준다는데도 왜·벙어리가 되여 글세 곧 똑똑
한녀석이! 한번만 꼭 드러보자쿠나 무었이 소원이냐?……우리집에 있기가 실으냐?……」

「그럼 너 참 공부를 시켜줄내? 학교는 나이가 넘어서 못가고!야학교라도!」

「…………………」

「이녀석이 공부도 슬어?」

「…………………」

「책이 없어요.」

「하하하! 책이없어? 대목수는 기가맥혀 걸걸웃느니.

「엣기놈 책이없어 공부를 못하것니? 어련이 사줄라고! 정말 책있으면 열심이 할련?」

그날저녁에 대목수는 진정 공부래도 하기만 바로하면 몇해고 시켜줄 결심을 하고 우선 공책과 연필만 순
비시켜 갓이고 언덕위 레백당옆 야간부 사립학교로 대리고갓다 선생에게 단단히 부락을 하고 내렸다
이른날은 어전히 일속이 깨워갓이고 여장궤를 질머지워 비루공장뒤에 새로 짓는 야마다상네 이층집을 오늘
기둥을 세울것을 생각하면서 베려고 나섰다.

「너참, 어제밤 학교를 가보니 '어떠티?…… 자미있지?…… 원 백웠니?.」

「원 백웠어?.」

「…………………」

두번째까지 대답이 없으면 백번 무러도 이쪽만 입이 앏으다 놈의 그 개똥같은 성미를 대목수는 잘아는지라

「참 별놈이여」

혼자 한만되 머하고는 그만두었다.

점심밥을 때목'누는 놈을시켜 새점심을 날러다먹는다.

오늘은 기둥을 이층것까지 세우느라고 두목인 때목수도 땀을 철철 흘리며 모라첬다. 꽃노리가 머지않은 봄

날 하울을 한없이 보드럽고 푸르다.

용섭이놈은 심부럼만 없으면 두활을뒤로 지고는 말똑갈이 서서 한울을 둘레둘레 처다보는게 일수다.

오늘은 웬일인지 구름한점 없수없다. 가끔 한가히 날개를 떡치고 둥둥 떠도는 소'개도 한마리 볼수없다.

서쪽 하울은 해가 빛여서 눈이 부시역 처다불수가 없다. 동쪽으로 도라서서 처다보는게 눈도 안부시고 한울

도 뚝 뚝다. 한참 처다보다가 용섭이놈은 문득 놀래여 이을 딱 버렸다. 아무것도 없는 파란 한울복판에 뚝

송편갈이 생긴게 되지안는가, 크기도 송편만하고 색도 일전짜리 기름칠한 송편빛갈이다. 마침내 그는 그게딸인

줄은 아러버자 조와서 어쩔줄을 몰른다.

「달좀 봐요. 대났에 달이나왔어요. 이히―」

나히 제일 어린 목수가 먹줄을 치느메로 뛰여가며 소리를 질렀다.

일하든 목수들은 물론 대목수까지 손을 놓고 놈이 가르키는쪽을 정신없이 처다본다.

「저게 안여요 저게요」

「에이 미친놈 지금이 초순이느가 초생달이 없서 그럼? 이바보녀석아!」

느닷없이·달이 나왔다는말에 놀래여 무의식중에 보았으나 정작 보고보니 너무 어이가없어 모도들은 아모말도

못하는데 단 나히어린 목수가 기영고 한마듸 쏘아준다.

「흥 그양반 달이 나온걸 나오댓지 안나온것을 나왔다고, 그랬어요? 공연히 남을 편잔을주어 어이참」

「뭐이 어째?」

「………………」

「애참 용섭아 너 야학교 늦엇다. 연장궤는 그냥두고 어서가바 저녁이 안되었거든 찬밥이라도 달래먹고―응?」

트러저 저만치 말도않고 가섰다. 대목수는 그대로 아주··담배한대를 피여무렀다.

이렇게 말이 떨어지자 용섭이놈은 뒤도 안도라보고 외면을하고 섯돈줴 그대로 밋그러진ᆞ。

비루곳장 담모통이로 사러질때까지 아무말없이 한참동안을 물그렁이 바라보고있든 대목수는 다시 손을털고이

러섯다。

「에이참 보다보다 별놈을 다보지!」

혼자말 비슷이 중얼거리며 대목수는 이층위에서 아래로 내려온다 몊에서 듣고있든 수하목수한사람이 댓구름

한다。

「놈이 그래뵈도 속은 엉뚱해요 병신가튼 녀석이!」

「속은 말짱한놈이야 뜩 무슨말을 해도 대답이없는게 병어지!」

대목수가 다음말이 없자 다른목수들도 입을 봉했다 일이 점점 바뻐갈뿐이다

해가 아주 너머가서 목수들은 일손을 떼엿다。대목수는 수하목수들이 연장궤를 메고가것다는것을 한사ᄑᆞ 자기

가 에고 무거운줄모르게 집까지 도라왔다。

「여보 그녀석 학교갓오?」

연장궤를 내려놓자 대목수는 부억쪽을 향하야 큼직헌 목소리로 무렀다。

「밥서와 먹고갔어요」

저녁을 채리느라고 분주한 안해는 내다보지도않고 역시 부억안에서 큰소리로 외천다。

막 저녁상을 받고있으려니가 용섭이놈이 책보를 들고 대문안으로 드러선다。

「네 왜오냐? 학교서 노냐?」

「………」

「오늘은 공일도 안인데 웨 논다뒤?」

용섭이놈은 서슴지않고 방으로 드러스더니 여전 벙어러로 책보를 밥상아래로 쑥미러넌다

「이놈이 이건 웨이래?」

또 무슨변덕이 낫는가싶어 대목수는 눈을 뗑군히뜨고 용섭이놈 얼굴만 처다본다

51

【학교 안댕일메냐요】

「전 또 왜 하로가 보구 안간다는거냐?—」

「시려요」

「글쎄 왜 실타는거야 공부하는것도 피가나니?」

「.......」

「이놈아 공부하면 네팔자 고칠텐데 왜안가것다는거냐?......」

「그래도 시려요」

「왜 신려? 이놈아.」

「.......」

그러데 용섭이놈은 슬슬 꽁문이를 뺀다. 진정 대목수는 노기가 머리끝아지 올랐았다. 뒤를 쫓아나갔드니 어느새 쥐새끼같은 그녀석은 어듸로 숨어버렸다

△

△

점심을 가질러 가는김에 장롬까지 갖이고 오라는게 주인님의 엄중한 분부였었다. 밥보재기에 숭융이 하나든 주전자만해도 한심부럼이 꽉되는데 장롬까지 갖어오라니 슬그먼이 부애가 팔이기는 했으나 었절수없는일 그대로 주섬주섬들고 나.서니 묵업다는것보담 거치장스러워 거름이 마음대로 .안걸인다. 좀 빨리거르면 밥보재기와 같이 든 주전자 주둥이에서 연방 물이 찔금찔금 쏟다지고 천천히 거름랴니 더 묵어워지는것갈고 속이 답답하다.

모동이 길복판에서 손아귀를 다시절여고 양쪽을 땅우에 나려놓고 허리를 꾸부리랴는데 누가 뒤에서

「이놈아 피망아—」

하고 부르는소리가 들인다. 기다렸다는듯이 그는 번쩍 허리를펴며 도라다보았다.

「이놈아 똥윤싸라 똥을싸—」

축랑건축설게사무실 급사로 있는 영호란녀석이 싱글싱글 우스면서 이쪽으로 한거름 한거름 닦어오고있다.

「뭐여? 네까짓것한테 경을처?」

「이자식이 정을 온처서—」

52

영호라는애는 작년봄에 보롱학교를 갔다온 열다섯밖게 안되는 힌살결을 갖인애당 학교를 나오자 바로 한달
에 팔원식밧고 이사무실 급사로 왔다。 용섭이에겐 둘도 없는친구다。

「액 너 이리좀 와!」

「왜?」

오라니가 발율 멈추고섰다。

「너 오마께 안먹을네?」

「네게 무슨 오마께가 있어 자식이—」

「응 있다。 정말여 아까울적에 이만큼어덧다。 신상한테—?」

「정말?」

「이놈아 그런것을 다 속일줄아니?」

「그럼 뵈야지—」

양복 주머니를 불룩하게 취여뷘당

「거짓말안이지?」

「그래 참말말고와—」

영호는 마음에 잔뜩 댕기여 뛰여왔다。

「가자 이것좀 드러?」

「이자식 오마께는?」

「가야지 추지 그것도 다 돈먹으건데—」

「자식이 이제보니까 피여갖이고 이거나둘여갈여고—이놈아 그만두어!」

「슬컵낭 그만두어라 나도 오마께는 스러하는 사람이 안이다」

시첩을따고 도타서 땅에것을 다시들라고보니 주전자가 넓으로 누어있당。 뚝경는 뚝경대로 땅바닥에 굴고 주

「큰일낫다—」

그렇다 그런타는 영호에게 안보일여고 궁둥이로 가리고 얼는 묵겅을 덮어 제대로 세워놓았다。

「정말여 가면 줄때여?」

「누가 안준댔어?」

「아주면 개지ー 개!」

「개는 무슨개ー!」

「자식이 암만해도 거짓말여 쑤일여고ー」

「그러니 스르면 그만두어 누가 억지로 끄러말여?」

혼자 듣고 갈여는깃을 영호는 얼는 장똥을 빼서 드렸다。

「그럼 갔다」

「…………」

암만해도 빈주전자가 거정스럽다。

오마께공장뒀을 지날때 용섭은 일부러뒤로 떠러졌다。

반끔열인 묜틈으로 슬그머니 안을 살핀다。엿을(오마께 원료)고리는 신상이 영 눈에 띄우지안는다。

「이상하다 변소일 갔나?」

영호는 벌서 뵈지안흘만큼 도라타도 안보았는지 저쪽으로 가버렀다。노상 드러울때까지 기다릴수도 업는일。

아누일도 업섰다는듯이 그는 뛰여서 영호를 따러섰다。

용섭이는 뒤에스고 영호늘 앞울서 둘다 말않기로 약속이나 한듯이 비루공장담을 뚝뚝히 도라갔다。

영호는 눈앞 머지않는 거리에 빽다귀만 추미눈것같은 이층집을 발견하자 금시 입안에 군침이 스르든다。

저기까지만 가면 오마께 한토막이 생긴다。호박이떠러저 그놈이 주먹만큼만 컸으면ー영호는 한발며 재처런다。

「너 이녀석 물은 어찌고 빈주전자냐?」대목수가 성난목소리를 빽 지르는 바람에 영호는 영문도모르고 몸을

옴칫했당 하나 몊에선 용섭을 슬적 바라보았을때는 그는 벌서 그럴줄 아렀다는듯이 태연하고있었다。

「아 말을해 하나 내굴었니? 쏘다버렸니!ㅣ……」

뒷말보다는 ㅣ좀 순해진것같다。

「⋯⋯⋯⋯」

꿈작않고 옆만보고섰드니 좀더있다 그는 슬며시 주전자를 들고 아무말없이 도라선다。영호도 말없이 도라선
다。

오마깨소리가 금방 목을 넘어오나 참아 입밖으로는 안나온다。용섭은 그대로 총총거름을처 작고다러만난다。

우선 부지런히 따러가는수밖에없다。

가든길을 고대로 도라오는길이라 오마깨공장옆을 또한번 지냇다。

앞을서서 횡하니 다러나든 용섭은 오마깨공장근처에오자 악가와같이 오춤을 누는체하고 영호의 뒤로 떠러진다

영호는 삼상히 여기고 지나갔다。

되려다보니 또 신상이없다。

「웬일여 오늘 안왔나?」

그러자 신상이 불시로 야속해진다。멫일동안 건늬었으니 오늘은 눈에 얼끈만해도 한웅치 주물러 던저줄렌데―

모롱이길을 도라서 제사무실앞까지 와서야 영호는 용섭을 지나처놓고 하고싶든말을―。

「액 용섭아 오마깨?」

「응 가만있어―」

요행 사무실은 전과같이 비고 아무도없다。그는 안심을한뒤 문을여러놓고 바로 문전에 둥근 나무의자를 고

러다놓고 앉었다。인제야 인제야 용섭이가 끌목길로 나오기만 기달여진다。

마침내 나타났다。영호는 다시 문을 탄고 나섰다。암만해도 속은것같어 이번은 먹든 안먹든 단단히 따지기

로 작정했다。

「이놈아 사람을 놀여도 분수가있지 먹는것을 갖이고 속여? 자식아 너그럼 죄를 받는다―

이쪽에서는 빤이 처나만 본다。

「자식아 인젠 내라 갓다왔으니―」

「누가 안준댓서? 가자 또가―」

「이놈아 일없다。먹지도문하고 공연히 따러만단여? 누가 미첬니?」

「이놈아 되고 안되는 것은 해봐야안다구 끝까지 가봐야알지 그럼 돈주고 사먹는 오마께가 공짜로 먹느겄고

려쉬운술이아냐? 슬껄탕 그만두어라!」

「그럼ㅡ 없는것을 춘다구 그럴라구 자식두ㅡ」

있기는 정말 있어 네게ㅡ」

「정말ㅡ 이번안주면 개라고 맹세하지?」

그러나 신상은 영 뵈지안었다. 남의 속도 모르고 영호는 종당에는 참말로 성을 냈다.

「안여 오늘은 없는것을 그랬당. 벌꽉 어더줄게 정말이다 내가 혼자 단이기 심심해서 너를 끌고 단이느라고

쇠긴거야 아렀어? 오늘은 개래도 벌주면 개가안이지? 그렇지? 벌은 곧 춘다웅? 정말야ㅡ」

암만 달래도 영호는 푸러지지 않는다.

「자식 머러운자식 그만둬 이놈아! 꼬맹이 꼬맹이ㅡ 개

그롱에 영호는 오후두시가넘어 번도밥을 먹었다.

상량식도 지나고 기와도 다잎여젔다. 목수들도 허터지고 집에서 밥을먹는 주인님 수하목수 셋은 다른베로날

품을팔러 멫일전붙어 밥눌 싸가지고 아츰일즉 나갔다.

대목수혼자만 미쟁이들을 메리고 날마다 야마다상네 이층집으로 갔다. 목수일은 끝이났으니 연장궤를 메고안

가도좋다.

용섭이는 좀 편안해젔다 점심까지 주인님은 드러와먹었다. 심부럼이 매일같이 멫십번식 생길리없다 밥먹고 마

당을 쓸고 장적을 패는체 한눈이나 팔면은 하로해는 진다.

늦인봄날 벼른 팍업도록 버려쪼인다. 대문깐 바로 이마전에다 네기둥을 밖고 울인 등나무넝쿨은 제법 파란넋

파리가 커지고 새순들이 길죽길죽 뺏드러저서는 끝을 감고있다.

오전중에 너무노라서 저녁에 드러오는 주인님에게 말이나 안듣게 할여고 점심을 먹고는 부지런이 패느라고

패는게, 오후 반나절이 훨신지났는데도 뽀개진 장적은 암만적게 묵거야 십전차리 두단푹밖에는 안된다.

그러거나 딿거나 한참을 내려 패고보니 기운도 없을뿐더러 죽어라 하기가 싫당.

용섭이는 마츰내 도끼자루를 팔고 등나무 그늘밑에가 앉는다. 등나무넝쿨틈으로 파란 비단같은 한울이 뵈인

다. 입을 바보같이 벌이고 틈틈으로 눈을 굴이며 처다본다.

급작이 용섭은 무슨생각이 났는지 벌떡 이러스머니 양복바지 뒷주먼이를 뒤진다. 성은급하고 얼는나오는것은 없고 허리를 굽혔다 트렀다 애를쓴다.

마침내 끌여나온것은 누런봉투편지한장이 세겹에겹 꼬깃꼬깃 국인것이다. 조히뭉치에 겹싸여나와선 발뒤굼치로 떠러진다. 깝작놀래는듯이 도라서며 주서든다.

다시 앉어서는 것봉을 피여드렀다.

멫번을 냇다넜다 했는지 그리고 그편지는 언제 그주먼이속으로 드러갔는지 분간하기 어렵도록 귀통이는 녹아버디고 가장자리는 다러서 껍질이 두장으로 각각낫다. 먹으로 서투르게쓴 주소성명까지 히미해서 얼는 아러불수 없는자가있다.

용섭이가. 되려다 보아야 글자를알어불리없다. 그렇나 그는 제법 뜰어서 읽는체 한다. 영등포 ○○번지. 진아무게 방─전용섭씨전」또 뒤집어서 「충남천안 ○○금광 제이한구내부 전필수써상서!」

이렇게 한번 읽어본다. 아니 그전에 집에있는 젊은목수가 일러주든대로 이저버리지 않었나 여봐본것이다. 멫번해보아야 틀인것 같지않다. 다시 속을 펴본다. 암만 되려다보아야 뭐라고 했는지 생각이 안난다. 「쪼독주인어른의 말을 잘듣고 일을 열심이 배워라─!」이런말을, 그때 읽어줄때 드른법도 한메 어젠지 그말은 외우기가 실타. 그런말은 업는것으로 쳤다.

「천안 금광!」

그는 했수로 사년전 아버지와같이 뛰여단이며 놀든 청주 금전판을 지금 천안으로 생각해본다. 그는 그때쟁미있든 일만 생각한다.

어느때까지나 생각을했는지 그는 주위에 정신을 채리고 벌떡 이러섰다. 그렇나 다시 도끼자루는 잡기가 실타. 주인을 생각해봐도 조금도 캥기지않는다.

그는 편지를 주먹에쥐고 걸거리로 뛰여나갔다.

「영호야 너 뭐허니?」

「허기는 뭘해. 놀지.」

57

「아무도 없어?」

「응 다나갔다」

문앞에 석유궤를 깔고앉은 영호의옆으로 용섭은 슬쩍 가 앉었다。건너면 일본가게 심부럼꾼 재수도 나와섰다

「자식아 너。왜 일안하고 놀러만단여 내 이른다」

건너너서 재수가 한마듸 결면서 어슬넝 어슬넝 건너온다。

용섭이는 거기엔 눈도 안떠본다。

「얘 너 읽을줄 아러?」

「뭐이가되」

「이거야 편지ㅣ」

「어듸보자」

영호가 닷자곳자 뺐을여는것은 얼는 감추며 자리를 뜬다。

「자식 봐야알지 안보구 있떻게 아니?」

「일없다 안봐두 넌몰라도 조와ㅣ」

「그럼 이자식 왜 읽을줄 아냐고 무렀니? 자식이 저러니 밤낫 육만 어떠먹지ㅣ」

「육 먹어도 조와 난 일루 가는것두ㅣ」

멀직이서서 편지봉루를 깍펴보인당 닥어가면 다러날가봐 영호는 그자러서 눈만내밀고 아러본다 재수도 드려 다·본당。

「자식! 이놈아 그게 영등포ㅣ데 너 영등포 안살고 어듸사니? 하하 이자식 참 괴짢네ㅣ」

영호와 재수는 서로 맛대고 깔깔웃는다。그동안을 타서 용섭은 얼는 편지를 뒤집어든다。

「이것두?」

다시「돌은 우슴을 멈추고 본다。

「천안?ㅣ」

「응」

「네가 천안을 뭐하러가ー」

용섭은 편지를 쥐여넣으며 각가히 슨다.

「천안은 우리 아버지가 잇고 또 금전판이 잇다 그래 난 금전판층으로 간다ー。

「금전판? 네까짓게 금전판을 가? 가서 너뭐할래.」

「일하지 뭘해!」

「일하지? 네까짓게 금전판일을 해? 아이구 맙소、이놈아 어서 그만두어 너같은건 금전판에가면 밥도 못비
러먹는다 정말야 그저 국으로 대목수갈을 어든말에서 금지않은 생각이나 해!」

재수는 용섭이와 동갑이라도 몸이 크고 기운이세다。아무런 말을 해도 용섭이는 못대든다.

영호도 한마듸 보랜다.

「너처럼 피맹이가 펄해 나히만 많으면 되는줄아니!」

「안여 암만 묻이 약해두 거기가서 굴안에 드러가 일만하면 대번 키가 크고 살이찌고 기운이난다 일번만
잇으면 대번 어른이 된다。영호 너래도 거기가 이년만 있어봐라 대번 장정이될레니?」

「자식이 아주 가본것처럼 말하죠!」

「내가 금전판을 모르는줄아니? 흥 내가 여기오기전에 어듸섯는줄 너들아러? 우리아버지가 하부다 하부 너
들 아러? 굴속에 드러가 금을 캐는 사람 내가 금전판을 몰라?」

「너아버지가 뭐? 항부? 그럼 노가다니?」

「그래ー」

영호와 재수는 저아버지가 노가다란말을 자기들앞에, 아무꺼림깜없이 하는것이ー놀라웠다。자기들같으면 설혹저
아버지가 그런 일을 한다고 하드라도 북그려워 남앞에 그런말을 함부로 못내놀것같다。참말 용섭이란 자
식은 천친가 부다고도 생각해 본다.

「봐라 나는 몇일안있으면 간당。금전판으로ー 우리아버지 잇는ー。거기서는 일을하면 하로에도 멫원식생긴다
그럼 멫일 안버러도 돈이많이 생기거든 그리고 또 놀구싶으면 놀고 일하고싶으면하고 맘대루다。육하는사람
이없다。맘대로 노타도좋다。그러다가도 어듸로 가고싶으면 얼마든지 갈수있단다。너들은 가구시푼매로 갈수있니

가다가 불들이게?

용섭이는 열변이나 토하는사람같이 가운이나서 말을한다.

「이놈아 웨못가 돈이없으니 못갖이 난 돈만있으면 얼마든지 가겠다」

영호가 떠든다.

「홍、 돈이없으면 못단이나? 거러가눈테 무슨돈이들어?」

「이놈아 밥은 월루 사먹구? 자기는 어되서 자구?」

「웨? 웨안돼 배고푸면 좀 어떠먹지?」

「그게 이놈아 단이는거야? 거지지」

「웨 거지여——거자타면 상관있나?——홍、그럼 어되고 일판에드려가 멫일벌지 그럼 대번 돈이 생기는결! 그

태가지구 밥을사먹지 걱정되여?」

「이놈아 그래가지고 단이면 뭐하는거야!?」

「너들은 이런데있으면 월하니? 놀구머도 못놀지? 허구싶어도 못하지 월하는거야?」

「자식 저러기에 맹추타지 이놈아 지금은 그때야 장래에 성공을 하는거야!」

영호가 그럴듯이 타일은다.

「성공 뭐이성공?」

「성공도 몰라? 아주 상당한테 취직을하고 돈을 모으고 장가를 드러 집이나 큼직한것사고 걱정없이 먹고살

면 그게 성공이 안이냐?」

재수가 설명을 해준다. 그러나 용섭은 코우슴을 친다.

「홍 그렇게 사르면 월하는거야 먹고나 살야면 암만하면 너들이 부자가 될출아니 먹고사느라고 쩔쩔매다죽

지——」

「이놈아、월급을 많이 받는데 웨 쩔쩔매 웨?」

영호가 기가맥처서 나슨다.

「안젤맬게 어디있어 흥! 얘들 우리주인못보니? 이동리에선 그래도 부자지? 그러치만 이놈들아 돈이라면

눈에 불을켜고 덤빈당 어듸서 돈받을게나 좀늦어봐라 골치를 안알나 공연히 집안식구들을 들들복지않나! 그

러고도 쩔쩔맬지않은거야!?」

「이놈아 그래도 그렇게 사는게사람사는거란다 네가알어? 그러면 다 아들딸낳고 공부시기고 그게 세상재미

여— 이놈아」

「개똥이 재미여? 흥!」

「자식이 말하는 것봐—」

재수는 기회만 있으면 용섭이를 먹거볼여고한다.

「그러고 살게뭐야 이왕이면 되는대로 맘편이살지」

「넌 그럼 생전 호래비로 그러다 늙어죽을연?」

영호는 한마듸하고 말고름이, 용섭의 입만 처다본다.

「흥 웨 호래비여 여자도 얼마든지 있다누! 너들 금전판에 가봐라 금전판 장터에 나가보면 아주 이뿐색시

들이 얼마든지있다. 술집색시들이— 이런데있는 저런술집 색시들 같은줄 아니? 아주 애교가 막있다. 낮이면

일운하군 저녁에는 항부들이 모도 글로 간다— 색시들한테 그러면 노래를 안해주나 춤을 안춰주나 막 고

러안고 연애를 하고 이놈들 참재미있다. 웨 호래비여 호래빈! 괜이 에편네나 어더살면 뭘해 색기들이나 작

구낳구 구찬하기만하지 나도 이번가면 장터두 간당. 색시들한테 술먹으러—」

「허허허 아이기맥혀! 야 이자식아 네까짓게 색시간다뭐야? 자식이 아주 못된자식여 인제보니— 피도안마른자

식이—」

「뭐야? 이놈아 너어머니라도 더려와—」

재수는 의외에 모욕을 당하고 부애가났다.

「이자식이 죽지못해 까부니?」

「그럼 웨 그런소리를 해—」

「뭐야 이자식—」

재수는 부애가 머리끝까지 치미며 닷자곳자로 주먹을 용섭의 앙가슴에 한대백인다. 허나 주먹은 헛나가고용

섭은 날새게 피해 그대로 도망을 친다.

「너이자식 잡히면 죽는다 죽어─!」

「흥 누가 잘못했길래─」

뒤도 않도라보고 대목수네집 골목으로 숨어버린다. 재수는 분을 참지못해 썩은거미며 말뚝같이서있다.

×　　　　×

대목수네집 대문간에불은 사랑방에 수하목수와 용섭이 이렇게 넷이 드러워가갔다.

온종일 일에피로한 목수들은 츠저녁늘어 코를 고랐다.

밤은 점점 깊어갔다.

아래ㅅ 골목 술청에서 떠드러대든 주정뱅이들도 어느틈에 흐려지고 요해졌다.

몊에서 자는 젊은목수가 이를갈며 잠고대를 하는바람에 용섭이는 가슴이 멀넝했다.

「잠이깻나?」

입을 살그면이 베개밑으로 돌이며 귀를 기우런다. 용섭이는 숨소리를 아주 죽였다. 목수는 다시 코를곤다.

「됬다.」

다시 한참동안을 죽은듯이 업드려있다. 가슴의 고동이 점점 높아가는듯싶다.

살그먼이 용섭이는 이러났다.

문창이 약간 힐뿐 방안은 몰속같이 캄캄하다.

「전기불을 킬가? 키면 깨나지─!」

용섭이는 벽을 영금영금 더듬으면서 손에 무었이 닫는다.

「을치」

가슴이 웅쿵 울인다.

죽기주머니에다 손을 넣고 지갑을 빼냈다. 앉었다가 목수와 등을지고 도로 눕는다. 지갑속을 뒤친다. 불을쳤

으면 꼭쌍을것갈다.

거녁밥을 먹은뒤에 주인한테서 간조로 일원짜리 열장을 받어넣는것을 본것이다.

죄다 돈은 안일텐데 겹지갑이 부듯하다. 집어내 역만자작거려보니 종이쪼각이다. 다시저

러뒤치다가 제일 끊은 구멍으로 손을 넜다.

용섭이는 일원짜리를 석장만 빼났다. 그리고 동전과 구멍뚫어진 은전 서너닢을 모조리 떠러뜨렸다.

다시 그는 지갑을 전대로 너두었다.

「이만하면 인전 갓다.」

그는 비토쇼 안도의 한숨을 내쉬었다. 목수은 꿈속이다. 자기가 비돈을 빼낸것도 모르고 자는게 우수웠다.

그러나 그는 다음순간 대문을 소리없이 열고 나갈것을 궁리했다.

새벽이되면 들킬염려가 많다. 지금곧 나가지않으면 안된다. 용섭은 누은채로 허리끈을 졸라맷다.

동이 훤하게 티여오자 그는 무서움도 이저버렸다 부산까지 닫는 일등국도는 적은허리하나틀넘어 한없이 뻐

첬다.

「일루만 사못가면 천안이라머라.」

용섭이는 길복판으로만 꼴라거렀다. 어저게 신상한레서 어더둔 오마께 뭉치를 슬쩍 주먼이걸으로 만저본다.

그는 맷발작을 펄떡펄떡 뛰었다. 이렇게 기뿔며가 있다. 한울이 모도 제것만같다. 입으로로는 질나래비 곡됴를

회파람으로 불렀다.

고개우에 올라섰다. 알지못할 산들, 알지못할 동리, 알지못할 땅야!

굼빛해人살이 동쪽 산머리로붙어 금시에 확퍼진다.

「어허——」

그는 길복판에 선채로 바보같이 소리를 질렀다. 지른소리가 안이라 그의 가슴에서 터저 나오는 그가 모르는

좀쉬여가기도한다. 김가 이술밭에 용섭이는 펄석 주저앉었다. 오마께틀 내여 조고만치만 되여 먹어본다.

문득 편지생각이난다. 결흥고 아버지는 자기틀 오라고앟했다.

「아버지를 보면 아버지는 대번 웨 그집에서 일을안배고나왔냐고 때려것지—때리기만 할게않어따 뽑아보낼게

「야!……」

머리를 숙이고 생각한다。해는 점점 한울로 올라온덩 어되서 멀게 기차소리가 들여온다。

주막거리같이 용섭이는 내려왔다。

「청주돌 어되로 가오?」

마침 식전바람을 쐬는 주막쟁이들 붙들고 무렀다。

「저길로 드러서 가요」

「머러요?」

「멀고말고 아마——」

「멫일이면 가요?」

「아마 댁거름으로는 나흘이나 가야 할걸요」

그사람은 순해서 잘가트켜 준다。

용섭이는 그이가 가르켜주는대로 좀더내려가서 지금까지 거러오든길 반폭밖에 안되는 길로 드러섰다。

「청주공전판으로 가면 아버지도 아무도없다——」

앞을 바라보니 천안쪽으로 가는대보담 더높고 검은 산들이 가로맥혔다。

「저길 넘으면 어뒌가?」

그의 눈은 검게 빛났다。

길바닥에서 뱀을 한마리 매려잡었든 고눔을 끈으로 목아지를매여 갖었든 막대기끝에다 다러멧다。

억개에 멘 뱀꼬리가 흔들이는대로 그의 거름은 한발작한발작 산을향하여 닦어갔다……。

——(끗)——

64

陣痛期 (第四回)

李　箕　永

四、돌 잔치

세율이의 돌잔치는 무집하게 차렸다。김동호는 서울에서내려오는길로 우선 모모한 읍내친지들에게 청첩을 박어 돌렸다。원래 형식을 잘차리는 그는 남한테주는데는 단작맛게 인색하면서도 무슨 이런게제에 자기집안의 기구를 남뵐때에는 돈을 액기지안코 범절을 차려서 뽑내고싶었다。

추욱이는 동호가 내려오기를 눈이 빠지게 기다리고있다가, 아범을 정거장으로 내보내서 세율이의 양복을 받어왔다。그것을 시각이 밧부게 입혀보니——만일 안마지면 어쩔까하고 걱정했는데——어쩌면、그러케 꼭맛는지 모르게 잘맛는다? 그래 추욱이는 더욱 얄이나서 미칠지경이었당。그눈 만나는 사람마다 아들의 양복 자랑이당。

「점순엄마 애기양복좀 드러와 보라구! 어쩌면。이렇케 안성마침으로 빈틈없이 꼭맛느냐말야!」

「그럼 나리가 일부러 서울까지 출장을나가서 사오섯는데，여복 범연할리가 있겠서유」

「암 그럼은요」

옆에 앗인 순남이 엄마까지 비위를 마추며...칭찬한다.

「춤장을 나잦다구──그럼 이번 출장은 내가 보내드렸게!」

「그렇치만 크게다 애기 복입닌다. 암만 잘 사주랴고 부모가 서둘어도 제복이 없으면 안되는데요 뭘...아씨

그러치 안어요?」

「아마 참, 그런가바──점순엄마 말이 마젔나바! 호호호......」

순남이 모친은 때로 추욱이는 얄이나서 입이 함박만치 버러젔다.

(논술 좀 줄랴나?......)

상담에 출듯 출듯하고 안둔다는 말과같이 사람을 몸만달게한다. 추욱이는 고마운말 대신으로 논한자리쯤 선

듯 줄것같건만은 도무지 그런말은 없다. 그러고 이편에서 귀둘 울렀다가 만일 각씨귀신같이 둘러기잘하는 아

씨비위를 거슬리게되면 도리혀 큰일이다. 그래 그는 먼저 주기를 가다리자니 이건 목것이 떠러질노릇이 안인가.

그렇수 순남어머니는 그야말로 떡줄놈은 생각도 안는데, 김치국 먼저마시는 격이었다. 추욱이가 누구라고 그

만한 대까(代價)없이 논한마지길망정 거저 줄상싶으냐?

그는 제집안 식구끼리도 네목 네목을 마지고 한푼이라도 더늘리지 못해서 몸살이 날판이다. 그런수단으로회

뒤게에서 노려날때에도 뭇남자의 각대기를 벳겼다. 그는 인물이 곰지못한대신 능갈치고, 억지손이 세었다. 한편

으로는 나긋나긋하게 굴어서 흘려노코는 별안간 뒤덜미를 탁 집허서 어느귀신이 잡어가는줄도 모르게 함정에

빠지게하는 수단을 쓰는것이었다.

그는 동호가 모르게 기르는 돈이 수백원이었다. 그리고 한푼이라도 더빼서내랴고 앙날거리는것은 부부간에라

도 옛날기생질하든 그리를 고대로 가지고있는데 어림없이 더구나 남한테이라!

동호는 출근시간이 밧부기때문에 차에서 나리는길로 회사에 드러갔다가 저녁때 집으로 나와보니, 만반준비는

다된것같다. 추욱이는 그런보다도 더명랑하게 동호의 기칠소리를듣고 대문밖까지 뛰여나와서 반갑게 영접한다.

66

「어멈, 나러오시베―국솥에 어서 불줌느어…시장하실텐데…」

동호는 단장을 집고 마당으로 드러섰다. 우선집안을 휘둘너보며 뜰위로 올러선다.

그것은 어느틈에― 그전에 오축잔케 사렀을때에는 없든 버릇이 생긴것이었다. 자기가없는 동안에

눈거친데가 혹시없는가 하는 주인의 권위(權威)를 무의식중에 나타내고싶은 그런본능(本能)엣갓가운 동작이었든지

추욱이는 동호에게서 빼서든 가방을 우선 아래 영창문을열고 방안으로 드려노았다. 그리고 액교를 가득실은 눈

에 우숨을 남실거리며 애뭇한 목소리를 고낸다.

「차안에서― 아침을 굶으시지 안었수우」

「아― 차안에서는 아무것두 안먹었지만…」

「거바! 점심은?…」

「점심은 오약구 돔부릴 한그릇 사먹었지」

동호는 빙그레 우스며 마루에 끌라앉어서 아사고무의 검정빗 단화를 댓돌위도 벗어 놋는다.

「그까지 오약구돔부려가― 뭐맛있다구― 사먹는지몰나. 난 뼉뼉해서 못먹겠머구만…」

「참·세출이 양복이·어때여? 대관절―」

동호는 깜짝잇었든듯이 추욱이를 안심찬케 처다본다.

「뭘 어떠여―이번 출장은 잘갔다오섯지―」

「뭐?…출장이라니, 누가 출장을 갔어?―」

동호는 그게 웬소런지몰나서 두눈알을 굴리며 두러번 거런다. 추욱이는 동호의팔이 그럴수룩 우수워서, 갔득

이나 웃기잘하는 우숨을 간간대소한다.

「아이구, 아이구 배야…아이구…호호호」

추욱이는 한손으로 배를움켜쥐고 또한손으로는 점순이 모친을가러치며 드러 웃기만한다.

「아니 웨 그러는게야 뿔안간 미쳤나 웨 혼저만 웃는거냐 말야…출장은 누가 가구…」

「피!」

67

그 소리에 부쳐개질을 하든 점순엄마、 길동엄마、 순남이엄마까지 모두들 웃섰다.

「호호호……당신이 이번에 출장가지 안었어……」

「또 까분다!」

동호는 비토소 추옥의 말의 미를 아러챗든지 약간 통망스럽게 추옥이를 핀잔준다. 그렇나 그의 두눈은 여전히 추옥에게 흘리었다.

「아니 그런게 아니라 내말을 드러바요! 아까 세출의 양복을 입혀봤더니 어떠게 잘맛는지 아주 안성마침이 란말야! 그래 이것들좀 와바――좀 잘맛느냐구했더니, 점순엄마가 하는말이 호호호……나리가 일부러 서울까지 출장가서……호호 호 사왔는데, 그럼 잘맛지안컷느냐구……호호호……그라겠지……그러니말야……그러니 이번

「하하하……」

출장은 당신이 잘갔다 오시잔었수 뭐! 호호호……」

「그래 아까두……이번의 나러출장은 내가 보낸출장이라구 한바탕 웃겨주었다는구만……」

추옥이는 간신히 우슴을 진정하었다. 동호는 추옥이의 말을 듯고 보니 내심으로 더구나 아랫사람들 보는데서 창피한 생각이없지안타.

점순이 모친은 출장이무었인지 모르고 한말이겠지만, 그말을 색여들을수록 여간「히너푸」가 안이었다. 참으로 자기는 추옥이의 명령으로 출장을 갔다온셈이었다. 그것은 ·서울있는 안해한테도 이번에 빈정거림을받고왔지마는 생각해볼수록 낯이뜨거워진다.

그렇나 가만이 다시생각해보면 세상에 누구를 물론하고、사랑하는 안해의 출장을 안단이는 사내놈이 있을까?

참으로 고사하고 한역자를 위해서 생명을 받치는 사람까지 수두룩할것이다.

그러타면 자기가 추옥이의 말을 여울령봉행하는것은 부부도덕에 조곰도 위반되거나 비방밭을 조건이 안이라는 결론을 내었다.

「세출인 어듸나갓어? 응……」

「복례가 없고 놀너나갔어요」

그들 내외는 방으로 드러와서 문을닷고 앉었다.

68

「고단하시 겠수…… 출장갓다 오서서……호호호……」

「또 무슨 소리 한마듸 들었나부다」

동호는 추우이에게 눈을 흘기엿섯다.

「호호호 그럼 우습잔어……좀 드러누시유……네, 다리주물너드릴까……」

「그만 둬……」

「그만 두긴 뭘……」

부억에서 부침개질을 하든 여자들은 서로들 도라보며 수군거린다.

「저래서 사내들은 논다니를 조아하나바!」

「그럼 뼈가 살살 녹게하는데 조아하잔쿠」

「성님두 그전에 아재한테 머래그래 밧수?」

「내주제에 그럴줄이나 알건듸—꾸어다논 보리자루매!」

「우리두 좋 저러게 영감을 구슬려봅시다. 남하는 것보니까 어째 샘이나죽겠네」

「우리네 영감이야 구슬려서 뭐나울께있서야지 호호호……」

「그보다두 없는아양을 떠럿다가 공연한 생벼락만 맛게—이년이 별안간 무엇에 미첫느냐구……」

「호호호 그럼매 말야—」

그동안 동호는 아랫목으로 요를깐위에 드러누엇는데 추옥이는 사내앞으로 밧작붙어앉어서 동호의 다리를 주물는다. 전기암마를 하는때와같이 여자의 부드러운 손길이와서 닷는대로 짜릿 짜릿한 촉감을 늑기게한다.

동호는 마음속으로는 만생각이. 드러가며 전성으로 말을묻는다.

「대관절 준비는 다 된섬인가? 어떠케 됏서?」

「뭘 어떠케—인제 부친개질만 하면 다되는걸……누구 누구 청햇수」

「뭐 웬만한 친구들은 다 청햇지……우선 관청축 은행축 회사축을 멕여야겠는데—이런 명계애 잘멕여 두어야 이담에 이용할수가 있것든……그러니 넬 손님들은 특별히 잘대접하라구」

「웅! 우리회사 지배인두 오지?」

「그럼——은행지배인 석경——금융조합서기 먼서기축과、 또 장사하는 사람들두 을메구 안人방만은 아마좀울멘데」

「건넌방두 치웁시다 뭘!」

「그럼 또 누구는 안 방으로 모시구 누구는 건넌방으로 드린다구、 소문나지 안율까?」

「원 별말슴도 다하시구려——그런 주변두 못차리구 사내값을 어떠케 하시우? 여바요 그러커든 당신이 번나 오실때 우리회사 지배인과 은행지배인을 멉접다리구 나오시면 되지안수。그래 그분들을 안빵으로 드리게되면 유뉴상좋으로 자연 게리끼리 몰려거되여서 로축은로축대로 소축은소축대로 제자터를 찾어안질렌데 뭘……」

「따는 그게 조흔 수토군!」

동호는 감심한듯이 정털에 찬 눈으로 추욱이를 처다본다。한팔로는 실그머니 그의 가는 허리를 휘감는당。

「기생두 오우?」

「암 술따르는 기생이 있어야 한잔어」

「멫이나 불느게」

「저어두 너멋은 불너야 하지안으까? 양쪽방에 두명썩우?……」

「원 건너방은 방누 좁은메 셋만 부트지」

「글세 그럴까?——모자라는건 당신이 봉족들기로하구」

동호는 추욱이의 눈처틀 보며 싱긋웃는다。

「피—— 내가 왜기생인가——아니팝게 기생의 봉족까지 더구나……」

추욱이는 조일갑을 사내의 주머니에서 고써서 한개롤피여물다가 그것을 그대로 동호에게 물려준당

「그건 롱담이지만……우리회사 지배인이 당신보구 술을 따루라면 어짤때야?」

「그거야 못따룰것뭐있수——경우가 달는데」

「하하——그러치 우리마누라가……」

동호는 추욱이를 끄러안는다。

「뇌요! 고만 나가바야지」

「나가보긴 뭘——어런히들 부칠가배」

70

동호는 두팔에 더욱 힘을 준다.

"나없는새 죄다 집어먹으라구"

"좀 집어먹으면 대신가"

"아이녀요, 대낮에 이게……"

그러나 동호는 가만이 이러나서 방문을 걸어잠근다.

그러자 막, 밖에서 세출이의 우는 목소리가 들린다.

"엄마, 아!"

"아씨! 아기가 잘나나바요, ──작구만우러요! 방으로 드러갈까요?"

복례는 문닫친 방문을 허락없이 열고드러갔다가 야만인종이라고 꾸중을 여러번 아써한테 드럿기때문에 조심
조심 정신을 차린터이라, 지금도 그냥 드러갈라다가 그생각이 무뜩나서 무러본것이였다.

"오─이러 다려온!"

추옥이는 동호에게 눈을흘기면서 가만이 부르지젓다. "거바……" 그리고는 짓구진 눈우숨을 치고는 아무러치
도안케 복례의 대답을 하면서 얼는 이러나 문고리를 벳기였다.

동호는 다시 빌닝 요위로, 드러누었다. 그는 흥분된 감정을 별안간 억제하자니 금사로 기운이 푹꺼지며 헌
'신에 맥이 풀리었다.

추옥이는 사내의 그런꼴이 우숩고도 가엽서보인다. 남자란 확실이 다른가부다싶은 동시에, 여자의 특권은 이
런 때에 부려야한다는것이 새삼스레 늑겨진다.

뒤미처 세출이가 드러오자 추옥이는 불이나케 아이틀 밭어안으면서

"아기 어되갔다 왓나? ── 압바왔서 압바 번서 춥린가 냇색기두……"

하고 동호를 가리처본다. 그리고 뺨과 입에다대고 무수하게 입을 마춘다.

"아가 어되보자! 자─이머춤 오바구 어쭈카……"

동호가 두손을 벌리며 안으러덥비니까 아이는 딸피름이 바라보다가 고만 고개를 도리키며 젓을 파고매든다.

"아이그 우리 아기가 압바두 낯가리라 하루동안을 안밧다구──"

71

추욱이는 또다시 귀여운듯이 아이의 뺨에 입을마춘다.

「전건한 입으로 입에다 대구는 마추지말나구——그러면 해로운 법이야!」

「아이구 남말하는 것것좀 바—」 당신은 쇠통 안마추면서——」

추욱이는 기가막킨듯이 어이없는 우슴을 웃는다.

「내가 언제 입에다구 맛햇서——저처럼!」

「그럼 안마햇남! 수염이 나서 깔고머운 입을、대구 토리푼지르면서…… 그런짓을 남한테두 하면서……」

「쉬——밖에서 듯는다 원——」

동호는 가만이 부르짓엇다.

「호호호 드르면 어째 누가 없는말 하나뭐……」

「아이구 그거버 주둥이 타니……」

동호는 다시 드러누어서 담배한개를 피여물었다. 그는 열쩍은듯이 천장을 처다본다.

세웠으는 젓을두어묵음 빨더니만 어느틈에 잠이 드럿다. 아이가 잠든것을보자、추욱이는 가만이 앉어서 동호의 몈

으로 누비포대기를 덮어뉘고는 두어번 토닥 토닥하면서

「자—아들이나 끼구、당신두 한잠 주무시요」

하고 알구진 눈우슴을 또한번 살살치며 동호를 치다본다. 그리고 깜짝잇은듯이 불이나케 행주치마를 입더니만

문밖으로 뛰여나간다. 뒤미처

「어멈 어떠케 되었서?」

하는소리가 부억에서 크게 들리었다.

「목소리만 더고앉드라면!……」

동호는 이런생자을 하며 혼저 누어있었다.

(계속)

72

戲作者朴泰遠

金 文 輯

바로 말하면 九甫朴泰遠君은 賤民出身의 외입쟁이다.

元來 藝術家란 외입쟁이란 말이지마는, 茶房꿀 외입쟁이와 다른點은 그들茶房人꿀이 질겨金테眼鏡을 쓰는데 對해서, 이便은 질겨 金테眼鏡을 씨운다는것이다.

것과 씨우는것, 即 제 얼굴에 金테안경을 갓다, 거는 친구와 남의 얼굴에 제멋대로 金테안경을 하나 갓다 거러보는 친구와 이두친구가 외입쟁이의 來西兩派다. 말이 낫으니 말이지 西洋에 來西란 말이지 西洋서는 人種을 두가지 그런 제스춰어를 해보이는 教養人 또는 선비를 가르

「가레고리」도 나누고 있다. 一曰 함렐트, 他日 동키호ㅡ 테 ●●에 對해서 우리 東洋서는 (只今 내가 뜻하지않

고 發見한 分類法이지마는) 제얼굴에 金테안경을 갓 거는 人種과 남의 얼굴에 金테안경을 하나 갓다 거머 보는 人種과 이 두人種으로 나눌수없을까고 생각해 진다.

人生이 一般일렌데 洋의 東西에 따라 어찌 그分類法 이 다를소냐 고 위선 이렇게 한번씩 척 어떻게 해 보이는것이 教養社會의 제스춰어 마는 何늘오 쳐 이亦是 級은 좀 다르나 金테眼鏡버티고 찾아가는 茶 房人꿀외입쟁이라 일컬는것이요 지금의 나모양으로 이

렇게 하나 외입쟁이를 맨드러서 하다못해 夜市場チヤ
眼鏡이라도 사 씨워서 茶房ㅅ골 어느行廊房에서나 仙玉
이 한켜로 찾아보내는、或은 또 그런 제스츄어를 시켜
보이는 친구를 가르쳐 ─ 以下 말하지않는게 멋일듯하나
이런 멋쟁이가 뭇 남의 얼굴에 金테眼鏡을 씨우는 部
類의 외입쟁이란 말이다。

그러면 합렛트、 똥키호ー테 對 金테第一號 同第二號
의 相互關係若何? ─ 이렇게 묻는 質問의 主人公은 그
러나 이번은 安心해도 좋다。어느便이나 하면、아니하
면 이 아니라 常然 同第二號에 屬한다。그리기에 人生
學이란 어렵다는 것이지 마는 ─ 정말 至極히 때리케ー트한 그形容할
수없는 呼吸하나로서 呼吸如何에 따라 第一號가되고 或은 同
第二號가되는 것이니 西洋의 그뚜렷한 相對 두典型偶
像의 境遇와는 자못 판이달라서 兩雙의 魚族關係를 云
爲한다함이 애당초에 못맛당한 짓이다。

허나 世上이란 재미있는것으로 못맛당한짓을 질겨 해보
는 친구가 또 있는法이다。이것만은 洋의 西東과 時의古
今을 莫論하고 共通되는 別製 외입쟁이 이여서 그러나 우
리가 여기서 크게 놀나지 않을수 없다는것은 혼히는 로
이드眼鏡을 쓰는 이 別製(ー)氏의 族譜를 밝힘이
곧 前記 兩洋兩雙의 相互姻戚關係를 解明하는 偶然한 結
果를 招來한다는 事實이다。

자泰遂論에 이무슨 族譜의 의曼함이냐고 贓俉와함이
本人을 꾸짓는 一號群像의 數字를 想像처 안는배아니
나、不幸히도 나는 一切辱說에는 不感症忠者이고보니 설
사 朴君이소박을 받아 종시 이마당에는 그가낯이 팔
을 나타냄이 없이 도라간다드래도 일직이내 알배아니
며、突然 또 뗄뗄 이 原稿紙上에 뛰고 덤비는수가
있다 하드래도 亦然 나의 關知할바 아닌것으로서、胎
生이 저만아는 唯我釋尊님의 後裔님의 後裔랴、게다가 또 設計圖
니 構想이니 하는것은 세워서 못을든다거나 무슨深
刻한 或은 어떤 神道한 思索을 罪十分이라도 머리에
錬積해서 비로소 醞醸를찾는다거나 하는 ─ 그런 갸특한
信用은 아직 꿈에서도 해본적이 없는 ─ 그러니까 胎
論 刹那刹那의 衝動一元으로 저도모르는 怪文書를 母
오줌같이 갈겨댈뿐인 下之下의 動物 ─ 人間인 人間이 똥
所以인 「致任」을 내 글에서 못는다는 것은 하나의 넌센
스라、號令一下 今後(花)豚文不買同盟을 結成하면 그만
일것이다。

정말 以上의 잔쏘리가 小說家仇甫先生과 무슨 因緣
이있으며 앞으로 어떻게 해서 先生과 關聯을 두게할
까에 對해서는 全然白紙다。

그때 못맛당한짓을 질겨하는 로이드眼鏡이 眼鏡을 大
和流로 表現하면 요꼬구부마따는 橫車氏가 되는데、氏의
特徵은 요즘말로는 心臟이 强하다 事變當時語로는 ─

74

치카ー허나 某實에 있어서 로이드眼鏡을 쓰는 사람은 大고 빠리에게가 있는 것이당.

이에對하야 賤骨은 純然한 奴隷의 人種으로서 그에겐 우리 貴骨의 特權 代身에 技術과 勞力과現實 그리고 貧窮과 常識과 計算과·等等이 있을뿐이다.

仇甫朴泰遠君은 朝鮮서는 第一流에 屬하는 眼鏡第二號ㅣ 即 남에게 金레안경을 씨우는 技術에 있어서 可謂 獨壇場의 熟鍊工이지마는 人種別로 말하면 斷然 이 賤骨派에 屬한다.

勿論 나는 無慈識的으로 金레안경의 茶房人골 외입쟁이 이애기를 하고 賤貴骨의 人種學을 捏造한것이지마는 이제와서보니 決코 그건根據없는 其作亂이 아니었을뿐더러 朴泰遠을 꼬爲하기애는 絶對로 必要한 用語手段이 있었음을 發見하고 이윽고 微苦笑를 發하는바이다마는 如何튼 同君이 貴骨아닌것만은 搖地不動의 事實서, 그가 當代의 才士요 「서울」文化의 액쓰(人蔘エツキ라는 말이 있지) 란 可嘆할 나의 評價에도 不拘하고 最後의 境遇에 이르러서는 決言할수있다. 질기지 않을것만은 豫言할수있다. 웨냐하면 君은 血族的으로는 名門儒學의 子孫인지 모르나 形而上學的는 亦是 貴骨이 못되기 때문이다.

허나 君의 자랑은 오로지 그가 貴骨이 아니라는 그 先天的 宿命에 있다. 即 그의 賤骨性이 그의 長所의全內容이란 것이다.

는 心臟이弱한 便으로서 分類學上 가장 困難을 느끼제하는 人種別이니까 頭痛거리가 아닐수없다.

허나 多幸히 가장 困難하다는것을 가장 容易하다는 말의 別式表現이어서, 要컨대 나같은 로이드는 一見동키호ㅣ...共實 함릿트ㅣ... 그런가하면 이번은 그와逆으로 一見金레 第二號 共實 同第一號라는 조잡을수없는 人種博物舘이라 안주집기보다 더 쉽다는듯인지도 모른다. 숨먹고 賤民出身의 第二號種인 仇甫쯤. 鑑識해 내기는 仇甫가 小說家인以上 金레第二號의 외입쟁이 即, 남의 얼굴에 金, 鍍金때로는 데끼야品의 眼鏡을 제멋대로 씨우는 所謂藝術家임에는 疑心할 餘地가 없다. 그러면 어째서 君에게는 賤民이라는 숭한 렛텔이 한장머 붙는가? 다름이 아니다. 그는 타고난 小說家이기때문이여.

라고난 小說家인가? 世人은 타고난,
小說家가 있다면 그야말로 貴骨藝術家라고 主張할지모른냐. 남의 自由를 막고 싶지는 않으나 내自由를 막히기도 싫다.

내가 말하는 貴骨은 무슨 假이니 兩班이니 하는 말로서 象微하는 그따위 族屬이 아니고 人肉的先天을 意味하는것임은 勿論 이거나와 우리 貴骨에겐빛보다도 먼저 生活이 있고 노래가 있고 陶醉가 있

75

以上이 只今부터 朴泰遠論을 始作하겠다는 人事의 말
이당。 이를테면 序言인데, 本論은 짧아도 開會辭의 十
倍는 되여야 하겠으나 目下의 事情이 三十分의 向机
時間을 주지않으니 本格的 仇甫論 아니 이序說의 本論은
다음 機會에 미루기로하고 여기서는 覺書的인 몇마디
만을 더 붙임으로서 司會者의 面目만을 오도지 하기로
한다。

三年前 일이로군、 그해 여름 尙虛와 松田서 避暑하고
있을적이다。君은 하루치 하루치 의「黃眞伊」를 써보내서
中央日報讀者의 肝臟을 녹여냈고 나는 避暑 數用 때 느
라고 그저 틈만있으면 어디든지 써서랬라 먹었다。한여
름동안 朝鮮서 돈百圓어치의 賣上高를 낼여니까 自然협
잡이 生긴다。

하루는 尙虛가 무슨일로 서울갔다온다기에 大至急、
또한篇 原稿를 주적거려서 이거 따라서 맞돈받으
고 附托을했다。몇日後 金十二圓을취고 멧센자-가도라
왔다는건 말할必要가 있지마는 翌月號「中央誌」에는 李
下冠이란 初聞의 著名으로「朝鮮文學의 現狀論」이란 큰
題目의 글이나서 文壇의 注目을 끄얼었다는 것만은말
할必要가 있다。

내가 李箱된것이 고약해서 전번의 내評論集에는 그
글을 넣지않었지마는 方今 스크랩북 第몇號를 고집어
내서 찾아읽어보니 大略다음과 같은 一節이 있다。

나는 朴泰遠의 作品을對할적마다 橫光利一의「機械」
를 聯想케하니 웬일인지 모른다。素朴한 朝鮮文壇에서
泰遠과같은 密度있는 文體와 近代科學을 肉體的으로
消化한 유니-크한 文章을 享樂할수있다는건 아직까지는
一種의 에트란제-(外國人)인 나의 기쁨이 아닐수없
다。

그는 이미 完成한 作家가 아니고 永遠의 試驗作
家다。그는 人生을 生活치 않고 人生을 實驗한다。
그렇기 때문에 그는 文學을 耽樂치않고 文學을 試驗
한다。그試驗의 結果가 언제나 저 自身에게는 落第
를 宣言받으리라。허나 나는 泰遠學校의 劣等生을 다른
어지간한 學校의 優等生에 앞세워서 친구의 사위감으
로 推薦하리라。그만큼 그의「戲作」道는 技術의 呼吸
을높이하고 있는것같이 저어도 내게는 믿어진다。云云

이印象評이 發表되기까지、例의 告白이나, 나는 仇甫의
作品은 한篇도 읽지 못했었다。這般의 消息은 今日의
朴君도 잘 알겠지마는 果然 나는 仇甫의 作品에對한적
이 없이 仇甫藝術의 印象을 그렸다。허나 나뿐버릇에는
나는 읽지않어도 안다는 이못된 自慢아래서 가끔 이런
짓을 해온바이나 。더不幸한일에는 내가 이런作亂을해서
失敗한 적은 한번도 없었다는 事實이다。
仇甫가 제小說을 試驗하듯키 나는 그와는 다른方法
으로 내批評을 試驗한다。그結果 仇甫는 內心으로는 제

小說에 크게 自信을 갖이면서도 對外的으로는 크게 不滿한듯이 포ーズ를 取하나 나는 그와 反對로 內心으로는 크게 내 批評에 不滿을 느끼면서도 對外的으로는 絕對의 自信을 示威한다。結局 맛찬가의 일지마는 그와 나와의 表現手段에는 그만한 相違는있었다。

松田서 도라와서 비로소 泰遠의 글줄을 注意해서 읽어봤다。評을 쓰기前에 한偏이라도 읽어봤드라면 좀더 할말이있었을것을 하고。內心자못 不滿은 느꼈으나 對外的으로는 맛나는놈마다「어때? 내말이 옳지?」하고 自信堂堂하게 文壇거리를 示威하는 나였다。

文學에있어서 가장 高級한 要素는 유ー모어다。이 유ーモ어를 藝術的으로 具象化하고 모아고에따라 그글이 金이되고 동이되는것이다。그의 兩極的例를 朝鮮社會에서 찾는다면 李瑞求일것이다。

李瑞求의 所謂 유ーモ어 小說을 일즉 우리의 알배아니나 泰遠藝術의 유ーモ어에 對해서 一言한다면、이것만은 외누리없이 獨步의 黃金世界로서、겨우 三十에난 친구가 이만음・유ーモ어를 藝術的으로 肉體化시켰다는건 하나의 記錄이 아닐수없다。封建서울의 現代的文化相을題材한・長短兩方의・代表的作品「距離」와「川邊風景」과의 두篇만을 보드래도 그藝術價의 極而要素는 유ーモ어 하나ー로서 共通시킬수있다。

朴君의 人間을 모르고 그藝術을 모르고 쓴 松田海邊서의 나의 印象評에 유ー모어 一言을 落漏했다는건 完全히 나의 失敗였었다。街頭나會合에서 한두번본 그의 頭髮風景이란 너무나 非ニューモーラス 했기때문인지 모른다。허나 그유ー모어를。取扱하는 ー卽 文學的態度와 그를表現하는 作家的技能에 있어서는 ー即 小說家仇甫의 基本的構造를 素描함에 있어서는 나의 第六感評에 조곰도어그러짐이없음을 알고 當然 나는 安心한것이었다。

勿論・該一篇은 朝鮮文壇 全般에 亘하야 各己 그좋은 印象만을 드는판이었다。다시 말하면 朴泰遠의 點象別로 말하지않었다。더 바로말하면 그때까지의 나는 仇南의 不美라고는 그頭髮風景外에는 全然智識이없었다。그後 人間的으로 藝術的으로 朴君과 親하게된지 오래지마는 아직도 그들을 十分通察했다고는 그러나 어느便이나 하면 亦是 賤骨派의 眼鏡第二號안것만은 只今 나는 自信을 갖고 斷言할수가있다。

나의 이 分類學에 對하야 朴君은 조곰도 기뻐할必要도 슬퍼할必要도 없음은 前記事理에 이미 밝혀진 바같다。

文藝時評
—長篇小說의 길—
朴勝極

一

여기서 長篇小說運動을 말하라는 것이아니다。이제 새삼스럽게 長篇小說을 써야되겠다!고 외철 그程度는 이땅에있어서도 벌써 이미 過程하였다。新聞連載小說이나、雜誌連載小說이나、其他單行本으로 出版된 數多의 長篇的인 小說이있고、어느意味에서는 數十年來로 廣範圍의 人民層에 가장唯一한 小說財가되어온「新小說」도 있다。

이와같이、「長篇小說」이라 이름붙일 文學「장르」는 우리에게도 生疎치않혀 一般的으로、小說하면 으레히 長篇小說을 指稱하게되는것이며 短篇小說은 여벌로 생각케즘 되는수도있다。

果實上、短篇小說은 小数의 層을 除外하고는 이땅讀者에게 그렇게熟親해졌다고 할수는없다。雜誌나 新聞에서 主로 短篇을 실려지만、그것의 長篇에比한 文學的價値와 讀者獲得의效果에있어서는 매우 疑護되는바이다。가깝게 例를들어 朝鮮에서 佳作或은傑作이라고 通稱하는作品을 살펴보면 短篇보다는 長篇에있다。讀者를 많이 가진作家도 短篇을 쓰는 長篇게서보다는 長篇을 쓰는사람에게서 더보이는 長篇을 쓴사람에게더러있다。勿論、單純히 이렇게만 볼것이아니지만 大凡히 따진다면 이런現象을 몰하고 있는것이 事實인데 여기에는 반드시 그 相當한 理由가 있지않으면안될것이다。即 短篇과의文學的價値의、優劣問題라든가 讀者에게주는 思想的깊이의 差異라든가가 當然히 登場되어야할것이다。

그러나 近間에와서야 長篇小說이야기가 나오곳로만」改造를 論하게되고、그외 防禦的「제스추어」로서 短篇

小說擁護論이 나오고 훨씬近日에와서는 全作長篇小說에關心하는 傾向까지낳게된것이 따지고고보면 文壇的인 「時代遲」라고아니할수없다.

二

時代의물결은 고요한것같으면서도 흔들리고있는것인가? 新聞小說의萬能時代도 어느덧 지나가라고한다. 모르는새에 사람들은 그것과距離가 멀어짐을 깨닫게되었다. 長篇小說이라고하면 다른무엇보다도 新聞에連載되었다. 그리고 그의單行本만이 代表하는것처럼 認識되면常識은 깨끗이 去勢되어야할「모멘트」에 到達하였다.

이 時代的潮流의한가닥을 잡아내여 吟味하는데있어 먼저 短篇과長篇의世界를 알어보는것이 至當한順序가아닐까?

흔히 짧은것을 短篇小說이라하고, 긴것을 長篇小說이라고 일러왔다. 아직도, 이땅의文學水準은 이에서 더나가지못한듯하다. 勿論短篇은짧은것이요, 長篇은 긴것이라는것이 잘못된規定은 아니다. 어디까지나 短篇은짧은것이요. 長篇은긴것이다. 그렇나原則的으로는 一律의길고짧은데서가 아니고 短篇과長篇과의 各其相異한 精神에서오는것이다.

于今까지의 朝鮮의長篇小說이란 몇個의短篇을 한데모아는데 不過했고 甚히 不名譽스러운일일는지 모르나 作家自身이 大部分 短篇精神、長篇精神의過別은 明確히把握치못하고 썼다해도 過產이아니냐? 그것은 그들의作品이 익히證明하는바이다. 長篇을捕成하는데 있어 不可分의 短篇的인素材, 描寫를全然 排除할수 없는것이지만 그것은 長篇精神에서의 短篇的인것이고 短篇精神에서의 短篇的인것은 아니다. 그러므로短篇과長篇은 그分量의長短에서와함께 첫째는 그精神에있어 過別된다는것으로 斷定해야할것이냐.

그런데 遡及해서「코트」라든가「로만」이라든가 롯럴어散文에對한것은 오늘의散文(特히朝鮮에있어)만을가시고도 論議할必要는 여기서論할것은 없을줄아안다.

短篇으로서의 人生、社會의一端을 極히簡明하게單一的으로表現、描寫하는 特性을가졌다. 따라서 그것은 局部的인임을免치못한다. 어떤한問題를讀者앞에提示하사말자. 그만끊어버리는 말하자면 刺戟만주고 滿足을주지못하는것이다. 이것이 短篇의短篇的인特性이며 또한 廣汎한一般歷에 迎合되기어려운「찬스」이다. 一般讀者가 事件의始終을 比較的明示한「작로」即長篇을 기뻐읽는것을 생각할때、우리는 容易히短篇의制限된性能을 看件할수있지않을까? 그들이 어느程

79

慶까지의 그런滿足感을 채울수있는「新小說」(이야기책)을 질겨하는것을 다만 文學的低級이라고 輕視할 수는없다.

또 小說을읽는다는것은 어떤 재미를 要해서라고들말하는데 그재미란 文章의재미만을일음은아니다. 차라리讀者가 作品에서 얻는 思想上, 認識上의 재미일것이다. 그렇다면 短篇은 여기에있어서도 長篇을 따르지못한다.

短篇은, 어떤것을 端的으로 提示한데 不過해서讀者自身에게 疑問을남겨주지만 長篇은 스스로 解說해주는때문에 그만한 餘裕를 讀者에게 提供할수있다. 長篇은 遮心力과같이 얼마든지 넓고크게 벌여진다해도 그中心은 잃지않는다.

長篇은 길어서 읽기어렵다는것도 正當한提言은 아니다. 稀貴하게볼수있는力作이라면 연겊고서는 하나둘쯤은 썩 재미있게 읽을수있지만 通讀한다는것은 대단히어려운일이요 힘드는 노릇이다. 읽고난뒤에 남는것은 일後味없는 멋멋한것이거나 疲勞를 느끼기쉬운것이쑤다. 그러나 長篇小說一훌륭한長篇이든一 緊張속에서 다읽고야만 만다. 읽고난뒤에 남는것은 或은 漠然한것이라할지라도 어떤새로운課題새로운提示, 새로운敎訓을感受하게된다.

要는 作家가 作品製作에 着手하는데있어 短篇에서와 長篇에서와는 當初에 各其 다른精神에서 出發케되는때문이리라. 短篇은 어쨋든 思想的效果는長篇에게 뒤지는「장르」다.

보다, 「엣쎄이」數가 어잡잖은短篇에, 比해普遍的이면서 强度의思想的性能을 發揮할수있는「장르」라고 할는지? 雜誌의近間의 이런試驗(「多餘集」에等其他)은 結果에있어 文學의外道를 紀했는지모르지만 이點에있어선 언제나 조그만自負를 갖는바이다.

그렇다고 短篇小說의存在價値를 否定하는것은 決코아니다. 短篇은 短篇으로서의 獨特한性能을 가지고있는以上, 作家는 決코 短篇을 허수룹게볼것이아니

凄한 외롬의재미를 萬人이 느낄수있는「장르」이다. 「유ー고ー」가 그의「死刑囚의最後의날」을 내는데序言으로 死刑廢止論을 附加하였다할만큼, 作品上의思想性은 重大한것이다. 가령, 兩者를말함에있어 短篇은 짧아서 읽기쉽고

요、 讀者또한 短篇 을저버리지 못할것이다。

三

그러나 現在朝鮮의 所謂長篇小說의 現狀을 바라볼
매는 論議해야될 여러가지問題가 難多히 쌓여있다。
長篇的인 小說이 一般에게 小說의本道로써 알려졌다
는 것은 먼저말한와같거니와 近者에와서는 新聞連載
小說에 一次動搖가생기고 從來比較的冷待해오던 雜
誌에서까지 長篇小說을連載하는 新傾向이고、 그위에
長篇小說에의關心等은 우리에게 長篇小說에對한 보다
誠意있는 論議를 切要케한다。

말할것이이 朝鮮에있어 長篇小說이라면 新聞連載
小說을 가르키는것이었으며 또한 그것이長篇小說의
길을 開拓하였다고본다。 그原因은 우선發表機關의
不充分、 머나기 社會的·文化的인 制約下에있는것이
며 同時에 讀者를얻고 文學을成長시킨데에 多大한
效果를 나타낸것이었다。 春園이新聞小說이 아니었더
면、 民村이 新聞小說이 아니었더면、 其他의數多한作
家가 또한新聞小說이 아니었더면、 그만한作品을 쓸
수있었으며 그만한讀者를 얻을수있었겠는가? 거의
不可能했을 것이다。

新聞小說에 分化作用으로일어나게된것도 그만큼 文
化、文學水準이 높아진最近에서이지 얼마前만해도 그
(십되지만)

런餘裕는 許與되지않았었다。

그러다 新聞小說의 現狀을 보면 限定된 一日分에 讀
者의興味를 끌고나가도록 써야되는것이므로、 실상作者
가쓰고싶은것、 主로自己의思想을 忌憚없이 자넣기에 困
難한것이며 긴敍述이나 對話나 또는 獨特한形式을꺼
릿김없이 배풀기에 너무나 어려운것이다。 그러므로
지금까지의 新聞小說인 長篇은 偉大한「로망」精神을自
身의 것으로 맨들기에 무척 困難한條件을、 거의宿命
的으로 所有한것같다。

오늘날 朝鮮에서 優秀하다고 일르는 長篇小說은
실상 모두다 이런致命傷을입고 헤여나온것들이 아
닌가。 어느것이나 例가 미여저있고 個中異口同聲으
로 떠드는 作品도뜯어보면 재미있는듯하나 싱겁기
짝없다。 이런것은 長篇小說로서의 그價值까지를 疑
問視하지않을수없다。

그러나 나는 朝鮮의 新聞小說을 徹底히 商品化하
기를 企願한다는것은 아니다。 그것엔反對한다。 新聞小
說토서 完全히 商品化되는것이 立場과精神을 달리
한 長篇界에 어떤利가 있을지疑問이된다。 구태여 그렇
게할必要는 없지않을가? 다만 利라면 新聞의販賣
部數를올리는 데幇助뿐이아닐까?(이것도 事實上의

그래서 新聞의 發展을 爲하는데만 그친다면 文學의 發展과는 因緣이 相當히 멀지않은가? 文學家의 希求는 비록 小한다할지라도 文學의 發展에있어야할것이다 傷處불입으면서도 될수있으면 傷處를 적게하고자 애쓰면서「新聞小說」을 正常的인 長篇小說의 線에 맞게하도록 努力하는것이 朝鮮에있어서 作家의 當然히 遂行해야할任務이요、또한 需要者인 一般讀者의 바탕(盤)이 아닐까? 고 나는 생각한다。新聞連載小說에비해서 雜誌 連載小說을 制限. 拘束이 顯著히멀하다。첫재、新聞一日分의 分量보다 훨씬더 않으므로 作者에게는 그만큼 餘裕를 갖게한다。그 餘裕는 自由롭게 쓸수있다는것을 保障하는것이다。그러나 讀者가 이것을 繼續해읽는다는데있어서는 좀어려운 問題다。다달이 한번씩나오는 雜誌는 이러한 時間 的 不利를주게된다。

四

小說뿐아니라 모든學問의 著作物은 써서 곧冊으로 내놓는것이 原則이리라。新聞이나 雜誌가 發展케뒤에 그 原則은 어긋난것이며 特히 이고장에서 그 現象이 尤甚하다。
近年 東京文壇에서의「書き下し」長篇小說의 擡頭를 우리는 銳敏한 눈초리로 注目할必要가있다。그原因을 探索하여서 우리들自身의 課題로맨드는것이 다만 하나이다。

의 模倣은 아니다。事實、長篇小說本道、全作長篇小說의 길은 이제야 다시찾아젓다。作者의 東檢閲上의 그것은 別問題을받지않고 가장自由스러운 立場에서 쓸수있는것、一定한思想과 作品構成에없직 지못할餘話와 叙述을마음대로 할수있는것、이것은 오 직 써서 그대로 發表하는「全作」出版에서만期할것이다。
그러나 全作長篇小說의 길은 쉬어도 朝鮮의社會的、文化的情勢 이 가루홈여있다。가깝게는 出版社의 問題요 넉넉지못해서 作品보다는 讀者의間 題요、文藝의問題다。朝鮮出版社는 朝鮮의 出版을 開拓하는데에 넉넉지못해서 頭視하는 惡弊가있고 또한財政 印刷費、宣傳費에 인색해한다。이것이 新聞小說에 特히不充分해서 뒤질수밖에없던 宜傳을、讀者를얻는데있어 宜傳을、讀者를얻는데있어 다。또한 용호하고 구순하지못한 同一한目標下의 全體的協力이 困難한것도 또한 重大 問題다。그러나 世界的인規模下의 偉大한「로망」의길 은 今後부터 發展을 約束하고있다。일로써참다운 長 小說은 나올것이다。아무리質弱한 이고장일지라도 作 家가 最大의誠意와 最高의技倆을 發揮하여作品을맨 들어낸다면 一般讀者는 그렇게무되지않으리라。一便、 文藝批評은 이런長篇小說을 相對해서 發展될수있을것 이다。支藝批評의 참다운意味의 隆盛은이에서만 企待 된다。끝으로말할것은 나는 決코全作長篇小說만을 偏 重치않는다는 辭明이다。或은 新聞이나 雜誌에 실리 는것도 좋으나 지금에있어 가장長篇精神에符合된長 篇은 全作長篇小說이라는 것만을 强調할따름이라는것 이다。

紅梅의 追憶

洪　曉　民

한社에 있는 R兄의 紹介로 내
一生의 처음인 一金參阛也를 내
고 紅梅 한盆을 지난겨울에 사
다가 房한구석에 노하두었다。 그
리고 精誠껏 물을 주고해볕을 쏘이
고 했더니 제법그것은 成長해서紅
梅花가 그럴듯하게 되었고 또한
그윽한 香氣가 房안에 그득하
여 그것 꽤 볼만햇것이라고 하
였다。

이래서 옛詩人 또는 옛騷客이
詩를 읊고 그림(畵)을 그리고 한
것이라고 生覺했다。 그리고 끝되
지않은 即興詩를 써보았다。

떨고 가건마는
오직 해죽이웃는 紅梅花!

白雪이 밖앗에서 펄펄
紅爐가 안에서 벌언데
베혼자 봄인양
꽃봉오리 네헐골 고움이여!
紅梅는 이겨울의 女王!

이런밤에도 밤行人이
아즉도 끝이지 않어
밤寂寞을 깨트리는
거름소리 恣취으로 숨여드는데
꽃보고있는 나의 安閑함이여!
오늘의 幸福이랄가!

겨울이 다름질 치는데
바람이 울고 붙고
문풍지가 혼들혼들

이러한 풋내나는 詩를 쓰고안

것는데 악아가 「압바」를 부르고
내것으로왔다。
나는 꽃을보면서 思索에 잠겻
면 만큼 악아가 오는 것도 생각
안코 가만히 있었다。
악아도 꽃이 좋은지「꽃、꽃!」
소리를 지르면서 고사리같은 손
구락으로 꽃을 가르친다。
「응 꽃이다」
하면서 나는 악아를 벗석 껴안
고。 역시 꽃을 보았다。
한때 나는日前 먼저 있던집에
서 이케든 새집으로 移舍를왔다。
移舍를 올때 移舍집나르는 집꾼
에게 付託을 아니했더니 아주망
처가저왔다。 瓦器과붓나온 盆을
를 다떨어트리고 盆을 금을가게
하고 한말도말하야 말아니되었다
그때 나는 그만 盒은 생각이도 는
한편 보기싫은 생각까지 나게되
있었다。 역시 그생각을 지금또하면
마치 무슨 物件을 紛失한것같이
마음이 무겁다。(끝)

83

最低樂園 (遺稿)

李 箱

一

空然한 아궁지에 숨을 배았는는奇習ー煙氣로하야 늘 내운方向ーㅁ물으려는 성미ー끝어가려드는 성미ー불연듯이 머물으려드는 성미ー色色이 황홀하고 아예記憶못하게하는 秩序로소이다. 究爽을 헐값에팔고 定價를隱憑하는 가가 모롱이를 돌아가야 混濁한炭酸瓦斯에 젖으로말눅을 맞날수있고 흚무든花苑흚으로 막다른下水溝를 뚫는데 기실 뜰렸고 기실 막다른 어룬의 골목이로소이다. 꼭한번 메림프스를 맞어본일이있는손이 리소ー르에 가려않어리로소이다.

서 不安에 흠선 끈적끈적한 白色琺瑯質을 어루맊이는 배꼽만도못한電燈아래ー軍馬가細流를 건느는소리ー山谷을 踏亦하든 習慣으로는 搜索뒤에 오히려 있는지없는지 疑心만나는 깜빡 잊어버린 燃斷의 허방이있고 詐散로소이다 乃法規洗滌하는 乳白의石炭酸水요 乃乃 失樂園을 驅練하는 驅練난號하는 가가 모롱이를 돌아가야 混 五月이되면 그뒷山 令이로소이다. 五月이되면 그뒷山 속이로소이다. 五月이되면 그뒷山 에 잔디가 意慢하고 나날이 검뿐해가는 體重을 갓어다노코 따로묵 직해가는 웃두리만이 고닮게鄉 愁하는 남만도 못한人絹 깨끼저고 그렇다고 네뒷겯은 어디를디디 며 찾어가야 가느냐 너는 아마

二

房문을닫고 죽은 팡덜이 아갑듯이 네 허전한쭉을 후루불어본다. 소리가 나거라. 바람이 불거라. 恰似하거라. 故鄕이거라. 情死거라. 每저녁의꿈이거라. 丹心이거라. 펄펄끓거라. 白紙우에 납작없더디거라. 그러나 네끈과넾에는 鉛華가있더거라. 그러나 네꼬에는 消毒이巡廻하고 너의속으로는 都會의雪景같이 지저분한指紋이 어울어저서 싸우고 그냥있다. 다시 방문을열랴. 아스라. 躊躇치말랴. 어림없지말랴. 견디지 알랴. 어더를 건드려야 견드려야 너는 열리느냐. 어디가 열여야 만든 臨時 네세간ー錫箔으로 비저놓은 瘦瘠한鶴이 두마리다. 그럼 天候도 없구나. 그럼앞도없구나.

네길을 실없이걸어나보나 접잔은개
잔등이를 하나넘고 셋넘고 넷넘
고―無數히넘고 얼마든지 겨어제
치는것이―해내는 龍인가오냐 네行
進이드구나 그게 바로到着이드구
나 그게節次드구나 그다지 뚝뚝
하드구나 전잔은개―가떼―月光이
銀貨같고 銀貨가月光같은데 멍멍
찟으면 너는 그럴레냐 너는 저
럴레냐。네가좋아하는 松林이風琴처
림 밝애지면 목매죽은동무와 煙
氣속에 貞操帶 채원禁해둔 庶兒制
限의 海살스러운抗辯을 홧긴에쓰
해놋는다。

三
煙氣로하야 늘 내운方向―거러
가려드는성미―머물느려드는성미―
色色이 황홀하고 아세記憶못하게
하는 길이로소이다。安全을 힐값
에파는 가가 모롱이를 도라가야
最低樂園의 浮浪한 막다른골목이
요 기실 뚤인골목이요 기심을 막다
른 골목이로소이다。

에나렐을 깨끗이 훔치는 리소
―르ㅣ물류리가는 山谷소리 찾어보
아도 없는지 있는지 山谷소리 머
리끗까지의 詐欺로소이다。禁斷의
허방이있고 法規를洗滌하는 乳白
의石炭酸이오 또 失樂園의號令이
로소이다。五月이되면 그뒷山에 잔
듸는대로 나날이 거뭐워
지고 體重을 그우에버티고 나
날이 묵어워가는 마음의 혼곤히
이銀貨같거나 銀貨가 달같거나도
모지 豊盛한三更에 좋이면 오늘
낮에 목매달아죽은 동무를 울고
나서―煙氣속에 망설거리는 B。C
의抗辯을 한김에 房안 그득이바

四
房門을닫고 죽우권렴을 앗습
뚝이 네뜰닌쪽을 후후 붙어본다
면 너도 그럴떼 너는 저럴떼
소리나거라。바람이불거라。恰似하
거라。故鄕이거라。죽고싶은사랑이
거라。每저녁의 꿈이거라。丹心이

거라。그러나。너의곁에는 化粧있
고 너의안에도 리소ㅣ르ㅣ가있고
잇고나면 都會의零景같이 지저분
한 指紋이 쩔쩔亂舞할뿐이다。겹겹
이비門일쪽이당。다시房門을열까。
아슬아슬망설이지말까。어림없지말까
어더를건드려야 너는열느냐 어더
가열여야 비에어저기가 보이느냐。
馬糞紙로만든臨時 瘦瘠한鶴두무리
으로 비저노은 天氣가없구나。그럼
앞도엽 그러타고 뒤룡수도없구나。
너는 아마 네게로 오너라。보
다。접잔은개 잔등이를 실없이것나보
고ㅣ얼마든지 셋넘고 넷넘고 無數히넘
고ㅣ얼마든지 그게行進이구나 그게到
着이구나 그게順序로구나 그러케
뚝뚝하구나。점잔은개―멍멍 찢으
면 너도 그럴떼 너는 저럴떼
거라。無數히넘어가는데로 짓밟어라。(尾)
춤추어라。깔깔웃어서벼려라。

運命

盧子泳

사람이란 모다 運命을 타고났
다。비단옷에 잘먹고 잘지낼사람、
朝飯夕粥도 못하여 一生을 苦生
으로、지낼사람、또는 天子를 한
손에넣고 쥐였다펴엇다 할사람、이렇
게 지낼運命을 날때부터 얼굴에
印을치고 난듯하다。

「가장 偉大한 사람은 自己의 運
命을부치고 새로운 길을 開拓
하는사람이다」

하고「뿌루돈」은 이런말을하였다。
과연、自己어깨에 질머진 악착한
運命을 부치고 새로운 길을 찾는
사람은 實로 萬에 한두사람도 찾
어보기가 어려운듯하다。大槪는 모
다 自己에게나려진 運命에서 울
며 사람의 運命이란 알수가없다
하고있다。그리고 한번은 東小門
에서

길까나 電車에서나 「뻐스」에서나
제법 얼굴이 잘생기고 신수가 좋
은사람이 초라하게 차리고 다니
는것을 자금보았다。그렇나 이와
반대로 홀쭉괭이오 福이란 하나
도부터 피지않는사람이 제법잘차
리고 또는 裕餘하게 지내는것을
본일이 종종있다。한번은 西大門에
거리에서 신수좋게 잘생긴사람이
「구두수선」을 하는것을 보고 그
사람과 이야기까지 하여본일이 있
다。그때 그사람의 말이

「나는 어려서부터 지금까지 고
생사리모 一貫하였오」

고웃고 헤매고하는것이다。나는

海外文藝通信

編輯室

△再昨年에 노-벨賞을 獲得한
로쩨-·매루탄·듀-칼의「더-브」가
바이킹(米)에서 新刊되리라고 其旨
가 發表되었다。(前號參照)

△小學校教師를 主題로한 小說
을 다이얄·푸레스(米)가 一千弗의
賞金으로 懸賞募集하고있다。이應
募는 今年三月부터 十月末日까지
入募
한다고하며 來年一月에
選된作品들 發表하겠다고。

△判判월리암·부랙크가 골럼비아
大學並 바-나드·카메지 學生에
게、二五弗의 賞金을내여 反유다主
義를 批判할 小冊子의 論文을 蒐集
하고있다。嚴選에는 米國作家同盟
에서 搬當-그 寶上計는 亡命作家

고개를 넘어가는데 어떤 늙은영
감이 사주책을 펴놓고

「신수보시오 금년운수는 大通이
오 귀신같이 마치오」

하고 떠드는것을 보고 나는 심
술궂게

「당신운수는 어떻소? 그렇게사
주쟁이 말자로 태여났소!」
하였드니

「여보 나리 죽지못해 이 노릇
을하지않소!」

한숨을 가늘게 지으며 나를 바
라보든것을 잘 기억한다. 과연사
람에게는 비참한 運命이 부텨있
는것을 나는 속깊이 늣겼다. 그
래서 나는 그때散文비슷이 이런
詩한節을 지엇다.

唐四柱쟁이 영감 돗보기 眼鏡
에 원숭이 눈을 번덕 그리며

「신수보시오. 運數大通이오」
코문은 油紙에 산가지와 土亭
秘訣을 놓고 하루 終日외이다.
一남의 신수보다 당신身數는 어
한가? 아마 여기 斷案을 나려
펼소! 허 나야 그거 四柱쟁
기는 퍽이나 어려울것같다. (了)

이로 태여났다니까......」
엄산한 저녁날이 지자 영감은
四柱보따리에 그날번돈 四十八
錢을 구리며

「이 노릇도 못하겠당. 에— 비
러먹을......」내四柱가 그때 이노
릇을 해 먹으란 말인가!」
영감의 눈에는 눈물이 영키다.

이런 詩를 써보았다. 과연 사람
에게 이처럼 惡착한 運命이 있
는가!그렇다면 우리는 이 運命
를 이처럼 關弄되여야하
는가!우리는 이 運命을 뜨더곤
칠수는 없는가!아니 이 運命이
란놈을 人間 社會에서、擊退할수
는 없는가! 우리가 밤낮 運命을
보고 또는 꿈같이 僥倖을 바랐
맷자 그것은 아무것도 않이된다
우리는 運命을 否定하는 사람이
되여야하겠다. 일하고 힘쓰고
우고一이러하여 우리의 運命은 우
리의 手으로 左右하는 날이 있
야할것이다. 그렇나 이것은 可能
한가? 아마 여기 斷案을 나려
한다。 그렇나 이것은 可能
야할것이다。

를 援助할基金으로 되리라한다。
더욱 그小冊子에는 米國內務鄕익

스夫人〉카알·반트—렌·샤워토·안
다슨·아뿌돈·싱크메아·시오토아
스토라이사等이 特別히 寄稿하기로
되었다。

△지난一月十九日에 씬·쥰느의 百
年記念祭에 當했는데 「누부엘·러
렐」이 오마 휴를 編輯하고있다。 또
N·R·F에서 카-스틀의 세
찬누의 生涯 英語틀
가佛譯、卅三法」가 나왔다。

△米國詩人아카데미가 一九三九
年 뉴욕의 世界博覽會의 詩의 코레
스토를 行하게되었다。 월리암·로
—즈·베네트·시오 토아·루즈벨트
大佐·루이즈·운다메아의 三人이選
者로되였다。 一等에 一千弗、次席에
大佐은 五名이고 各各百弗式이라고。

文學街의 化粧風景

金 海 剛

親炙을 거듭常하고나서
鬱々한가운데 슬픈날만 無聊히 보내는것이 歲月은빨러 於焉三年。
오늘밤 처음으로 빛에게 고요히 달빛을따라 나스것이 文學을 化粧한紅燈의저자였다。
点々한 文學街의異色— 混線— 나의心鏡에 비쳐여진 첫信號는 무엇이었든가? 마침내 鐵筆을뽑아들
것이 이 諷刺詩一篇어다。

1

『호호호호 둘어 오세요
어쩌면 그렇게도 비울수가 없었에요?』
百花는 滿發
밤이면 활짝 피는 妖邪한 꽃숭이들!

눈짓 몸짓
무르익은 表情은
半쯤 열어놓고 半쯤 담어놓은
粉紗 琉璃窓을 까웃거리는
얼피기 시내들의 비린肉情을 부산하게 밖어낸다

『어여쁜 계집애들아。

2

너의는 언제부터 그런 奇出한 才操를 배워 두었느냐?』

내 더운 視線은
벗의 손까락 가는곳을 째놓지 않고 뒤적였다。
그리고 나는 번개를 마진드시 갑작이 쓰러질뻔 했다。

어여쁜 星座와 같이
총총이 눈알을 깜박어리는 닭 벼슬 瘦瘠우에는
燐火조차 사위진지 오래인 ……
바싹 말른 骸骨들이
서리빛치는 桃色, 綺羅를 칭칭 감고 어머저있고

그것들과 어깨를 겨드려
아아 새 發育도 못된 밋밋한 乳房을 까바친채
지련내 나는 엉덩이를 조리질 치며
누어 있는 새끼 암컷든 —

3

막 싸게 맡어 넘기는 판이라우。
마음에 앵기는대루 아무거나 골라잡구려。

되나 걸이나
한 房속에 깡그리 잡아 넣고서
세월난드시 떠드러대는 廣告術이 宏壯키도 하다
千紫萬紅。百花絢爛。
文化의搖籃。美術의聖殿。
그리고는 現代一流의 名舞名唱을 總網羅한
千古의豪華版이오 萬代의寶帖이라든가?
그러면서 뽑내여 가라사대
—한房의 貞操代가 一圓二十錢也라—

4

「여보게 自暴自棄도 分数가 있지 멋없이 값적대
는 當代의 대머리 친구들…
그대들의 낯짝이 썩은板子보다도 더 鈍感하이」

명허나 서있는 내 어깨를 둑 치며

벗은 무슨말을 소근거려 주었든고。
계집애들의 몸뚱이라곤
새끼발까락 한개도 건드려 못본 그둘로서
母酒 두어사발에
八字에도 없는 두쟁이 노릇을 해 때려벗닸다든가?

5

「호호호호 웨 그러고만 섰에요。어서 들이와요
어여쁜 계집애들이 이렇게 많이 모였는걸요」

보아 하니 거의가 서울 계집애 둘 인데
그중에는 아당이 좋아라고
시골 구식내서 주서온것도 있다
姿色이 아름다워
가마를 태워 모셔드린 큰아기도 없는것 아니나
한洞內에서 숫굴질하고 놀든
애승이 코흘쩍이를 참아 떼지 못해
초록각씨로 고리다 粉丹粧을 식혀놓은것도 열이
넘는다

6

「아이 저이가 이상도 해!
계집애들이 보기싫으면 썩 돌아서서 갈게字나 차
즈시타구려」

흥! 계집애들에게야 무슨 허물일 것이냐?

네 차라리 발ㅅ길을 돌렸으면 그만 아니냐?

밉다면 미운년은 따로 있으니

계집애들을 자랑거리로 化粧을 식혀놓은

으젓지못한 늙은 할미년의

척살스런 상판닥이에 춤을 배아틀 뿐이다.

사과를 먹은 「아담」도 어리석었지만

「이브」를 꾀여 ·사과를 먹이게한 뱀의 智慧가 보
다 흠척하거든!

7

엣다。이걸 받으라。

잘 지녓당。네 小典이 죽어 나…는날 吊旗나한
벌 작만해 주라!」

荷機에 짤려 온 계집애들이 불상키도 하당。

그렇다고 네 몸뚱아리를

답숙 끌어안ㅍ 나가 자빠질수는 없당。

너는 오히려 모처럼 곱게 쭉진

윤래 흐르는 머리채에 대롱대롱 마음이 매달려

있거든—

그보다도 强한 암내를 풍기는 네 化粧에 心醉
하여

파리떼 처럼 덤벼드는 어린 學徒들의

素朴한 銅角을 ㅂ내는 너의들이 아니냐?

8

「이봐요 저의가 찾고저하든 어엽뿐 계집애를
오늘사 찾었구려。아아 얼마나 아름다운 이땅의
선물입니까。」

때토 몰리는 들든 사내들의 팔들은

계집애들의 가슴에 드뿍 안낀 꽃다발을

서로 차가지려 어깨들을 부비적인냥

그렇나 그들가운때 더러는

가슴 밑창에 文學의 懷慄하는 새빨간 情熱이 라
고 있다。

어중이 떼중이

아아 그들의 가슴에

거줏없는 꽃종이를

이바지 못해줌이 그지없이 아숩기만 하다。

「계집애들앙 네 우슴이 참이냐? 거줏이냐?

네。良心이 썩기전에 네 허리를 감은 貞操帶를

새걸로 갈어。차거라。」

恍惚한 色彩로

紅燈의 저자에 化粧을 하고 나선 現代의 文學!

文學을 寬淫식히는 더러운 流行!
거리의 팜사둥이처럼
恩明한 作家의 이마에 지저분하기 부처놓은 죠
각. 正札!

얼마나 보기만도 눈이 부신 天外의 奇觀이냐?
鍾路복판에
그들의 功績을
永世 不忘하는 頌德碑나 세워 줄
까?

10

「그만 돌아가세. 볼게 무에 있다구?
오늘밤 나를 끌어 낸 자네의 負債가 너무도 크
이!」

眞珠를 먹는 돼지가 있다고
세상은 떠들석한일이 있다.
그렇나 眞珠를 낫는 돼지가 있닺면
세상은 모다 질겁을 할것이다.

이슥한 밤人길
酒幕을 차저
룹룹한 濁酒로 컬컬한 목을 축이고 나니
동 트는 먼 하늘
내 옷깃을 같은 샛별이
추발人덤이 같은 가슴으로 뛰어든당.

和昭14●3─

金正琦

心緒

임이여!
그리 치웁지 아니한 겨울밤이외다

날카롭게 쌀쌀한 달빛을
온몸에 받으며
빼만 앙상히 남은 산기슭을 거니나이라
山川 머─ㄹ이 숨은마을
밤이슬 뽀얗게 나리는 그속
수많은 秘密을 숨겨둔 巢窟이며
때아닌 感淚에 발길을 멈추고
가슴 깊이 倚古하나니
얼마나 이자리에 없더여
땅속깊이 한숨지며 울었든고

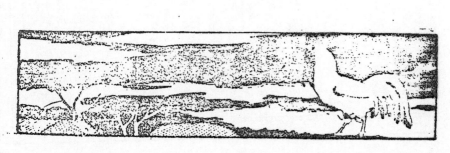

92

얼마나 想望하였든고—

님이여—

이 모—든 怨恨이

우슴속에 안개갈이 사머지고

抱擁속에 섞이여

이땅에 고이 무쳤나니

다만 구스런어—

발길은 무거워

자욱마다

한숨과 눈물을 담아

고히 무더 두오리니

임이여

내 눈물 내 한숨 거름되야

이 산기슭 새 싹이 움돗거든

고흔 꽃피였다가

임에 손에 꺾이여 알뜰히, 섬기려니

임이여—

부듸부듸 꺾어주서이다.

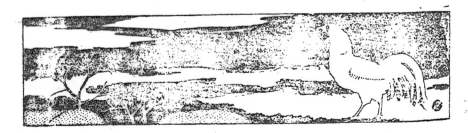

詩

歲月

李家鍾

한가닥 두가닥 歲月이 서러웠다。

카렌다의 字數로

너는 歲月의 흐르는 양을 아는가?

아ー니다。

그럼ー

되겊어 도는 秒針의 코ース 이냐?

아ー니다。

何如튼

歲月의 오고가는 잣최는 分明타。

네이마 네이마의 잢이인 線을ㅡ

벌서 그놈이 이만큼 컷다.

또오ㅡ 그놈이 저만큼 컷다.

적놈이 나면!

이놈만 크ㅡ면!

하든것이ㅡ

如前

똑같은 코오쓰로만 도나부다

아ㅡ

歲月이 넘처 바구니가 퍼젔다.

山岳이 문키이듯 소리만이 크다.

소리만이커어ㅓ사다

봄 저녁

文炳來

안개 뽀오야케 감도는밤

琉璃알같이 부서진 옛향기로움도

하아얀 그림뒤에서 조은다

銀河처럼 燦爛한 내設計의 나래를 살풋이 접고

다만 袈裟를 둘러

울리는 木鐸속에 혼곤이 쉬고싶구나

빈마음속에 아름다움을 받어

淨한 銀線을 어두운 夜空에 묻어보자

선잠깨인 女人의 눈섭도 함초람이 젖어

이밤을 빌며 새지않으랴?

菩提樹 움트는 밤

맑은 숨결속에

나는 들창을 열고서서 고은이 머리를, 숙인당。

失 樂 園

李 孝 俊

敎 訓

열길 물속은 알수있어도 사람의 한치마음속은 알길없다 는 말은 예 로부터 傳해오는 俗言이겠으나 나는 모두터 世上밖게 나와서부터 그러케는 生 覺지 않었다.

사람으로서 사람의 마음을 민지못하랴. 生覺하던 남어지 그信念 으로서 군게군게 믿어왔다. 내나히 잇에 二十代靑年으로서 體驗한바 너 무나 일으게 깨달어지는 지각을 나 는 슬퍼한다.

옛길을 도바보아 知己間에 뜻깊 은 情이 두터웠는데 오늘날 當하 는 知己間이나 血肉을 나놓아 世

上밖에 나온 同氣間이나를 勿論하 고 서로서로 속이고 利用하는 것이 常禮로 되고 보니 엇지 噗하지 않 으랴.

血肉을 난후 同氣間에 그마음을 믿지못할진저 허물며 知己쯤에 있 어서랴.

요즘 나는 이런 壓迫에 눌여 서 숨조차 마음때로 쉴수가없다 同 氣間을 못믿는곳에 知己의 마음을 믿을수도 있는배요 知己를 믿지못하 는 路邊에 同氣間의 마음을 믿을 수도있다.

自己自身의 마음을? 하고 躊躇해

變 心

돈이 사람을 만드느냐? 사람이 돈을 만드느냐? 하면 어느것을 날

老한 지아비 지어미間에도 믿고못 믿고의 뜻과정을 바루세울수없으니 以上의 物體를믿을수없다면? 하고막다 른 골목에 이르고보니 二十世紀의 人心을 噗해야 울흐냐! 그러치않 으면 未世의 世態를 怨望해야 울흐 냐? 岐路우에슨 나의마음을 저잘 길의 갈피를 잡지못하고 허둥대는 조바심은 五臟六腑를 어니내고 三 千마대로 넘나들든 뜨거운피가 어 름같이 식어질때 한숨만이 나오고

남어지의 結論이 寒心으로 變한 후 허구픈 우슴이 나온다,

속이는者 氣高萬丈하야 자랑삼어 남에게 이야기할때 속은者 어리석 으나 그결에서 듯는者 깨다름이얼 마나 크냐,——

돈이 사람을 만드느냐? 사람이 돈을만드느냐? 하면 어느것을 날 래 집어낼수가없다 지금 巷間에떠도

는 말로보면 돈이 사람을 만든다고
한다. 郭實 그것도 그럴직한 일이다
엇그제 동절지게를 억개가 으서지도
록 지든사람이 오늘날 金테 眼鏡
을쓰고 短文을집고 무명옷을입든몸
에 금나루의도 칭칭감은 몸매를볼
때, 그뿐 여사면 모르되 마음씨까
지 아주 판이하게 변한걸보면 金
笠의文字도 丁口竹天이랄지 形留할
수없는 팔을 보게되니 참으로 可笑
로운現象이다.

그뿐버는 팔, 배지에 기름이 올으
면 으메히 그러한지 참으로 못나 멋
息한다. 사람이란 地位가 높아질수
록 마음을 어질게갖고 몸을 나추
어야 人格이 나타나는것이요 남이
우러러 불것이다. 그것도 어느程度
겠지만 너무 인색해서도 못쓴다.
財物이란 變動이 莫甚한것인즉
朝一夕이란등, 朝夕之變 이라는등,
수레박휘같다는等의 流言은 아마도
妖物에갓가운 財物을두고 일은말같
은즉 모름직이 조심을거듭해야겠다고

覺・醒

나는 生覺한다. 最下層의 人間 보다도
다른곳에 樂이있다.
生하는 까닭은,
로변하는 지시 금시 금해못불 地境이다.

허나 虛無한것도
人生은 虛無와
진것인 同時에
내귀에 들이는말은, 嘆息
지않었는가 싶다.
뿐이다.

「체ー무슨樂으로 살랴고 이苦生을
하나! 죽어나버렸으면...」人生이 왜生
나 저어린것때문에...」人生이 왜生
존할라고 애를쓰느냐고 뭇기에 나
도 그말은듯고 벙벙히 댓구도 못
하고말었다. 요지음 깨달어지는 生
覺에 비추어보면, 사람이란 本來 現
象도 태여날때 苦樂을 함께 지니
고 誕生했으니 苦가 당처왔을때는
自身이 깨닷지 못한까닭ㅡㅡ즉 樂

의 基礎요 그길에서 약속때르게 깨
다른곳에 樂이있다. 그러면 지극苦
生하는 까닭은, 깨달었으면서도 行하
지안는 선비도 있겠지만 아리숭하게
깨달으면서도 그속의 줄거리를 잡
지못하고 歲月를 보내면서 生存하는
것을속아서 산다고한다. 있겠든 어
리석음에서 약속발러 깨닷는 것박게
는 없다. 그러라고 함부로 덜벼들
다가는 큰코를 다친다. 이것을 所
謂 幸遇이라고 말한다.

佛家에서 일으기를 이것들을 모
두 前生의 業報라한다.
佛敎의 業報란 누가 創造했는가하면
其亦是 人間이 造作해낸 文字라고 나
는 斷然 믿고싶다. 그러면 人間이
만드러낸, 半物體에 當하는 壓迫을
崇高한神이 만들어 준것같이 달게
받고苦痛을 뒤집어쓰고있으니 人間
은 痴的生活에서 헤여나지 못하니
樂이을이없다.

人造絹

봄은 길거리에나슨 閣氏들의 치마피리와 新女性들의 붕어배때같은 종아리에서부러 오는가싶다. 번력어러는 人造絹──엇젯든 世上은 人造絹이다. 광당포나海東하나廣木같이 튼튼한맛이없는 人造絹은몸에서 마음에서 精神에서·떠나지 않고있는것이 아닌가? 한번 生覺해볼 餘地가 있다. 나는 生覺한다.

그러면 豪傑은? 大槪 더벌더벌하고, 헷기종고, 마음을 고리지 않고 입적덥적 덤벼들고 六祖를 배판할듯한 사람을말함이고, 또 卒丈夫란 깐죽깐죽하고 수집어하고 얌전하고 무었에든지 몸을 사리고 조순한것을 일음인것갓다.

豪傑의心理를 타고나는것도 自身의 天性이요 卒丈夫의 心理를 타고 너무해서는 안되겠지만 그러타고 너무해도 못쓴다. 豪傑이란 現質에있어 浮良한것을 일음이요 卒丈夫란 너무 안순한것을 일음인것같다. 요지음 나는 이러한 境遇를 보고있는데 엇던버벌더한 靑年이 날마다 술이나마시더니 빠ㅡ, 카페, 혹은 妓生집 혹은 料理점으로 酒色에 혹해다니는것을 보고 타일느는말이

「너 왜 그런데를 다니니 너는었전지 너무 하는것같드라 아서라 月給은 쥐꼬리만큼 타는놈이살임은 커녕 게집자식들은 봐야지 그게 무슨짓이냐」

「사내자식의 한때 경험이죠. 너무 얌전해서는 못쓰는게여요 새침떼기 끝로 빠지고 시시메기 재로 넘는다구 하지않어요 젊어 한때」

「왜 子息이 그러케 꽁생원이냐」 찬는것과,

「세─ 그子息 참 잘낫다 차내자식이 저래야 하느니」 하는것과,

남에게 이용을 당하는줄을 번연히 알면서 功을 날아내고싶어해서가 아니라 그뜻을 몰타주고 自己힘으로는 넉넉히 주선 해줄만한 힘을회피하는것이 廢木보다 人造絹에 갓가운心理다. 이러한 人間이 무슨일운 할가? 朝鮮婦人의 在來風俗인 방망이질 한번이면 대번에 는정는정해지는것과 꼭 같다.

自重

女人네들의 치마피리에서 나풀나풀춤추는 봄빛은 萬人間의 마음속에 永遠히 떠나지 안는것, 亦是人生의 性格이라할가? 天性이라할가?

있었던것의 말이, 人間된품으로서의 올흔말일가? 이런말은 으레히 父母네들이나 尊長되는 이들의 입에 이때답을 우리는 엇메케生覺하야을 흘까?

(게속)

99

戰爭文學 亞細亞詩集 (第二回)　　金　龍　濟

（承前）

내가 只今 여기서
이 戰爭의 東洋理想과
皇軍의 良心을 이야기 하야도
너에게는 바로 알아 듯지는 못할것이다
나의 軍服을 두려워 말고
이 빵을 받어 먹어라
이 水筒의 물을 따러 마셔라
인제는 그같이 嘆息할 必要는 없다

너의 洞里로서는
匪賊은 벌서다 쫓아 버렸다
避難民들도 벌서 돌아와 있다
너의 집도 食口들도 다 無事하다
나와 같이 너의집으로 돌아가자

애처러운 少女야
나의 손짓하는 마음의 말을
겨우야 너는 알어 들었느냐
그눈의 微笑가
나에게는 누이동생의 친한 동무와 같으다
너의 悲嘆이 가벼워지매
나는 나自身이 살듯이
親愛한 마음이 문득 솟는다

爆擊

工兵들의 神速한 作業이
불동안에 荒野를 끌너서
새로운 飛行場이 닥거저 간다
검정 살결을 내놋는
肥沃한 大地 우에는

꽃씨를 뿌리면
아름다운 花園이 금방 날아날듯
生生한 흙의 香氣가
하늘의 勇士들 가슴속에 풍겨든다

멧燕의 爆擊機에는
까소린 이 멕히고
爆彈이 滿載되여서
蒼鷲의 銀翼은 待機하고 있다
가죽軍服에 몸을 武裝한
젊은 乘組員들은
熱서 天上의 空氣에 가슴을 불이키며
此動의 信號旗만 기대리고 있다

무르폐라가 도는 소리를 내고
機體는 새로운 根據地를 끼처서
鮮明하게 離陸을 한다
自由러운 空中의 壯途로
爆擊隊는 勇敢스럽게 날너간다

높이 그러고 멀어 지자
世界는 眼下에 展開되고
한장의 軍用地圖가

無限하게 移動해온다
이便과 敵便의 戰列이
개미 장과 크릭크가
塹壕와 같이 分布되여 보이고
지렁이 線을 不規則하게 그리고 있다

敵의 飛行隊와 막다처서
空中戰의 불꽃을 날이는 것도
只今은 벌서
上海戰의 追憶만 되고
機上의 機關銃은
低飛行 때에
地上의 敵을 猛射하는
그것만으로는 不服스럽게 沈默만 하고있다

우리의 荒鷲는
번서 敵의 頭上에 날개를 뻗이고 있다。
高射砲의 彈道가
당치않은 空虛를 쏘는 것은 좋으나
팔子진 小銃彈丸이
멧個의 구멍을 날개에 뚤흔듯 하다
機體와 人間은
한줄기·神經에 향緊張을 한다

爆擊할 戰機는 왔다!
大膽한 低飛行을 敢行하야
地上의 偵察을 한다.
敵의 集中點을 겨우워
爆彈의 急雨를 퍼붓는다

投下器를 뛰여 내리는 爆彈은
彈藥을 싼 굳은 鋼鐵의 화살!
重量의 加速度로 빠르고 적게 되여
검정 굉둥이 地下에 落下되는 瞬間
굉장한 噴火山이 터저 올은다
무서운 勢力으로 命中破裂하는 爆彈은
城壁을 粉碎하고
砲臺를 爆破하고
敵의 모든 것을 破碎해 버린다

한個의 爆彈이 爆發하면
幾千의 새로운 破片이 發音을 한다
爆煙이 올으고
불꽃이 벌어지고
모든 것을 燃燒해 버린다
爆擊의 任務를 다하고

悠悠히 機震을 돌이키는 길에
陸上의 友軍이
빨이 그곳을 占領하도록 빈다

묻어운 爆彈을
앳김없이 선사한
凱旋의 機體는 개볍고 神速하다。

戰 車

大衆을 制壓하는
飛行隊가
空軍의 荒鷲다 하면
大地를 席捲하는
戰車隊는
陸軍의 荒獅子다

戰車는
바야흐로 不死의 鐵의 怪物
車輪의 鐵帶가 무서운 잇빨로
地上을 색여가며 猛進하면은
向하는 곳에 山도없고 江도없고
敵의 자最도 없다

鋼鐵의　心臟이
機關의　戰栓를　沸騰식히면
岩石과　같은　怪常한　體軀가
地球를　울이며　달어난다

보아라!
草水을　짓밟버　늣키고
駿한　山을　타올너　간다
濁流를　내뿜으면서
크럭크를　훌　건너간다
敵兵을　生埋하면서
塹壕을　발버　부시고　넘어간다
鐵條網과
까짓건　모다　발밑의　먼지
城壁의　鐵門을　대갈　바지해
와직끈　부시고
突擊隊의　血路를　맨들어　준다
鐵壁의　隊列이
前線을　나서는　壯觀은
海洋을　壓倒하는　艦隊와　같으다
機關銃의　猛射를　開始하면

銃眼의　戰火가　烈烈히　激怒한다

오오　戰車의　偉力이여.
이　大陸의　戰線에
獅子와　같이　싸우고
말과　같이　갈어라
東洋의　길을　開拓하고
明日의　建設의　씨를　뿌리는
트락타의　코ー스를　引導하여라!

步哨의　밤

새로　막　占領한
山上陣地에
입김이　하얗케　어는　겨울　밤을
步哨는　홀로　默默히
戰線의　神經을　직히고　섯다

風蕭蕭而易水寒이라
이땅의　옛詩는　을프고　있으나
只今은　바람도　물도
大地의　死와　같이　모도가　얼어　붙었다

밤은 瓏瓏히 지터가고
四邊의 山들은 寂寥한 한빛
얄은 소나무 그림자가 다만
默默히 바우 살결에 澄透하야
梁梁히 버리고간 敵의 屍體를 弔喪하고 있다

鬼氣가 追到하는 瞬間의 흐믐이
步哨의 心臟속과
손時計 세콘드에만 살아있다

눈앞에 월칵 닥친듯한
山脈의 暗黑한 絶壁이 荒城과 같고
그동에 기우러진 조각 초생달이
靑龍刀같이 서실이 서서
숲은듯한 光線을 淡白히 내고있다

먼하늘 저便에서는
밤의 戰鬪가 벌어졌는지
探照燈의 光芒이
銀白한 무지개를 移動식히고 있다.
소리도 들이잖는 榴散彈이
華麗한 煙火와 같이
無數한 星脊을 내리고 있다

步哨의 눈과 귀는

銃口와 같이
날카롭게 緊張해 있다
防寒外套를 쌔고 멤비는 姿氣가 모질어
間或 三步를 前後하는 操心하는 내구두 소리가 작건만
옛!
그소리 조차 敵의 氣척인가 하야
어느듯 銃身을 빡쥐여 보기도 한다

山上의 밤步哨는
다만 默默히
無名한 銅像과 같이 서서있다
戰友들의
今宵의 고요한 꿈을 빌면서
銃口와 같이 眼孔을 끈워뜨고
前線의 神經을 줄곳 직히고 섰다

笑話

激戰한 뒤에
눗군이 된 古參이
언제 없이면 우지 얼굴로
계 가펭이로 기둥이

르럭크 물가로 내려간다

「妙한 곳을 맞었으면
네만누라 한테 一生 원망을 듯는다」

누군가 말하야 一同을 웃기인다

「고마운 참견마다
이 으른이

彈丸에 맞일까 분냐」
苦笑하면서 ··는 댓구한다

「彈丸에 안맞고
똥 벼락을 맞은 자랑이냐

앗가것은 大砲소리가·않이고
너의 방구 통량이엿단 말이지」

「戰爭은 방구 만치도 안역이지만
무서운 뱃病엔 똥을 지렀다」

농청스러운 古參이
亦是는 멀이를 긁는다

그래서 도다시 同情의 爆笑가
일어났다

續・生活探求와 人間探求

== 性格의 構成과 性格의 發展性 ==

李 曉 植

主體가 喪失된 位置에 무슨 生의 立場이 있을건가.

主體가 살어있고 性格이 되어있으니가 生活은판타지—나 「이마쥬」가 아니였고 또 無意味 無批判的 無反省的 創造의 길이 아니였음은 勿論이다.

要컨데 主體가 서고 그主體가 人間의 生活을 營爲하—는 位置에서 無限 可能的으로 道德을 實踐할려는 意圖에서 니가 「빅 순」을 빅 순에 꼼치지않고 그의 實體앞에 可能한 視野에 벌려지는거라 믿는다. 우리는 여기서 「톨스토이」의 「復活」에 나오는 主人公과 「트르게넵」의 「父와子」에 나오는 主人公들의 가는길을 보면알수있다

그들의 心理는 架設이라는 것보다 作家自身이 道德實踐
을 敢行했다고 한수있고 딸아서 그 道德이 곳 作家의「모

랄」이고 作家의「生活環境」이고「性格環境」이될수있다고生
각한다 以前 리알리즘 文學이 보는文學이였다면 지금
우리가 말하는 文學은 文學者가 直接 늣기고 肉體的으
로 生活할수있는 全體的人間의 自覺的把握이 되여야만
할수있는 可能의 世界임은 自明한일이다. 肉體가 있어
야만 心臟이있고 그에따르는 生活이있다는것을 觀念을
拋棄한後에오는 積極的態度라할것이다.

一切의 人間的데에스프리는 이無限的 可能앞에서보다 否
定的이고 앱보다 肯定的이고 보다 創造的인것이다 그것은
딸아서 人間의根源보다 놉흔 否定的要素속에 動的
으로 活動하고 苦悶하고있다는것은 人間의 無限 可能
的勤性압헤 源流하는하나의 課題이다.

그것은마치 信念으로서 第一次의 意欲이고 肉體的으로
二元的이기기도하다. 이처럼 意欲的인것과 肉體的인것은
分離할수없는 創造的勤性으로서 모랄의發展基調와 性格
의發展基調를包攝하고 抽象鰐인 觀念의世界에서 超越한
生活形式의 規範을 想整할것이다.

最後에默示하는것은 意欲과 行爲뿐 最後에 박순은
生活探求와 能動的人間自覺뿐, 여기서 박순은 抽象的人
間의幻想과 에마큐아·아님은 贅言할必要도 없을것이고,
보담 놉흔것의 指摘되는 人間의志向性은 自己의 經驗

의 눈을 열어봄도·클것이라 限定된自我는 늘상 限定
할수없는 자리를 排擊하면서 限定할수있는位置에 自我
는 現實的이 되고야 달것이리라.

外部의刺戟은 苦悶의資料일망정 苦悶의克服은 아닐진
저. 적어도 文藝世界內에서 自我와 客觀을 統一할려는
肉體的人間에 나아갈려면 먼저 自我는 結縛된 知的無
意味의 溺沒에서 떠나 批判的人間의「띠렘마」에 浸潤
되지않으면 안될것이다. 믿는다.

要컨대 性格의構成은 自我의人間性을 奪還하고 生活
에서 永離되였든 非普遍的小我를 否定하고 그자리에서
의 豊饒한 生活의乳房을 빠를수있는 生의파도-스를建設
하여야만 될것이라 믿는다.

여기서 性格은 人間的性格者여! 生活의 性格者여!
眞理의 性格者가 아닐가!
모랄의 探求的精神으로서 想望됨은 반듯이 人間의無
限 可能的 能動者로서의 性格者를 意味의世界에 統一하
는 實體에 나섬이아닐가!

어떠한 文藝의 世界의 性格者인들 하나의 性格은 感染
되어있을지 몰으나 莫然한性格者는「모랄」과 結合한解
放的 自我의質驗이 있을것은 明白한 일이아닐가? 眞實
한性格者는 無限 可能的能動者이면서「모랄」의統一者이며
에로스的人間型이라는것은 人間의勤性이 無限 可能앞에있
기때문이라 할수있을것이다.

그러면 性格構成이 主體的인建設的 位置에섯고 그의發
展性이 實體的인「모랄」과 無限,可能的 性格者의 統一的
「에스프러」에서 肯定되는거라고 생각하면 우리가 把捉
合合理的精神과 非合理的心象에서 構成된 人間型이야말
로 主體와客體의 統一的인 새로운 人間型의 發展相이아
닐가.

따라서 主體가됨으로서 知의觀念體에서 떠난 生活의主
體가되엿고 生活의主體가探索하는 모랄의 精神의止揚으
로부터 새로운 人間型은 보담 未來를想望하고 보담 現
實에서 飛躍한 포-즈에서 自我를 찾는것이 아닐런지.

만약 리알리즘의 文學精神처럼 그 어떤 事象에 出現되
였다가 破産되는 온갖의 人物들이 文學하는 主體와 아
무러한 關聯性없시 展開되었다면 지금우리가 探索하는
새로운 人間型은 決코 客體에서 流離한 人間도 아니고
客體에서 破産된人物이 아니라는것은 前記의 論調에서
알수있을것이다.

따라서 性格統一的人間型은 오로지客體와主體가 生活
과 밀着해가고 그生活에서「모랄」은 燃燒되며、보담 놉
흔모랄의探求으로서의 보담 生活을 探求하는길에
나서게되는것이다.

보담 놉흔 모랄의 探索的 羅路를 밟지않고 보담 노
픈 生을探索할수가 있을가?

여기서 드되여 모랄의 批判的 精神과 生의 批判的精神

은 서로의 誘導性을 갖고 性格發展性을 規定하게되리라.
따라서 宿命的 自意識속에 허덕거리며 生活探求라든지
性格構成을 嫌惡하며 喘笑하고있는「일체아」의 知性 人間
우解放이라든지 反省이라든지 一切活動的인 要素를 빼
여버릴려고 할런지몰는다。 허나 歷史와 時代와 人間과 文
化는 이러케「일체아」의 純粹知性으로서 成立되었다고
믿으면 그는 하나의 人間의 名儀를 먼저야할 危期에
빠질는지도 몰은다。딸아서 知의觀念物이 그生과모랄과
人間의 全部라고밑든 純粹知的人間은 이宿命的 時代的
歷史 앞에 깨끗이 懺悔의눈길을 밟버도좋은것이라 밀
는다。웨냐하면 生의探求가없는 人間型은 서질못하고 모
랄의發展性을 가지않은 人間型은 歷史와 時代압해 나설
수가없을거요 더나아가 人間의 無限的可能의 能動性을
把持하지못한 人間은 또한 歷史와 文化앞에나서서 說
明할「시튜에이션」을 갖지않았다고해도 좋을것이다。

그러라면 이多次的 觀點에서 찾는 새로운 人間型은 모
랄과 生의構成과 人間의 能動的象面을 全體的으로 包攝
한 辯證法的 自覺人間의 統一性에서 찾어야할것이 아
닐가?

우리는 이러한 觀點에서 文藝의對한「빅슌」을 모랄의
發展的 性格에서 오는 人間性格의發展的 眞理에서 探
索하여야만 될것이다。

即 모랄이止揚되고 一瞬間的으로 歷史와 人間과 道德

앞에 發揚하고있는 能助的 人間에겐 生活의 探索이 그의

理念의 實踐이고 行爲인것은 두말할 必要가없으리라.

그러면 유로피아니的인 實로·現實에서 超越한 유토피아는

이行爲의 世界內엔 內在할根據도 있을수없을뿐더러 純

粹한 空想이나 架空의 虛構의 世界는있을수도 없을것이

며믿는다.

이것을 希望하는것은 現實을 보지못하기때문이 아니

라 오히려 瞬間的으로 모랄을 棄揚하고 瞬間的으로 生

活을 探索할려는 可能的人間의 志向보담 아름다운想

堅과 行爲로서 開示되여질것이 아닐가 希望과真

實인 모랄의實踐앞에는 「빅슨」은 可能의世界와 連

接되어있고 「유토피아」는 「빅슨」에 곺치지않고 可

能의 實踐性과 接近하여 있을것이라 생각해도 무방할것

이다.

따라서 이박순압해 나아가는 時代的 歷史的 人間은 恒

常觀念의 孤獨城에서 脫出한時代的 歷史的 人間이며 理

念의 人間이라 해도 좋을것이다.

우리는 여기서 「바이론」의 熱情의書를 읽어도 좋을

것이고 「게투르고ー루」의 不安의書를 읽어도 좋을것이

다, 恒常 不安의 深淵속에서만 모랄은實踐앞에 닥어설수

있고 또 그慾欲이 效射되지않을가 不安이 深淵속에서

눈감지안는 동안이라면 生의파도ー스의 放射는 準備되여

있을것이며 에로스의可能的志向性은 神話的 溫床에 끔꾸

로 백일수없을것이다 다만 우리들의 「푸로메뮤스」는 神

話속에만 있는 意識의 불을 들어告知하는 過去에있지않

現實에서도 神話의 典型的 規範과 싸와 이길수있는 모랄

의偉大한 探求者라고. 앎이여질만도 할것이다.

이러한 太陽과같은 빛의暗示는 現實을後繼한 目擊省

의良心을 챗죽질해가지고 反復되지않을未來에의 運命

의門을 두다리게 하는것이다.

모랄은 끝까지 現實에即해있고 現實에서 부단히 未來

로 止揚하는 새로운 故鄕을 깨끗한敬虔으로서 保留하

고 있을것이다

나 未來의架設속에도 있을수없다. 모랄은 過去의再生이

보담 體驗한熱情의 열쇠는 열리여 實로 生活과 心臟

을 侵蝕하든 知의 제우스를 追出시킬는지도 모른다.

이瞬間은 蒼白한肉體를 휴맨이티ー의불로 復活할것의

變要素를 주고 다시 사랑의 對象과함께 싸와갈現實을 빼

물있다.

우리는 肉體가 좀먹었다고 하겠는가. 리의生活이 우

리의戀人인 生活의同伴者와함께 버림받었다고 하겠는가,

永遠한 孤獨의實感이 아직 우리의 觀念體속에 벌레처럼

기여갈것이라고 落魄하겠는가.

生活할수있는者만이 그의生活同伴者인 異性의 뜨거운

結合을 생각할수있고 여기서 그러한 搖籃속에 휴맨이

터 는 直接化할수있는 積極性을 放射할수 있다는것은 人間의 道德實踐이 生活의 探索인限 그아에움직이는 사랑과의 感情과 思想을 같이한다는것은 自明한일이 아닐가? 生活 이보담 아름다워야 하는것은 그 直接的 肉迫性은 내 生活을 豊富하고 潤澤하게하는 生活의 同伴者인 愛人의 感情과 思想의 連結性이 더욱 많으리라 내生活이 空虛하지않고 實踐性있었고 實感이 있는것은 내愛人과 사랑을通하고 肉體를通하고 感情을通하기때문에 더욱 積極性이 나타날게고 더욱 實踐性이 있지않을는지 生活의 探索은 「나」 한個人의 志向과 可能性과 實踐性으로到底히 그價値의 實現이란 바라지못할 하나의 꿈으로서의 유토피아인지도 몰은다. 내가나와 같이 얽어맨肉體的으로나 精神的으로나 統一된 生活統體者와 心臟을같이하고서 社會的인 現實的인 휴맨이티-의 密林속으로 들어갈수있고 따라서 그心臟속어얽어맨 眞實한生의 念願만이「모랄」를 瞬間的으로 止揚하고 批判할수있는 모멘트를 줄것이 아닐가?

生活의 積極性과 生活의 探索性이 抽象과 觀念의 굴레를벗는것은 確實이나아닌 남이나처럼 같이서있고 또서있는 자리에서 生活과感情과 모랄를 批判할수있기에 生活의 아름다운 꿈은 더욱 내앞에 노여있는것이라 믿는다.

積極的暗示를 感受할사람 廣範한意義의 社會의 人間과 나와더부러 感情과生活의 方法과 모랄를 心臟으로서·

現實暗片에서 彷徨하고 生活하는사람일지물으나 내가이 속에 들어가 挑折하고 方向을喪失할때 나를이르키고 나의앉은다리를 어르만저주고 不感症的存在를建立케 하여주는것은 客觀도아니고 現實도아니다. 다만 薰薰하게 끓은 愛情과 生活의 더운입김을 깨인저출수있는 生活의 同伴者입에 틀림없을것이다. 이러한 生活의 同伴者속에서만 生活의 探求的·精神은 높아지고 創造的精神은 發揚될것이라믿는다.

내가 孤立해가지고 휴맨이티-를 생각할수있을가? 내가生活의 同伴者와肉體의 位置를把持하지못하고 抽象的으로 놈혼 生活를 想念하고 意圖하여 불것인가? 勿論 心臟으로서 휴맨이티-를 늣긴다 하드래도 生活를같이않고 휴맨이티-의 方法을 세운다는것은 하나의 妄想의 瀑幅이아닐수없을것이다 우리는 각금 現實에서 生活과 文學의 乖離를 웨치기도하나 이러한 精神은 小市民이 가질安穩한 極히 保安策이고 自己立身策이며 維持的發惡이라는것을 잘알고있다. 文學이 罪只 모랄로서도 成立할수없는것처럼 또, 한生活과 乖離된 文學이 참다운 文學이될수없다는것을 잘알아야만 할것이다. 우리는 過去 二十世紀初頭 獨逸及歐羅巴一帶에서 이러난 表現主義文學精神과 그에따르는 그때의 社會情況을생각하자—。

自然科學萬能時代이든 十九世紀의 모든 科學的 樹立

이 許多한 矛盾과 混亂을 招來함으로 人民은 그 期待에어
그러김에 自然科學 一般에對한 反抗과 排擊心이 그들의
마음에 깊이뿌리를 밖게하지않었든가 그리하야 合理主
義的 自然主義와 新浪漫主義에 反對하고 새로운 文學
精神을 찾는나머지 非合理主義의 旗幟를 높이揭揚하지않
었든가.

허나 그들은 憧憬하고 希求하고・「있을만한 世界」에있
을수있는 世界」를 願念하였으나, 作家는 陶醉와 恍惚境
에서 自家痲醉되어 그時代의 文學은完全한 價値尺度의
作品을 내여놋치못하였었다. 이 原因은 確實이 主觀的
觀念的 抽象의 幻想으로서 現實과 따러진 世界에作家
가吸收되여들어가기때문이라고 말하야 옳을것이라밑
다.

・어차피 作家가 主觀과 觀念의 世界에 遊泳한다는것은
現實에立着한 自主的인 自我를 못가졌다는말이아닌가.
即 生活의 主體性 理念人間的 可能性主
體性을 喪失하였다는 말이아닐가?

純粹主觀世界나 純粹觀念世界엔 現實의立場이있고 따
라서 生活의 探求的態度를 主張할반한 生의表現이있는것
은 알수가있다.

모랄이 일단 그낡은價値를잃고 새로운價値를 樹立할
려는것은 現實의生의立場과 그地盤性을 갓지안코는 規

定할수없을것이다.

더 나아가 生의主體性없어는 모랄의主體性이 立着하지
못할거요 모랄의主體性이 立脚하지못할곳에 理念人間
의 「可能的世界」가 나타날수가있을가? 다시말하면 「可
能的世界」「實踐的可能世界」는 作家의主觀과 觀念의世
界로 테아려 나타나는 「반타지」나 「이마쥬」의 世界가아
니라 作家가 生의主體와 모랄의 主體와 理念人間의 無
限 可能한 主體性을 統一한 後에야 스스로 否定의精神
에서 살아 오는 可能的인 世界인 것이다.

否定의・世界는 客觀인가? 否定의世界는 觀念인가?
아이다. 곳 生活이요. 곳 生活의態度다. 主體와 建立인동
시에 모랄의價値를破倫하고 批判하고 또 새로운 모랄
를 세우고저 보담 아름다운 世界로들어가는 辯證法的
自然人間의 能動性인것이다.

이처럼 現實을 批判하고 生活自態를 批判하는者 곳
새로운 性格者로서 새로운生活를 營爲하게될것이 아닐
가?

여기서 道德價値基準를 높이는것이라하겠다.
여기서 藝術의 世界는 自然의 世界나 合理的 世界가
아니고 늘常全體的인 理性을實踐할수있는 肉體의 位置
와 運動의 世界임에 틀림없을것이다

— 「行爲, 肉體에있어서 實踐、藝術에있어서 實體로 나

III

아가자!—

이렇게 웨치는일은 現代의 페—메的 時代의 想起가 오는것이다.

그러므로 우리는 낡은 生을 부단히 止揚한 모랄의 性格發展性을 바라보면서 人間의 性格發展性까지도 統一할수있는것이 可能하리라.

차츰차츰 客觀的事象은 나와더부러 個々의 事物을 批判的精神에 敷衍하고 나의 性格은 阻止되고 限定하지않음을 또한 限定할수있을 또한 創造할수있는 可能의 精神속에 사 藥한다면—

主體는 깨여질수있는 事象을 갖는것이 아닐가 主體가 暗黑속에 깨여지지않었으니까 스스로 暗黑의 事象속에 들어가고 또한 들어가면서 暗黑의 낡은 모랄를生活의 마처—틀들고 發掘할것이다 여기서 存在는 意識存在라 생각된다.

여기서 意識은發展的 意識으로 나아기리라?

發展的 意識體는 벌서 主體가아니고 實體이다 내가 事象속에 들어가 나의意識을 發展시키는 일은 항상 豊富한未來를 凝視하는 탓이 아닌가?

實體는 性格을 스스로 창조하고 能動的으로 發展시키며 따라서 形象속에 깨여지는 어둠의 人物로나오는 것이아니라 어둠을 밝칠수있는 過去와 現在의 時의 表

史性의 序列속에 움즉이는 時間的空間的 能動體로 나 오는것이다.

우리는 여기서 「飛滅의노래」를 붙을뮐요가 없을것이 다 또한 죽어진 時間의 喪失을 永續的 價値에 結付할 필요도 없을것이다.

오로지 自主的인 意識의 昇華만이 可能의 노래와光 明의 노래속에 合唱될것이라 믿어어딜가?

비록 나의 意識의 한오리 地軸을 매고돌다 꿈어지는 限이 잇드래도 그는 벌서 可能의世界의 애스푸리 인것은 發言할 뮐요도 없을것이다.

여기서 性格의 發展은 人間의 能動的 可能限界를主體的 으로 超越하면서 自己와밋 自己超越을抱括한 實體運 動으로서 造成되는것이다.

이리하야 自己는 自己를 抱括한 主體的인 性格者가 되여 나타나고 따라서 自己아닌「他在의世界」에 들어 가면서 모발의 抱攝者가 될것이다.

여기서 主體의 遍動性乃至 主體의 實踐性은 其自身이 存 在의 限界와 限定을 가졌음으로 그運動과 實踐이 規定 될수있고 可能할수있지않을가?

우리가 「生」그것을 單只 思惟의形式이나 觀念의形 態로 認識한다면 「生」은 無意味와 無價値의 持續으로 서 우리앞에 던저지는것이 되지않을가?

價値와 意味를 設置하는 곳에서 비로서 生이 人間안에 活藥가 될수있다면 우리가·生의 本質을 把握하지못하고 한낫 生의 아우드라인에서 그 槪念의 變層을 돈다면 우리의 主體性은 喪失되고야·말것이다·따라서 生의 本質이 우리 內在性에 있지않고 거듭外在性에 있을때 우리의 知識과 밋 生의 外在性을 認識하는 認識能力이 外界의 生活의 統範가 變하여갈내 우리는 그 認識能力의 限界를 버서나지못하게된다·어차피 外界의 生活統體에 對한 認識能力의 阻止는 從來의 生活理解인 觀念一般의 喪失과 밋 그 觀念에서 떠나지않고있든 自己自身 卽 人間性의 喪失이아닐가?

理解하고 享受하고受理하는 精神的構造에 包攝되면 그뿐인것이다.

知性이 勿論 生活과 環境과 人間性과 經着하지 못한 知性이 人間的 主體的 包括이되지 못하는 限 生의 知性觀을 잃어버리지 않을수·있게될것이다·따라서 從來 活環境과 外界의 空間的 內質이 變移되면 될사록 그는 知性의 生活에 對한 能動을 發揚할수없게됨으로·그 自體로 永遠한 觀念體인 世界觀이란 커다란 抽象面에 結付시켜가지고 「生도 世界觀「人間」도·世界觀이란「도 世界觀「認識能力」도 世界觀「意識表出」도·世界觀 意識實踐(?)도 世界觀이란 아우드라인을 부처가치고 말하게되는 것이아닐가.

이러한 重大한問題에 逢着되나만치 우리는 벌서 知性의問題와 人間의問題들 提示하였든것이다.

人間이 自己앞에놓인 온갖問題를 理解하며 設明으로서 즐긴다는것은 人間 其自體의 主體性이 缺如되었다니보담 人間이 自己가 물으는 단 階級의 生活과 그안에이러나는 人間性의 複雜함을 理解함으로서 自己自身을 安遮시킬려는 極端의 設明的 世界觀에 呼吸되는 커다란 困두운 客體性의 把握만이 아닐것이다·사실 이러한 客體的 實踐性속에서 探索할리는 意圖와 意味는 모달의 主體 내가 알지못하는 世界는 自己自身속에있으면서도 어擴가될런지도 몰으다.

自己抱括性은 理解와 享受 그뿐이다·다시말하면 知性은

實로 엄청난 二十世紀의 哲實的認識이 純粹知性으로 하여곰 커다란 쇼크와애퍼리티―를 가지고 認識그것을 可變시킬려고 하였든 것이다.

이제야 知性은 다시 認識問題 卽 知性的認識으로 抽出할려고 最高의 頭腦를 醒出할런다.

무릇 人間이 過去로부터 現在까지 또 現在에서 未來로 흘너가는것이 非單 歷史性과 時代性속에 包攝시키지 안는다 한드래도 그어느斷面과 斷面사이에 架設된時間과 空間의 特殊的統一이라는 새로운 性格과 相貌의 人間的統體的象面을 踏襲코 넘어가는것은 우리가 알수있는 歷史的 아나로지의 連續性인것이다, 지금學으로서의 歷史哲

學과 人間學으로서의 時間과 空間性은 人間統體的具象面

을 包攝乃至包括지않고는 連續되지못할것은 自明한일이다

이제야 歷史的이메오토기와 人間은 서로 統一되고 包

括되여 한낮의새로운 人間의具象面을 가지고 人間의새

로운精神을 要請하는 生活統體의 轉換期的局面에 이르

럿다는것을 알어야할것이다

要컨대 人間이, 歷史와時代性을 包攝하면서 自己限定

에서 自己超克的精神을 想定한다는것은 生의構造와 밀

이와 聯關한生의 內在性은 究明치않고는 不可能한일이라

고 믿어야할것이다.

우리가 可能性으로서의 人間의無限한 能動性을말하고

自己限界에서 自己超克을 말하는것은 換言하면生의內

在性을 分析하고 이에다 새노운生의 構造를 確定하는길의

端初가 아닐런지.

或은 生을 自己限界에 包括한다고해서 다만 生이

固定되라는말은아니다. 生의固定이란 벌서 自己限界에서

超克하려는 無限可能的 能動性을 把持치못한 無價値의時

間的 包括이 아닐가?

時間이노였다는것은 思惟이고 純粹理論이다.

純粹理論은 時間과思惟性에만 包括되면 그뿐이다. 허

나 時間이 理論으로 展開된 生의 構造와 이에따르는歷

史的發展의 動性을 생각할수있을런지 따라서 歷史性과

性時代을 읽어 他人間은 時間外에 있는 人間이아니고

能히 時間안에 있으면서 時間의 內在性과結合된人間이다

는것을 解明시키게될당수 우리는 여기서 文藝의精神이

이날 어떠한 方向으로 方向이었다고 이해파

지의 藝術이 方向이었다고보다며 가는길이였다고보면 文

藝든가는것이 아니고 또 생각해넛다는 것이였다면 우

리는 여기서 생각해번것과 보는것을 人間性에있어서

批判된것이라고 믿지못할가?

藝術이 批判的 精神앞에서 恒常 그의갈길을 探索해벗

다는것은 過去獨逸의浪漫主義 文藝復興時代 또는表現主

義時代를 생각해도 알수있는 事實이다. 「쉬드름·운동이랑

時代의 精神의精神는 「에 自身을 高揚케하는 理性의合

踐性을 가지라!」 이러케 웨치지않었든가. 이精神이 現實

에即했건 안했건 一七七一年以前의 獨逸古典主義文學精

神인 現性과 形式을 批判한 偉大한精神임에 틀림없다

何如間 高揚的 精神이批制과 制斷을 내려여成立된다는

것은 人間의意識表出과 密存在形式에 關聯하야 생각아

니 할수없게되는것이다.

따라서 人間의金內容을 文藝에 結付해가지고 생각되

우리는 여기서文藝의 展帆가 가는길이 우리自身속에

있었고 또 우리自身의 意識속에 潜在해있었다는것을 明確히

알게된것이라믿는다.

따라서 人間이 文藝를 한다는것이 그런다는 平凡한人

間의 붓끝이 아니고 道德을實踐하는 良心意識과 能結

史을發觸하게될것이 아닐가?

要컨대 우리가 人間이모랄를 自己存在的 內在性에結

付시키든것도 文學하는사람이 機械가 아니고 산사람으로 서 이世上과 人間과 싸우는 存在한人間으로 보기때문이다. 그리하야 文藝는人間과 더부러있고 또한人間이 存在한 時間性과 밀 時間의 內在性인 價値와意味의. 世界에두는것도 이에因 撮함이라하겠다. 人間의存在가 恒常理論的 思性에包括될 때는 時間의 內的인 道德의存在가 存在한인 價値를 생각할수 가없다 허나 人間의存在가 存在한인 價値를 생각할때비 로서 모랄과 모랄의 價値와함께 高揚되는 生活의 同時性가 운데있는 自我의超克性에 包攝되는것이다. 그에서 일단生 活의價値를 모랄과 統一될때는 나는 나를 即純粹個性을 생각하기때문인가 나는 나를 批判하고 反省하고 높은모랄 가운데들어가는 道德의 實踐性가되는것이라하겠다 勿論道 德의價値는 生活의 價値와 밀 그批判속에서오는 새로운生 活의探求的精神일것이다

새로운 生活의探求! 이것은 歷史를 막연하게믿는無 怵容의 時間性이아니다. 時間性에다 價値들주는 現實의空 間속에서 일우워지는 道德實踐的 精神이것이다. 여기서우 리는文藝를道德實踐的 人間記錄이라하며 反省的藝術的 香氣라는것을 反芻해도 좋을것이다. 따라서 生活은時間의 內容을가진 道德價値들 瞬間的으로 否定하면서 나오는 時間의內容을가지는것—더나아가, 生活의探求에서 나오는 새로운人間의 性格이 새로운 모랄의性格에依하야 改造 되는것을 생각하는것이다. 政治와 文藝는 行爲라고말한다 이노 우리가믿을만한사람의 말이다. 그는 또 文藝와政 治를行爲에서 同一視하였다, 이런사람의 말처럼 文藝가行

爲면은 또 政治라면 그야말로 헛된 을소리를 信奉하는權 力에의意志者가아닌가. 참날 眞理의探求는 權力에의意志 가아니고 眞理에의 意志인것을 알어야만할것이다.

각각 意志는같은 文字이로되, 각각行爲는같은 行爲이 로되 政治的行爲와는天과地사이에 差異性 을갓고있는것이다. 참말, 모랄이있 는가 없는가를알려면 其地帶의文化機構속에있는人物들이 眞理에의意志者인가 헛된集團的放興的 存在者인가의 與 否에 달린만치 큰문제다, 이것은 蛇足의말이지만 眞理 에의意志는 破滅될수없으니가 非良心 的集團를 無價値로보는것이다. 이러케된다면 眞理에의意 志는自己生活를 眞理의實理 即生活의 實現事 無限的可能 性으로서 把握하니만치 날로性格은 새로운 道德觀即行 識觀과 함께發展하려라 믿는다, 따라서 性格은 항성높 은데로 發展하리라 또 그性格은 높은모랄과함께 人間의 的時間性을가지려라 價値的인 時間性은 文學하는人間의 現實超克性일것이다.

나는 여기서 無限 可能的 道德實體로서의 性格者이고 나는 여기서 無限 反省的 自己超克도서의 性格者이며 나는 여기서 無限目的의自由人間으로서의 性格者를 包 攝하고包括한다.

따라서 이러한性格者는 앞으로나아가는 人間임으로 은 瞬間的으로 變移되고 또 發展할것이다. 그것은 오 직 참된 價値의生活을 探索하는 永遠한 人間復活이며 瞬 間的인人間復活이아닐가. ——끝

編輯後記

△이번號 亦是 別로 이러타할 자랑거리가없다。앞으로 더욱 新人을爲해 紙面을 提供하고십다。많이 利用허기를바란다。

△創作欄에 오래간만에 붓을잡은 洪九氏의「木馬」와 玄鄕駿氏의「오마리」와 尹氏의 作品을실었고 李箕永氏의 連載小說「陣痛期」는 점점佳境에 드러간다。

△評論에 金文輯氏의「戱作者朴泰遠」과 朴勝極氏의「文藝時評」과 新人評論 추천 李曉植氏의「生活探求와人間探求」를 실었다。

△金龍濟氏의 戰爭文學 亞細亞詩集 第二回를 보매 우러는 모록직이 武勳에 빛나는 皇軍의 苦勞를 깨닷겟다。

△蒔欄에도 新人을選拔했다。

△文藝作品을 蒐集한다。從來대로 朝鮮文學은 新人作家를 歡迎한다。自信있는 作品을 보내라。選者에는 現文壇의 重鎭을 網羅했다。追後에 發表하기로한다。

△다음號부터는「讀者問答欄」을 設置하려고한다。읽고싶은 文藝著籍、新語解釋、무슨말이든 文學에對하야 무러주기를 바란다。

△끝으로 執筆해주신 諸先生과 讀者諸氏의 健康을 빌면서 다음 六月號를 손곱아 기다리기로 하자—

（J 生）

定價表

一個月	三十錢
三個月	八十五錢
六個月	一圓六十五錢
一個年	三圓十錢

注文方法
● 注文은반듯이先金
● 振替로
● 郵票는一割增

昭和十四年四月三十日 印刷
昭和十四年五月一日 發行

京城府光熙町二丁目九九
編輯兼發行人 池 奉 文

京城府光熙町二丁目九九
印刷人 高 應 敏

京城府西大門町二丁目一三九
印刷所 彰文印刷株式會社

京城府西大門町二丁目一三九
發行所 朝鮮文學社
振替京城二三五四五番

全鮮總版賣 三文社!
京城府寬勳町二二一
電光三三五一番
振替京城九七五六番

朝鮮文學

第十九輯（六月号）

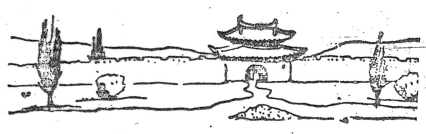

〔六 月 號〕

朝鮮文學 第十九輯

巷民

金南天

一

낮잠을 자다가 일어나 양치질을 하고 낮을 다시 썼고 수향이는 체경과 마주앉었다. 웃저고리를 벗어부치고 치마를 젖가슴우에 깡뚱하게 울려매인뒤에 그는 얼굴에 물분을 발으고있다. 저녁때가 가까우니 인제는 화장을해두고 공일날이라 일직이 부르는 손님을기다리고저 하는것이다.

그는 알콜람프를 켜고 부저가락을내어 그우에 울려놓았다. 머리도 좀 지질작정이다. 몇번전만해두 머리를 반듯이 동백기름을 발러부치드니 명양서 신식유행이 흘러들어 이곳 기생들도 인제는 머리를 신녀성같이 지지고 실구실하게 부풀어 울리었다. 눈섭을 그웃고나서 그는 입술에 빨안것을 바를려고 거울에다 입울대이고 싹 번더보샀다. 있새에 무었이 끼었나 하고보는것이다. 금꺼풀을 씨운 송곳니 옆에 세모난 고추가 하나끼워있다. 양지질을 했는데 이모양인가고 그는 혀뜰대고 두어번 채여보다가 마음대로 되지않으므로 손수건을대고 꾀배였다. 분때가 묻은수건이 입새 껍질하자 바로 그대에 화소이를 둘려였고

6

나갔든 어머니가 헐레벌떡떨어며 대문으로 들어온다.

「야 수향이있네 학히야 학히있나」

그는 뜰안에서부터 불러댄다. 학히(鶴姬)는 수향이의 민적이름인데 어쩐일인지 이것을 섞어불으며 들어온다.

문을열고,

「왜이러우?」

하고 내다보니 어머니 송씨(宋氏)는 사상이되어 손을 설레설레 흔들며 방안으로 들어온다.

「얘 이걸 어떻거니 글세 재호란놈이 도락구루 폐양 도망갔다 잡혀 온다는구나」

처음듣는 말인만큼 수향이도 마음이 띠끔하고 무었이 가슴속에서 뭉어지는것같었다. 그러나 얼굴이 좀 햇속해질뿐으로 아모말도없다. 천천히 그는 더워오기시작한 부저가락을 치우고 알콜람프의 뚜껑을 덮는다. 그리고담배를 한대 부처물드니 조용히 얼굴을들며,

「그러니 어떵말이오?」

하고 따지듯이 묻는다. 달한데 「이렇게 다짐을받고나니 사실 어찌라고 자기가 이렇게 떠돌었는지 좀 싱거웠다.

「그사람이 우리돈케요, 뭐요. 또 그사람 정찰에 부뜰린죄가 내게있단말요」

수향이는 천연히 담배를빤다. 이뿐얼굴이 파랗게 무서워뵈었다.

「글세 그랬두 남덜이야 그러나 또 그놈의 게집년이 그러다않어두 너를 죽으라구 물을떠놓구 빈다는메 이제감옥사리퍼지 하문 그년던이 널 살머먹으려들겠구나 이걸원 어떻거나」

「돌기싫여요 어서 어머니 할게나하소 내적정말구 그렇게 달생각이 간절한절 왜 기생으로 넘었소」

수향이는 와락 원망할놈 재미친이나 보면서 돈을써두쓰지원。 원도 도망을 어떻게 잘갓기에 아침에 낯에 잡혀단말인가 애고 애 좀내려라 속상하는데 아색긴 왜어리 달려붙나」

「그걸 어떻거나 머러를 대강 틀어서 비녀를찔으고 웃저고러를 입었다. 그리고는 치마를 좀 감싸수향이는 담배를 다시껐다. 어차피 있을일은출은 알었어도 이같이 빨리올울은 몰랐었다.

고, 바람벽에 기대앉었다. 이차피 있을일인돈만 만들어놓으면

무사하게 되려라고 몇일전에 재호의입에서 들었으므로 안심하고있었드니 종시 마음대로 되지않어 도장을쳤다

7

잔한 모양이다. 어머니의 말에 수향이 자신은 갑자기 앞이 캄캄해지는 것 같았으나 그는 이상하게 ─ 어머니의 서두르는 것
어 눈에 거실렀다. 그러나 이렇게 우두머니 않어서 재호의 손에 끼었을 쇠고랑과 팔과 가슴을 졸려매인 포승줄을 생
각하고 걸쭉한 재호의 얼굴을 상상하니 가슴에서 무엇이 목구멍으로 치바처올려온다. 갑자기 눈가상이 따거워지
고 금방 발러는 연지우에 쭈르르 더운것이 한줄흘렀다.

一二

학구는 광수와 갈러지는데로 자기집을 향하야 줄다름질쳐온다. 벌서 저녁 지을 무렵이되어 강에는 산그림자가 덜
이우고 산도 하늘과 맛다은곳이 연두빛으로 구물구물 선을굿고 있을뿐으로 강물과한가지 꺼멓게색으로 먹칠을한듯
하다. 해는 벌서 서쪽으로 기우렀다. 십이봉 중허리에서 이글이글한 불떵어리가 먼 하늘에 붉은 노을을 그더려
향고있다.

학구는 쎄키보다 세배나 머룬 그의그림자를 발토밥으며 언덕을 넘어 골목으로 뛰어들어간다. 그림자는 언덕
과 돌담과 나무에 부디쳐서 추물추물 꺼어지며 그가 뛰는데로 앞서서 따라간다. 배가 몹시 곺으다. 대문을닫
어서서 뜰안에 발을디며놓을때 그의 눈은 벌서 누이의방을 찾어들어갔다. 서쪽으로향한 누이의방에는 햇별을 밭
은데또 문이 꽉 닫처있고 토방에는 낡은고무신이 한켤레 놓여있을뿐이다. 누이는 집에없다. 학구는 마음이 불안
하다. 부넘으로 뛰어가보니 어머니가 솥을가시고 있다. 아렛둥을 벌거벗은 학순이가 부넘 부뜨막에앉어서 무얼달
라고 잉잉 줄으고있다.

학구는 다소안심하였다. 수향이가 부들려갔다면 어머니가 이같이 무표정하게 밥을짓고 있을리가 없을게다.
그렇나 누이는 대체 어데를가고 안보일까. 그는 재호가 도망을처서 고을바닥이 그소문에 물랗듯하는것을 모르
고있는가.

「누이 어데간?」
이렇게 물었으나 어머니는 그말에는 대답도안하고,
「어떼물 층입나가 명기네 애비나 색기나 매한가지다. 끼때에 밥이나 좀차 자먹덩. 학원인어데갔는더 못봐? 나
물은 무슨나물을 지금하레간다구 공동묘더 뒤루해서 하오개를갔는더 원」

8

하며 오히려 딴소리를한당 학구는 육먹을것이 켕겨서 점심먹었다는소리도 못하고 얼른 부엌으로들어가서 학

순이를 달랬다.

「엉야 엉야 과자달라우」

하는것을 궁둥이와 어깨를 돌려대니 학순이는 형의잔등을 적은주먹으로 뚜들기고 밀고한당. 어머니는 바리깨

우에 놓았든 누룽갱이를 집어주면서

「이거 먹구 형한테 좀 엎어달래라」

한당. 그러나 조밥누룽갱이 뭉친것이 어떤맛인지를아는 학순이는 그걸떠밀고 더욱 응응거렸당. 학구는 어머니에

게서 누룽갱이뭉 받어서들고 다시 학순이에게 등을 밀여민다. 그러나 그는 작고 형의잔등을 주먹으로 멕여댄다.

「아고 아고 아고」

하며 학구는 우는시늉을 하니 학순이가 손을좀멈춘다. 이옥고 부직개를 들고 훌겨보는 어머니의 표정에 부드치

매 학순이는 잉잉거리기를 뚝 고친다. 뜰에나와서 학순이를 옆에세우고 그에게 한자박식 떼여주며 학구는 조

밥누룽갱이를 한덩이 제입에갖어갔다. 군은 조밥누룽갱이는 입에들어가는대로 한번 하눌아지를 찌르고 점점 춤

에섞어 물렁물렁해지고는 스르로 목구멍을넘어간다. 그는 이것으로 시장끼를끈다.

대문밖에 째르릉하고 자전거종소리가 나드니 이옥고 대문여서 그것을 세워놓는 기척이들린다. 누가왔

나? 학구는 목을 기우뚱하고 송월관 뺀이가 나막신소리를 달각달각 내이면서 뛰어들어온당.

「수형이 불렀시오―」

하고 그는 눈을더굴더굴 굴려본다. 어머니가 부엌에서 나오며,

「애 학구야 앞집 채월네집이가서 송월관에서 부른다구 옷가라입구 어서가라구 그래라」

하고 학구에게 턱으로 맥문쪽을 가르킨다. 학구는 학원이를 그자리에 세워놓고 이러선다.

「빨리요. 하야꾸 하야꾸」

뺀이는 중얼거리며 대문으로나가드니 다시 자전거를타고 골목을 빽 빽 기어나간다.

수향이와 채월이는 공일날 오후를 방안에 들어앉아 소주를 마시고 있었다. 어떤공일이든 오후에 술잔을 입에대

는것은 그들에게는 드문일이 없었다. 공일날은 저녁때부터 오릿집에 불리우는수가 많기때문이다. 채월이는 동기소「오

까다」네방에가서 자다가 새벽이 훤해서야 집에도라왔다. 그는 삼십이 넘도록 장가를 못드는 총각 동기소장 오까

다」의 정부였었다. 번서 그렇게된지 석달이나되는 지금에는 이고을바닥에서 어린애까지 모르는자가 없었다. 그런뒤

로 그는 다른손님에겐 잘불리우지 못하였으나 「오까다」에게서 한달에 얼마식 월정액이 나왔으므로 오히려 편

안한편이라고 그는 말하였다. 그대신 그의동생인 채선이가 지금 여러손님들께 귀여움을받었다.

임재호는 사법서사 이었으므로 또 등기소 「오까다」를 한눈같이

이 협력하야 「오까다」에게 채월이를 부처주었다고들 사람들은 말한다. 어째뜬 서로 시기가망고 육신자신 하창

은 일로도 잘 빗숙어리는 기생들로서 그들이 친밀하게 지내는것은 무슨 특별한 이유가있을게라고 말한다. 수

향이가 방문을 열었을때 채월이는 입을좀 벌리고 낮잠을 자고있었다. 수향이가 방으로 들어가서 그의옆에앉아 코

도 그는 눈조차 뜨지못하고 약간 코까지 골고있다. 목침을 벼고누은것이 좀 뒤덕으로 머리가넘어서 입을벌리고 코

룰고는 모양이다. 얼굴에 진땀이 흘러서 분칠한것이 번질번질하다. 그는 몸이 부대한편이나 벌서 수물을 넘은

지 두해나되는 얼굴엔 그동안 세파에부닥인 혼적이 눈가상을둘른 거먼 그림자에 나타나있었다. 가슴이 후여저서 입

교름으로 두부팔은 한살이 보인다.

수향이는 아랫방문을 열어보았다. 그의어머니는 어데로나갔는지 아무도없었다. 부엌건닌방에는 채월이오빠 기섭, 港

(燮)이의 젊은안해가 바누질하고 있는모양이다. 수향이는 채월이를 깨웠다. 그는 기지개를펴며 이러나앉어 입

「은대 오때야?」

이 무릎에도 수향이는 그냥 머리를 끄떡 끄떡 했을뿐이다. 그는고춤에서 담배를 꺼내서 부처문당 채월이도

정대밑에서 재터리를 내놓으며 담배를 꺼내 물었다.

수향이는 대답대신에 머리를 흔들었다.

「오늘 멀했? 집이있었?」

「재호 린상이 오동시게 찾단다」

채월이의 눈을뚱그래서 처다보는데 수향이는 그대로 픽웃고있다. 그리고는·창밖을 실심하야 바라본다. 이렇게

해서 이들은 지금오정어와 북어와 간쓰메룰을 안주로 둘이마조않어 소주를마시고있다.

[성가시다 곱부루루하자]

수향이가 벌떡이러나서 부넉으로 갈려는것을 채월이는 치마자락을 부뜰며,

[곱부는 못쓴다]

고 그를 잡어끈다.

[한잔만 먹자, 꼭한잔만]

수향이는 종시 찻종을 갖어왔다.

─대포루해야디 어데취하네 취할려구 먹는술이지 즐길랴구 먹는건 아니다]

갈색맥주병을 들고 찻종에딸으니 뙨뙨뙨 소리를내이며 흰술이 가득히 담긴다. 수향이는 바른팔을 걷어부치고 선

뜻 잔을들더드니 두세번 끌닥소리를 내이면서 마셔버리고 크─ 소리를내이며 약간눈을 찡그린다. 그리곤 북어를한조

각둘니 어굼나에다 물리고 질근질근씹는다.

[너두 한잔만해라 에이애 가슴이 좀풀닌다]

수향이는 찻종을 채월이앞에다 놓으며 술병을 또한손으로 추켜든다.

[이애 난싫다]

四

찻종을들어 치울라고 하는데 수향이는 채월이를 거듭떠보며,

[머 싫여? 너오놀돈벌간?]

하는바람에 다시 잔들은손을 가만히 수향이앞으로 내민다.

학구가 채월네집대문을 드러섰을때에 채월네방에서는 수향이의떠드는 소리가 들려왔다.

[린사이피오가 분상한놈이다. 싫두특 얻어먹구두 오늘날와서 재호 좋다는놈 하나루없는 **불안당놈에 세상이야** 서

이 사이게쯔 채월이 너는알지? 응? 채월이?]

목소리는 탁하게 취하야 벌써 허가··굳어저서 말조차 마음대로 도타나오지않는다. 책월이는 그보다는 술이좀

세다고 하였는대, 이역시 곤두루만두루 취해서 입으로는 범이나오는지 호랭이가 나오는지 모르는모양이다.

「와까루, 와까루, 이게 노류장화의 신세란게다. 몇일만 지내가문 다―닞어버린다」

책월이의 말은 점점 번사루토되어간다.

「린상이 붉은옷 입을때엔 벌써 러수향이는 다른남자의 손에 둘러운꽃이다. 누구나 지내치는길에 어두만질수있고

또 누구에게나 허망하는자에게 꺾이우는게 우리의 신세다. 누구나 꺾어댄다. 국경도없었다. 차별도없었다. 우리둘은 가

편한 노류장화외신세가 아니냐」

「빠가. 야메. 아니땅. 기생에게두 순정은있다. 사랑은 한가지다. 이년 너는 이년……」

학구는 창문밖에선채 한참이나 이런 취언에 귀를기우렸다. 누이가 재호의일을알고 숙이상해떡는술이다. 물론 제

마음이 이만큼 언짢으니 수향이마음이 어떻든시는 넉넉히 짐작할수있었다. 울적한기분을 풀어버리고 책월이한테

나왔다가. 둘어 어울려서 술운마시며. 서모서로 위안하고있었는것도 학수는 잘 이해할수가있었다. 그러나 아직 해

도 지기전에 아무터 기생이기토니 술을마시고 곤두루만두루 취해서 대체 이게 무슨추태냐 싶었다. 학구는

때때로 이들이 밤중에도 술이취해서 주정을하고 여자답지않은 술사를 부리는것을 보아왔다. 얼마전에도 수향이

가 오릿집에서 잡복 취하야 누구를 욕하는것인지 자정이 휠신넘어서 고함을질으며 집으로 들어왔다. 아버지가자

리속에서 야단을하니까,

「관술씨까, 관술씨가 기생퇴탈을 책망했소까」

하며 아버지이름을 막불르고 지랄을 치는바람에 어머니가 달려올라가서 뺨을갈겼다. 그랬더니 어머니에게는 대

들지 않었으나 그대신 목을놓고 영 영 울어대면서

「러수향이 불상하구나 리학히 불상하구나」

하고 대성통곡을 한일이있다.

학구는 주저주저하다가 용기를내여 문을 벌떡열었다. 술내와 담뱃내가 팍 코틀 찌르는데 어둠컴컴한 방안에

두여자가 다리를 떼치고 앉어서 팔을걸고 떠들어댄다. 머리카락은· 흡어지고 눈이 충혈이되어 게슴츠레하다.

「다메까?」

하며 멀건눈을 벌떡뒤집고 수향이가 달려든다.

「오 한군아 뭘하러 완? 응? 누이술먹는 팔구경하려완?」

학구는 아모말도안하고 한참 묵묵히 서있었다.

「기미모 하이레 한잔먹자」

하고 채월이가 술잔을 덜대는것을 학구는 슬쩍밀어버리고,

「송월이가 술잔을 불르러완다」

하고 성난사람같이 말하였다.

「하 하 하 오늘은 미안하지만 노라리다」

채월이가 술잔을 놓이 처들고 싱글벙글 우스면서 만세를 부르듯하니 수향이도

「술먹어 못간다구해라」

하며 바른말을 내 젔는다. 학구는 좀더 아모말도안한채 그곳에 서있었다.

「어서가 안간다구그래」

누이는 두팔로 파리를날리듯한다. 학구는 문을 탁 달고 돌아서서 나올려고 하는데 어머니가 대문으로 달려
들어온당 그는 기멀러다가 오지않으니까 미상불 무슨고장이 생겼으리라고 달려오는 모양이다. 학구는 아모말도
안하고 어머니에게 길을비켜주며 건넌방에。기섭이가 광산에서 도라왔는가하고 기웃둥하니 들여다보았다.

五

송씨는 방문밖에서부터 떠들어대며 들어갔다.

「이아가씨들이 어떻가자구 내속을 태우네영? 대낮에 글세 술이 무슨술덤이야 너멀우 에미애비두없구 밤낮두
없네?」

그는 문을 벌칵 여러제치고 서슬이 푸르러서 방안을 휘 두루살핀다. 이바람에 벽두리를할려고 목청을뽑든 채
월이가 불이낳게 이러서면서 송씨의팔을부뜬다.

「오마니, 오늘 수향이 슬픈날이라우, 오늘 하루 놀문은일납네까。우리들이 술먹는다구 갑재기 도둑팔자가 사

나와 뙨다우, 울이나, 안먹으면 우리가 어매 체너후신고 타구 시집가겠소? 고만두 자 어서가시우」

그러나 어머니는 꿈쩍도 안한당.

「속상하는데 그럼 어머니두 한잔 들어와 하시든디」

채월이가 이렇게 달래는동안 수향이는 아모말도안하고 머리를 앞으로 꺼뚝꺼뚝하며 지저분하게 흩어저있는 땅

바닥을 보고 있당.

「나같은사람임에 술이들어가믄 배알이 꼴려 죽게 그만둬랑. 나야 속이나썩이는 사람이디 어매 술잔이나 먹는 호

사스런팔자를 하고났건, 」

송씨의말엔 그들의속을 건드리는데가있당. 그러나 채월이는 그런소리에 구이치않고 아직도 추근추근하게 송씨

를 어루만지며든다.

「이런때 오마니가 딸의말을 알때가아니오, 수향인 오늘밤. 내게말기구 어서들어가우 난두 오늘 놀겠구다」

「흥 너야 돈나오는 구멍이있으니 놀아두 되지만 우리야 어매 그렇니」

마치 송씨의말은 채월이로해서 이술판이 버러진것같이 들어있당. 좀 불쾌했으나 송씨의속을아는 채월이는 아모

말도안하고 낯어 좀 게면쩍어 어름어름한채 서있당.

「그래 어떻건간말이야 엉? 엄매는」

이때에 수향이가 숙으리고있든 얼굴을 번쩍들며 송씨들 마주처다본당.

「취하지말게 술을먹지말디 누가 먹으란 술을먹고 내게다 이핑게냐」

「날보구 이렇게취해서 요릿집가란말이가?」

수향이는 찻종을 들었당, 콱 땅바닥을두들며 다리하나를 불쑥내민당.

「그러니 어떻거란말야 술먹 으믄 어떻거란말이야 술좀먹기느니, 그래 어떻거겠단말야」

「이야가 왜이러니? 에미에게 주정할참이냐 그래 불러와 일이옳단말이냐 입에 물리는고기를 뭐이

싫여서 불러오는댄, 안가구 이발광이냐」

「그래 내가 싫다는데 엄매는 뭣이걱정이야 목구멍에 넘어가는 고깃덩어리가 그렇게 뱉기싫으면 내대신에 엄매

가 가로맣머 날보구 타박할게야있네」

수양이의입이 점점 거치러저 가는것을 보고 채월이는 겁이나서

「아이구 좀 가만있거라」

하면서 그의손으로 수향이의입을 트러막듯이한다。 그러나 수향이는 눈을 지립뜬채 그의손을 뿌리친다。 채월이

는 다시 일어나서,

「아니 머이 어드래? 이 화냥년의 간나색기, 그래함 말이없어 날보구 대신가라구? 이 벼락을맞아 빠진년」

하며 신늘벗고 방으로 둘어올려는 송씨를 부뜰고 재발 참어달나고 빌물기시작한다。 이때에 광산에서 도타오는

기섭이가 변소그릇을둘고 대문으로 둘어온다。

「아니 뒷집어머니 이거 왜멀이러유」

이렇게 그는 뜰안에서 채월이방있는편을 바라본다。 그리고는 부엌에서 나오는 안해에게,

「불이나 좀켜구려 이거 오마닌 어데갔소」

하며 밥그릇을둔다。

「어머니는 막멩이 으슬한레 가시지않았소」

학구는 아까부터 어머너와 누이가 하는것을 귀뚱으로 듣고있다가 기섭이가 오는것을보고 뜰안에내

려선다。

「이거 왜멀 이레메……」

학구는 기섭이의 묻는말에,

「난들아루 늘하는짓인걸」

하고 어른같은 말버릇을한다。 송씨도 기섭이가 오는바람에 기가 좀 풀려서 푸하고 한숨을 지으며 로방예

크리고앉는다。 그는 쿨쿨하야 가슴을 두돌긴다。

「이게 내가 무슨팔잔가。 애비는 애비대루 달년은 달매루——」

六

송씨는 맥이풀려서 기섭이집 대문을나왔다。 벌서 사방은칼칼하다。 강있는쭉에서 선선한바람이 불려온다。 학구모

뭐를따라. 나오든이 어머니보다 앞서서 집을향하야 총총히 거러간다. 송씨는 집에 들어가고싶저가 않었다. 그먼 나 저녁도못먹은 아이들이 배를쥐고 기대릴것을 생각하니 안깔수도없다. 남편은 지금이나 들어왔는가, 어데서고 그가 막 잘대문앞까지 왔을때 강있는쪽에서 어떤 여편네가 지꺼리는 소리가 들려왔다. 그는 문에서서 귀를기 우렷다. 목소리는 점점가까워온다. 그것은 강있는쪽에서 골목을거처 이편으로 점점 가까워온다. 그러드니 소리는 명확하게 송씨의 귀를울리고 달려들었다.

「이놈 이 관술이놈있데야─」이 애편쟁이 놈아.」

송씨는 직작적으로 그 목소리의 주인공은 재호의 어머니인것을 알었다.

「이놈 애편해서 네나 망한갔으믄 망하디 네달변식혀서 내아들은 왜 감옥구덩이에 넣게하네 응?이놈 이 리관술이놈 나오너라 또 관술이게집년 이기생년 모두다 나오너라 나하구 오늘 사생결단하자」

처을 이목소리를 알어채였을때 송씨는 몸을 피할가생각하였었다. 아들을앓고 미칠듯이 덤벼드는 그에게 대항하 야싸운대야 처신만 망치지 별 이득이 없을것같었고 제남편 아편쟁이오 딸이 기생이여서 내력읍는 고을사람들앞에 이 몸끌어여가지고 떠떳하게 싸와볼 면목도 없는것을 그는생각하였다. 쥐구멍에 숨듯이 동네집 부엌에라도 숨어 서 밖에서 들려오는 원성은 들으며 혼자 울어라도보고싶었다. 남편이 집간이나 있든것을 팔어서 아편값으로 드 며바힐때 학히가 기생으로되어 머리에기름을발으고 얼골에 분을발으게 될때 친척불낯에었어 몇달동안 밖안출입 도 못할때 그는 어째서 꿰작 박아지짝 팔어버리고 이곳을떠나 먼데로 가버리지를 아니하였든고. 그러나 재호 어미의 목소리가 벌서 골목을돌다 대문가까히 달려들었고 그뒤에 아이와 어른이 민물때같이 몰려오는것을보았 을때 송씨는 이릏악물고 그가 마주대들기를 기대렸다.

「아가리에다 동을 좀 다터고싶어. 이늠이 관술이가 아편을하면했지 네년의 며늘년 을 팔어먹자드냐 웬거정이냐.이년 여기를 어메만큼 내가 자기 하눌옥깨는듯한 송씨의 벽락소리를 듣드 깜깜하야 누군지도 모르고 허둥지둥 기가울라 대들어오다가 잡자 니 재호모친도 좀 어릭동절하는 모양이다. 그는 대문앞에서 주춤하고서서 다시한번 송씨를처다본다. 그러나 그 눈앞에 수향이에미 얼골을보니 다시금·새로히 이가 갈리는지 야윈팔을두르며 소리를높였다.

「야 이게 세상이 참동구나。 이년이 그래두 입을가젔누라구 대문에나서서 누구에게 호령을하는계냐。 이년 관술

이놈이 머누리 팔자군안해서두 네딸년 식혀 내아들을 감옥에 너었구나。 한달에 이천냥두 더버는 돈 다 드려

밀구 상무계 돈 말은거 이만냥이 어데루간줄아느냐。 네서방의 아편침으루 드려가구 네딸년의 백남반지、 궤깍、이

거러 이년 이게 다 뉘돈인출아느냐。 입이 미꾸멍에가 붙엇서두 이년 때문에나서서 장담함건 못되갔구나。」

송씨는 분나는것같에서는 당장에버려가 노꽉의 머리채를 들추듯하고 싶엇으나 보는이 않고 또 자기

보다 수무살이나 더먹은늙은인지라 그럴수도 없엇었다。

七

「이썩어빠진 송장같은거 악아리 좀 닷드러구 있거라。 그렇게 사찰한것이 네아들 주머니끈에 깨차구댕기지는 왜

못했나。 조밥에 새정꾸 못먹다가 아들놈이 대서쟁이 해서 뜻은넘이나 만저보니 기가높아서 댄기다가 이제와서

무슨지랄이냥。 네아들놈 보구 물어봐라。 어느년이 너이집 그豪華한 큰재산을 밀어먹엇느냐。 아들잘낳아놓고 호롱

뿔구 댕기든게 어적게같드니 게집이 늙은게 좀진중해야 하는법이니라 너무 떠버리구댕기면 오든복두 도라센다」

재호모친은 가슴을 쥐어뜻는다。 속이타서 견딜수가 없다。 제저고리 고름을 부드득 뜻드니 이를 앙당그레물고

그는 이저는 나가지 잡아먹어랑。 서방놈 딸년 다 나와서 이 늙은걸까지 잡아먹어라」

그는 송씨에 가슴을잡고 느러진다。 송씨는 잠시 어떻걸수가 없어서 어름어름 하다가 두손으로 재호모친의 머

리를 잡아 미러면지나 굼처럼 떠나지지않는다、 이때에 군중을헷치고、 기섭이가 뛰어들었다。

「이게 무슨일멀이요 놓으슈 놓으슈」

기섭이는 억지로 그들을 떼어놓았다。 학구가 절반은 울면서 어머니를 대문안으로 꼬려드린다。 갑작이 조용하

든 군중이 벌통을쑤신듯이 지꺼려댄다。

「분한대루 참으슈 세상이 그런절 할수있나으」

「제아들 잘못둔 탓이지 기생이야 으레 사람되이는게 제장산떼」

「어쨰겁 수향이모천두 웬간하다 너야쟁이야」

17

「그런데 이 기생멸은 다 어데갔나」

이러는속에서도 재호모친은 아직 정신을 가눌수없는 모양이다。 그는 기섭이가 누구인지도 모르고 그에게 매달린채 아직도 소리소리 질으며 강가로 거러간다。

　　　　×

　　　　×

송씨는 로방에가 펄석 주저앉는다。 학원이가 학순이를엎고 울문머이고 방안으로 돌아가서 전등을켰다。 송씨는 흙우에앉은채 실심해있드니 갑자기 호우소리를내이며 학순이가 학개를 들먹을먹한다。 학구는 울고있는 어머니를 등뒤에서 내려다보고있다。 어머니의 우는것을보드니 학원이가 원이 등에 업인채 깽깽거린다。 학원이도 눈물이 글성글성해서 학순이를 두먹두먹하며 빙빙도라간다。 학구는 어머니 옆으로 갔다。 한참동안 그의 억개와 목덜미와 쥐여짜는 불편을 바라보다가 가만히 손을떼어 흔들면서、

　　　　×

「그만두고 밥이나먹자、 또 학순이랑 학원이두운다」

하다가 채 말을 못맞추고 들컥 목구멍으로 말을삼킨다。

어머니는 두어번 다시 어깨를 들먹들먹하다가 푸一한숨을 내집는다。 그는 이곳에서 한구십리되는 촌에서 양반행세를하는 송씨의 가문에서 자라났으나 관고을안에서 펜치않게 제일목이좋은 다랫목에서 큰 객주를하고있었다。 그것도 대부분 동창이라는 터써메집안은 이술이 아버지는 이고을서 사는편이었다。 일가문중은 그리많지못하고 또 사람도 많으두고 한편으로 중의머리틀두고 관국수를놀렀다。 그러드니 아버지는 도라가고 관술이가 대를이어 영업을맡어보자 손이 피이지틀않았다。 그러나 집아래우로 새여관이 두셋이나 생기고 집들도 크게 설비를하는바람에 옛날같이 손이 그전같이 많지는않었다。 이 기우러지기 시작한것은 관술이가 아편을 몸에대인때 부터이었다。 그는 가슴아리(위경편)증세가있어서 어떠선가 이마약을써서 자미를 드리기시작한 모양이다。 얼마 아니하여 집을팔었다。 영업을 중지하였었다。 그리고 딸을기생에 넣었다。 벌서 오년이된다。 그는 로방에서 이러났다。 궁둥이를 털고 대문있는쪽을 바라보는데 히슴스레한것이 허청 허청들어온다。 관술이가 지금 들어오는것이다。

아츰에 학구에게서 돈일원을 얻어가지고 그는 밥도안먹고 나간채 어데가잇다가 지금이야 집이라고 찾어들어오는것이다。 집에서 무슨날리가 낳는지, 체육을 누가 얼마나 했든지, 집사람들이 밥이나 먹었는지, 그는 그 어느것도 생각하지않으며 눈이 게름칙해서 공문이를 바른손으로 잡은채 술에취한사람같이 비틀비틀 들어온다。 송씨는 다시 활탕거려왔다。 가른모욕과 이 덜난 위인때문이아니냐 하는 무서운생각이 가슴을 설메게한다。 그는 주먹을 부르쥐고 거러들어오는 남편을본다。 관술이는 아는지 모르는지 그대로 홋두루맛두루 토방으로 가까히거러간다。

附記「短篇五月」의第二部를이루는短篇이다

（舊稿）

18

바다는얼어붙고

金沼葉

一

D촌행 뻐쓰는 허구한날 만원이다. 구력년말이 임박해 그런지 지금 형진이가 탄 차도 숭객이 빽 들어차 거이 발붓일틈이없 당. 옆에 앉인 여인 두서넛이 성안의 물건시세가 왜 금년엔그 러두 비싸냐는둥 병정들이 어제두 철로(기차)에 가득 실려나려 가드라니 상기두 싸움은 게속하고 있느냐는둥 을겨울엔 눈이많 이오니 명년은 갈메없는 풍년이라는둥…… 남이야 귀가 아푸거 나 말거나 열심히 짖거려대는 바람에 한편으론 시고럽기도 하면서 또한 그것이 이 무미건조한 려행엔 없지못할 흥깃거리도 되여 누구하나 중간에 나서는 사람도 없이 차는 차매로 자갈 길을 멀컹멀컹 몸부림치듯 굴러가고…… 그러는대로 숭객들은 최 고리 같이 고개와 웃몸을 껏덕어린다.

형진은 입김에 흐려지는 유리창을 장갑짝으로 닦고 여녀 밖 을 내다본당. 날세가 치워그런지 길가는 행인이라구는 별로 눈 에 띄이지도 않는다. 산협지매타 인가도 영성하당 처마보이는 산, 산, 산뿐아니라 원천지가 눈속에 파물처 듯아니한 회오리바람 이 불어오면 삽시간에 눈사태라도 날것 같당. 나죽이 나려앉일

회색의 하늘에선 또 무엇, 쏟아질것 같기도하다。매운 바람이 길가에 쌓인 눈덩이를 삼작삼작 어루만지며

나가다가 이따금 사나운 눈보라를 사정없이 휘몰아쳐서 포연(砲煙)처럼 앞길을 막기도 한다。가마귀들이 눈에

띄겨 걸가엔데도 나려앉었다간 엔징소리에 놀라 날아갈뿐、눈에 덮인 산과 들은 얼어붙은 회색 하늘을 머리

에 이고 언제까지나 주위에서 뱅글뱅글 맴을돌고 있는듯 싶다。휘ー기 휘ー그。날카로운 휘파람을불며 지나가는

제 바람소리! 형진은 문득 일전 어떤 영화에서 본 한장면이 머리에 떠올랐으나 대체 그영화의 제목이 무었

이었든지 그러한것은 얼른기억이 소사나지 않는다。차안은 다행히 그리 치운줄을 몰랐다。곡꼭 끼여앉은것은발

갑스럽기는 해도 사람의 온김과 체온은 이런때적지아니 차안의 한기를 물리처 준다。다만 건듸기 어려운것은발

끝이 시려다 못해 아려울느는것이당。그때 그는 가끔 허리를 굽혀 방한화를 벗고 두손으로 발끝을 주물러두

이고 했었다。

뻐스가 H촌 정유소에 닷자 승객들은 거이 모두 정유소의 사무들 말아보는 가개앉으로 몰려 들어갔다。실

분동안의 휴식시간을 찻속에서 떨고 있기가 싫었든 때문이당。촌 치구는 페른 가개이당。거기엔 마침 조

만 난로가 한개 불의에 몰려들 이런 손님들을 예기했든듯이 빨깅게 닳어있었당。

형진은 유리창문을 드르르 열고 들어스자 사람들틈에 갈찬순사 하나가 얼핏 눈에 띄었당。

「이게 누구야, 형진이 아나?」

이쪽에선 채 알어보기전에 저쪽에서 맨저 소리를 친당。처다보니 박군이당。너무나 ▨▨▨ 이마 형진은 잠

시 어밀멀해서 친구가 내미는 손도 대든 잡지못했다。

「응 봄일이 있어 D촌까지 가는길에……그런데 참…… 자넨 언제부며여게 와있나?」

형진은 박군의 복장부려 오늘 처음 대하는것이였으나 그런것을 여기서 새삼스레 물어보기도 쑥스머울듯싶 어

짐짓 다음에 할소리를 먼저 고넌것이당。

「뭐 오됐에、벌서 묵년굼세……」

이게 완일인가?」

「여긴 완일인가?」

형진은 손을 꼽아보고 중학을 나온지가 벌써 십년이나 되었다는것에 스스로 놀래본다. 십년이면 산천도 변한

다니 그간에 친구의 복장이 변했기루 그게 뭐 그리 괴이할거야 없지만 그래도 이런 두메ㅅ구석에서 썩기엔

역시 아까운 재목이다. 그렇게 생각해 그런지 그 늘늘한 체격에도 어딘지 몰으게 어울리지 않는 어색한 구

석이 눈에 뜨이는것만 같다.

「지금 애들은 몇이나 되나?」

「서넛있지」

「서넛ㅡ 색겨그런가?」

「색겨그러냐니?」

「아들과 딸니 색겼느냐말일세……」

이소리에 난로에 몸을 쬐이고 있든 사람들이 모두 웃어댄다. 그동에 박군은 잠시 대답을 잊은듯이 방금 획

날리기 시작한 눈발속으로 먼산만 바라보다가、

「자빈 몇이나 돼나?」

「나 역 자베에겐 지지않으리 벌서 넷째일세」

불숙 딴전을 부친다.

「호ㅡ」

그는 좋다는뜻인지 나뿌다는뜻인지 가려몰을 감탄사를 발하고、포켙을 뒤적어려 케ㅡ스에서 담배 한새를 꺼내

형진에게 권한다. 형진은 친구의 눈시울에、유난히 자리잡힌 가느다란 주름살을 바라보며 너두 이제는 좋은세

월은 다 보냈구나 하고 마음이 우울해진다. 하도 격조했든탓인지 너무도 뜻밖에맞나 그런지 이렇게 마주 바라

보고는 피차 할말이 궁하다.

「D촌엔 왜 가나?」

남은 이약이꺼리라고는 이뿐인듯이 박군은 제법 용기를 내여 묻는다.

「누구 좀·맞나볼일이 있었어서……」

마음은 또 활발이 없어 양방이 다 끌력은 벙어리같이 이글이글 타오른 난로스불만 나려다보다가。

「부내엔 역시 년말겅게가매우 심할걸……어제밤에도 K정에서 강도사건이 발생했다지!」

박군은 역시 직엽의 식에서인지 이런 화제를 끄내며 요즘같이 치운밤 영하 이십도나 넘는 한데서 「다쩌방」을

하기란 참말 굉장히 삼이 곽기는 노릇이란것을 설명한후에

「그러니 어쩌나?」

가장 함축있는 이 한마듸로 아래에 팔린 말을 성략해 버리며 년래로 고생하는 류마기스가 요즉 갑작이 더

처진것도 무리가 아니라고 쓸쓸한 한숨을 짓느다。한때 학교에선 그래도 웅변 잘하고 활발한 소니;

잘하기로 엽지손을 꼽던 위인이라 지난날의 모습과 음성이 전혀 사라졌다고는 할수없으나 아모래도 화려하든

날을 생각하기엔 너무도 초라하고 무력한 현재의 박군인상싶다。박군은 조곰전 뻬쓰에서 내린 우편물꾸림이

속에서 길죽하게 접은 신문을 끄내 펼처보드니만

「호ー?」

무슨 놀탈만한 큰 기사라도 있는듯이 갑작이 두눈을 크게 뜬다。그러드니 그는 남이 묻기도 껀에 혼자 소

리를 내서 읽는다。

「생활난에 못익여 처자 다섯식구를 도끼로 까죽이고 마침내 자결한. 사나히!」

몪에 둘러섰든 사람들의 시선이 일시에 그리로 쓸친다。

「참 잔인하군……그래도 정신에 이상이 생겼게 그렇지, 온당한 사람의 마음을 가지구야 차마그럴수가 있

손님가운데에선 그때도 제법 접잖어 보이는 양복한 충년사나히가 눈쌀을 찝으리며 허믈 쩨쩨 차자、

「미첬거나 환장을 한게지…」

그몪에 섰든 역시 늙지도 접지도 않은 우둥통한 여인이 맛밧아 참견을 한다。

「아ー뇨, 천만에、결코 정신에 이상이 생겼거나 미친사람은 아너라 했읍니다。X역 화물게에서 일을보다사냥

간 실수했든게 발자이 돼서 댓달전에 해고를 당한 자로 중학정도의 교육을 받었고 명소의 성격도 지극히

온순했을뿐 아니라 한때는 역내에서도 평판있든 청년이라 합니다. 여기 전 역장과 가깝든 친구의 감상담까

지 실려있읍니다.」

잠작고 나려읽어가만 하면 박군이 이렇게 직업적인 언투로 대략의 설명을 가하고, 여러사람들앞에 그 신문장을

펼처 보인다. 그것은 실로 처참한 광경이다. 기사 원 웃머리에 사진으로 끼여있는 현장의 광경을 듸려다보고,

한여인은

「아유머니! 끔찍해라.」

두눈을 감으며 물러스고 형진이도 대뜰 선혈이 림림한 현장을 보기나 한듯 소름이 오싹 끼치고 머리끝이 쭙

벗해서창밖으로 시선을 옴겨바린다.

「참 끔직한 일이로군……」

「죽으면 혼자나 죽지, 몹슬놈……」

「인두겁을 쓰구야 그럴수가 있나?」

누구하나 가만있지않고 제각기 욕찌거리를 한다.

형진은 팔짱을 낀채 잠시는 이런 분위기를 잊은듯이 훗날리는 눈발을 무심코 내다보고 있다. 우편소뒤 놉

다라케 서있는 앙상한 미양나무가지에 까치 한마리가 한들한들, 그네를 뛰고있다. 눈속에 어떠틴 가야할지 방

향을 잃은듯이 까치는 날지를 못한다. 눈이 퍽 오라나부다.

「아득 막막하고 악이 밤처서 제손으로 처자식을 죽였을라구 그사람인들 왜 남처럼 살고싶시 않었겠소. 휘

…… 참 뭐니뭐니해도 살어가기 어려운 '세상이거든……」

형진은 이말에 휙 몸을 돌아본다. 회색 두루막이에 다 낡은 고동색 중절모자를 쓴 왼 늙수구레한 촌사람이

다. 떠날시간이 다 됫나부다. 애뗀 차장의 뒤를 따라 운전수가 양복 포켙에 두손을 짜른채 빼쓰속으로 기억

들어가자. 충객들도 하나둘식 난로앞을 떠나 그리로 간다.

「자— 그럼 또보세.」

「잘 댕겨가게.」

박군의 군인식 경례를 본체 만체 형진은 빼쓰에 올른다. 더욱 다부지게 퍼붓는 눈발속에 차는 B춘을 떠난다

二

뱃쓰가 D촌에 닿자 승객은 대부분 이곳에서 나렸다. 형진도 그들틈에 끼여나려 낯이은 김욱 선창 쪽으로 걸었다. H해변 한구통이 나즉한 산그늘에 끼여있는 이 자그마한 어촌──그래도 봄 여름 두철 쓰기ㅅ배와 멸 배가 되며밀땐 선창앞 객주ㅅ집 높은 기둥에 붉고 푸른 기ㅅ발이 펄럭어리고, 「하나에 둘이오뉫수 헤이는 소 리와 닷감고 푸른 소리 아니 그보다도 몇배나 머소란한 통정관의 아우성──이런때야 말로 마을은 제법·활 기를 띠여 오고가는 샤람들의 주머니마다 쇠푼소리가 쩔먹어리고 끌목끌목 색스가 저집에의 무정이 연다.기 롬진 긴장과 삶의운끼가 그곳애 있다. 그러나 지금은 울스냥스런 끌목에 한바람만 회돌뿐, 배ㅅ길 조차 끊이 진 행명그래한 선창 넓은 마당에 기ㅅ밭없는 막대가 유난히 쓸쓸하다.

형진은 마치 눈쌍인 길과도같은 호젓한 심사로 선창쪽을 향하야 걸어가다가 러발소 담모퉁이 산봉가 깃세 돌아서서 담배 한개를 붙치고 섯노라니, 저쪽에서 팔깡을 끼고오는 한 친구와 우연히 마즛쳤다. 순산 저쪽읕 멈칫하고 잠간 당황해하는빛을 보이다가 이쪽에서 그가 누군지를 알아보게쯤 됐을때 친구는 급신 허디를 급혀

「운상 나오슈」

반가운 시눙을 해보인다.

「원, 설로에 유 보셨지유」

둘은 무언중에 왼쪽골목으로 들어슨다. 형진은 맞날사람을 맞나게된게 위선 마음이 편다. 포촌에서 흔히 볼수있는 나즈막한 오막집. 돌가담, 깨진독을 엎어논 굴뚝들……역시이곳에도 날지못하는까저 가 눈덮인 집웅우에 그림같이 앉이있다.

「조반은 어떻게 하섰나요?」

「먹구 나왔소……」

「시장하실텐데. 위선 요기나 하시고……」

하여튼 맞났으니 뒤만 데스면 될게라고 형진은 묵묵히 그의뒤롤 따라간다.

떡국、편수、막걸리、장국 이런것을 너저분하게 쩌는 다 헤진 배혼겁을 들치고 들어스며 운봉은 이어

「아주머니、장국 두그릇만…」

역시 주인의 대답은 듣지도 않고 마루를 올라서 방안으로 들어간다。방안엔 다행이 손님이 없고 아랫묵에엉

인 질화토에 꺼저가는 숫불이 연손을 녹이기에 알맛다。

「이리로 앉으시오」

윤봉은 아랫묵에 접어논 떠덕이를 한편으로 밀어 형진에게 앉기를 권하다말고

「시굴집이란、도무지 구중중해서…」

마치 제집인냥 겸양과 타지를 섞은후에、

「이집에선·날짜가는줄도 몰으고사나?」

다시 일어나 벽에 걸린 달력짱을 연겊어 다섯장이나 북북 떠여낸다。화토를 가운데 놓고 한합이나 서루 묵

묵히 있다가

「윤상 그래 나오섯지유 변말도 되고 한번 나오실줄은 집작했지유만…」

응망 나올 소리를 지레 고낸다。그러나 이쪽에선 잠간의 여유를 두고 가만있다가、

「그야 물론이조、지금이 어느때라구…」

윤지않어도 빤한것을 왜 묻느냐는듯이 스르르 눈을 감았다 뜨자、

「참 빌낫이 없읍니다…」

윤봉은 풀이 없이 고개가 절로 숙어진다。순간、형진은 또 헛당리를 긁나보다하는 생각에 언성이 돋아시

지않을수 없었다。

「아—니 그럼 이번에도 빈손으로 가란말이유、원 사람을 쇠겨두 분수가 있지、요전엔 뭐라고 했때요?」

「암만해두 안되는걸 어쩜니까?」

「아—니 그럼 기십원도 못되겠단 말요?」

「기십원은 커냥 단돈 몇원 변롱할길이 없는걸유…」

「뭐야 몇원도?」

형전은 탈소리가 갑작이 사금파리처럼 날카로워지며 눈피가 좀 쌀쭉해지다가 맥솔 생각했는지 한미 비 누추어

「약보 이건 사람을 복가죽기려우, 그만했으면 생각이 있겠구요」

「천만에요 지가 원 윤상을 조곰이나 속이려는 맘뿐가요 예산했든게 틀러낙께 사연 늘기 싶은 알습도 늘

게되는게지요......」

「그럼 딸러 변동이라두 해봐야 할게지?」

「그야유......허지만 세모에 단돈 일원인들 누가 돌떠주려고 험니까?」

「패일언하구 어떡헐떼요?」

「......」

「아― 말이나 하구료」

사실을 말하면 형진은 나올때부허 일이 이렇게 될뚤을 집작못한배 아니고 되려 먼저 알고바뇌 「헌것처럼도 든게 생각했든대로다. 이것이 형진에게 좋거나 이로울것은 없다. 그렇다고 정말이라구도 할수없는것이 그는 임이 이렇게 활줄을 집작하고 제이단적(第二段的)용이와 준비가 있었든것이다.

바로 지난 여름일이당 어느날 형진은 방안의 먼지를 터러내다가 낡은속보체미뗘서 한장의 차용증서(借用證) 를 발전했당. 돌아간 아버지가 귀신것으로 원금 일백오십원에 벌리가 매사누군으도 무넘이 걱걱있고 재二 바로 지난 주소, 씨명, 날인까지가 분명한게 위선 든직했다, 아버지의 채권은 자식이 행사할수있다는 인내와 번

물은 차용증서를 쥔 그의 주먹에 위선 십분의 자신을 주었다, 형진은 대들 몸이 가뜬해시며 원기가 솥앗! 모부인잡지의 편집을 맡아보다가 재정난으로 문을 단게 되매갑작이 한개의 실짼오토 전락하 그― 봄부리 반년동안을 지내오는 사이에 그는 벨벨 굴욕과 멸시를 .다 맛보았다. 그래노 잡지일을 맘아붙때새는 찾어오는 사람도 죠이 있었다고 사내에서도 패 신망을 받아 「윤선생」의 존재는 뚜렷했었냐. 나가나 뜰어오나 산의윽끼 가 돌고 어째바람이 절로 났든것이당. 그야 그렇다고 뭐생활이 유족했거나 물진직 꾜롱이 전러였었든선 아니나 이리저리 마음이 까라앉고 사사일에 자미를 붙혔든것만은 사실이다. 이뤘든 그가 한번 「무직자」로 선락하자,

주위는 너무도 냉정했고 의지할데없는 심경은 허공을 돌뿐이다。 허긴 그동안 년래로 벌러오든 아동심리에 관한

논문이라도 초해보려고 몇번인고 지를 끼고 도서관을 찾어갔으나 결국 반도 내던저 버렸다。 암만해도 착

넘이 안되고 줄이 앉인새처럼 펜이 초조하고 불안했든 때문이다。 생활의 검은손—— 이 무서운 그림자가 지난날

의 ××같이 항상 뒤를 따르며 머리 한구롱이에 불길한 부적같이 부터있는때문이 아닌가、 생각할때 형진은 녀

무도 비겁해진 자신을 비웃는 한편 또 가없이 여겼든것이다。 이러한 그에게 뜻아니한 이 한장의 조히쪼가은녀

느른한 신경을 자극식혀주기에 꼭했다。 나음날 형진은 무슨 큰수나 된것같아 가뜬한 행장으로 D촌까지의 오

십리길을 자전거로 달렸든것이다。 예상과는 무척 어그러젔다。 당자는 임이 고인이 됐다는게 첫재의 실망이고보

다도 너 큰 실망은 이집의 형편이 ××같이 영락해 조석이 간곤한 지경에 있든것이다。 그러나 그중에 다행.

한것은 연미보증을 손·고인의 부친이 생존했고 윤봉이란 맛아들이 있었다。

고인이 살었을때 전하사업의 미천으로 돌려젔든 돈이란것도 그때야 알수있었다。 어쨌든 형진은 이번까지지사오

차나 이용건으로 H촌을 찾어왔다。

「아—니 잠잫고만 있으면 어쩌겠다는 게유」

형진은 한거름 나앉이며 헉이라도 찰듯이 노려본다。

「이 먼띨 그래 밤낮 보양품이나 팔난말요 어림없지…… 이번엔 끝장을 안보곤 안갈테니…… 어듸 누가루녹이 존

가—두고 봅시다……」

형진은 벌서 저쪽의 약점을 다 알고있다。 빗진 죄인이라니 그러지 않어도 말한마듸 뻣뻣이 못써세울것은 번

연하나 전자에도 이틀식이나 묵장을 처서 끌머리를 않은 윤봉인지라、 이 한마듸말에는 또 가슴이 뜩금핳플을

눈치채고 하는말이다。

화저까락으로 재우에 괜한 글자만 쓰고있을뿐、 윤봉은 춤 한번 생키지 않고 잠잫히 있다가 한참후에야

「그럼 이렇게 하실수밖에 없지오……」

간신히 고개를 들어 처음으로 이쪽을 바라본다。

「펜때?」

형진은 귀가 울것해진다.

「작구 나오시랄수도 없고…… 사정도 한두번이지 번번히 허행만 하게 해드리기도 이루 성가신 노릇이구……

어차피 드려야할 돈이구 받어야 하실게니 이렇게 하면 어떨가요…… 그야 현금이 단 몇십원이라두 있다면 며

칼할 나위도 없지만…… 그도 뜻대로 안되니 결국 궁여지책입니다만……

그러고도 무었이 거리께는지 또 얼마동안 망서리는 빛을 띄다가

「외전에 말아두신 그 문서있지요 그것을 아조 이번에 처리해버리면 어떨가요?」

은근한 말루다. 문서란 전번 나왔을때돈대신 이 그믐까지만 형진이가 말아두기로한 가옥문서(家屋文書)다. 그러

니 윤봉은 이제 별수없으니 정식으로 자기집을 저당이라두 해버리자는 말이다.

「글세유……」

형진은 위선 탐탁치않게 대답은, 하면서도 속으론 결국 나울말이 저쪽에서 먼저 나온게 은근히 대견했들것이다

「사정이 이러 된바엔 그도 별수없지요 그러나 좌우간 조부님께서 도장을 눌러주실까? 원……」

형진은 가장 중요한 대목을 따지지 않을수 없었었다.

「조부님인들 별수 있나유…… 정 안들 으시면 저라두 쩍어오지유……」

「그럼 그건 노형이 꽉 책임을 지겠소?」

「그러지유……」

「두말 없기로……」

「암 이들말인가유……」

형진은 쿵더쿵 가슴이 뛴다. 뭐 이만치 다짐을 받어놨으니 문제야 없겠지……。 다음순간 형진은 ·주머니에 손

을 넣어무었을 찾는다.

「달베 여기있읍니다……」

윤봉은 담뻬나 찾는걸로 알었든지 붕름제것을 한개 내놓는다.

「이게 어딕갔나?」

28

놓는다。 순간 윤봉은 속으로 움칫 놀라며 얼굴빛이 다소 창백해지지 않을수 없었었다。 뜻밖에 그것은 임이 모

대서소(代書所)에 위임해서 작정해논 저당권설정서(低當權設定書)였든 것이다。 방금 제 임으로 먼저 말을 끄 내놓고

도 윤봉은 이렇게 불쑥 눈앞에 내놓는 것을 보나 가슴이 선뜩 나려앉고 말문이 탁맥혀 버린다。 기실은 수속을 허

재도 하부랴 몇일은 걸릴레고 위선 할말도 없고해서 느르잡아 여유를 두고 한소린데 불쑥 이런것이 눈앞에

나라날수이야 생각도 못했든 것이다。

「뭐 간단하우 몇군데 조부님 도장만 찍어 오면 고만이니……」

벙벙히 앉었는 윤봉에게 형진은 조히노이로 핀 문서를 한장식 넘기면서 날인할데만 일일이 지적해 준다。

윤봉은 어쩌는 수없이 형진의 손끝을 따라 눈을 옴기며 기게적으로 고개를 끗덕여。 보인다。 놀난 말같이 역

내 심장이 뛴다。 그나마 들쓰고있는 몇간의 초가집 만이나마 이제는 남의 손으로 넘어가거니 생각할때 그는 가

슴이 뻐근해 올랐다。 슬푸거나 분하다구만 하기엔 너무나 막막한 생각이 앞을 슨다。 어찌 모면해 볼가? 머

리가 맹 돈다。 할아버지의 허연 수염, 솥、 절구、 함지박、 어린놈의 새깜안 눈동자、 잣독……부지깽이 행담……질서

없이 떳다 살아지는 가장집물……가루 세투 귀를 따리는 우름소리……윤봉은 눈을 딱 감우채 쓸어지는 초가

집밑에 깔여 없으러진 제자신의 환영을 생각하고 부지충 오싹 몸서리를 친다。

「그럼 이대루 도장을 처 오슈……」

「………」

「설마 당신임으로 한 소릴 잊지야 않었었겠지」

형진은 자기의 할일은 다 마쳤다는듯이 윤봉의 앞으로 문서를 밀어놓며 물러앉는다。

三

윤봉은 돌아오지 않는다。

벌써 두시간도 넘을게다。 호주(戶主)인 할아버지의 도장을 받아온다고 나간 그다。 (왼일일까?) 나갈때의 눈

치로 봐선 자신도 없는것을 마지못해 가는 모양이니 그간 무슨 풍파가 생겼을지도 몰을일이다。 어떠면 할아

버지 몰래 도장을 찍으려다가 들켜서 구중을 듣거나、 그렇지 않으면 완구히 반대하는 조부를 설복식히 노라아

29

적도 매듭을 짓지못하고 있을지도 알수없다. 형진은 궁금중이 나자 제법 둥이 담기시작한다. 그는 참다못해 자리에 일어서 밖으로 나왔다. 골목밖으로 한거름 나스자 착 얼굴을 휘갈기는 쇠주바람, 뜻하지않고 흐윽 느끼고 돌아스지 않을수 없다. 아까들어올땐 바람을 저서 몰랐더니 이제안피나가긴 참으로 힘이든다. 바다가, 내다보이는 끝목 여름 한철은 시원해 낮잠자기와 고니두기에 알마젔으련만, 지금은 아우성을 치고 물러드는 쇠주바람에 얼굴도 내놓기 어렵다. 바라보기만 해도 무시무시한 성애깡, 물에 얼어붙은 뚝떽이(발동선)임을 담을고 섰는 농창(農倉)문 얼어떠진 오줌독......생기있는 풍경이라곤 하나도 없이 모든게 바라만봐도 으시시 몸이떨린다.

『이놈의 겨울이 언제나 물러가려누?』

유독 울 겨울만이 깊고 지투한 생각이든다. 따스한 봄은 언제 울것같지도 않다. 한없이 긴 어둡고 치운 굴속을 빠저나가기란 참말 힘드는 노릇이라고 느껴진 순간, 형진은 문득 집에 또양식이 떠러젔든것을 생각하고 우울해진다.

『마득해야 차 사살을 꿔가지고 나왔을 타구·····』

누가 물으면 곧 대답이라도 할것같이 혼자 중얼거리며 불이 낳게 골목을 빠저나와 오른쪽으로 꺼인당. 집작이 틀림없다면 윤봉의 집은 이곳에서 얼마안간곳에 있어야 할게다. 찾기는 바로 찾었다. 문단친 대장깐 마진편길 가로 조금 두두러저 나온 초가집 그것은 틀림없이 전자에도 몇번와본 윤봉의집이었다. 그런데 그는 거이대문 앞까지 이르러 몸칫 발길을 멈추고 두귀를 기우린다. 『이게무슨소리야?』처음엔 제귀를 의심도 해본다. 그러나 확실히 그것은 사람의 곡성(哭聲)이고 그 소런 이집안에서 풍겨나음에 틀림이 없다는걸 밝혔을때 형진은 거듭 놀라지 않을수없다.

『갑짹이 누가 죽었누?.』

대체 일도 공교롭겐 버러젔다고 이마人살이 찌푸려지면서 궁금중이 앉을 순당. 지금 알고보니 윤봉이가 끝 돌아오지 않은것도 집안에 이런 연고가 생겼든때문이라고 오히려 자기가 찾어나오길 잘했거니 생각한다.

『대체 누가 죽었을가?.』

고 섰다. 곡성은 끊쳤다가 생각난듯이 또 일어나곤한다. 윤봉인듯한 사내의거신 우름소리에 섞여 간혹 간얄푸

게 울따가는 여인과 아이들의 곡성——.

「불러볼가?」

형진은 몇번이나 망서린다. 뭐 불러내서 용건을 얘기할려는게 아니라, 이왕온길이니 누가 죽었는지나 알고갈 요명이다. 이때 마침 안에서 신발고는 소리가 나며 헛기침소리가 연겁허 두번이나 들린다. 응지 누가 나오는가보다 생각하며 기다리고 있노라니 나온사람은 바로 윤봉이다. 아마 소변이라도 보러나온모양이다.

「아一니 원일이세유?」

윤봉은 형진을 보자 언제부터 와섰느냐는듯이 집짓 놀래는 표정을 한다. 형진은 여늬때갈으면 이런경우 으레 저쪽의 떡살부터 첬을것이다.

「대판절 택에 누가 작고하섰오?」

지금껏 문밖에 떨고섰든것은 잇기나 한듯이. 쉰사의 말부터 나왔다.

「조부님이 작고하섰어유」

「언제요?」

「뭐시간전입니다 바로 집에 들어스자 얼마안있어 운명을 하섰어유.」

「저런……」

형진은 더 할말이 없어 덤덤히 섰다가 돌아스고 만다. 첬하없어도 오늘일은 끝장을 내고야 말겠다든 그도문구 도장이구 다시 말도 못비춰보고 만다. 사실 그럴수밖에 없었다.

×

백쓰정유소에 와보니 K씨로 둘어가는 두시 차는 방금 떠났고 다섯시차를 라자면아직도 서너시간이나 머기다려야 할 모양이다. 그는 정유소의 사무를 맡아보는 가개에 앉어 담배 한대를 피우고 신문을 뒤적어리고 그리구도 심심해 견딜수가 없어 밖으로 나온다. 이왕 나왔든길에 이곳 금융조합 서기로 있는 R군이나 잠깐찿어볼가 한것이다. 그래 조합이 있는 선창께를 향하야 형역케 나려간다. 그러나 얼마쯤 가다가 그는 문득 발길을 멈천다 가다가 생각하니 R군을 맞난데야 도무지 신통할게 없을것 갈다. 가뜩이나 자기 사무에 바뿔사람을

대저 맞나놓곤 어떻게 하겠다는고? 자칫하면 화제에 궁해진나비모양으로 또 서로 얼굴이나 맛바라보다가 쑬히 해지는수밖에 별수가 없을것같다. 친구치곤 학교 동창처럼 무이미한 친구도 없을게야…… 그러니 차라리 맛나 보지않는것만 갈지못할것도 같어 충지하기로 한다. 갈곳이 없다. 나죽한 회색하늘 성애낀 어두운 바다 마음은 한층 우울하다. 다시 돌처슬수밖에 없다. 또 그 가개에나 가서 보면 신문장이나 다시 뒤적이며 시간율썸고 있을수밖에 없다고 그래 막 무거운 발길을 돌려 몇거름 걸어오는데 형진은 뜻하지 않고 움칫 또한번 발길을 멈추지 않을수없다.

너무나 의외인 놀라운 풍경이 하나 눈에 띄인것이다. 그러나 그것은 딴사람이 볼땐 결코이상하거나 신기스럽기는 커녕, 누구하나 눈을 거들떠 보지도 않을 그런 지극히 명범한 광경에 지나지 않었을게다. 그런만치 이런 심상안 풍경에 그의 시선이 가게된것도 우연이라면 참말 이상한 우연이다. 요컨메 지금 형진이가 놀랜것은 다른게아니다. 그가 서있는 길에서 그리 멀지도 않은 어떤집 대문안에 원 사나이가 측면으로 서서 열심히 장작을 빠기고 있는——이둘메면 이런 심상한 풍경인데 형진은 자기눈을 의심할만치 처음부러 깜작 놀랬든것이다. 장작을 빠기고 섰는 사나이. 그는 암만 똑똑이 봐도 윤봉이에 틀림없다. 불가 두시간도 못되여 헤여진 윤봉이다. 창출간 조부상을 당하고 오두망절하고 있어야할 그가 지금 여기서 유유히 장작을 패고 있다는것은 암만해도 기상천외의 일이다. 형진은 한참이나 · 길가운데 손채 그사나이의 정채를 밝히려고 애쓴다. 보면 볼수록 틀림없는 윤봉이다.

「대체 왼일인가? 딴사람은 아닐렌데……」

마침내 형진이가 용기를 내여 그리로 한거름 나스려는 순간, 지금까지 일에만 열중하고 있든 그가 획 이쪽으로 고개를 돌리다말고 놀랜 나귀같이 안으로 뛰여들어가는 끌이 보인다. 형진은번개불에 마진 사람같이 그자리에 기게적으로 우둑 서버린다.

「역시 그놈이구나ー」

순간 그는 머리속이 띵ー하며 아찔해진다. 어이가 없다. 어이가 없어 잠시는 혼빠진 사람같이 그자리에 멍하니 손채, 방금 윤봉이가 사라진곳만 노려본다. 어쩌 생각하면 백죄낮개비에게 홀린것도 같어 소름이 오싹 끼처오른다. 한동안 바보가 된다. 그러나 머리를 가다듬어 차차 생각해보니 모든사실이 짐작키인다.

32

「날 속였구나!」

역시 그래그런지 지금 생각해보면 아까 그의집앞에서 겪은 일이 어덴지 마음에 집히는 구석이 없지도 않다 그때나온 윤봉의 얼굴과 말투도 어덴지 몰으게 진지치못한 과장된데가 있었든듯싶고 이따금 생각난듯이 왁일어나단끊지고 하든 곡성도 그럴듯한게 느껴진다。죽일놈! 필연 들창구멍으로라두·내다보며 내가 오길 기다려 공성을 지워냈을것임에 틀림없을게야……그건 그렇다치구 그러나 뱃심좋게 벌서 장작을 패고 있다니? 허긴아까먼점차에 들어갔거니하구 맘을 턱 놓았든게지……뻔뻔한 날도적놈……분하다。주먹이 부르르 떨린다。당장 뛰여들어가 그놈을 잡아세다가 원마을로 조리라도 돌리고 싶다。그래도 오히려 부족할것같다。분하다。속은게 원통하다。천하에 날도적놈……낮독개비놈……

형진는 길가 바름바지에 서서도 치운줄을 몰은다。흥분된 가슴은 좀체 쉽사리 까라앉이를 않는다。와들와들 떨리는가슴 그는 마침내 그대로는 참을수가 없어 녀석을 잡아 끌어내려고 그리로 쫓아들어간다。불끈 쥔 두주먹! 붙잡기만하면 대뜸 갈빗대 두어개쯤 분질러 놓고 시비를 해도 하리라고 잔뜩 별른것이다。그러나 정작 들어와보니 윤봉의 그림자는 간곳이 없다。있을만한 곳은 다 뒤저봤으나 역시 싹도 안뵌다。쥔에게 물어도 알수없댄다。나중에야 뒷문으로 삼십륙게 친것을 알수있었다。

닭 쫓든 개처럼 한참이나 마당가운데 멍-하니 섯노라니 형진은 고조되였든흥분이 차차 까라앉이며 왼몸의 맥이 탁 풀리는것은 느낀다。맥이 풀리고나니 마음이 허전하다。그냥 서있기도 열적은 생각이 들어 발길을돌린다。나오다가 한쪽을 바라보니 방금 패논 어웅한 장작뎀이 그앞에 아모렇게나 괭개처있는 도끼가 눈에 띄인다。

「급하긴 데우 급했구나」

형진은 도끼에 때달어난 흙자욱이 유난히 크게 눈에 띄는것을 보고 부지중 실소를 한다。그러자 다음순간 형진은 문칫 한거름 물러스며 오싹 몸서리를 친다。아모도없는 빈뜰에 날카로운푸른빛을뙤고 누어있는 한개의도끼——。그싸늘한빛갈이 이상하게도 가슴에 곽백히고만다。

왼종일 그의 머리 한구롱이를 무겁게 나려눌으고있던 그 우울한 기사(記事)——결코 명랑치 못한 한개의 우울한 기억이 그가 지금 나려다보는 날카로운것에서 문득연상됐든것이다。순간、그는 이 도끼가 어쩌면 그다섯식구를 때려눕힌 뙤묻은 도끼일지도 알수없다는 두려운 착각을 느끼며 또한번 머리끝이 쭈볏해진다。차듸찬 오

한이 둥굴기를 따고쭉호른다。그래 마치 무슨 불길한 흉가(凶家)에나 들어왔든듯이 기급을해 밖으로 뛰여 나온다

얼마후에야 비로소 그는 냉정한자신으로 돌아올수있었다。거기에나오니 거기는역시 조곰도 변함없는 아까의 그

촌거리다。떡집모판우엔방금 쓸어낸 찰떡이 무럭무럭 김을 올리고 으슥한 그안채 목노판앞엔 욱

방색 양복입은 몇사람의 소패들이 막걸리를 마시며 히히낙낙히 노닥어린다。그러자 형진이는 이상하게도 치

금까지의 감정과는 정반대로 뺑손이 친 윤봉이가 불쌍해지는것이다。

「마득 갈망할걸이 었었으면 그런짓을 다 했을가?」

뒤자니 밑맥힌 모촌에서 갈떼가 없고 그렇다고 가까운데 숨어버리자니 되려감정만 살떼고……이들떼른 막다른

골목이라。그런 방법도 취했으리라。그러니 뻔이 두눈을 뜨고 앉어있을 사람을 놓고 죽었다고까지 하며 나。

지않는 구름을 자넘떼에 저들의 마음인들 결코 좋았을리가만무하다。마득해야 그런 하기싫은 짓을했을 그

며 그의 가족이냐。못할짓을 한것같다。후회가 난다。그러나 마음순간、제자신 결코 윤봉이보다 그러면 거리에

있기는 커녕、백지 한겹의 거이 같은 운명、같은 괴도(軌道)우에 동여 있다는것을 깨다를 떽 형진은 가슴이

뭉굴해 울은다。과부서름을 동무과부가 알어줘야 할게아닌가? 도떼체 그를 또 맞난게 잘못이다。아니 집에끼

지 찾어간게 잘못이다。아니 너무 신히 몰아댄게 잘못이다。아니、오늘 나온게 잘못이다。아니、애츠에 명문을

발견한게 잘못이다。내가 룸펜이었다。는게 잘못이다。아니、가난하다는게 잘못이다。아니……눈앞이 아찔해지

며 머리가 휘ㅇ내둘린다。앞바다와 하늘이 맛부디처 이마바지를 하고 떠려진다。

아까 H촌 정유소에서 들은 어떤 노인의말이 수없는 검은 똥구램이가 되녁바다저쪽에서 이리로 몰려온다。형

진은 우울해진다。성애깔린 어두운바다를 내다보니 더욱 우울하다。

(一)

34

그女子의 半生

朴琫思

몇일전에 지붕을해이고 걷어내린 썩은새물 때면서 아궁지를 후후 불었다。 그러나 눈알을 오려낼듯이 독한 연긔만, 내뿜으며 쉽사리 불이일것같진않다。 또 석냥개비하나를 꺼내여서 다시 불을 붙여본다。

상노어머니는 아궁지앞에 아무렇게나 쭈구리고 앉어서 후후 불기에 바쁘다。 불은 석냥개비에 아즉 붙어있을 그때뿐이고 색캄한 연긔가 뒤밑어, 겨나온다。

상노어머니는 그독한연긔를 정면으로 대할용기가없어 그만 고개를돌리고만다。 썩은새는 라지도않고 검은피딿이재가 되여버린다。 또 한주먹집어다 넣어본다。 또 그렇다。

상노어머니는 눈물이 빙글빙글도는 눈을 소매끝을비벼잡고 쑥 문질으고는 아궁지속을 물그림이 들여다본다。

솜처럼 붉은 알지안을끝이다。 이렇게 신고를하는 동안에 시간으로말하면 한삼십분이나 지낫을가。 상노어머니는 그제야 마음이 조급해짐을 느끼었다。 사실인즉 마음만 조급해질것이아니고 실상낭패다。 이제는 단 일분이라도 후후하고 불고만있을수는없었다。 그래 그는 썩은새를때면지고 다

따나와 울타리에서 마른솔가지를 한주먹 꺾어다가 손쉽게 불을붙일수있다. 그제는 석은새에도 불이 확붙었다. 상노어머니가 썩은새를 때서 밥을짓는 자가 한 칠팔일을 넘었으리라는 처음 인상싶다. 저 체병골 음지편에붙은 장기판만안 되갔에다 여나무집이나 쩌어는 철나무도, 그것을 구월·음쯤되여서 근근히 남의손으로 람탁잖게 작만해논것이라 아죽 솔잎이 청청한채 그냥자빠저있었다. 상노가 학교에갔다오면 뒷산에가서 바구니로 따오든 솔방울도 요즘은 일철、나꼬보니 상노도 나무바구니를 들고 갈 여가는없었다. 그러고보니 뽑가 큰격정꺼리다、먹을격정은 멸한가을이다. 추수기다。들에는 백곡이 풍성하게 익어서 바릴걸같이 널려젔으나 아모리 먹지못해서 창자가곱고 엄이 트러지는무리라도 저만족을 느끼면 그만이아닌가. 궁한사람이 행복한사람갈이 잘먹는다는것은 새野안 거짓말이지만 제 그대로 먹을수가있다. 아도좋고 벼이삭을 주어모아도 쌀말이나 착실히 팔수가있으幸것이나、상노어머니는 그런줄 잘안다. 이때를 범연히 지버지는안는다。열심있는녀자다。될수만있으면 먹을것이 이갈이 천해지고 마을인심이 잡짝이 후해질때 치마끈을 졸나가면서 독에다 깊히감처뒀다가 궁철에 남의밥을 건눈질할그때를 예비해야한다. 그리고 그는 상노를 생각하였다.

「내가 치마끈을 한치만 느처도 저자식이학피를그만둔다면—」

이렇게 생각을할때면 몸이오싹 오구라드는것같었다.

그렁저렁 추수도 반고개를 넘어가지만 상노어머니는 삭품을팔아논것이 열손꾸락을 꼽고도 남는것이었다. 그리고 재작년봄네 마지막으로 토지전부를 경매에 빼앗길때 이참 히누님이 도아주신 원인인지 몰라도 저 청룡들 앞에있는 동떠러진 논마지기가 용하게 빠젔다. 그래 그는 손끝이 달토록 호비고 허구헌날 등오줌을 여내여서입 려고보니 갔가는것이라、돈으로키운벼만은 멀힐망정 금년에도 농사를잘진셈이다. 상노어머니는 이만하면 먹을것은 안심된다. 앞으로 수추가끝나기까지만해도 삭품을 넉녀이 잡고도 칠팔일은 더 가산할수가있다. 그러다고 먹을것이 완전히 해결되는것은 아니었다. 물론、명년봄이온다。궁철이당. 이까짓것으로 쓸것으로다쓰고 상노 학비 당하고 그리고 무란히 명년해동을 떨수있다는말은 당찮다. 그뿐이라 남편이 가무름에 빗방울같이 한번지 내기만하면 집구석은 이렇게 생각이 지칠때면 사시게 백기 탁 풀리고 갈이구석박지고 도않이 줄기로 삽살재편이다。 상노어머니는 이렇게 생각이 · 바람 마진 가을나무、갈지않는가?

36

허젔한생각이 갈피없이 떠돈다。그러나 그런생각도 일순간이었고 다시 생에대한 기쁨이난다。불행한사람이 자기앞
에올 불행을 언제나 근심한다면 단 하로도못살것이당 그러나 사람은 살게스리 마련해는것이 기대때문에。순간적 쾌락과
언 희망이있다。

「어쨌든 래일일은 래일일이당。무슨일이든지 당하는 그때 처리방침까지 따라생기는것이 생의 우연성이라할가!」
상노어머니는 논바닥에 지금 누어있는 벼를보는지 품삭을받드럴ㅅ을 궁냥해봐도 저욱히 안심할만한 정도였다
그러나 상노마저 나무발구를 틀고나갈새가 없으니 ㅅ나무가 걱정인것뿐이었다。그리하야 몇일전에 궁리해낸것이
햇수로 삼년동안이나 집을 이지못하고 집웅이 다썩어빠진놈채를 모아둔 이영으로 근근히덥고 썩은새를 걷어서 이
런 응색한때 쓰자는것이다。

속을 삿대질한다
상노어머니는 썩은새를 삿삿치 비저가면서 걸핏하면 불이 꺼질가바 조심스러부지갱이를 겨누어가지고 아궁지

언제나 아침 햇빛으로 시간을알아내든 상노어머니가 오늘아침은 새벽부터 하눌이 흐리여서 돋는햇볕을 집어
삼키고보니 도무지 시간을 종잡을 수가없었다。게다가 청중맛있게 불조차 쉽사리 일지않고 오래동안 시간을 허
비했으니 마음은 더 초조하다。그리고 청룡들눈에다 벽을 모조리긁아낫기때문에。혹시 밤새 비가올가바 한고
깊은잠은들지않고 수잠질만하면서 밖았을 네번이나 나와보았다。

새벽을 자추는 닭소리가 날때부터 하눌이 흐리기 시작하는바람에 잠도못자고 도사리고있다가 마침 그대로날이
/새사 곧 밤지울순미를하였으니 다른때보다는 앉서 서든것이 사실이었다。상노어머니는 햇볕을 시계삼아서 밤을제
시간에 꼭맞게 해주었기때문에 상노가 한번도 지각한적이없이 일학년을마치고 지금 이학년이되었다。
아침 밥지려나올때는 햇볕던적이없이야 한다、만일 동해우에 햇빛이 나타나기만하면 벌서늦다。여간 서둘러서
는 안된다。그러기때문에 새벽잠을자지않고 도사리다가 일측 나와야한다。

상노어머니는 이이상 더 큰정성과 낙을부치고살 희망이있으랴。학피는 멀리떠러저서 한섬오리나된다。게다가
로길이라서、어린애들이 통악하기가 십히곤란한당。식전이면 이집저집에서 소사나는여긔는 아개같이 대숲에 서려
고 습지(濕地)에 눌어 조히장처럼 떠저나온다。그러자 조곰있으면 학생아이들이 골목길에서 색컴한 책보를 등
에다지고 재절대며 뛰여나간다。

상노는 비가오나 눈이오나 모진바람이부나 언제나 일반으로한번도 실증을편일이없이 아침그때면 나가고 저녁그

때면 도라온다。어머니는 상노가 룽룽거리고 나가는 뒷모습을보든지 배가곺아보이는상판을 가지고 억개가 축느

러저 둘어오는 것은볼때 기득하기도하고 한심하기도하였다。

상노어머니는 지금 마음한구석 허러볼여유도없이 어서 밥이 복적하고 끝어오르기만 바래고 조마조마한 맘으

로 몇번이나 소명을 열어보구있었다。수깔로 밥을 둑둑 찔러보기도한다。순간 부지깽이돌 손에전책 둑혀니며

나 두번 떠러지는안는다。하늘을 우르러 고개를잿치고 앉작이 지려지는 꺼문하눈에서는 비방울이 머리갈을헌

넝가운데 나섰다。한참을 서있었다。그래도 그만이당。쌀쌀한 바람살이 머리갈을 스치고 지나간다。황

새 한마리가 멀리 음병한 허공을 자질하여 아우산 느진목을 천천히넘는다。날세가 이러고야 아무래도 해롤못

넘는법이라구 상!어머니는 중얼거렸다。

[상노야 오늘은 내탕 논에가자구나]

어머니는 방을향하고 말하였다。

[뭣허러 가]

[비 오겠다。버둘 걷어모아야지]

[그럼은 결석허지 하로도안놀았는데]

어머니는 말문이 꼭 맥혀버렸다。한참 그대로 서있었다。

[응 오늘 학교안가고 논에갈까! 어머니]

방문이열리였다。상노는 동심이 가신눈에다 의심을먹음고 어머니를처다본다。벌서 천진한 어린둥이는아니었다。

어머니는 자식을 것머볼 용기도없이 거러왔다。채문턱을 넘어서기도전에 눈물을 두볼을헌

차게 굴러 나린다。자식이 부고렆지만않으면 소리라도내서 실컨 울고싶었다。

작년일년을 지각하나없이 다니였다구 봄고 큰 도장이쩍힌 지법 넙직한 상장한장과 성적과 품행이 좋다구 또

그런것 읗하나 가지고와서 책상 설합에다 꽂이느면서

[어머니 이 큰도장은 교장선생님도장이우]

하고 좋아하돈것을 생각해보았다。그리고 한반에있는 누구는 늘결석만하고 공부도안한다구 하로는잡아세워놓고

38

종일 벌을·세웠다는 이야기들하며

·「난· 졸업하도록 하로도 결석 안할게요어머니」

·한고· 아양을피든 어느날 저녁일이 기억난당. 그리고 금방 자식의 하든말과·태도가 다시 상념에 떠오를때거

들· 뜨거운 눈물방울이 손아난다.

어머니는 상머리에서,

「어서 먹구 가거라 늦지안니……」

「비가오문 벼를 어쩔꼬 하로결석허문안대 나중만 꼭안으문 되지 뭐」

─그까짓소린말고 어서먹고가 있으면 뭣허니 내 모아둘께」

─사실 그렇당. 하도답답해서 헌말이지 그가있기로 무슨 소용이있으랴! 상노어머니는 조반을먹고나서 버물걷어

모아놓고 머리끝으로 여나른기로하였당. 용케 비는종일 오지않었었다.

가을하눌은 엄숙한 구름장을 모타부치고서 잔뜩 벼루기만하고 비방울은 십사리 떠러지질안는당. 그역 다행이

있다만일 국다란 방울이 쏟아진다면 한이삭이 금옥같은 벼풀이어찌되였으랴.

비는 밤늦게 축축히 시작하였다. 벼루깐으로는 그리 사나운 날세는 아니였다. 고요히 나려는비다. 벼수종을다

맞인뒤였다.

한달후

집집마다 소란하고 왁자지껄하든 거친농가와일도 거진 끝나고 그래도 깨끗이빨아입은 마을사람들은 곰방때들

물고 사랑마다 비스듬이누어서 춘향전이나 심청전같은것을듣고 흥을겨웠당. 평화한품속에 안긴 농촌의 농함기가

시작되였당.

상노어머니도 아죽먹을 걱정이없고 상노도 탈없이 학교에다닌당. 그리고 한가한틈을타서 사바누질을 일삼었었다

그러나 요즘에와서는 공연히 마음이불안하당. 문간에 인기척만 있어도 가슴이왈칵 나려않는듯함을 어쩌할수없었다

하로 이를 이렇게 준이고 지내는동안에 한편기달러기도한다. 뒷일은 어떻게나 어서 왔으면 싶었당. 초

소한때도 있었당. 그리고 아마 자기가 접친것이 팍 트러고야말것같이 느껴진당. 아니나 다를강 하로는 방에서

듯집 봉욱이네 사바누질을하고있노라니 바로 댓돌밑에서 「어험」하고 울나서는사람이있었다. 봄에나간 남편이당.

상노어머니는 조금히나와 댓돌우에 나려섰다。무슨말이라도 있어야할일이지만 아무말이없었다。그대로 방으로들

어왔다。남편 역시 말이없었다。남편은 담배만 빨고있을뿐,

「조반 전지좀질까?」

한참만에 그는 말문을열었으나 말은확실치못하고 혼자 중얼거린 정도였다。조반후 한시간밖에 안된것같다。남

편이 아즉 조반을 안먹은 모양이다。

「그만 뭐」

남편의 먼지낀말은 언제나 정이부틀수없는 앙큼한소리다。언제나 고칠줄모르는 퉁명이다。

그는 남편의 다정치못한 말소리가 무엇보다 귀에걸린다。마음에 찔인다。남자가 좀 서러발같이 쓸쓸하고 엄

숙한것은 남아의품호(男兒의品號)한 자태와 매력을 가지게되는 좋은 성격이지만 내외간에하는말까지 너무 포독스러워서

야 정이 떠러질 노릇이다。

짧지도않은 열한해동안을 살어 온 시집이다。웬갓 추상을 다떨고 다너드래도 집이라고 오거든 정이붙게 수작

이라도 해준다면 그밖에 아무 소원이없을것갈다。정말。그앙칼진어조에는 몸서리가난다。그것은 부부의 사이라 할

수가없고 무슨 원수를 맞난 최인가도싶다。아닌게아니라 남편에 정이곺고 알틀이 살아보겠다는 신망은 시집온그

때부터 십년이넘도록 한번도 가저보지못했다。어쩌시 자기와 남편은 걸맛지않는 성미갈다。그래도 죽을팔자는 아

너든모양인가 일측 자식하나가 생긴바람에 남편의정을 자식에게 부치고 또 히망을 부쳐봤다。그렇지만 사실말

하면 아즉 서른살의 고개를 넘시않은 청춘으로 전혀 자식에게만 정을 쏟고 착실한 어머니노릇을 하기에는 너

너무 괴롭고 애달픈일이었다。그리하야 언제나 호젓이 누어서 불길한감정과 싸우며 밤을 새게될때 속절없는정열

이 가슴을 왈칵 치밀고 치밀고함을따라 사람그립지안은곳을 찾어가고도싶었다。그리고 알강에서 은은히 들려오

는 기적소리는 무슨 달콤한 꿈을싫은 호화선갈기도하여서 미칠것갈기도하였다。그러나 이런생각은 모두 순간에

지내갈뿐이고 어쩔수없는 운명의작란과 어머니의 베퍼말은 얼골단 처다보고…거친 비바람에 자라는자식을 생각

하야 마음을뉘우치기도하였다。이렇게 한해 두해 지내는사이에 마음은 늙을대로늙고 가난과고생은 더욱 못이백

혔다。

남편은 집이라구 찾어와서도 낯잡스리 한달을 묵어가는때가없었다。많이있는때가 한 스무날이나될가? 게다가 끼

40

니때가아니면 불수없다。그것도 밥수같이 상에놓기가 바쁘다。엉뎅이에 따스한맛이생기도록앉어서 담배한대 태워

물일은 작년 초봄부터 붓적 남봉을 피기시작하든 그때부터 한번도없었었다。정말 남편이라기보다 과객(過客)이라

고하면 은당할는지。

남편이 그나마 하로한날 술이 찡찡이 취하지않은날이없다。여자혼자사는 세간이기때문에 언제나 절간같이 적

적하다。더구나 점은 남자라군 밖을나가돌지않으면 보재야 불수도없다。그렇지만 남편이있는 동안에는 청년들이

모혀들기시작하면 극장같이 욱신거리는때드있다。그러다가 남편이떠나면 접안윽텅빈다。다시 절간으로 변한다、태

풍이 지낸포구와같이 권연 껍질만 지저분하다 사람만 귀해서 집이빈게아니라 켯작속까지 비지않는가! 상노어

머니가 치마끈을 쫄라 세워놈 설계도 그만 허무러지고만다。상노어머니는 치를떤다。서름이 북바처목을놈고운

다。그래도 소용이없었다。

「이년아 이팔이 싫거든 가거라 갈 이놈에게 게집을 뭐고 자식은 다뭐냐!」

이러면 아무 대구할말이 없고만다。대항해볼 용기도없어진다。그가 이를 악물고 베루튼 맘도 남편의 말이 이

렇게 나올바야 뭐라구 대꾸하랴。

그는 마음을 굳세게 먹어봤다。결심도해보고 뒤에 뉘 첩이없게스리 주의도해봤고 정성껏 축수도했다。

「내가 이번에는 세상없어두、그냥두지않을테야 막상 그놈의 허리띄에 매달려죽어도——」

이렇게 생각하기도하고 또、

「흥 제놈이 그려구야 앙화를 받고야말걸。어디서 눈깔이 뒤집혀 자빠질나구 두고봐——」

이렇게 천성에없는 악을 피우기도한다。그리고는 의례히、

「에 포독새 보다도 더독한놈같으니」

이렇게 몸서리를 치는것이었다。

이런생각도 남편이 술적 지내간후 몇일동안이었다。

사는범절이 모두 남썬에게 달려있다고 상노어머니는 단정하였다。같이살아도 그렇고 막상 서로 갈린다 손처도

남편의 장중에 남편의 맘쓰기에있고 아닌말로 죽는다고해도 그렇다。그렇다면 아무리 비전할수없는 약한녀자일

팡정이팔신된 삶을가지고 거저 벙어리가 돼서야 정말 살수가있을가。상노어머니는 이렇게 생각을 하면 말이 목

우정에서 맛장구를친다. 수얼거린다. 허구헌날 지내오일이 그어느것하나가 혼자서만 공공않다가 삼커버리고랄것이라 너두도 억울하고 원통한일이있다. 그러나 남편을 대하고나면 한마디 대꾸도못한 고판당이 이것이 며자로서 된 유순한성적이랄가? 약점이랄가? 아니면 남자에게 대한 굴복심이랄가? 어쨌든 상노어머니도 그리악득한 며자는 아니여서 며자로서 가진바 그런리유를 버서나지못하는지 알수없으나 결코 그것만은아니였다. 땅생각이있다 남편은 남편대로 그럴법한 사정이있다는것이다.

상노어머니가 시집오든 그시절만해도 남부럽잖게 살든집안이였다. 일군에서도 행세하든 집이다. 회집강(會執綱)하면 갑히 항거할사람이없을만한 문벌가요 권세가였다. 상노어머니가 시집오든 그이듬해 가을에 시헌타버지 집강영 감은 세상을떠나고 말았다. 그때부터 가세는 좀먹기시작하였다. 어떤 토지사건이 문제들이끼쳐 숙절같이 재판이 어려났다. 재판은 그해여름에 연것이 그이듬해 겨울까지 일년이상을 끌었다. 그재판은 결국 경제적으로 두집이 망하였고 사람조차 남에게 고개를 처들수없는 결과를 가저오지안했는가! 가산은 시난고난 나라가기 시작한다.

집은 여지없이망한다. 사람은 남의 입살에 언회거되었다. 성미가 고직하시든 시어머니는 몇달을두고 병으로앓 다가 그마저 세상을동지사였다. 화병으로 그리된것이다. 시아버지는 자기세간을 차리고 말었다. 시아재 한분은 동 정었다. 학교도 그만둔모양인데 무었을하는지 소식이 바이없다. 남편은 서울로 공부하러 갔다가 채 한해가못되 우고 밥이넘는 장축을 재떠며에 버려 오게되고말았다. 시아버지가 공부를그만두고 나려오라는 편지와 학비를보내지않았다. 보 널내야보낼 학비도없었다. 그러나 남편은 오지않았다. 고학이라도 해보겠다는답이었다. 그러다가 현실이 자기뜻을 도 아주지못하고 이상은 한머의 꿈을깨트린모양이다. 집에서 학비한푼 저가지않으면서 용케 한해를지내드니 그다음 해 느진봄에 나려 오고말았다. 그때부터 남편의 가슴속에서 아름답것; 피여오르든 이상의욕구는 불의 패가토 말 미아마 락하고 만것이아니련가! 가산으로말하면 해마다 몇마지기식 출었다. 시아버지는 삼거수를 곳곳이 세 봉천이되면 사랑에서 논문서가 한창이다. 그러다가 재작년봄에 금융조합에서 남은 토지 삽십여두락을 마저 경 매하고말았다. 이것이 칠팔년동안에 적도 크도안한 대대손손의 유창울자탕하고 교만한꿈을 깰줄모르고 어루만지 든 문벌가가 여지없이 진밟히고만 오늘의 현실이였다. 남편은 재작년가울부터 난봉을피기시작했다.

42

상노어머니는 이렇게 람락치않은 허구픈 과거를 더듬어 추억의 날개를 펴며볼때 되려 남편의 처지가 가엽

다. 남아로서 환장이될만한일이라고 느껴지기도한다. 남편은 도무지 말이없는 사내였다. 자기에게 관게됨일·곡

한일을·제처놓고는 가사에 참견의입을여는법이없었다. 그리고 서먹받갈이 쌀쌀한 면서도 부드러운 지도않은 남

편이다. 허구한날 앙큼한말소리로 자기 가슴을 설레게하는것도 남편의 본성이아니란것도 상노어머니가 축칙할수 있

었다. 마음에 들었다 이런남편이 좋았다. 남편으로서는 퇴끌만치도 결점을 잡아낼수없이 맘에맞았다, 그야말노 남

성나윘다. 상노어머니가 그래도 정이가고 원수같을생각이 없어지고 맞나면 든든한맛이 가슴을솟는것이 이때문

이라고하겠다.

[저 난봉만 잡으면……]

이렇게 마음껏축원한다.

어느날 남편이 떠나는 바로 그전날저녁이었었다. 남편은 아침에 나간후 중일들어오지않었었다. 밤늦게도 오지안는

다. 밤은깊어간다. 거진 밤중이된모양이다.

그가 쩌개남비를 화로우에 얹어놓고 조심스러 불을 보살피다가 잠이들고말았다. 얕은잠결에 덜컥 문여는소리

가 들려왔다. 남편이 들어온다. 술냄새가 코를찌른다. 독한냄새가 방안에풍기였다.

「흥 궁벙이가될나구 잠만 씩·씩 처× 게집이란 저런기야」

있칼진소리는 아니나 약간 거친소리다. 안해는 머리에서부터 냉장고에 느어둔찬물을 버리씨는것같다. 가슴이 딱

금한다. 그야말로 전에없는 벼락이다.

[이젠 무슨수가]

남편은 두루맥기를 벗어 방윗구석에다 동댕이를친다.

그는 이렇게 외어보고 숨을죽었다.

[흥 고약한게 인간이야……흥]

남성은 이런 의미모를말을 또 한마디던지고는 펄석 주저앉는다. 담배를 꺼내불을 부친다. 불이꺼진다. 또한개

부처댄다. 또 꺼진다. 남편은 담배를 손꾸락새에 물리고 두손으로 머리틀싸고앉는다. 안해는 더 누어있을수없었

다. 부서시 이러났다. 조심스리 몸을 단책하고는 밖앗을나갔다.

「어디 가는게야」

「저녁 전지」

「그만 둬」

그는 남편과 좀거리가 뜨게 앉었어서 자는 상노의 옷자락을 고쳐덮어준다. 침묵속에 잠긴 밤공기를 남명이같이 뚜겁게두시람을 똑같이 나려눌는다.

남편은 앉음을 고치며 흰곳 안해를 견눈질한다. 그러나 정충한태도였다. 언제나 똑같은 상념을 먼저우는 엄숙한 모습이다. 술기운에 심히 고단한것같으나 적색한 자태는일치 안는당. 그는 어쩐지 히망이 떠오르게된당. 남편의 앞날에 커다란 히망이 늘실거리는것같이 믿어지는 안해는 남편의 그평범히 볼수없는태도가 심상참어보이었당.

「여보 대관절 이게 뭐하는 짓이란 말야」

하고 이편으로 눈을돌린당. 그야말로 아닌밤중에 홍두깨 내미는격이다.

「뭣이 말유」

「뭣이가아니라 이러문 사는게냐 말야. 사람이란 몸뎅이가 살면 따라서마음도 살아야 하는게지말야 그래두 이거 살앗다구……」

남편의 말마디가 의외에도 이렇게 나오고보니 머머놓고 속이 확 열리는것같었당. 속에서 북장구를 치다가 사라지고 사라지고하든 말이 끄러오르기시작한다. 그러나 말을토할수는없었당. 좀 기뻘려보는것이좋다 잠속에서 멀머리를 채인 성육에주린 악한(惡漢)에게 붓들려 정조를 유린당하는듯한 이자리에서 막상 남편이 무슨 뜻으로 하는말인지 알지도못하고 덥석 입을열수는없었당.

남편은 담배만 힘차게 빨아 한숨에 내뿜는당. 그는 다시

「그저 별도리가 없단말양 당신두 좋은테가서 남은여상을 좀 발렀고 살아보아 운저안우 뭐고중이라구당시울수는없단말양. 내가 이고장여 한번 발을넣고 드면 그리고 으그정신뜰을 한사람이타두 대한게되면 패가저리고 목에서피가 넘어온단말야 그데도 그래도 ---회상짝에다 철갑을쓰고---」

잠시 침묵이호른뒤,

「너지는 자식도 저집도 다 소용없는놈이요. 남갈이. 자식과저집을두고 도가봉을가겔 그런 행운의힘은 못된놈이

44

양。 저 구름같이 되는대로 흘러다니다가 다시 이 고장을 찾어올날이었다면 아니 그날이 온다면——그러나 믿을수없는

세상을 그래 한때는 바람이불면 한때는 비가오고 한때는 따뜻한태양에 안겨볼 수도있지만 사람의 앞길——생의 항로

(航路)는 그럻지도않단말야……」

남편은 말을 끈었었다. 흠사히 미친사람같다。 안해는 어안이 벙벙하고말았다。 그래서。 울었다。

「왜 우는게야 왜 우러! 못난사람이 우는법이양 눈물은 못난이가 가진것이야 울긴 왜우러」

그러나 우름은 근치지안는다, 끈치기커녕。 목아에서 끌덕끌덕 하는소리가 가빠진다。 더 서러웁다。

상노는 꽁소리틀치고 벽을향하야 도라눕는다。 가벼운 한숨인가 억게가 벌럭하드니 천천히나리깔린다。 남편의가

슴에는 할할 다른 부순으로 담금질하기시작한다。 그런격분은 이 순간에 사로잡히지않고는 견대낼수 가없었다。 머리

끝괴로움은 넘실거린다。

「여보 그렇게 울것은 뮈엇수」

남편의 목소리도 약간 흐려었다。 다시입은 봉해지고만다。 사정이딱하다。 자기가 역태껏 생각한게 모두 쓸데없는

공상이다。 하나도 말이안된다。 「그럼 어떻거냐?」 어쓰할도리가없다。 「그러문?」 그것도 소용없는 말이아닌가? 남편

은 더 추궁할뮐요도없다는듯이 옷을벗어 손수건고 말아둔 요우에가 쓰러저버렸다。 이윽고 잠이들었다。

안해는 상노를 한편으로 밀어놓고 남편곁에 다가서누었다。 엉헹이을 빼비작거려 옹우에 간신히 몸을 실었

당。 남편을 향하고 몸을놀리었다。 남편의 따스한 가슴속에 손을 가만이 넣었다。

남편이 집을떠난지가 한달이며되었다。 무슨 공공이속이있는지 무슨 포부가있는지 상노어머니가 전혀 알배없었

다。 들리는말에 의하면 서울로간다는 말도있고 , 현해란(玄海灘)을 건너간다는 말도있지만 모다 종잡을수없는말이아

닌가。

상노어머니는 남편이 마지막으로 그러고 떠난뒤로 생각코 또생각해봐도 허구푼 신세밖에 아니당。 귀막히다 박

명한 여자이당。 아모리 남자의손에 기러기 망처지는 값없는 여자의몸이라할지언정 생의앞길이 정녕 이러할진대

차라리 죽는것이 타당할것같다。

상노어머니는 맘놓고 믿을수있는 새색기같은 자식을믿고서 하로가 한해같이 한해가 하로같이 구처 참고 견대

고 싸우고 할뿐이었다。

——계속——

澣濯

池奉文

내 눈알에 말린 코나큰 땅떵이가 저-ㄴ 건너편 산밑에 이르
기까지 한꺼번에 들먹어리는 그품이 여전 가득돋 사발물처
럼 흐느적어린다. 방금 폭가라 앉질것도 할고 별안간 풀숙
솟아 오를것도 같다.

확실이 내얼굴은 내마신 고양이의 상이리마 실로 가
삼팩이에서부터 웅덩이까지에 이르는 허리가죽은 말불어 드
러가 나중에는 둣히리 뼈마저 금시에 척회여드러와 기여히
그대로 세상을 맞어버리고야 말것같다. 또한번 근너산은 왈
칵내앞으로 달여왔다가는 되물녀가는것같이 보인다. 높은곳
에서 뚝 떠러지는것같이 정신이 아찔하기도 하고 술취한 사
람같이 온세상이 울룽 불룽하게 고르지않게 보인다. 갈사록 사
지는 느른하고 손끝하나 움직이기에도 기운은 부축하다.
작으만치 칠팔일동안을 정녕 흙문은보리알한개 받어드린상
십지않은 창자귀가 그양갈이나 하는것처럼 연애 죽어가는소리
를 울거내이는대로 그저받어서 우우웅우웅 버스스로의 귀
애도 어떻다고 분간키 쑥스러울 고약한 소리로 무가내하며

알는 신음을 떨밖에, 현재 그렇게나. 축간 내몸과 내의지의 형편으로는 제법결단하야 이소리를 말며 또한 우

정접잔눈 아틈차릴수는 도저히없다○ 이렇게된바에야 타고난 그깨끗한 천품을 그대로 간직할수는 없지않은가. 안

할말도 정생원네집에라도 심사리 습격하야 은수저 은술잔을 득달같이 훔쳐내다가는 팔아서 입맛을 다시고싶을

밖에, 그래도 내양심은 아직까지 그것을 허락지 않는다. 그도못한일, 또한번 창쟝에서는 알구진 소리를한다.

눈앞이 아름한것이 안개속같다○ 좀 더 정신을 찰렬나치면 마챤가지로 온갖것이 음퍅하고 룩불거지고 할뿐이다

액그머니나 깜작이야 별안간 푸두둑 하는소리에 정쳐난다○ 바로 내가 이렇게 누어버린 조아래 논밭이

에서 두루미한마리가 날개를치며 나르지 않는가, 놀난김에 나는 그놈을 물끄럼이 바라본다○ 키큰 뽀뿌라 나무

꽉덕이틀 넘어 다시금 까마득이 날개처 가랴누데서 더는 시진으로인한 나의 눈의 헙이 밋치지 못하는탓으로

꽃일수없고 나의눈은 새로히 까부러진다.

어리중절하다○ 한참은 또 조곰전의 그모양내로이다○ 얼마가 지낸뒤 눈을들어 사방을 살피었을때에는 아까 그

놈인지 딴놈인지 또한마리의 두루이가 나래를 가벼히 더치고 바로논밭이에와 나려앉는다○ 요놈은 내눈밭폭

밖에 안되는 하얀 대구리를 긴목아지끝에서 잠시 갸우둥거리더니 무엇을 생각하였는지 저까락만한 다리를 아

찬 아창 옴기기 시작한다○ 무슨 좋은일이 생기었는지 요놈은 갑작스럽 덕구러를 콕땅으로 떠머트리더니 긴

주둥이로 정녕코 무엇을 입에 쪼아드리는상싶다○ 정영코 요놈이 문속에서 무엇을 쪼아물을것이다○ 무엇이었을

까고 이또한 나의머리는궁상에 빠저진다○ 고놈이 물었을것은 정영코 미꾸라지? 혹은송사리? 우렁이?

미,꾸라지는 매기럽고 갈춤한놈송사리는 붕어새끼같은 집을질머지고 다니는놈 도대체 어느놈이었을

까. 아녀참 두루미란놈은 피렁이 송사리, 미꾸라지같은놈은 먹지도 않는것을 웨내가 지금 그런놈을 들추어 생각

할안가! 실로내기갈지경이어즈간한 정도에까지 이르러젔다 샹상스러히 단하저 인식치 않을수없다○ 그러나 이미

계속하야 분명히 강추한 일인줄 나역 능히 자각못할배는 아니로되 그래도 아모래도 나는 고놈의 주둥아리가

정녕 물속에서 우렁이롤 쪼아얼었고 그리하야 잠차 고놈의 창자귀를 목직히채워줄 고 량식을 생각하나 이실

보 력없이 체모없는 궁상은 도저히 중지해 버릴수는없다.

까지 우렁이의 신세야 어떻게 가엽게 되었든간에 놈에 고 바눌구멍폭밖에 안되는 목구녕을 꽉미역가믹

피록 삽키여갈것을 생각하면 푸짐한 맛이 흘웅하지않은가.

47

나는 나도모르게 버려 버려 고이었든 춤을 착살맞게도 그놈의우렝이여패하고 꽐적 삼키어도보았다。그저팩근

한 한줄의춤이 반갑지도않게 넘어갈다뿐 실제로 아모런 효과도 없었을뿐머러 한층더 못ᄀ다시 주렴의 자극을

갖어오니 머욱 딱한노릇이다。히양한 노릇이다。바람이 불때마다 무엇이 내코를 근지로고 가지않는가 하마트면

재채기를 할번도했다。실로 이순간의 나의눈이야말로 꽐쇄그것이었고 내이느닷없는 수수꺼이인축 일속이 나모서

는체험해본일이 없는상싶은 무슨 야릇한 내음새를 맡었는기때문이다。울마하지아니해서 나는 분명히 어떤노리를겨하

는 놈들이 산수를 찾어와서 놀끄 마시고 먹고하다가 내버린 빵껍질? 갈은것을 발견할수있었다。그누두스럼한 빛

갈을 보는순간 내취자은 일단 놓아왔고 한번 나도 의미모를 소리를 꽁꽁뗀다음으로는 나의정신이 무슨 흑백을

가려낼 여지도없이 닥어가 물고、씹고、다시고、삼키이가에만 몰두하였으며 마침내는 그것이 다없어진뒤에도 나는

내앞은 혀를 내밀어 낫낫치흙덩이까지 할끼를 마지않었다가 겨우내정신을돌릴수 있을때에야 비로소 이찰딱선이없

는 거동을 근치었다。

그나마도 기름을 부은것같이 약간 생기는 도는것같다。그렇지않으면 저애래바로 개천울라고 울나오는 정생원

의 맞누누리를 보았을러는 만무하다。아니 그뒤돌 따르고있는 홍청년도 아련히 보이지않는가。아ᅵ고것들을 보

지않을것을ᅵ노 공연히 심증이 나는고나。적하면 이골안울타고 오는것인술은 알며서도 나는 이골수를 놓지이않

고 이러한곳에 누어있는 내자신도 의심은 하며서도 보면 이가 갈린지정이당。몇일전까지도 나는 이곳으로나무

들 하러와서 그들에게서 보아서는 안될 광경과 마주 친알이 한두번이 아니다。질루와 부러움에서 그들의앞으

로 달어가본일까지있지만……아니 고놈의여편네를 보니 한동안 이젔듯 고 찰딱선이없는 정생원의 상관이또머

오오는구나。세상에요 정생원만큼이나 인색하고 몹쓸사나이는 또 드므리라、뭐 내가 이곳에와서 두번재 주인으

로삽는 이때로 쌀보다 물이 더많은 죽이나마 으젔하게 얻어먹어본적이 없다는 이까진 이야기는 하랴면 도무

지 구러칙칙한 생각부러 먼저 느껴지는터이니 이건미련없이 집어치우기로하고려도 그래 내가 저의집 아궁시에

처느을 나무를 하러갔다가 산감한테 쫓기어서 한발 빗닥하고 실수하는바람에 그어마 어마한 절벽에서 내려구

든일 이로록 꼼작 달삭못하게된 이팔을 저도 식꺼문 두눈깔토다보고 따라서 그회액을 응당 제속인들 웨아니

집작 하였으면마는 눈간번 거듭떠보지도 않았스며 그렇긴 새뢰 한술 떠뜨는격으로 「참 듣기 싫여 죽겠으니

이비러먹을 자식 어더로가 뒈지든지 어쩌든지하라」고 앙칼지게 악을 악을 쓰며 궤보짐을 문밖으로 맹개를

48

친다 문작을 떤다 하야 마즈막에는 내둥허리를 때박질을 하며 내여쫏지를 않었었는가 이제는 내가 정생원의 됨

됨을 삿삿치 피여 들어보고도 남는데이니 뭐 이제 새삼스럽운듯기나. 노발대발하야 원심을 품을것도 못되며

그 저랏할마음이 있다면 그것은 오즉 내라는놈에게 약속된 은제붙어인가의 숙명밖에는 달리 없은상싶은 실로

나는 나의 연한해끌박아지속에 역력히 색역진 내과거의이야기와 또한 나의 모습을 서플리 치워버릴수는 없다。오

히려 갈사록 이것은 허술리 역어여 버려서는 안될 노릇이라고이처럼 나는 결단코 군게 군게 마음먹고 있으

니 이는 이러하야 산(生) 나에관한 그무슨 으젓한 결론을 얻어보려하기때문이오 이렇듯 참앉았든 보람으로써내

지금에 이르기까지에 어뭠풋한 정도로나마 깨달을수 있는바가 있다。원래 나의 태생은 이렇게 쓸쓸하고오죽잖

은 산꼴깍이가 아니고 소위 이땅의서울이라 일컷는 한양 태상이요 생김생김도 버지금 가진 몸을 고난을 이

끝이되도록 격고난끝이요 또한 게속하야 겪고 있는터이라 옛모습에 비기여보아 심히 망하게도 힐벗고 있기는

하나 그래도이곳되다가만 정생원이나 홍청년의 유두아니였다。내조상들에게서 이역받은 대도의 풍모는 여전하니

귀가명하게 곳쓰ㅡ코는 웃둑하고 입은 메기 주둥이 같ㅣ넙적하며 눈은 치째여지고 이렇게 보기에도 민첩하고

총명한 생김 생김을 지니었으니 세상사람들은 나를 가르처 장군이라했으나 하여튼 나의 애초부터의 환정은 지

금파같이 막됬것이 않이었으나 바로 우리아버지가 정승을 지냈고 한아버지가 육조참판을했으니 양반이라면 이우

애 고틀나이가 없지 않은가。그러나 내운명은 이때부터 시작이나。

/확실이 내아버지는 남을 속이기에 너무총명하였을것이 많은 돈을 모았었고 수문 오입쟁이라고 하지않을수

는없다、돈이 않으면 마음이 한가할것이토되 마음이 한가하면 게집생각밖에는 안나는법이어서 뭐 충언 부언할것

없이 게집으로말미암아 극귀한 생명까지 짐작할일이 아니냐 일즉이 어머니는 무슨병엔지 도라가시었

고 아버지는 홀애빈가 하면 그렇지도 않어 혼자 게집을아홉인가 열인가 얻어드리고도 부족하야 하로는 유부녀를

퓌이다가 그본부에겨들어들여 아가지한번 써보지못하고 도라가게 됬것이 나에게는 한없이 외롭게됬것이다。

정말 나는 별안간 하눌에서 뚝 떠러진 사타같이 안버지도 어머니도 형도없고 누나 도없는 구뎨독신、이렇게

외로운 사람으로서 댓두거리는 배를타고 노틀즈어 나가게 됬것이다。가득 하였든 아홉 금꿰도 아버지가

운명하든 그즉후 온다간다 말한마디없이 다러나버리었고 서너고리깍이나 실히 되든 땅문서가 슬며시 주인을 옮

아가고 딸었다。지금에와서 알고보면 늙은 종 이치호의 소위였다만 그것쯤은 나는 용서해 둔다。

그러나 내가 지내온이야기를 하자면 그중에 이치호도 빼놓지 못할 인물이니 이야기할바에야 들러머놓고 말

해 보자。 나는 문 이치호의 신세를 입는다。 당시 이치호는 정말 구렁이 용된세을어었으니 버집이 하로아침으

로 망하게된뒤에는 그는 곧 자리를 음기역 악박골 푸른하늘밑에 호화롭게 뻐티고쓴 하얀 번듯집주인이 된다。

그제부터는 음지가 양지되여 나는 문 그들의 심복이 되니 이때부터 세당에 달고 쓴 맛을알들이 보게된다。

어째든 나는 이집에서큰다。 물을 길고 마당을쓸고 찬을 사도러고 어린것들을 업어주며 끼니를 얻어먹고 부엌잠

을 자며큰다。

실로 한심한 일이었다。 이악박골로 옴겨오든날 부터 그들은 나에게 무리한주문을 하며 심히 나를 피롭히고

무슨무렵에마다 밋친사람처럼 일일히 책책 소리를 질너가며 공연한 옥박만 주니 한심하게도 그때어린 나로서

는 일채 그영문은 모들일이었다。 더욱 당찬 일로는 여편네들은 짜가나 한것처럼 나를 미워하고 학대하

고 그러하야 나눈매일같이。 요것들에게 대가리를 얻어맞든가 혹은 엽구리를 차이든가 이런까닭 물을 봉변을 하

로에도 무려 오톡차식 당해야하니 나의몸골이 갈사록 틀려갈것쯤은 거의 필연일것이며 대체 그루록 그들이 나

둘 미워하는 리유의 조목인측 뭐 내가 양반의집 자식이라는데 우리아버지에게서받은 그학대를 그대로묻여준다

고 씰중이났든것이라나。 그중에도 가관인것은 전갈으면 서방님 서방님하고 곁에도 어쩔못하든 고놈돌의색기마저 비

령뱅이낮작에 환츰 치자 하며 붓을들고 담들여들어서는 얼굴에다 휘적 휘적 그림을 그리는 팔들이란 이렇게 나

는 유린을 당했다。 허나 내가 그집을일쭉아니 버서나지않고。 그대로 대가리를 처박고 있었다는것은 좀 회연한

일이지만 (그러나 갈때가 있어야말이지) 나는 치호를 얼마간 고맙게 생각한 까닭이다。 치호는 약간 양심이

있는것같었다。 이악박골로 옴겨온 처음 몇달에는 내이름을 마음놓고 부르지못했다。 아버지가 생존해。 게실때 버

못으로 「여게」 하고。 내가부르면 대답은 하지않어도 그다음말을 기다려주었다。 물론 얼마 지넘뒤부터 액재하기

는했으나 몇해가 지내도 그는 나에게。 싫은 소리 한마디 들여추지않었다。 안악네들의 그무리한짓을 목도할때에는

나를 떠려다가는 제방에 갈무려 두곤했다。 그력 저력 다섯해는 실히 된듯했다。 차차 나이가 드러가고 제 근

본을어를풋이나마 알게되니까 나는 그들을 우수광스럽게 역이기 시작했다。 그들은 나를 보고 우서뵈이지 않을수가없다。 그러고 나를

것같이 생각했겠지만 제법 행세를 하려드는것이 나로서는 코우슴을 치지않을수없었고。 이까짓것이야 아무렇게하거나 말거나

버젔이 영영 자기들의 종을 맨들야는데 나는 코우슴을 치지않을수었었다。

내지금 차청하야 한거름 앞선머리를 가진 내가 그 까짓것으로 시비할까닭은 없겠지만 가장나를 애껴주는 치호까
지도 마음이활작 변하고말었으니 그의말을 좀 드러나보자

「너는 저 관구피다러밑에서 주어왔으니 에승을 지금까지도 몰나 궁금했든것인데 알고보니 오가래드라」
그러니 어쩌란말인가 별안간 변승을하란말인데 그것도 그럴것이 내지금 와서는 각금 이아모개의 아들 이야
모타고 과부집 똥녁가레 내세듯한것이 아마 눈깔이 틀렸든것이겠고 잘못하다가는 제근본이 드러날것같으니까 미
리 방지하랴는데서 끈칠것이나 나는 참 이한말이 언제까지든지 기를 거슬리게했다. 그나그뿐인가 정말 그후부
터는「오개야」하고 부른다. 이거야말로 너무도 딱하지않은가ー내게 무슨 똑바른 성명이 있으랴마는 그래도
내가 조상에서 끼처받은 성만은버젓이 갔고 내정신을 손두리채뗏으랴는자에게는 언제든지 대범하게 옥
박어 주고싶어 하는것이 내전체의 승격이라면 부인할수없는것이다. 허나 그캐날거빠진놈을 상대할것은 못되니
내그집문전을 버서나면 그뿐이 아닌가 하야나는 굴네를 벗고 몰내 비상한 결심하나를 품고 그집을 나서게되
지 않었는가.

나서고보니 먼지많고 어처구니 없도록 왁자지껄떼기만하고 모도가 먹고살랴는데애를 바득 바득 쓰는것같이 보
였다. 이건 정말 생각도 못해본일이었으니 나는 이때부터 굼기를 졸업했다. 실로 난처한 일이었다. 아모데가도.
내게밤을 주려니하였든 생각은 내진직세상을모르고 한것이다.

마침네는 쓰레기룽을 뒤진다. 그러나 이것도 마음놓고 할수는없으니 이곳에도쟁랄이 있다. 독갑이같은 차림
차림(나도그뤗을거이다) 거지가 사뭇 아귀처럼 멈비여 나의것을 뗏고 쫓으니 그도 헐수없는일 어떨때에는 고만 옛
집이 그리워서 변변치 못하게 도라간달수도없고 실로난처했든것이다.

몇일은 그애토 지내갓다. 어느날 어느모롱이에서 웬 시굴사람에게봇들여 나는 시굴로 나려오게된다.
내가 생전에 처음으로 어마 어마한산삼이와 넘실거리는 물과 질펀한들을 때할우있게 된것도 이때부터이지
만 도모지 꿈에도 생각해보지못한 맛없고 고약한음식을 입에 대이게된것도 이덩치만크고 구중중한 새주인집
으로와서 부러이었으니 한결같이 찬보리밥덩이를 그냥맨으로 깨어진 질그릇에다 내주고도 오히려 주인안악네들
온 심허 아까워 하는 눈치었으니 어이없고 게다가 나의주인이라는 골자는 오든첫날부터 소갈이 부러먹자하야
나는 처음으로 논밭을 다슬여보고 산애울나 나무하기를 배우게된것이다. 이때생각에는 정말 하로의 한밥 보리 평이

51

세끼를얻은가가 이처럼 어려워서야 어찌살수있으랴 하는 지금말을 빌면 비관한일도 여러차레에었다。 정말나는 하로

세끼의밥을 얻어먹기위하야 고시라니 삼년을 한문 사정이라고는 얻지도못하고 지내었다。

주인역시 황소같이 벌고 내역 그렇게하였지만 웨 이집은 그렇게도못사는지——

나의주인 팔이 머우숩지 않은가 정생원에게 하는 노릇이란 실로 옆에서 눈뜨고 보아즐기가 딱장하고거북한

일이었다。 그는 그러면 그럴사록

「내 내가 누구더냐」

하는、어기찬 통명만이 부라리는 눈같에 두레 두레하야 일체 묵덕사처럼 뻐터여보이기만하는것으로 수를 삶는

정생원얼보 력주가리밑에서 연애 별의별 궁상과 천승과 아참을 얼굴로 심웅해보이며

「부대 논돼길낭 떼지마러주시유나라—」

하고 싹싹 빌어보이는 요참혹한 교락선이의 어느모에서 나는 그 소위 「사람」의 기품을 찾어버여야할는지모르겠

다。그러나 그러한 수작에도 논은 떠러지고야말었다。마침내는 이고장윤 떠나게되었다。영구타나 어디로 가게된다。

너까 그제야 나는 또 위도로리가 되고나는것이아닌가。하나 일잘한다는 소문이 이동티에서 자자했고 삭현안밭

은다는 상머슴이타니까 누구나 나를 데려가지못해 애를쓰든것이니 쉽게 취직은 할수있으리라 믿었다。아닌게 아

니라 나는 곧 주인을 옴기었으니 지금이 정생원내집이다。

정생원이타면 이동리에서 패 유력한패였으니 모도가 나를 데려가지못해 애를쓰든차 정생원의 말한마더의 모

도가 물너서고 일하는것은 가만히 다루어 보아당연 이토울것이니까 나를 붓잡이 머슴으로 끌어간것이아닌가

아차 또 이야기는 길어질것갈다。뭐—정생원의 이야기를 여기에서도 나는 명심해 두어야할멫가지 지식을 얻었으니 그

마음 그행동이 별로 들럴것없을터인즉 고만해두기로하자 여기에서도 나는 세상사람은 한배가르고 나온것이 그

그는 그렇다하고 (대략) 아까패 오래전부러 조아래서 소풍하든 정생원의 맛머누리와 홍청년이 그동안궁금해졌

다。가마니있자—영보이질안는데⋯⋯울치 저보리밭골로살그머니 기여자는것이정녕 고연놈들에 물리지않는다。또보아서

는 안될것이양。

심심도하니 조년놈들의 내심을 폭 노해보자 정생원의맞머누리는 서울유학을 한여자라니 학역으로말하면 이동리

에서그들 따툴사람이없고 말광양이 맘광양이 하고 동러사람이 말하니이여자를 가르쳐하는것을 나는이집에 오면서

「아버님은 아모것도 아지못하면서 그리서요、은지금 세상에 남녀유별이라니요」

「그래도 남자들과 시시덕어리면 수상하게 보이거든ㅡ」

「딴도 하시지 그래 그렇게만 보시니까 그렇지 좀더 신성하게 교제하는 법은 모르시나요」

시아버지쯤은 문제가 아니다、며구나남편이란것은 오래별들어 누었으니 맞할것도 못되고 시어머니란 반면이니 그

그의앞에 나설위인도 못된다 이동리에서는 시시덕어릴 사나이도 없기는하나 하로면한로 외곳으로 싸다니니 그

풀이 오전이집 쩡쩡과는 아모래도 털끝만한 차이도 있지않는듯싶으니 굴에라 그의 승격을 말한다면이건함으로

어텁다하지 않을수없다。

이동리에 가끔 찾어드는 손님이 있으니·정생원의맞며누리를 둘처말하자면 이손님도 끄러버지않을수는없다。

그는 곧 흥범희라는 청년이당。그의 사상적 용약시대를 나는모른다。동리사람들이 죽일놈 죽일놈하고 손꼬락질을

하니까 무러본것이지만

「고ㅡ한기」

하고 검사라나 판사라나 호명을 하였을때에는 입을 머앙상그러물고 대답이없었다고。

ㅡ고냐 오마에자나이까?」

누군지 몁에서 호령을 하였을때에는 비로소

「아니울시다、나는 버젓한흥범희울시다ㅡ」

라고 구지 뻘이었다고한다。

그때세상은 그를 가르처 지사라햇고 그를 존경하였다고

가미시바이를 가지 이동리를 왔을때엔 모다 그를 육을했다

그는 주로 해설을 했다。

「……한마디하여놓고는 군중을 바라본다。물론 돌아보며 이야기를 해야할것이니·별로 이상할것은 없을것이나 게집들

이 돌녀선곳으로 주력많이 가니 수상하게 볼수밖에는 기영고 정생원의 맞며누리와맞부터 서지않는가 정생원의

며누리도 실치는 않는모양이다、아니면 저 그러했을는지도 모를일이다。그날밤으로 관청손님을 접맥해야한다고 버

젔이 시아버지섀게 일너두고서는 흥청년을 찾어가는것쯤 용서할수있다고도 하겠지만 하여튼 소슬한바람소리밖색

없는 산밑 해은남자와 거룹을같이하는 것은 예사로 볼수없는일이었다.

그후 나는 흉측한 현상을내싯뻔언 눈으로 분명히 두어번이나 목도하였으나 인간이란 별수없이 이런데꼰처고

말것인가 의심율하게 되었다.

나도 새파란청춘이다. 솔직하게 말하자면 그런장면을 온천신이 동하고만다.

지금도 자금든전스러히고 여편네의 그보기에도 뭉툴 뭉툴한 몸집을 아니, 생각할수는없었으니 조금도 별스러운

일이라 보아질것이아니며 사실 나에게도 흥청변과같은 신흥한 외모와 밋깨가없는 그대신 실상도헐벗은것과 남의집

고용사리돌한다는 이것뿐이지 나와 그흥청변과는 눈팝쩨기만처라도 둘리는점이잇떤가 혹은 그들이 나보다 눈꼽

째기만큼이나더낳은, 것이라면가 도대체 이런 말성스러운 려우는 결코 없고보니 그철없는 선입관은 그저 딱

허다고만 했다이런측 만일 내가 정생원의맞머누리에게 차곡 차곡 순서를 차려려 또한 그의 된 풀이

참을 도 총명하고 시원라고만하면 그는 응당 나에게도 문제없이 몸은 맞기여 주려타했다. 허나 그것은 내혼자만의

생각이었고 고것이 호락호탁 나에게닿여들지않은것은 사실이다. 그렇다. 나는 밑바닥길을 걸고있눈사람중에도 가

장하숨에 가곤드려진 못생긴동물이다. 나는 그렇게생각지않건만 세상사람이나를 그렇게인정해버린다. 조것도 필연

그렇게··· 그러나지금도나는 그들있지못해한다. 지금버가 고곳에와두러누어있는 것도질루십에서 아아조보리밥골이흔

들거린다. 에참씸중이나서.

아니 이런 객적은 소리를 해서는 아조결십탄바가 어그러지고 말것이아닌가. 정말이머다가는 내성이오가가 될

던지도모른다. 흥천년이 될는지도 모른다. 아에나는 그런생각을 미러한 구룽이에도 남겨두어서는 안된다. 우·선 내

처을 이자리에서 뜨게하야 시재의 어처구니없는 주립을 한시바삐 면할도리를 마련해야하지않는가. 이제는 모면

것을 버서나야한다. 모든 드러운것을써서버리고 오직 거러가야할길을 이제는찾어서지 않어서는 안된다.

나는 기틀 쓰고 사지에 힘을수어 젓은 쇠가죽처럼 엄처난 무개의 내몸둥이를 떠에떠려한다. 겨우 좀떳다. 다

딩깽이가 일시에 불르나무낮처럼 떤다. 옷싹한기가 나며 앗찔하다. 간신히 한발을 내드디어본다. 이사품에 참

몸뚱 배여나왔든 전신의진액이 그자리에 후둑 후둑 떨처지는것같다.

끝속은 전신대처럼 운다. 이모양으로 나는 나의 송장같은 몸둥이를 떠메고 땅을 기이듯 뭉개여가지니

어 보리밭을 피하자전 논두렁이 멎식이나 있다. 물물이 있당 있는힘을 다하야 가지고도 위레토웠든 허러져지

54

흙랑물이 꽉든 조고만내까해까지 왔다。 그러고나서 나는 다시 죽을힘을 합하야 뚝우이틀ㅁ기어 오른다。 그러나 이우에서더는 말도 않되게 쇠약한 나의기운이 도저히 허락지를 않아 부득이 또 송장처럼 벌떡쓰러저 허영게 눈만뜸드고 액구튼 숨통만 벌떡어리는 지경에 이르게된다。 허나 이윽고 나는다시금 꿈들거퀴기를 시작하야 그우히내몸을 돌멩이처럼굴려여 내물을 근너서기에 성공하였다。 이제는 날도 저므렀으니 아모데서나 이한밤을 피여기로 하자、 좌우간 나의출발은 먼동이 터오기보담도 훨신 일은새벽이여야하니 이렇게 그저 꾸부리고 있다가 선조곰 밤이 이슥해지거든 정생원의집 닭두마리만 닭으로잡어먹고 기운을 차려떠남이 어떠랴。

連載

小說

陣痛期

(第五回)

돌잔치 (二)

李 箕 永

그이튿날 돌날이었다.

김동호집에서는 식전아침부터 잔치를 차리기에 법석을 노았다.
추욱이는 이날아침에 이러나는 길로 자기와 세출이의몸을 닥달하
기에 여렴이없었다。복례는 그 수중을 드느라고 마루도부엌으로 들락
날락하며 쩔쩔매고 있었다.

그리하야 그는 자기도 새옷을가려입고 세출이도 새옷을 가려입혔
다。돌잡히는 옷은 조선옷이래야 한다해서、그전에 비단으로 새로지은
방주 바지 모본단저고리와 제병족기를 입히고 수단곳등을 만배자에 두
루매기는 물론 남잡사 전복까지 해입혔다。머리에는 복건을 씨우고 발
에는 버선을 신켜서 단임을 매여 세워노니。제법 키가 커보이는것
이 으젓하였다。돌을 잡힌다하니 식전아침부터 손님들과 원
동리의 구경꾼이 안마당이 빡빡하게 모려든

이날 김동호는 아들의 돌잡히는것을 보기위하야 일부터 출근을 늦
게하고、돌잽히는 절차를 추욱이와 함께 아랫사람들에게 지휘하고 있
섰다。

55

대청에다 돗자리를 펴고 물상은 한가운데로 차려 놓게 하였다. 음내에서 과방사람들을 데려다가 어제밤새도록 괴역논 음식을 큰상에다 흰보물덮은위에 소담스레 차려 노았다. 그것은 마치 한갑잔치의 음식보다도 풍성하여서,

보는사람들로 하야금 먹지않어도 배가 불으게 하였다.

「아이구머니나! 돌상이라구 여간 사람의 한갑상보다도 더 잘 차렷구만!」

이런 소담스런 괴임새를 조련이 구경할수없는 마을여자들은 우선 돌상을 보자 마자 끼리끼리 가쳐은 축들을 도라보와 눌나운 소리를 제각금 수군거렷다. 이렇게 근감하게 상을 차린 앞으로 추욱이는 세출이를 절면

해서 앉치고 그좌우의 추위또는 일가친척과 대빈들을 차례대로 쭉 둘너앉게 하였다.

「아이구─ 저런 아기는 어쩌면 어려서부터 복이 그리많을가? 우리는 백년을 사러야 저런 팔은 못보구 죽을거

안에─」

「그럼 우리에 자식이야 이런덱 애기에다 데여보면 개색깔 키우는것만두 못하지 뭐──」

렴순 엄마와 순남이 모친이 부러운 남어지에 탄식하듯 마주도란거리며 기둥옆에 붙어섰다.

「논이나 둠 두었으면……」

순남이 모친은 지금도 이런 생각을 속으로하며 희망과 절망을 번가러 부려보았다.

세출이는 그의 책신으로는 가위가 눌릴만한 큰상을 혼저받고있는데, 그는 또하나 별다른 상을 받게 되였다.

그것은 장래아이의 길흉을 접처보는 운불운(運不運)의 제비를 뽑는것과같은 방식이다. 돌잡한 아이가 무엇을

저절나 보자는것인데, 아이가 집는물건을 따러서 그아이의 운명이 결정된다는 일종의 미신으로 불수있는것이 있

다. 그런지 안인지는 잘모르나 무당 판수를 믿는 추욱이가 이런 미신을 안이 믿을수는 없는일이나까. 그는

참으로 남몰내 가슴을 조티고있섰다.

「우리 세출이가 무엇을 먼저 집을라나? 제발 돈을 먼저집었으면……」

그것은 지금 추욱이가 소원하듯이 여러가지 물건을 벌려논 속에서 돈을 먼저 집으면 부자가 된다기 때문

이멍 그런 방식으로─살을 집어두 장자가 되고 실을 집으면 수명이 길고 붓을집으면 문장이 되고 낮(鎌)을

집으면 상일을 하게 된다는것이었다.

지금 세출이의 앞에도 그런 상을 갖다노았다. 돈, 쌀, 붓, 먹, 낮, 실, 칼, 등속을. 그상을 드려놓는것을 보자,

57

군중은 일시에 세출이에게로 시선을 집중하고 긴장하였다. 그들은 입돈이마다 무인 아기의 총명이 버떡쳤다.

속으로는 멉며때도 겹으로는 충찬이다.

「쎄— 우리 애가 참 으젔 하구나 어쩌면 저렇게 숙성할까요」

「우럼 아기가 무었을 먼저 집으랴나 뭐 대가택 아기는별서 국량배포가 달을밴떼 뭐」

동호네의 땅을 부치는 작인집 여자들은 추욱이에게 잘뵈랴고 연신 이렇게 되새볼 올려고섰다. 추욱이는 자기의 아들을 추어줄수록 억개가 웃숙거리도록 좋아서 못견듸었다.

「자—아가 여기서 네 맘대로 무었이든지 하나집어 보타구」

동호가 먼저 입을 열며 세출이의 앞으로있는 작은상을 가리쳤다.

「그래 아가, 어서 여기서 하나만 집어 바오! 그중 좋은것을!」

동호의 뒤를 이여서 추욱이가 또하는 말이다. 그러나 그는 내심으로 여간 조바심이 되지안났다. 만일 언짢은 것을 집으면 어찌할까? 그는 그것이 매우 염려되었다. 그러자 좌우로 둘너앉인 앉팟손님 둘도 주인 내외의말을 거들어서 어서 집으라고 격력를 해주었다.

세출이는 말을 아러드릿는지 못아러드릿는지 둘네 둘네 그상을 본다. 그러더니 한팔을 내밀어서 상위를 휘저어본다.

추욱이는 세출이의 하는팔이 아모래도믿없지 못해서 안달이났다. 그래 그는 넌짓이 일너주듯이,

「아가, 아무게나 얼는 집어요—너좋아하는 돈을 집든지 쌀을 집든지……」

하고 돈있는 쭉을 가리처 준당.

「가만 두어—제맘대로 집께—일너주면 무슨 재미가 있나—」

동호가 추욱의 심중을 었보고 하는말이었다.

「암—그건 천기투설이지—」하고 구장도 못맛당해한다.

「당신은 그걸 재미로 아시우?」

추욱이는 실죽해서 정색을 하며 동호를 처다본다.

「그럼 그런게다 재미지 뭐야—임자는 곡 집는대로 아이의 장래운명이 결정되는줄 아는가」

「그렇다 잔어? 그머렇지않다면 뭘하러 이런짓으로 시험을 해보는게야」

「허─ 그건 모르는 소리래두…… 당초에 어째서 이런 법식이 생겼느냐 하면──」

하고 동모는 한마당의 연설을 하랴고 서두를고내렀다.

「아이구 끝치 아파라 또 연설이우?」

욱이는 눈쌀을 찡그린다.

「뭐─ 내말을 드러바요……당초에 이런법식이 왜생겼느냐하면 물론, 아이의 의사를 떠보기 위해서 한것이나까 그것을 전수히 미신으로 돌릴수는 없겠시…… 그러나 조런어린애가 대체선 아느냐말야……아무것두 모를거안여? 그럼 아무것두 모르는 어린애가 집는대로 그아이의 장래운명이 결정된다는것은 어불성설이지 당초에 말이 안되거든─ 그러니까 구기본인하면 그런것이 안이라 자─이거보라구 이렇게 어린애 앞에다 큰상을 차려놓고 그 많으로 어문들이 죽 둘너앉어서 덤덤이 꿀먹은 벙어리처럼 앉었으면 이자러가 좀 싱거울게나말야……쑥스업잔 어? 어룬의 한잡잔처라면 · 서로절이나 주구 받구하는 례식두 가추겠지만이건그럴수두 없구……하니까 어룬들이 돌 잡핀 아이의 재통을 불결 좌석을 재미있게 하기위해서 이런 법식을 꾸민게거니! 그럼 재미란 말을 내가한 것이 뭐 잘못한것이있는 줄아냐 이국맥아!」

「저런 께기 고만두어요 당선 유식한물 잘아렀어요」

하하─ 김주사의 말슴을 듣구보니까 만은 그런메요 미상불 그러여!」

구장샌님이 갑십한듯이 연해 고개를 끼웃대며 말대구를한다. 추욱이는 구장의 곤댁짓하는팔이 밉쌀머리스러웠다.

「암 그렇지용 그래서 나부러두 고법메로 하자는게지요 어느 실업에 잡놈이 접욱하듯 이런짓을 하구있겠어요」

김동호는 이런마당에 자기의 유식을 한번· 뽐내고 싶었다. 그러나 이렇게 말하는 동호자신도 낫살은것을 집는다면 졀코 좋아할수는 없었다. 아니 그는 혹시 세출이가 그런것을 집머래도 이렇게 미리 해석을 부처노으면 아무 상관없이 아이의 흥이 답힐것은 방패막이나 한셈이니 그것은 추욱이가 돈을 집으라고 뗑겨주고 싶어서 안달을하는 심사와 비교한다면 오십보백보였다. 역시 그것을 뒤집어 노은 동교이곡(同巧異曲)이라 할것이다.

동호가 떠드 눈웅에 여러 사람들은 정신을 뺏기고 있다가 별안간

「아기가 먹을 겁었떼―」

하고 북때가 먼저보고 설레는 바람에 여러사람들은 일제히 그리로 시선을 도려쳤다.

「참 먹어, 점었구나!」

「아― 그러면 그렇지 우러 세출이가 하하하……」
동호는 엄이 함박만큼 버러져서 좋아하며, 너럴우슴을 친다.

「먹을 점으면 어떻다우? 그것두 좋은가」

추우이는 얼떨떨해서 동호에게 묻는 말이지만,

「그럼 좋지않구― 우러 세출이가 문장이될터인메 뭐……아― 잘했다. 우리 세출이……」
동호는 세출이들 번쩍안고 빰을 마춘다.

「가위 유시부 유시자(有是父 有是子)로군! 애햄!」

구장은 이런때에 문자를 하나 써보자고 미리 별넛던것처럼 얼는한마듸를 점잔케 내뱉으며 두손으로 구메나룻을 써다듬는다.

「문장이 뭐유? 문장이돼두 돈잘버는겐가」
추우이는 여전히 미심해서. 무러본다.

「저전 밤낮 돈뒤에 몰나……무식하기두 짝이없지 쩌쩌……」
동호는못맛당한듯이 혀를차며, 추우이를 노려본다.

「그럼 이세상에 돈박게 더좋은게 뭐있수? 쇠똥 누구만치 돈을 모르면서」

「하하하―」

여러사람들은 추우이의말에 모두들 우슴을 터치었다.

「하긴 그두 그메……」

이렇게 돌운 잡히고 나서 우선 안손님들과 동네사람들을 아침상과 엄불려서·한상씩 멕이게하고 동호는 회

사로 드러갔다.

동호는 그길로 드러가서 한나절 밖엣사무를 보지않고 지배인을 재촉해서 먼저 모시고 나왔다. 그리고 다른

사원들 한떼는 시간이 파하는대로 바로 와달라는 부탁을 간단히 하겠다.

「돌잔치에 빈손으로 갈수있나ㅡ월 하나 사다주어야지」

사람들은 지배인으로 얼금삼삽한 얼굴에눈우숨을 치며 동호를 처다보고 이러선다.

「아이구 사다주시긴 월 사다주신다구 그러서요 저가질것은 다ㅡ있답니다.」

「그따두ㅣ」

그들은 밖으로 나왔다. 지배인은 사원들에게 먼저 퇴근을 한다고 뒷일을 당부하기를 잊지않었다. 상사회사액

서 ○○은행까지는 불과 몇거름이 안된다. 김지배인 금마구리톱한 흑단목(黑檀木) 단장을 휘둘으며 행길가는대

들 함보하다가 은행문안으로 성큼드러선다.

「이사람이 안가랴나」

「웨 안가요 지배인께서와 동행하신댓는데요」

김지배인과 ○○은행의 최지점장과는 피차의 지위가 상반하기도 하고 연치도걸마저서 서로 친분이 두터운다.

그들은 서로사귄지는 얼마되지않으나, 문벌도 동색간인 소론이따는것이 더욱 그들의 사이를 밀접하게 하였다.

그들은 몇해전에ㅡ서로 처음 인사를 하든 그자리에서 알구보니, 그렇지않다고 에니 뱅니 동을 트기시작하였다.

「최군 안가랴나?」

김지배인은 드러서는길로 지점장을 처다보고 말을 건는다.

「어듸말인가 드러오게ㅣ」

지점장은 도장을 꺽느냐고 분주하다가 처다본다.

「이사랑아 긴상댁 말야」

「사이상 어서 가시지요」

그째서야 동호도 인사를 하며 지점장을 처다본다.

「아ㅡ 긴상댁에 말이지요ㅣ 가지요 잠간만, 멀 드러오시지」

「언제 드러가우섰어ㅡㅡ 자네가 나오면 따르지안나」

다분 행원들도 김지배인과 동호해게 인사를 주고 받었다。

「아따 그자식 으붓자식 보채듯 몹시두 조른다。 잠간만 게셧거라」

「저런 버릇없는 자식받나……제미들 닮머서 앙큼하기는——」

「허허허……두분은 맞나기만 하면 서로 그따시니 웬헐? 심이까?」

대부제에있는 윤걸이가 풍채좋은 얼굴에 우숨을 띠고 이러서 며「마도구지」앞으로 걸어와서 김지배인과 마주서 며 답배를 부친다。 그는 장부와 씨름하기가 답답하든차에 답배한개 참의 쉬일틈을 엇보고있든 판장이였다。해 얼전 열굴이 신수가 좋아보여서「공산명월」이라는 별명을 가진 사람이다。 그것은 어떤기생이 그의 인물에 반 해서 그런 별명을 지여빈것이 지금은 그들 아는, 모든 친구간에도 일반으로 통용하게 되였다。 그만큼 그런별 명으로 불리는것을 당자인 윤걸이도 결코 듯기싫며 하지안는다는것보다도 도려혀 그것을 푸라이드로 늣기였다。

서점장은 보돈 문서를 대충 대충 집어치우고 도장을 쩍어서 내면지고 초인종을 눌렀다。 규자가 쫓아와서 그 것을 가지고 각 제원(係員)에게 돌나준다。

「색—그럼 난 먼저 나갈메니 이따들 나오시오」

지점장은 지점장 대리에게 자기의 하든일을 맺기고 총총이 이러서서 외투를 입고 나선다。

「네 그럼 이따나가 뵙지요」

지점장대리와 행원일동은 일제히 이러나서 나가는 세사람들에게 인사를 하였다。

「자— 인채가자、 맨둥이 처럼 보챌것없이」

「예。 이자식 이자식이 버릇이 없어 큰일다서」

「하하허……」

세사람의 짓거리는 소리가 행길밖으로 사라젔다。

（계속）

再版

新開地

李箕永著

四六版六百頁
定價一圓五十錢
送料廿五錢

朝鮮文學의最高峰이며
金文輯을움직인民村의
全心을기우린力作

三發
文
社行

文藝雜誌論 (承前)
—朝鮮雜誌史의 一側面—

林和

文壇내 誌面을 提供한 雜誌라고 해야 그때엔 結局 「朝鮮之光」과 「開闢」이다。이 두 雜誌가 文藝에다 不少한 誌面을 提供한 直接에 理由는 무엇인지 알 수 없는 일이며 또 두 雜誌의 性質上 動機에도 差異가 있었을 것은 能히 想像할수가 있다。

「開闢」은 己未以後 天道敎가 政治의인 文化的인 여러가지 期待를 걸고 刊行한 雜誌로서 初創期에는 그때 人爲天主義라고 盛히 近代的의 假裝을 가며 天道敎的 論文이나 色彩가 濃厚하였으나 時代의 思潮가 急激히 變하고 새로운 氣運이 一世代의 思潮가 漸漸하게 되매 「開闢」은 天道敎의 機關紙와같은 性質를 버서서 그時代의 思潮와 識派의 公器로서 社會에 提供되었다。

이것은 爲先 그 雜誌가 當時에 社會的公器로서 開放되어있었든 事實과 또 모든 尖端的思潮를 率直

실니게되고 新聞紙法에 依한 刊行이었든 만큼 政治問題에까지 當當한 論評을 펴고있었다。이 雜誌는 「少年」「靑春」以後 朝鮮에 있어 雜誌도 지금 와서는 이 雜誌 全秩을 읽지않으면 그때의 文化史뿐만 아니라 一般思想史나 政治的인 動向까지를 알수없을만치 重要한 것이다。더욱이 文藝史에 있어

誌文化發展上의 正統을 밟은 大雜誌도 그中에도 新傾向派文學의 成立과 發展에 있어 그中에도 新傾向派가 한 雜誌의 文藝欄의 없이는 거의 아무것도 알수없는 形便이다。「開闢」이 文藝에는 그中에도 莫大한 誌面을 公開한 理由는 那邊에 있을가?

朝鮮사람에 思想史的인 問題라든가 民族的 乃至는 社會主義的인 論文까지가 히 받어드려 誌面에다 反映시키고 있었든 事實에

미루어、「쩌ー널리스트」로 現象의 하나라고 보아버릴수도 있다. 그러나 重要한것은 처음엔 分明히 天道效派의 勢力伸張이나 敎志宣傳에、機關誌的性質을 가진 이 雜誌를 社會의 公器로 或은 擡頭期의 新傾向派文學의 理論的乃至創作者인 中心을 만든 背後의힘 時代思潮의 거세인 波濤를 생각하는 것이다

勿論 直接으로 懷月朴英熙같은이가 編輯에 있었다는것은 一部의 原因이 되나 그때 萬一「開闢」에 全誌面이 時代의思潮를 받어드리느게 그와같이 銳敏하고 充實치 못하였드니면 오늘날 우리가 評價하는것과 같은「開闢」도 없었을 것이며 그當時에 開闢도 그와같은 굉장한人氣와 民衆의 信望을 一身에 모으고 있었을지는 못했을 것이다.

朴英熙氏는 勿論 新傾向派의 重要한 理論的個作的 創始者 八峰金基鎭等의 戰鬪的인 批評의 本舞臺였으며 朱影도 이 雜誌를 通해 나왔고 李箕永도 이 雜誌의 懸賞에 應募하야 當選됨을 機會로 文壇에 나온 事實等을 생각할제 이 雜誌의 機關的의 重要性은 形容할바이없다. 그러나 實로 新傾向派文學의 戰鬪的인 中心이었다. 그러나「開闢」보다는 조곰 뒤늦게 나온「朝鮮之光」에 比하면 이 雜誌는 끝까지「내슈낼리즘的인 色彩가 없었고 文藝欄도 所謂「써ー낼」한 性

質이 不少하였다. 「朝鮮之光」은 그出發點에서 부터「開闢」과는 달러「共濟」以後는 純한 政治的思想的色彩를 가진 最次의 朝鮮雜誌로서 처음부터 勞働思想 「쏘시알리즘」的 啓蒙과 論評을 目的으로 하야 刊行되었을 것이다.

이 雜誌도 新聞紙法에 依하였었으며 그런 意味에서 만도 朝鮮雜誌史上 그「스케일」이 意義에 있어 「開闢」과 對比되는 唯一의 大雜誌다.

「開闢」이 廢刊된 뒤에까지 남어 있어 그前엔「開闢」이 다하고 있든 役割을 繼承하야 그時代 雜誌文化의 中心이 된것이었다. 두 雜誌가 並存해 있을 때의「朝鮮之光」은「開闢」과 더부러 朝鮮雜誌의 雙壁이라 稱할수있었다.

「朝鮮之光」은 最初부터 刊行의 主旨가 單純했든 만큼 그時代思潮의 新興的인 側面을 純然히 反映하였고 또 時代自治가 急激히 그러한 方向으로 轉換되어 음에 따라「朝鮮之光」의 比重은 次次로 높어워졌으며 性質「라듸칼」해졌다. (게속)

65

나의 肉體

權

煥

벗들이여!

내팔목을 만저봐다고

脉膊이 말은 나무둥치같이

빽빽해있지 않은지?

내가슴우에 귀를기우려봐다고

心臟의 鼓勳이 부서진 機械와같이

쉬여있지 않는지

내두눈을 보아다고

눈망울이 안개같이

부려케되여 있지않은지?

네이마를 만저봐다고

피가 찬어돌같이 어러붙어있지 않은지?

내코와목구멍에 귀를기우려봐다고

呼吸의소리가 무덤속같이

잠잠해있지 않은지?

내몸둥이에서 썩은냄새가

무렁무렁나지 않는지?

내肺臟속에서 구먹이가

버글버글기어 나오지않는지

나는 時日로 내肉體를

만처보고 살며본다.

오! 가만이생각할때에

몸소림이 끼치인다

나는 내팔다리를

버둥거리며 소리친다.

疲困한風俗

金朝奎

오늘도 해는 저무러
또하나 기인 陰影을 끄을고……

나의 歸路에 나는 나의 年輪을 잊고

움직이는 한그루 枯木을 構圖한다

담배를 피워라 여원 손가락이마

나의 壁을 貫通하는 허이연 두줄기軌道

이제 남은것은 喪夫當한 나의 存在

憤怒도 설음도 水晶이 되었다

나의感情이 葉綠素같이 퍼지든밤

너는 네얼골을 네온으로 染色하며 돌아갓거니

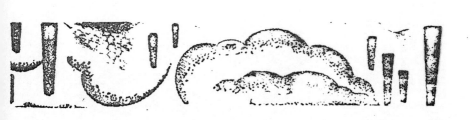

내生活의 적은 이 餘白이 웨이리 孤獨하뇨?

오늘도 屈水階에서 病든 나의 思想을 보았다

十萬倍 擴大鏡속에서 꼬리저었는 「뿔리셀라」의 群像

오르고 나리고 가고 오니……

(부셔라 깨트려라。담배를 던진다)

허나 風船의 倫理다 남는것은 또하나의 自嘲

오오 都府는‧默然이 瞋目하는메

나의 비라이가 海藻처럼 疲勞읍고나

(己卯 四月)

나는 蕩兒

鄭　昊　昇

해마다 봄이오면

나는

한가지 꽃을 피키우기 위하야

만가지 잡초를 속거왔소

그러나

아—

꿈심은 터전엔

희오리바람도 자졌소。

뜻맞는 벗들은

生活이 아서가고

사랑은

生活아닌 生活이 것밥엇소

이해도 벌서
봄이 왓나보오
저 들창문을 닫어주오
호들기소리 듣기싫소

알알의 슬픔을 색인
슬픈 마음의 墓誌銘은
푸른술노 달내주어야하오
女人의 매운 속옷
한떨기 꽃인양
내 나븨되면 고만아니겠소

나는 외로운 蕩兒
나는 마음弱한 蕩兒
술과 게집과! 그리고
한가닥 담배연길 사랑하오

기 다 림

金商貞

黃昏은 이렇게 짙어가고

갈마귀도 적은 浦口로 날아들고

날마다 埠頭에서서

해만 지우는 게집

十年동안 창자를 조리든 기다림은

헛되히 초마ㅅ자락만 적시고 마느냐?

浦口여!

네 활개로

슬프냥스리 폭포거리는

적은까 소령船이 돌아 들매면

보아라!

나는 하로같이 이렇게 기다리고 있었다。

浦口여!

너는ㆍ또ㅇ보았지?

적은 배ㅅ다리에서 나리는 손이

낮서투른 얼골일때마다

내가 이렇게 이마를 찡그리고 울었든것을 ―

그리고 너는 그때마다

작은 波濤를 할삭이였고

갈매기도 훨훨 나라들고 ―

그러나 浦口야!

그때 네 모습이 이렇도록 초라했드냐?

「오― 우지마오. 一年後에 꼭 오러다」라고.

그리고 그도 울면서 부르지졌다.

않다가운 배ㅅ머리에 부드치였다.

너는 지금처럼 속사거리였고

波濤여! 그가 떠나든때

波濤여? 물어도 너는 웨 말못하느냐。

오― 너도 分明히 드렀지?

浦口여 波濤여 갈매기여?

너의와같이 그들 기다리여 몃해냐?

黃昏아!

너는 이 불상한 게집이

이 埠頭에서

기다림에 늙는 꼴을 보렴이냐? 보렴이냐。

73

戰線文學

建設戰記

興亞의 歷史에빛날藝術文學

火野葦平의 作品에서

가운데로

出發。 끝없이 줄대여서 進軍한다。 해가 떠오르면 점차로 머워진다。 비가오면 질척하게 곧죽된갈이 날이버스면서 해볕에 매말러 재(灰)가 되여버린다。 黃色의 土煙이 뭉게뭉게 피여올라。 煙幕속으로 進軍해가는 部隊가 그림과같애지고 보혀지지 않기도간다。

낡은거가탈인 竹竿을든 乘馬의 對空班이 先頭에 行進하고 그뒤에 騎兵이 前後를 護衛된 部隊本部가 行進한다。

數十頭의 乘馬隊가 蕭々히行進 하는것이 그림(畵)과같고 颯爽한

것이다。 炎熱을 避하기爲하야 말(馬)에는 皆管笠과編笠을 씨었다 귀만 상자 구녕을 뚜려 밖으로 내여 노았다。

手巾을쓴 모양에 잎새달인 나무가지를 머리우에 울려노코있는 騎馬隊에 荷物을 실리고 各社의 新聞記者가 따러간다。 旣히 連日行軍이여서 豆을 拚하고 是을 뒤여닷는 매캐한 냄새를 말지않으려는 사람도있다。 黃塵으로해서 입속은 써걱써걱한다。 너에부디처 자금자금하는 소리가난다。 뺨으면 黃色의침이 나온다。 땀이 누금같이 흘러 떠러진다。 軍服속으로 숨여든다。 흘러나리는땀에 黃塵이 뭉처저 마치 下流의地方巡廻劇團의 演技者의 化粧白粉같이 보인다。

兵隊는 아무소리없이 行軍해간다 午後四時頃。 馬集이란 部落에宿

窒 변함없는 土幕뿐이다。 小泉少尉가 指定해준 幕에들어 몸을긴 參謀部 中上中佐와 高橋少佐도 한데들었다。 이런일은

처음이지만 本君이 두리번하면서 料理을만들기 시작했다。 西君은 管理部사람과 함께 糧秣 트럭을 引導하기위해서 自動車로 갓가운 部落갓이떠났다。 조금사이에 도라왔다。

체코機關銃소리가 호뒤게 들여 危險하다고 되도라왔다한다。 남비가 보이지 않어서 飮盒한 개로 된국을 만들기로했다。 그곳 草幕에 겨우조고만 항아리에 넣은 소금이있어서 沸騰한飮盒에 두 주먹이나 너헛다。 거무룩한 국물은 岩鹽같다。 高橋少佐의 當番인齋藤一等兵과 山參謀에게 川原一等兵이 달려와

서 방안을 깨끗이 치었다。

야 애썼네 하고 高橋少佐가도
라왔다、뒤에서 新聞記者가 몰려
왓가때문에 後庭에 나서서 高橋
애 地圖를펴놓고 高橋小佐가 戰
況을 發表한다。

빼 어두었다。집오리가 처마끝
에있는 것을잡어 다리를 꼭묶거
後庭구석에먼저두었다。飮食을
둘자고해서 집속에 안삐라를 집
히고 시작했다。
어떻읍니가 한그릇 野戰料理의
국물은하고 高橋少佐에게 쟁반에
한그릇 바처들고「나 고맙다고 말
한다。맛이 훌륭하다고했다。나종
에 자기네들이 먹어보니 별도리
없이 절마고 닭의고기가 구더저
맛있는지 어떤지 모르겠다。尾
(보리와 兵隊의一節)附記─總督
府西村通譯官의 飜譯으로 方今文
靑課의 손을거처 朝鮮語로出版되

리라고)

◇　◇

봄湖水에 빛인 배(舟)속의 兵
隊들의 질거워하는 모양이 나도
질거웠으나 그러나 나는 어째서
혼자 去來하는양이 생각에켓고 다
맘 勝ちに絃にもたれ놀러가는 水
面에 눈을 떨어트리고있다。
나는 오늘아침 蕭靑年이 暗殺

支那人 蕭靑年의 下人이라고 그의
書信을가지고 온것이다。
事件은 數日前 또 그렇겄도
時刻이었던 모양이다。
지않은 모양이다。
蕭靑年과 그의 누이와는 大世
界가 생겨서부터 두려서 여러선
歸路에 다헛을때 長慶街길모통이
서 무엇인지도 모르는네 어둠속
에서 學銃의 射擊을 받었다고한다
그리고서 나는 또 다구앙이생

(꽂과兵隊의一節)

각이나서 말슴아니엿다。다구앙이
간곳로르게된以後 나는 하로밤도
그의생각을 이저버린 날이없었
으나 數日前 나는 다구앙이 憲
兵隊에 檢擧되여 버렸다는것을알
게되었다。

루포르타쥬

攻略戰手記

前線四日間從軍

(附記 다음號부터는 文藝作品과
時事論評을 실기로하다)

幅車의○○部隊에서는 十數名의
兵士와 下士와 將校가 명이히않어
서 바쁘게 事務를 執行하고있다
事務室은 入口없는坪土間에 机床
과椅子를 느려논것뿐이다。電話가

전선추위이 들려온다. 한사람의 現
役인듯한 軍曹가 장엄한 軍隊口調
로電話에 應答하고있다.

「戰死一、戰傷三、外에 말(馬)이
六頭……그것은 昨夜의 몇時頃
임닛가 十二時半頃……네 아렀
음니다. 그러고 머? 昨夜의 位
置에서 三百米右便에……右便이
라면, 臨山、麓凸地로 移動했다
네 알었음니다. 그외에報告는 없
는가요」

軍曹는 受話器를놓고 수건으로
목에 흐르는땀을씻는다. 후―하고
무거운 한숨을쉬고 그리고는 나
를 바라본다.

「아―당신은 前線에 便乘한문은
잠간. 그곳에 좀앉어 기다리시
요 어전지 지금 너무나……」

그곳에 無稽熱을生케한 한사람
의兵士가 충충히걸어와서 軍曹에
게 敬禮한다.

「뭔가?」

軍曹가 묻는다. 그러니까 兵士
는 니(齒)를 가는듯한 힘찬 口
調로 무어라고, 말한다.

「응?」

軍曹는 帳簿를 뒤적이면서 또
나한 危險狀態에있는가, 아무리 생
각이 들시않는다.
을들고,

「軍은 修繕이다되었는가」

「네, 다되엇음니다.」

「염여없겠는가」

「네!」

「좋다 그러면」주련 時計를바라
보면서 「지금부터二十分後에 ○
○部隊의 下士官十名과 그외에
從軍記者 한사람을태워 ○○에
로 出發하도록 끝떠나도록해
라!」

「네!」

兵士는 敬禮하고 뛰여갔다.

「前線에 나가시게 되겠음닛가」

地圖를調査하고있든 少尉가 突
然 얼굴을들고 말을 건넌다.

「에 ○○部隊까지 감니다」
하고 「나도 對答했다. 그런데 ○
○部隊가 戰線이, 어떠한 地點까
지 前進하고있었는가, 그러고 얼마
나한 危險狀態에있는가, 아무리 생
각하지 않으면 안되었다. 그러

우리도 그들도 危險하다. 라고
注意를 말하지만 그것이 나에게
로 무거웁게 말해주는 거와같이
생각하지 않으면 안되었다. 그러
면 나도 確實한것을 누구에게서
든지 듣고 싶다고 生覺했다. 그
곳에 少尉가 맞을 건네주었기때문
에 이것이 행이라고 少尉있는곳
으로 허리를 굽어섯가,

「혼자서 임닛가」

「네혼잡니다」

「相當히 危險함니다」少尉는 태연
히 말한다.

「泌憊해주지않으면……昨日 秀峯寺라는곳에서 ○○記者三名이 負傷을 當했지요」

「軍傷이있든가요」

「그런 모양인가봐요」

「○○部隊는 어떤 변투리까지 나왔든가요」

하닛가 少尉는 地圖를 내앞에 펴노면서,

「이곳이지요」하고 色鉛筆로 가르친다,「이山家 이上下에 나타나있는모양이죠 트럭은 秀峯寺의三叉點까지 감니다. 그러고서 먼저 걸어서 나가시게되겠군요」

「途中은相當히 危險함닛가」

「危險하다니다요 毎日晝日街方面에서 砲彈이 날러옴으로 니다. 그러고 이秀峯寺 山口에 돔시킨 以來 내가 트럭에틀라는서 過擊砲가 자지면 襲擊을當할 네닛가 昨日 ○○記者가 닷한것은 그追擊砲인듯하죠」다. 그것은 昨日 數時間 트럭

새로운 眉宇을찬 下士官이十名이나 曹長에게 체卒下에 드러왔다 曹長은 참참한 敬體의 버릇으로 ○部隊의 한사람인 將校에게 向하야 무었인가 復命하고있다.

「○○曹長 以下十名은 막 지금부터……」

그러한말이 나의뒤에 날러든다 最前線에 나갈任務라도 바든모양이다 曹長은 여기저기도라

「어서」軍曹가 나에게 말한다.

「저下士官들과 함께 나가주서요」

나는 下士官十名과함께 무거운 룩색을 트럭에로 집어던지고 同時에 날낸動作으로 뛰여 올랐다. 昨日九江에서 모르는 트럭에틀스 以來 내가 트럭에틀라는 勤作은 어색지 않었었다. 나는곧 運轉手臺를 등에지고 헐석추지않었다.

에서 搖動를 받은데서 自然 生覺켰든것이므로 運轉手臺에 갓가운만큼 顫動가 적은때문이고 또狙擊을 바들때에도 집웅이 가려서 防止해 주는 때문도있다 下士官들이 차례차례 올라라는데 트럭크는 잠간사히 갓득찬다 저기에서 나에게 말을건늬든 少尉가 달려와서 맨뒤쪽에 올라탔다

「촛음닛까」

하고 내머리우에서 소리가난당

「떠나도 좋소」

少尉가 응답한다.

트럭크는 움즉이이기 시작한다 모다도 소리에 엉덩이 밀이들 보니가야 한사람의 一等兵이 轉手臺의 집웅을집고 커다란 姿勢로 서있었다.

(立野信之述) (繼續)

× × ×

戰線文學鑑賞

思想性과 特殊性

보리와兵隊와「黃塵」에서

「보리와兵隊」라든지 「黃塵」이라든지 한兵士로서 實戰에出征해있는作家들이 戰爭하는 참에 이와같은 文章을創作해 냇다는것은 참말로 驚歎하지 않을수없다。日露戰役 當時에도 「肉彈」과 「此一戰」이 生産되엇지만、 그러나 「보리와兵隊」와 「黃塵」과는 그意味가판이하게 다르다고 生覺한다。

火野葦平氏와 上田廣氏뿐 아니라 戰役의各分野에있어 活躍하고있으면서 펜을잡은 兵士들이 그自身이본範圍內의것을 忠實히 記錄해두면 어떻든 有益하다고 生覺하지만 그方面에있어 그뿐의餘暇가없는가 生覺한다。

「보리와兵隊」는 雜誌에서읽고 또單行本으로 出版되여서도 읽었다 이作者의 「糞尿潭」을 먼저읽은일이있는데 그러나 文章과技巧가 大部分 틀인다。「보리와兵隊」의 文章은粉飾하지않고 端的이고 能熟하고도 속시원한 文章이라고 생각한다。

必要한것만 簡單하게 著述하고 말었지만 銳角的心臟속으로 살근살근 기여드는곳이있다 實感있는 口味를 맘기게하고도 있끄는힘이 구절속에있다。

누구든지 指摘해낼수 있는곳이 있지만孫圩에서 敵襲을 當했을때의 描寫는 아기자기하면서도 輕快하였다。 그곳에 친히 벼려논것같이 읽은者의 손에땀을 쥐게한다 그技巧의침착 그文章을보고 또보면 흔히作者가 초조해 하기쉬운 誇語도없고 淡淡히著述해노았마 그러고 緊張한가운데 冷靜한觀察的인 眼目은 周圍의光景 風物의 구석구석을 조금도 빼놓지않고 들처낸 筆法이 우리들의눈앞에、손으로 집어볼뜻이 如實하게 表現해노았다。

「나도 지금 廟殿 속에서나와따시廟로들어가 이日記를 계속하야 쓰고있당。 나는 來日까지 하로해가 지면 그하로의日記를 執筆하는習慣이 있기는있으나 지금나는、다시、하로가 끗나기까지 나의生命이 부텃는가 없는가 도르고있다。 지금은午後六時二〇分이다」

이러한 짤막한 글을草하면서 敵彈이 떠러지는 속에서 피할길도 없고 廟殿그늘밑에 隱身하고 生命이 있는동안 쓰기게속하려고 눈앞에 展開된光景을 신속히 붓끝에 울려노왔다는것은 그 描寫가 整然하고도 緻密하다。興奮과 戰慄과 恐怖속에 휘감긴 가운데서도 이렇게 冷靜히보고 冷靜히 表現해 냇다는것은 洗練된 文學의 魂이 下賜한 文章이라하겟다。敵의 城門을 向하야 再三 突破하며고 探照하고 그 不可能됨을 알고서 되도랴와서는 날새게 戰車우에서 뛰여버려서 「밧도」에 붓을부처 피우는 軍曹 그리고서 이곳이지만 例의 敵彈에맞어 씰어지면서도 生殖외 本能에 盲動하는 驢馬ー이러한것은 點晴해낸 이激襲場面은 非常히 色彩를加하고있다는것을 生覺한다。自己自身은 이 場面을 한번잡었었다。

全體가 日記文이엿고 記錄으로서도 勿論그러해야할 眼界가있고 記錄과記錄과의 羅列의 技巧를 感銘케하는點이 있다는것은 아니지만 그러나 構成을 用意하게 음겨논 作品이아닌 文章의性質로서 그

的으로、構成을가진 作品이라하겠다。즉 그것을 지어넷것이라는 意味는아니다。作者가 現地에있고 一兵士로서 싸우고있는 사이에 見聞한바의 記錄이긴하지만 그러한 取材의사이에서、十分 取材選擇해서 一貫한 한篇의 創作이 될수있게끔 어느여 著述해논것이다。

作者는 鐵道兵으로서 現地에 勤務하는 한편、自己밑에 雇入한 두 사람의 支那靑年의마음의 음즉임을 이 戰爭을 背景으로하고 細密히 觀察하고 描寫한것이지만 作者의 多情的인 人品이 全篇에 여불없이 나타나서 심산한 作品이되고 말었다。皇軍 占領地에있어 支那靑年이 어떠한氣分으로 生活하고있는 것일가의 두개의 타잎ー 全然反對의 두개라잎으로 描破해논 意圖도 훌능했고 그두사람의 支那靑年에對해서 多情的인 人情美를

이作品의 思想性이 不足함을 論한 어떤 批評家가 있었지만 그 論評은 어떤점을 좀더 生覺하고면하고 生覺하지만 思想性의 不足感을 일으키지않고 表現할수밖에 없는 特殊的心理의 으로 어떤制肤 지않었는가 하는點을 同情을가지고 生覺해볼 必要가있다。또는 同情을가지고 生覺하지않으면 眼界밖에 나스게 되지않을가。

○

「黃塵」은 「보리와 兵隊」와같은 日記文도아니고 記錄文도 아니다

이것은 좀더 用意用到하게 創作

쓰고있다는 「나」라는 主人公도 홀
능했다.

「보리와兵隊」의 銳角的인 룩룩
부리는듯한 描寫는없는 대신에 이
作品에서는 이題材에 適當한 哀愁
가있고 感傷이없다. 그리고 또이
作者의 多情的인 人品도 나오고유
모어한 手法도 나타난다.

「보리와兵隊」의 孫坪에서 敵襲
을밤는 描寫는 아기자기한 곳이있
으나 이「黃塵」의 鐵道警備隊가조
고만 停車場에서 우리보다도 三
倍나더되는 敵의收袋兵의 逆襲을
받는곳은 살금한데다 병민하고
頻笑로운 흥미이있다. 그敵軍을 擊
한것도 둘인다.
라고 바위틈에 없드려있는 한사
람의 兵士가 얼굴을 찡그리고 소
리를지르고 있으닛가 戰友의 한
사람(이作品中의主人公나)이敵
彈을 맞엇는가싶어 걱정을하며 소

리친측 二三日前부터 배속이 탈
이나서 그것이 하필 이제말성을
부리는가하야 기분낫부게 움죽이
고 있는것도 戰鬪中의 유-모어
한 場面이 마음에 아직도 나머
있다. 땅에 없드려서 敵과銃丸을
對酬하면서도 「냄새는 안나는가」
것과 이편을 向하고 말을건늬는
것도 자미있다.

전에도 말한바 있거
니와 步兵과함께 敵을 對하는곳이
있는데 鐵道兵의 主人公이 興奮
되고있는 彈丸을 신명나게 没
하야들고는 步兵렬에 上等兵이 泰然히 非
戰에 담겨있으면서도 主人公보다도 더
談을 해가며 彈丸을 가지고 이주쾌활
하게 追擊하는 敵을가차히하야 擊
하는것도 자미있다. 그외에 擊
戰하는것도 자미있다. 그와에
의姿態를 생생하게 描寫했다.

그러한 戰鬪場面같은것을 「보리
와兵隊」의 그것과 比較하야 生覺해
보면 자미있다. 危急한 사정의 招
異한點도 있었으나 그러나 하나로서
두作家의 그사람그사람의 特色이
如實하게 表現되었다고 生覺한다.

○

이러한 實戰을 體驗한 사람을
속에서 만들어진 戰爭文學이 점
차로 生産되고 먼저말한바와같이 그
戰爭全野의 원갓場面과 場面이
方面方面에 처해있는 各流의 兵士
의실情的인 精密한 報告도 신속히
覺은하나 그와함께 皇軍 點領地
執筆해 내기를 希望해 마지안는다
強力無比한 皇軍에 實戰하는것을
信賴하고 安心은 하지만 이번戰爭을
에는 鬪爭의 武力뿐이 아니라武力
後에서 얼마나한 努力을 하고있는
가를 우리는 모름직認識해야한다.

藝術性의 獨立

韓 植

一

우리들은 눈에 보이지안는 것때문에의 꿀벌(蜜蜂)이
당—! 나는 아마 이말노부터 始作하지않으면안되겠
지금 나는 꽃만을사랑할것이라고 말하지않을것이다
그러나 어드운밤중에서 꽃의香氣들 냄새맡으며 꽃의
存在를 그리워한다는것은, 어김없이「蛇口로부터 빛
을 배아서오는」때의마음을 胚胎하겠다。이것을 누
구든지 文學以前이라고는 하겠다。그에의 反省과 端
初로써의 그에對한 情熱은 다시말할것없이 卑俗에서
떠나라는 마음의祝典을 기달이는때의 所以가안일가
이와같은 마음이 그어느對象에對하여서도 祝典의불
로 부르는前科三十맷犯의 페페투모코의 부질없는
꽃을뻐뿌러롱을때 우리는 마음ㅅ 그對象의 真實을
고러안어볼수가 있지않은가。
가렬부었이 있다는말인가。一輪의꽃은 그가 가장

아름답게 피였을때 그는自然의모든 아름다운秘密을
포기에서도 넉넉히 보이고있는것이안인가。真實은 얼
마나 적다해도 큰거짓보담 많은것을 가지고있다。도
로혀局部를 細末를生각하여도좋다。人間 性情의어떤 中
心核을 內包하고만있다면 그것이 어떤것의破片이라
도 누가非難할수있을것인가「微細한것 가운데서 全體
를본다」는「패—레」的態度야말노 絶望할수없는文學
精神의엣센스인것이다。
最近나를感動식힌 두作品이있다。하나는映畵「望鄕」
이고 다른하나는 椎明翊氏의「肺魚人」이다。배가떠
나자고할때의 愛人갸비—의 이름을、목슴이자라는때
로 부르는前科三十맷犯의 페페투모코의 부질없는
愛情은 虛僞없는때의 人生의哀切한 一斷片。가장
스페레이트한때에 찾는빛。보담더 착(善)하게되기爲하
여서는 보담더 나뿌게(惡)되지않으면안되겠다는 때의

悲痛안사람의運命。「肺魚人」에있어서 큰구렁이가 기적같이 나올것을 기대하면서「도영」「현일」「병수」가、소벽을 보면서 對話하는 場面을읽을때 숫재 우슬수없는 悲懷한感傷。 나는 이作品에있어서 무엇을感傷하였다는말인가。 그 題材에있어서 別로神奇한것이없고 日常으로 생각지못할場面과、性情을그려준것도아니지만 나는感傷의限界를 모르는바도아니다。이와같은感傷을 무겁고도、괴로운時代에서도 삶을 切實히생각하고있는人間의性情속에서、뿜어나오는 純潔이라고믿는때문이다 汽笛의雜音으로 힘싸여버리는 中에서도 다시금愛人의이름을 부르면서 自殺할때 페페의 불타구나를 흘너버리는 눈물 구렁이나온다는것을 믿을수없으면서도、結局 오좀누는「현일」의마음 나머있는 純情과深切한삶의意慾、이것을 보담더큰人間의感動에까지 높이할수있는때의 그것을 생각하는것이다。感傷과感動은、어떤사람들이 생각하는것같이、全然히範疇/다른 것이아니다。그들은 오늘날 感傷이라고하든 感動이라고하든지 숨은思想으로하든지 思想이아직 分明한 表現을하지못할때 確實히公表하지못할것임을 忘却하였든것이다。이 兩者는 質的善異가 안이고 라고하느니 나는 믿는다。나는 여게서무엇을 말하려하였든가 藝術의 잔투가 如何하며 그作品들의 大

小의量 레-마의 日常性 廣狹等으로는 藝術的優劣의價値를決定 하리라。그러므로 菖蒲와梅花를 牡丹과코스모스의 美를比較하야 그의優劣를 다룬다는것은 어리석은일이안일수없다。그들이 가장 빛나게自己들의美를 完全히 表現하였을때──그것만이면 그뿐이다。勿論하고 溫室의꽃보담野生의꽃 造化보담自然花 가벼운뿌리밖에 못가진꽃을 大地에 단단히 뿌러끊이박힌꽃을 더욱사랑할수는있다。또 人間思想의形象化는 音樂이라든가 造型藝術이라든가 要같은植物的의美와는 簡單히比較하야 생각할수는없기는하다。그러나 누구든지、「神曲」과「파우스트」들、가 偉大한作品이닥-고한다 손쳐드래도 그와比較함으로써 「짜르게뷰후」의散文詩、「헤루메루린」의頌歌를 萬若에 拙劣한作品이라고하였든 그의無慈한評價方法에 나지않을수가없을것이다。그의無慈한評價方法에 늘 와 形態가「다-리아」만 밝양지못하고 크지못하 하드래도「코스모스」가 그가가진 或은그만이가진것 을 그完全에있어서 마음것 開花하였을때 그는다 른것과 박구지못할獨創의 美를가졌든것이안인가。「슈 랏히엘·맠헨」은 十九世紀後半期에 있어서 그當時獨 逸의美學說中에서도 藝術의獨立性에對하야 가장많이 싸웠든 사람이었다。 그의말을빌어 오는것도 부질없는일

「藝術은 各各의 分野에 있어서 完全하고 있는 限에 있어

서는 大作과 小作과도 美的으로는 平等하다.」

「各種의 藝術的 完全에 關하야 比較가 없다, 다만 있는 것은

그의 藝術的의 完全에 關하야 比較받는 限에 있어서만이다」

「가장 크고 가장 複雜한 畵布는 가장 적은 아라베스크

와 同等이며 가장 긴 詩는 가장 짜른 詩와 同等이다. 藝術

作品의 價値는 內的인 것이 外的인 것과 呼應하면서 如

何히 完全한가 하는 데에만 依據한다 ─

우리는 이와같은 問題에 對하야 더욱 깊은 思索을

거듭하자면 반다시 잔루의 問題에 까지에 생각이 올이

르게 하지않으면 안될 것이다.

모든 藝術的 分野에 있어서 自己가 아모리 文學을 조와

한다하드래도 그와다른 音樂과 美術 繪畵와 造型

藝術 이와같은 것들을 比較하면서 그 優劣을 말한다

면 만일 그는 얼마든지 美學的誤謬를 犯할 것이다「라─나」

의 風景畵에 반하는 나머지 陶淵明의 詩漢에 고을니는 나머

한다면 어찌될 것인가. 「엣세─닝」의 詩를 拒否

지 一「미케란젤」의「다비데」를 煩脈한다면 어찌될 것

인가. 如何히 하나의 天才의 손으로된 것이며 不屈한

精神으로부터 자아 나오는 것이라 하드래도 하나의

作家와 하나의 잔루를 그와 카메고리─와 稟性을

달니하는 것 다른 하나와 ─ 比較하는 것은 藝術評價에 있어

서 極히 危險한 原始的의 方法이다. 더욱 如何히 裁斷

을 조와하는 批評家래도 自己의 趣味에 따라서 다른 하

나의 아름다운 美의 價値에. 눈을 가리우며 감치운나는

것은 從屬과 獨斷을 絶對로 必要치안은 藝術에 對한 盲

目者이라 하겠다. 그들이 泉然 그 前者인 하나에 對하여

서도 眞實한 價値를 享受하며 制斷하였는가도 大段

疑問인 것이다.

自己아들을 사랑한다는 것은 다른사람의아들을 미워

한다는 것이 안일 것이다. 더퍼놓고 미워하며 따퍼놓

고사랑한다는것은 그것이야노 距離를두고 冷靜하

여야할 批評家의 愛情이안일 것이다. 어떤作風과 作品

을 추어들어 이時代의 眞實한 客觀的反映으로써의

第一總括的의 代表者로 생각하기어려운지금에있어서

는 더욱 그러하다. 後代의 文學史家에게 그것의眞實한

價値制斷을 期待할수는 있겠다.

一二

우리는 더욱 卑近한때로까지 생각을 돌여볼必要가

없을 것인가.

「모든것은 그가있어야할곳에 있어서야만 完全하고

모든것은 스스로의 本格을 나타내는 完全性에서만 畫

용하다」 우리는 다시 헤―마의 大小를 論議할 必要가 있을것인가 所謂 題材主義에 對한 反省은 일즉이 나 또 어느곳에서 指摘한 일이 있었든것이다. 日常身邊이나 世態·風俗에 取材하면서도 그것單한 雜記的인것이나 報告的인것밖에 못될때 다시말하면 「트리―비아리즐」에만 始終할때 우리는 그것의 藝術的燃燒가 不足하며 誠實한 感覺 作家的인 批判을 거추러나오지 안는 私生活의 羅列 日記의 披歷이라는 點에서만 論難한다. 廣汎한 社會的取材가 없음으로써 스캐일의 큰로망과 比較하면서 單純히 一跌하는 態度는 取하지않을것이다. 藝術·文學上의 優劣은―― 價値判斷은 저것과 이것의 比較에서 點數를 매기는것이 안이라 메―마에 있는 것이 아니라 藝術上의 完全性에 있다는것을 말함이다. 레―마가 日常 常茶飯事 身邊·世態·風俗·戀愛自然에 있다할지라도 그가, 社會的取材에서 스캐일이 큰것을

人間의 心情의 問題로써는 何等의 差異도 없다는것을 「패―헤」가 일즉이 말한것과 같이 모든 藝術上의 問題는 心情의 問題에 向하는것이다. 作家들이 그의 性格과 襄性에 따라 自己가 第一條와 하는 또는 經驗과 觀察이 通達된 取材에서 自己의 藝術上의 完成을 目標할때 그는 남을 부꼬럽게할수는 藝術家가 될것이다. 그리하야 自己만이 가지는 領土를 가질때 그는 입사 이 創造의 作家라는 무릅이드를 좋을것이다 이때까지 우리 文學界에 暗暗中에 存在하고 있는것같은 題材主義―― 무슨 社會的인것같으면 偉大한것이 生각하고 身邊的인 테―마인것같으면 作家自身부러 卑屈하게 생각하는것의 無意味를 알것이다.

李泰俊氏가 언제인가 우리 文壇에 있어서는 長篇보담 短篇에서 오히려 藝術的인것을 차줄것이라고 말한것은 現在에 있어서는 너욱 正當한 말이 있었다고 記憶한다 우리 文學界에 있어서 泰遠·孝石·無影·泰俊氏등, 가장 힘있는 作家들에 있어서도 가장 홀룡한것은 그들 指向한때와 조고만 差異도 있은수없다 純潔한마음 가장 崇高한 美의 完全性의 把持에 依하여서 훌륭한 作家에 있어서는 그어느 取材때에 있어서도 同一한 情神에 依하야써 即 文學精神의 形象化만―― 藝術文學을 創造하는것이다. 생각하여볼시어다 種類 잔루·形式·色彩·테―마의 差異는 있다드래도 우리는 長篇流行의 하나의 反省으로써 現實에 對應하

면서, 過去의 하나의 遺産에 附隨되는 하나의 偏向을 생각할수없다. 過去의 하나의 遺産이라고 말하었다. 그것은 視野가 擴大되며 社會的眞實에의 聯關性의 深度에서 表現되며 把握되는것에 對한 過去의 遺産을 말함이다. 이것은 우리들이 가지고 있는 가장큰것이다 이와같은것을 忘却하고 좀은意味 義理의 탈에서의 人間心情만을 · 말한다면 그는 또하나의 偏向에 끈칠것으로도 · 생각되며 高邁한藝術文學이 못될것도 當然한 일이다. 人間心情의問題도 社會的聯關밑에서 그 有機體의 密度에서 醱酵함입을 어찌 看過할수있을것인가. 그러면서도 내가 오늘날特히 한편의人間心情의 問題를 强調하는 理由는 어떠있는가. 다른데서도 言及하였지만은 하나ㅡ題材主義의偏向에 對한것이며 다론하나의 理由는 社會的視野의擴大, 메ㅡ마의廣汎하고 眞實한社會性의 捕捉등이 不可能은않다 하더래도 여간困難치안은 今日에 있어서의 作家들의 苦哀를 打開하려는 意味에서 더욱생각하는 것이다.

그러므로 今日에 있어서도 作家들은 萎縮할것이없으며 지금과같은 와같이 通俗小說에 몸을 바치을 것으로만 唯一의 打開策 或은作家的 活路로 생각하지말것이라고 믿는때문이다. 메ㅡ마의 社會性을의 捕捉 그 典型的時代의 總括的性格의 表現의 困難은

作家들로 노하여곰 態風俗이라는 이름 아래에서 大部分이 通俗小說에 헤매고있는것이 안인가고 생각된다. ·도모략 나는 지금와서 「사람들이 自由로 으며 美인 故로 를 消하여서다」라는 「실러ㅡ」의 · 말을들으며 하나의 眞이라는 境地를 作家들의 今日에있어서의 하나의 가장 賢明하고 避치못할 藝術的方法의 그것이라고 믿는것이다.

三

나는 요지음 寬大의意義 價値論과 存在하는 동 이와같은 메ㅡ마를 되풀이하야 생각하여보는것을 하나의 習慣으로 하고 있다. 例컨대 純粹感情의世界에의 沈潜을 몇번말한일이있다. 무엇보담도 時代的 意圖氣를 생각함수가 없다. 그것에의 그렇지못한 世界그 것을 容易히 保持하기 어려운時代에 對한 反撥이라는 것이다 무릇모든것은 自己의性格을 依하야 進步하겠다. 比較에依하여서더욱 美醜의 程度를 眞僞의如何深淺을 測量할수있을세다. 切蹉琢磨따는 말을 생각하여보와도 좋다. 自己의 價値를 確保하는 者는 他人의 價值를 第一먼저 發見하며 正當히 尊重하는 사람이안언가. 모든旣往의 天才들은 다른 天才들의 價値를 놇ㅣ 評價할수있었든 것이 안인가. 價値論은 自己의 個性以外

에는 全部抹殺或은 無視하는데에서는 正當한評價가 存在하지안는다. 相對되는 個性에서 그의 反應으로써 머욱自己의 價値들빛나게하는것이다. 이야말노 價値의 創造者이며 眞實한價値의 評價者인것이다. 우리 批評壇에있어서도 價値評價에對한 極히初步的인 이와같은 眞實을 爲先생각할必要는 없을것인가. 寬大를 생각하야본다는 意味가 여기있다. 그는 度量을말함이지 것 價値의쇼一비니즘이안이며 精神의啓發로써의 그것이다. 「全體를 짯(縬)내기爲하여서는」「溫帶가存在하기爲하여서는 熱帶가불타며 塞帶가얼지 않으면안될것을알것이안일가. 「차이콥으스키一」는 一八七八年 「폰, 멕크」夫人한테하는 便緻가운데서 다음과같이말한 일이있다. 「모찰토」에 對한 나의崇拜는 나의音樂性質과 全然히反對된다고. 당신은 어린

아히때에 悲嘆을맛보고 精神的으로 混亂하였든내가 그의「똑바른」健全한 性質의方向인人生의 歡喜를表現하며 더욱 反省하면서도 조곰도損傷됨이었었든「모찰토」의 音樂가운데서 慰安을 發見하였다고 하는것은 아며 正當한理由이겠음니다. 한藝術家의 創造力을 이것

저것의 偉大한가 大家에對한 그의 同感과는 全혀다른 것 分離된것이라고 생각합니다. 例컨대 「베ー르、멘」을 讚揚하는사람이 그實그의性質은 一層더욱「멘델존」에 類似하고있는때가있읍니다 例컨대 作曲家이며 菩樂에있어서의 極端한 浪漫主義의 一勇士였든 루터리오즈가 批評家이며 「구룩크」의 崇拜者였든 一베루리오즈였다는것보담 더욱 矛盾撞着의明白한 例가있음니까. 이것은 아마 極端한것을 合하야 强大한偉丈夫가 脆弱하고 纖細한美女와 사방을 속사기게하는때의 引力의一例이겠읍니다. 何如튼 두사람의 藝術家의사이의 相異한性質은 그둘 相互間의 同感과 親和를妨害하는것이아니라고 생각합니다」

「푸로ー벨」은 스스로 「나는 나의素質 또 그의歸結로써 生하는 나의美學 그以外의 素質과 美學을가지지 안는다」고 明白하게 斷言하면서도 스스로 本質的으로 相違가있다고 言明한 「죵유 산드」에 對하야 「당신은 아 푸러오로부터 理論으로부터 理想으로부터 出發한다. 人生〃對한 당신의溫容과 淸澄과 即當신의偉大는 이에서부터 發生하는것임니다」고하면서如何히 制作態度를 全然히 달니하며 서로 創作上의 何一를 否定하면서도 藝術家로써의 깊흔 愛情과 正當한 相互間의 評價와 作風의 理解와 價値의 尊重을

가젔든가는 有名한이야기 엿든것이다。또「푸로ー벨」
은、自己의魂을빼았겄은文章이라고 讚美하였든「사ー토
부리안」「고ー테에」의 散文을「쯔르게넵후ー國쯜라」등
이 絕對로認定치안음을 論難하면서、이들과 對立된
文體論과 藝術上의 意見을披瀝하면서도 한편「쯔르
게넵후ー」「쯜들」을 眞實한藝術家로서 歎服하며 後世
에 이 일흠이 높어갈것임을 豫言하였다。나는 이以上、
또무슨 引例와 寬大와 價値論에 對한 意見을 더添付
할必要가 있었을것인가。

四

文學史家가 흔이말하는 어떤流派 어떤이즘이라는
說明에依하야 한時代의文學의 主流와 傾向을解得하는
나머지 그가形成되는 微細한過程을 輕視하거나 無
視하여서는 안될것이다。何如튼 그流派、그傾向、그
이즘가운데에있으면서도 그中에서는 모든個性이反撥하
며 서로啄磨하면서 서로 높이하였든것을알면 그만
이다。特히國民文學의 基礎의 樹立時代는 더욱天才的
個性의 簇出時代나의그들은 서로
의天才의 評價를 正當히 함으로써 決코唯我獨存으로
生存하지않었으면 할수도없었든것이다。이에서 民衆
的根帶傳統的地盤을 背景으로 한다는것을 包含하야
우리는 이時代에있어서 무엇으로 批評의基準을세

生각하여도좋다。「슈트룸、운두、트랑」의時代를지나서
獨逸文學의 基礎를 大盤石우에 세웠는時代에서 우
러는 相反하는 뚜렷한여러개 性格、때로는、하나의
敵으로도생각이되었든그들은ーー「쾌ー테」와「실러ー」하이
네와「뽀르네」그다음으로는ー「쿠라이스트」「헤벨」노
바ー리스」등을생각하여볼것이다。「全然히 서로 協和치
안은主觀과 客觀精神과 自然과의抗爭」으로 서로 反目
하든「캐ー테」는 「실러」의죽음後에 「나는自己의 存
在의半分을잃(失)었다」라고 까지嘆息하였다。같은世
代 類似한年齡同一한生活環境에있으면서도 또 때로
는 서로 싸우면서도 第一容게理解한그들이었고 서
로 높이評價한것도 그들이었든것이다。로시아文學의
四十年代에있어서의「푸레야ード」(七巨星) 아포로의型
藝術家 메오니소스型의 藝術家 그들과같은諸群의特
異한巨星들의併立으로 하여곰 그나라文學의 움지길
수없는大河는 더드러냈든것이다。十七世紀의佛蘭西
文學에있어서 거ー 같은時代에있어서 悲劇喜劇詩
喩詩劇으로써 各己로顯著한 個性的作家、排反된性格
「라푼레ー누」「꼴베ー유」「모러엘」이共存하었든것이안
인가ᄀ 그一이枚擧할수없는니만치 文學史上에서는 이
와같은 例를 無數히보는것이다。

우리 作品의價値들 맨들것인가 하나의 規範이 무엇 보담도 높이 評價될때 作品의價値判斷은 容易한일이 안이다. 우리의 周圍에서 無數히바라보는 通俗文學은

決코作家들의 放恣的인것이안이고 如何히 리아리즘 의名目으로써도 現實에追從하는 하나의 客觀的意義 를 結果한다. 어찌하야 現實을되푸리하며 生活의反 映을 文學의信條로 贍詒할것인가 무엇보담도 먼저 自己에게忠實한다는것은 未來에忠實하는것이안일가하

나의規範에對抗하야 나의現實에對하야 美的價値를 獨立시키며 하나 의外部的追從에對抗하야 藝術的內部完成을 企圖할뿐 이 아니겠는가 하나의現實에對하야 藝術性을 獨立시

킴으로써 다른하나의眞實을보려는 藝術家로서의 自 於은 今日에있어서 相當히높은 評價를받을것이다 어 떤 時期의生活을 罪한汚辱으로밖에 끈치지않게함에 는 恒常스스로의 存在를 確保하지않으면 안되겠다

「批評의暴威」또는 抑壓乃至割」로써 어찌文學의隆 盛을 期待할것인가를 생각하는이때에 享受의幸福을 생각하는것은 時機에도適合한것같다. 正當한作品의價 値判斷은 오늘날에있어서 도로혀謙遜한享受에서 비

못한다는 말을나는 한때 가있었다. 그럼으로 나는作家 들에게 對한 하나의 基準으로써 도로혀 그들이 自 己들의 뮤-즈에 忠實하였는가를 생각할것이며 自

己完成을 通하야 우리들에게 뮤-즈의心琴을 울녀 게 함으로써 認識에의領域에 드러갈것이탑을말하 며한다.

何故오하면 우리들의課題는 그무엇을勿論하고 이 眼前에의大地에서 「끊이苦難하며 情熱로써 追憶하며 印象」하는것은 「그本體가 우리들의 內部에서 눈에 보이지안는것으로 다시復活하는」매를爲하여서만 삶 을繼續하며 藝術을創造하는 때문이다. 그러하야 나의 時代의對決로써 藝術性의獨立을主張하는 마음 은 눈에보이지안은것을 內部에蓄積하려는 꿀벌의所 願이안일수없다.

(끝)

探照燈

○ 지난번에 ○○仁氏、朴氏然氏、林○淡氏、새분은 손에손을마주잡고 皇軍慰問次로 戰地로떠낫닷는데 消息이업다。금궁도齋齋 齋齋도 궁궁。

○ 朝鮮日報社學藝部 次席으로 게시든 李源朝氏는 어떤事情으론자 椅子를 내여노섯다는데、아마도 永郎寺近處로 移居를 가시드니 목락소리 念佛소리에 洗禮를 받으섯는지 ○○하고 어지러운 俗世를 가차히 하치않으시려는모양、그도 모를일。

○ 겨우내 鄕里에서 蟄居生活하시드니 느진봄 아드바 上京하신李문간이 月前에

○ 불어가는 出版界에 現代文庫가 廣韓書林版으로 第一輯을으든 彰義門언덕을 거든하신모양 하이커들이 숨차게하신모양 시기 閑雅이 되서도 自善을 ○物價는 아무리 올라 改靴을

○ 周洪氏는 東奔西走하시드니머지 新世紀社에 入社、落葉가튼 日刊新聞에붙여 뼈글뼈글 도라야말로 世紀의戀人이요 諛氏의 ○○○○○ 가 아닌가

○ 오래간만에 上京하신 新書籍氏는 何必上京한다는곳이 盜作全集을 刊行한다는데 編輯에는 李冶氏라 고하며 月刊「作品」까지 刊行한다고 出版業엔 양이다。永昌書館에서 作品名에는 한산하고 第一回配本엔 李無影氏作品이 五月十六日이 央影氏 嚴親의 ○○인데 彰義門언덕길을 엇지 넘어단이섯든지 皮革統制지는때 氏의 발모양이 대신인 오늘에 양태가 다낫다고 나스지 않을가 겨정。

○ 每日新報社에 入社하신 金鐵氏는 原稿를 請하면 對答하시는 말슴이 永遠지 않으시겟다고。그러나 業이業이니만치 原稿局에서는 ○○○ 적가락짝을 잡으시는지? 허나 장담이 장담이마 배운 도적질 어이버리며 龍濟氏는 東洋之光社에 入社하신 후리후리한키에 엄이 다니시다가 入社하신後 로는 성큼성큼 革皮가방을 드

○ 原稿紙를 내여던지시고 東洋拓殖氏는 拔飯소리로게신 小門박 依然히 監怜으로게신 氏와 노래소리에 心醉하신모양。不老長生을 願하실지나 지는해를 어이잡으랴요 매우섭섭한일。

○ 여분업이 熱이 돋긴든모양이다。

시고 、「합보하시는모양、外交員
도갈고 受金員도 갈으시니 었
전일인고。

○

竅文社에 入社하신지 月餘
도 못되여 옛집 秀英舍로되
도라 가신 洪九氏는 인제야坐
定하신모양、고기도 눌든물이
좋드라고 변수없는일。世上이
변덕이 맞은지?氏가 변덕이많
은지?원 도무지 까닭모를일。

○

老處女가 이제야 出嫁한다
는건 너무나 비지차루는 매
우가 청명관이었든모양 韓雪
野氏의 「蕩奏龍」가 먼지않어
나 一部未完한채 中央印書舘에서結
婚式場으로 나온다。新郎은말
할것도없이 「蕩天下 顧者겠
지。

世界作家紹介

（露西亞篇）續

도스토이에프스키이
(Feodor Mikhailuitch Dostoievsky)

모스크바出生。一八四五年에
處女作 「가난한사람들」을 發
表하여 激讚을받고 이어 「二
重人格者」「自痴」를發表 一八
六六年에 「罪와罰」을 一八八〇年
「카라마쇼푸兄弟」를發表 그러
나 一部未完한채 一八八一年
에 死亡하였다。

아르틔바세푸

「쌰닌」과 同期의作家로서
一九〇四~一九〇五年以後 反
動期에있어 그미카단的傾向을
울러미고나선 作家이다 代表
作으로서 「사아닌」은 너무나有
名하다。

뿌ー닌 (Ivan Alekaeiuitch 1870ー)

「체홉」의 後繼者로認定된 短
篇作家。노ー벨賞受여者。白
系露人으로서 放浪들하고있음
代表作으로서 「산푸란시스코의紳士」「미ー차의
戀愛」等

꼴키ー (Makaim Goriko 1868ー1937)

作「四日間」을完成하다。그外그
는 「체홉」의 短篇集을 넘기채狂
疾의發作으로 自殺하다。

자이세푸 (B.K.Zatseu)

一八八一年을로무縣出生 그
는 「체홉」의 影響을가장많이
받은作家이다 革命後亡命하여
巴里에在住

아ー쿨스도이 (Emiu 1832)

十月革命으로 一時亡命하였
으나 다시도라와 現在소와派에
트文壇에있어 新쁘로조와派의
互文匠으로 代表作「정론바
리地主」「표ー토르二風」

쿠푸린 (A.A.kuprin)

白系露人으로서 十月革命後亡
命 目下 巴里에 存在 代表作
「地下室」어머니「四十年」等 代表
作 「村」「生活의술잔」「미ー차의
戀愛」等

갈신 (Vsuolod,Mihai'ouih Garsion)

南露에 카데루그ー
出生。一八七七年露土戰爭때志
願兵으로서出征 負傷하여 「하
리코무」에 逃避되자 바로處女
命으로 中篇「모로ー푸」 長篇洪訓의諫

지。

茶房小感

嚴興燮

茶房을 別로 좋와하지않든 내가 어느틈엔지 모르게 一種의 茶房쟁(?)이되여 버린걸 생각하면 우수운노릇이다.

가많이 생각해보면 茶房에 안가는날은 別로 없을것같다. 甚한날은 하로에 四、五處가넘지만 普通두세곳은 으례 들른다 아마 내집에 茶房만한 아니 茶房의 半전만한 應接室이나 休息室도없는 탓이라 붕어색기처럼미적지근한 맹물을 훌작훌작 마시며 맥없이 담배 연긔를 내뿜으며、茶房天井을 우두허니 바라보다가 눈을스르르 감으며 무엇인지 冥想에 잠기는듯한 表情

茶房을 한다는것이란 한十年前쯤이면 쑬쑬일이도 요적음치끔 신글속병한 때에는 웬만한 桂冠質이 아니고는 하기힘든 愛護일이나 나는 이런娶橋만은 끗지못했다。넓은 庭園이나 고요한 接室이나 그래도 泰西名曲 몇장쯤을 設備해둔 休息室이 없는가난한 文化人들에게는 路傍의 茶房이 한때의 慰安과 休憩場所가 되지 않는배는 아니다。

더구나 몬지와 틔끌이 몹시날리는날 또는 바람한점없는 日기운날 灼熱아래 진땀을흘러며 물신물신 해진에스팔드를 걸어가다가 서늘한 茶房에 뛰여들어 어름쪽들은 冷水라도 실컨드떠키고 담배타도 두、개 태운다음 고요한 세례나—메라도들는 맛이란 이 簡易避暑法中의 하나일것이지만 或은 情다운 친구를 突然길거리에서 맞난다거나 누구와 某然한 會談이 必要할때연 다상물 茶房이 實相이좋으도다。

그러나 茶房은 또한 똠팽이나 採病患者의 興窟이되는수도 며러 있다。아쉽부터 茶房에出勤하야아 모하는 일없이 (하는일이있다면 葉書나 두어장쓰거나 그렇지않으면 新聞동령이나 映畵雜誌따위를 뒤적이는 것뿐이리라)누구를 기다리는 表情도 없이 두세時間甚한者는 하로終日을 一金二十錢짜리 커피한잔에 에사탑자리를 占領하고 있는꼴이란 보기에 딱한 일이 아닐수없다。

그건 그렇다 치머라도 제란놈

이 무슨 론識術家나 興者나

는듯이 또는 가장 外國語通譯이나 하는듯이 或은 茶卓우에 原稿紙를 늘어놓고 무엇인지 끄저거리는 끝이라거나 原藁를때여들고 그것도 남의눈에 얼른띄이게 內容에 가장 熱中한것처름 성그레 웃으며 책장을 놀랠만큼 얼른얼른 넘기며 苦笑를禁치못할 光景이다.

이란 苦笑를禁치못할 光景이다.

이제가 젠체하는 체病患者임에 틀림없다.

도대체 그들은 茶房을 圖書館으로 잘못알고 온것인지는 모르되는가 많다.

대개 봉어사랑같이 속아 뒷비인 열간 이 이따위 체病에 걸리는수가많다.

이러한 체病患者는 벌서 十年前朝鮮社會에 流行했었다.

머리를 기-다렇게 길르고 이제겨우 二十남짓한 애숭이가 반지황게 아래턱에 수염을 길르고야 할것이다.

(수염이라느니 보다는 털이라할것이다) 겨드랑애는 언제나니 冊을끼고 단이건만 其實 一冊을 한장도 떠드러 보지않는…… 아는체하는 체病患者의再現을 우리는 요지음 茶房에서 흔이 發見할 수있을것이다.

나락목아지나 수수목아지는 알맹이가 일을수록 머리가 숙여진다.

茶房에와서 文學을論하고 作家를 批評하고 映畵를 아는체하고 普樂에 素養이있는체 하는사람처럼 其實 아모것도 모르는 얼간 망둥이다.

茶房은 그러한 雜談場이아닐것이다.

보담높은 意味에서 都市文化人의 돌도없는 休息場이되고 慰安場이되여야 할것이매 좀더 淨化되고 깨끗한 情緒와 雰圍氣가 흘러야할것이다.

梧野莊雜筆

李石薰

서울 그리운 病

나는 울잡어서 세번이나 서울다
녓다。 한번은 公務로 소위 「出張」
이고、 두번은 別일두없이 훌쩍 갓다
가 훌쩍 도라왔다。 시골살면 때로
는 서울이 그리워진다。 淡然어서
울空氣를 마시고 싶어지는 것이다
마치 서울을살면 때로는 시골——田
園이 그리워지드키 서울을살면
然만 都會분위氣에 疲勞를 느낀다。
그런때 조용하고 空氣맑은 시골이
그리워지는 것은 當然한이치다。 그
렇다고 그럼、 시골生活이 都會生活
보다 좋으냐하면 이건別問題다。
一長一短이 있었다。

시골살면 서울이 그리워지는 것
은 무슨까닭일가? 서울서일찍기
幸福은 누런것도아니오 반드시기
운살이야한 切追한理由가 있는것
도아니다 사랑하는 사람이 기다
리고있는 것도안니오 나의榮譽가
서울에만있는 것도아니다。 이렇게
그理由를 追究해보면 나로서도때
로 서울이 그리워지는 理由를 똑
바로 붓을들수는없다。 그러나 나는
때로 서울을 그리운情이 북바처올라
서 二三日休暇를 빌어가지고 아
모目的없이 훌적뛰쳐간다。 그저서
울가기만하면 足한것뿐이지 가서
누굴맛나고 어델가야겠다하는 조

고만 계획도없는것이다。

成興서 서울 한멫時間 汽車때
시달려우다가 이튼아침에 서울
나린다。 몇달동안 안보다는 서
울停車場 構內복도는 더더워첫고 간
혹딸푹말쑥한 젊은女子들이 휘우
뚱거리치만 서로인삿말한마더바뀔
사이도 못되고 그저그러 그러
한 倦怠도운 世上사인것은 마한

가지다。 나는 하물을하고 驛食堂
으로 올라간다。 별쩍한「홀」에 잘
난척하는 사람들사이에서 나는 아
주론일이나 이윽고 서울 온거나처럼
뽐내고앉었다가 女性的感
覺을주는 힌저고리닙은 뼌이가 날
러다주는 아침定食을먹는 맛ㅡ이
것만은 질겁다。 이쑤시개로 이쑥
나러와서 一金十錢이
란 대단이비싼料金을주고 구두를
닦어달낸당。 알른알른 윤택이나는
구두를신고 기젔느린거름으로 자

내가 그리던 서울도 그저 그러구나 하는 失望을 느낀다면 애당초에 무엇을 期待하고 왔든것이겠느니 別般 그런것도 아니매 서울이 突然 싫여지는것이다. 가령 이러한 嫌症이 내가 거리를 걸어가다가 맛나면 그길로 곧 停車場으로 달려가 咸興行차를 기다려 타고 훌쩍 떠나버린다. 맛나면 벗들도서 보면 그야말로 온데간데없이 사러지는것이다 그래서 나는 내 行動이 수상하다고 어떤 동무한테는 非離을 받는다. 아― 그 동무는 내가 남의눈을 기어가며 무슨 暗中飛躍이라도 하는것으로 誤解하는 모양이다。 또 어떤 동무는 서울을 자주 다니면서 自己헌테는 들리지 않는다하야 友情이 疎遠해진거나 처럼 나무래는 경우도 있는모양이나 원낙 豫定없이 게다가 月給에 매어사는 人間의 悲哀라 이러구 저러구할 時間이 賦與되지 않는것이다.

어디루갈까? 궁니하며 車道묵 걸어가는맛! 이것도 절겁다, 한번은 이렇게 궁니하며 驛밖으로 나오라는 참에 오랫만에 金乙漢氏를 맛낫다. 또 驛喫茶店에서 아침을 먹다가 오랫만에 鄭人澤氏를 맛낫다. 나는 원일인지 어딘가 다니다가 맛나면 대단이 반가운 동무들을 썩 잘 맛나는 버릇―或은 運수가 있는것은 늘 이상하게 생각하군한다. 올치 서울을 가면 咸興驛에서 安碩住氏를 맛낫섯고 通義町 거리에서 朴魯甲氏를 맛난일이 있고 帝大앞길에서 이른 아침인대 金億氏들을 맛낫이있었다. 偶然이 이분들을 路上에서 맛난것이다. 偶然이 이 目的없는 서울旅行의 大部分인 收穫의 하나요 기쁨의 하나다. 勿論 많은 동무를 맛날수 있겠지만 나는 윹작스러 시끝도 가고 싶어진다

홀쩍 서울을 떠나 車에 흔들리며 어떤때는 지나가면길에 釋王寺에나 들린다。或은 三防에 나려 「스키」나 좀 하러 갈까? 그렇잔으면 外金剛에서 溫泉이나 처구 갈가? 역러가지로 꿈을 꾼다. 그러나 정작 現實問제에 드러가 그러한 餘裕있는 허탕스러운 世界에서 發見을 근심해야할 생각을 하면 結果로 보아 더 憂鬱만 사가지고 올것이므로 慹然이 꿈을 깨처버리고 咸興까지 直行를 해버린다。가난뱅이는 가난뱅이답게 살어야지― 쓸쓸한 諦念과 잛으나마 휘모라친 旅行덕분에 대단한 困憊만이 머리를 나려누르는 것이다. 이리하야 結果的으로 더욱틀리는 結果만 짓지만 때로 서울을 그리워지는 一種季節病을 退治하는 療法은 되는것이다.

北 行 車

北支로 滿洲로 移住하는農民 돈

95

떨어가는 장사군들로 北行車는 날마다 大混雜을 常한다。 나는세번서 울갓다오다가 두번까지는 서울서부허 元山에이르는동안 뀰곳箱자속에 트러배킨 물건처럼 서서왔다。그많은 乘客들이 殆半滿洲行이라한다。朝鮮사람이가는곳에 바가지가있고 바가지 가는곳에 朝鮮사람이있는 그바가지 朝鮮사람의 宿命을象徵하는듯한 그바가지짝들이 北行車마다 너를한봇짐에 맺달려서 멀그럭거린다。農民의누추한안해와아이들은 앉을자리가없어 북도에앉어가다가 나중에는 그자리에 누어멋도모르고 보채는 아이에게 젓을푸며 자버린다。 마다느는 乘客들은 厥女로하여금 복도에나마 누어자지못하게한다。 그만치 사람이많은 것이다。

「鐵道局은酷ひもうけ方をするね」

어떤乘客은 이렇게憤慨한다。

一何しろ時局柄車輛がとても挑底

してるそうだ」

다른乘客은 이렇게도 말한다。 그러나 그나머지 大部分의乘客들은 아이구데이구 떠들뿐이다。 이러한난장판에 座席을독차지하고 泰然이자빠저가는 ─高貴한中年女人이있다。그앞에앉은 ─滿洲로 색주가장사라도 하려가는 사람인지? 혐상궂게 생긴中年사나이가 平安道사투리로

「이아즈마니 좀너러러소 예」

하고 첩에는 공손이권하나 꼼짝않하니까 그제서는 더큰怒聲으로

「아─니 넘메(염치)두 까풀안에 있것지기리 더기매나인은 어린아일머리구 맨바닥에 너가는데 이게무슨심당 (육십)이란말이오 어서니러나소 예! 어서니러나라구요 여보!」

어 그래요」

할뿐이다。 성냥잡에 성냥답기듯이선 사람들은 이光景을물긓럼이 구경하다가 어이가없어 쓴우슴을짓는다。그中年사나이는 흔저怒氣가衝天하야 한참동안 판자노미에 펏줄을세워가지고 게두런거리다가

「예부사 답배나한대주게」

하고 저런 건너녀쪽에앉은 妾인듯한 젊은女人에게 손을내밀었다。

얼마後에 그高貴한 女人은 부시시 이러나 금가닥지 번뜩이는 하얀머리를쓰다듬어단정이한後 내가언제 沒廉恥한짓을 했더냐싶이 안房에서 종들을바라보는 그러한 모습으로 새침하게않어서「삔또─」 들는 것이었다。

「아ー니 속이언잖다더니 밤만잘 처러면」

「그렇지만 그高貴한女人은 이러 내뒤에선 젊은사람이 이렇게중 얼거린다。그절들은 몃몃사람이걸」

「아이구 난못이러나요·속이언잖 날氣색도없이 겨우

「아ー니 속이언잖다더니 밤만잘 처러네」

라구요 여보!」 어서니러나

96

걸웃엇다.

「三等車에두 一, 二, 三等, 四等 까지 있네그려!」

누가또이런 풍자를던진다。 그러나 누구하나 그高貴한女人을 붓들어 이르키고않는 그런勇氣있는 사람은없었다。 朝鮮사람은 아직介衆道德이라면가 正義觀念이라면가 대단이稀薄하다。 잘해야뒤에서 諷刺나하는程度다。 모든事物에對하야 大凡하고 경중없고 規格이없다。 남의 不正한「行動에對해서 寬大한만큼 自己의 그러한일도 그러하게 生각하는 폐단이있다。 쓸때없이尊大然하는것으로써 朝鮮사람은 處身하는것을 점마다 한다。 정말점에는것은 이런것이 아닐것이다—나는 이런 생각을하며 不快안채로 元山와서야겨우 車안간을 더달어주어 한자리를얻어탓다。 그것도 내가일쩌기 運動選手였어서 敏捷하게 몸을셋기에 망정이지 普通行動으로서는 咸興까지도 서서있어야 할것이었다。

滿洲로大陸으로! ─正히 朝鮮사람의 歷史的大移動期의 前夜인듯한感을 끔이하는 것이었다。

─四月於咸興─

빠이 酒黨

玄卿駿

단돈 五錢이나 十錢이면 된다。

식그러운 世上事가 모도다 안개 속에 아주물하니 사라저 버리고 호못한 氣分이 異常스에도 부풀어 올으며, 무에라고 말할수업는 흥건한 氣分이다。 그리구 실없이 우숭이 나오며, 무슨 이액기면지 자꾸 하구싶어난다。 그럼으로 거러둘끼리 맛나기만하면 依例빠ー酒의 饗宴이 벌어진다。

곰은 돍소곰이 좋다。다만 問題가 되는것은 饗宴에 參加하는 째 거리들의 心理問題다。 이 饗宴에 參加할라면 一切 社交的心理는「레ー테ー의江」에다가 훌녀버리고 奸邪한 處世的態度는 取하지 말어야한다。그저 한잔이라도 더 마시고 더 愉快하게 떠들며 아무意識없이 저절로 自己自身을 赤裸裸하게 들어나보이게 하야한다。 그리고 짓거리는 이야기 또한 때와 場所에 따라 計劃的으로 修辭하여 꿀칠해놓는것이 아니라 아무게던지 나오는그 기여올나가는 담배煙氣가 天井으로 이 될것이며 天使으로 되고, 余裕잇는때면 落地다려의 割的으로 修辭하여 꿀칠해놓는것이 아니라 아무게던지 나오는그 기여올나가는 天使의 치마짜락으로 보고, 珍味는 생각만해도 군침이 호르 기 아니라 아무게던지 나오는그 치天하는 天使의 치마짜락으로 보고, 정없으면 소곰도 좋은데 소 대로 率直하게 짓거려야 한다。 인다고 몽롱한 詩人의 그눈을 疑

그속에는 옛날 初戀談도 있고 冒險談도 있고, 文學論도 있고 批評論도 있고、째에 따라서는 未來를 꿈꾸는 空想論도 있게된다。 그러나 그모든 暗騷한 이야기들中에서 어느것이고 單하나라도 解說을 要할것은 없다 그리고 것부터가 별서 너머나한 胃瀆이되고만다。

此間에 反駁도 必要없다 萬若에 그런것을 要한다면 그 마른편壁에 걸린 포스타ー의 月仙照고무신 廣告속에서 淫蕩하게 웃는 게집의 얼골이 齋家의 눈에 聖母마리아의 肖像으로보인다 고 어느信者가 抗議를 提出한다 면、그것이야말로 狂信者라기보담 얼간信者라고 할것이며 나곳이 기여올나가는 담배煙氣가 天井으로 이올지天하는 天使의 치마짜락으로 보고, 정없으면 소곰도 좋은데 소 인다고 몽롱한 詩人의 그눈을 疑

心한다면 그없나 어리석은 일
이라?

晋樂家는 술잔을 빨때마다 입
술에서 나는 그소리에서 「鄕愁의
맨」을 編曲하고 小說家는 힌쪽
구석에 쓸어저서 크롤고는 그 모
양에서 산 미이라(木乃伊)를 素描
하기에 餘念이 없다.

그러다가도 정 氣分이 들떠올
라 그空想의 世界가 참말로 나위
하기始作하면 그만 노래가 흘러
나오고 그러면 이내 패거리들은
約束이나 한듯이 서로 엇개를잡
고 일어서서는 춤을 추기始作하
는것이야.

춤은 되는대로 西洋춤、日本춤、
朝鮮춤 朝鮮춤中에는 엇개춤、영
댕이춤 출때로는 제법 멋드러지게
나오고 그러면 이내 패거리들은
그럴듯이 추는때도 잇는것으로서
그야말로 춤의 칵렐이다。이렇게
하바탕 떠들고나면 웬일인지 마
음속이 후련이 풀려지며 머리속

이 시언하게 기어진다. 그러나 風
船은 언제까지나 上昇하는것이아
니다 마음이 후련이 풀려지고 上
머리속이 개여지면 그와同시에 上
昇한 風船은 갑작이 무거운 납
덩어리로 突變해지며 急速度로 下
降하기始作하는것이니 現實超越은
시밥비 맛나지만 않으면 그무슨生
死之事라도 있을껏처럼 生覺된다。

말할수없는 愛울과 哀愁를 안
은채 제各己 제窟式 흐터저 가
고나면 方今 떠들어낸 그일은 比
길때없이 어리석게 生覺되며 가
슴속만 자꾸 갑잡해난다。만은 그
머면서도 피우다남은 풍초나 집
어물고 오지안는 잠을 억지로
할타치면 패거리들의 얼골은 못
견딕게쯤 안타가히 그리워난다。

大體 至今쯤 그들의 머리속에
는 어떤것이 떠돌고 있을까? 하
나 둘 次例로 번갈아 生覺하게
될때면 마음은 어느틈엔가 다시

고 싶어난다。더욱이 눈이나 오
는밤이면 견딜수없다。그런때 제
아모리 家族들이·말린단들 무슨
所用이 있으랴?

다시금 어두운 거리에 나서면
가슴까지 異常하게 울렁거리며 한
시밥비 맛나지만 않으면 그무슨生
死之事라도 있을껏처럼 生覺된다。

그러나 밤은 子正이 훨신 넘
었다。불갈이 치미는 生覺에 집
은 뒤쳐나왔시만 갈곳은 없다。
뒤집에 가서 분주스레 떠들며 째
울 勇氣는 절정 안난다。패거리
들도 서로 超現實을 할수가
있다지만 家庭의 雰圍氣는 달으다。
生覺다못해 하는수없이 어
두운 밤의 거리를 더벅더벅 헤매
게 되는때면 까닭몰을 한숨만이
자꾸 흘러나오게되는 心思는 大
體 어되다가 何故일까? 或은 心
覺은 화곡 굼실거렸다잔 沈澱되
여가고 움겨놓는 두다리는 感覺

99

교착 옮어진다。 醉했던 술기운은
痕跡도없이 사라지고 자꾸 서글
퍼만남때 갑작이 저쪽에서 들려
오는 자최소리는 다시 生覺해볼
껏모없이 못견되게즘 맛나보고싶
면 째거리의 발자최 소리다。

그러나 彼此間에는 맞나도 서
로 말은없다。 말이 없어도 哀愁
서런 눈과 눈은 어둠속이지만 낮
낯치 말하여준다。

아모말없이 머리를 숙이고 默
거리들의 感覺에 그것이 알려질
리 없다。

목 저골목에 흐려젔던 째거리들
은 거전 어둡러게되고 그러나한
갈곳만있다면 무엇은 두려워하랴?
두려워하는 눈자의앞에 길은 열린
고。 그렇다。 무엇을 두려워하랴。
주저하랴? 詩人아 그 酒幕의門
을 박차버려라。 거기 우리들의 뮤
ㅣ즈가 있고 聖母마리아가 있고
산미이라(木乃伊)가 있다 그리고
「鄕愁의曲」이었다。

집은? 집은 生覺만 해도 골
속이 어두어든다。 大體 어듸를 가
야하랴? 머리와 엇개에 눈이 나
려쌓이거나 비가 뿌리우거나 째
거리들의 感覺에 그것이 알려질

天國과 地獄을 門한장의 사이
라는것을 우리들은 다시금 깨달
어야 한다。(四、十三、於闔們)

社 告

다음號부터는 紙面關係로 創作도 一段을 廢止하고・二段으로 하게되였아오니 海諒하시읍기 千萬 바라나이다。

編輯部 白

失樂園 承前

李孝俊

斷想

마음이 조각나고、精神이 흐트
러 첫으니 잊에다시 수습할길
바이없는 몸이매 매일장취 喪心
한날은 어제도 오늘도 다보냈다
내일도 모래도 글피도 오늘과같
은 날이 오리랴。

남과같이 父母兄弟、妻子가 없
는것도 아니였만 마음한곳 의지
할곳 없으니 心思는 깨여진 거울쪽을 주
서마추는 것같이 갈길모르고 지척지척해
매노니 구러터분한 냄새가 코를
찌르고 눈알이 씁벅씁벅하고 인
중이 들먹인다。

써거가는 지개미 냄새가 오장
에서 풍겨나고、깨여진 거울속이
그믐밤 총총이 내빛인 별같이 번
적일때 아득한 길올것는 나그네
의 心思와같구나……。

오늘도 내일도 모래도 글피도
그글피드 이런心思에 쌓이고 억
매고보면 로보트와같은 肉身은 칠
성판에 누은 송장과 갈애지면 차
라리 편할것이리타만 그도저도
대로 못ㄴ고보니 천정이나 처
다보고 육효를 배판할 의사도
그러보나 코에서 수중기
만뿜는다。그도 수얼한 일일가
부냐。

저잘난 몸을 한없는 곳없는、진
열장에 내세워 오고가는 행인이
욕을하거나 흠을보거나 찌꾸까불거
나 비웃거나 꿀먹은 벙어리같이
잠잠히 서서 그래도 나보란드키
스란치마를 거더들고섰는 마네킹
의 마음이 얼마나 명화로우냐。
地獄과 煉獄을 방 문찌방사이에
두고 넘나들듯 쉴재없이 깽충거
릴때 發展이 있고 退落이있건만 앙
상한 病客 군때무든、손길같은
마음의벽만 남었으니 억개는 축
처지고 바지가랭이는 무릎아래로
흘러나티고 보매 걸어갈여니 힘이
들고 종아리배때가 켱기여 왕모
래같은 땀이 안박같은 어마에흐
른다。이것이 人生의 苦海련가?

입은 몸은 날듯날듯 개벼운 肉體
와 마음이 멧날못가서 헛바닥갈
이 늘어지면 어제가 오늘같고 오
늘이 어제갈고 래일도 오늘으
리랴。

아츰 저녁으로 날마다 ○하는 父母나 안해나 그모양이 그모양이다. 태일도 이럴게고 모래도 이럴게다. 언제까지든지 이럴게다 안해에겐 의복이나 조반석죽을부탁할 그뿐, 태일과 모래를 의논못되고 (부탁하고 싶지도안라.) 그저 어린자식의 기저귀나빨어줄 틈만있으면 다행이다. 매마른 잔디를 쓰다듬는 心思나 헷별에 물끼마른 콩코리트벌틀 거니는 感想뿐이다. 이러케 외토운 속에 어린것이 벙긋벙긋웃고 나메비를 훨훨하며 달겨들지안는다면 化石으로 변해버리고 말깨다. 어제와오늘 래일과모래와, 글디디 재똥 한가지썩은 늘어가리라. 마음이 좀가벼워지는 듯하다. 그러나 發展없는 버生活을 도라볼때 비둘기 나래같은 두팔을 버리고 제비색기 입같은 조고마한 입술을 놀이고빠는것도 樂일지모르겠다.

覺 書

아무리 애를쓰고 情熱을 쏫는다해도 마음은대로 되지안는 앞길을 도라볼때 그같이 애처러운 일은 없으리라. 受難을 體驗해야 힘차울지않은 일이 닥치려라만대 수룹지안케 역인일이 틀어질때 怪變은 살점을 쩌저내는 것 갈을진대 反省하여 되푸러헷것는 발그림자가 띄엄해지니 허구한날 그 모양일것은 分明하리라.

生業을 버리고 受難을, 招來하야 苦를맛보는것도 應當 人間修業의 한幅일지나 瞬間의希望을어에 남에게 하소를 하고보니 당나귀 하품만치도 솔깃지안는다. 있다냐. 래일이냐. 僧女가 念珠헤이듯 만날 그럭이 그럭이니 어찌 倦怠가 새음 솟지않고 落淚

빠하고 달겨듣때 어민아든을 고 름 돌보아 그必要를 自身도 모르지 아니껬지만 그러케當하는 일이 順調롭지 않으니 어찌 寒心하지 않으랴.

이 무슨 청승일가? 物情은 그럴지라도 마음만 바르게갓자 ─ 그러나 곡갑게 토라지는 個性과 知性은 사사포씨름을 부치고 아늑거리까지 걸게하니 비우슴이 저절로 나오고 感情은 손벽을 친다 부러워 하면서도 대견치안케 겨눈질 하니 요 무슨 팔이냥지 나치는 自尊心을 나타내는출 번연히 알면서도 빈정대는心理는 脫線하야 軌道를잃은 車輛이되고 말 게아닐가. 그래도 아첨하는 生覺에 남에게 하소를 하고보니 당

最高限度의生活 ─ 高揚的 歡氣

이 탕게를 들지 않으랴.

누구에게 얼려거리를 하려는 것
은요 만큼도 없다. 自尊心과 優越感
에 그대로 맥기여 한몸 다스리
지 못한배 아니니 뜻가는대로 出
馬한 身의 目的地로 向하는 心
理狀態를 바로잡고 沐浴을 식히
는 道理밖에 없으리라. 시척하면
간다바라요 발등에 불을 부칠레
넛가……。

孤獨

나는 비오는 날을 즐긴다.
실부실 나리는 비소리— 추녀끝
에서 있다금식 떨어지는 落水소
려가 마음 한편끝을 어르만지는
音樂소리 같기도하다.
구중중한 날시가 마을에 그닥
지 닮기지 않으더라만 왜그런지
내게는 구중중한 날 책상앞에서 책
읽는것 외에 더 즐거운 일이없다
사람마다 각기 다르겠지만 그

러나 내게는 한없이 집부고 즐
거운 날이다. 우산을 밧고 길거리
를 나스는 맛도 더말할 나위없고
落水소리들 암자에서 들여오는 修
道者의 목탁소리로 듯는다. 바람
부는 소리는 觀兵式을 하고섯는
森林의 致鍊하는 소리로 있다
시계의 초침소리는 바위를 휘
돌아드는 물방을 소리로 듯는다
책위로 흘으는 냇물은 잇바닥까
지드려다보인다. 모래 굴러가는 것
까지 보인다.

册床앞에 머리를 조아리고 눈
을 감는다. 창틈으로 새여드는 바
람과함께 문풍지 씨르릉 거리는
비와소리를 나는 듯는다. 낫이면
서 밤갈은 낫을 맛볼때、무덤속
같은 사위、벽선에 걸린 시계의
초침소리가 너무나 청각을 울린
다. 비소리도 들인다. 도당에、떨
어지는 落水소리도 들인다.
눈앞에는 奇岩絶勝의 名山이 나
타난다. 山谷에、몸과 마음이 潜

이토록 정숙함을 즐기는 내마
음이 피짝스러움일가? 나亦 또
르겠다. 외로움도 내天性이고 고
요함을 즐기는 것도 내感情니누가
탄하랴.
나혼자만 즐기고 웃는마음、별
어갈 사람도없다. 多幸이다. 天國
과地獄을 여게서 分別 못함을서
운히 生覺한다. 安息의 처소가않
니냐. 이뭇이 天國이런가?
침입자없는 世界에서 거미줄

려나 오듯하는 思索을 마음껏 낙
구어보자. 俗化되지않은 知性을 찾
기爲해선 所得이 있것언 젠間에 修
養만하면 그뿐이다. 受難을 料理
하는끝에 그뜻이 있으리라. 무릇
보다도 내게는 修養이
다. 修養없는 生活이라면 조히
와 붓끝에 곰팡이 슬카라. 어
쩌 몸을 사릴가보냐. 永遠히 따
를 孤寂과 고요함을 나혼자만이
즐기여 포용하겠다.

失樂園

비는 여전히 나린다. 바람소리
도, 洛水소리도, 시계소리도, 끈이
지않고 들인다.

잔디도 불붓고 잿송이 눈발같
이 휘날이고 우리에 가친 암룻
이 장으로 팔려가는 수둣을 보고
울을 넘으랴고 허우적대며 줄띄
마는 소리를 삑삑 지른다. 죽룡의
지개미 는동과 범벅이되고 밥롱이
있다.

먹구 토섰다. 공공대는소리 생과부
노릇을 할암듯이 입맛나게 고적
淸津港으로 뱃놈의 양아들로 들
어갔다 한다.

閔參奉집 산머슴으로 있든 토順 또
청승맛게 울든 국국이소리도 어디
로 갔는지 들리지않고 토담넘어
복송아나무말 초막끝에 나앉어 버
선 뒤굼치를감추든 유순엄마도
보이지 않는다.

진달내편 언덕넘어 술발속에서
아범은 後嫁해간 어미를 따려자
토 쩜봉어 끌동멩이에 밥을비비
고 덤벼들든 永八이는 꼴떽쩨기
의 패왕인 敬三이와 어더로 교
러를 사렷는지 보이지 않는다한
다. 고개넘어 永玉이는 서울遊廓
에 팔리고 개울건너 舊實이는몸
內 永興樓의 갈보로 갓다고한다
쇠뿌리 보습고지 酒幕에서 閔
參奉의 우슴소리와 게집의 냄비
짝 닭는 노래가락이 들인다.

유순엄마도없고 永玉이도없고
舊實이도없는 방개울은 完然히 荒
蕪地로變했고나 보리고개로 다넘
어간 마을사람들의 구슬픈 嘆息
만 골안개속에 사모친다.

머들곳 없는 이밤을 어이 쉬여
수심가 잘하든 金先達은 금점
갈가 ?

(尾)

文學·生活·眞實

―現代文學은무엇을말하는가―

洪 曉 民

一

우리는 文學하는것과 生活하는것과 또 生活과文學
은 結附하여 움즉이는것에對하야 種種 疑念을 갖
는일이많다. 노 우리는 遭한 境遇에는 文學하는것
과 生活하는것과 또 生活과文學을 結附하여 움즉
이는것은 全혀 否定하랴고하며 또는 放棄해 버리
라는 態度와 傾向을 가진것도많다. 이것은 直接으
로는 文學하는 그들自身의 言動에서 顯現하는일도있
지마는 많이는 그들의作品에서 나타나고 나고
있다. 그렇나 그렇다고해서 우리들 自身이 文學을
拋棄한다든가 生活을拋棄한다든가하는, 또는 兩者
를 죄다 拋棄하고 自殺하는行爲에 나가느냐하면 그
런것도아니당. 늘 問題는 文學을 한다면서 文學다

운文學을 産出치못하고 또 生活한다면서 生活다운
生活을 못하는곳에서오는 意志的인 反動인것이다.
이것이 우리의苦惱요 煩悶이오 悲哀다. 그렇다고 世
間에서 成功이라는것을 金錢의對象에 거는것과같이
文學人으로서 돈百萬圓이나 所有하게되면 이런 苦
惱와 煩悶과 悲哀가 消滅되거나 解消될것인가! 極
히 俗人的인 意志의 發動으로 생각하면 金滿家가
되므로, 或時는 이런것으로因하야 지옥이 가슴을
아래로 쓸는지는 모르나 그렇라고 우리가 生
각하는바 文學다운 文學을 産出하니 生活다운生活을
營爲할수있다고는 斷言할수없는것이다. 現實은 사람
이地位를 얻으므로 權力윤얻으므로 金錢을 所有
하므로써 自己自身의 良心을 滿足하느냐하면 全혀
그것은 誤算이오 俗된생각이 아닐수없는것이다.

105

우리는　生活한가지만　놓고보드래도　우리의　生活에對하야　다만　人間世界에서　存在해있다는　그範疇를넘어서　우리는　지금　生活하고있다는것을　意志的으로　感得하고있는것은　아닌가。다시말하면　우리는　우리의生活을　考察할때　나부터도　우리의生活은　우리의　理念에맞는生活이　아님은　勿論이어니와　더나가서는　우리의生活은　生活이　아니오　一種　動物體로의　生存　或은　生物學的으로본　한개의　存在에　지나지안는것을　感得하고있는것이다。母論　우리의生活이　野蠻人에비하면　越等이　優勢하다든가　透徹히　달르다는것은　우리는　政治가　있고　經濟가있고　文化가있다는　點이겠으나　果然이　的인心理요　또　現代人의任務와도같이　되어있는것이다。漠然한말로하면　一般　現代人의呼吸과　現代人의欲望은　좀더　高度의政治와　經濟와文化를　要求하고있는것은　다시말하면　個個人이　가지고있는바　理想社會에對하야　理念하며　渴求하고　있는것이라할　수있는것이다。그러면　이것이　可能하냐　不可能하냐하는　問題에　이르러서는　이는　不可能한問題인것은　久遠한　歷史哲學을　通하여보거나　現實로의보는　高度의　文化를　所有하고있다는　다른邦土를　보더래도　決코　그文化　다시　말하면　그들의　生活에對하야　滿足해　있느냐하면　그런것은　아닌것이다。여기에　다시問題는　複雜해　지는것이어니와　人間은　于先　解決할수　있는　問題만을먼저　解決한다는말과같이　朝鮮人으로의가진바生活과　그의藝術（文學）을　좀더　高度의그것으로　進展시키는데있어서는　우리는　어떠한態度와　어떤한行動에　나가야　되겠다는것이　問題되지아니할수없는것이다。當面의問題는「壁에부딪고싶은心理」（「헤스틀」）로서의　切迫感에서　곧　朝鮮人으로서　文學하는것과　生活하는것과　이兩者를　結附한　그것에對하야　苦惱하는것을　좀더　愼重한　어떤한　提示와解決을　피하기위하야　먼저　現代文學은　무엇을　말하고있는가를　우리들은　한번　생각해보자는　것이다。

二

一쯕이　文學上의　擬古主義時代에　提唱되었던「人類의適當한　硏究는　人間이다」（The proper study of mankind is man）라는말이있었다。이것은　人類를硏究해

나갑에있어 먼저 人間인 個體를選擇한것으로 이는 이렇게 長邊히 늘어 노았느냐하면 그것은 文學上

꿈、人間을 봄에있어서 人間을 尺度로 삼은것이다 에있어서의 한걸같이 人間에對한問題에서 出發한다

따라서 이것은 一般學問에있어서 거의 通則的으로 는것을 말하고저함이다。다시말하면 文學은 人間을

이는 適用된것이며 또한 文學에있어서는 擬古主義 硏究하는哲學으로 人間對自然 人間對社會 人間對人

時代에는 이런것이한개의 原則이있으나 浪漫主義時 間을 다만 人間으로의 머저지시게하는 것이아니라、萬

代에 이르러 이는 한개의 標語에 지내지 안헛면 美的인方面 眞的인方面에서 抽出하고 描出하야

것이다。낡은 實說에 지나지안헛던것이다。그러나 人 古 不朽의 ・한개의 理想型에 나가게하는것이다 하

類는 이原則을 씨서 날수없는것이있으니 이것은 英 기야 耽美主義같는 流派에 이르러서는 모든것을 美

國이 가장 뒤 늦게 浪漫主義로 가게된것도 이러 로만 取扱하야 『보드레르』와같은 『惡의華』라는 大

한 理由인가한다。곳獨逸의・哲學的洗禮가 究竟全 作을 나캐하였으나 文學에서 생각하는바 文學者는

世界에의 浪漫主義哲學으로 感染시킨것이어니와 곳 반드시 『보드레르』가 理想型에 屬하는人間이며 또

「괴테自身이」말한바 『道德律은 絕對로命令하야 모 반드시 『惡의華』가 우리가 要求하는바 文學은 아。

든 自然本能을 壓迫한다。如斯히 보는것은 道德律 닌것이다。『보드레르』 時代에있어서는 道德律이 自

에對하야 奴隷의關係에 立한다。그러나 道德律은 同 律的인곳에서 너무나 頑固하였던만큼 그것이 容納

時에 自我自身이다。即 道德律은 我等自身의 本質 됨을 얻음과함께 醜도 美로 볼수있는 一面을 發

의奧底로부터 나온것이다。그리고 그것에 服從하는 見했을본이오 醜가 곳 美로 될수없는 그本質

때에는 我等은 我等自身에 服從하는것이다』하야 獨 은 各異한것이다。哲學上에있어서 兩極이 合一되는

逸理想主義의 自由의概念을 들어 넘과함께 擬古主 理論에서만 可能한것이오 世界文學이『보드

義가 말하는바 『人類의適當한 „研究는人間이다」라는 레르』流에만 瀰滿되었다고 생각하면 그文學은 果然

槪念에서 一段의 進展을보았으나 亦是 人間을 따 무엇이 되었을것인가? 『보드레르』流의 文學이 다

나서는 아무런것도 成立할수있었으나 것이다。그런데 른 眞質에의 探求를 일삼는 一面에對하야 惡에對한

내가 여태까지 擬古主義와 浪漫主義의 轉換을 왜 眞實을 探求하랴든 그것으로因하야 文學으로의 成

立이있는것이다。例컨대 自然으로 生出하는 泉水가 열마든지 있음에對하야 무던땅을파서 泉水가 나오는것을보고 喝采하는心理가 人間의心理이며「보드레르」의取한態度다。亦是 이것이 좀더 效果的인일인지는、몰르나 正道라고 불르기에는 一步躊躇하지 않을수 없는것이다。그렇다고「톨쓰토이」의 無抵抗主義에依한 慈愛!、絶對나아니다。그러커든 있는것이다。文學은 어째서 絶對가 아니다、人間이 絶對가 되는것인가 같이 文學이 人間의 모든流派와 文學者는 哲學者가 世界를여러가지로 分析한것과같이 人間을 여러가지로 分析함에 지나지않은것이다。곧 人間의個性을 横으로 본것이 있는가하면 縱으로본것도되있고 善으로 본것이 있는가하면 惡으로본것도 있는것이다。또 白으로 본것이 있는가하면 赤으로 본것도있있다。다。그러하야 今日까지의 이르는 文學의蓄積은 人間을 여러가지로 分析함에 머저지고 있는것이다。

三

文學은 一面 모든藝術이 共感運動인것과같이 또한 그러하다。文學의 偉大한것이란 偉大할수록 그에있어서는 創造한다는것은 共感하는 그것이다。그리고 經驗은 그의共感 이創造가 세개의形態를 共感이 造한것이다。따라서 우리는「쉑스피아」나「괴ー떼」나 또는「떨떼」의 모든作品을 對할때 그時代와 그國民과 그場所를 勿論하고 共感을 가저오는것이다。그러면 그共感이란 어디서 가저오는것이냐하면 生活을 再表現하고 우리의 感情과 우리의 恐懼을 得 傳達하는것으로서 그것은 무엇보다도 優秀한 思考力을 要하고 該博한知識을 要求한다。同時에 이것은 살어(生)있는 存在한가 ー이「自己自身에對하야 全혀 共感的이 되는것」의 이 共感의 勢力과合體하는 程度에있어서 創造的으로되는것이다。數學者가 圓을 描寫하는것은 共感의모든要素의 外部에 있어서인것이다。살어(生)있는 存在한들 生하는것은 生의 「浪漫主義는 共感의運動이다。그리고 批評은 그것이 共感의 中에있어서 創造的 的生殖은 明白히 媒介的인 平面의上에 位置할것이다。批評家는 恰似히 救學者가 그렇게하는것이다。批評이것을 共感的이 되는것이다。그리의 現代文學은 여기에對하야 果然 遜色이 없는가? 分明히 遜色이있다。잠간 浪漫主義에 對한것을 보지라도 이러한것을 알수있다。

가질수있는것을 我等에게 보이고있다。即 藝術家
와의 共感 作品과의 共感 潮流와의 共感 그곳으로부
터 創造的批評의 세게의 形態다」

(되ー메 著 石川湧譯「批評의生理學」二六七ー二
六八P)이와같이 모든藝術의 共感은 文學의 生理에
있어서도 共通인것이다。이는 모든 創造物에對하야
그것은 批評하는것도 亦是共感을 가져오지않으면 아
니되게 되어있는것이다。따라서 共感世界를 想念하
지않은 創造는 이는 아무런 價値分析에도 들수없
는것이다。그런故로 藝術(文學)에있어서 共感이란것
은 다만 個個의共感을 集積하는것만 말하는것이아
니다 원래 共感이란 社會性 思想性이라는것을 內
包해가지고 있는것이다。이것은 演劇에도 符合되어
있는것으로 될수있으면 이 共感의 徹底를 期하지않으
면안된다。이 共感의主要한 成分을 社會性思想이나
이것을 直接的으로 運用하는것은 亦是 人間의性格
을 描寫함에 있는것이다。「되ー레」는 또 이러케
말한다。

「演劇에도 小說에도 藝術의主要部分은 特히 佛蘭
西에있어서는 性格을 描寫하는데있다。고르네유、
따쉬느、모리엘、스탄다드、발쟉크는 人間의性格을
描寫하였다」(되ー메、著石川湧譯「批評의生理
學」二五二P)

그런데 내가 이것을 왜 말하는가? 하면 朝鮮
의 現代文學은 너무나. 性格描寫에 對하야 陳漏함이
있는가 닭이다。朝鮮의「스타일리스트」作家로 指目되
는、李泰俊氏의 作品에있어서 또는「모던니스트」의 指
目을 받는 朴泰遠氏에있어서 우리는 너무나 幻滅를
느끼지안는가、이곳에 紙面이없으므로 具體的인것은
後日을 約하거나와 東亞日報에 連載되고있는「딸삼
형제」에 나타나는「車醫師」의 性格이란 果然 무엇
을 말하고있는가。또 朝鮮日報에 連載되었으면「愚氓」
에 나타난「학수」라는 靑年은 어떠한 性格이어떤
가、現實에있어서 그런性格의 所有者가 있다면 이
는 妄發이아닐수없다。現代人으로서 妻兄을 强姦하
라는 性格을 맨드는데있어 拙劣한 手段도 手段이
어니와 처째 이런事實이 可能할수있는것일까。이런
事實이 可能치못한것을 作者 스스로 벌서 알면
서 또한 讀者도 알고있는 事實에對하야 이것을 그
대로 展開시킨다는것은 이무슨性格의 缺陷을보이는
것이며 또한 이런性格이 成立될수있을가 또한「愚
氓」에서 보는바와같은「학수」의 죽엄이 事實에 或
是 있을수있는일이나、아버지의일을 아들에게 關知
할바가 아닌것을 小說을 構成하기爲하야 性格아닌

性格을 뚜렷하게 하는것은 생각할 必要가 있는것이다。

感覺小說이아니오 通俗小說이라고해서 어느程度에 虛

僞와 嶄落될수 있으나 그렇다고 共感의世界가 아

무래도 있을수없는것은 會은事實이 아닐수없다。

四

우리는 다시 本論으로 돌아가 亦是 文學하는 것
과 生活하는것과 또生活과文學을 結附하야 움즉이
는것에對하야 朝鮮의文學이 이렇고 朝鮮의作家가
이렇다면 큰일이아닌가. 다시말하면 朝鮮의文學이 있
기는 있었다 하면서 文學다운 文學이 못되고 또한 作家
가 있다면서 作品을 쓸때에 共感의世界에서 버서
진것만을 내 논다면 큰일이아닌가. 勿論 朝鮮의文
學이 최다그렇고 朝鮮의作家가 최다 그렇다는것
은 아니겠으나 朝鮮의 文學이있는 以來 果然完全히
性格을描寫한 作品에 나오는 個個人으로하여금 共
感의世界에 둘만한 人物을 描寫한것이 몇이나 되는가
또한 그人物들을 싸고도는 그社會와 그家庭과 乃
至는 그邦土를 完全히 描出하고 描寫한것이 몇이
되는가. 또한 여기에 따른完全한 批評이 몇이되는가
우리는 生活의切迫感을 時時로 當하면서 文學한다
는 그것은 하나이라도 偉大한作品을 내기위하여서

인것이언만 그結果는 逆結果로 偉大한作品은 커녕完
全한作品이 하나도 없다고하면 이아니 놀라운 現
象이 아닐수있으랴! 또한 創作的인 面이 이렇다
면 批評的인 面에 이떤形態를 띄키 어리운것이 아
닌가. 우리는 批評을 일삼기위하여 批評을 加하는
것이아니다. 다시말하면 批評이며 生活을爲한 批評
文學을爲한 批評이며 生活을爲한 批評으로서 는 批
評은 一떼보一떼가 말한바와같이 「眞의批評은 諸人의
作品의 世紀의 文學의 創造的運動과 一致한다」(뙤
보ー페)著 石川「湧譯批評의生理學」二四六P)는 말과
같은것이다. 創造的運動의一致 이것을위하여 우리는
얼마나. 앞으로도 더努力하여야 할것인가ー「아리로
파베쓰는 마리봐 오로하여금 다시느를사랑한바의 저
親和力의 法則에 依하야 에스키로스를 사랑하였다.
相互로 理解하야 合하기위하여 맨든悲劇과 喜劇(뙤
볼르 유고ー이되어서는 아니된다. 좀더健實한 朝鮮
의文學이産出되어어야 하겠다. 現代의文學은 不具의文
學이 너무 많은것이다! 文學다운 文學을위하여는
「人間이라」는것은 出生하면서부터 善도아니며 惡도아
니다. 社會는 뭇소가 主張하는것과같이 이것을 荒
廢하랴 함은 아니다. 逆으로 完成하랴는 우리는
작크의 말과같이 우리는 作品을 쓰는것은 完全
한 人間를 얻기위하여서임을 거듭말하고 붓을 놋는다

編輯後記

展은 讀者諸氏에게 달린출안다。

△創作欄에 金南天氏의 「巷」야 실기로하엿는데 古典文學을 選拔하야 紹介하기도 하겟다。

△지난號를 걸는 靑丘永言은 다음달號부터 다시 繼續하民과 金沼葉氏의 「바다는얼어불고」와 朴璿愚氏의 「그 女子의半生과 池奉文氏의 「淤濘」을실이번號도 마음대로 못되엿다。

△언제든지 失足없이 時局이 時局이니 만치 職爭文學과

△評論에 林和氏의 繼續인評論을 실어 서로서로 도와가면서 認識하기로하자 다음號부터는 좀더 異彩있는 글을실기로 約束해둔다。

衛性의 獨立」과 洪曉民氏의 「文學、生活、眞實」를 실었다。

△文藝作品을 募集한다 從來대로 朝鮮文學은 新人作家의 重視를 網羅했다。 新人選拔에 企商貞氏의 現文壇 의 重鎭을 網羅했다。

△「文藝雜誌論」과 鄭氏의
俗」과 鄭貞氏의 「나는湯兒」와

△詩欄에 楓煥氏의 「나의肉 號」號부터는 좀더 異彩있는 글
과 金朝奎氏의 「疲困한風 來대로 朝鮮文學은
을 보내라 選者에는 現文壇

△끝으로 執筆해주신 諸先
다리기로하자。

△隨筆欄에 嚴興燮氏의 「茶生과 讀者諸氏의 健廉을 빌
歷小感」을위시하야 李石薰氏의 「바면서 躍進해가는 다음號를기
다리기로하자。

（李○村）

는 編輯을더나 딴곳에서 彷獲했으니 더구나 체꼴이 되였으랴 이제다시 도라와 編輯後設記 끗을잡으니 다음부지않게하지려니 오직꿈임없는 편것갓다。 朝鮮文學의 成長發展을 실었다。

（池奉文）

摩授을 바란다。

△아무리 힘을 드려도 그모양이 그모양이다。조곰 나어진듯 싶으나 그러도 아직 이洞窟과 「失樂園」의 續篇을

△題字問에 嚴興燮氏의 「茶生과 讀者諸氏의 健廉을 빌歷小感」을위시하야 李石薰氏의 「바면서 躍進해가는 다음號를기다리기로하자。

定價表

一個月	三十錢
三個月	八十五錢
六個月	一圓六十五錢
一個年	三圓十錢

注文方法
●注文은 반듯이 先金
●振替료
●郵票는 一割增

昭和十四年五月二十七日 印刷
昭和十四年 六月一日 發行
京城府光熙町二丁目九九
編輯兼發行人　池奉文
京城府西大門町二丁目一三九
印刷人　高　應　鍼
京城府西大門町二丁目一三九
印刷所　彰文印刷株式會社
京城府光熙町二丁目九九
發行所　朝鮮文學社
振替京城二三五四五番
全鮮總版賣 三文社
京城府寬勳町一二一
電光三三五一番
振替京城九七五六番

朝鮮文學

第二十輯（七月号）

〔七月特輯〕

朝鮮文學

第二十輯

新東亞建設의 再認識

— 皇軍聖戰 二週年에 際하야 —

新東亞建設에 當面하야 極히 重要한 하개의 役割을 負擔해야 한다는 科學的政策에 對하야 좀더 考察하고싶다.

現在에있어 얼마나한 發展狀態에 直面하고있는가 또는 時局下의 生活政策에 覺醒하고있는 가 우리들이 現下 認識한 나머지 외이기만할것이 아니라 直접 進行해야 한다는것부터 寬行하지 않으면 안된다.

이제 蔣政權은 將次某處로 移動할것인가 다시한번 되푸리해 生覺한다면 後에 當面할곳은 鼠穴밖에는없을게 다. 事實上 一地方政權에 轉落하야 新東亞建設은 空軍 의 興戰下에 그序曲을 울렸다.

去年 十一月三日 政府의 聲明에 「帝國의 冀求하는 바 東亞永遠의 安定을 確保할 新秩序의 建設에있다. 今 次征戰究極의 目的도또한 여기에있다」라고 此旨를 明確히 宣言하였다.

이 新秩序의 建設은 「日滿支三國이 相携하야 政治, 經濟

支那事變이 勃發한以來 皇軍聖戰 二週年을 當하는 今 日의 우리들은 直觀的으로 長期間을 經過해온 感이 더욱크 다. 戰爭의 總段階의 發展에 當面함에있어 國內政策上 數 次의 變化를 世情도 함께 搖動하야 왔다. 最初에는 一般 國民이 事變結末에 對하야 두려운黑幕에 潛긴듯 茫然한 想念을 그밖에 품고있었는데 요시음 아니 벌서부터 政府에서 처음으로 그不動方針으로써 東亞新秩序의 建 設을理想할수있는 宣明에 이르러 더욱抽象的이면서도 그 終極의目的을 여기에 安定식히야만한다는것이 共感하게 됨 오늘에 이르렀다.

國民精神總勳員이나 物資節約貯蓄獎勵이나 또는 其他 時局認識政策에있어서 今後의方向을 이점에集中 식히지 않으면 안된다는것은 明瞭한일이다. 이意味에 從來의 實 情을 一一히 反省하지않으면—여기에 修正을要할것지않으면안 되는것을 우리들은 認識하지않으면 안될줄로 믿는다.

6

文化等 各般에 亘하야 互助連環의 關係를 樹立함으로써

根幹으로하고 東亞에있어서의 國際主義의 確立 共同防

共의達成 新文化의 創造·經濟組合의 實現을 期하는데

있다는 것도 亦是同聲明에依하야 明白해진것이다.

그러나 現在로서는 旨의 認識을 좀더 强化하는데있

다 覺悟하는데 認識함이 있겠으나 좀더 뚜렷하고 明

確한 態度를 날아 버리는데있지 않은가.

그러면 新事態의 展開를 明確히 認識하지못하고 묵은

觀念으로써 門戸開放과 機會均等을 固執하는 歐米諸國

의 頑迷를 粉碎하여야힐것은 勿論 抗日蔣政權의 育後

에서 妄動을 繼續하고있는 蘇聯의 赤化侵略政策을 東亞

에있어서 根絶시킴으로써, 이로서 東亞建設의 使命을 다

할수있다는것은 이미 覺悟한바이어니와 잇에다시 七月

七日을 機하야 聖戰二週年을 맛는오늘에있어 此旨를 再

認識하는데 한層 肅然正襟하야 國民에게 負課된 새로운

實務를 直視하야 帝國의 東亞再編成의 使命을 遂行하

는데 萬全을·斯하여야 할것이다. 끝으로 長期戰二週

年을 맛는 우리들은 帝國의 世界史的使命을 第一線에서

忠勇을다하는 將士에게 깊이 感謝하며 皇軍의 武運長久

를 新禱하야 다시금 覺醒하야 할것이다.

7

自意識의 過剩과 說話體의 流行

─現代朝鮮新人作家의 現狀─

Y Z 生

現代知識人의 本來의 自意識의 過剩混亂으로 말미아마 思想의 行動의 分裂로부터 始作되는 것이다. 그리하여 우리가 現代都會人의 性格을 觀察할때 그들은 無性格이아닌가 하는 懷疑가지를 품게된다.

그것은 오늘날과 같은 過渡期的 混亂가운데에 있어 現實의 諸斷面이 各 其 그面貌을달리하여 그것이現代人의 意識은 當然히 過剩混沌하게되는것이 다. 이러한 混亂과解體의 가운데에 生活해가야할 宿命下에있는 現代人 은 따라서 아무러한生活的基準도 喪失해버렸지 오래인것이다.

이러한現象이 文學上에反映될때 우리는 客觀性의「스람푸」에빠지지 않을수 없는것이다. 이러함으로 여기에 現代新人作家들의 客觀的描寫를拋棄한 說話體라는것이 盛行하 게되는 根據가있는것이다.

그러면 說話體의特徵은 무엇인가 그것은 오늘날과같은 客觀狀勢의 多角的多樣的 現實에있어 따라 서 現代人의自意識의過剩分裂에있 어선 리아리즘的客觀描寫에 作家 가(讀者와함께) 그形象化의 對象에 對한思考에있어 그것이分散하기쉬 읍고 따라서 性格의統一을 避하기 가어려움에比하여 說話體는作者의 主觀的說明의 連續으로하여 思考의

分散을막을수있다는것이다.

그러나 이것은 좀더 仔細히말한다면 科 學의 合理主義의 後退가作用한바 體의 解體─思想的基準의 喪失─社會 的理想의 混亂으로말미아마 다만懷 疑와苦悶의 막다른골목에 다다른現 代作家의 그自身역시 客觀現實에對 한 基準을喪失함으로써 그것을統 一 一表現할수없이 窮余之策으로서 좀 은 自我의 主觀속에 逃避하여 批 制도描寫도없는 단지說話의連續으 로서 간신히 自我의分裂을 求할 려는것이다 그리하여 오로지 狹少 한主觀과未熟한心理的傾向으로 쪼

× ×

그러나 이것은 말하자면 現代 新人作家의基準의喪失─無性格─을 暴露하는것이며 또한 나아가 小 市民的意識의逃避的 退避性을 證 譚하나할수있다.

(以下略)

路傍草

石仁海

양달에 봄 기운이 드자, 앞산에서 뒷재를넘기는 노루의 우름도, 애오라지 여무러 잣다.

한소리가 「캥」하고 구기면, 뒤따르는 소리는 홍겨이 받아넘겨, 시내위가락에 앙기당기 비알진재를 넘는다. 봄이로다.

해동하는 바람이 개울을 스처 메와들로 번진다. 경칩(驚蟄)무렵이라, 지겹게 겨우내 침북하였든 만뢰(萬籟)는 한참물이 울타 새빛에 번즈레해간다. 모다가 자연의사랑속에 생의 의도를 격려받아 묵은 껍질을 헐벗노라 소리치는 첫봄의 발은 신비그윽에서 깊어만간다.

칠성(七星)이는 이런 애틋한 정경이 눈에 삼삼밟혀, 몸을 그냥 뒤재여도 생각은 한없이 궁싯거려진다. 언덕말 개울가에 잎잎이 프르렀대서가 아니라, 그자신의 서름이 첫솜엔지 모른다.

한청을 금점관으로! 때가 봄이라 청춘이 아숩다. 그러기에 봄은 시름을 갖고 오는겐지 모른다. 기억조차 희미한 그옛날 홀어머니가 서방을 해간것도 이런봄이오, 객집에 남절차로 삼

받치고, 나서둔매도 볶이있다。 해와달이 봇수뼗맜듯

이서 호르는지라, 이마쑤 어떤뒤동생이 그딥다。 잠차

운명들이 엇지될가? 또. 그생각、 깨아미・ 채옹 돌기인

그생각이다。

이렇게 허고한날 변함없는 생각을 가저오는것이여서

봄은 야숙하다。 뜻을 제못물이고、 점판으로 만 점판으

로 피나리 보쌈을 둘머에고 영기영기 가여나、 일허둘

華麗 짤막쌀말 蓉 노뭘 頭막□든 제땅돠다。

이 봄안에나 어미와 뉘둥생과 맞나거지면 하는생각

은 줌여 자면、 에미데(矢人)바도 현나얼어、 구실을 삼

아 보면하는 서그픈 공상이라도 꽃을피우면 마음이 후

무하다。

그러나 깨고나면 롭밤을 십기갈은 우울한 산간토막

(土幕)의 밤이다

고즈넉한 산간에서 울어오는 부엉이 소리가 창을친

다、지금은 금점이드러 읍내에 겨를만하게 번영이되

여가지만、본시 가로세로 순령이、어그막아서、마른산

에 이마가 닿으리단큼 데여섰어 소리는 잡힐듯하다。

이 산밑에다 얼기설기 얼거놓은 토막은 언제보다 초

라하다。어스름에 드러나는 어응한 모욱속에、사람의

드나드는 자최가 등해지자、방속은 점점 괴피해갔다。

젊은패는 노름판을 차자 둘둘이 헤여젔고、늙은축도 인

제 허러를 꾸부리고

고라졌다。

───

실성씨는 셔용 자옹하다가 훗시 잠든 청피째 뭇해

잇다。 꼿써 삼쩌룸 더웝어 광밲쩌애 탐때룰 담써 잇고

성냥옵 □、 그잇다。 빠안붉신 남란하고 방안에서 어뭄

옷 벗기자 느러진 오룩인의 이마가 번들번들빗난다。

「젠장 제때잠도 못청허니─」

칠성이는 다시 모으로 근뎌지며 혼잣말로 중얼거리자

「어뎌도 그런가배」

무간딘소리도 웅얼거리는것은 간도네기 박서방이다。

「어느새 정치인지、머지않아 양지짝밥은 갈렸다、이

짓저것 다─때부치고 진작 농사터로 갈가보다。」

「젠、 하늘아렛땅이 아닌가뼤、불두쭉만 가지고야 어

더 심이다야 말이지。」

「그래도 주먹이 천량이랫스니」

「홍、은낙시도 미끼가 있어야느니……」

다시 잠잠한 침묵에 잠겼다、정신은 점점 새락해갔

다。

「좋은철에 돈들 못모으고─」

「지금인들 어디 금점판이야 오죽 좋다고들 하는가만

원체 가죽이 있어야 헐이 나지않나─」

적막한때、캄캄한 제앞결을 내다보고 긴숨을 치쉬고

한다。

「암만해도 시원한 세상은 없을걸 가지고 서리、계집헌

「신도 한번못하며, 악다귀인가 봐.」

「운수럴 밖에.」

방안은 실실이 녹아호르는 연기뿐이다.

「호래비로 늙어죽어 못달퀴되란 운수야」

기슴으로 깨어난 키다리가 벌떡일어나 앉는다. 기침에 창자까지 팅기어 눈물이 글성글성해졌다.

「멀정하다, 잠이나 자거란」

「앗다, 게집이나 끼고 누웠쓰면 잠을정할지.」

「게집? 병신 지랄하네」

「지랄이락, 흥, 그래도 내가 영웅이지, 그래 오늘 새로온 색주가를 아는가? 고년롱으로 삼켜도 구런내도 아니 나겠더라.」

키다리가 계집이야기를 끄내자, 사박스럽든 방안의 공기는, 급작이 느긋해저, 입들을 헤벌뜨고, 감질나게 시선이 조여든다. 해끌이됬든 웃목 영감쟁이까지 슬멋이도락눕는다. 귀둘을 곤두세우고 뭇는다.

「새로왔다. 뉘집말인가?」

키다리는 맘머리를 앗기며, 차근차근 비위를 건드리랴든 것이 그만 기슴이터저 그냥 툴룩거린다. 모다가 그동안이 하도지리한듯이

「입보든가?」

「나이는?」

여기저기서 제각금 한마듸식 건넌다.

「떠오르는 달같드라, 어룰이환한게, 나이 어린간하곤 소리도 잘하드라」

「좋구나, 대관절 뉘집에 왔나?」

칠성이는 영 참다가 되물었다.

「밤나무집이지 머데야, 그런 색시야 여간내기로는 못꼬러오거든, 이름이 적세맛데, 춘화(春花)락구」

키다리는 신이 나는데 그만 기슴이 터저 말이 동이났다.

「참말인가?」

칠성이는 대답을 기다릴것없이 목침에 머리를 탁 박았다.

얼굴이 후끈하였다. 벌써 밤나무집이란데 구미가 댕겨, 가슴이 두근거리라 오금이 짜릿하다.

번마다 허방을친 밤나무집이지만, 이번만은 기역코 청을 디려보자, 그놈의 여수가 천하없어도 후려넣고, 둣치고 배만지공 해버는 서슬에, 전작이나되든 장가미친까지 뺏고도, 닭쫓든개로 마돌리는데는 눈에번개가 인다만, 이번만이야…… 칠성이는 허러뙤를 좋라매며 주변이다.

칠성이는 슬멋이 속심을 따저보았스나 반런 몇일밖에 없다. ——온, 요것 가지고야 미천이 자라야지, 노름판에가서 개평이라도 떼여내짜하니 마음은 든든하다. 곰곰히 돈생각을 하노라 눈만을 껌벅이는데 방안앤우

솜이 활짝 피었다.

「접여 고운 댓대가 우슴소리도 간드러젓드바 거름앞불
때 써앙읽 거름이고—」

「편今—」

고만 에저기서 가는 한숨소리가 나온다 그런이야기,
인재 접어치어라, 그림에 떡이니 꿩맛은 좋으나 비위만
상한다고 핀잔이다.

모다돌 도라없어 남몰때 주머니심을 주먹구로 따
저보고는 손멘이풀려 아야 도타눕고만다.

킥킥거리고 웃는다. 하찬은 인생이 신세를 내다보고
는, 제스사로를 비웃는 우슴인지 모른다, 서로돌 쥐여
박고, 킥킥거리고, 육지거리, 퉁지거리로 방은 한동안 뒤
죽박죽 법석인당.

방안에 서그푼 우슴소리가 딱끊일때, 쓸쓸한 봄철의
밤은 청춘의 고민을실고 깊어만간당 어둠속에 빛나는
눈알멍이만이 미끼에주린 즘생같이 흥분에 애욕의불길
이 팔팔탄당. 아모리 잠재우랴도. 잠재울수없는 신경을
딱하게들 생각하면서, 목이 킥킥 타오름에 연신 침을 삼
켰다. 방구석에 반듸불처럼 하늘이든「간데라」불빛 조차
감박꺼졌다. 방안은 한을이 침울하당.

칠성이는 실없이 달드든 흥분이풀려 노긋한 권태를
느껴자 벌덕일어났다.

암말없이 술멋이 문율밀고. 나섯다 맑아케 타인하는
에는 삽태성이 장박 두어거리쯤 소삿당.
토막을 뒤에둔 묵은비력(排石)돔이에 버티고서서 설
메는가슴윤 식허라니, 발밑에깐니? 거미에 훈이한 불
빛이 멍면하다. 어데선지 추정군이 왈왈거리며 지나간
당. 술과게집과 노롬에 가지가지 음모저인 작란으로 욱
실거리는 거리는 유혹한다.

칠성이는 어느새 이분위기에 동화가된듯, 금작이 억
게가 웃숙해졌다 좀 다부지게 노따보자 하니 마음도 녀
물거린당. 번마다 이유혹은 칠성이풀 천생 토동판에 얼거
넣어, 모르는사이 신세는 여망 청청이되고 마랏다. 판
에난접군이 되고마럿당.

옛날부터 금점꾼이라면 사갈같이 보아왔고, 왕왕금접
군의 먹든음식은 학질(마타리아)에 명약이라고하야, 먼
촌에서까지 일부러 이것을 얻으라 단였다는 이야기는 춤
심한듯하나, 그기세 사나운것이 화적패 같았다. 하기는 그
사자밤을 목에다 달고, 칠성판이라는 굴(抗內)이라는
직장이, 어느시각이라 운명을 축전키 어려운 험한곳임으
로서. 자연 성격도 탕만적이어서, 마음에싸맨 재살을 베
여 먹이라들고, 사나울때면 맹수로다. 무지막지한 위인이
라, 곪기도쉽고 식기도 쉬어서, 갓닥하면 싸움이오, 둘
만모이면 노름을편다. 들물에 거름모양으로 밀려떠도는
뜨내기 버리신세인 그들은, 발바닥에 종기만 아니생기면

상팔자라고、떠드는인생이다。 칠성이는 분위기가속에서 자
라고컸다。

따라서 난생 어버이 정이란것을 모르고 조마구 빨때부
러 습자판으로 쓰면게도、누구보다 무거운 반생을
이즈러진대로 거러오는 셈이지만、그때도 가다가다 한많
은 팔자를 도리키고는 우울했다。한때 제흥에겨워 팔
도강산을 떠돌때는 모르겠드니 지각이 들사록 아득한
장래를 내다보고는 한숨이 터지고했다。호랑스럽게 노라
났다처도 게집하나 후려넣지못한 반거충이다。이마죽
어머니마저 그리웠다。 그리웠다。맞을잡고 애먼글면 사타오든 차비
에、애비가 겨구머지자자 훌어미도 늙기가 야속타고 서
방을 얻어나갔다。 손처드라도 젓、꽉지빨고 느러지든 시절
이 그리울때마다 어머니정이 알뜰했다。게다 어린 뉘동
생은 이마죽 어떻게됫슬가、무득무득 생각키는롱에 수
염이 깨철한 상통이 흐려지기가 일수다。
그러나 금새 발아 가든하닷、돈이장수거니락、게집쯤야
주탑에든매지、훼셀인지 황금도 경멸하고싶다、그래 이번
게집과는 단단이짜고 막버리를 해먹는한이 있어도 오
못하게 사막보다라、칠성이는 지금까지의 시름도 잊은
듯이 뒷골목 호젓한길로 슬먼이 발길을 옴겼다。
거리의 영업집 들창으로는 간죠날이 쉬이때서 지금
이 환락의 절정인듯、매우 풍성풍성한 아우성소리다。
봄철의밤은 아직도 차거운 바람이인다。

칠성이는 노름판을 찾아 헤매다가 덕철의집에서야 노
름군 한때를 맞났다。문을젯키고 드러서자、따분한방속에
하마하마 질식될듯싶든 등잔불은 의기를 맞나자 흠칫커
진다。

빈달구지、마적、곰보……네다섯이 죄여앉아 「쫄와티」
를 겨누노라 눈이뻘했다。

「세월 종구나 하늘이 아는 개명군왔다」

칠성이는 떤부어눈깔이 혼락된 방안의 주인을 살피며
웨치자、

「아지내부터 새우지마라 돈나간다」

번마다 돈을잃어 둥이벗석달은 곰보눈、칠성이돌려들
떠보지도않고、손에 사려쥐인 투전목을 적수인 마적에게
슬적내밀며、

「자、나오너락、곱질은다」

「그래락、제기 누가마다든」

껏질러 한장식 루전장을 뽑는순간마다、방안의날카톱은
신경은 손끝으로 모이고 하였다。또다가 긴장했다。

「이녀석 마적아 돈은 내가맛지 끝은 둘석 내안다」

주인인 덕철의말、

「흥、돈—돈은커냥、호랑이 똥맛도 못보았다」

하고、동물밑에 술적뱃장을 조이든 마적은 적수인 곰
보가 금새 풀이 꺼집에 아타해자、

「왓다、철팔 진주토다、다섯굿수는 뚜뭇력는다되! 병

선색기 효도허너니

쉐쉐는 마적이 방석우에 닭알때가, 닥지닥체낀 뱃장을 불숙내 부치고, 예파란듯이 판엣돈을 그러웅키며, 곰보의 비위를 건디란당. 척수는 사팔구 따라지었당. 그만 곰보는 거이 절망적인 푸르러진 얼굴로, 마적을 노려보다가, 입맛을 쩍 다시고는,

「또 나오너라 씬장」

안이 대는눈취인께, 마적은 천연스럽당.

「흥, 누가마다든가 도야지불은 머지나발지,

이버에는 작자롤보는데, 곰보가 웃글시여서, 투전목을 사먹쩌었당. 뱃장을뽑는 손끝이 불분떨렀당. 마적은 역게를 웃속하면서 대든당.

「아무럼, 그렇지, 송아지하구 장가든당, 삼팔팔(三、八八) 아홉이로다」

곰보는 오래간만이락, 금새 신이나서 큰숨을 내쉬며 떠드는판에,

「손에이지마락, 사오바지 겹바지, 딸의바지 솜바지 이것은 아홉에 못쓴다되」

하고, 마적편에서 곰보 코밑에다 뱃장을 쑥드리밀었당.

사오(四、五)했당. 모다들 마적의손으로 모이든 시선은

「아풀사」하고, 푸르죽죽해지는 곰보의 얼굴로보였당. 양편이같이 아홉수웠당. 방안은 곰보를 동정해서 금새명명해진당.

— 맞서 는돈 먹으면 배탈난당, 나 술한잔 사먹는당고 하는 벼락치겠녀?」

등뒤에서 판엣돈을게만보든 칠성이는 눈을부릅떴당. 판엣돈을 움쳐쥐고

「개명이당」

그는 달빛속에 손이 부어질듯한 일원영감 녁장을틀고 빙글빙글 웃는당.

「일수가 탁웠고나, 게집에도 걸이났다만 노뜸팡으로 한행보 떠가볼가—」

하다가, 그냥마음 큰큰하당, 이런때면 마실을 도는이보다 서둘러 한잔하고야 백여난당. 밤나무집이 간절혀되혼자 대여스기가 얼적당, 발을도리켜 큰길토 나서는데 어느새에, 키다리가 어때서 떨어진듯 뒤딸아났당.

타쏜아 부치고는, 욕설과 눈총을 등뒤포발으며 언덕전비탈을 굴러떨어지듯이 뛰여 나왔당.

「철성이 밤나무집이 한번 맞나자데 아까는 눈이않아미처전갔을 못했지——」

칠성이몇으로 다가스며 슬적떠보는 바람에, 칠성이는 제찬귀가 번적떠렀당, 허나,

「이사람, 애당초에 감독패거리와 겨루자는 염두를 벗다는것이…. 그른일이지, 굴세, 고, 여우가 다—낚구어먹고는 나하고는, 애말 말게, 팔만 사납지」

들 언제 봤드냐는듯이 함함하너 . 쏘는 팔이라너, 가맹이돌

14

찢고싶더라 키다리더러 하소다.

「시치마, 때두 임자속은 다ー아네」

키다리는, 어둠속에 슬멋이 칠성이의 얼굴을 훔치고 그저 범벅덩이에 파리떼처럼 끄러지만, 후려넘기기란 제 사람될 나름이니, 연문만 있고보면 젯골에 말박기라 이번술판에 궁리말고 어서가보자고 야단이다.

칠성이도 키다리에 못지않게 마음이 쓸것만도, 속심을 꾹참고, 배키지않는 길처럼 망서리다 앞장을서서 뒷골목. 어떤때는 주인집 게집과 악다구틀하는 모양이여서, 게집의 여무진 육설이 버러졌다. 자정넘은 이무렵이면 게집의 앙칼로 거리의 신경은 흥분한다. 뜨내기 술집게집도 금점판으로 딩굴라면 여간내기로는 못견딘다. 칠성이는 여울탁 넘겨다보는 외가리모양으로 목을길는 할락궁이라는 색주가가, 우락부락하게 생긴놈팽이의 무릎앤안겨, 가진아양을 떨고있다.

「야, 홋똘하구나, 밤나무집엣것은 저보다입브든가」

하는 칠성의말에, 뒤따라든 키다리는,

「앗다, 이름부터 홋똘하다두、우춘화라고……저게다 떨가, 임자는 게집이라면 오금을 못쓰니、절구통에 치마틀써여도 그저좋겠다, 하……돈만내쌍개, 춘화는 나로알고……」

「히히, 이사람, 그렇지도 않은걸……이때것, 언제나 내게돈떠러졌든가, 좀보게」

하고 칠성이는 지페를 움켜쥔책, 키다리의눈앞에 불쑥 드러대였다. 국수집 부엌에서 흘러나오는 광선에, 지페는 번적하고빛났다. 키다리는 금새마음이 훔석해저서,

「야, 그게 영갑이구나, 진작그러지, 그때 어머노름판에서 개명돈이나 조히멧구나」

「개명돈에는 술을아니 주드냐?이후메자식아」

「뒷네 밤나무집 색시는 나루알고 믿게」

「정말인가?」

「암 내말이면 영낙없다.」

「그럼 믿네」

어느멋 키다리는 밤나무집 뒷골방문을 두두리고 있었다.

「누구요?」

「내오」

「아이구 어서오서요」

목소리는 목소리를 아라채였다. 색주가는 달강하고 문고리를 벗기였다.

밤나무집 생각만함에 칠성이는 벌서 가슴이 두근거리고 얼굴이 화끈거린다. 멋없이 발딸이 떨려 오금이 째

뜻파는닭마서. 천생 튼게집과 인연이 면 칠성이었다, 한
또매옛벗들이 험담하는 말버룻이 상판이 썩우박맹이 갈
단지막, 게집편에서 알아하게 정을 보내주는 일도 없지만
저녁 이맘은지다, 내이편이 대어솔 숫기도없어 쓸쓸하고
뒤틀면 사삼이었다.

이때저때 게집과 인연이 멀을으로 해서, 게집에대한 겸
해가 편협하있다. 본시 어미의 방분한 행동으로 환한천
지에 기울며고 것지못하고, 일축암치 인생뒷골목인 슬
지판으로 떠돌게됐도 딸시 게집으로 연해 생긴일인지다
항상 게집생각만 하야도 무슨 영악한 권화인상 싶었다.

그러나 이마즉 멋없이 하로에도 몇번식 밤나무집이
그러워지고한다. 하다못해 이밤나무를 바라타도 봐야만
속이 우련하다.

그러라고해도 칠성이는 호탕스럽게 놀아났으되 밤나
무집엣 게집의 얼굴조차 똑독이 처다도 못보았다. 번마다
대작을 먹고 덤벼도, 자기딴에는 주무르기를 풀솜이나
천듯이 휘둘머 던지는데는 기가차다. 그래도 가다가다
어찌해게집이 눈우슴을 건너줄라치면, 그만 지금것 뭉
클하든속이 슬슬물리고만다.

「요 새침드기 같으니 · 너 첫눈에 우리형님한테 반했
구나 · 요것아」

그래도 · 밤나무집을 생각할쳐이면 그도 산 보람을 느끼
는듯이 거룬일이와도 마음아싸다, 물본기력이때서 어둥
이며중이 막우 덤빌게 아니냐만 짱장 여남은 사나이가
밤나무집과 시부럭거리며 농랑치는것을보면, 제간에 공
연이 화가 버력 치미는때가많다. 쓸모없는 제정신에서만
아닌지모른다.

법살문이 비꺽열리자 숨었든 광선이 가슴에 왁안긴켔
다. 그윽한 분내음새가 코안을 간지런다.
「참당나귀가 루막을 그저지버다, 너때문에 내또왔다
이왕이면 · 허러노코 인심좀써라」
키다리는 진작부터 수작이 제법이여서 풋정이는 아니
다. 그는공하고 아렛목에 궁둥이를부치며, 정멧속엣 춘
화를 우뭉스레 드려다보자, 곤치든 쪽을전채 살짝물머않
는 춘화는 쌜끔하고 키다리를 흘기다 게집을 것으
로 · 흥치든 칠성이와 시선이 맞우치자 생긋 눈우슴을친
다.

「자, 이사람은……그만두게」
칠성이는 무안을당한듯 되려무료하다.
「앉으세요ㅣ」
게집은 생글거리며 칠성이의 손길을 다렀다, 산듯한

촉감이 판듯한다. 칠성이는, 팬이 가슴이 두군거려 주춤
하고 꾸러앉었다.

「야 좋구나 요것아 같은값이면 소금뻬고 장뻬고 좀
놀아봐라」

키다리의 숭굴거리는 이야기다 나이먹은 축을 제처노코
애숭이 붉건달이 짓고쓰고 매구 까스르는 판이다.

부엌에서는 밤나무집이 도마를 또닥이면서 노상서슬
이났다. 잡아논 로기란말이다. 속심도 마저본다. 색시마
다 감질만내고, 횟물만켜오는 바보라, 그러되 불명한마
더없음이 홋길을 보잠이락, 그깟놈의 감독째만 알뜰
할게 메드냐 부처님이 고와서 성공이든가, 이를좋은 한
울타리지 실속이없어 얼렁하다 춘화를 칠성이에게 부처
주자 속이개운해 싹싹거리고 웃어본다.

방안에선 한참 야단법석을, 친후이다. 키다리의 우격
다짐에, 주물러다못해, 입을빗죽하고 냉큼이러스는 게집
의 깔끔한눈과 툇둥한코는, 더욱 요염해뵈었다.

게집이 부엌으로 나가자, 두사나이는 맞구들보고 하
부엌에서는 밤나무집이 게집의귀를 끄러버리고 도란도
란이야기다, 햇대에 동저리같으니, 아야 너불간 넙직히
잡고 밟어보란 눈치다.

이윽하야 주인이 드러오자, 그들은 호젓한 마음이되
어, 춘화가 편하는대로 고래 물켜듯 드러첫따. 마음도

상했지만 게집을 대하니 웬셈인지 멋없이 곤낮궁가되
도록 취해보고싶은 심정이다.

술집골방 남포둥이 잠에술려 꾸벅인다. 가슴에 붙이
이는듯 활활달아 오를사록 그들의마음과 마음은 의외
로 거리가 갓가워지는것을 피차에 느끼었다. 술붓는숨씨
마자 다 한스럽다, 소리의 가락가락이 간드러지게 귀에
숨인다.

×

술이 건아하였다. 하로벌어 하로사는 뜨내기 신세인 그
들은, 먹어야산다고 떠드는인생이락, 술을먹어도 주머니
를 떨어부처야 직성이 풀린다.

「젠장, 하로살이같은 인생이 아닌가, 부어라, 마셔라」
매구 떠드러맨다. 언제나 추접이란 그러하거니와, 소
위 손이란것이 주인을 제쳐놓고 막우 까불고 껍죽거리기
가 일수지만, 칠성이는 술이역배이면서도 취지않고 누
구보다도 생각은 깊어도 뜰성적어,

「색시 이런노릇이 괴롭지요」
뭇는다는 이야기가 기껏 요것이여서, 여자는 쌜긋거리면
서 웃기만한다.

「팔자도망이야 하는수있어요 그래도 인젠배워논
적같애요 되려 시시껄렁한 버러는 을스녕스려 뵈는때
하는 게집의말을, 당찮게 그들의 비위를건더렸다.

요……호……」

17

「해버릇 깨 못두너니」

기 다리의 말인데、 칠성이는、

「원단하면 이 노롬 때부치고 숨묵한놈을 물거든、 아야
여엽집으로 드러앉아보지」

「우터 칠성이 형님이 었자냐?크고 단찰외너라 좋으
면 좋다구 그래라 요거아」

이야기가 접접 서브력이는 눈치를채자、 게집은 기ㄴ한숨
쉬며、

「사―자는놈도 열셋이오, 뛰자는놈도 연셋이오, 죽자
는놈도 연셋이니 일살은삼 삼삼은구 모다하니 서른아
홉이라……」

주전자둘다며 술을따르는 게집의 안색은 금새 흐려저
서 글픈듯 눈을지레 감으며 타령조로 넘긴당. 그러고는

「호! 아이취해」

색시는 마음을 추슬르는 솜씨도 제벗이여서 연시눈우
슴을 치고는、

「누구는 좋아서 이짓이겠어요, 자―잔이나 드세요 네
너니 다―돈이 원수되 그럽지」

「똥해다말가 욱석이 구분이구나 어굴이아깝다 하필
금점판으로 떠돈답―」

「담더러는 말도못할 사정이 있어요 피붙이라고 한
분있는데、 점판으로 떠돈다기 혹시나 맞날가고、 삼사
년을 에 재기 점판을찾아 떠도는길이 예까지 온셈이지

요」

모다들 술을따르기도 마시기도 잊고, 이야기에 한참 꽃이
피었다 말끝마다 여자는 한숨이다.

「장한걸, 선영에 꽃피었군、 대판절 누구를 찾기에、
펜이 정든님을 찾으면았어」

어느새 색시의마음을 영뜨라는 칠성이의말에 헐마다 압
혼상처롤 건듸런듯 잊었든 기억을 뒤추기롤 주저타드니

「글세, 사랑하는 사람이라도 있으면 좋으련만…… 그
게 읍바야요」

「읍바라?」

「예 그래도 슲을때, 괴로울때 남에게 천대받을때,
그거 나도 읍바가 있거니하면 주음이 든든 한때요 또
진 못했어도 인물잘나고, 돈잘벌고 마음씨고은 어른일
것같애요 그래나도 남부럽지않은 읍바가 있거니하면
이런 천덕구렉이라도 사―는것 같을때요」

「짜장 알부망자면 었자게」

「아모라도 읍바는 읍바지요 머 그래도 가다가다 꿈
속에 읍바타하는이를 맞나、눈데, 아주 멋지거든요 눈이
어굴어굴하고 육껍은듯한게……읍바 만찾으
면 이몸도 거두어주렀만……」

색시는 현란한 꿈의추억에 잠긴당.

「그러구면 그래 읍바의 이름이 뒤인데―」

「호!이름을 물은다면 우수실걸요 성만은 안동김가

「어머니 시집간곳이 혹시 굴여울이란데아니요·달래
강 내림말이오」

무심코 먼지느는듯한 칠성이의말에, 개슴츠레하든 색시의
눈은 금새 무었어 놀란듯이·칠성이의 얼굴을 빤아·홀
는다 얼굴은순간 형용할수없는 불안과공포에 프르락이
었다. 칠성이는 마음 안존이.

「아! 혹시 그사람이 아닌지, 강게엣·····」
하고 고즈녁한 반응조차 두려운 독백이다. 동색하는법
없이 안가님을 숨에 마음에 요만한 여유는 있었다.

「아니 아서요 그이를—」
색시는 황급이 칠성이의 무릎을 쥐여흔들며 말을재촉한
다.

「응 그래그래 강게있든·····알고말고 억게에 낫으로
벤인 숭허물이진 김미록이를 내가몰라·온·인제한달
후이면, 내가 다시 게서맛날걸——」
칠성이는, 폭풍같이 모라오는 감정을 억누르고, 색시를
노며볼 용과도, 있었다. 색시는, 너무나흥분에 말문이 꽉
막혓다. 산란한 제생각을 수습하란듯이, 입살을 바르바
르떨며,

「그이를 진정아시네, 어머니말슴이 억게에 숭허물이
있다구 하든데 이를었었저나, 무슨말을 무러얄지, 금시
강게로 가고싶지만·····주인(抱主)에게 매인몸이 쉽시
떠날수도없구 혹시 그러로 먼저가시면·····」

구요, 어떠서 이몸은, 미륵동이라낫봐요 그러너 남게
니 몰앴나 떨데나 있어요 정이 더러워 그럽지」
색시의말이 떠러지자 칠성이는 다소 놀래었다. 불안을
느끼엤당. 이면때의 댓구를고르기에 그의머리는 또둔했
섰는지모른다.

「진작 그녁은 옥씨라드니 옵바는의 김가인구?」
철성이는 가슴이 설래여 옴니암니 따질두서가 나서
지 않었다.

「호! 그러케 호도속같은 사정이 있단말슴이지요, 이
건 부끄러운 말슴이외다만·····그갓놈의 집에서 새든
박 뜰에 나갔다고 아니새겠어요, 그러게 화냥년이지
머야 자, 보서요 우리어머니가 말야요. 아버지가 도
라가시자, 옵바는 때여부치고, 어린딸자식인 저만을
뒤처없고서러 옥가네 집으로 서방을해 잣구려, 머게
집이 게웃다구 목구멍이 게롯시 그래저래 팔자가
드세여 이신세라우—」

여자는 제스사로도 쑥스러움인지, 어굴이 밝애지면서도
행여 이면 주접에서 무슨싹수가 터일가하는 일넘에서,
이런 빈축맞은 무넘을 다—짓거리는겐지 모른다.

「일레면 위병기(義女)었군그래, 김가가 옥가로 행세
했스니 말이야」

키다려는 한마디 욱던지고, 술긔로 탁물린눈을 청승굿게
헐그떠고 벼를거리며 오줌을 좀눈다고 나잔다.

「무슨 건걸한말이 있는가배」

「그저 옵바를 맞나면은, 이를었거나, 무슨말을 몬저
전화알지 자, 술드세요!」

색시는 당황하야 잔을둘어 연신권한다. 키다리는 밤나
무집에다 술멋이 눈짓하고 꿍문이틀 뺀모양이당.

「술은 천천이뭇고, 전할말이란멘데」

「당신이 저룰맞났다는 이야기나, 제기 당신머러 이런
부탁 받았다고는 마러주서요 네, 그저오년전에 어머
님이 도라가섰고 그후보배(쩨어린때 이름이야요)는
의부가 오백원이란돈에다 감족갈이 팔아먹어, 열다섯
철모틀매 그만 이런길로떠러져, 오년동안 포주에서 딴
포주게도 넘기어 이때저때 떠돌다가 이마즉 돈백원이나
되는 빗만갚고보면 자유의몸이되니 여섯달만 죽지하
고 뼈돌갈가내는 고초라도 참고보면 옵바도 맞나게
되리라고 하드라고……그리고──」

「……」

「……」

여자는 역해 그만 말끝이 흐려지고 가슴이 막막했다.
칠성이도, 잠시동안 무슨이야기를 주고믿었는지 안구
아들을 기먹도렁이 앓이갑갑핵더 의식이 전도된듯하얏
다.

모다 말이었었었다, 칠성이는 언제까지나 여자를 쏘아
보았다! 여자는 그냥느껴울었다, 밤은깊어가고 부영이우

롬조차 구슬은때, 산간주막에 멫히는애화는 애연처렬하
다, 칠성이도 암암한 공포에젖은 흥분에 전율되야 목이컥
미였다, 곤드레 만드레됫든 술기도, 말끔깨었었다. 정신이
얼떨떨해 꿈깨인사람처럼 눈물 개슴츠에 하게튼다. 그
러나 칠성이는 벌떡 이러섰다.

「어 취한다야 또오깨」

다시 말없이 문밖으로 나온그는 오랜동안 얼띠진사람
처럼 허전허전 정처없이거렀다.

사위는 고적해졌다, 서녁하늘가에 기우러지는 달을밤
으며, 행길로나선 칠성이는 그제서야 앞을가리는 눈물
을 막을새없이 어이어이 목을냐와 울기시작하였당 명상
할수없는 눈물이 그냥그냥 흘러, 미여지는가슴 두드려
도 한이없었당 인간간장이 녹아나는 감격의 눈물은 해
면같이 부푸러 일어스는 욋몸으로 파동처 그냥그냥흘
렀당.

춘화는 옵바에게대하야 픈환상을 갖고있당, 그환상속
에 빛나는 희망과 긴장된 법열을 맞어본다 보배와갈은
순진성은 없다 그는한인간으로 생을의도하라
는 욕망을 갖었다, 그러기에 인생으론 하면이 진부하얏
다 하드라도, 반면에 구원에 삶별피하는 넋은빛난다,
정과연을 갖었당 시굴창에 피는박꽃이라고 봄의 의욕을
갓지못하라……

그렇게 춘화는 지금 옵바에게파는 환상속에 삶의보람을

느낀다。만일에 이환상이 환멸로 변한다면、그세머한 탁
적은 없을것이다。그것은 무서운 사실이다。인간의 행
(幸)·불행(不幸)은 극히 명백한 사실에서 측정되는겐지 모
른다。칠성이는 무서운 생각이 들었다。

「춘화를 건저내얀다」

칠성이는 주먹을 지긋이쥐며 묵은한숨을 한꺼번에、내
여쉬었다。

×

해 뉴 동뿍에 소삿스런만、태양을등진 지하오백척의 항
내(坑內)는 언제나 어둡고 허허 숨막히게 막막하고 음
하다。

다라올으는 지열(地熱)에 훗훗한 습기가 몸에숨여 끈
적이고、동발썩은 매캐한 취기가 코안에 따분하게 배...다
한번 「남포」를 터치고나면 몇시간을두고 약내가 뽑힐때
까지는 머리가 웃-웃쑤신다。류화(硫化)물이 용해하는 적
수(滴水)가 목덤민토 차겁게 떨어저 번질때마다 몸서리
가친다。

어대서 이남박같은 동갱이(洞坑)가 우뢰소래를 질
으며 수항(竪坑)으로 나리군다。
사람의 갈비대처럼 갈려진 굴(窟鍾)과굴로는、불안한 정
적에 귀신불같이 굼조는 간데라불빛만이 그들의 외로운
혼백을싸고 거물거물춤춘다。천관에걸린 비단결같은 금
맥(金脈)이 찬연하다。

'어—야'
「젯겨—!」
「어—허」

마치를 두를때마다、호르는땀방울이 이마에 콧등에 맺
여서는 턱으로흐른다。칠성이가 「어—야」하며 쌍망이를
휘둘으면 「젯겨」하고 정대가울리자 「어—허」이렇게 기
다리는 정을돌리며 멋지게 받아넘긴다。
기력은 더욱나고 정은 질서있는 천착을 한다、마치 소리
는 멍멍하게 굴속에 반응하야 가슴에 안긴다。

「통—통...」

아랫마구리에서는 벌서 핫바(發爆)다。그들은 눈이 빠지
게 기달려지든 피대시간이 갓가워졌음은 깨닫자 마즈
막 춤을추는 무당과같이 소릴지르며 마치를 두드겨썬다
소정한 치수에 구멍을 떨어놓고는 칠성이는 함마를
내던시며 코를 흘물고 옷자락으로 땀을 씻스며 복허러
에 가 귀신처럼 입을헤적 벌리고 가뿐숨을 쉬운다。
기다리를、약을재이라 띄워놓고、칠성이는 곰방대에 담
빼들담어 삐닥하니 붙어무렀다。실실이 피여오르는 자
주빛 연기를타고、칠성의 생각은다시 어즈러워졌다。
「천문이 갱겻시그래 춘화를 구하지 못한다면야」
몇일음두고 일념에 염불처럼 되푸리되는 생각이여서
숨에 푹펭이틀 드리박는듯 회한에 사뭇차다。쓰라린 기억
을 듯추기도 괴롭지만 그래저래 칠성이는 급작이 환장

된사람 같었다。

지금껏 돈의힘을 깨닫고 애착을 갖어본일도없다、점판에 피와넋을파는 이 노력(勞力)이란것이 얼마나 험든 일인지도 처음아렀다。이마즉 그렇다。할수없는 지낸 세월이 멋없이 그립다、한달 「간조」를 하로저녁에 놓 항처고도、아모런 미련도 없었고 웅고 끝코간에「노다지」를 자랑삼아 흠처냈으되 천연스럽든것이 지금엔 이도 저도 공포로 막아선다、풀이탁꺼진다 고비마다 한숨만이 서신당。

— 돈이다、어즈러운 생각은 무능자의 가슴을 박박복는다 차거운 적수가 따끈하고 목덜미를 따리어 칠성이는 제 생각에 도라스자 「푸수수」하고 천판에서 「이술」을 주는 중에 절핏 천판을 살폈다 기름통이된 감석이 해석하게 아가리를 벌리었다。

칠성이는 까무타칠듯놀라 뛰으로 껑충피하는순간、섬 작같은 반석이 철석하고 문어저 나렸다。침침하든 러에 피연한 파동이일며、간데라불이 탁꺼졌다。눈에서불 이 벙긋일었다。

순간 칠성이는 생사의경게에서 피해난 커—다란 법열에 가슴이 뛰놀았으나 뒤이여 불안한 예감이 언제까지나 까라앉을줄 물랐다。감석에갈며 끝이헤려진사람、사다리 에 떠러진사람…… 허구한날 눈을못감고 죽은망녕이 얼 따나 이굴속에 욱신각신하는고？그는 몸서리가쳤다。

간신이 성냥으로 고을러대었다。문어진감석에 자빠진 채 힘구진 체신세를 응시하든 칠성이는 문득 입안 팍벌러 고 제눈을 의심하는듯이 더욱부릅떳다。과연 개원산(開 元山)에서 쏟아진 감석에는 호박써팔은 노다지가 박 히지 않었는가、가슴은 불안한 공포에 더욱뛰었다。

그러나 저도 모르게 입이벙긋하였다？금점군이 이런매 깇는 회십의 그우슴인게다。

「이번만으로 진정 금접판에서 손을씻자、그터고 춘화물 뿜아내자」

어느새 두눈에 람육의 쌍심지가 돋는 칠성이의 정망처 다르는 솜써는 번개같었다。헤석이 다문나문물린 밤톨 같은 두세조각을 나부죽이 두투며 잽시 왼팔뉵에대고 이 숨여흐르도록 상채기를내었다。머리끝이 그냥쑬벗거 칠성이는 부상을 빙자하기에 넉넉하였다。왼팔을 들어 맥인채 칠성이는 천방직측 탈들을 거더쥐고 섣드러로 린다。

키다리가 약을재여 발쪽게원을 대동하고 노타온때、 뒤이여

「남포— —」

소래에 쾅쾅하고 연달아 터지는 다이나마이트 소리와 함께 칠성이의 가슴도 크나큰파동에 뛰었다。가물가물 치여다보이는 엽전구멍처름 네모지게 뚫어진 항구(坑

22

디) 는, 우물정자 방틀로 싸아울린끝에 맺히여서 샌다 러를 혀여잡아도 혀여잡아도 한이없다, 마음조차 초조 하니 오금이 그냥멀던다, 제경첩으로해도, 노다지를 훔치다 발자된일로, 혀를 혀여물도록 정을치른 쓰디쓴 과거가 그의마음을 너무나 어둡게하였다, 그러나 무쇠도 녹일 그그고도 거룩한정열은 모든것을 고슬리고도 외려 남음 이있었다.

×

이른날 구성칠십리길을 당일로 도라오는 칠성이의발 길은, 한없이 갓분했으니 노다지를파타 백역원돈을 허리에 둘러띄고 활기치는 그의가슴은 든든했기때문이다. 그러나 춘화는 이미 밤나무집에서 떠나고없었다, 포주가 서둘러 일시로 길니름에 들렀든 밤나무집에서 불시에 떠났다고한다, 북만주로 떠나게될지 모른다는 이야기만 남기고 갔으되, 칠성이에게는 아모런 미련이란것 조차없었음은 론논히어느와 세월홍으면 다시밤나무집에서 읍바를맞나게 주변해달라는 말을 칠성이에게 전갈해 달라고 하드라는 밤나무집의 이야기다 모든일은 설게도 풀려고 마랐다.

이저녁에 피나리보쯤을「말구려고개」에 벗어부치고 칠성이는 어이어이 롱곡했다, 그러나 그우름을 러해하는 어는 하나도없었다 실컨 울고나니 생각은 의로워도 속은 후련하다,

시름없이 끊어가는밤은 무한한 정적에 무덤같이 고요하다, 처창한 달빛속에 뼈만앙기한 수리봉아 지친듯이 느러젓고 가다가다 숨을 죽이고있는 굴들이 악마처럼 습지밖에 혀키는 인간의 비극을 말하는듯, 뙤눈물섞인 비극을 자아내고도 보다른 슬음을 이야기하란듯이 하품을켜고 있지않는가,

칠성이는 문득 머리를 들어 산밑을 바라본다, 산밑에깔리는 거리의 등불들 영원의 번영을 뜻하는상 싶것만 한떨기의 로방초(路傍草)인 춘화는 지금쯤 어느하늘가에서 마음속에 그리는 읍빠를 찾는가?뭇사람에게 짓밟이는 길푸전의 풀잎새였만, 그래도 회망을곳고 읍바를찾 아레맨다, 역시 회망이 있고나, 그러나 그읍빠가 허잘것없는 존재임을 모르며 떠났으니 오히려 춘화는 행복되리라, 영원이 환영을 가슴에품고 천애의 부명초가되여 떠도는 춘화가 오히려 행복하리라, 칠성이는 생각한다. 바람조차 고요하였다 산간에 흐르는 간수가 …… 젊은이의 정열을도둔다, 달빛이 대굴대굴 부서지면서, 회롱한다.

도라스니 멀리 서산을 넘기랴는달이 밤나무집에 외로히 소슨밤나무 가지에 걸리어 고독에떠는 칠성이의 신세를한충 외로히 울릴뿐, 문득 달을등진 빗/그림자 황급히 밤나무집을 덮을제 가이없은 춘화와운명인듯, 칠성의 가슴도곳이없이 어둠에 매여전다?

부영이가 울어온다 천지는 황막하였고 만뢰는 숙엄의
상징인듯 하였다.

반명생을 무엇을 찾아 헤매었든가 자기를 떼여부치고
출분한 어머니도 인제 맞날길이 바이없고, 외로운 뉘동생
이 고시란이 동떨어져 헤매인다. 철성이는 신변을 엄습
하는 비분에 몸서리가 쳤다.

장차 어듸로?

한낫 서글픈 추억에만 잠겼든 철성이는 언덕질을 나려
딛이며 중얼거렸다, 역시막연하다. 그러나 춘화가 어린개
집의몸으로 무거운 세파에 뜨내기 신세로 헤매거니 춘화

의 원한을 풀어주기 위하야라도 철성이는 절차부심 하려
고 주먹을 지긋이쥔다.

그것은 춘화를잃음은 그슬픔만으로는 아니었다, 인생고
해와 싸와보랴는 진실된마음과 반평생에 격거난 가
지가 서름이. 그로하야금 무한한 정열과 새로운 힘의
약동을 느끼게하는 것이었다.

철성이는 수십년묵은 한숨을 한꺼번에 내쉬며 뉘동생
이 념었을 말구리고개로 지금 힘차게 내디딋는다.

……（끝）……

惡巷圖

朴 鄉 民

狂風一陣─文字를 써봤드니 정녕 꽃은 젔다。葉花流水라

可히 與盡悲來의 哀話가 聖經의 續篇이 되고도 남을

텐데 한아름 神의 慈愛보담도 한줌의 快樂에 익숙한 아

담의 後裔들은 風俗과 財産만 있으면 참─참 곤지곤지가

재미있다。그래 地平線을 넘어쓰 不遇天才가 殉死하다。

遺詩라는 것은 일테면 白紙만큼도 쓸모가없대서 多情多

恨한 우리 TB의 詩人은 微笑와 處世術을 남기고 커

피─한盞에 希望을 버렸다。이때문에 나는 머욱 초라하다

이마금 정신이 들때마다 나는 自身을 白痴와 比皦하는 쑥

스런 버릇이 있거나와 醫師의 診斷을 믿을탕이면 朕君

과 나는 血液여 같댄다─그러니까 나는 똥친 막때기다。

헌데 虛則實이랄가 마즈막 커─피가 二十世紀의 몬푸랑

일지도 모르겠다는 迷信이 舍廊房의 話題끝에는 꼭 담

배煙氣처럼 흐른다。故로 지금쯤 奈巴倫은 장돌뱅이의 身

勢가 아니면 寺刹의 불목한이 노릇을 하고있을지도 모

르마。하는것은 좀 어마어마하지만 神經質들의 愛嬌다。

然則 내가 假令 속에 六面排判을 했대도 驚天動地
할만한 經綸이 있대도 자랑이 못된다. 참 내位置란게

右間 깨름측하다.

曰 이런것이 走馬加鞭이다. 사실 나는 常識으로
出世라는 題目을 硏究하다가 天涯의 孤兒가 된 나는 문
득 人口가 얼마인지 궁금해졌다. 헌데 統計表를 作成
해둥고보니 總一人也。

無耶한 개죽엄이 싫어 나는 人造人間이 되기를 궁
리하다가 마츰내 唯一無二한 方途를 發見했다. 벌어뻐
스면 고만이다. 裸體로 色刷地圖위를 散策하는것은 이
제와서 내 가장큰 趣味가 됏지만 하나님이 人子에
보여주는 最後의 審判인지도 알수없다.

或氏가 그림자를 파렀다. 或氏가 魂을 파렀다. 이게
一九世紀의 愛情이 탄것이지만 나는 履歷書를 파렀다.
세상엔 所謂 공짜라는게 없다.

惡魔에게 未練없이 파러버린 내 閔風秋雨의 服歷書
는 官製의 寬渡式이 敬虔히 執行되면날—그날은 가마귀의
나의 寢室을 玲瓏하게 翻夫론 날이당 그때 내키
는 五尺四寸이나 줄어들었다. 줄어들었기때문에 地球보
다도 더 커졌다.

顧컨대 거리와 戀人은 蕩婦의 탐춤을 배울지니라.
化粧과 秘密로만 그대들은 아름다울수 없다. 입이 . 결

어 편이 해보는 소리다.

「—美貌를 寶石보다 더 많이가지고 있는 第七天國
의 西施玉施가 크레오파트라의 倍나되는 舶來鼻를 용
감히 삐버리고 孤獨病으로 自殺하였다더라……」

火星에 動物이 있느니 없느니 주제넘은 慾心이 아닐
수없다. 참 燈下不明이당.

그러나 나는 魔術이 없어서 아모에게도 誤樂을 못
준다. 그래 때로는 내自身이 短杖도되고 中折帽도 되고
麥酒瓶도 된다. 例로 나는 砂糖이 되여 아가씨의 입
으로 사러저 뵌당. 觀衆이 拍手를 친당. 變化와 屈曲
이 無窮한 피에로가 한껏 우숩고 귀엽다.

[재밌다]
재밌서라—

喜劇이 悲劇인 所以는 이때문이당. 彼此 天上天下 唯
我獨尊으로 意氣揚揚이당. 웨냐하면 내눈엔 옷고 떠드
는 觀衆이 똑 요렂코의 骸骨로밖에 안보이는 것이당.
대체 이런것도 相互扶助라고 하는것인지 어쩐줄 모르겠.
아무튼 나도 재미가 깨소곰같애서 어쩔줄
이 快感때문에 其實 나는 自身을 喪失하는

게 된 것이다。 그래 난 落雷가 좋다。

銅像이 있다。 電信柱가 섰다 보니까 바로 그게 나ㅣ歲月의 작난이렀다。

한동안 나는 休紙였든게라……하긴 아무래도 상관은 없다。 연이나 周圍와 사귀여야 할텐데…가만있자 너는 白이냐 黒이냐 囲? 角?

「대체 너의들은 뭣이냐?」

허지만 지금은 밤이고 나는 長谷川町 푸라타나스 아래 눈을감고 姜太公이처럼 고든낙시를 도리우고 섰는 것이다。 奇蹟이 아닐진대 지금의 내게는 아모것도 될 것이다。

因果律의 業冤으로 나는 趣味를 노치면 骨董品의 價値도 없다。 그러나 애를 쓴다면가 힘을드리는것은 卑俗하기 한량없다。

나는 面目을 위해서 悄悵을 享樂한다。 그때 나는 그동안 무엇을 먹고 사렀는지 모른다。 또 남들이 무엇을 먹고 사는지 모른다。

달이 밝다。 달이 어둡다。

앉차。……

畜生이 사람같애 그때문에 밥보다 꽃을 常食했다면가… 稀代의 詩人 某가 天使의 花容으로 저달을 比喩했다면가…을지 모른다。

公主의 乳房이 奴婢의 행주초마만큼도 觸感이 없다는 知識의 破片ㅣ이천량만 있으면 언청이도 戀愛몬 할수 있는 美學의 風習은 반다시 딱라룩스에서 나온게 아니라 正히 實用品時代의 性科學이다。

中樞機關이 不實한 福祉는 不幸이 암만해도 幸福밖에 안된다。여기 眼鏡의 秘密이 있다。

헌데 웬일일가? 나는 가깝하다 一身이 근질근질하다 아하 歲月이 또 於焉 꿈같이 흘러 나는 時間을 抱食했든게라。

墮落이다。

벌서 地球가 아슬아슬하니 내指紋을 旋廻한다。 倦怠……。 習慣이하나 조차 지랑못하는 나야말로 先天的으로 凡庸以下의 動物이리라。惡靈의 飢渇症에 趣味의 殉敎者가 無色하다。

當年叩馬敢言非
大義當當日月明
草木亦沾周雨露
愧君猶食首陽薇

成三問의 詩에 땀이 흘렀다는 伯夷叔齊의 碑石, 그곳에 肉體의 脫走兵이 못되는 내 悲哀가있다。

對天入地의 術法이 없는限、 나는 無謀임을 뻔연이 알면서도 아모데로나 가야한다。가는 거기에 奇蹟이 있나는 일부러 기운을 내여 큰소리를 처본다.

「不入虎穴이면 安得虎子리요」

한사람이 웃으며 큰길로 간다.
또한사람이 웃으며 큰길로 간다.
또한사람이 웃으며 큰길로 간다.
또열사람이 웃으며 큰길로 간다.
또많은사람이 웃으며 큰길로 간다.

그들은 제각기 웃음의 亟川特詐를 마릿스러마는 나
는 속우해서 또 내가 불상해서 눈물을 흘러며 큰길
로간다.

大路는 그냥 陳列窓이다. 어느것이 商品이고 어느것
이 顧客인지 알수없다.

그래서 나는,

「商品이 顧客을 사가드라……」

심심퍼적으로 중얼거려 봣드니 마는 옳은옷음웃한 치
마감이, 빛나는 반지한개가 밋근한 果實한쪽이 百貨店
같은 幸福이 마구 虛榮과 함께 女子를 사간다. 男子
를 사간다.

세상은 文字 그대로 商業讀本이다.
蛻變拒輪이 될가 두려워 濫頭한 表情이나마 손으로
가리고 나는 고개를 푹 숙인다.

電車가 지나간다. 빌딍이 지나간다. 쓰레기통이 지나
간다. 共同便所가 지나간다. 나는 맴을 돈다. 고초먹고
맴ㅡ맴……담배먹고맴ㅡ맴……그자려다!

나는 健康에 害를 입는다.
다시, 左顧右盼한다. 이번엔 거리가 맴을 돈다. 이
욱고 달이 없어졌음을 나는 깨닷는다. 이
過去는 거짓말을 모른다.
잠작이, 앞은 더 캉캄한메 이끼앉은 古談의 城壁넘
어서 꼼벅이는 鬼類의 불이 한층, 정기없이 陰鬱하다
아하!

너는, 文明의 浮浪者, 街路燈이로구나. 파 너는 내동
생같다.

探險家는 제마다 될수는 없다. 脫帽派의 古典이 北
極까지 다녀온 飛行士임을 알고 나는 까치집같은 너
덤머리가 부그럽다.

나는 ㅡ이疲勞에서 磁石을 發見한다.
두 나는 短銅을 徘徊하다가 지처차빠진것이다. 헌데, 문
四分五裂이된 내 글탕속에 表情이 거만스럽다.
家親이 오래간만에 버던진 倫理와 情誼의 한表情이란
다. 烏鵲의 색기같은 카이제르의 수염이 歐洲大戰을 이
르켯다고 본다면, 家親이 나로因해어든이 되는것은 容
怒無怪한 일이다.

그러나 ㅡ하로밤의 失手로 料料를 支拂하는것과 다물
게 없음에는 아버지의 서름을 同情할수있다.

28

肺病第二期―라고 從時俗으로 病名을 부처두자。아무튼 나는 衆情이 클러놋는 二圓짜리 열다섯장과 바꿀수없는 아쁘다운 勳章을 가지고 있다。응당 名譽에 대한 洪水가 별것소 아니라고 깨다르며 은근히 기뻐한다。

慌되었슬 싶은 家親이 名譽의 負傷을 잃여한다는 것은 집웃 怪異한 일이다。怪異한속에 父性愛라는게 있는것인지는 모르지만 노상 惡評이다。

「人間七十古來稀다」

「문밖이 저승이다」

「사람은 위선 살고 불것이다」

「너는 내원수다」

대개, 이렇다。허니까 나는 일부러 閑心自適한다。정성가시면 한대답쯤 인색지않다。

生也一片浮雲起
死也一片浮雲滅

물론 멋이나 내려는 수작이렷다。그런데도 家親은 長壽하시다。即, 不孝는 어버이에게 永遠한 希望을 드리는 孝行인가 싶다。

馬耳東風
牛耳讀經

아마, 이제쯤은 이처럼 중얼거리는 맛에 家親은 사는건지도 알수없다。또 反對로 나는 피를吐하는 맛에 사는지도 모른다。

하로에도 나는 수차례 喀血을 한다。

피、피、피…피를 吐하는게 아니라、거품을 吐한다。하품을 吐한다。哂笑를 吐한다。노아는 나는、노아의 洪水가 별것소 아니라고 깨다르며 은근히 기뻐한다。

識者愛思이랄가―아느게 쇠눈깔로 누가 내花園을 피뜨시키되 「月夜吹笛의 哀律에 눈물지는 敗殘兵의 荒唐無稽한 心情 그것은 感傷이로다」 참말 이것이 感傷이로다。

未知其二의 感傷때문에 내喀血은 무지개보다도 더 絢爛하다。
헌데 나는 피아노 인지 봐요린인지 모르겠다。哂笑三昧의 序曲을 누가 첫든가? 그러니까 내가 피아노다。

(人生氏 世紀氏! 당신네의 이喀血은 언제부터 시작된喀血임니까?)
藝術은 人生보다 길다더라…欣草往路할것이로되 娑婆衆生의 꿈을 위하야 나는 섭섭해하는 博愛者가 되여보기까지 하나바。
그러므로 磁石을 받은것은 詐欺다。

「요걸 가시구설냥……」
어떤奇蹟을 떠올릴수 있으나 여러가지로 나는 궁리한다。해도 追憶이 호미해서 劾用의 길을 모른다。

그런데 나는 놀나야 한다。

「紅顏씨!」

하고, 누가 익개를 친다. 내自身이 奇蹟이 되는것같

애서 나는 별별 멀기만 한다.

「紅顏씨! 얼굴을 창틀에 걸고 다니서요?」

앗차 귀익은 목소리다. 그럼 욱기가 제방귀에 놀랬

단말인가?누굴가?

안다 안다. 보니까 허잘것없는 玉이다.

「어ー」

무망중에 나는 외마디소리를 질른다. 대체 세상이 이

처럼 荒荒할수 있은가?

「어ー라니 물에 빠지섰어요?」

아 이것참 치마를 둘른 떠렉으로 오밀조밀하구나.

常初 소곰장수처럼 잔 친구와는 나는 격수가 못된다

氣가 눌려 담팽이끝이된다.

「왜, 政治家얼굴처럼 시침일 따는거에요?」

玉은 더욱 억개가 웃슥탄다. 점점 나는 뿌屈해지다

가겨우 正近을 깨닷고 기운이 난다.

「紅顏이란게 대체 누구여?情夫여?」

「변명마세요?」

참 여자의 말과 맘은 初期의 社會科學처럼 수수여

이다.

ㅡ아 紅顏氏가 선용님이지 누구여요ー

「내가?」

얼떨떨하다. 그래서 免罪囚가 罪狀告白을 잘 하나 보

다.

「레ー테의江이랑 리ー시의江일랑 溫泉으로 沐浴

을 한구 오섰어요?그럼 선생님 일홈은 대체 뭐에요

「내일홈?몰라……참 내일홈이 뭐드라?」

내게 일홈이 있었든가 어듸로 갔을가?

「애개개 일홈을 모르시다니ー 웃어죽겠네」

「일홈이 없기로 죽을것까지야 뭐있소?盜難을 당한

게지……」

「낸들 모르시 그러치않다면 난 본시 일홈이 없었

든게군?……생겨날때부터」

「네?」

그만 쥤絶을 한다. 기게품은 흘린다. 내가 일홈이 없

다는게 웨그리 玉이 슳어한 條件이 되는지 모르겠

「紅顏씨는 도라가섰어요. 고생만 하다가 成功도못하

구 행복도 못갖구 茫孤魂이 되섰구먼요…… 시방 紅

顏씨는 天堂이에요?地獄에요?」

玉은 울면서 넋두리다.

「나는 運命이야」

「運命이라니요?」

「無常허지」

「無常한 건人生이에요」

無常해라…

어느歲月이라도 좋다。나는

내가 믿을수 있는것은 내 健忘症뿐이라 내일흠이 紅

顔이었다고 생각할수도 있다。

그럼 지금은?

玉에게 묻는수밖에 없다。

「가령 내가 살었다 그리고…저닥히 내일흠을 짓자

면 뭐라고?」

「글세요」

玉은 고개를 내개웃둥하드니 내아래위를훑어본다。차

츰 상을 쩡그리다가,

「老翁~아냐 아냐…幽靈?아닛~」

하드니 파라케 질여 악을 쓴다。

「正體를 말해요 惡魔!」

아 그러나 玉은 겨우 내正體를 아러본것이다。玉

이 내일흠을 가지고 焦燥히 군것도 내體臭를 비로소

올바로 마튼까닭이리라。

이제는

「玉이 난 玉의 프로그람인 紅顔이야」

잠시 나는 紅顔인척 하기로 한다。이以上 나는 玉

이뜰 괴롭힐 必要는 없다。

浪費다。

「玉이!나 허구 소꿉질 헐가?」

死神이 있다。

滅氏는 職業이 괴상한게 되나서 잘난놈 못난놈을 ,흣

두루 잡어간다。

地球에 棲息하는 모든 ,生命이 滅氏를 시려한다。그

들은 오즉 愛의神에게만 祝禱을 올린다。

이까닭을 안수없어 死神은 하로 人間을 模倣했다가

어느令嬢과 사랑인지 뭔지에 빠저 다시死神으로 化하

길…실혀한다。滅氏는 비로소 人間의 사랑이란것을 아

런다면…아무튼 令嬢도 死神이 戀人의 正體임을 알

고도 따러갔다。그래서 죽었나……。

玉의 아메리카 童話다。나더러 들어보란 말이다。

曰 내正體가 슬프단말이다。

무슨 집시~이니 코츠모포리탄이니 하는 男女는 사

탕을 빨먹듯 한다고 어디서 나는 컷둥냥을 한일이 있

는데 정말 玉은 選手다。

줄곤허진 애드바룬처럼 玉은 별별먼곳을 다닐려 다

녓다면가……。

東京도 가보고 臺灣구석백이도 가보고 南京、北京、

上海、奉天、新京、哈爾濱、또 어디더…당채、나는 주

서섬길수도 없다。

헌매 玉과 내가 맞난곳은 별곳이 아니라 漢江人道

「橘다.」

나는 漢江 푸른물에 침을 배터보았다. 自殺遊戲다.

그런데 누가 또 自殺遊戲를 한다.

不可不 나는 고만둘수 밖에 없어 자세히보니 妙齡

美人이 핸드빽을 빠르려본다. 몸을 던지는 것보다도 한

충 膽大하기에 「잘헌다ー」하구 손바닥을 첬드니 美人

은 서슴지않고 내앞으로와서 멋드러지게 雄辯을 한다

「아라비아의 沙漠은 傳染病이 걸렸드람니다. 이惡病

은 마츰내 地球의 坊坊谷谷에까지 猖獗해서 沙丘에앉

었든 행복과 허영이 嫉能을 먹은 蜃風에 날러갔읍니

당 常綠樹와 鲢攬이 욱어진 그늘아래 展開된 오아시

스여기 어찌 橫勢와 榮華의 이야기가 있겠읍니까?

客은 나에게 久遠한 安息을 주소서」

祈禱라는 것은 이런類의 女子를 위해서 생긴것이 아

닐가?

「네 그러신가요。自由는 近代의 理想이람니다」

「그대두 죽기가실허요」

죽기실은 自殺女。라는 것이 있을가? 하여든 죽은것보

다도 더 가엾다.

「직접 동기는?」

「네 키가 적어서요」

따는 키가 적당。키가 樹木처럼 자라는 것이 아니니

짜 悲觀이 되면 죽는수밖에 없으리라。

나는 放浪女에요。見聞이 않고보니까 自殺을하는 背

景이란 없다는 것을 알었어요。근데 키가 적어서요。이

게 내 最大自殺條件이에요」

「키가 적을스록 훌륭한 人物이라는데요。니ー체도。키

가 적구 맑스 아인슈타인 나따룬 齋藤實도 크지는 못

하다드구먼요」

「챠프링도 땅달보라나요」

「그런해?」

「난 失恋을 했어요」

「멫번?」

아조 自慢스럽다。나도 킹숭스럽게 로맨틱하서

「한번이지 뭘 멫번이에요」

하고 새침이를 떤다。

「이렇게 이쁜데……」

「두번」

「그럴테지」

「세번」

「을한」

「네번」

「따는」

「다섰번」

「마젔어」

「열번」
「그러치」
「수무번」
「뎃서」
「서른번」

참 헝헝해서 좋다. 女子다웁다. 그래 나는 이브가 꼭
이 女子처럼 생겼으리라 생각하고 싶었으 재미가나서·
하고 面目을 깨웠드니,
「賣은 무슨 看板을 들고 다니셨오?」
하고
「그야 靑春이죠」
대답하는길래 보니까 粉을 바르고 연지를 찍고 야단이
다. 어디서 났을가? 그러니까 아까 그 핸드빽은 빈탕
이었구나. 보다도 追憶이었구나.
「정말 世事翩三尺인줄 아세요? 歷來는 一點의 香氣
로 變遷을 거듭했답니다」
稀奇母 文字로· 흔말 날 세상이로다. 나는 知慧에 아
조 敬北당해· 戀愛를 할수밖에 없었다. 실상은 나도 심
심할때 그女子에게도 戀愛가 주절부러에 지버지안는 곡
이당. 아무튼 내가 서른하나 또는 아혼하나의 敷交가
될수는 있으니까 그는 傳染病이 다시 무섭지 않으리라
며 아무런 理由란 없다. 우리의 戀愛는 가장戀愛다
웅게 人生의 江畔을 거닐었다. 나는 輕快하다. 그래서 求

京의 나막신소리가 어떠냐는둥, 上海의 구란내가 어떠
냐는둥, 北京의 飽子맛이 어떠냐는둥· 新京의 병정모자가
어떠냐는둥, 哈爾賓의 맨써-의 발모양이 어떠냐는둥· 끌
구루 무러봤드니 그는 좋아서 내가 없으면 죽겠댄다.
이게 玉이다.
허니까 서른한번째의 戀人 紅顔은 紅顔이 아니라도
상관없다.
아까는 황겁결에 거즛말을 했지만 나는 老翁이래도
幽靈이래도, 惡魔래도, 좋다.
나로서는 두번째 戀愛를 하게 되나보다.
— 참 대관절 나는· 웨이렇게 精神이 좋아젔나?…
「巫…내가 그런 玉첨 맛났을때 記憶이 또렷해· 이
상한데……」
「호호호……어찌문 아조 정신이 없으시네· 시방 내가
그때일을 애기않했어요」
「웅」
참 그러른가?맞었다, 그런것에 틀림없다.
그런데 玉은 조금도 變한데가 없다. 歲月의 被害는
나만 입었는가 싶다.
깜박 정신이 들고보니까 睡具를 앞에노코 나는 가
래침만 배앗는당. 茶房이당. 울치 나는 玉을 따따서 왔

구낭

두개의 커피―盞이 비여있다. 하나는 내것이고 또하
나는 玉의것이련만 꼭 宗敎같다.
우리는 부질없이 恍惚한 人生을 期待하는것일가?
현매 玉은 우물쭈물 하드니 조히한장을 밀어 놓는다
뭔가 했드니 사람형상이다. 누가 삼눈이태두 알어 예
방을 하는 셈인가?

「뭐야? 이게……」

「난 요새 그럼공부를 한다나요―」

「그런데?」

「이게 바로 紅顏先生의 肖像이예요」

나라는게 어떻게 생겼나 구경을 하니 참 우습다.
눈이 벳이다. 살점이 썼었다. 그런가했드니 목아지뿐
이당. 그러치만 美男이다.
나는 어떼서인가 이런 思想을 본일이 있다. 玉도 결
국 常識의 破片이다.

「웂었어 틀렸어…난 線으로만 그려지는 動物이라누
그런리없지만 재롱을 붐이라… 玉은 깔깔 웃스며
한다.

「내戀愛는 끝이 안나겠네」

「저정이 되?」

「아―니」

玉은 한편 기쁘다. 말하자면 내게는 性慾이 無盡藏

이상. 나는 永遠한 玉의 玩具가 되나.
戀愛를 一種의 社交로밖에 알지못하는 나는 좀 거
북하다. 거북해서 팔장을끼고 점잔흔척 한다.
메―코―드는 다이야몬드처럼 人形처럼 超人들
의 꿈과 꿈을 裝飾 안다. 가짜냐. 베―토펜의 交響曲五番
―運命은 門을 두다린다…第四樂章에 나는 도모지 접
잔흘수가 없다.

「야 야―뿐―이」

四則은 믿을 나는 큰소리다.
「베―토펜은 너무 로멘틱해서 궁둥이에 실크했을 쩨
다. 風紀紊亂이니 내쫓어라―!」

헌데 짜장 玉은 失足이당. 虛慾이 많으니가 滿足도
많다.

時間을 저무도록 먹고나니 배가 부르다. 그런데도 나
와 玉은 한쌍의 헤―불처럼 마조앉아 골먹은 벙어리
당. 나는 玉게게서 奇想天外의 수작을 바타고 있음이
려니와 玉은 또 玉대로 失足을 두려워하는 까닭이리
라.

「참 變하섰어……」
깃껏 부던 저조가 매주다.
「刮目相對하리만큼?」

행여나하고 이렇게 물었드니 그는 악착스럽게 未練까
지 짓밟어버린다.

「그려문을 桑田碧海야요」

제깐엔 관역을 마친듯 신이 난다. 反對로 나는 斷念한다.

웨 나를 魂飛魄散이라도 못시키나?안타가워 人情을 버리고 나는 내威信을 保存키워해서 여기서 脫走한다

「우리는 靑春이에요.」

이것은 또 무슨 逆倒냐. 惡戰苦鬪에 王은 지친것이리라.

나는 王이 따라오는게 恍이나서 이골목 저골목으로 팽팽 돈다. 얼마나 돌았을가? 내가 나를 어드서 빠트리고 마렀을때 그만 나는 氣盡脈盡해서 쓸어지고 마렀다.

돈다. 돈다. 하늘이 돈다. 땅이 돈다. 내가 돈다. 아모 邪念雜心이 없어 모양이 흠사 잠이다. 이윽고 나는 눈을떠서 세상구경을 한다. 무슨 催眠術에 걸렀든지 또 繁雜할 거리다.

翩然한 驟音... 新奇하다 녁었드니 戰鬪機소리도 아니고, 自働車소리도 아니고, 당나귀소리도 아니고, 또 보도듯도 못탄 그무었의 소리도 아니고, 그적게가 지나가는 소리도 못한, 어제, 아까가 지나가는 소리다. 또 내일 모래가 이윽에서 범벅이다. 그러니까 口生 뒷窓의 遺子타도 곳 白髮屈身의 老翁이 될수있고 또는 아니다 늙은애가 다시 어린애로 될수도 있으렸다. 사

람은 未來를 앞에두고 찾는다.

나는 避難處를 몰은다. 메두리안이 참 따분하당 ▲ 類의 終焉線이 바로 여기가 아니냐?나는 외롭다.

어느王이 臣下에게 人類歷史를 編纂하라고 命하셨드라. 臣下가 一生을 바처 編纂하니 세수메가 되드란다. 長懼하다고 주리탔나깐 한수레가되고 한피작이 되고 나종엔 한冊이 되는데 臨終을 압둔 王은 한마디 또 要約해서 말해달라고 하셨다든가...「넹. 사람은 나고 죽었읍니다.」阿阿 문득 나는 王의 靑春이란것을 생각한다. 이靑春이 얼마나 람스러운것인지 궁금하다.

靑春?

나는 지나가는 사람을 붓잡고 물어본다.

「시방 청춘의 시세는 어떳소이까?」

「靑春은 滿開막오.」

往來하는 靑春이 나를 훌러본다. 실상은 世紀를 훌러보는거다. 이거리엔 官立學校가 많은가보다.

나도 잠간 靑春이 될 方法은 없을가?

오즉 한가지길一磁石의 길이 있다. 내거름은 어느결엔지 直徑八五센치메ㅡ터의 圓形이 된다.

카페ㅡ「콘페칼ㅡ토」......。

—부어라 마셔라 노래를 불러라. 사랑이당. 李箱이다

愛慾은 禁物이다. 酒草에는 薔薇가 욱어졌다. 「몬에칼
—로」는 靑春의 동산이당 뒷 골목의 룸펜도 化粧을
하고오너라. 자 脫盃를들자 靑春市場의 隆盛을 위해서
靑春을 迫害한다. 靑春!·그것으로 足하다.
靑春以外의 修辭는 오히려 靑
春을 迫害한다. 靑春!·그것으로 足하다.

(부라보—)
이래야 한다.

「몬에칼—로」는 靑春의 世界당. 詩은이는 藥에 울매야
없다. 靑春은 靑春에 感激하야 제각금 電氣擴에 못을
박는다. 그어느 責任도 있을리 없어 貞操가 한개비석
냥불의 노리개라 府廳과 아모 關係가 없다.
喇叭불을—분다. 맹꽁이우는 소리다.
行進 行進—
雜踏…
이 雜踏에 나도 한목 단단하다.

(부라보—)
以上…。

—諸君,
당신들의 얼굴은 대단히 붉읍니다. 이滿潮는 곳 美의
極致는 神의 橫化, 이 神의 橫化는 人生의 支配者
아시겠읍니까? 靑春과 不幸은 氷炭不相容이올시다. 자 왈
쓰, 랑고, 부르쓰, 모두가 당신의 춤입니다.

(부라보!·부라보!·부라보!—)
—滿場의 紳士 아울러 淑女諸君,
당신들의 눈은 웨그리 아름답습니까? 코는 웨그리 탐
스럽습니까? 입은 웨그리 은근합니까? 가슴 허리불
기는 웨그리 탄력이 있읍니까?…靑春이기때문입니다
紳士는 淑女와 淑女는 紳士와 서로서로 깍을지어 白
馬물라고 큐피—트에게로 가십시오. 노자 젊어서 노
자 늙어지면 못노나니…。

「따러라 따러—」
一盃一盃復一盃로 나는 주름살이 없어지꼬 紅桃가 피
고 수염이 없어지고 나대신 靑春이 대신와 앉
었다.

(부라보!·부라보!·부라보!—)
—이것은 評이 올시당 「나는 당신을 사랑합니다.
拍手도 獄迎하다.
十누구냐? 떠드는者가 어리석은 市場風物詩는 賣春
婦의 內衣같다.

「容은 어디서 오섰어요? 내機械라
쓰니야—이는 지금 回春의 補藥으로 얼마든지 내게
적음을 쓴다. 「客은 어디서 오섰어요? 고향에서 오시는길입니까
世界一週의 漫遊 한토막입니까?」

36

「글쎄……。 내게는 懷鄕病이 있으니까」

「호호호 僞造紙幣군요」

객적게 나는 肝이 콩만해젓지만 쓰느냐는 더 艶艶한 微笑를 보인당。 내가 필시 인데안의 잠뱅이만큼이나 액소탁한 게로구나。

불연듯 나는 아까 그 陳列窓의 거리가 머리에 떠오른다。대채 나는 얼마짜리 正札이 부튼商品일까? 於此於彼에 나는 주먹마진 감루다。허지만 憂鬱은 禁物이랏겟다ㅡ구태여 破戒까지는 삼가야 하리라。

「이왕 主客顛倒니 었다 너무 한숙백이 먹어라!」

「난‥너무 젊어서 되해 걱정인데요」

「너무 점은것도 걱정이때?」

「걱정?」

「암요」

「어렵었어! 난 안속울걸!」

그랫드니 厭女는 벌덕 이러슨다。어쩌는가봤드니 門깨로 쫓르 다라난다。

「어달까?」

「生命保險에 들러」

「누구?」

「나지 누구예요」

성분을 몰라 붓찬이 안칠수밖에 없다。허니까 더 기가 맥히당。쓰느냐가 운땅。어린애처럼 발을 굴으며 운다。

「왜 울어?」

「紛失해서ㅡ」

「뭘?」

「돈ㅡ」

「무슨 돈?」

「生命保險會社에서 支拂할 돈말이에요。 昝맘에 그돈이 飛去夕陽風이지 뭐에요?」

갈스록 泰山으로 어떠케된 셈판을 모르겟다。

「나 땜에?」

「그야 물론이죠、어째 헤방이에요‥‥ 남은 공력도 삐푸는메ㅡ。난 이 찬스에 죽어서 保險金을 탈가 했는메……」

우름소리가 머코당。

「누구 출라구?」

「그거야 아무러문 어때요? 내겐 돈을 번다는 것이 문제니까요」

세상엔 언제부러 이런風俗이 流行되였든가?

日、이런것이 物質文明이 아닌지 모르겠다。

그런메 찬스라는 것은?

「여보 未安하게 됏슴。나는 한번 常識의病에 걸필 뒤로 每事에 아는게 모자라오。당신도 무슨 智性의 破片인가 싶은메 당신의 體重이 대서롭지 못하당。

37

는것을 아는때는 感服하오。 그런데 한스런 일 이름

이오?」

「흥! 날 異端者라고해도 좋아요 주책할수없는。 前

春의 奔流—관격이되는 크라이막스라는걸 모르시나요?

張三季四의 품에서만이 貞操觀念이두렵다는걸 逆說論理

解하실줄 모르시나요? 卒業狀 한장으로 내

나요。 가령 내가 靑春의 派生物이래두 좋아요 차라

리 손구락을 빨고 기뻐할지언정 그린내나는 夢遊病이라

며 안할수 없오니까요。 내게 모든것이 끝이바던 問

題는 또 다르죠。 허지만 한드메박의 물과 한바다의

물은 味覺도 달르고 衛生도 다르답니다。 그래 나는

世界를 바뀟어요。 넌더리나는 靑春의 追憶의 限界를

視解해요。 이 넌더리나는 靑春도 追憶의 限界에는 黃金律이 모든걸 無

근데 客氏는 色盲이되여 나를 下手할상부러시 그했

든거에요。 옛두러진 感情—나도선 成金의 참 가장 좋

은口實이 아니겟어요?」

完全히 나는 一敗塗地다。 내가 이 下水口의 쓰메기

와 邂逅했다는것은 아모래도 造物翁의 惡戲로밖에 볼

수없다。

어떠캐하나?

내가 瞞賣한 靑春도 쓰니야氏의 三寸舌로 코푼조히

처럼 국여젓으니 내버릴수밖에 없다。

그럼 野獸라는것은 어떤가? 앓이 何전화서 내게는

사실 野獸가 希望처럼 楼息한다。 떼가 있다면 距禮일

게다……。

「이건 形而下學인때 미쩌야 번전이니 우리 靑春野書

을벗삼주 人生과 神聖을 冒瀆해볼까?」

「앓다 배추血랭이같은 思想을랑 책갈피에 코로녹—처

럼 찔러둬요」

氣慨가 祖先보다 늙었다。 마는 나는 이것이 厭女가

山險水戰 모조리 겪은 功勞보다 偉大한 戰術일

지도 몰마서、

「偶然의 蓄積인 人生은 虛無 그것뿐이드그뎌。 彼此 署

名이나 합시다」

出生以後 처음으로 간사를 부려봤으나 依然히 厭女는

生理에 變動이 없다。

형ㅡ하고 코우슴만 친다。 나는 보기좋게 넉장거머

로 나가사画진다。곧이 흡사 어름에 자빠진 쇠눈말이다

허나 事實은 反對다。 쓰니야의 禮儀와 法律은所屬部

落이 之南之北이라 내 그것과 달른다。 말하자면 나는

자격지심이 않다。

「정말? 가짓뿌리?」

내귀에 은근하게 속삭인다。 이 번덕이 서먹먹먹하긴

허지만 너두 응줄하달가봐、

38

「암!」

하고、아주 바보처럼 입을 헤―버려고 좋아한다。하

긴 千萬意外라 요것이 환루된 九尾孤나아닌가 · 의심도

나지만 설마려니……。

「盟哲―금이 重千金이겠다요?」

따지는게 賊反荷杖이다。마는 害로울것은없어,

「사람의입이 食飯하되 食言이야 될말이유」

하고 그럴듯하게 받어넘겼드니

「支拂만하면―」

하고 웃는다。奇術이다。

「磁石?」

「그러면 附屬品은 다드리죠」

야 이거참 磁石처럼처럼 正直하구나。아닌게 아니라

資本主義社會는 偉大하다。

「마는!」

「아까워요?」

쓰니야의 눈에사는 銀錢紙貨가 별매처럼 호터저나온

다。나로因해 賤女는 이순간 로스챠일드의 血族이 된다

그럼으로 나도 大銀行의 出納係主任처럼 역을 쓰다듬

고 배지를 내밀며 거드름을 핀다。발굽치를 든다。

「음!」

대답에도 절렁소리를 낸다。물론 이게 눈가리고 아

웅이다。靑春代도 빠듯하니까 二十世紀의 旗人반말에서

守錢奴의 구실이라도 해야한다。渡金眼鏡이라도 척 버처

쓰자。

「알파루!」

適中이다。나는 懷中에서 數百의 美人寫眞을 내보인

다。그리고 얄밉도록 먼지를 룩룩띤다。나는 얼마든지

意氣衝天이다。

헌데 잘못이다。쓰니야가 失言을 한것이 아니다。그

證據로 내글탕의 깊이와 부피를 재는것이다。

참 맹랑하다。

「요것봐요」

요것봐라!

나는 그여히 무과모양으로 실과망신을 시킬지도 모

르겠다。

나는 時代逆行은 필요치 않으리라。이쯤 幕을 나

구타여。支配階級의 快感이나 路資를 뒤집은 揷話따나…。

「발病땜에 나는 目的이나 배우쟀구나

리자。혼자만 猶犬人인줄 알어?」

슬적 한술을 더뜨고 나는 靑春代를 支拂한다。일부

러 별별떤한다。여든댓량 남지만 림이고 쥐뿔이고 막

무가베라……計算書를 서너번의고 堂수이 손을벌려 거

슬려 받는다。

이런 勝利의 唯心論이 公衆의것인가 생각하면 참 재

미난다。

39

가만있자ㅡ。

나는 참 뻔뻔스럽지 않은지 모르겠다。이별의 길이나

不黑의 길이 똑가치 疲勞의 집신짝만 한결에 남긴다

는것은 우수운일이 아닐가?

내體溫과 面目과 歲月을 消費하고 탄컬메의 집신에

먼지만 묵에기만 무치다ㅡ。이게 空氣의 罪일가?

그러나 나는 무력대고 것는다。이왕 내친거름이니 곳

청이나 보며라。

집신은 唯一無二한 내財産일다。나는 이 疲勞한 財

産을 念佛처럼 외이다가 또하나 疲勞한 財産을 發見

한다。푸도이드의 案內다。

卽 野獸는 勝負가 없어 아직 前途가 洋々한것이다。

玉?

玉은 어디를 갓나? 玉과 나는 이런때 맛나야 울

흘지도 모른다。따는것은 後悔가아니라 가을바람갈은 感

傷이다。

「그러면 그러치 어디선지 玉이 부러왔다。나는 너무반가워서

하고 열쇠들 흔들어보이나까。

「晉 고락락요。人生의 損失。단가 쓴가……」

하고 아조 戀人다읍게 딸근해서 가을바람처럼 落葉을

남가고 가버린다。

쉐그럴가?

아 이런 矛盾憶滿이 戀愛의 本質인게포구낭

不可不 나는 下術을 차저가기로 決定한다。

下術에는 밤을 잃어버린 안主人이 밤이 그대울때마 지

다 電燈처럼 나를 鶴首苦待한다。낮이 平和하지만

厭女는 아름다운 運命을 가젔다。들아래 뒷방出入에

헌 아지방이가 자유러다。이우에서 노고지미와 우름소

도 門山가없는 遊仙이다。까닭에 厭女의 房엔 사시장

리를 들으며 厭女는 肉體의 觸感의 差異를 計算하는

것이 生活보담 즐겁댄다。무면한 일이다。

流行歌의 流行으로 男子를 윈롱 無額漢으로 아는것

은 女子가 無賴漢인 까닭이다。

愛情인지 먼지 하는것에도 男子는 利益을 바라지않

는다。이 潔白한 慣習때문에 厭女는 體溫을 주체하지

못하고 香水를 만든다。

鏡台위에 憧憬처럼 가즈런히 놓인 「망고도랑」이니「클

드림」ㅡ이니 하는 세간사리가 일메면 厭

女의 肉體의 냄새며 꽃이다。

하로에도 멧번식 天使가 된다。天使가되서 그런지 玉

지를 안는다。울면은 桃色遊戱가 앗갈앗질하겠다고 거..

리의 오입쟁이들이 방아를찧고 야단이지만 고집이 세

다。

나는 도리혀 이런點을 산올는지 모른다。하여튼 나

는 玉이 戀愛처럼 一錢이나 二錢을 가지고 누깔사탕
이나 붕어과자를 사먹는 헐거운 생각이다.

실상 厥女는 蓬髮蒼面의 瘦身이나마 나를 山谷의 生
鮮처럼 끔쩍이 아낀다. 厥女의 밤은 내 게잇기때문이
다.

枯木死枝처럼 앙상한 내여윈손이 안방미닫이에——
보면 翌日 나는 낮을 短縮시켰다는 功勞를 今時發福
한다. 뚱누기도 편하다. 내風俗이 厥女의 磁石으로 으
더해지기도 한다.

땅은 허눌위에도 잇다. 암만 생각해도 地球는 單侈
이 아닌것같은데 失業者라는게 수두룩하다는
것은 天눈이 꼭 天堂으로만 알려진 基督敎의 迷信때
문이 아닌지 모르겠다.

追加。

風土와 體面으로 해서 나는 不勤實하다. 鑛牌를 따
개서 아궁지에 火葬까지 한 나다.

네보반듯한 기둥、네모반듯한 壁、네모반듯한 榻、네
모반듯한 밥床、네모반듯한 얼골、……이
것이 실혀서 나는 낙처된 갈보모양으로 돌벼개를 도
잘 밴다.

비가 되게 쏫다지면 너도 나도 남의집 추녀밑흐로
물런댕 그 길섭 추녀의 하나가 내本籍 또하나가 下
宿이다。

이런理由로 나는 下宿을 옮겨버렷엇다. 지금쯤 안房
엔 노고지리가 얼마나 색기를 쳤을가?

오래간만에 더머보는 골목길은 心臟이 더웁다. 벌서
나는 正錢에 興奮을 彫刻한다.

문고리가 밖으로 걸렸다.

나는 안문고리를 걸어준다.

토끼처럼 잽싸게 뛰여나온 厥女는 내게 縮地法을 가
르킨다. 나는 諸葛亮이 아니로되 그대는 진정 黃氏婦人
이로다.

허지만 나는 禁制를 알는다. 滿蘇國境이다. 不法越境
은 被殺을 前提한다.

一錢銅貨의 案內와 푸로이드의 案內가 닮은 것이다.
내코에는 粉냄새 봄냄새밖에 없었다.

어색하니까 厥女는 呪文을 외인다.

「失敗와 絶望은 따를지라 能動의 저자를…煉獄우 입
을버려 監禁할지라 野獸들……」

정말 살냄새는 없다.

溫順한 白血은 내黑血을 感化시켜 나로하여금 聖者
를 맨든다.

하 민망하길래,

「몇이죠?」

하고 情답게 물었드니,

41

「女子에게 나히가 있우? 떡국은 서른데 그릇허구 여

선수말이 퍽우」

「참 젊어뵈거든」

「젊어뵈지?」

상긋이 웃어뵌다。젎다。

서로 滿足허다。

그때서 나는

「諸君을 썼에요。이제 長々秋夜가 올때이니까…그동안꿈

이나 한껏꾸슈」

하고 나대로 방에 起立한다。四壁은 憂鬱처럼 着席한다

卷煙을 피당。내가 卷煙처럼 탄다。모든 受苦와 努

力이 결국 연기한올만도 못한 모양인가?

자도 좋다。그러나 누가 말리는것도 아닌데 잠이 안

온당。안방 時計가 두시二十八分三十二秒를 친다。

작난감이때두 없나?

쌔벽쟁이처럼 두리번 나는 모르는것을 찾는다。

편지가 잇다。黃海道에서 果樹閣을 經營한다는 K군

에게서 온거다。林檎이태두 너보냈을가?

「親愛허는 君!

精神分析學속에 君이 잇길래 나는 반가워서 어찔줄

몰랏네。그 有名탄 變裝을 하고 惡魔의 회파람을 불며

햇탕퀴골을 기여다니는 心理가 性神經의 興奮임을 알

때 나는 君에게 衛生思想을 노나주고 싶엇다네。世

紀의 全神經이 集散되는곳이 性이라는 都會임을 나

도 잘아네만 한갓 性의遊戲로 太陽과 知性을 回避할

수 있을것인가? 處世術은 얼마든지 잇고 白鳩와 貞

은 處女에게두 君의 性神經은 人生의 敎科書로 海

化될수잇고 幸福의 對象도 될수있을것이 아닌가? 君

의 安住地는 아모때도 下體일가 아니라 上體일것이에。

그러니— 작담제하고 이곳으로 오게。雲晬月釣의 生

活가운데 君은 性 이趣味의 道具로만 利用되지못할

嚴肅을 느낄것일세 그럼 우리 귀여운 性의惡魔—그

편협한 거미줄을 하로바삐 거더치우고 오게。旅費로

十圓을 보내네 不備。」

原文그대로다。

橫說竪說? 아냐、아냐、그는 그 雲晬月釣의 幸福을 裝

飾하느라고 내게 犧牲이 祭物이되기를 要求하는 셈이다

헌데 이런것이 俗稱 友情이 아닌지 모르겠다。그러

나 어둠침침한 내방엔 花瓶이 있다。그대 꽃은 곳곳

내 彷徨한다。異域이라고 郷愁쯤 느낄메지…。小切手야

실훌치 없다。

都是、K군과 또많은 K군들이 戀饕를 좋아한다는 것

은 들어서 잘안다。이것도 精神分析學에서 나온 常識 하나

일지 모르겠다。거문에 몸이 걸러니 날개쭉지나 하나

떼여보내자。

「永遠히、아름다운 君!

精神分析學이라는것이 무슨술의 일흠인가?洋酒인가?
日酒인가? 淸酒인가? 상당히 君은醉한 모양이나
잔、더마시고 君의友情은 性神經의 어떤狀態인가 아니
보게。나는 君도 모르거니와 나도 정신이없어 잘모
드네。마는 이것은 사실일껠세。—대낮에 보아도 열
두번 눈을씻고 보아도 내키는 君의키보다 크고 君
의키는 K군은 생각할스록 미친것같고 또 나는 생
아무튼 K군은 생각할스록 미친것같다。
과합스록 미친것같다。

奇蹟이다!

엇!

忽然—이 아니라、비로소 내껏가에서 四壁이 방정맞게
崩壞한다。地震일가? 이상해서 聽覺이란놈이 探偵의흥
미를 썬다。

무엇이냐?나는 形容할수없는 것이길 바란다。
이욱고 나는 한봇다리를 찾어낸다。아니 두봇다리다。
아마 나없는동안에 貨物車에서 굴러온 봇다리랴。
헌매 멍낭한것이— 일테면 이두봇다리가 天地玄黃이
우숩텐다。金木水火土는 있어도 좋고 없어도 좋다。나
도 그러랴。
모든것의 임자는 두봇다리다。그러나 딱하다。무지개

같은 雜音이 내것이다。
어째 奇蹟이 요모양일가? 落心千萬에 그래도 걱정되
는것은 避難客같은 무리의 아우성의 迎接策인데 인정
사정 없이 발등을 밟고 성가시게 막 드려밀린당。다
른데로 넘길수밖에 없다。

大夢誰先覺
平生我自知
草堂春睡足
窓外日遲々

孔明처럼 빼내봤지만 劉備의 三顧草廬는 여기다대면
藥果다。

난 不安해서 견딜수 없다。넘기장。

그럼?

나도 그봇다리의 身勢가 될수밖에 없다。나는 盲人
처럼 안방을 探勝키로 한다。
서른네그릇허구 여섯수깔의 떡국쉬는 냄새만 난대도
나는 어쩔수 없다。
窒息을 참다 참다 또 나는 마당에서 나를 빠트린다
墓碑銘을 뭐라고 쓸것이냐。
키—라 소리와 함께 玉이 눈처럼 삿붓 와았는다。눈
이다。
방이다。
꿈이겟지?

어렴풋하게서 넘쳐다러를 교점어보니까 앞으다양 그럼

지금 어쩌러가 生時고 아까 안방으로 들어간것이 꿈
어보구나. 몇일수밖에 없는데 무척 고단하다.

鰲蹐靑山脚不勞따는데 어찌된 셈일가?

「지금이 아츰이야? 밤이야?」

머리맛의 電燈에 불이 있지만 玉에게 무러볼수 밖
에 없담.

「밤이에요」

「밤?」

밤도 정치게는 길다. 혀너까 물림없이 안방으로 들
어간 그쪽이 꿈이고 玉으로 말하면 아까 싱겁게 갈라
젓으니까 내 망을 보러 온것이리라.

「어젠 그림공부마치고 음악공부로구면……」
인사대신 한마디 해렷드니 玉은 키―타를 내가슴에
언저놓고,

「아녜요. 십심하실테니까 선물로 사왔어요」
하며 독 선물받는 사람처럼 기뻐한다.

「장남우 안경쓰나?」

「그럼요」

玉을 나는 당체 당할수없다. 玉의 생각처럼 韻致로라도
담벼락에 접어두어야지……。

「그런데」

하고 잡작이 玉은 稅金이따도 밤치러온듯이 정동한

「어쩐겐 웨 흥분해섰어요?」
묻는다.

「어쩌게?」

「네 어쩌게말에요. 길에서랑 찻집에서랑……」

「그건 아까지」

「아까가 언제에요. 여페 두무시구……어쩌게에요」

「아까야」

「어쩌게에요」

이러다간 생사람 잡지않을까? 玉이 놀리는것같애서
氣分이 나쁘다. 소리를 질른다.

「아까야!」

「애개개 웃어죽겠네. 어쩌게 너무 紅顔씨가 웃읍길
때 날人자꺼정 봤다누요. 어쩌게 十三日이구 또
曜日이 아니겠어요? 그래 난 日歎가 나쁘고나 생각
까지 했는데……봐요 오늘이 十四일이구 土曜日일네
니……」

「……」

그래 日曆을 처다봤드니 오늘야 바로 十三日이고 또
火曜日이다.

「봐! 누구헌테 가치뿌령이야?」

「뭐에요? 석달전 날짤 가지구……달턱에 먼지않

44

「인것곰 봐요。 어쩌면 이렇게 잘뿔구……」
玉은 성미가 나서 日曆을 막 찢는다。
「달력두 손으로 띠는거니까 뭐 나보담 신통할건 없
어。해두 玉과 나는 아까맞났어」
「어쩌게대두……」
「우리가 人道橋서 맞난게 어쩌게 아냐?」
「뭐 뭐예요?」
玉은 氣꺉처럼 대들며,
「정말 범의고길 못잡수섰으문 까마귀고기대두 잡순
게양。人道橋事件은 太古적일인때…… 벌서 그건 一年
전이여요」
「二 면전?」
내가 독깝이헌배 흘터지 않었는지 모르겠당。玉의
말대로 一년전이라고 친대면 무슨 戀愛라는게 이토록
편 것이냐?
그야 아모턴들 상관은 없다。
헌때 상노녀석이 창을 두다리며 묻는다。
「마냄께서 아즉 안잡수시느냐고 잇쉬 오데요」
「난 먹구 들왔다」
「언재요?」
「아까」
「하로종일 주무시구요 뭘─」
아, 그러니까 玉의 말대로 이밤은 아까 그밤이 아
니다。

니고 오늘밤이로구나。
꿈에 안방을 들어갔드 아니구…… 어쩌게밤은 자는
동안에 가버리고 또 밤이 왔구나。
「어쨌든 난 생각었다」
어쨌든 나는 들어눠있는게 좋다。
「봐요─」
玉이 큰소리다。나는 싱겁게 웃어벌수밖에 없다。
얼마가 지났다。
玉과 나는 할말이 없다。줄기차게 語彙를 蕩盡했는
지라。말을 잘製造하는 섹스피어─나 橫光利 을 잡어
온대도 미천이 달랑달랑 한다。
모두 벗어리가 되기전에 말도 消費節約을 해야지。
또 얼마가 지났것 같다。
보니까 있어야할 玉이 魔術처럼 온데간메가 없다。
(간게로군!)
戀愛가 암만해도 모래알같으니까 제쪽에서 먼저 失
戀을 하고 갔으리라。蒼소한 별을 노래하기에 奔忙할수 있
가 豊富할메라。蒼소한 별을 노래하기에 奔忙할수 있
어 玉은 좋겠다。
閑暇하고 심심하니깐 나는 喀血을 한다。
물 촬랑거리는 소리가 난다。누가 수선스럽게 낯을 씻
는다。

안主人이 또 밥을 맛을 準備를 하나보다ー생각으로

손구탁에 침을무쳐 창구녁을 뚫고 내다본다. 아니다.

모랍어미며 맥시가 먹 쓰니야같ᅴ베 ᄯᅩ소 이다…. 그

려즉 지난밤 파장머리의 市場人心을 풀어놋든 두봇다

더중의 한봇다리도구나.

어떤 風俗을 가젓을가? 看板은 무엇가? 어떤 法律

과 制度를 가지고 있을가? 나와는 무슨 偶然의 因果를

가지고 있을가? 공연히 好奇心이 나서 緊張했다가 기

첨이 낫다.

賤女의 눈이 창구녁으로 들어온다. 視線이 마조처 자

나는 앗질하다.

順?

順이다.

내 호미한 記憶속에 죽었다. 살었다하는 不滅의 女

像ー그것이 바로 順이다. 내게있어 順은 地球의 容貌를

代表하는 學問이기도 하다.

處世術의 參考品이었든 順! 무슨바람에 힘슬렀기에

내걸해다 까소랑냅새같은 世間의 哲學을 披瀝하랴는 것

임가?

順은 여전히 어금니가 길다. 常識이 길다. 그어금니

에는 많은 옛달과 옛달의 피가 歷然히 潺潺하다. 나

는 反其也 한바윹의 피를 눈녁여보지 않을수없었고, 또

보고 쇼롬이 끼지는것을 참을수ー없다.

文明을 追從치않고 自身이 文明 그것이되길 바란 글

방의 샌님을 우러 順은 동기호ー에氏따라 눌며댔거니

와 그 동기호ー에氏들의 輿論에 依하면 順은 일작이 내

아우의 피를 빠라먹은 吸血鬼란다.

『사랑은 반다시 鐵馬車를 타고……』

常識의 接戰끝에 無錢旅行의 道樂을 들기든 내아우

는 醫術과 科學의힘이 모자라 玉에게 制定으로 敗倒

했다. 順이 무서워서 讚頌歌를 들으며 벼아우는 사랑

이 뻐꾹새처럼 울기를 苦待하다 가죽어버린 것이다.

順이 잘났다.

人生觀이며 世界觀이 섰다. 그래서 세상이 사람보다

戀愛를 重하다는것은 안다. 秘術의 一幅이다.

이런 順이 내앞에 展開되는것은 무슨 喜劇과 悲劇을

象徵함일가?

안主人을 불러 물었다.

『金剛山이라우』

日, 女性問題의 普及版이랬다.

金剛山?

나는 생각한다. 모든것은 호른댄다. 衛生所의 汚物貯

藏池에는 風塵에 시달린 歷史가 있을지, 社會가 있을

지, 學問과 希望이 얼마든지 있을지, 모른다. 나

이것이 宿命일진대 恰悧한 社會人의 代表格인順이 金

剛山으로 化함도 宿命일지 모른다.

그러니까 어제밤의 또 한뼛다리는 探勝客이였구나。
곡 내게 奇蹟이 있는 것 같다。괜이 活氣가 있어 나
는 언제먹었든지 잘모르는 밥을 오래간만에 먹는다。
생쌀쌈에 고치장을 듬북칠하고 눈을 까뒤집고 열나게
먹는다。

신기하다。
신기해라!

ㄱㄴㄷ로 해본다。어렴도 없다。
하눌天、마地 해본다。亦 마찬가지다。ACD 해
본다。소용없다。ABCD 해본다。 アイウエオ 해
정말 形容할수없는것이 形容할수없게 왔음이로다。
肉體에 꾀리默처럼 마트는 모든財産을 기우려도 나
는 중의 상루와같이 法悅을 象徵할 語彙를 얻어울수
가 없다。

몸에 안맞는 衣服―그러나、또한 그래야 맞는목이라
는 世紀末的 逆說이 없는것도 아니니까 나는 정겅이밖
에 안오르는 바지를 이하로밤 運命의 勝利를 祝하는
意味도 걸치고 웃어보자。그대도 웃으랴。

「새는 노래하고」「별은 임을버려웃고」「바람은 거
름을 멈처라」「멈친다」「버거서」「또 몀방에서」「華
麗한 人生이」「탄생된다」「기쁘다」「기다렸는지도 모른
다」「언덕에서서」「앉을보고」「뒤를보고」「祝賀하자」
「祝手과누게 正體는 없었도다」「떠러진꽃과」「다라난
것을 사려함임이다。

暴風과「圖丁과」「거침없는 天氣豫報의 아나운서―와」
「향기」「圖丁과」
「향기」「향기」「사람」
너당。나당。없다。아니당。너당。

順의 으슥한 골목과 그늘에는 어덴지 「政治犯」과
「流言蜚言군」과「소매치기」가 숨어있음에 틀림없다。
哲學이 있는 ... 罪다。
安寧秩序를 紊亂하는 혐의가 많을헨데 그래도 順을
내解釋과는 달리게「善良忠實」한 百姓이다。
캐피타리즘에 光榮이 있으랴……는 順은 사실公僕쯤
賜下한데도 마땅치 못하리랴。오즉 그에게는 因緣이 달
잡다。

세상을 지극히 사랑하기때문에 내아우의 靈魂에 黃
金의 冠을 씨워준 歐女는 이제도 역시 세상을 지극
히 사랑하기 때문에 지금 아름다운因緣을 던진다 고
불수있다。

(내머리는 팅 비었다)
活字、活字、活字、……。
당신은 葱春婦랍니가? 그럴理없읍니다。당신은 橫型
地圖와 地球의 賢音을 파는 玩具商이을시다。質物과 假
物―그사히에는 수수꺼이와 秘密이 많담니다。나는 그

47

꽃다발 風景이냐?

나는 꽃다발이 된다.

栗梯園의 旅費가 金剛山의 旅費가 된다.

！

내 悲鳴인가 順의 悲鳴인가? 모르겠다.

시방 나는 最後의길같은 좁다란 술네골을 것은 상싶다. 지금이 어느때인지 언제順의방을 나왔는지 모르겠다.

順의 氣絕. 顏面表情. 萬古絕景…… 내겨드랑에는 피물

은 날개가 달려고 눈은 以上 氣絕과 顏面表情과 萬

나는 조금도 슬플것이 없다.

古絕景밖에 볼줄모른다. 선―하다.

玉?

안主人?

내게는 順이다.

玉이 준 키―타를 나는 順의 表情과 計算하면서 간다

팔기운은 없지만 키―타가 가볍다

내가 가는 그곳은 典當局일른지 人道橋일른지 또는 陳列窓의 거리 일른지 모른다. 가봐야 안다.

(끝)

48

路邊

尹世重

채석촌(採石村)의 낮은 언제든지 한적하다.

골작을 타고 산쪽으로 삼마정 남짓이 올나가서 있는 백호채석장을 유일한 생명경영의 무대로 삼고 게딱지같은 오막사리집이 삼십여호 몰여않인, 이채석촌 사람들은 비가 오거나 눈이 많이 떠붓는 날을 때 놓고는 일년열두달 하로를 빠지지않고 채석장으로 일을 나간다. 사내들은 물론 말할것도 없지만 여인네들도 대개는 일을 하려 채석장으로 올라간다. 달리 푼전한닢 버러드릴 방도가 없는 이마을 사람들은 녀인네들까지 채석장 일울 나가야만 된다. 사내들은 바우에서 큰돌을 뜯어서 다듬고 여인네들은 잔돈을 긁어모아다가 자갈을 깨는것이다. 이렇게 안안밖없이 나가서 일을 하지않고는 그들의 생활은 지탱해 나갈수없기때문이다. 그들이 맨드러낸 돌을 채석장주인 신영감의 손에 헐값으로 넘어가 C도시로 실여나간다.

해질 무렵이 되여야 녀인네들이 먼저 마을로 도라온다. 저녁을 지을동안 녀인네들은 사내들보담 일축이 도라오는 것이당.

그래 낮동안은 마을안은 통혀 빈동리 같다。 집을 지

키는 사람외에 나딴이는 사람도 없고 아해들도 자연

어머니물 찾아가 새석장에가 놀기때문에 작란하는 애

둘때도 볼수가 없고、 개나 타같는것도 누집하집 요란

스럽게 치는질이 없이 마음?。 서랍뿌미많?? 끼끼하

다。

이렇게 고요한 색석촌에 어느날 늦인아츰에 이러난

일이다。

색석촌에서는 고지도 안들닐것같은 사람들의 떠드는

소리가 바로 색석촌 복판에서 벼란간 요란스럽게 이

러났다。

어느결에 알여젓는지 색석장에서 일을하든 마을 사

람들이 망치면 망치、 중이면 중、 손에 쥐여진대로 단

숨에 뛰여나려왔다。 아해들이 몰여오고 녀인네들이 휠

먹어리며 젓동을 흔들고 달려왔다。

「도적은 잡었다」

삼시간에 겹겹이 둘너싼 사람들속에 끔짝 못하고 어

러둥절 서있는 싱거먼 얼골의 사내가 지금 잡어놓은

도적놈이다。

「이자식 뭘 몰해먹어서 도적질을해?」

채석촌에서는 그래도 기운개나 쓴다는 갑돌 아저씨

가 성급히 사람들을 헤치고 드러가면서 육중한 주먹

이 비호같이 사오차레。 그놈의 불다귀로 울나가드너 그

대로 뺨곱을 발길로 내질렀당。 도적은 아이구ㅡ 소리
와함께 뒤로 벌녕 잡바젓다。

「때려라。」
「그런놈은 아두 죽써버려라」

몃에서 이런말이 들녀 누매 한층머 기세를 넘은 갑돌
아저씨는 거이 미친사람같이 날뛰며 넘어진 도적을주
먹으로 버려갈기고 발길로 차고 누가 갔다주는 장적
개비로 개패듯 내려갈긴다。 도적은 옷이 갈기갈기 찌
여지고 얼골에서 피가 나고 입으로 벽음을 기억번다
그걸보니 갑돌 아저씨는 매를 거두었다。

「아이구 사람살유」
겨우 한마듸 소리를 지르는것을、
「뭐이 사람살유냐 이자식」
하고 몃에섰든 단사람이 달여드는것을 갑돌 아저씨가
막었다。

도적을 맞일번 한것은 다른 사람이 않이오 채석장
에 서사로 있는 김동호라는 사람의 물건이다。
채석장 주인인 신영감의 먼 일가부치가된다고 해서
두달전에 서울서 이채석장 일을 보려왔는데 그는아즉
온지도 얼마안되고해서 우선 갑돌네집 웃방에 드러서
기숙을 하고있다。 양복이 값진게 멧벌있고 금침고급
탁상시게 악어피 구두、 이먼게 있고 그외에 다수한책

자가 있다。 도적이 바로 싸질머지고 나온것이 그양복
과 구두와 시게이다。 갑놀어머니는 책석장 서사양반이
자기네집에서 밥을 사먹는다。해서 동호가 온후붙어는 한
번도 일을 나간일이 없었는데 갑작이 돈버리를 하다
안하니가 웬일인지 주머니가 마르는것같어 멧일에 한
번식이라도 나가야겠다고 생각을 먹고 오늘 처음 집
을비고 나간것이 이망신을 당했다。요행 운이 좋와서
물건을 잇어버리지는 않었다。하더라도 집에온 손님에
게 머욱이 죄송스러워서 어쩔줄을 몰른다。
ー그러는참에 서사양반인 동호는 심부름꾼 아이를 앞
세우고 천수히 내려왔다。

「아이구 이틀 어쩌면 좋아요 서사님 제죄가 큼니다
글세 이런일이 있을줄 꿈엔들 아렀겠음니가。글세 무
슨 벼락을 맞일역고 그놈이 서사님 물건을」

갑놀 어머니가 도중에서 가로막고 나스면서 이렇게 수
선을 떤다。허나 그의얼골엔 쓰다 달다 아무 표정이
없다。

「이동러는 암만 가난하게 사러도 그런사람은 없어요
그런데 그놈이 어되서 생겨난 자식인지 난데없이 동
러로 드러와서는 그런일을 했어요」

「누구요 그도적놈 말이죠?」

「내!」

「아이 그까전놈을 뭐 그사람이라고 하심니가 지금
실컨 두들겨맞고 분이네집 마당에 있지요」 동호가
갑돌어머니를 앞장으로・동호가 분이네집 마당으로 드
러스자 무슨 처음 보는 동물이나 잡어다논듯이 물러
싸고 되려다보든 사람들이 ・양쪽으로 짝 버러지며 동
호의 길을 빗켜준다。

「서사님 놀라우시겠음니다」

「공연히 우수운꼴을 당하심니다」

이런 인사가 멧사람의 입에서 나온다。

동호는 말이없이 쓰러진데로 있는 도적을 버려다보
기만한다。다러날 염려가 있다해서 굴군바로 손과 다
리를 꽁꽁 묵기운 도적은 종시 감은눈을 안뜬다 입
엽근처에서 흐른 피가 혁말으로 진하게 엉기고 눈등
에 밤알처럼 부어오른 살점이 푸르다못해 검다。꼼작
안는 태도가 도든것을 다 자오한것같다。

「이런놈은 그냥두면 안되여 누구 멧사람 나서서 끌고
나이개가 든 돌쟁이의 저안이다。

「그까짓놈 뭐 주재소까지 고려가요 여기서 아주없
버리지요」

「그래도 그럴수야 있나」

점은사람이 받는다。

「딸만 안써면 그만이죠 그까짓!」

「서사양반님 어떻게 하시면 좋겠음니가!」

거기에도 동호는 대답이 없다.

어니사람들이 붙잡으시야 하나, 때와 여기서 떠나자는 빼와 여기서 ……

결국은 끌고 가는편이 이겼다. 끌고갈 사람으로 잡……

돌아저씨를 위시하야 험은 사내 두사람으로 붙어 세……

사람이 선정되었다.

「이러나 이자식 콩밥 맞좀 봐라 죽일놈같으니.」

다리만 푸르고 잡돌아저씨가 벗적 드러 이렇겄다.

비를비틀 하다가 도적은 끌픈이섰다.

「거러 이자식」

도적은 절둑거리며 맷발작 띄여놋는다.

「가만있어요」

동호가 앞으로 나섰다.

「내가 끌고 갓이요」

「아니 서사님 이런놈을 어떻게 끌고 가시려고 그러심
니가」

「괜찬어요 염여없어요」

동러사람들은 그가 채석장 서사님인데도 불고하고
누구를 물론하고. 자기들에게 경어(敬語)를 써주는것이
뭉이. 고마웠다. 전에있든 박서기놈은 전방진것쯤 의례
받을것으로 치부하는것이었지만 아주 찰자 막정이라고
취였다.

몰먹어했다. 그러나 이어른만은 그렇질 않다. 비록 산
에서 돌을 깨먹는 미거한 백성들지라도 어른을 어든
으로 아러주고 사람을 사람으로 아러준당. 서울서 때
하피께지 단시였더니 이가 至今도 뽕내물 생각을알물
이런 산골토 일을 보러왔다는것도 그이안이면 할수없
는 일이요. 또 천한백성들에게 그렇게 군자(君子)처럼
대해주는것도 대학교를 단인 그이가 안이고는 도적히
될수가 없다고 동러사람들은 수근거렸다. 뿐만안이라
채석장 일에있어서도 될수있는대로는 자기네들에게 한
푼이라도 머리익이 있게 해준당. 동러사람들은 그들상
감님같이 모시는판이당.

「그럼 서사님도 같이 가시죠」

「아니 뭐그렇게 여러사람이 가실것없음니다 나혼자 갓
이요 노칠 염려는 없으니가 관게치안어요」

「이런놈이란 중도에서. 무슨짓을 할는지 모릅니다.」

보롱사람과는 다른놈이당.

「그래도 나혼자 데리고 가요」

「이상 동러사람들은 그의 의견을 거역할수는 없다
그이러면 가만있어요 어떻게해서 다리를 가서요」

하드니 잡돌 아저씨가 다리를 묵겄든바로 말을 뒤로
대고 다시. 도적의 상처를 칭칭 「얼거매여 결박을 지어
갖이고 뒤로 곤을 내준다. 동호가 그대로 꾼을 받어

「이 자식 어서 거러」

잡돌 이저씨의 최후의 군호와 더부러 두 사람의 그림자는 동리를 한발작 한발작 머러갔다. 동리사람들은 등구 밖까지 밀여나와 그들이 산모롱이로 도라갈때까지 바랬다.

주재소는 채석촌에서 십오리(一里半)를 떠러저있는 네전 소장터로 유명했든 구리개 장터에 있다.

채석촌이 산에 가리여 안보인뒤 얼마쯤을 더 거러가다가 지금까지 뒤에서 거러오든 동호는 도적의 몇으로 가슨다. 몇번을 힐금힐금 얼굴을 훔처보아야 도적은 종시 태연자약 유유하다.

「이름이 뭐요」

동호가 먼저 무거웁게 입을 띄었다.

....

「이름을 뭐라고 부르오!」

「김메요」

무뚝하당 시선은 여전 주느일이 없다.

「김메! 음속으로 웃얼거려보고는 다시

「몇살이요?」

「스물셋이요」

「스물셋이라 학교는 단여본닐 있오?」

「보통학교 사학년까지 단였오」

「부로는 안게슈?」

「어되서 살것지요」

다시 얼마를 묵묵히 거렀다.

「멫번이나 그런일을 했오?」

「시여보지는 안했지만 이번까지 가면 형무소가 세번쨰요」

「그럼 이번가면 얼마나 있다 나옴직하오?」

「상습범으로 될테니가, 운이 좋와 삼년 먹겠지요」

「삼년!」

동호는 잠간 뭇는말을 중지했다. 한번더 그의. 얼굴을 훔처본다. 아무렁지도 않다.

「형무소에서 사는게 자미가 있오?」

「자미랄건 없지만 그리 질겁을 힐데도 안이요」

「가고싶다거나 그렇지는 않겠지」

「그거야 감옥인데!」

「그런데들 안가고 태양밑에서 자유롭게 살어보겠다는 생각을 해본일은 있오?」

「생각한 결과요 그렇게 살어보았자 신통한게 없고— 드러가도 물론 신통치않지만 나도 자유롭게 살고착하게 살나 새롭게 살고싶은 생각은 갖었오 그러나 그런 운명은 아즉 나에게 도라오지 안는 모양이요」

「어쨰서 그런로 아오?」

「내가 이런일을 다시 않아게 되여야 그렇게 사는게 안오」

53

「그럼 무슨 리유로 그런일은 않애서는 안될 운명이
란말요」

「그건 내가 아즉 자미있게 새롭게 착하게 살 장고
를 발견치 못한까닭이요」

「그렇게 살수있는곳은 어떤곳이관데·!」

「어떤곳인지 그건 나도 잘모르겠오」

「그러면 어떻게 그런걸 생각할수 있오?」

「대저 않에 있우니해서 있수겠같은데 실상은 없오니

「사람이 안사는 섬나라 같은데?」

「안이요」

「그럼 아무도 당신을모르는 외국같은데?」

「그것도 안이요」

「노다지가 쓰다지는데?」

「그런데도 안이요」

「그럼?」

「글세 모른다고 안그러우?」

잡작이 도적은 소리를 떽지르며 한눈을
처음으로 이런 눈을 당해보는 동호는 벼란간 속으로
당황해진다· 주위가 호젓할뿐 안이라 도적의 체격을동
호보다는 휠신 머큰 창정기골이다· 그러나 도적은 인
차 조곰전과같은 부드러운 표정으로 도라간다·
뻣이 땅근히 내려조인당 자금 산새우는 소리가 들

인당· 있다금식 길섭에서 두사람의 발소리에 늘때인
람쥐가 바시락하고 피리를 감춘당· 해빛을 동진
하날은 한없이 푸르고 한가롭다· 좌우로는 푸르고검은
산이 한운에 곽찬당· 산넘어도 기적소리가 한줄기 가

늘게 흘러온다·

두사람은 묵묵히 고개길을 올여걸는당· 고개만 넘어
스면 구리개 장터가 한눈에 드러온다·
뭉호에게는 고개길의 히미에쓰 바치당· 게다가 이른아
씀에 약간 선선한듯해서 털속옷을 입은채 그대로 왔
드니 동작이 혹근거리고 근실거린당· 고개를 거이 울
라슬때는 제법 이마에 땀방울까지 기여나리는 도양갈
당· 그러나 동호는 그런것을 조곰도 모르고 고개까지
도적의 뒤를 따러왔다· 고개를 올라스니 안개가 확터
지며 새정신이 든당·

「좀 쉬여가지·!」

「⋯⋯⋯」

「당신이야 급할게 없느냐가·!」

「아무렇게나 허우」

두사람은 길가에 돌맹이를 방석으로 앉었당·
구리개 장터가 바로·눈앞에 나려다 보이고 넙은평
야가 보이고 구리개장터앞을 내려흐르는 수량이 풍부
한 내를뽓아 명야끝까지 내려가 다시 조고맣안 산모
퉁이를 도라가면 바로 있을 C 도시가 짐작된당· C 도

54

시는 공엽도시라 C 도시의 얼굴는 안보여도 거기서 떠
오르는 무수한 연기줄기가 상공에서 엉키는것이 구름
처럼 보인당.

이런 안개의 광경을 바라보며 동호는 무거운 한숨
을 도적몰때 내뿜었당. 그동안이 얼마나 지났는지 동
호는 생각난듯이 도적에게로 눈을 돌렸당.

도적은 아측도 그광경에 눈을 팔고 있당.

「그렇게 동여매여 많이 앉으지」

도적은 눈도 안돌니고 임만 놀닌당.

「앞을수야 있지만 이것이 내가 당해야만 한다는것을
생각한이상 앞을것도 없오」

「그야 그렇겠지 허지만 내가 앉은것을!」

「……………」

「쉬는동안만이라도 풀는게 섭었오?」

그말에 도적은 눈을 홱돌닌당. 임술은 그대로 움죽이
지안는당.

「물어도 관찬켓지」

동호는 이러서서 도적을 매었든 바를 푸른당. 한울
이 풀여갈수록 도적의 얼굴은 점점 생가가돌
고 눈동자가 분주히 굴는당. 그동안 동호는 도적과한
번도 시선을 마조치지안는당. 손목을 때엿든 색기깨지
다풀러준당.

「이러다 만일 내갓 다머나면 어쩔나우?」

「웅! 그건 나도 물따 허지만 주재소가 바로 저
기니가ㅡ」

도적은 다시 말이 없당.

「쉬는동안이나 편안이 쉬오」

동호는 명벅히 앉이며 다시 눈앞 광경으로 눈을 돌
인당.

「당신같이 더답한 사람 첨 봤오」

「더답한 성격을 갖인사람도 몰되오 그성격은 당신이
당신살 장소를 찾는것같이 내가찾는 물건이오 그러
나 당신과 똑같이 나도 찾어불 가망이 없는것갓오」

동호는 그대로 벌덕 뒤로 눕는당. 다시 담배한개를
내여 도적에게 주고 저도 피여물고는 끝없는 한울만
눈으로 판당.

「얼마쯤 지났당. 동호가 벌떡 이러나며 가불가! 혼
자말같이 한당. 도적은 몰드른척한당.

「?」

「주재소가 저기 뵈오 혼자 내려가요」

도적은 갑작이 의아의 눈을 번쩍어린당.

「날머러 혼자 가라는 말슴입니가?」

희도라앉으며 동호의 얼굴을 듸떠다본당.

「그렇오」

「여보세요 나는 죄인입니다 악인임니다 내가 정직하
다고 생각해선 안됨니다。웨 당신은 그런말슴을 하
심니가」

「돌기설죠 어서 가구려 난 당신의뒤를 따러갈 의무
가 없오」

네? 나는 도적임니다 정직한 사회에서는 조곰도용
납지못할 도적임니다。나를 당신이 노친다면 정직한
사회인으로서의 당신의 책임은 완전히 몰과되는게안
임니가?」

「당신을 죄인으로 인정하는 사람들이 당신을 체포할
것이오」

「그럼 선생님은 나를?」

      ×

일면이 흙어갔다。

      ×

오정매가 훨신지나 동호는 고개에서 집으로 도라왔다

「아무말도 하고십지 않오 어서 가구려 혼자 조용이
여기서 누어있고싶소―」

겨을동안에 산산히 흐러젓든 인부들은 약속이나 한
둣이 일울 시작했다는 소문을듣고 각차에서 몰여왔다。
봄철이당 겨울동안 철장했든 중앙선철도 공사장은 다
시일이 시작되었다。

거리 이십키로나되는 제발공구는 그중에도 절대 다

수의 인원수로 매일 사백여명의 인부가 동원된다。명
균 삼십키로가 넘는 굴이 세군데나 있기때문이당。명
굴로 몰여가는 인부들이 있당。다리일간으로 몰여가
는 인부들이 있당。산을 깍거내는메도 몰여가는 인부들
이 있당。이것은 동이 틀무렵에 있는 일이당。해가산
위로 올여미는때는 그들은 벌서 연장을 논아쥐고 일
을 한바탕하고 있당。맹이로(榥) 끌대가리를 때리는 쇠
소리가 쟁쟁 산을 울이고 흙구루마가 우둥우둥 정
신을 버당고 각잡게 서걱거리는 삽질하는 소리가들이
고 쿵쿵 파팽이로 산벽을찍는 소리가 들인당。이러한
음향속에 위대한 건설은 묵묵히 거인의 보조처럼 진
행한당。영원이 있는 진행이당。

진행은 정오에 잠간 멈처진당。한시간동안의 점심휴
식이당。인부들은 인부들을 위하야 먹는것이 안이라 이
위대한 진행을 위해 한그릇의 밥을 먹는당。그맛이란
일생을 두고 잊을수없이 달아 인부들의 요구는 다만
그것하나뿐이당。그외에 아무것도 없당。그들에게는 집
도 없고 처자도 없고 속된 야망을 갖는 개체(個體)
도 없당。있어도 부정한당。단밥의 단맛과 위대한 건
설의 진행이 있을뿐이당。

그러나 이위대한 진행은 드문드문 작난한당。

오후。일이 시작되여 멧분이 안되여서다。

「굴에서 사람이 치었다―!」

이런 소리가 공사장 일때를 바람처럼 날렸다.

제일(第一) 굴에서, 난일이다. 구처에서 일을 하든인
부들은 일을 그만둘뿐 않으랴 일이 났다는 굴을 향
하야 한다름을 천당 사무실에 알여지고 감독들이 뛰
여온다. 굴안에서 곡괭이질을 하든 괭이군이 천정에서문
어진 흙에 꼭 깔무치엇다. 대가리만 겨우·내놓엇다.
물론 흙은 삽시간에 그의 몸에서 벅겨젔다. 그러나 다
친사람은 끔작 못하고 죽어있다. 감독하나가 얼는 진
맥을 한다.

「속구시데와 나인다 다이죠부가모 시탕」

그리자 다친 인부는 으으ㅡ 소리를 지르드니 몸
을 좀 움직인다. 그걸로 다행 즉사가 안된것이 확실
히 판명된다. 웬낙·떠러진 흙이 분량이 적은것과 그
게 바우나 돌덩어리가 않이고 모래가 다분히 섹긴토
사였기때문에 축사까지는 안갈일이다. 그러나 사람이흙
을 가슴위까지 쓰면 대개는 죽기로 마펜이라는게 이
런때서 떠도는 정리다.

「얼는 병원으로 가야지」

감독하나가 당황이 서두른다.

「누구든지 얼는 없어, 병원까지 업고가 다른걸 서두
르다간 늦일메니」

주위에다 대고 소리를 지른다.

「아무도 업을 사람 없나?」

「내가 업고 가지요」

우물주물 하고 인부들 중에서 나서는 젊은 인부하
나가 있다. 그는 이공사장에서 만정이라고 부르는 다
리 일간에서 콩크리트를 비비는 인부다.

「응 네가 갈테냐? 그럼 얼는 없어ㅡ 자 춤무축을
해주라고」

부상자는 만정이의 등에 엎피었다. 업피며붙어 부상
자는 끙끙소리가 제법 생기있게 들인다.
병원까지 갈여면 한오리(半里)찰된다. 장차로 중요한
정거장이 않으 B읍이·바로 그아래 명지 복판에 있는
것이다. 뒤로 감독 한사람과 십장하나와 가다가 꾀물
해서 업고갈 인부하나가 따려섰다.
그러나 마정이는 끝까지 제가 업고갔다. 도저히 그
렇게 업고 혼자 가낼 짐이 안이었으나 만정이에게는
그만한 기운이 있었을 뿐, 안이라 그는 이를 악물고
다. 병원까지 가서는 진찰대에 부상자를 눌혀놓고 그
는 한동안·기진해서 한쪽에 쓰러진채 진찰경과를 물
났다.

의사의 진찰한 결과 의외로 부상은 개거워 그리,
큰 락박상은 없고 한 이주일가령 입원하면 완쾌 되
것다는것이다. 그리고 우선 주사를 멫대 놓았다.
입원수속이 끝나고 난뒤에 감독과 십장은 바로나가
버리고 병실에는 환자와 만정이만· 남었다. 만정이

일은 날불어 환자의 정신은 아주 맑어지고 끙끙알는
소머도 도가 훨신 내리고 다시 사흘이 지나매 먹는
것도 병원에서 지시하는대로는 깨끝이 먹어버리고 돌
아눕거나 몸을 움직일때도 알는 소리가 제법 가시었다
어태토만 나가면 두루일까지 입원을 안해도 좋다는 말
까지 의사가 아츰에 나와선 말을한다.

일을 동안은 대소변을 만정이가 받어내고 사흘 되
든날불어는 환자가 이러나 만정이의 몸에 의지되여 변
소까지 나갔다.

다른말은 한마되도 없으면서 대소비을 하러나갈때면
환자는 만정이 억개에서

「노형이 수고하시요」

한다.

그말을 드를때마다 만정이는 그말소리에 무언지 모
르게 감동이 되군했다. 그러든중 다시 멧일이 지난후
환자의 병세가 아주 나을정도에 이르렀을때 하로는 접
그릇을 치우고 만정이는 환자의 머리앞에 밧삭가고
요히 앉었다.

물고름이 환자의 얼골을 되려다 보다가 만정이는 말
을 냈다.

「나를 기억 못하시겠읍니까?」

환자는 우선 눈을 돌려 만정이의 얼골을 독똑이 처
어다본다.

「아주 기억이 안나심니까?」

「글세요 기억을 못하겠는메요」

「일변전에 구리개장터 뒤스 고개우에서 저를 뵈신 기
억이 안남니까?」

환자는 눈을 크게떳다.

「아!」

「암만 생각해도 그분같어요 그런분이 이런 일을 수
단이시며 하시리라고는 도저히 생각도 못힐것이지만
그래 처음에는 안이다 내가 잘못아렀나 했지만 갈
수록 그분으로만 뵈역집니다」

「……」

「확실이 저는 그때 선생님의 은혜틀 입은 ㄱ도저
니다. 그도적놈이 지요.」

「알었오 내가 올습니다. 나도 형을보고 그분으로아
렀오 그러나 형이 모르는 것같이 난 연대 아무밀
도 못했오」

「저역시 그랬읍니다、이런데서 이렇게 다시 뵈일줄은
꿈에도 몰났읍니다」

「그러시겠지요」

「그런데 선생님 같은분이 웨 이런고생을 하시러 단
임니까?」

「뭐 별반、 람탁한 리유가 있는것도 안이지요」

「그런데、 왜요?」

「내 환경과 생활이 실중이 나서 뛰여난놈지요」

「저로서는 머해못하겠음니다」

「나도 내생활의 새것을 찾기전에 낡은 생활에 환멸을 느끼겠었오 당신과 갈머진후 한달도 아되여 집과 모—든 낡은 생활에 하직을 하고 나와버렸오。 처음에는 몸이 몹시 고되여 견듸기 어려웠으나 지금은 뭐 훌륭한 일꾼이 라고 생각하오 이생활의 자극이란 뭐라고 말할수 없는것이오」

「언제까지 이런데로 도라단이실남나가?」

「늙어 죽을때까지 한인부로 죽고싶소!」

「천만에 말슴을—!」

「그때 당신은?」

「결국은 이런사회인굴을 아렀으나 그렇다고 자포자기가되면 공연히 내몸만 앞으것든요 그래 생각이문독 달리 들더군요 즉 그종애를 골이려는데·떠러시 시앙고 뻣뻣하게 초연하게 살것이지요 이것이 사회에 대한 복수갈기도하고 금방 굴머 죽드래도 나 분읽은 않겠다는 생각이지요 작고만 어두워지는 이 사회의 피임에 넘어가는게 결국 진다는것이겠지요」

「아! 홀용한 생각이요 고맙소 이런대로 단이싶나면 우리같은

「천만에요 금후로도 좋은것을 아러냈오

놈을 잘지도 해주서요」

「천만에 난 아무것도 모르오 전에 학교서 배운것은 우리가 요구하는 생활엔 아무 소용도 없오 잠고대요 지금붙어 나는 책을 읽고 공부를 하겠오 우리가 요구하는 생활에 필요한·공부를 같이 배우고 영구합시다。 당신은 나보담 더 장하게 될것임니다」

「너무 높여주시마서요 난 진정으로 낙상합니다」

「아니요 진정이오 난 진정으로 말을하오」

두사람의 대화는 더· 게속이 된다.

간호부가 약을 갖이고 드러왔다 나갔다。 그걸도 실 내는 무거운 침묵이 날개를 편다。 창으로 내다보인 한울이 끝없이 맑다。 굴에서 남포터지는 소리가 너멋 차레 먼데까지 땅을 울인다。

동호는 그대토 잠이 드렀다。

한달이 지낸후 동호는 다시 전전한 몸으로 굴속으 로 갔다。

동호와 만정이라고 하든 김래는 가끔밤중에 읍으로 술을 먹으로 드러갔다。 (끝)

再版

崔載瑞著

文學과性知

¥ 130
0.22

人文社
發行

그女子의 半生

朴 捧 愚

（承 前）

겨울은 깊어간다. 사나운 바람이 분다. 눈비가 뿌린다. 그리고 때로는 추위가 닥치면 창틈으로 모라치는 눈보래를 막아벌바 이없다. 몸채와 행랑채는 재법 보기 조케 벅틔고있다.

「이 대둘보밑에서 따스한김이 뭘때가 있었으러다」

이러케 생각을허니 지금 충세꿀이 나꿀을뿔고 집웅위에 꿀이 산때가 난꿀이 한심하다.

상노어머니는 세상일아 모다 한때가있는깃같이 느껴진다. 그러면 나도한때가있을가? 그때가 올가! 편이살때? 맛날가? 나도그켓지 내타구 왜 안그래. 꼭 그럴가? 이러케 다집해본다

순간 가슴이 딱금해지는 일이있었다. 일생을 고생으로만지 내는사람이 얼마든지 있지안는가. 그러라 사람의일이란 믿을수 없는것이라는 남편의말이 기억난다.

상노어머니는 꼭 그럴듯이 믿어진다. 잘살고 못사는 남의 생활에서 얼마든지 경험할수도있거니와 가슴하복만을 쩌르는 무 선 예감이 고개눌든다. 몸서리를친다. 지금 자기가 밝고있는 생 애(生涯) 아니 아버지의 예언(豫言)」아버지의 말슴이.

「우리정해(그의이름)년은 딸자가 셀거야 아마 저게」
하시고 쓰더쓴 입맛을다시었다°

「아이구 영감은 말씀마다 괴고한 소리만 하드군° 아주
쇠똥도 아버슨 자식을보구 그게 무슨말이요 용천도
작작이 떤다° 참」

어머니의 대꾸하시는 말이 독기와 원망이 서리었었당°

「흥 내가 정말인가 뭐 개 상판이 그러탄말이지 뭐」
상판이고 화상짝이고 다 시끄럽소 듯기싫어」
어머니의 음성은 높아젔다°

「흥?」
아버지는 흥소리만치고 말을 못하신다°

「뭐 벨수없는 글인가 목닥인가 것때문에 속상한일
만튼군 벨벨작자들을 다뭇들고 노다거리구 참 그날
바진(撰日)가 용천인가 다치슈 처워 님재가 그런거
해먹고 고사우!」

아버지는 어이가없은듯이 또 흥흥소리만 내신당°
그후 얼마간 두분은말이없으시고 방안은 죽엄같이 고
요하드니

「개가 어떠탄 말요」
이번에는 어머니가 말슴하신당° 궁금하신모양이다° 말
은 약간 부드러워졌다°

「왜 이사람이 조바심야」
아버지는 판잔을 주신당° 좀 놀려먹자는듯이

「그래 왜 그러탄말이요° 개가 어디가 어때서」

「흥 상판이 그러테니께」

「상판이 뭐용 좀 애길 해야 이멍떵구리가° 알지」

「흥 액길해 알께라구° ─ 흥 시럽지」
또 말이없어지고 담배재터는소리가 양칼지게 나드니
이윽고 한숨이 쉬여나온당° 정녕코 어머니의 한숨일게
다 영감맘에 자기도 집작이 없지않은 자기비밀도있었다°
이같은 대화가 이러난지는° 정애가 열여섯살되든봄 어
느날 시집을앉두고 집에서논° 다른일은 그만두고 바누
질을 전문으로 시키었당° 집안사람들은 다 들에나가고정°
애혼자 건넌방에서 오빠버선 뒷굽을 싸고있노라니 아
버지는 누구하나 들을사람 없으려니하고 근심사마 끄낸
말이었당° 정애는 이런말을 들은뒤토 되는가슴에 바람
잘날이없었당° 아버지의 그말슴이 꼭 믿어지는때문이당°
아버지는 학차로 명망이 높으시다° 안접장하면 누가
모르며 누가 업흐랴° 향교에서 백일장(白日場)이나면 군
수영감은 손수 아버지를 찾아와서 몇일을 의론하고 시
판(視官)도 결국 아버지가 나신당°
정애는 어린때 아버지에게 사자소학(四字小學)을 배우
고 오빠는 제법 높은 책을읽었당° 아버지는 오빠돌안
처롱고 사람의 궁하고 귀하고 부하고 천한것이 모다

世上에 라고납니다고 때를가지고 책을가리키고 또 오빠 얼굴을 거누고하면서 설명을하시었다. 오빠 배우는 책이 아버지가쓴 책도 아니요 새책도않이었다. 글자가 사람이쓴 그런것도아니고 꽉꽉 박아논 아무진 글자였다 책은 몇십번 몇백번 아니 몇천번이나 지났는지 책장마다 날가머퍼지고 때가 묻었다. 그리고 글이라면 천하에 모를것이없나. 물만 알든 아버지도 옆에다 또 언문이 섞인 따책을한권노코서 자기도 그책을보고 가르치신다 정애는 오빠가 배우는 곁에앉아 듯고있노라니 어련속이 마도 의미가 생기는 말도있었다. 도라서서 곳 이저버 렸지만 그때는 그럴법한 의미가 통하였다. 옛 선생님 이 하눌과땅이 생길때 귀신보다 더세상일을 행하게 아시는 선생님이 짚이깊이 연구해 낸거라는것을 오빠에게 들었다. 그를을 모다 연구해번 어룬은 공자(孔子)라는 성인(聖人)이라고하였다. 그 어룬은 나면서붙어 세상일을 행하게 아렀었다고.

정애는 그뒤붙어 아버지 말슴을 이릏래야 이릏수 없었다.

바람한점 마자본일이없이 비전화포(肥田花圃)에서 곱다라케 피는 이월의복 사꽃피기도하고 시인(詩人)의 레 불위에서 금욱살이 애지중지하는 스웨르・피 같기도한 정애의 가슴속에는 행복의 꿈을 맹개치는 애수가 떠 날새없어. 숨여흘렀다. 그러고 차차몸집이 나고 아침

마다 거울앞에 앉으면 새로 발전하는 아름다운 제열 굴을 대할대마다 마음한구석에서 움지기는 비약와 남

「내가 장차 어찌될가 아버지 말슴이 울켓지. 어떤 남편을 맛날가?」

정애는 눈을 지긋이 감었다. 여자의 행복과 고생은 다 남편을 잘맛나고 잘 못맛나는데있지 안흔가 그러네 남편될사람은 늙고 지금어 더있을가? 아버지와 같이 학문이 고상한 구식도편 일까? 난 그런 남편은 실혀. 난 시절안갈때야 죽어 두 그런사람에게는 등에 피리뚱이 짝쩐 허리가 꼽 추같은. 날에는 혈색이라군없은 병신같은 그런. 남편 은. 씩씩하고 몸이 쭉 빠지고 남자다운 씨를한맛이있 는 신식사람—새마을 복엽이 서방같은사람. 복엽이 서방은 신문산가 그런데다닌다지. 개는 행복이야 팔 자가 좋으면 그리되는계지.

그럼 난 그리안될것인가? 난 그런남편이 않나고 오 빠같은 남편일가. 그러타 행복과 불행은 남편에게매 달린것이다. 남편을 잘맛나고 잘 못맛나는데. 철데철데 씌가 달려있지않으냐. 그럼 난 그런 남편은 꿈에서 도 생각지 말라는운명이지.

정애는 둣골새에서 서릿발같은 소름이 소스라첫다. 정 애는 자기앞에다 거울을 적당한거리에다 세워놓고 제

얼굴을 뜯어보았다. 눈, 코, 입, 귀, 모두가 적당한 자리를 잡고 (얌전스미 놓여있는것이 어여쁘다. 제가 제얼골을 살피는게시만 별로 흥점이막군 끼집어 낼만한것이 없었다. 분이나 향수같은 그런것은 이름도 모르는 시절이지만 두볼따귀가 분홍빛으로 무명되여있고 그리 드높지안혼 코위로 아담하고 수집어 보이는 말둥말둥한 눈에는 청등(清燈)한 동자가 자기를 유흑할정도로 광색을 쏜다. 그러고 두뺨을 간격해놓고 희박한 약간 두터워보이는 입술이 좀 앞위로 치긴상싶어 바룸어 트나는 꽃송이 같기도하다.

정애는 웃는상도해보고 우는짓도해보고 성내고 기뻐하는 태도도 지어보았다. 정애는 이런 가진 표정을 지어서 형용할수없는 감정과 꿈을 잣식하는것이다. 그러는 순간 머자 열일곱의 꿈많은 시절을 눈앞에 다거서놓고 어지간이 성숙해가는 정애는 전에 느껴본일이없는 야룻하고 아찔아찔한 감정이 소스려치고 부푸러 오르기 시작한다.

정애는 이러나 문고리를 안으로 걸어잡그고 나서 저고리를 벗고 약간 떨러는손으로 또 치마끈을 풀고 그리고 속옷을 벗었다. 거울앞에서 한바탕 몸전체를 빛어보고는 맘가는짓을 다해본다.

정애는 무선짓을 하다가 얼골을 확 들어 거울바닥을 정면으로 처다볼때는 그만 얼골에 홍조가 실려지고 확

불을 담아붓는 바람에 · 고개를 숙여버리고만다. 제법 넙적한 자러가생긴 젓둥이와 엉덩이 ― 마더 마다가 잘룩잘룩하고 머리에서붙어 발끝까지 쭉 빠저보이는 생김새김이 소담스러 잘째였다. 정애는 바늘끝으로 그런데를 살머시 찔러보구도 싶은 충동을 느끼였다.

정애는 처음으로 자기 육체에 대한 미(美)를 발견하고 한편 노래고 한편 오손소한 알구진 생각이 왼몸음, 졸

정애는 다시 옷을 입고나서 거울앞에 태연스러 앉았다. 자기의 육체와 아버지말슴과 남편될 대상인물을 저욱이 겨누어 생각하였다.

「난 아버지 말슴대로 청 그럴까?」

「요행 그러되된수도 있는가 ― 사람의 일이닝께」

정애는 아버지말슴대로 밀어지는 편이 절대적이었다. 그는 아버지 말슴끝이 자기가 지어낸것이아니고 한울과 땅이 생기자 세상일에 롱탈하신 어룬이 끊이끊이 연구해낸 이치를 글로서 물어낸것인출을 미루어 보아도 심할것이없었지만 그보다 정애자신에게 확실한 증거가 몇가지 잡힌것이 자기로 하여곰 막다른곳에 서게 한것이아닐런가 정애는 다시 거울을 향하야 앉았을때 그런가하고 와서 그런지는 몰라도 자기얼굴이 진모(眞貌)가 아닐때(웃거나 기쁘거나 울때)에 어던가 지표할수도 없어 궁상이 엿보이는 것이었다. 또 한가지는 이따에 승

아있당 저도 로트눈승이다。어머니의 말슴이 세살적에
집앞눈 동창에 궁그러저 그렇다고 하시었다。
여자의 면상에·승이잡힌것은 하여간 조처못한줄은정
애 역시잘아는 상식이다。제가 어려서 어머니손에 머
리를 빗길때눈 앞머리칼을 잡아서 승을덮어주신다。그
눈 언제 한번 이저버렸젰없이 머
떠토서 쉽게 가릴수있을만치 이마 위면에있었다。그러
다가 자기가 혼자 머리물 빗게될때붙어 흑 승이 들
어날라처냄,

「저번이 저리 추책머리가 없어── 그머릴 좀 고치
하시고 어머니그 편잔을 주었다。
이 승으도말하면 이제 정애가 새삼스러 안것도않이
었고 또 자기운명에까지 겨우어서 그리콘 근심을사
본적은 없지만 이제와서는 커다란 우수와 액운을말은
마혼(魔痕)으로 생각할수있었다。또한가지는 얼굴이 너
무잘나면 팔자가 세다는 것이다。이것은 돌이 어머니에
게 들은말이다。그럴상도 싶다。윗마을 순이도 팬히 바
람이나서 집음떠나고 말았다。읍내 제사공장에·한 반
년이나 단녔을가。별벌 조처못한 소문이 떠돌드니 그만
하또밤에 도칠을 치지않았는가。그후 원산 어느유곽에있
다는 말이 왼마을을 한바탕 뒤집어 노았었다。개가팔
값읕 하느타구 그러타눈것이다。아니 돌아네 뿐이아니

따 팔값이란말은 누구든지 이구동성으로해었다。
「참 개가 잘낫거든 남자면 반할만두하지」
정애는 이렇게 속으로 외어보고눈 자기얼골을 거울
에 비처본다。보면 볼수록 자기 골이 한없이 얄미워
젓다、
「흥 이팔악선이가 장차……」
정애는 그만 눈물이 핑돌아 거울울라고 긴선을 그었
다。정애눈 처음 느끼눈 감정과 슬픔이었다。

X

상노어머니눈 이러케 삐속을파고 새겨눈 옛추억을 되
푸러해보고 아버지의 하신밖슴이 그럴갈이 떠올눈지
금 자기의 처지가 눈앞이 캄캄하다는「런 여유있는
처지가아니고 죽어야 할인간이라구 단정할수밖에 없었다
목슴하나 그다지 큰문제가아니다。나보다 떳갑절 머
아깐사람들도、나보다 철신앞에 죽은수가 적지안치안느
냐、살아서 무서운 고생보다 죽어서 활활 이저버리는
것이 얼마나 깨끗할가。이성에서 고생하든사람은 죽어
저성에가도 마찬가지 고생일까? 아마 그럴떼지。그럴
것갈다。

「그러타면 어쩌문 좋까?」
그런것도 다 아버지는 잘알까? 만일 지금·아버지가
살아게시다면 곳 달려가 물어보고싶은 충동을 느끼었
다。그리고、

64

「왜 내신세가 이모양이냐구 아버진 뭣때문에 날 이 팔을 「만드런냐구 이래 모두 아버지 고약한 입살이 타구 달 팔자가 센줄만 알구 센팔자 고치는수는 없느냐구 」.

막 대들어 아버지 앙가슴을 함부루 잡아뜯고도싶다. 쓸데없는 악이 부쩍 걸어 목안을 치민다.

상 어머니는 밤공기에 조는 빈약한 두잔불을 앞에 노코 넋일코 앉아있었다.

상노가 래일가지고갈 숙제 산술을 무노라고 연팔에 다침을무처 곡곡 밖아가며 잡긔장을 어지러 재치다가 어머니가 시름없이 앉아있는 것을 보고

「어머닌 뭘 생각하슈. 래일 가저갈 책상닥기도 하나 안맨들구」

자식의 말에 놀래여 정신이 번쩍 도란다。저고리길에 다 바눌을 꾜자 바쁘게 훌치었다。

래일이 바루 소환(小寒)이다。바람소리는 몹시 사납다。게다가 매서운 모래눈발이 펄펄날인다。

밖에서는 갑작히 얼거득 덥거득 소리가나고 크도적 도안한 집안은 상녁 집같이 무서워진다。웬 관인지 언제나 마투구석에서 쩻쩻 삑삑하고 야단법석을 노든 쥐 색기들까지도 쑴쩍안는다。

밤이면 호젓하고 무서운데 봉욱이네 집에서 얻어다 논 강아지색기조차 오늘밤엔 어러죽었는가 보다。

개짓는 소리라도 들을때면 그런것들도 산동물이래서 그런지 좀 마음이 노히는것같었다。아마 즘생들이래지도 무서워서 그런가하니 더욱 무섭기。한량없다。

이윽고 모롱이 영문모를 넓판쪽 재눈에서 도깨비 방아소리가 들리지 안느냐。이 소리를 지금 처음듯는 소리도 아니었다。날세 가 사나우면 흔히 듯는소리다

「저눔의 넓판쪽을 제발 불이나 처질러주문」

황상 이런말을 입밖에 써다가도 그넓판쪽돌이 대체 이더서 난겐지 또 무선곡절이 숨어있는지 자기가 시집 올때붙어 누구한사람 손때본적이없어 이저버린것처럼 덮어둔 그 겉을 만약 건드렸다가 무슨 끼시력이가 일고 얼믄 화를당할지 알수없어 원망스런 생각조차 단념하고고말았다。

미체 · 무슨작란인지 오늘밤도 청승맞게방아를 콩콩찟는다。

건넌방에서는 도란거리는 소리가난다。간간히 모라부치는 눈보래는 낡은창문에 콩을복는다。사랑뷰을 열었다 닫는소리가 나고 우―휙휙 회―소리와 함께 집뒤드 높은 언덕에서 귀신이 옹기총기 뙤틀지어 우는것도같다

그러다가 바탐이 좀 잘라치면 사푼사푼 나리는 가루눈은 뉘에 밤먹는것갈이 .바삭바삭하는메 갑작히고요한 머지는죽엄을 여상하면서 자기를 장아내려고 , 창틈에다 눈을밝고 누가 배루는것처럼 무서운 그림자가 얼

멍멀다.

또 우—소리가 좀 거러둘두고 들려오자 돼지는잠을 깨듯이 거칠게 굴기시작한다.

그러고말면 조호편만 콩알맹이 만도 못남는 여지없이 웅꽝로에다 와묻고마는 이상한소리— 부없간뒤 고목나무밑에서 나무꼭는소리가 뚝뚝 들려오드니 이윽고 자자자—자소리가 나지안느냐.

「홍 집구석이 이런게토구나」

「안만헉기무나 . 거저 부자가 망한뒤가—」

이러케 임안에서 중얼대고 숨을 탁 죽여버렷다. 그래도 무서워 백여벌도리가 없었다. 결에누어있는 상노의 허리틀 손에다 힘을주어서 간신히 안으려하면서

「상노야」

하고 불렀다.

「응—」

자는줄만알었든 상노가 저도 무섭다는듯이 가늘게 열은대답을한다. 할말은없다. 할말이있어 불러본것이아니다 상노와 손을 더듬어 힘있게 꽉 쥐여보고는 사르르 눈을감아보겠다. 상노도 눈을감는다.

X

그해도 다가고말았다. 설한에 짓밟힌 벌거숭이 알몸 영이만 가지고 뭇견대 몃가지에는 어느듯 새 싹이 돋고 장독옆에 엿다러틀 쭉 뻗人 누은 강아지삭기ㅅ노 웠다.

이 지탕이틀 눈에가득 실꼬 가물가를 울고있다.

사랑앞 뽕나무가지위에는 참새 두마리가 서로자러틀 박궈가면서 정답게 재절거리고 담넘어 앞집송아지는 어미ㅈㅌ틀 히싸고 펄펄 날뛰며 맴도리틀 하다가 주춤 너 서서 「엄마」하고 아양을 부린다.

훈훈한 바람멸이 재넘어 숨여들고 산허리에 감아드 는 아침연기 운력하게 부푸러오르는 싹트는봄이었다.

상노어머니는 따스한 봄날세에 한편 마음이 노곤해 집을 느끼면서 마루끝에 나앉아있노라니 또 무슨 색에 웬몸을 절명당하였다.

한번추우면 한번은 따스한다. 추운뒤에는 따스한날이 있고 따스한뒤에는 반드시 추운것이었다.

그리고 못살게 추울때가 있는가하면 드시 못살게 더 욱대가 있지안느냐. 그러면 천지 이치가 모두 알반이 다.

사람이 하는짓이아니고 하누님이 하시는일은 다 그 러하건만 어찌 사람의일만 그러찬타고할인가. 아니 누가 그러찬타고하든가——사람도 고생끝에 편한사람이 얼마 든지있지 웨 그도그러치만 끝끝내 고생으로 일생을마 치는사람은?

이러케 생각이 깊어갈나처면 뒤에는 판단못할 수수 꺼기가 나서고만다. 그런생각도 이제는 쑥스럽고 싱거

다음은 봄살궁리다。

지금까지 모아논 바누질 삯만해도 돈과쌀로 들을것
이어지간하다。그리고 뒷집 봉옥이만해도 이봄에는 꼭
여이고말모양이니 그댁 바누질감은 세상없어두 수동이
에 헤레가지는 안할거다。그 큰일거리만 전부 내손으로
뿐아배고 보면 금춘에는 했동을 대기가 그다지 바쁜거
나 군색허지는 ㄴ흡것같다。

상노어머니는 사바누질을생각할때마다 뒷집 봉옥이 어
머니를 이진수가 없을만치 은레가크다。

그래도 먹ㄴ날는것이 특툭히있었으니 그런 여유있는생
각과 딱한사람을 불상이 녀겨주는 호의도 가졋겟지만
그러라구만 볼수없는세상이아닌가。

부자집 문앞일수록 가을철이매두 벼이산하나 구정할
래야 헐수도없는、있는 사람이 더독한세상이다。더무섭
게군다。 없는사람보다 궁상은 더피운다。

만일없는사람이 가진바 자비심(慈悲心)을 있는사람이
반만 가젓다구해도 세상은 이러치안할게다。명화할지도
모른다。이러케 야비하고 살봉경은 아니되리라。

그러나 봉옥이어머니는 좀 보기어려운할머니다。뭘취
죽지같은 쌍꺼풀진 눈깝질은 언제나 우슴에 저저있고。
누구보다도 불상이 녀겨주고 동정해준다。

[아이 상노엄마 어서이리와 네무릅밑에 손줌넣라구출
다]

하면서。의미깊은 혀를 끌꿀찬다。또

[어더 다시기 먹었나 뭣 원——]

눈에서는 눈눌이 주름잡힌 속에 서리는 것같했다。
상노어머니는 그럴때마다 반응적으로 눈물이 솟을지
경이역서 그만 고개를 푹 숙이역 버리고말었다。
상노어머니는 이질수없는 은인으로서 언제나 상념에
안타까운 수를 놓고있눈 사람은 봉옥이 어머니만은 아
니었다。또한사람있다。그는 봉옥이 오빠 종수다。

종수는 자기남편보다 한해뒤에 서울로 공부하러갈다
가 병으로 충도에서 학교를 그만두고말았다。집에서눈
다。

원체 체신이약한데다가 공부를 너무심히해서 신경쇠
약이란 불치병에걸렸다。그러나 종수는 지금도 연구에
몰두한다。허구한날 약탕이 하로위에 걸리지 안흔날이없
다。그래도 공부는못하는 모양이당。

종수가 무엇을 그리꼭돌히 연구하는지 마을사람들이
궁금해서 소곤거리든것이 이제와서는 열매틀맺고 세상
에나라났다。

종수가 소설하나틀 써서 모신문에 발표한다는 소문
이다。

종수에 사랑에는 날모틀 청년들이 요즘와서 부쩍줄
입이찾다。마을서는 큰 화제꺼리다。

[그사람이 무슨 자미있는 이야기책을 만들었담——]

흐뭇처 무슨 구멍을 뚫는사람이야」
마을사람들의 시야는 집중된다, 기대가크다.
종수는 집에 파묻쳐 책을 안보면 뒷산 늦바위밑을
오르는것이 한 일과였다.

종수는 자기남편과 유달리 친하다 남편이 집에와서있
을때는 그러께 아편인백히듯한 책도 내던지는때가많다 자
기네돌이 파악한 현실문제를 한참이나짓거리다가 그만
두사람은 우수에 사로잡힌듯 머엉하니 서로처다보고시
빛갈이없이 앉아있은때도있고 종수의 남빛은 유달리창백한
빛까지 띈다. 그럴때면 남편은

「자 한잔 허러가세 그까진 성가신 생각다 치구」
하고 종수손매를 잡아고언는때가 한두번이 아니었다.
종수는 어머니에 못지안케 상노네집에 대한 동정심
이크다. 가엽시 느껴준다 일철이나서 상노네가 일군에
허덕대든시 혹 밤숭에 비가와서 버찬 비슬겄지가있을
때면 머슴을 보내준다. 자기집일같이본다.
종수는 서로 흠금을 열어재치고 이야기한마디라도할
사람은 오즉 창호(상노아버지)한사람이다.
종수는 그런 깊은 우정에서 이러나는 동정심도 커
다란 원인이타구하겠지만 또한가지 더큰원인은 차기의
인생관(人生觀)에 비취 나날이 목적하는 현실―상노
어머니가 청춘의 꿈은 다날사라버린듯, 오죽 착한 어

머니로서 악한현실과 싸우고 박차고―아름다운 인생
의 꽃이 속절없이 지고말것같은 그의 고해(苦海)의과
정을 허―헌날 목격한다.
종수는 아름다운 감정가였다. 게다가 예술적 감정이
샘물솟듯, 맑다. 깨끗하다.
종수는 최근에와서 비로소 창작(創作)의 무거운짐을
두어깨에 질머지고 이땅의 표터(表攄)를 샀샀치 머틈
어 세련된 날개를 떼여붙여 붓끝에 흐르는감정은 동
시에 눈물로 변하는때가 많았다.
종수가 상노네집 아니 상노어머니에 대한 동정심도

맑다, 깨끗하다.
남들이 흔히 느낄수있는 청춘의 불길한 감정이 앞
섰다거나 사탕에서 목덤미를 잽힌 그런것은 결코아니
였다.
―그것은 종수만이아니다. 상노어머니 역시 그러하다.
상노어머니는 종수의 심경을 잘아는 여자였다.
상노어머니가 종수네집에 출입이 많아진지가 어언간
몇해동안 종수와 서로눈이 부드친지가 어느없지만 언
제한번 「로맨틱」한 눈동정을 종수에게서 발견한적이있
었는가.
그러나 상노어머니는 종수와 마주보는 순간이면 택
없이 가슴이 섬뜩 해지는사실을 어찌할수없었다. 자기
도 모른다. 「왜, 내가슴이 이때」하고 자신에 반문한다

면답안은 나오질안는다。아니 답안이 나오질안는것이
아니라。 사실 답안이 없었다。 그는 「내가미쳤나」이러케 자
신을 꾸짖어본다。

어쨌든 상노어머니의 섭뜩해지는 가슴은 종수의 눈
이부드칠매면 이러나는 이상(異常)이었다。 만일 그것을
춤 엄격하게 따저본다면 종수가 오륙십세나 된 늙은
사람이라면 그의 가슴이 우뚝하지 안을런지 모른다。
상노어머니는 지금 종수에대한 이런생각에휩싸여 어
딘가 자기도 모르는 황간(慌間)으로 꺼집어들었는 무슨
힘을 저욱히 대행하면서「웨 내가 한장이되는게야 정
녕。이런 억제로서 자신을 경게하고있는 순간 문간에서인
기척이 얼렁대드니

「어이구 상노에 참 보기가…」

미처 말끝이 채 몇기도못하고 허덕스러 나타나는 것
은 친정집에서 노상 일이나해주고 먹고사는 돌이네였
당。 그뒤에 따러선사람은 낯익은 머슴이 보따리언지
게를 문깐에다 밧치고 둘어선다。

「돌이네 웬 일야 뜻밖에」

「아이 웬일이 뭐야 내라구 자네집에 못올가베!」
상노어머니는 어제밤이 중조모 제사인줄이제 깨닷게
되었고 이러케 두사람이 이고 지고올을품에도 생각
한일이 없었다。

「이사람아 얼른 자닥。이앞에 희시와 어서」

돌이네가 제천성을 그대로 박휘하며 점잔찬케 -는바
람에 머슴은 지게에서 보따리를 끌러 마루에다 들드
런다。 보기좋은 아니 보기만 좋을뿐이아니라 금시 입
안에서 군침이 뱅뱅도는 음식이 헤여졌다。 그리고 한
편 자루가 거진 차있는것은 쌀이다。 네댓말이나 차실
히되는 모양이구나。

「이 사람아 저 머슴이 죽자댓네」

「………」

상노어머니는 별로 기쁘고 반가움은 느끼지도안코
꾸할 말도 나오질안는다。

「이사람 웨 친정앤 발을 끈는게야?」

돌이네는 의심스런듯이 눈으로 말한다。

「………」

또 말이없다。

(게 속)

文藝相談室設置

讀者는 누구나 읽고싶은 文藝作品 新語解釋 其
外에도 무슨말이든 文學에對하야問議 하시기바란다
用紙는 官製葉書에限한다。

編 輯 部

壽草

李龍雨

아무리 생각 해본들 나는 이일을 도시 어떻게 처리해야 옳을 지 알길이 없었다. 이것을 기회로 그만 친연한 하루미(春美)와 손을 꿈어 버릴것인가……? 그러나 이것은 너므 비겁한 짓 같다. 하기야 나는 하루미와 그 읽음줄은 꿈어버리려고 근 삼년을 두고 배루고 온 터이다. 그러나 두사이의 관계는 5떠 전접 더 한결 깊은 구렁 속으로 빠저드러가는 한편이었다. 그렇다고 내가 하루미에게품고 있는 증오감은 좀처럼 사라지거나 엷어지는것은 않는것이었다

도대체 나는 하루미와 사귀게 될 애당초 부터 그 여자에게 애정이란걸 느껴본배 없다. 오직 있다면 그것은 육체에 대한 호기와 공포와 증오 뿐일 것이다. 내가 동경(東京) 유학때에 처음으로 하루미란 이성(異性)을 알게되었을때 나는 그 보다 빗이나 나이 아래였으며 뿐아니라 그는 이미 임자 있는 몸이었으며 또한 두살먹은 딸까지 있었던 것이다. 그러기에 나는 그에게 애정을 가스기에 앞서 그의 체온(體溫)을 미리맛보았든 것이다. 이것은 오면전 이얘기당. 그렇나 나는 이곳에서 하루미와 함께 겪어온 지나간 오면 동안의 그 몸서리 치는 경역을 회상(回想)해볼 의사는 조곰도 없다

그러기커녕 내가 이글에서 의도(意圖)하는 바는 순전
히 딴 곳에 있는 것이다.

……보기에 하루미는 퍽은 얌전 하고 순직한 여자
이다。하나 아니 그러기에 그는 또한불살을 가리지 않
는 정열적인 일면을 가슴 깊이에 간직하고 있는 것이
다 말하자면 일종 떤굴적인 그의 정열에 사로잡히
는 날이면 비단 나 뿐이 아니리라、그 누구나 이에 오
감동하고 꿋꿋이 견데백일 정력의 소유자는 드므리라
나는 믿는 바이다. 그기에 머군다나 나와같은 약질엔
이것은 너므나 강박적(强迫的)인것이다. 나는 그기에서
성애도 부러의 형락(享樂)에 도취 되기는 커녕 오로
지 육체적 고롱과 불쾌를 느낄 따름이었다。

나는 하루미와 해여지기로 몃번이나 아니 몃십분이
나 결심 해온지 모른다。그럼에도 불구하고 내가오늘
까지 그와 손을 끊지 못한채 네려온것은 그야말로、
하루미의 천성(天性)으로 말미암음 이다。내가、하루미로 부터 머
오술(妖術)로 말미암음 그는 반다시 그의 독특한 민감(敏
러지라 할 지음엔 그는 의식적으로 딴 산애들을
가까웁게함으로서 나로 하여금 가슴을 죄키는 질루의
회루바탐 속으로 감에드리게 하는것이다. 이러한 그의
작탄으로 하여 하루미는 한때 모전문학생과 끊은 관
체해 이르렀든 일 까지 있었던 것은 나는알고 있다

질루라는——일종 야릇한 애욕에 사로자피는 날이면
나는 오직 그 것의 발(罰)이 되고야 마는 것이다. 그
리하여 러지(理智)를 가춘자로선 상상조차 못할 가지
가지의 추행을 아무런 고리낌도 없이 아무런 나워
다.여기에 있어선 자기를 제어(制御)할 아무런 나워
도 없는 것이며 한갓 치한(痴漢)에 지나지 못하는 것
이다.

그러나 이번일 만은 전과는 그 정도와 성질이 물
런다.

「그래、넌 무슨 작정이 있었겠지……」
「작정은 무슨 작정얘요……」
「흥……」

너므나 터무니가 안나서 나는 뭐라고 그를 책(責)해
야 좋을지 도시 말문이 터지지가 않는다.
「——네가 그런 대답한 일을 저지를 바엔 그 만한
각오가 있었겠지……。넌 그래 네자신이 저지른 행동
에 아무런 책임도 가책도 느끼진 않는다는 말이냐」
「……게 본시 다 누구 탓인데 그래요.……왜 저만
가지구 복는거얘요……당신은 그럼 조금도 관계나
책임이 없다는 말얘요……?」
「뭣이……?」

이건 도모지 나를 어떻게 두고 하는 말인가……자

가가 재 외사로 한 매춘(賣春) 행동에 내가 관게가

무슨 관게며 또는 어면 책임을 지랴니 어면 책임을 지야

한다는거냐……? 생각하니 생각 할수록 하두 어이

가 없어 나는 그저 물끄러미 하두미의 거동만 바라

불뿐 한동안 벙얼음 사람처럼 머—ㅇ 하니 해있을따

롬 이었다.

「내가 그기 책임이 있다니……, 네가 그놈 하구 배

가 맞어 한짓에 내가 관게라니……?」

「그럼 그렇지가 않어요……? 그날 당신이 약속 때

무와 주섰으면 제가 왜 그먼 짓을 했겠어요?」

이말을 내가 좀머 부언(附言)해 말한다면 이런것이

다. ──그날 적 내가 하루미에게 같이 인천(仁川)엘

노리를 가자고 약속한 날 그날사 말고 (일이 공교롭

게 되느라고) 안해가 한사코 친정에를 가야겠다는 것

이다. 하기는 그 전부터 안해가 친정에 대사(大事)──

상인(丈人)의 회갑── 가 있으니 꼭 이번 다 녀와야

겠다는 넝을 한두번 들은 것은 아니지만 아직은 기

일이 멀었으니 그대 때마처가게 만하면 되려니 하고

그다지 귀담어 듣지도 않은체 이력저럭 내려오면 것

이바로 이날사 말고 안해를 꼭 보내야만 할 절박

한 지경에 빠지고 만것이다.

날이 회갑잔체 人날이기 때문에.

하가야 내가 함께 가는것은아니니까 안해만 얼는 보

이다.

낸다음 하루미에게도 갔으면 아무 일 엾겠지만 그

러나 일이 그렇게 협사리 되어지는것이 아니었다. 언

제나 마찬가지로 그다지 넉넉지가 못한 용돈에서 잣

잣이 안해의 여비니 또는 오래간 만에 친정에 다니

려가는지라 맨손으로 갈수가 없으니 뭐나들고 가야한

대서 그돈이며 하여 다 치루어주고 보니 내 주머

는 통 비이게 되고 뿐아니라 이러저리 분주히 날뛰

더 보니 하루미와 약속한 시간도 두시간이훨신 넘은

지 오래됐다. 그래나는 지금 이길토 그 약속장소

에 가본들 으레 하루미는 있지 않으려니 하고 그냥

집에서 시간을 보내며 그가 「호—ㄹ」에 나올 오소대

(遲出)시간을 기다리기로 한것이다.

그러나 내가 「카페—」에 갔을때 아직 하루미는 도라

오지 않었다. 아마 기다리다 못해 빨끈하는 성미에 대

신에 딴 어떤놈을 차고서 이제꼿 도라다니고 있는게

락 추측하고 그다지 마음에 답지도 않은체 그냥 기다

리기로 했다. 하나 시간 차차 지날수록 나는 초조

해지는 것이었다. 그러려니 내곁에서 아까부터 「써—

비스」하고 있든 지오 타는 여급이 그도 좀 수상축

이 생각들은것이 있었던지──

「變ね, 春美さん……どうかしたのか知ら……」 한다.

이 소리에 가뜨기나 나는 기다리기가 지겨워지는 것

「――모르것어? 누구 하구 나갔는지……」

「글세요……」

하다가 구태여 숨겨주어야 무슨 수를 보겠다구 생

각 했든지。(뿐 아니라 명소에도 지요와 하루미는 서

로 못맞당해 하는 샤이었기도 하였기에……) 그는 바

른대로 럭럭 일러바치는 것이었다。――나와 함께 인

천애를 간다고 수선을 떨곤 아침부터 나간 하루미가

고 있는 손님의 『헤이불』로 가서 그사람이 처음、

ㅡ르』 토 도타와 때마츰 '낯부터 와서「삐ㅡ루」를 마시

한 두어시간 지나서、원 화를 잔뜩、내가지곤 다시「호

온 손님임에도 불구하고 손님술을 함부로 좌ㅡㄱ 좌

ㄱ 드러키고 있드니 자기는 오늘이 오소방(遞番)이니

어메 함께 놀러가지를 않겠느냐 고 그산애를 꾀여한

참 뭐인지 소군소군 속삭이드니 조금있다ㅡ쌀이 나

간것이마 하는것이다 그리고 다시 하는말이ㅡ딸이

이런 역급짓은 하고 있을 망정 하루미 처럼 (보기

엔 그렇지도 않어면서도) 그렇게 「浮氣なをんな」는 보

가 드믈다는 것이다。

「ーあのひとの氣が知れないわ……」

かと平氣で遊び歩くなんて、ちょつと大膽過ぎるわねぇ」 始めて逢ふお客なん

을 비난(非難)하는 것이었으나 그러한 소리가 내귀에

들릴리없었다。몸이 밧삭밧삭 말을못한 춘려와 정체모를

더구나 이소리를 들으니 견들수가 없다。참을수 없는

불안에 이내 마을이 광폭(狂暴)한 총동에 사로 자피는

여러가지 의혹(疑惑)이 내 가슴속을 조각조각으로 쥐

것이었다。나는 거지반 자포자기의 심정에서 함부로 독

어뜯는 것이다。나는 기여코 오늘밤으로 하루미를 맞

나무슨 요절을 낼 작정으로 몇시간이 되든지 이ㅅ카

ㅡ를 탸하기 까지 기다려보기로 결심 했다, 그러나

시간이 열두시가 지나고 한시가 되어 이윽코 「호ㅡ

르」이 문을 닫기 까지 종내 하루미는 도라오지를 않

었다。

집으로 도라온 나는、그날밤 잠 한잠 이루지 못했

다。실낱없이 피리를 물고 머리속에 떠오르는 복잡하

채 엉크러진 잡념에 시달여 나는 이내 미칠것같았다

이미 칠루라는 감정을 떠난 하루미의 신변을 염녀하

는 불안과 의흑은 나로 하여금 고민의 깊은 나락、

(奈落)속으로 빠터리는것이 었다 마치 에더한 칼날로

내장을 휘저어 파레치듯 한쓰라림이었다 새벽녘케에

야 겨우눈을 부칠만하다가 그대로 늦잠에서 깜박하고

깨는 지시로 나는 「카페ー」에 전화를 거렀다。그러나

아직 하루미는 도라오지 않었다。나는 참다―못해「카페ー」

로 가서 기다리기로 하였다。나와 하루미의 사이를 잘

알고있는 그 여급들이 하두 내 팔이보기에 딱한지 제

각기들뭐라고 위로해주며 한편으로 하루미의 하는 짓

말을 드립키고는 어쩌다 부칠곳 없는 마음의 공허(空虛)에 헤매었다.

그러나 이날밤도 곳내 하루미는 도라오지를 않었다 끔박 사흘밤을 이모진 타격에 지친남어지 이욱곤 나흘만에야 뻔뻔스러 도라온 하루미를 보고도 나는무슨 말부허 어떻게 그를 족처야 할지 한참 어안이 벙벙했든 것이다.

「아무소리 않을 메니 뚝 바른데루 말 해봐……」

「부산엘 곰 갔다왔어요 동무허구……。」

서슴치 않고 하루미는 당장에 이렇게 대꾸 한다。

「부산(釜山)에……? 동무라니……이년아―!」

하고 내자신도 의식하기 전에 왼편손주먹이 하루미의 뺨을 힘껏 내려갈겼다。가슴속에 꾹 눌러있든 격정(激情)이 한번 터저나올 구멍을 발견하자 마자 나자신도 이를 어떻게 것잡을수 없는 것이었다。

「이년아! 동무가 다 뭐야……꼭 바로 말해 어느 못하는 놈이야? 함게 간놈이……。」

나는 이내 그를 잡아먹을듯이 날뛴다.

「그렇게 물을 내시문 어떻게 대답을 할수가 있어요 제가 어머 뭐 숨길라는 거야요……?」

막상 재처놓고 시작을 하니 그 는 내 으기에눌리어 그만 설설 기는것이다.

「그때……? 빨리 말해……。」

「店に來たお客さんに誘はれて釜山へ 遊びに行つてたのよその人に來だそちらに用事が殘つてゐるからつて、 笑だけ先に戻つて來ましたの……」

「うらむ……寶女!」

나는 느닷없이 하루미의 머리채를 확 뿌리쳤다。「ご免なさい……あ、御免よ……ご免!」하는 소리가 절토 하루미의 입으로부터 연겁어 쏘다진다 보다 못해 다른 여급들이 와― 하고 말이려 닥어오는것을 나는 탄편손으로 떠미러 막었다。

「さ行かふ……今日から此の店は止すんだ!…××館 (이곳은 우리들이 일수 잘가는 당끝여관이다)行かふ。」

나는 그 당장으로 하루미를 끄을고 여관으로 드러온것이다 조용한 여관 한방에 드러앉자 나는 마음이 좀 진정 해지는 것갈았다 담배를 태워물고 후― 하고 길게 연기를 내뿜곤―

「もう氣が落着いて來だから亂暴はしない……有りのまを汚してご覽……。」

「여기서 또란폭한 짓을 하면 소리를 떼얘요」

하고 하루미는 약간 나에게 대한 경게심을 품고서 그 동안의 경과를 차근차근 얘기를 시작하는 것이었다 ― 나와 약속한 그날 하루미는 새벽갈이 서들어 약속한 장소엘 나갔다. 그러나 시간반이 지나도록 눈이 빠지게 기두려봐도 곳내 내가 오지않음에 그는 피가운 성

74

「——이것이 한두번 째가 아니구 같이 늘 그럴때
서양 내가 어떻게 마음 놓구 지벌수 있단말이야。」
하고 생각 하니 나는 · 분함과 질투에 내자신을 지랑
해별수가 없을것이다

「너 같은 요부(妖婦)를 길내기 상대해나가단 첫재
내 남은 신경이 이에 감당할수가 없다……。」
나는 다시금 이렇게 말하고 하루미의 안색을 보살
펴보았다 그러나 그는 마치 신경을 어데다 빼두은
사람 처럼 아무런 반응(反應)도 그의 표정엔 나타나지
않는다。

「한두번이 아닌 이상·나두 이이상은 머는 참을수가
없다。……이번이야 말로 너와 갈라지는수 밖에……」
그러는수 밖에 없어」

「………」

「왜 말이 없어……?」

「………」

「응? 왜 말이 없어 응……?」

연거며 곳 물어도 영영 대꾸가 없당。내가 정짜충
을 내며 조급히 서들며는 그럴수록 하루미는 더욱이
나 화석(化石)처럼 곳곳이 침묵을 지키는 것이다 그러
니 나는 나대로 간장이 살살녹는 것 같은게 속이 푹
폭 썩어드러간당

「정말을 않을 테냐……? 응?」

자이 둘거들 이는 필시 내 안해의 요사로 말미암음
이 틀림없다 하야 그러고 생각하니 이러한 처자(妻
子)가 다 있는 사내에게부러있단간 필경은 자기는
혐물만 될 따름일것이다——이렇게 꼼꼼이 생각해보니
그는 오늘날 까지 지내온 일이 모다 분하고 제신
세가 가엾서지는것이 었다 그러니 자기도 아직은 채
늙기 전에 어떻게 만 방도를 세워야지 하는 초려와
또는 이유 모를 시기에 가슴을 파메키며 도루 「흔
르」로 도라왔을때 마침 술을마시고 있는 손님이 있
기에 그는 그사내와 머부러 함게 술을 마시다가 이
내취 해버리며 횡설수설 하든남어지 같이 놀려를 가지
않게냐 하니 그자와 말이 자기는 지금 불일로 부산
엘 가는 길이니 이왕에 함게 가서 멫일 자미있게 놀
고. 오질않겠느냐 하는것이었다. 내가 대한 피까운 생
각에 화스김이타 또는 취한 김에 생각할 여지 없이
하루미는 이를 송낙하고 그러하야 이번 이 요절을 낸
이었당.

「뭐 갓맞나는 사람과 그런 먼곳에를 간다구 걸 그
리충대하게 생각 할것이 없이 한 멫일 자유롭게 형
락(享樂)한다 치면 그만 아니여……」
사내가 이렇게 피이는 바람에
「응—いいわ……。 一時の享楽だけの事にしてねえ……」

75

화人점에 혬마 못해 소리를 버룩』질으니 그째서야

질금을 하고 그는 황급히 긴장한 표정을 띄며──

「ほた亂暴ます の……?」

하고 자리를 비쳐서며 비동작을 감시 한다、 그 끝에

나는 배스장이 수물렀다。

하고서 활라달겨둘어 그의 등가죽을 힘껏 후려갈기고

「다같은 맥춘부……。」

는 그때도 시원치가 않어 양뺨을 두서너차러 쳤다。

「너 같은 면은 폭력으로 처치 하는수 밖에 없다
그째 그놈은 뭘 하는 놈이냐……말해……。」

「………」

「응? 뭘 하는 놈이야……?」

「물으겠어요……걸 제가 어떻게 않어요……뭐 제가그

사람을 사랑해서 타든가 좋와한다 든가 한게 아니
라단지 당신에게 품은 불만이 터저 화푸리 셈잡구
한매 작난으로 한짓에 지나지가 않어요……?」

「뭐이? 화푸리……? 란때 작난……?」

하고 나는 그만 북바처 오르는 격분에 못이겨 사지
를 파르르 떨며 한참 어쩔줄 물랐다。아무리 못난자
식 상대표 우습을 파는게 직없인여급 이토기서니 그
때 그가 가진 정조탄 오직 그때의 형락의 도구 (道
具)─아니 화푸리의 방변에 지나지못하는 그러한 값산
물었잔이든가……。그렇다면 이러한 혈값(安價)의 계집

을 항상때로 갈팡질팡한 나따는 자는 그에못지않게 우
한무가처한 인격에 지나지못한게 아니다……이러한 상
념(想念)이 나의 자존심을 여지없이 망쳐버리는 것이
었다。

「……이변아 너 같은 … 정조를 단지 어떤방변(方便
으로 밖엔 인식치 못하는 그편 라라헤떼전 계집을
나온 더 이상가치 할수는 없다……。」

여자로서의 그『푸타이드』타든가 수치라는것을 모다
버서제치고 막나선 그런 계집변을……。」

「자 그럼 이길로 너와는 갈타지기로 하자……여기
대해서 뭐 별다른 이의(異議)가 있을리 없겠지?」

「당신이 정 제가 싫어서 헤여지구 싶다문야 전들
어떻게 하는수 없지요……。」

이건 바루 제 잘못은 두고 되려 화를 내며 룽명스
티 이렇게 대구 하는 것이다。그러나 나는·이것은 일
종 그의(負惜み)라 하고 면시 해버리는 것이었다。

「─か、ちゃ妾、貴方と別れた後はどんな事でも自分勝
手にしますわよ……いかねえ……」

「그야 네 마음대루지……갈라진 다음에야 너와 나와
는 단 남이니까……」

서슴치 않고 이렇게 대답하다가 문득·나는 가슴속
에·꼭 찔리는 가시를 삼키고는 멈칫 해지는 것이었
다。무슨 짓을 하든지 리니 대체 무슨짓을 해본다는

오서 몸을 구출해볼수없는 깊은 함정에 빠겼음을 깨달 각할때 그적서야 새삼스러 뉘우친들 이미 무슨 소용이 있다는거냐......그렇다 나는......미우나 고우나 내가 그 를 부뜨러주지 않고서선, 누가 하루미를 그의 자멸(自滅)의 길에서 구해낼수있으랴 먼 뭇사내들의 장남감이 보다도 나는 하루미가 번연이 먼 뭇사내들의 장남감이 되어 짓발필풀을 그냥 요고있을수는 도저히 없는것이 다 왜 단 남들에게 그들 매껴 둔단말이냐......내자 신이 손수 그들 짓 짓발버 뻐덕어버리는게 상수가아 니냐......。

「......이봐......그럼 넌 다시는 이 뒤로 그놈과 맞나 지 않기를 내게 약속하겠지 그러구 지금 있는 카 페ㅡ도 오늘 이 당장으로 그만 두가루 하구......」 다부 방안으로 되도라온 나는 어쩐지 좀 어색적은 것이었으나 꼭 참어삼키곤 곤때 도 하고 이렇게 말을 꺼집어냈다.

「내 약속 해요......!」 하루미는 내가 되도라온것을 오래 그러며니 미리 짐작해 있었다는 듯이 (전에도 이것이 냇상습이 있기에 그는 잘 알고있는 허이다。) 아무처도 않었다는 예사로운 태도도 조통하듯 빙그레하며 대답하는것이다 그것이 내비위를 약간거슬러지 않는것은 아니었으나 그

거냐......오 그러나 일이 이렇게 됨바에야 뭐 그까진 생 각할 팔요도 없는것이당 하기야 나는 다시 생각을 가 다듬어ㅡ

「그럼 난갈때다......이후론 다시는 너와 맞날일도 없 을매나 이것이 최후니깐 그리 알어......」

하고 그 바람으로 나는 문밖으로 휙 나와버렸다. 그 러나 속으로, 으래 하루미가 뭐라고 나를 되부르 리 짐작한것이, 허나 방안에선 도시 아무런 기척도 없 다. 그러니 또다시 슬그머니 화가복바치는것이나 하는 수없이 그대로 이층 청청대를 유난스리 쿵쿵 굴리며 네려가는수 밖에 없었다. 그러나 나는 현관(玄關)밖까 지들 채나서지 못하고 되도라서지 않을수없었다.

「どんな罪でも自分勝手にします」라니......그것은 하루미 가 설명 할것도 없이 나는 넉넉히 짐작할수있당. 내 가 꼭 쥐고 노오 감시하고 있드매도 그는 예사로、 그런 짓을 저지르는터에 만약 이후로 하루미가 완전히 나 와의 얽음 줄(絆)로 불어 해방되는 날이면 이놈 저 놈 가릴것없이 어느 누구 하고 「그야말로」무슨 짓을 저질디서 신세까지를 망처버릴른지도 모르는 것이다. 아직은 그래도 제 청춘(靑春)을 믿고ㅡ (사실은 얼마 남지도 못한......ㅡ무서운술 모르고 함부로 타락의 구렁으로 뛰어 드러가다간 그러나 이윽고 제자신이이 약룡(躍龍)에서 깨었을 지을 벌써 다시는 그가는 거기 그

려나 그것쯤은 받아 싸다 하였다.

「다음으로 또 다시 이런 일이 있으면 그때는 정
용서치않을테야…… 생각 하겠지…?」

하고 나는 또 한번 도사렸다. 그러면서도 나는 이것
이 집 빠뜨린 위협— 패복자의 군소리— 다 자인(自
聰) 하자 않을수 없었다.

「뭐 제가 다시 그이를 맞나야할 무었이 있다는 말
여요…? 그런 사람은 한번 여자와 상관하면 그
만애요…….」

이 소리에 나는 또다시 새로운 질투가 가슴속에서
피어오르는 것이었다. 이런 망할 계집년이 있나…… 그
때 그눈이 자기를 한때 장난깜으로 삼고 한짓이란걸
제자신이 번연이 알구있으면서도 「먼놈 하고 배스캉
이미저서 이런 죄를 저지러놓다니…… 허나 나는 국
참을수 밖에 도리가 없다. 나는 그 모질스런— 살이
밧산밧산 말타드러갈것만 같은 그러한 고민 속으로 다
시금 휘 쓸려드러가기가 몸서리난다기 보다 나의 낡
은 신경은 더 이상이에 지랑해나갈 기력이 없는것이
었당.

「아니 그런놈은 한번 여자를 자유로 한 다음엔 이
전 언제면 으때 제 맘대루 되는 물건이타구 인정
해버리는 거야……」

「누가 그렇게 해주나요…… 뭐이 나이 어린수 처녀

도 아니겠구…」

담기 있게 이렇게 말하는 그 때도에 나는 안심하
고, 자 그럼 이번 일은 이걸로 그만 두기로 하구…… 헌
대 넌 곳 오늘밤새로 타두 카페—를 그만 두구 집
을 단속해서 이 여관으로 옴겨오기루 하라했드니 두
미는 순순이 내말을 긍정 하고 그런다음 잡작이 그
의 두 깜장눈동자는 눈가애 어상한 윤택을 되며 무
었을 애원 하는 것이 었다.

나와의 약속대로 하루미는 그날로 즉시 카페—
틀 그만 두고 여관으로 옴겨온것이었다. 그리고 묵고
있는 동안 그러나 딴곳 땅땅한 일자리는 그리 쉽사리
차저벌수가 없었다. 나이가 근 삼십에 가까워지는 이
지음의 하루미로선 전과는 딴판이었다. 하루를 왼 종
일 있을곳을 구해봐야 헛수고를 하고 도라와서는 하
루미는 그 어데다 부치일곳 없는 쓰라린 공허를 내게
다 부디치는 수 밖에 없었다.

「貴男の爲に何時までも此んな苦勞を繰返さねばなりませ
のよ…。萎、もう厭です勤めるの厭……」

하고는 마음껏 울어대며 나를 못살게 조루는 것이다.

「빨리 어떻게면 제 몸을 처신해 주서야지……정 이
대루 나가다간 저는 어떻게 될것애요……? 언제까
지 이 여급짓을 해야 옳단 말애요…?」 헐어요.

천……인대루 일평생 이 여관에 묵고 있을레야요」

청춘이 다해간다……「사실——」이 너므나 엄청나는 사실이 적실히 의식면(意識面)에 나타나게된 이지음이에대한 하루미의 그 눈에 뵈이지 않는 불안과 초려는 그로하여금 조곰의 용서할 나위도 없이 뼈매더에 닿는 쓰다림속으로 이고러 드리는 것이었다. 뿐만이 아니라 그기에 내 안해의 젊음에 대한 하루미의 시기는 더욱이나 그자신을 괴로피는 것이었다 조고마한 내 말 실수로 붙어도 그는 그칼날같은 민감(敏感)으로서 용하게 끈을 잡어 나를 놀래게하며 또한 제자신을 고민속으로 차면지는 것이었다.

「今度とそ、姜、働く處を見附けたら一生懸命に働くわ……絶對に貴方なんかに勸告は致べないことよ、……」

그러나 이윽고 하루미는 일주일째 돋든날 어느조그마한「빠—」에 있을자리를 구해온것이었다 허나 그「빠—」의 경영주는 조선인이고 따라서 거기 있는 여급들도 내지인 조선여자가 뒤석긴 그러한 보잘것없는「빠—」라는 것이다. 그러니 오는 손님이래야 가히 짐작할만하

당 그리고 보니 나는 어쩐지 마음이 농여지지가 않는 것이었다。……다가갔다 차마 나는 하루미의 고요새토 갑작이 주름살이 심해진 그 얼굴을 정면으로 똑바로 되려다보기가 민망하기도하고 어쩐지 마음이 쓸쓸해지는 것이었다 이럴춘아렀으면 나는 하루미를 구태여전의 카페—에 못있었다까지 아니하였을거늘 하고 네우쳐지기도 하는 것이었다.

「그런곳 이라면 그만 두기루 하지 그레……뭐 급히서들것 없이 천천이 좀 더 나혼데로 골라보기루 하구」

「안애요 제몸이 좀 되어보세요……있을곳 도없이 우두커니 하루하루를 보내기가 여북이나 답답한 노릇인가를……」

나는 머 이상 그둘 말류할 아무런 기력도 용기도없었으나 허나 나는 몹시 내자신이 모욕과 가책을 당하는 것같은 불쾌를 어이할바몰랐다.

—— 곳 ——

再版
新開地
李箕永著

四六版六百頁
定價一四五十錢
送料廿五錢

朝鮮文學의最高峰이며
全文壇을움직인民村의
全心을기우린力作品

三發
文行
社

79

連載

小說

陣痛期（第六回）

李 箕 永

돌잔치(三)

김동호는 상사회사의 김지배인과 은행의 최지점장을 안人방으로─

상좌에 모셔 앉치자 미구하야 장흥관에서 미리 마추어둔 기생들이 나왔당.

장유색이와 행금란이당. 그들은 요리집 주인 리종구가 다리고왔당.

「영감 안녕 하십시요」

「영감 안녕. 하십시요」

기생들은 방안에 드러서자 우선 아래목 비단 보료위로 앉인 두 사람에게 한팔을 집고 인사를 드린뒤에 그옆으로 가서 하나식 붙어안는당.

「웅─자네들 자미 좋은가?」

「네 좃읍니다」

유색이는 담배합에서 담배 두개를 끄내서 그들에게 붙여울린당.

「아니 자네들은 뭘 얻어먹겠다구 먼저 빳삭 나와 앉었나─

으룬께서 오시기전도전에──」

80

터종구지 변소에서 단여와 앉으며 방안에 있는 두

사람을보고 농을 붙인당

「저런 후레자식같으니— 요리장사라는 놈이 양반앞에

서 언감 생심 그런말이 나오노냐?」

「글세말이지 네전같으면 저런놈은 볼기를 때려야 할

텐데.」

하고 김지배인도 최지점장의 말을 거들며 마주웃는당

「네 지당한 분부올시다.」

터종구는 · 별안간 두말을집고 고개를 숙웃하며 · 절하

는 흉내를 내더니만,

「실업해 아둘놈들 같으니……네전같으면 내가 너의들

을 치도끈을 앵길덴데—!」

하고 먹어러갈은 입을 씰그죽어리며 임심을 부러기시

작한당.

사실 터종구는 그들보다 · 문별이 나었다. 문별뿐이

러 몇해전만해도 수백석거리의 추수를 하든—한적끌

러참판 집이라면 이고을에서는 한목가는 · 집안이었다.

그런데 그집 재산 역시 인천 미두가—쥐가 콩물

어가듯 다들어갔다.

그의 조부 터참판이 도라가고나서 단가살림이 되자

종구는 읍내로 진출했다. 시대에 맞는 무슨 사업을 한

다ー것이 아무 경험이 없이 멤석 미두판에 매들었다

가 적지않은 재산을 죄다 까울리고 마렀다.

그것은 이고을 읍내에 사는 유수한 부자들이 그중

에도 젊은축들이 · 요리집과 미두판에 망하듯이 그도 그

렇게 망하였다. 그래 노름군이 개명군이 되듯

이, 그는 할수없이 요리장사로 미끄러진것이당.

종구는 일조에 경가파산이 되자, 남의 빚을 죄다 가

리고 나니까, 불과 돈천원쯤 밖에 남는것이 없었다.

그는 그돈으로 무었을 해볼까?하고 여러날을 두고 생

각해보았다.

그러나 그는 도모지 자기에게 적당한직업이 생각나

지 안는다. 그도 그럴것이 삼십이넘는 그때까지 도모

지 아무것도 해본것이없다. 해본것이랴고는 미두와 화

류게에서 노려본것뿐이었다.

그 두가지밖에 경험이 없는 몸으로서 하루밤의 술값

도 못되는 돈천원을 가지고 무었을 할것이냐? 돈이

나 만타면 아주인천으로 가서 중매점이나 해보겠는데

그럴힘은 못된다. 화가 나는대로하면 그까지껏을 고만

몽탕 술이나 먹어치우고 싶었으나 무고한 처자를 생

각하니 그럴수도 없다.

마침내 그는 「예라! 술장사나 해보자! 나같은 놈

이 무슨 쳅면을 가리랴ー

하고 장흥관 요리집을 넘겨말은것이었다.

장흥관의 · 먼접 주인은 세월이 없어서 밋이고 넘기

었는데 · 터종구가 인계한뒤로는 영업이 차々 흥왕해갔

땅, 그는 자기의 생각이 드러맞인것을 다행으로 아렸다. 워낙 화류게 방면으로는 광면(廣面)인데다가 그는 놀기를 잘한다. 그때문에 아는 친구들은 그를 팔세하지않었다. 기생들도 종구를 돈떠러진 활량으로 알고 정하봤었다.

종구는 본시 양반의 자식으로 패가는 했을망정, 그런 영업이라도 해보라고 마련하고 나선, 용기를 별다르게보는 사람도 있었다. 이래 저래 그는 인끼가 있었다. 그것은 상당한 지위에 있는 사람들도 그를 요리쟁이 마라고 팔세를 하지않게하였다. 그들은 그와 한좌석에서 놀면 여간 기생따위는 명함도 못드리게 잘노려 붓이는바람에 우선 이노름을 잘눌자면 그들 끼워야만 되는 유익이 있었다. 노래를 못하나 장구를 못치나 춤을—익살을 못부리나.—도무지 그방면에는 아주 능난한데다가 뱃심까지 코라. 게다가 지집장이나 회사지배인들도 너너내너하고 트고 지낸다.

리종구가 입심을 부리기 시작하자 방안에있는 사람들은 모두 그를 처다보며 빙을 빙을 웃기만한다.
「내얼굴에 뭐 무덨나. 왜들 처다보는게야」
그는 웃지도 않고 담배만 뻐끔 뻐끔피우고 앉었다
「아이꾸—자식두……네가 장사가않이라 네어멈이 장

사다」
최지점장이 종구를처다보며 시렵슨 탈을부친다.
「안인게 않이라, 나 보다는 우리어머니가 장사나라—」
나갈은 장사아들을 나섰으니까……」

「호호호……」

하고 유색이가 간드러지게 웃는다.
「그런데 이렇게 않이라 여보게들! 돌잔치에 왔으면 첫재 주인공을 상면해야 하지안나.……그러구 민은 이 식워천이라니 우선 먹구불일이지 배곱하죽겠네 긴상 어쩌실데요?」

하고 리종구는 얼골을 번쩍 처들며 주인을 건너다본다
「네! 그러지요」

「자식두……이자식아 아침 안먹었니?」
회사지배인이 눈총을 주듯이 종구를 흘겨본다.
「웬안먹어—아첨먹구 여태—한나절을 굶었단말이지」

「하하하……」
여러사람들은 일시에 우섰다.
「망할자식갈으니—!」
김동호가 밖으로 나가더니 계집애가 없은 세출이는 그동안에 양복으로 옷을 밖우어입었다. 그는 지배인과 자점장이 사다준 장난감을 들었다.
그뒤에는 추욱이가 핵주치마에 손을 씻으며 떨어오

다가, 마루에서 방안을 드려다보고 섰다.

「어쭉카 ― 손님들에게 인사좀 여쭈어야지 곤이 꺼와」

동호가 고개를 끄덕하니까 세출이도 그럼게 흉내를 내
듯 한손가락을 입에다 물고 고개를 끄덕인다. 그러나
그는 기분이 좋이않어 보이는것이 조금 겁이 나는 모양
이었다.

「양반은 이런짓 안는게야―자 여기 앉이라구」

동호는 어린애를 자기 무릎위로 주저앉친다. 동호의
말에 지배인과 지점장은 속으로 제각금우섰다. 그둘은 양
반이란 말이 아니꼽게 들었기때문이다.

「자―돌돈을 내야지―엣다―!」

최지점장이 먼저 양복바지의 주머니를 훔지적하더니
일원지폐 한장을 끄내준다.

「아스서요―웬돈을 그러케 만히 주서요」

하고 동호는 황감한듯이 한팔로 막는다.

「지배인 나터께선 얼마나 내시랴우……한 십원만 내
지」

최지배인은 이종구의 말을 겸연적게 받어치우며 그
도 일원짜리 지전 한장을 끄내준다.

「아스서요―돈은 왜들 내서요」

하고 동호는 아까처럼 만류하는 말을한다.

「그럼 나두, 내야지―가네 모쩌상 기왕이면 내복으로
―도 한장 내쏘」

이종구는 죽기 주머니를 뒤적이며 최지점장을 바라
본다.

「내가 네애비냐―네목까지 내라게」

「늬가 내 자식이니까 말이지」

「에이 고얀놈―저놈을 어떠케 죽이나……」

최지점장은 껄껄웃는데 이종구는 오십전짜리 우전 한
푼을 세출이의 주머니안에 쥐여주며

「인주머니 돌차리시기에 얼마나 분주하십녀까?」

하고 새삼스레 추옥이들보고 인사를 건는다.

「뭐 별루 차린것이 있어얍지요……」

추옥이는 북그럽게 타서 얼굴이 밝어진다.

그러자 읍내사는 장사꾼들의 한패가 드리밀었다.
대금업 놀하는 박주사, 잡화상을하는 강석이 포목장사하
는 개성사람의 인장환이, 대서업을하는 전학준이 미곡
상 김춘백―.

「이자식들아 얼는좀 와요―늬들 안이면 벌서 상이도
러왔을 터인데……대감 시장해 도라가시겠다」

이종구가 시침을 뚝따고 하는말에 기생들은 또우수
워 죽겠다고 허리를잡는데,

「아니, 저자식은 막우 뚜러진 창무명인강 아무한 패구

『그런게 아니라, 저자식은 아마 재미 애비가 만들썩
에 방울을 찾는게야ー내 그러케 멀넝대기는……』

『아이구, 최룡 안떼ㅡ는자식이ー저는 팽가릴 찾는지
몰르변석이……』

『하하하……』

『쉬ー내근하야 이사람들아ー』

『참, 아무머니가 가섯는가』

이종구는 얼굴을 돌리키며 뺨앗을 내다본다。추욱이
는 벌서 부엌으로 드러갔다。

미구하야 음식상이 드러온다。
기생들은。 비로소 자기네의 헐일이 생겼다 심혼듯이
몸을 이르켜서 좌우로 벌너 앉으며, 상위를 보살핀다
그들은 술병을 하나씩 들고 돌아단이며 우선 술
을 한잔썩 따러 놋는다。

『자ー그럼 약주들 드십시요ー뭐 번번이 차린것두 없
이 오시느라구 수구들만 하시게해서 죄숏스럽슴니다
그러나 술은 얼마든지 있사오니 사양마시고 육구리
잡수시고 노러주시기를 바람니다。』

동호는 술잔을 처들고 만족한 우슴을
띄우며 주인으로서의 인사말을 정식으로 입가장자리로
『그럼 답사가 있어야지ー래빈축 답사로는 특별이 지
점장. 영감께서 하시는것이 어떠심니까?』

이종구의 말에
『그말 대단 좃소!』
하고 일동은 박수를 한다。

『답사는 무슨 팡장한 예식이라구』
동호가 얼떨떨해서 좌우를 도라다보는데。
『아니 그러치안소ー이만한 좌석두 훌륭한 모임이니
까, 모임에는 반드시 형식이 필요하거든 그보다도 이
자라는 기동호씨 자체의 돌잔치니까, 경사스러운이로
임을 축복하기 위해서두 분가를 한마듸의 축사가 없
윤수 없단말이거든 자ー그러니……』

하고 이종구는 다시 최지점장을 바라보며 늠을거란다
『그럼 자네가 하게 그려』
『하하하』

최지점장은 빙글빙글우스며, 충구를 마주본다。
『아니 그건 말이 안돼……벌서 충의가 일치하였는데
그리고 소인갈은 술장사가 연설말슴을 어듸 할줄아
러압지요』

일동은 다시 박수를 보냈다。
『아ー자식두……그럼 간단히 한마듸 답사를 드리겠읍
니다』
지점장은 별안간 정색을 하며니만 손수건을 꺼내서
우선 입모습을 닥그며 연설루로 말을 끄낸다。이종구
는 상립으로 머리를 숙이고 속으로 우섰다。그는 자

84

가가 작년으로 청한말이 성공된것을 은근히 조아하였

당

「애ー오늘 이자리는 여러분께서도 잘아시는 바와같이 김동호씨의 귀여운 아드님의 돌날을 축복하는 경사로운 모임이올시다。이와같은 경사로운 돌잔치를 차린신 주인되시는 분의 깁븜은 더말할것도 없지마는 나갈은 사람도 말석으로 참례해서 여러분과함께 질거움을 논으게 된것은 다시없는 광영으로 생각하는 바유시다。대저、사람이란 어려서부터 잘자라야만커서 도 훌늉한사람이 될줄암니다。나무될것도 떡일들어 아러본다고 사람도 어릴적에 잘길녀야만 아후에 커서 훌늉한사람이 될수있는 것이올시다。그런 데 우리 조선사람은 흔이、어린애는 하찬케 보는 일이 있는것은 매우 유감으로 생각함니다。어린애는어 른보다도 더 귀중히해야만 할것인데、그의반대로 어린 애를 몹시 차별한단말슴이올시다。그것은 매우 잘못 된 생각인줄 암니다。

여러분도 아시다 싶이 저 문명한 서양각국에서는 가정에서는 물론、어린이날이라고 적해노코 어린이들 을위해서 사회적으로도 원갓 설비를다하지안슴니까? 그런현상으로 비처본다면 우리사회에서는 가정적으로 나 사회적으토나 어린이를 너무、소홀이 취급하는 메 단이 있음니다。이러구서야 어떠케 훌능한 인재를키」

워서 회토 보낼수가 있겠슴니까? 어떤이… 상래 사회의 주인이 안임니까?

그런데 우리의 묘속에도 돌날을 기렴하는 돌잔치만은 그런의미에서 매우 조흔풍속으로 암니다、아기가 나은 지 만일년동안을 무사히 잘컷다는 여간 어려운일이 아니올시다。특히 유아(乳兒)의 사망률이 만타는 우리에 의가정에서는 백일잔치를 무사히 치르기도 어려운데 그아이자 돌날을 마지하도록 잘자랐다는것은 여간 경 사로운일이 아이올시다。

그러면 이런날에 일가친척과 친지를 청해다가 하루 동안을 즐거히 보내는것은 여간좋은 기렴이 안일것 이요 또한 어린애기를 위해서도 매우 좋은 영향이 미칠줄암니다。따러서 우리도 오늘날 이자리를 그런 의미에서 매우 기뻐하는바이오、또한 축복을 드려는 바올시다。간단히 이한말슴으로써 감사의 뜻을 표하 고 고만두겠음니다。

최지점장이 말을 끄치자 일동은 또다시 방안이 진 동하도록 박수를 울렸다。

(게속)

文藝雜誌論 (承前)

— 朝鮮雜誌史의 一側面 —

林 和

「朝鮮之光」文藝欄은 最初 「改造」를 模倣한것으로 本文과 頁數까지를 달니하야 全誌面의 約三分의一이 創作과 評論、詩等으로 채워졌었으나、처음부터 무슨 一貫한 主張을 反映하지는 아니했었다.

週刊에서 旬刊으로 다시 旬刊에서 月刊으로 음겨감에 따라 誌面이 上記와같이 整頓되고 文藝欄은 단지 「改造」의 그것처럼 時事性을 反映할라는 域을 그리 넘었지아니했다.

이點은 同誌의 全體 編輯方針 더욱이 月刊이되면서 本文編輯속에 나타난 「포리칼」한傾向의 明白함에 比하야 一步 뒤저있음을 免치못하였다.

그때 本文에는 「開闢」의 廢刊以後 朝鮮雜誌로서는 처음 明白히「포리티칼」한 方向을 表現하고 있었다.

뿐만아니라 朝鮮之光은 「開闢」에 比하야 더單純히 박저말면 더 光派的인 意味에서 政治性을 反映하었었다.

一般 社會의 動向이 「내슈낼리즘」으로부터 「쏘시週리즘」으로 轉換할라헐제、먼저 轉換期의 樣相을 忠實히 反映했다고 말할수가 있다.

그러나 「開闢」은 어듸까지든지 「리베랄」한 客觀性을 일치아니하였다.

그러나 「朝鮮之光」은 時代가 轉換하는터임에 한 아의 積極的인 「뿌레ー키」의 役割을 該하였다. 「朝鮮之光」은 새로운 時代思潮의 實踐的 理論的인 方針의 集中化된表現이라고 볼수까지 있다.

이러한 雜誌가 文藝欄에 對하야 一定한 方針을

準備하고 있지 아니했다는 것은 또한 當時「쓰시알라즘」運動이 文化領域에 對하야 何等에 具體案을 갖지 아니했다는 事實을 窺知케한다.

그러나 月刊이되면서부터 急速히 이러한 狀態는 自然的으로 改善된것갓다. 文藝欄은 어느새 色彩感이 濃厚해지고 趙明熙、李箕永、金基鎮、朴英熙、金永八、崔承一、李亮、韓雲野、宋影、等 新傾向派의 쟁청한 新銳分子, 「朝鮮之光」文藝欄의 創作的、理論的인 中心이되었다.

이러한 變化에는 勿論 어느程度까지 文藝欄의 內容을 全體의 編輯方針아레 統一하고 有用하게 써불라는 意思도 反映되어 있었겠지만는 亦是 具體的으로 編輯에 當하는 趙明熙、李箕永等 諸氏의 存在를 가벼히 볼수가없다.

趙明熙氏는 그때 詩集「봄잔듸밭우에서」나「前日金英一의 死」와같은 感傷的 注浮的 境地에서 新傾向派는 갓轉換해온 분이요. 李箕永氏는「開闢」에 處女作 當選으로부터 農民作家로서 曙海와더부러 新傾向派의 創作的인 變室이된분이다.

이두분이 上式으로 「朝鮮之光」의 編輯部의 一頁이엇고 또한 懷月朴英熙氏가 이雜誌와 不可分의 關係를가저 每日같이 社에 나왓든만큼 文藝欄은 急速度로 傾向文學의 理論과 創作의 一大中心이되었다.

그러나 「開闢」의 文藝欄이 新傾向派文學의 發祥地고 한아의 中心이엿다는 意味와 「朝鮮之光」文藝欄의 繼한바의 意義와 役割은 顯著히 다른바가 있다.

「開闢」文藝欄은 新傾向派文學이 誕生氣運을 促進하고 그것을 明白한 形態로 捕促하야 形成을 도왔다하면 「朝鮮之光」은 벌서 새로운 流派로서 形生되어 第二段의 活動을 開始할냐고 할때 舞臺를 提供하고 새로운 飛躍을 促進식혀준 機關이다.

新傾向派는 「開闢」이 廢刊될 臨時하야 비로서 새 組織體를 가졌다.

그러나 이組織안에 初期의 이런流派運動이 모도 그러하듯 여러가지 思潮가 强化해있었다. 따라서 獨立한 立派로서의 行動은 아즉 明白히 나타나있기 어려웠다. 뿐만아니라 新傾向派인 明秘에서 또 알수있는 思想的으로도 퍽 「루─즈」한것이었다.

그러나 「朝鮮之光」에 舞臺가 옮아지면서부터 新傾向派文學은 明確한「푸로」文學으로 變하였다. 一切의 精神的 擁維物에 머부러 淸算과 方向轉換

「元甫」「쥐이야기」「五男妹둔아버지」「民村」等氏 自身뿐만아니라 朝鮮傾向文學에 있어서 紀念될만한 詩作을 「朝鮮之光」을 退하야 發表하였다.

의 大道程이 이雜誌를 中心으로 遂行되었다(續)

探照燈

聰雪野氏는 月前에 長篇小說을 着手하려고 「下鄕」하시더니、數日前에다 上京하시여 社稷町에다 下宿하이든 몸을 坐定하시고 붓을 잡으시겠다고。

○

崔載瑞氏 手下에 붙어있는 人文社에서는 五穀이 익어가는 가을철부터 文藝綜合誌 人文評論을 내놓으시겠다구 東奔西走하시는 모양、밧부시기야 말할것도 없겠지만 草綠은 同色이라 과부설음은 동무과부가 안다고 雜誌編輯者가 事情을 알어줄이라、철을딸라가움이자 오곡이 익자 雜誌하나 또 생기렀다。그러나 原稿때문에 걱정이실게로、詩로、論으로、세분엔 머지않어 原稿請하러가던 記者의 안라가움을 萬分之一이라도 賞을 맛볼날이 머지않을메지。

○

학질文學이라고 巷間의 조롱을밧든 洪命憙氏의「林巨正」이 나온다。部下를거느리고 가을철에 나온다 傳하는데 樂堀을 朝鮮日報社出版部에다 전하고 武裝을 차리는 모양。出版界에 驚異的인 大冒險이라고。四六制으로 發行한다면......全十六卷이요。菊制으로면......全十二卷、四六倍制이면......全七卷이되리라고。

○

着實히 事務하시는 李無影氏는 獨身으로 일음말더구나 혼자 三十八段式이라고 얼마나 힘이 들엇는지。아무튼 반가운일 生男햇으니 반갑지 않으랴。

○

도라와 붓을 잡었다。小말슴。斷層이 꿈을꾸고、집을 깨운「白紙」가 現在 平專佛專의 在籍生들이 되어 同人誌가 나온다고、陣痛期의 고비를 넘기느냐고。

○

東亞日報社 學藝部에서 情熱의 女流詩人 盧天命氏는 언제結婚을 하시는지 同夫人도 안하시고 安國町 네거리를 풀기없이 거러니시는데 안만보아도 姙娠中이신모양、童男을 나호실지 童女를 나호실지 그야 마음대로 못하는일이라、될수있으면 童男을 낳으서야 夫君께서 아出 大器는 晩成이니라。古賢의 하서도 아드님께서 아出하서도 아드님의 얼골이

○

李無影氏가 學藝部에 있으나 마음대로 못하는일이라、北支로 皇軍慰問次로 出馬했든 金、朴、林三氏가 長、椅子에 안즈실는지。

꼭 夫君을 닮았을메닛가 든든 하실텐데?

○ 文人들은 大槪 四十고개를 넘지 못하는 모양、靑年일수록 短命한지 韓仁澤氏가 去月十三日 鄕里에서 逝去하섰다고 傳한다。沈熏도、金裕貞도 李箱도、朴龍喆도、甚之於 羅稻香도 崔曙海도 短命했거늘 어찌、限歎치 않으랴。

○ 每日新報社에 게시든 鄭人澤氏가 文章社에 入社하시역 尙虛와 손을맞잡으섰다。

○ 朝鮮日報社 學藝部長 洪起文氏는 營業局으로 그나 잡으시면 군살이 내 대신 李相昊氏가 就任하시고 李源朝氏의 椅子는 에 長篇小說을 쓰실모양인데 밤車로 下鄕하시겠다든 분이 翌日 每日新報學藝部에 날아나섰드라고

○ 改革을했으늬가 學藝面도 革新되더라 밋었든데 前面은 學藝面이나 貧血症 濁流後에 生産될 作品은 얼마나 世評에 올를런지「濁流」以上의 作品이라고 민는다。

○ 月前에 開城에게신 蔡萬植氏가 上京하섰는데 其前에 뵈옵든때보다 신수가 좋으신양 말으신양 볼에 살이 올으섰기에 人事의 말슴을 드리니 군살이 찌섰다고、몬안드리고 豪食을 하시나머지 멀쑥하게 을으신 살이라나? 修養이나 좀하시고 補藥을 좀 잡으시고。

○ 龍井에게신 姜敬愛氏와 木浦에 게신 朴花城氏— 두분은 沈默을 껏고 나오실때는 저以上의 世界를 開拓하야 作品을 내역놓으실모양。 姜敬愛氏는「地下村」以後 꿈을꾸고 朴花城氏는 永永 잠들었는지「白花」는 꽃다웁게 巷間에 피었건만 어인 일인고.

無然居士

海外文藝通信

編輯部

▼「이에츠의死」。愛蘭劇作家、詩人「윌리암·바드라·이에츠」가 一月廿八日、南佛蘭西、「멘톤」의 避寒地에서 永眼하다。一八六五年生이고 今年七十四歲라고。

▼巴里의週刊紙「루후레」는 十二月十五日限으로 廢刊되었다。昨年十一月「반드루되」에서「루후레」라고 改題해서 새로운 編輯方針으로 出發했는데 一個月도 채못되여 廢刊한것은 哀惜한일이다。通卷一六三號였다고。

▼「맨더에즈라·카메이안」의 倫敦特派員의 報告에

依하면 昨年末 英吉利
에서는 書籍質上高가 減
少했는데 그것은 中産
階級에屬한 猶太人의
命猶太人亡
投資해서 書籍을 買上
하지 못했기때문이라고
評論家「안도메·비가」小
說「나다라이」를 푸라마
더은에 出版했다。弟
二帝政時代의 美術家集團
과 反抗的인 共和主義
者의集團을 背景으로하
야 靑年男女의 美術學
生의 戀愛를 깐(縱)것으
로 미루어—가 美術手法
으로 政治論과 生活의 採
擇되어 다。

▼英吉利의 高級季刊誌「크
라이데리온」이 廢刊되다
T·S·엘리트氏이 十六年
以前에 創刊되었고 여러
옷들의 所謂、文學에있

어서는 古典主義、政治
에 있어서는 「도이아리스
트」宗敎에 있어서는 一英
크로・카소릭크」의 立場
에나서 一貫한 主張을
指示하다。一年三十志라
는 高價인 定價때문에
廣範히 읽려지지는 안
었지만 現代英文壇에 있
어서는 그 功績이 퍼
나 크다。

「작크·메리탄」의 「價實
의 휴맨이즘」이 「챨스·스
크라이부나이스」社에서
英譯으로 新刊되었다。
(二 弗半)

「히틀러」의「우리의 鬪爭」
의 完全한版은 지금까
지 獨逸以外의 外國에
英國의 스락크·뿔——드社
가 版權을 許한結果、
翻譯을 許하지 않엇는데
米國의 스락크·뿔——드社
가 版權을 檢討한結果、
今日까지 同曹에
태온 國際版權이 今後
米國에서 適用할수없다

판명되었고 原
著者의 許可가 없이 出版
하지 못한다는것을 알었
다고—

▼昨年六月 巴里의「산계
러재」의 거리를 거러가
다가 突然 불어오는 바람
에 썰어지는 樹木때
문에 三十六歲의 短命을
마친 獨逸作家「오론판·
호루바—드」의「魚의時
代」가「다이알·푸레스」
(米)에서 英譯되어나온
다。이作家는 단二篇의
小說밖에 執筆하지 않었
는데 거기에 依해서 크
라이스트賞을 어멋고、
스레판·츠와익은「양가
—。쩨네레슌」에서 最大
한才能있는 新人이었다
고 그의죽업을 哀惜해
한다、「폰·훌바—드」이
또한 作品「우리들의 時
代의어린이」는 一九四〇

年에 同出版社에서 英
譯으로 出版하기로 決
定되다。

▼米國의 펜俱樂部는 世界
各D의代表的 文學者一
〇五名에게 對하야 五
月八、九、十日에 經育
萬國博覽會의 招待에依
해서 出席할世界作家舍
議에서 賓客으로서 出
席하길바라는 勸誘狀을 發
送했다。

▼쩸스·쪼이스가「와크잉
뿌로그레스」進行中의
뜻)이라고 題目을붙처
數間繼續해서 執筆해온
長篇「Finnegan's wake」
이란 題目으로 五月一
日、英米에서 同時發賣
하기로되었다。米國版은
바이킹·푸레스가 權利를
獲得하고。初版限定
版은 二五〇部라고한다
또하바드·코맨의「쩸
스·쪼이스」가 화아마$
링하—드社에서 나온다
고한다。

첫사랑

辛夕汀

咸平 색씨는 칠갈이 검은 머리가

삼人단갈이 사뭇 치렁치렁 길더란다.

모잡어 맵시가 고흔게 아니라

손으로 짜낸 무명처럼 순박하고

집어 벨듯 모나게 어여쁘게 아니라

참한 磁器처럼 때깔이 곱더란다。

어머니와 한머니 선본이야기 주고받을때

나는 그 삼人단갈은 머리가 작구만 보고싶었다。

北國傳說

李　燦

汽笛도 어려붙는 北國의 마을
南行車는 용히도 구을너 밤마다 지냇다

튬먹이는 窓구멍에 거듭 칠발으는
그 魔女의 心思는 무엇이겠느냐

휘여—ㄴ한 車窓·車窓

미치 그속의 情景은 識別못해도 좋왔다

다—만 그때마다 그는
아아련한 南方의 한개 乞女였어도 可랐하나니

기ㄴ 기ㄴ 겨울
北國은 눈으로 밝고 눈으로만 어듭고

그리운 말방울 기억조차 머러지는 그 歲月과 함께

處女는 언제까지 少女가 아니었다

은근히 자랑삼든 머리人채

난생처음 밉살스럽든 겨녁이었나니

뭇강아지의 별눅한 코도 도시 오늘을 豫愿치 못했도다

함박눈 내리는 洞口앞에 · 무덤이 두개

어설픈 傳說의 무덤이 두개

順아 그 한개 적은 무덤의 일홈은

그러나 傳說도 모르드구나

(舊稿)

思慕

盧 子 泳

꼿없이 탄마음 험듯고 가지벗어

님의 뜰앞에 피는 함쯀기 꼿이되리다。

꼿中에도 붉게타는 天紅花가되여

송이마다 그 지튼香氣、써 님의뜰을 채우고 물드리리니

님이여 이때이면 그뜰우로 거러주소서。

아릿이 타는마음 한마리 새가되여

님의窓앞에우는 하나의歌手되리다。

94

새중에도 빗갈고은 피피리가되여

소리마다 그맑은曲調로써 님의窓을 울니고 속삭이리니

님이여 이때이면 그房에서 귀를 귀우리소서。

고이 걸른 이마음 한個의 별이되여

님의 房을 지키는 한나의 파수군되리다。

별中에도 가장고은 「오리온」이되여

그맑은 눈동자로 님의房을 지키고 빛이오리니

님이여 이때이면 그房에서 고이 주무시옵소서。

(끝)

95

성애의 꽃 (氷花)

尹崑崗

으슥한 마을의 숲그늘에

푸린송냥이 기척없이 나타나 서성거리고.

바람이 울며예는 생각의 허공우에

슬픔의 기러기떼 짝지어 울며 갈 무렵。

마루판은 어름장보다 싸ー늘한데

고향꿈 지난가슴엔 성애의꽃이 피어,

지울수없는 슬픔에 두눈 비벼뜨고

창름으로 넘겨보는 얼어붙은 달빛。

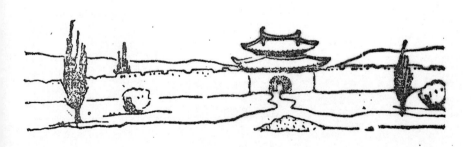

눈팀이들 쏴―쏴― 불어힐는 소리는

머―ㄴ 고향길 더듬어온 매운 바람이냐,

야윈 얼끝에 터럭이 쓸모없이 돋어

책상우에서 맺인꿈 갈갈이 부서젓다.

한치나 자란 때끼인 열개 손톱으로

앙상한 가슴 한복판을 피나게 긁어봐도,

외로움만을 반겨 안어드리는 버릇―

그밖엔 아무것도 갖어보지못하는 삶이니,

푸로메튜스의 옛가마귀、 나의 운명아!

내 숨을 파먹어다오、 원통히 파먹어다오。

(舊 稿)――

97

故鄕에도라가는때

韓　植

믿엄직한것은　하나도없다

生活도　友情도　사랑도

그리고　嗟嘆하면서　어드운밤중에　혼차　우두컨히　앉었을때

나는　늘상　먼-곳에　두고온故鄕을　생각한다.

아직　나머있는　저山기슭속에

우리　늘그신　어머니가　게시고

녹대가　밤마다　운다고하든

그　높은山마루에도

인제는　눈이　다-녹았을것인가

자지빛　감자꽃이피고

샛노란　배추꽃이피고

복숭아　꽃도핀　그마을

하얀꽃　능금나무아래에서

꽃닢파리를 모여서

꽃따발을 · 맨들어

몸을 채려든 넷날을 생각하여본다

어듸에썰가 爽快한 봄바람이 나어와

우리집앞 솔나무까지에 매쳐서

먼 大陸의 山脈을 꿈꾸매

종달새 · 울고

첫여름 新綠에 눈이 부시운때

그때를 생각하는 나의마음은

웨 이리도 싸늘한것인가

바눌과같이

눈보래에 싸인 겨울의마음으로

새빩안 능금같은 불타구니를 하고

아즈랑이낀 山길을 넘어

시내돌 좃아

물줄기를 따라

바우에 미끄러 傷하고 도라온

나를 안고 같이울든 어머니

구 늘그신 어머니는 지금
還曆도 古稀도 혼자서 마지하고
고말뿐 마음으로 상금토록
나의 錦衣還鄕을 기달이고
그러고 가엾이도
싹싹이라도 아들과 갈이 살다 죽었스면
하고 말한다고한다

그머나 이력 저력
어머니역! 맺해가 지내간後에
모든辛苦와 안타가운 울음속에서
山村의 흘뿌리는 눈갭비에 부듸치운 당신은,
모다고 서더찬 異鄕에서 半生을 보낸
憫惱와 無爲에 허먹이든
都會의 몬지에 거치린 나보담도
아마도 만저 어느날밤
서클푸고도 애닯은 白骨이 되리라
나는 어떠케 사로잡인 마음인가
오히려 그대를 기달니고있다
그대가 내가 故鄕에 도라가는때이니까

나의 추접한 몸떵어리

蒼白한 얼굴에 떠는가슴

보잘것없는 피리하고도 마음노코

당신이 기탈이든 그곳 搖籃의집에 도라가리라

당신이 일기(幕)의 慕에 도라간것이

아마도 나의 구슲뿐 安心인것처럼

草木이 욱어젓을 山머리

오랑캐꽃이 필 당신의 慕을 안고

사모친 설음이 복바칠때

나는 부칠없이도 호늣겨 울리라

이끼 찬 어지러운 비돌을

나의 울음으로 시처버리려고

울뺌이 우는 캄캄한 밤이왓

이러가 나를 잡어먹으랴 울때까지라도

밤마다이바도 목노와 慟哭 하리라。

創作日記

金海剛

月十二日

오늘 ○ 嵐人의 글을 받어읽고
너무나 感激하여 울고야마렀다。
四海剛兄。 무슨 놀나운편지입니까
文學이라면 文學을 사랑해온 過去
의 긴 時間을두고 人生의 길을 잡
어왔으니 그것에 殉情을가지고生
命을 키워가는 것밖에 무슨다른길
이 잇겠습니까。 다른길이 잇다면
그것은 體系를잡지못하는異端의
懊가 그렇게까지 크리라고는 생
각지 못했든 것입니까」
라는 許頭로부터

「兄의 지금 生活環境이 그다지도兄
으로괴롭게한다면 滿洲도좋고 北
支도좋을겄입니다。 거센大陸에험
찬生命을차저 떠나보아도 兄의
心境을 알길이없읍니다。 兄의懷
抱가 그렇게 없음으로 兄의 생
길일 것입니다。

兄이여! 어찌하든지 兄의文學
의길만은 버리지말고 끝뜻이살
어서 지금懊惱하는生活圈을脫出
하야 넓은世界를呼吸하고 좀더
굳은人生의苦難과 싸워 가주시기를
바랍니다。 오직 兄의반가운 소식
과 兄의生活意慾이 强然하게타
고잇다면 얼마나 기쁘겠습니까。
부대 新生의길이잇었스소서。 千萬
番 시달린다고 하드래도 오즉구
든意志를 세워주소서」

하는 懇曲 句節을비롯하여
「日前 文學을버린다는 말슴은 얼
마나 아우를 놀라게한 그것이
엇습니까。

文學이라면 文學을사랑해온 過去
려 벗의마음을 어즈려운 여허믈
의心情이 고맙기도하거니와 오히
로 잡어주려는 얼마나 强한激勵냐?

弱해가는 내人生觀을붓들어 바

나날이 深刻해가는懊惱!씩씩
하게 살아가고싶은 내마음을벌레
먹는 錯雜한身邊의葛藤。 明朗한生
活을 設計해보고싶은 내생각을壓
迫하는 私慾과無智에서오는 卑劣
과愚弄。

남달리 文學을親해왔고、또文
學을떠나서는 到底히 살아갈수없
는性格을、누구보다도 나스스로
가 잘알고있으면서 웨나는 文
學을버린다는 刻迫한決心을하기까
지에 이르렀든고。 그렇지않고는
바워갈수있는 다른길이없었든가。
文學을 버린다는것은 지금까지쌓
혀온 내生活을 나스스로가 내自身
에게내리려는 峻烈한破産의宣告였든

것이다。

붓대만늘고 앉었었으면 밥이 나오느냐? 이것도 한개의 理由라면理由이겠지。그러나 그보다도 보다 널리 보다 深刻하게 人生을 體驗하고 보다 積極的인 即 나하나만이 살수잇는 象牙塔을 불살러버리고、좀더 힘내가强한生活의坑道를 파나아가자는것이엇다。

한篇의詩를 쓰고앉었다하자。勿論 거기에는 아무런權限이나威力으로도 干涉할수없는 獨自的인絕對術의 魂이 가장아름답게 가장嚴肅하게 불타고잇다。고요한숨人결이새빨간心臟을 여무만저주고잇다。實로 敬虔하고 眞實하고 아름다운 時間임에는 털끝만한異議도 차저볼수없다。

그러나 옆에는 病든어버이가누어잇고——

엄청나게 懸隔한差異를 보여주거있는 이두個의世界。한個는 꿈의世界(眞實한 天下의詩人이여! 愁하지말라) 에서 내心魂을 誘惑하고 한個는 苛酷한現實에서 一時的인 그것이라면 혀를깨물고라도 豐富할수잇다。그러나 이葛藤、이枉惱이 平生을두고繼續될 未知數에屬하는것이라면? 아아 이곳에서 어느하나를犧牲해야할 生活의破綻이 비로서 約束되는것이다。두개 完全히 떠메고 나아갈수잇는 幸福을갖지못한 나는 마침내 할수없이 그하나를 버리게된것이랄까?

結局은 文學을親해왔든. 過去의靑年時代가 華奢스럽게 回顧되지안는것도아니나 한개의아들로서 한개의지아비로서 한개의어버이로서 제구실을못해가는 오늘이잇슴을生각할때에는 現實生活에잇서서 나는 갈데없는 한個의敗北者가 또렷아되고만것이다。

全然背叛하는것같으나다。오늘에잇서서 文學을버린다는 그것이 후일 文學을 보다 더强하게키워가리라는 反語인지도모른다。그것은 또무슨소리냐? 먼저 切迫한致命的인 銃傷을即、私的生活을 克服안다는 意味에서——。

그러나 悲哀가 큰것만은 숨일수없는事實이다。

그렇다고 나는文學 그것을 놓았는데 붓은 둘터지않는다。社

創作日記

桂鎔默

五月十三日

왜 이리 創作이 어려워지는지 모르겠다 도시 붓을들기가 끔즉하다。創作慾은 여전이 쇠할줄을 모르는데도 創作에 쓰기는 을스병같다。이달금음까지에 六十枚자리를 하나써야 할것이있어 構想은 더꼈

狄에 펜노릇이 지친탓도 탓이겠지만 원체 創作하면 怯이앞서게 된다。十餘年前에는 잡은참 앉았어 四五十枚는 問題없이 쓰든것이 近來엔 이렇게도 어려워진다。어떻게 생각하면 이것이 創作이란 무엇인지가 좀더 아러진 탓도 같으나 쓸수가 없으니 탈이다。오늘도 社에서 나올때에는 집으로 도라만가면 교요이 精神을 깨다듬고 앉아 좀 써불이라는 생각이었으나 단한줄을써 놓을수가없다。나는 이 始作에 여간 苦心을 않한다。썼다는 찢고 썼다는찢고 하기를 아마 七八次는 거듭했으리라。그러니 역하기가 짝이없는데 몸은 그러데이고 疲勞感을 느낀다 담배를 한대태우고 이러나 앉았다。그러나 열한시가 넘도록 그대로 붓방아만찟다 마렀다 그리고는 부질없는 생각만 혼자 해보는

앉았다 이렇게도 어려운 創作인데 자기의 늙음이 내다보여 지지않든 현태는 오늘 아츰의 면도에서 뜻도 않었었든

五月十四日

오늘밤은 期於히 三十枚는 쓰려란 생각으로 마음을 새려먹고 붓을 들고 앉었으나 뜻도 않었든 손님이 또 온다 이런때에 찾어오는 손님처럼 미운것은 없다。親한 동무래도 그것은 밉다。그러니 오래간만에 시굴서 찾어온 동무다 반잡게 아니對할수가없어 옛날이야기를 한참 집어버니 또 열시다。그러나 아직 자기까지에는 두시가 남었다。다시 붓을 들고앉았다。

되여섰거나 하는정도에서밖에 더 세임을 찾었었다 그러든 수염이 떡밑에 벌서! 하는 놀나운생각에 유심이 안해의 경대속에다 혁을 비취어 보았드니 수염은 터밑의 그 한곳에만 세인것이 아니오、여기 저기 슴슴찮게 히뜻히뜻 찾긴다。아츰마다의 면도ㅅ날에 자라지를 못아 두는 수염이기에 그러지。그대루 버려두는 수염이 인젠 제법 츠렁츠렁 옷깃에까지 허여니 느리워 젔을게다。

(허— 수염이 센다! 마흔다섯 수염이 세?)

×

어이없어 우섰다。수염이 세인것이다。

내애천자(川)로 그어진 이마에 겨우 이 두장에 생각은 또 딱

어이없어 다시 한번우섰다。

×

주름살이 인제 두렷이 나타나게 힌다。

日記抄

玄卿駿

五月十五日(月)

雨後晴明。참말 말숙한 날세다
歡豆빛으로 곱게 물든 山은 싱
싱하기 比길때없다。
午前 七時半登校。實習地를 한박
휘둘러본다음 事務室에 돌아와서
新聞을 펼쳐들다。
長橋「先驅時代」는 昨日로써 三
回分이 났다。
군데군데 傷處가있다지만 처음
一二回分보다는 났다。
活字化된것을보니 도모지 生覺
에 어울리지안는場面이 돌어나보
인다
앞으로 쓰는 것은 좀더 가다들
어 써야겠다。

五月十五日

社에 나가서 뒤틀이어 좀써볼가
했으나 복잡해 쓸수가없다。나는
고요한 자리에 혼자앉었지 않으
면 생각이 꽉가더듣고 나오지않
는 버릇이있다 顏茜 역시 그렇다
한버릇의 影響인가 보다。
밤에 두장을 썼다。스스로생각
하고 우섰다。사흘동안에 一二百字
녁장、원 이렇게도 어려울수가있
나? 自身의 力量에 의심을 마
지않었다。

五月十六日

다섯장을 썼다。
그러나 部分 部分에 文章이 몸
시 마음에 맛지 않는다 찢어버
리고 다시썼다。하나 文句가 좀
달러졌을뿐 역시 그러이 그러이
다。이러다는 必是 期限까지 完
주한 한篇이 이루어 지지 못하
려라, 蘊稿 한篇을 整理해볼가 고
그러나 누어서 가만이 생각하
니 당장 그것을 고내놓지않으면
그想은 그대로 머리속에서 썩어지
고 다시는 때 을을것 갈지않어
도루 이러나 불을켜고 이저버티
지나 않을정도로 대충 대충 아
무렇게나 적어서 來日의 參考를
어 써야겠다。
앞으로 머매킬수가없다。히참 머
리속에 어물거리는 想을 고집어
내지 못하고 아깝게도 차러에 눕
고말다。

五月十七日

열다섯장을 썼다。다른날보다 그
래도 피 많이 나려간 푼수다。
오늘은 쓰면 얼마든지 쓸것갈다
그러나 이미 疲勞해진 心身은
다 석장을 썼다。
쓰든 뒤를 이역 쓰기로 붓을들
야改作을 하지않으면 못쓰겠다。
고요한 자리에 집어넣고 다시
내서 읽어보다、描寫에 어리석은
데가 퍽 많다。다시 충년이 틀하
삼기로한다。

五月十六日(火)

그리고 人物의 性格을 確實히 도
두렷하게 그려야겠다.

遠足때문에 진終日 아이들과뛰
놀다.

밤 몇時나 됐는지 「타되오」도
안 오는 것을 보니 꽤깊어진 모양이
다.

다소 疲困키는 하나 요행 조용
한 思索의 時間을 얻게된것이 그
지없이 반갑다.

담배한개를 피어물고 先期日
이 追到한「文章社」에 보낼小說의
構想을 하다.

이번것은 그沈鬱한 아이들 그
려가며 내生覺을 바수는데 어찌그런지 그
現하려고 ……

그러나 그것은 瞬間이고 아모
所用도 없다

그때 하는수없이 依例히 하는
버릇으로 이冊저冊 끌투다가 한
쪽구석에서 「메리메」를 꺼내 펼
처들고보니 「다망고따.」

눈에 띄이는대로 나려읽다.

다섯枚도 넘겨 읽은듯 다소
눈이 깔깔해난다.

「메리메」의 手法에는 언제면지
嘆服을 앗길수가 없다.

그러나 나는 「발작크」편이 났
다.

만은 그려면서도 그의文章은 너
머도 지리하고 지저분한데가 있다.

「메리에」와「발작크」를 綜合식히듯
한속에다가 綜合식힐수는 없을까.

날이 밝을 무렵에야 第一章의
想은 겨우 가다듬어 가지고 六
枚가량쓰다.

길거리에는 이젠도 酒酊꾼 패거
리들의 陰鬱가 끊지않다.

五月十七日(水)

언제인가 李泰俊氏가 처음小說
을 쓰기始作할때 새原稿紙에다가
題目을 端正하게 써놓고 보는맛
이란 머 어떻다고 말할수없다는 말
을 어디다가 쓰것을 본 記憶이
난다.

참말 그렇다.

한作品을 構想해놓고 처음 새原
稿紙에다가 題目을 써놓고 보는
그氣分은 어떻다고 했으면 좋을
넌지!

나는 새로 題目을 써놓고는 오
랫동안 넋을잃고 듸려다보는 버
릇이 있다.

그리고 같은 글씨가 멀린것이 노恨
嘆되어 같은 題目을 여번 스무번
도 다시 곤처쓰게되는것은 普通
이당.

처음 題目을 써놓고 붙며 을
써도어색지않고 題名도마음에 들
면 벗서 全篇의 절반— 아니 全

部를 적다 完成식혀 눈듯한 늑김이 있다.

그래서 그런머면 붓끝이 저절로 멋그러저 가는듯하다. 그러나 그 牛面에 너머 슬닶음을 처서 써놓고 보면 速成의 未熟을 禁할수가업다 그러므로 그게 쓴作品일수록 處處에 빈틈이 생겨서 저로서도 얼굴이 뜨거워 나는것이다.

그러나 그와反對로 題目을 먼저 딸지못하거나 또는 마음에 들지안는 것을 써놓앗을때는 참말 붓끝이 나갈줄 물라 군일이당 쓰고는 찢고 찢고는 쓰고 三四枚 쓰자면 歡三日이 걸리는때가 흔하다.

은 一代身 速成 보다도 作品을 삐채워진다고 生覺한다 쓰고 찢고 애쓰는동안 自然히 뷘틈은 덜해지는듯하다 이번作品은 아직題名을 달지못했다. 오늘까지 生覺해봐야 別로 신른다.

롱한것이 떠올으직안는다 그러나 좋다 그대신 쓰기는 천천히 生覺하며 쓰게될터이니 저윽히 安心된다 下學後 집에 돌아와서 이내잠을든다.

그德澤에 밤中에 또 일어났다 밤은 내思索의 根源이다 이밤을 새우면 얼마간 또 게되겠지 얼른 이 日記를 끝맛추고 달러부터어야겠다.

（밤 한時半）

創作日記

李北鳴

五月 ×日 快晴, 덥다.

구름한점없는 유리빛하늘! 新綠과 꽃으로 수노은 높은山! 情熱에 불붓는 五月의 太陽! 이러하 山골의 自然은 歡喜에 넘처호

水電村의 人間들의 얼굴에도 靑春의 기쁨이 그늘저있고 勞働力이 膨脹한 山사람들의 肉體에도 다치면 튀겨날듯한 彈力이 숨어있다 하도 날세가마뜻하고 平和롭기에 文學노—트를 돌돌말아쥐고 「龍谷」으로 들어갔다.

좁고깊은 山골 말없는自然 水電村의 唯一한 山遊地었드「용굴」의 自然은 戊寅洪水에 여지없이 깨어지고말았다

깨어진바위人등에 돌송이 욱어지고 허연야케 씻긴돌들이 검푸르옷을입고 진달레꽃 함박꽃…이 롱어진山자리에 꽃발을 일우는것은 이제부러 멧해後의 일일가!

나는 지난해 洪水의 慘狀을 다시 머리에 되살녀보았다 이山谷에는 길이없다. 있어야할 길은 濁流에 흘너갔다. 나는 山허리를 기어넘고 바위人등을 뛰어넘으면서 골자기안으로

안으로 들어갔다.

事實人物 나는 文章社에 보낼
創作 中篇小說「火田民」을 쓰다가
情景描寫의 深刻한 場面이 얼는머리
에 떠오르지안키에 그素材를 찾아
윤골도 갔것이다.
나는 火田民을 만나고 싶었다
그러나 가도가도「귀틀집」은 뵈지
안는다.

드문드문 물어진 집이고 감아케
그신구들 돌만이 남아있는 집허는
눈에띄기는 하였으나 火田民은아
모메들 삶여보아도 보이지안는다
그러타 火田民없는곳에 火田民이있
을理가 없지안는가!
나는 남작한돌우에 배들붓이고
업의려서 너무나 虛無하게 變貌한
용골의 自然을 驚異의눈으로 바라보
았다 그러면서 나는 내가쓰고있
는 「火田民」의 洪水場面의 描寫
가 너무나 深刻性이 薄弱하다는것
을 切實히 늣겨다

勿論「용골」은 내가 取材한
신골」은 아니지만 온신골의 慘狀도
이만못지않다
곰같은 生活을 하든 이 深山의 主
人公 火田民들은, 어데로갓슬고!
深山만이 그들의 唯一한 故鄕이
며 樂園이 아니엿든가!
創作「火田民」! 그러타 나는폭
「火田民」이라는 題目이아니라도,
몇번이고 各達한角度로본 火田民
을 主題로한 小說을쓰으리라. 이런
意味에서본다면 文章社에 보낼火
田民은「火田民」의 一部에지나지안
는다.
나는 바위우에다 노一트를펴노
코 내눈압의 現實, 그現實에서 感
受하는바 直感을 速記하였다.
이것은「火田民」을쓰는데 한방
울의 피(血)가 되기때문이다. 집
에 돌아온 나는 용골의 興奮이사
라지기를 기대려가지고「火田民」을
繼續하야썼다. 밤 열한시 半까지

어「씨름」場面을 끝맛쳤다,
五月×日 흐리다.
아침부터 몹시 흐리더니분한 날세여
山봉우리 우들 검은 구름의 往來가
찻는것을보니 비나눈이 나릴것갈다
週期的, 例에 依하야 나의心境은
답답하고 憂鬱하다. 나의 怪癖이다
찐득찐득한 倦怠와 쓸쓸한 孤獨이 나
의머리를 괴롭혀 준다.
유리창은 열어제치고 窓틀에 올
나앉는 나는 맵고 쓰고 깜잘하고
앓으로 달은…… 이런모든 眞理들
包含한「刺戟」을 願한다.
「刺戟」없는 生活은 人間을退步
식힌다. 하기야 큰재벌의 建設간
水電村인만큼 日刊新聞도 當日로
配達되고 읽고싶은 書籍도 臨時
로 入手하고 映畵舘도있어 每月四
五回式은 映畵를가저온다. 그러나
이런것은 決코 나의心胸을 滿足
식히는 全部는아니다. 그보다도 그
리운것은 文學的知己의 存在다.

하늘은 접접 흐려지더니 운애가
숨막히게 水電村을 덮어버렸다.
나의마음은 感興의벗에게로 서울
의벗에게로 東京의벗에게로 날아
간다. 戀戀한追憶의情이 나의가슴
을부드러운손으로 어르만저준다.
나는 책궤에손을질너 손에쥐이
는대로 冊한卷을 꼬집어냈다.
火野葦平의 「麥과兵隊」다 나는
누어서 한군데를펼었다. 一五一페ー
지다. 보리밭에 멀간 自己의빛갈
좋은 黃金色排泄物을 ·버려다보고
自己스스로 感動과喜悦을 ·禁치못
해들 국화를먹기 그排泄物에 정
성스레히 꾀사주는메다. 簡潔한文
章이다.

平素에는 코틀막고 뒤도돌아보
지않을 排泄物을 戰場이란 特殊한
地域에서 强烈한刺戟을 받고 꾀을
에 到達한 火野葦平의 歡喜와 情

熱이 歡喜와情熱은 强烈한「刺戟」
을 母胎삼아가지고 비로소 發芽
하는것이다. 이런歡喜와情熱—나는
그것을 사랑하며 그리워한다.
午後부터 비가버리면서 바람이
세차게분다 水電村은 갑작이 鹽然
하야젔다.

「文藝」五月號에실닌 魯迅의 最
後의日記를 단참에 읽었다.
읽고서 魯迅은 精力家인同時에 熱
心家라고 生覺하였다. 죽는날가지 그
는中國文壇의指導者的立場에서 活
動한 文學者로서의 偉大한存在라
아니할수없다.
오늘하로는 「火田民」과는 영영
無關히 보냈다.
오늘후로는 「火田民」에다 나의憂鬱한
心境을 傳染식히지 말자는것도 내
作品 「火田民」의 붓을안든
한개의原因이될것이다. 저녁에
한개의原稿紙를 써서 붙었다.

五月×日 晴。

終日「火田民」을 썼다.
나는 一週日동안이나 會社로나
나갔다. 會社에對하야 未安한生覺
이 안나는것은아니다. 그러나 지금
의 나로서는 할수없는일이다.
그대신 會社로 나가는날에는 두
倍의일을 하여주리라.

三月號 朝鮮文學에揭載한 一七星
岩」은 未熟한作品이었다. 그뿐아
라活字化한 그作品을 읽으니, 誤植
과落字가 수태많아서 不快하였다
이번『火田民』은 나로서는 꽤깨
끗이쓰는便이다.
한개의 典型的人間을 文字를빌어
表現하며 解剖하는것은 참으로힘
드는 일이라고 새삼스러히 늣겼
다.

저녁후 韓雪野氏안해 原稿에關
한便紙를 써서 붙었다.
目下長篇小說을 執筆中인 氏에게
늘 健康과健筆이 있기를빌었다. 여
늘사牛이나되여서 千君이 찾아왔다

少年千君은 놀난만한 藏書家인
同時에 文學少年이다。 어떻게하면
小說을 쓸수있느냐?는 千君의 質
問에 對하야 나의 解答은 너무나지
나하게 길었다。

五月××日 快晴 더웁다。

午前 열한시쯤해서 韓雪野氏에게
서 기대리든 答狀이 왔다。農村에서
왔다 서울올나간줄만알고 貫鐵町
○○旅館으로 붗었든 나의 便紙가
부전이붙어서 咸州郡州西面小九里
에 配達되어 비로소答狀을 쓰게
되었겠으니 自然三月間이나 回答
이 늦었을것이다。
아마 農村으로간 모양이다。
요한 長篇小說의 完成을 爲하야
中央印刷舘에서 韓雪野氏의 一悰
睿記에 對한 短評을 써달나는 葉書
가왔다。

「龍谷」에 散步갔다가 도라와서
「火田民」을 게속하야썼다。처음構
想보다 길어진다。

나는 午前한時까지 柳突(火田民
의 主人公)의 사람됨과 밝아온 過去
물하야 原稿用紙우에다 點點이 記
錄하였다。就寢은 午前 한時二十分頃。

五月××日 晴

午前中에「火田民」을 끝맞혔다。
四百字原稿用紙로 百五十二枚다。
郵便所에가서 原稿를 文章社로
부치고 그길로 山에올났다。
나물캐는 山處女들의 노래소리
나는 한시를 롱은듯이 마음이가
뿐하야저서 맑은한눈을 처다보면
서 푸른空氣를 가슴터지게 呼吸
하였다。
내가 파一란풀을버개삼고 한잠
자고 났을때는 午後두時半이되였다
집에돌아와서 石坂洋次郎著「若
い人」前揚을 再讀하였다。

를 着實히 呼吸하여 보자는메서다。
供給所에가서 岩波講座 世界文
學全十五冊을 注文하였다。
連日의 睡眠不足을 보충하기爲하
야 아홉時半에잤다。

五月××日 晴 춥다。

아츰에일어나니 겨울內服이 그렇
게까지춥다。
高山地帶의 氣候란 變態的인때가
맞기는 하시만 五月도 中旬에 들
어섰는메 이러케 추을수야 있나 하
고 뒤ㅅ山에올났더니 이게 웬일이
가 黃草嶺以北의 連山이 白雲에쌓
였다。 참으로 壯觀이다。
봄도 깊어가라는 이때에 白雪을
바라보는것은 一種의 奇觀이다。
心身이 서늘하야지는同時에 말
할수없는 批嚴한 氣分이 躍動한다
文章社에서「火田民」을 받았다
는것과 또短篇(小說特輯號에揭載
함) 한稿을 五月末日까지 써달나
는것과 「江波惠子」라는 女性을 다시한번
對해보자는것과 女學校內의 空氣
는 請託內容의 往復葉書가 왔다。

夕陽부터 바람이 세차게불고 氣溫이 점점내려간다.

나는 五月 高原의 雪景을 想像하여보았다 起伏이 느른한 丘陵의 連續 지금 三月의 季節밖에 되지못할 高原── 黃草嶺이 아니고는 보지못할 신비로운 自然의 조화를눈앞에 그려볼때 나는別天地에와있는듯하다.

밤이 깊어갈수록냉냉한바람으 水筆村을 되흔들어준다. 뜰아래진 문풍지로 소갈은바람이 모래를안고 싹─들어온다.

五月×× 日 快晴

날세가 하도조키에 理由도없이 마음이 뒤설넌다。 中央印書館에다 原稿를붙었다。 午後에 供給所에가서 原稿用級二百枚를 사가지고 돌아와서 昨年洪水를 흘너버리고남은 原稿를 整理하야 보았다。 남은 原稿는 다섯篇밖에 안된다。 「逃避行」二어둠에서주은 스켓취」「関南의 生活表」

現代의序曲「工場街」以上이다。

時間의餘暇를얻어 改作하겠다。 短篇小說「題未定」의構想은 끝하였다.

전녁후 作中人物들의 性格과 傳統事件의 內容展開를 詳細하게 原稿用紙에 그러서 벽에붙이고, 자리에누었다。

山谷이아니고는 보기드믄 고요 한밤이다.

나는 이 고요한밤을 몹시 사랑 하고싶다。 (끝)

書齋

咸大勳

것을 容貼받든 생각이 여러가지 追憶의 실마리가머리를떠돈다 그 래서 다시 그冊을 끄내도 보고 或은 들처도보고 읽어도본다.

·지나간 날에 冊읽든것을 들처 보면 붉은線을 ·친곳이많다。 只今 다시 읽어볼작이면 別로感激이안 되는대도 붉은線을 치고 感激된 文句를 註로 달아노았다。

「안나, 카레니나」를읽은뒤에 쓴 感想文은 只今도 내게 首肯되는 點이있었다.

「幸福된 家庭은 거이마찬가지이 지만 不幸한家庭은 各其다른것 이다…」허두에 쓴 이한마듸가안 나, 카레니나 金稿을다表現하고 말었다 不幸한家庭은 各其다르 고 그不幸이 얼마나 人生을슬 프게 하는것일가?……」

나는 「家庭을破壞했다 結局不幸하 야 家庭을破壞한것이고 이不幸하 는 各其 다른不幸으로써 나타날것이다

、나는 家庭을 갖는다는것이 이제
는무섭다 내努力이 내誠意가 家
庭을 形成하는데 그렇게도 믿치지
못하였든가 생각하면 한편 슬픈
일이다.

톨스토이는 晚年에쓴 性慾論에서
家庭이란 必要치않은것이다 主張했
다精力을合目的으로 事業이나 藝術에
傾注할수없다는것이 그처째요 女
性을다 누이와같이 생각하랴는點
다시말하면 性慾을 否定한데있다.

그러나 나는 톨스토이의 理論에
反對하는 者의하나다. 웨냐하면
幸福된家庭은 男便의能率을 無限
히돌릴수 있을것이오 女子를全
部누이처럼 생각한다면 一種의繁殖
을할수없을것이안인가?

우리는 하로二十四時間을 다일하
지못한다 八時間의睡眠이 必要하
고 세번飮食먹을時間이 必要하고
면時間의休養이 必要하다. 이睡眠時
間、食事時間、休息時間을잘利用함
으로써 일에能率이난다. 그러기에
食事、休息時間에 幸福된夫婦의이야
기와 우슴이 얼마나 일의活動力을
높여줄것인가 나는主張한다.

「幸福된家庭은 萬里長城을 싸을
수있어도 不幸한 家庭은 全部
가破滅이라고.

果然 나는 家庭의幸福論者다.
×든 글거리가 脫線이되었다
나는一冊을뒤지면서 꿈을걸친것
을 다시 읽어도보고 새로운追憶이
나感謝를느끼는것이지만 나는 때때
로책속에끼인 演劇프로그람 映畵프
로그람、銀杏입、코스모스꽃、이런
것을發見한다 그리고는 그丕하고
맑러진입 그시든꽃에서 나는다시
새로운懷抱에잠긴다.
사람은現在와未來에 아름다운꿈
도가지는 것이지만 지나간 옛날의
꿈에對해선 다시더한층 哀憐한感懷
를갖이는것이다.

그런데 나는요즘 書齋를읽었었
다. 冊도읽었다, 내게는빈손뿐이다
그러나 그冊은 只今一時監禁當한
것이니 끝들어 볼소있는것이지만
나는只今書齋를읽었었다.
오늘나는 여러곳을다니며 집허도
보았고 家庭도보았다 맘에드는곳
이別로없다.
나는 只今書齋를 어떻게꾸미고
그리고冊은 어떻게配置하고 테이
불은어듸놓고 椅子는 어듸놓고 스
탠드램프는 어떼다놓을것을 생각
한다.
그리고 庭園엔 어떤꽃을 심거
볼가하고 생각에깊었다.
홀로 바라볼 그庭園 그리고 혼
자서 딴世界를있고, 트러백일 그
그書齋 나는 只今 그設計에 그
란한 무늬를 놓는 꿈을 꾸노라
(끝)

攻略戰手記 (承前)

……前線四月間從軍記……

내머리 우의 一等兵은 그대
로 집웅우를 걸은채 커다
랏스모· 명랑한 얼굴로서인다
(걸이드럿구나—)

나도 一等兵의 커다란 姿勢
에 敬意을맛보앗다。

振勵됨목을 편안히 가질수있
있다。

트럭은 自動車가 달리는벌
판을 지나치면 赫北외끈어진
전울 달리면 黃塵이 뒤에서
곡에올온다。트럭의 뒤들마튼
다。나는 수건으로 얼굴을문
다。自動車는、서로꼬리을딸리
고 빠른速力으로 확획지나간
다。

面、總攻擊하랴고
듯한砲兵은 昨日 이곧으로올
途中에 지나친듯싯다。
조금더가니 트럭이랑 撮裝
한乘用車랑、軍輪의往來가頻
雜해왓다。自動車는 빠른速力
으로 달리고 함께浚々한若座
을달닌다。
한대가 달리면 約一分間은
十間式이나 버다불수가없다。
게다가 道路는좁고 그우에
石灰와같은것이기때문에 풀
안는다。

길가 군대군데에 戰車·裝
甲自動車·砲兵이 休養하고있
다。가가운문으로는

—뙤、푸—이래서 원—!
下士한사람이 연신 침을뱃
하야 달리고 달리고 날새게
말린다。威山에는 白雲이끼여

는다。허나 下士들이나 將校
들도 아무러치도 않은 얼굴
로 모지를 내뱃는다。

구불구불 黃塵이 훌러간다
언히 凹地가 나타나고
끝에 맘이 數十頭 흑은 數
百頭넘게 보인다 우는소리
가 들인다。또丘陵地의 길
은 松林속에도 능난히 自然
의地物을利用하야 궁득
차있다。갓가히보아도 당초
수없다。하늘과 산에는 조금
도 모를게다 그뿐아니다。
의飛行機가 모두 이곧에
넷가에도 數頭의 말이 다리
의 열을식히고있다。
트럭은 威山의 山麓에로 向

頂에서 十數萬의 頭敵
이 天險地을 利用하야 陣地
롯橫察하고있다—라고 들은
버한뿐으로 虜山의、紫色으로
물든 山肌은 더욱不氣味하
게보혀지는듯한 구름이 싸이
여서 追擊砲彈이 날러오는듯
생각켜진다。만약 左右의丘
陵地의 집숙한곧에는 無數히
말이 니란히 매어이고、그사
이로 兵隊가 름지막한 姿勢
로 성큼성큼 걸어긴고 있다
지나치려는 순간、銃을 갓지
않은 등에裝具만 민東南다銃
을가진 一等兵이 우리들의트
력을 向하야 손을 들다。

(게속)

있있고 頂上에도 구름속에숨어
있다。
흐트러진듯이 紫色에 물드
러인는 山襟뿐이다。中腹에서 山
頂에로 겸처 十數萬의 頭敵

113

꽃과 兵隊

紅南天의 一節

勤務의 틈나는대로 演習과 行軍이 實施되었다。殊로部隊 長의 音聞이 잇게된 후로演 習은 한層類繁하게行하였다。

阿南准尉가 敎官이되여 西湖 公園속에서 每日 不動의姿勢、 逜足行進、右向右、左向左、敬 禮같은것、우리들은 좀우습다 入營한것은 범서數十年節의 일 이다、 그리고 初年兵으로써 내年兵으로써 그러한 敎育을十數年前에바덧 면、극히 嚴肅端正하지않으면 않된다。

그兵隊들은 이번召集을바든 후에 杭州灣敵前上陸後、멧번 인가의 職場을 떨처왔다。部 隊와戰爭에 卒業한 기분으로 있당。 그러나 지금쯤 西湖邊

勤務의 틈나는대로 演習과 에整列하야 不動의姿勢에서부 러敎官에서左肩이 울나갔다。

이눈이 眼界에 펼처진것이 되고만다。 그리고 射擊에들어 린다든가 가는것이말성이다。

入營한것은 軍人의基本姿勢에 는、兩肘가身體와 平行이되 어야할것、그승에 軍大한것이 內包하야 充溢하고 밧게서보 眼、心、指의一致、眼과心과指 의가 한개가되어버려야한다。이 根本이想과되지않으면 彈丸이 몸에당하게된다。라고 이丹念 敎官은 이의 여러가지各個訓 練을 벌어고있는뚜바로 무 각個數練이 끝나면 戰鬪敎

阿南准尉도 팔팔한 態度로 우리들을 敎育식히려고한다。 不動姿勢는 軍人의基本姿勢다 비상히 軍人精神이 身體에는源이없을것 銃에서 손과 발에 똑바로되여야할것、伏射 에는、

그럼으로 비상히 堅固한것이다。膝肘에는地面과 堅固한것은 姿勢의 身體에는源이없을것 銃에서 손과

고두팔은 自然히 두도고 손 바닥을 꼿게펴서 손가락은가 벅게 게어고르게하고 목과머 크다 이런것은 彈丸에맞기 리는똑바로갓고 입을담고고두 눈은 바르게 뜨고 앞을 一 直線으로 直視하는것이다。

이눈이 充한거야 눈이목거 없어서는 不動의姿勢가 아누 리 바드다고해도 죽은姿勢가 되고만다。 그리고 射擊에들어

錬에도 움진다。 敎鍊、 躍進突 撃의演習이 시작된다。몸집이 크다 이런것은 彈丸도 무父을감적감 적하고인는가 分隊長의位置가 쉽、三分隊도 무엇을감적감 들닌다 輕機關銃의 右便으로 實習은 始作된다。 (게속)

★

나의 日直勤務의 밤이있다 나도中隊本部事務所에있어 中隊長과 이야 저가락을들고 기를하고있었다。 老中隊長은 微笑를띠우며 수염같이 검고 도 길죽한 눈섭을 써다듬으 며 上陸以來 兵隊의頭腦햇든일 이며 部下를 살해한것의感慨 며 最近 戰歿者進骨이內地에 凱旋한것이며 · 그宰領者로서八

빗과 함께

田少尉가 도막간것과(이얘기는 지성히, 美里쳐 않흘수없는 일이언다) 그리고 시베리아山氏의 구분구분 도막가든 武勇傳이여、珍談이며、물 힘안드러고 너물너물한 口調로 말한다。

田前大尉는 엇지白髮이많혼 머리를 겁게 물드덧다 우리들의 部隊에 獻身年長者인 老中隊長은 만약自己가 戰死한 아토 음겨지려할때、部隊本部에서 傳令이와서、前田部隊에은 香제로 將校가 모자라나부서 一個小隊를 編成 (直時로部

다 이런 늙은사람을 꺼러드렷으나 하고생각한다면 賴々하닛가 머리에、몸드덧다는것이다。옛날에 齊藤實盛의기분을 잘 알수있다라고 말한다 老齡임에도 불구하고 上陸以來、우리들과 함께 무리가되여 兵隊편이 難行軍이되여 老中隊長에게 우슴을 밧고만다

各小隊에서 二十各宛에 中隊本部에 集合命令。中山少尉 指揮에 依하야 더나도록·傳해의다구며고 말했다。

隊東部에 集合命令, 中野大尉의指揮下에 平脈鐵으로 向해出 시 小隊長에게 其旨를傳했다 미구나十一時가갓가워 코박귀틀매머로 몸눕부만치 킨립하다 점점잠자리가 고요해젓을때兵隊長의 얼굴에 금시 緊張한 빛이 띄여지며 조라 承諾했다라고 傳令을보내고 나에게 各分隊에서 五名식의 兵隊가武裝을 하고나서 나에게왓다。

兵에게 各小隊를들게 命令하고、나도 第一小隊의 宿舍로다 外套를 모두입고 가기로하고 나도 말했다。宿舍앞에는 整列한 兵隊들을바라보고 나는 가슴을 이며勤은相當히危險하다고 우리들에게 쌍각겻다。(게속)

靑丘永言抄 （編輯部選）

○梨花에 月白하고 銀漢이 三更인제
一枝春心을 子規야 알야마는
多情도 病인양하야 잠못드러 하노라 李兆年

○白日은 西山에지고 黃河는 東海로 든다
古來英雄은 北邙으로 드단말가
두어라 物有盛衰니 恨할줄이 이시랴 崔冲

○뭇노라 汨羅水야 屈原이 어이 죽다터니
讒訴에 더러인몸 죽어 뭇칠따이 없어
滄波에 骨肉을 끼서 魚腹裏에 葬하니랴 成忠

○靑山은 엇제하여 萬古에 푸르르며
流水는 엇제하여 晝夜에 긋지아닛는고
우리도 긋지지말고 萬古常靑하리랑 李滉

○浮天구름밧긔 놈머떠는 鶴이러니
人間이 조트냐 무삼일 나려온다
表지치다 떠러지도록 나라갈줄 모르는다 鄭澈

○놉프나 놉픈 남게 날 勸하여 올녀두고
이보오 벗님네야 흔드지마르소서
나레죽기는 섭지아니나 님못볼가 하노라 李陽元

○큰잔에 다룩부어 醉토록 먹으면서
萬古英雄을 손곱아 혜여보니
아마도 謫份李白이 내빗인가 하노라。 李德馨

○靑漢 욱어진곳에 자는다 누엇는다
紅顔을 어듸두고 白骨만 뭇처는다
靈잡고 勸하리없으니 그를 슬허하노라。 林悌

116

○天地도 唐虞적 天地 日月도 唐虞적 日月 天地日月은 古今에 唐虞로다 어떠타 世上人事는 날날 달나가나니.　李 濟 臣

○江湖에 期約을두고 十年을 奔走하니 그보든 白鷗는 더듸온다 하것마 聖恩이 至重하시니 갑고 가려하노라　鄭 述

○離別하든날에 피눈물난지만지 鴨綠江 나린물이 푸른빗 全혀없다 배우의 白髮沙工이 처음본다 하더라.　洪 瑞 鳳

○天地로 帳幕삼고 日月노 燈燭삼고 北海水 휘여다가 酒樽에 다러두고 南極에 老人星 對하여 늙글 뉘를 모르리라.　李 安 訥

○冊덥고 窓을여니 江湖에 배떠있다 往來白鷗는 무음뜻 먹음은지 이後란 功名을 떨치고 너를좃차 놀너라.　鄭 蘊

○남이 헤오시매 나는全혀 빗어더니 날사랑하든 情을 뉘손에옴기신고 처음에 뮈시던 거시면 이대도록설우랴.　宋 時 烈

○子規ㅣ야 우시마라 우러도 속절없다 울면 너만울지 잠든나를 깨오는다 아마도 네소래 들일제면 가슴아파하노라.　李 澄

○달밝은 五里城에 남은벗지만자 思鄉感을 뉘아너 더러마는 아마도 爲國丹忱은 나뿐인가 하노라.　朴 明 賢

○靑山아 말무러보자 古今일을 네알니라 萬古英雄이 몃몃치나 지내엇노 이後에 뭇느니 있거든 나도함께닐더라.　金 相 玉

新東亞建設의 聖業論

오늘의 世界의 最大關心事는 新東亞建設 即 다시말하면 新興中國의 再建의 諸種問題이다 只今의 聖業은 第三年에 周知하는바 大陸을 휩싸고 新東亞建設의 武威는 大陸을 휩싸고 新東亞建設의 大業은若々具現되여간다 이번 事變究極의 目的은 오르지 蔣介石政權을 滅히 기爲한곳에 써로운그의 始作되여 잇는것이며 새로운 東亞의 建設에 잇는것이아니냐。 이의 新東亞建設의 目標는어되잇는 가하면 重言復言 할것없이 日本을 中心으로 하야 滿洲를길너 發展케하고 更히 新興中國을 建設하야 所謂 日、滿、支三國을 樞軸으로하는 東亞協同體를

結成하는데 잇는것이다。

即 東亞建設에 依하야 東亞에 잇어서 國際正義를 確立하고 새로운 文化를 創設하고 經濟的으로 結合하야 日、滿、支三國間에 政治、經濟、文化等 各種에 잇어서 相互扶助하야 密接한 關係를 樹立하고 東亞의 安定을 期하야 世界의 進展에도 寄與하랴함이아니냐。

그러나 이것은 短時日에 이루워 질것이다。長期建設의 階段으로 드러가 또한 그의 聖業을 達成하기까지에는 無限의 困難을 覺悟해야 될것이다。 그困難이 백성된 우리에게 어떠한地境에까지 이

른다 할지라도 假令幾十年을 끌며갈사록 더 甚한

難關에逢着한다 할지라도 우리들은 그困難을 가벼

히 突破하야 邁進하지 아니하면 안될것이다.

이의 難關을 突破하야 나감에있어 비로소 我國

은 發展的飛躍을 보게될수있을것이며 東亞에있어서

아니 全世界에 있어서 不動의 地位를 確保할수있

을것이요

그리하야·中國의 資源과 勞力을 日本의 資本과

技術에 結付하고 協力으로 中國의 開發에當하야 所

謂 日、滿、中三國의 經濟뿐록크가 實現되는 때에는

東亞의 民族은 解放하게되는것이며 明朗한 生活을

가지게 할수잇는것이다.

또한 東亞의 새로운 文化가 創造될때에는 막다 른

西洋의 文化에 貢獻을끼치게 될것이다.

이러한 聖業의 目標는 卽 다시말하면 新東亞建設

의 目標하는 곳은 要컨대 東亞民族을 解放하야야

現이며 이를 實現하기爲하는 안으로 國力의 强化

를 充實하게할 必要가잇는 것이다.

그래서 이를 强力한日本의 建設이라함과 表裏一

體의 密接한 關係가 잇는 것이다.

强健한 日本을 建設하기爲하야 먼저 國力을充實

强力하고 當面의 建設을위한 戰爭을힘차게 遂行하

는 一面軍備의 充實을 企할것은 勿論 나라의 모

든힘을 動員하고 集中하야 그힘을 幾十年이라도 發

揮할수있게끔 國內에 있어서 政治、經濟、教育、思

想、文化等 各方面으로 必要刷新을 行함은 絕對일

것이다.

먼저 第一에 緊急한 問題는 長期建設에 對處하

기爲하야 戰時經濟를 確立함에있다 이는 日、滿、

中三國를 一體로하는 建設에爲한 計畫的 經濟體制

를 樹立하지않으면 안될것이며 따라서 여러가지,

經濟政策이 漸次强하게 行하지않으면 안될것이며 또

한 政治에 있어서도 國防國策이 强力 더욱 鞏固

한 遂行을 期할수잇는 改新을必要로하는 것이다

다시 思想 文化의 分野에 있어서도 所謂 東亞의새文

化를 創造한다는 重大한 課題가 全日本의 知識層에

與하여있다.

今般 事變을 實로 新東亞가 誕生하기爲한 胎動

이며 그것은 밖으로 新東亞의 建設을 目標로하야

안으로 强健한 國家로의 發展을 指目하는 內外一

路의 光輝일것이다

우리는 이러한 歡喜의 날을 하로라도 빨리 바라

보기爲하야는 精神力과 經濟力의 全力을 싸어 許

多의 困難을 克服하야 新東亞建設에 一路邁進하지

않으면안될것이다

國民精神의 發揚論

支那事變은 方今 東亞 新秩序建設에 着着 邁進되고 있다.

國際間의 情勢에 鑑하야 아직도 前途에 重疊되여잇는 難關을 無視할수없으니 드디어 우리들의 悟前의 決心과 覺悟가 絶對로 必要되는때를 當할 것이다.

마춤 事變이 勃發하자 戰線에 나선將兵들나、銃後의 國民들이 一致團結하야 盡忠의 努力으로報國하기를 마지않었거니와 다시 今後의 重大한 事態에 即應하기 爲해선 物心一如의 國民精神總動員을 一層 强化하고 바로 이것을 實踐에 옴기도록 하치않으면 않된다.

그리하여 東洋平和의 敵인 모든것을 根滅시켜서 우리의 大理想인 興亞의 聖業이 達成...

不可避의 事情에 있엇던 것이다. 이번의 事變도 亦是 例外가 아니고 東洋平和의 禍根을 斷絶시키자는 大乘的意圖에 基하여 言語道斷의 放恣을 일삼는 支那軍에게 一擊을 加하므로、그들의 눈물의 反省을 促하려함은 다시 말할것도 없다.

가마니 돌아보건댄 皇國은 元來 神의나라요 또 神의뜻을 우리는 약간의 拒逆도 없이 잘들어왔다. 그리고 神이란 사랑의 權化이다 우리는 神을祖上으로 받든 神의 後裔이다 미루어 우리의 國民性도 스사로 알바이다.

皇道는 곧 神意의 現顯以外의 다른것이 아니다 日本國民精神의 가지는 世界史的特質을 指摘해말하면 愛國心이 强하고 竭忠하는 맘과 竭力하는 孝와 敬神崇祖에 더욱 致篤하고 大家族主義와 信仰을 結付시켰고 名譽를 重히 여기며 獵奇이요 蜜을...

前者에、日淸、日露 때의 戰禍의 原因이나 動機을...

도 自衛 및 東亞全面의 平和를 擁護하려는 實로 美的이요 體儀를 重히 여기고 傳統을지키며 勇敢親...

오작이나 아름다우냐! 確實히 이것이 우리國民性의 特徵이며 日本精神의 精髓인것이다.

그러나 日本精神은 決코 이맺마디도 말해치울수도없을것이며 이것을 理論的으로 體系를 세우랴는것도 徒勞이다. 日本精神이 決코 科學的인 어느理致에서생진것이 아니고 過去 三千年間 發展해온 國民的인魂이다.

이것을 처우처멀리 그 淵源을 캐여보면 高天原精神(檀原精神)으로부터 비롯한것으로 天壤無窮의 皇道를 扶翼하기에 足한 國民精神이다.

即 皇民의 圓滿한 生活上下가 서로사랑하고 위함으로써 그중에서 自己를살리는 信念의 實踐的過程을 通하여 總體的의 表現이다.

앞서도 말한바와같이 方今 我帝國은 新東亞協體建設로 하여곰 遺憾없이 發揚해야만한다는것은 吸히 論할것까지도 없거니와 如期한 對外的 對內的重要 및 緊切한 時機에 數千名의 內鮮思想轉向者로써 檀原神宮 建設奉仕修養會가 組織된것은 진실로 意義深長한것이있다.

國民精神이 個々人을 通하여 發現되는데는 十人十色이요 多彩多樣할것이다.

物心兩面으로 自己의能力 끝 活動奉仕하면 된다 國家非常時에 際會하야 皇道의 隆盛을 目的으로하는 同一한 目標만으로 總意가 一處에 集中되면고만이다.

우리는 當面된 興亞의 聖業을 徹底的으로 斷行할것은 勿論이지만 이에 그치지말고 人類平和의 聖業을 然하야 世界의 指導的 位置에나서야 한것을 한때도 잊어서는 않될것이다.

이것이 神의 나라인 神의 無疆한 뜻일것이다.

新東亞建設과 國民의 覺悟

우리國民은 무엇보다도 먼저 御稜威下 困苦와 鬪爭하야 今日의빛나는 戰果를 收錄한 皇軍將兵의 苦勞에對해서 衷心으로 其體를 들지않으면 안된다

빌러서도 新東亞建設의 人柱로서 骨을大陸에 曝하고 血을荒野에뿜은 戰死者 傷病에對해서는 日本國民으로서 最大級의 感謝를 捧詞하지않으면 안

되리라고 生覺한다.

그러면 今日 靜肅히 軍變의 本質을 生覺할

今後의 바라보는 것을 生覺해본다면 우리들은 日本

의 使命하는 것이 世界에 對해서 又는 東洋

何히 重大한것이며 又는 現代日本國民의 先祖

는 了解하는 것이 如何히 重한가를 痛感할

것이라는 것이 同時에 나도 過去에 如何한民族과합

에게 今日의 日本國民보다 崇高하고 偉大한希望을

가진것은 없으리라고한다 커다란 誇張을威脅시킴이

다.

今回의軍變은 東洋永遠의平和를 目標로서 戰爭하

는것이다 求所는征服이아니라 共存이고 搾取가아니

라 共榮이다.

日本은 支那에 對해서 領土를 求하는게 아니라 却

說 그半植民地的인 現狀을 是正하고 獨立權과 領土

權을 强化시키려는 것이다.

支那國民을 惡辭한 國際資本의 搾取에서 救해서

互惠共榮의 新經濟體制를 確立하려는 것이다. 여기에

있어 神聖한戰爭目的이 있는게아닐가.

世界의 歷史는 정히 이事變에있어 새로운 崇高한

一頁을 加한것이라고 하지않으면 안된다. 무론世界

史上의것이 엇잿든 國家든 그友邦의 正常한更生과 防衛로

해서 엇잿든 多大한犧牲을 떨군것이 있지않은가. 日本

은 이제 이빛날歷史的使命때문에 邁進해가는것을 生

覺할때 우리들은 日本人다운것의 光榮과 感激을 禁

치못할것이다.

◇

이와같은 歷史的大業에爲해서는 또 기기에 相應할

犧牲과 努力을 새삼스럽게 論할 처지가 늦다 이事變

에있어 日本의將兵이 大陸에 흘린피는 그 嚴嚴한

犧牲이다. 밀머리를돌려 滿洲、上海의 兩軍變은 보다

며、日淸日露의 兩戰役에 있어 日本民族이 떨지

않은 犧牲도 겸겸한 今日의 이大業의 基礎를 세

웠든것이다.

그러므로 雄大한犧牲은 尙經하리라 이것等의犧牲

을 떨구고 忠天할努力에 依해서 우리들이 到達하

라는目標부터 一語 이것을 表現하려면「新東亞의建

設」이다.

新東亞의 建設이란 지난明治節에發表한 政府聲明

에도 있는바와같이 日滿支三國間에 政治 經濟 文

化의 各殼에 亘한密接、不可分의關係를 樹立하고 東

亞에、의한國際正義의確立 協同防共의達成 新文化의

創造 經濟結合의實現을 期하는것이다.

또는 이것을 別난言語로 東亞協同體의 實現이라

고해도 無關하리라. 무엇보다도 그 基礎를 세우는것

은 國際正義라야하고 防共이라야하고 新文化라야하

고, 經濟結合이여야한다。

新東亞의要綱은 ,말할것도없이 多岐에

또는 各共에對하야 迅速하게 適切한方策을 세워야

한다는것은 當然한일이 지만 나는 여기에서 其諸方

策의 中核을 세우기보다 新東亞指導精神의 高揚確

立이란것을 特히 强調하고싶다고 生覺한다。

◇

新東亞建設의 指導精神이란 무엇이냐。 먼저 第一

에 생로운東亞의體制는 歷史上으로 보아도 또는地

理的으로 보아도 나히서 나오는것은 必然의 運命을갖고

出生되었다는것은 이 精神의基礎를 세

우는것이다。 다시말하면 東亞의新體制는 歐米諸國

의設立하는것과같이 「日本의侵略」에서 産出된것도아

니고 또 支那의 그릇된 民族主義가結實된것도아

니다。 다시말하면 東亞의新體制는 西歐의政治的經

濟的 勢力의節度없는 侵入에있어 破滅에瀕面한東洋

民族의當然한「自衛行爲」의 一形式으로서, 出現한것이

고 또 거기에 의해서 危機線上에있는 世界의秩

序를安定식히고 人類文化의 滅亡을救하기爲한 一階

梯할수있는 意味를 갖고있는것이다

建設的意義는 여기에 參加할 無數한國民 無數한民

族에있어도 無條件으로 受人할수있음과함께 그人類

的인 理想世界를 强强히 同感하리라고밑는다

따라서 東亞의新體制란것은 一民族의現實的인 御

都會主義와 一國家의狹隘를 利己主義의 對象이되지

않으면안된다。 적어도 日滿支三國의國民이 능히 깊

버해야 이속에 抱擁하야 서로協同해

協力하지않으면 안된다는것이 그目標가아 여서는

안된다

亞細亞의 共盛理想이란 말과같이 먼저 이새로운

東洋精神은 亞細亞民族 共通의 感情과心理와 盛裝

하야 諷히亞細亞精神이 아니여서는 안된다。

亞細亞民族을 亞細亞에있어 光榮케하자、東洋을東洋

人의 손에보내자、支那民族들아 참되게、東洋民다

운것의 自覺을세우라 그리고 서로 손을잡고 東亞

保全을爲해서 協力하지않으려는가 하는것이 新東洋

主義의內容이다。

나는 지금까지, 혹은 新東亞의 指導精神이라하고

또는汎亞細亞主義라고도하고 新東洋主義를提唱했다。

무엇보다도. 나는 거,에依하서 새로운東亞를建設해

나가기爲해서의 指導原理가되고 그것의 精神의內容이되

여 이것에 包含할國家及民族을 强하게質心하야 要

希해야할것을 指針한것이다。

이것은 한개의 새로운 思想의 體系다。

라고 同時에 이 精神은 우리日本에 있어서는 建

國의 精神일수있는 八紘一宇 全世界一家庭化의 大理

想과 完全히 合致하는것이다。 그 意味에있어 新東亞 精神은 日本에있어서는 建國精神의 一發展形態라고 도 할수있으리라 이곳에 東亞新體制의 指導者로서의 日本의 義가있 다。 即 無邊在 無窮極의 皇道精神이 이곳에 流露發 展으로써 新東亞建設의 指導精神으로서 發現한것이 라는것을 생각해도 좋으리라 東亞建設에 對한 日本의 使 命의 重大한所以는 역시 이곳에 存立해있다

思想·文化·生活의建設

支那事變 勃發以來 一年有半 聖明의 勸稜威와 皇 軍將兵의 努力에依하야 南北支의 要地가 繼續陷落 니領되어 있다。

我國三千年의 歷史를도라볼때 如斯한大軍을 大陸 에보낸것은 未曾有이고 또한 이같이 顯著한大戰果 를 얻은것도 空前의事實이다。

그러하나 郭變의 前途는 오히려遼遠하다 軍의行動 郭變의 前途에는 아직도 大事가있다 長期建設에 勤向하는 我日本의 前途에는 國際關係로부터 오는 試練도 또 한重大한바가 있음을 覺悟치 않으면안된다。

본저 支那事變이라는것이 支那國民과 日本國民의 싸흠이 아니요 抗日支那에對한 膺懲戰도 아니라, 蔣政權의 背後에안저서 이를操縱하는 勢力에對하는 亞細亞民族의 抗爭이다 東亞防衛의 聖戰이요 支那

保全을爲한 四億民衆을 救키爲한義戰이다。 前線의將兵이나 銃後國民이나 支那에서 求하는바 東洋平和를 爲하야 목숨을 밧치는것은 我等의 本懷이다。

大陸에 따르는血 平和의正義를爲하야 民族의血과 財들일코 後悔없는 矜持 事變의進展과 더부러 이矜 持가 事變을 意義하는 國民的信念이 되여있는것은 欣 快하여 마지안는 바이다。

이信念을 大陸에 具體化하여 가는것이 이른바長 期建設의眼目이 아니며 或은 長期建設의 目標는 大陸에 있어서의 長期建設의 目標는 이理想과精 神을 大陸의 土壤에 扶植하는것이다 單只의 經濟 建設 單只의政治建設이 目標인것은 아니다。思想建

設、文化建設이、根本인것이다。
東亞의共同體는、政治的共同
體經濟共同體가아니여서는
道義的共同體、文化的共同體가
只今이、東亞合作、新東亞建設의理想을實現하는데
는、絶好의機에赴한것이다。

亞細亞에、沈潤하는、北亞細亞勢力을排擊하야新
東亞를建設함에는、먼저、東亞에浸入하여온歐洲勢
力의傀儡가되고、共產黨勢力과、苟合하야、四億民衆
으로、苟欲誅求에、呻吟케하고있는、蔣介石政權을打
倒치않으면、안될것은、말할것도없다。

그러나、討할바를討하고、懲할者를懲하드라도、亞細
亞同胞에對한、仁愛의念을、잊어서는안된다。
戰場에、꽂피고、砲煙裡에、빛나는、幾多將兵의美
談을볼때、忠勇의將兵은、亞細亞同胞에의、仁慈念을맘
꿈이가젔음은、알수있다。

이亞細亞民族에對한、仁愛의念은、蔣政權에對하야
寬大하라는것은、아니다、世上에서、往往히、意味를
잘못한、議論의、朝野에讚流하는듯한、感이있음은遺
感이다。支那의再建에對해서는、支那國民의自主的
努力에候할것을、認識하야、我方今이를、助長協力하는
態度를、收할것이、必要하다、國民政府가、長期抗戰에
期待하는바는、日本內部의倦怠와、輿論의分裂에있을뿐
만아니라。更次、이情勢를、虎視耽耽히노、려고있는省
에、國民政府의背後的潜가、있음을、想起할必要가있다
不肖、江南의、둘에중엄한一個의骸骨에不過할지나徒
然히斷念하는바는、將兵忠死의意義를살피여聖戰과
義를貫徹하야、亞細亞의禍根을、荻除할것뿐이。本

(新知識第二卷第二號所載文을譯함)

(陸軍大將松井石根)

編輯後記

◇벌서 다섯號를 世上에 내
여놋케 되나, 어떠라할發
展이 없이다 發展 없는일을
하랴다가 힘이 머든다힐
이 머믈면 전저보다는,
낮어야할터인데, 그러치못하
니저것이다, 이번 七月號하
는 表紙와 內容을 一新하
였다

◇評論欄—— 林和氏의「文藝
雜誌論」續編을 실게되었
고,「YZ生」의「自意識의過
剩와 說和體의流行」을 실
었다

◇詩欄—— 辛夕汀氏의「첫사
랑」庶子泳氏의「思慕」와 尹
崑岡氏의「氷北」李燦氏의
「故鄕」等을 실고

◇創作欄—— 新人作家 石仁
海氏의 問題의力作「路傍」
草高 特히 揭載함을 자
랑으로 생각한다 朴潤民
氏의「惡卷圖」를 爲始하야

◇隨筆이라기보다 日記文을

尹世重氏의「路邊」李龍雨
氏외「毒草新造」朴瑞愚氏
외「그女子의半生」을 紙
而關係上 繼續物로 실었
다 李賢永氏의 連載 小
說「陣痛期」는 벌서 六
回채들맞는다

特히 選擇하야 執筆해주
신 筆者諸氏의 氏名만을
들기로 하겠다 李北鳴氏
咸大勳氏 金海剛氏 玄卿
駿氏 桂鎔默氏 等의 創作
日記等이다。

◇「市丘氷言」과「海外文藝通
信」을 실고보니 探照燈
이 머리를 들고 일어슨
다 그도 그럭이다。

◇八月號에는 文藝家 諸氏
의 作家論을 실기로 하
겠다。

◇이만 허리를 펴겠다。끝
으로 筆者諸氏와 讀者諸
氏의 健康을 빌면서 다
음 八月號를 기다리기로
하자—。

李孝俊

定 價 表

一個月	三十錢
三個月	八十五錢
六個月	一圓六十五錢
一個年	三圓十錢

注文方法

● 注文은 반듯이 先金
● 振替로
● 郵票는 一割增

昭和十四年六月二十七日 印刷
昭和十四年七月一日 發行

編輯兼
發行人 池 奉
京城府光熙町二丁目九

印刷人 高 應
京城府西大門町二丁目一三

印刷所 彰文印刷株式〈
京城府西大門町二丁目一三

發行所 朝鮮 文學
振替京城二二五四
京城府光熙町二丁目九

全鮮
總販賣 三文
京城府寬勳町一二一
振替京城九七五六番
電光三三五一番

조선문학 - 전4권

지은이: 편집부
발행인: 윤영수
발행처: 한국학자료원
서울시 구로구 개봉본동 170-30
전화: 02-3159-8050 팩스: 02-3159-8051
문의: 010-4799-9729
등록번호: 제312-1999-074호
ISBN: 979-11-6887-185-4

잘못된 책은 교환해 드립니다.

정가 400,000원